秦晴　陈恭怀／主编

秦兆阳文集

Qin Zhaoyang Wenji

1

中短篇小说

湖北省学术著作出版专项资金资助项目

HAN BOOK 版
武汉出版社
WUHAN PUBLISHING HOUSE

(鄂)新登字 08 号

图书在版编目(CIP)数据

秦兆阳文集.①,中短篇小说/秦兆阳著.
—武汉:武汉出版社,2016.8
ISBN 978—7—5430—9193—1
Ⅰ.①秦…　Ⅱ.①秦…　Ⅲ.①文艺—作品综合集—中国—当代
②中篇小说—小说集—中国—当代　③短篇小说—小说集—中国
—当代　Ⅳ.①I217.2
中国版本图书馆 CIP 数据核字(2016)第 200241 号

著　　者:秦兆阳
责任编辑:万　忠
封面设计:刘福珊
封面绘画:刘福珊
出　版:武汉出版社
社　址:武汉市江汉区新华路 490 号　　邮　编:430015
电　话:(027)85606403　85600625
http://www.whcbs.com　　E—mail:zbs@whcbs.com
印　刷:武汉中远印务有限公司　　经　销:新华书店
开　本:787mm×1092mm　1/16
印　张:39.75　　字　数:630 千字　插　页:7
版　次:2016 年 8 月第 1 版　　2016 年 8 月第 1 次印刷
定　价:680.00 元(全 6 册)

1937 年，秦兆阳从武昌乡村师范毕业。

1949年，秦兆阳夫妇的第一次合影。

1949年，穿着供给制服装的秦兆阳夫妇和他们的第一个孩子。

1951 年的秦兆阳夫妇，刚刚跨入一个新的时代，他们向往着未来。

1952 年，秦兆阳夫妇和他们的两个女儿在北京东总布胡同 22 号中国作家协会院内。

1952 年，秦兆阳和他的两个女儿。

编者前言

秦兆阳(1916—1994),湖北省团风县枣树店村人,当代著名作家、文学评论家、编辑家。1938年,赴延安参加革命。后赴冀中军区,先后担任冀中第十地委《黎明报》社社长、冀中军区《前线报》社副社长、冀中文艺工作者协会常委、《华北文艺》编辑等职务。1949年之后,先后担任《人民文学》小说组组长、《文艺报》执行编委、中国作家协会党组成员、《人民文学》副主编等职。1958年,被错划为右派,下放广西,1979年落实政策后担任人民文学出版社副总编辑及《当代》主编。先后被选为中国作家协会书记处书记以及主席团委员。

秦兆阳先生一生著作颇丰,我们以类别划分,以发表年代为顺序,尽可能全面地收集他的著作及未发表的手稿,文集基本上体现了秦兆阳先生一生的文学创作成就。

全书分为六卷。

第一卷中短篇小说。按年代顺序编排,在这一卷的后面部分,收录了几篇作者在"文革"以后创作的小说。

第二卷和第三卷,是两部长篇小说。

《在田野上,前进!》创作于20世纪50年代,作品围绕50年代某乡村合作化进程中的种种矛盾纠葛,描写新中国土地所有制变革时期,发生在华北平原的生动故事,再现了共和国发展史上一个截断面的时代风貌。

《大地》的故事也发生在华北平原,这部作品所展示的,是从义和团起义到抗日战争烽火开始燃起的历史画卷,刻画了两代农民英雄人物,抒写他们反封建反侵略的殊死斗争。作品的创作开始于20世纪60年代,先以《两辈人》为名在《广西文艺》上连载。"文革"之后,续写了后半部,更名为《大地》。1984年,由人民文学出版社出版。

第四卷是散文随笔。分为“举起这杯热酒”和“回首当年”两部分。前者最后收录了一组“序”，是有关文学创作的随笔。

“回首当年”中的小故事大都取材于抗日战争和解放战争那一段非常岁月，当时，秦兆阳先生把自己的所见所闻和观感随手记下，积累了十几万字的生活笔记，本想日后逐步整理构思，创作新的作品，只可惜岁月难如人意，只完成了一部分。其余部分仍以《战时笔记摘抄》为题保留在此。

此卷最后面的《我的回忆》，是秦兆阳先生晚年，根据他的口述记录而成，讲述了他在反右斗争前后和“文化大革命”当中的一段历程，真实可信，很有史料价值。

第五卷是文学评论部分，分为《文学探路集》《集外集》《谈艺录》三个部分。

《文学探路集》是1984年他自己编辑的一部理论文集，收入了他最著名的长篇论文《现实主义——广阔的道路》，发表于《人民文学》1956年第9期，在文学界引起很大反响。“文革”之后，很多人仍然认为，这篇文章对时下的文学创作具有深远的指导意义。这一部分还包括他早期的著述《论公式化概念化》，是他的理论著作中最有思想价值、最重要的精华，也是当年他遭受批判的缘由。

另外一些散见于各报刊的文章，分别放置在《集外集》和《谈艺录》当中，其中有些是他生前没有发表过的，文章后面加注了说明。还选用了几篇他遭受无端批判时，对文艺理论方面的申辩材料。在《集外集》中，收录了他在20世纪50年代主持编辑《人民文学》期间写的一组有关《人民文学》刊物改进的计划、方案以及当时写的九篇《编者的话》和一篇《编后记》，这是当时他对文学刊物办刊方针的大胆探索，也是他编辑思想的主要体现。

《集外集》的压篇，是《1994年春：文学断想》，这是秦兆阳先生临终前半年在病榻上写成的。他深入地对中国现当代文学中一直深受困扰的“人性论”进行了思考和追根寻源的探讨，可以看作是秦兆阳先生对毕生从事的文学事业的感悟和总结，也可以认为是他的一份发人深思的文学遗嘱。与此相对应的，是第六卷诗选末篇的《最后的歌》，这是秦兆阳先生临终前在病榻上口述，由家人记录的。体现了秦兆阳先生对人生美好的留恋，也是对自己一生的一个反思、交代和总结。

第六卷收集的，是他的一些旧作，包括早年和后来发表或未发表的一些诗歌、20世纪40年代创作的四部剧本。还有一些美术作品，包括绘画、插图、木刻、剪纸、封面设计、篆刻，也编选了他创作的60余幅书画作品。另有一本《美术教学参考材料》，则是他在20世纪50年代初，为河北教育部门写的，最近刚刚发现。反映了他多方面的才能。

秦兆阳先生无意做诗人，除了早期的诗作外，他后来大部分诗作，多是编辑或写作时偶有所感而随手写下的，是他生活、思想、心态、情绪和经历的真实反映。这些诗作收在作家出版社1992年9月版的《笔下流情》一书中，不再一一标出。

不得不说的是，文集中有些文章写作年代不详，个别早期美术作品原件缺失，留下一些遗憾。

在这里，我们要对中共团风县委和团风县人民政府以及武汉出版社表示最诚挚的谢意。没有他们的大力支持和协助，《秦兆阳文集》是无法出版的。

2013.5—2015.5

一个文学探路者的足迹

（代序）

秦万里

愿意翻开这部文集的朋友，我首先就要对他表示感谢，因为阅读本身就表达了一种关注一种立场，进而产生一种回味一种情感。我们会从这些文字里看到那个年代的一些独具韵味的作品，小说、散文、诗歌、理论，我们会看到，一个永远真诚的人，如何笔下流情，用他的心灵写作，如何在一条崎岖的路上，印下了自己的足迹。

很多人至今没有忘记秦兆阳这个名字，恐怕主要是因为那篇《现实主义——广阔的道路》。所有读过这篇文章的人，包括那些或真或假的，曾经对其表达了极大的愤慨的人，到了21世纪的现在，或许也都会承认，这篇文章中的许多观点，至今仍然闪烁着思想的光芒。但是他却为此而蒙冤。他没有任何的恶意，他只是说："现在生活有多么广阔，它所提供的源泉有多么丰富，人们认识现实的能力和艺术描写的能力能够达到什么样的程度，现实主义文学的视野，道路，内容，风格，就可能达到多么广阔，多么丰富。"他是想探索一条更宽广的路，不是为自己，而是为了文学，为了当时正处于萌芽状态的新中国的文学事业，为了那些试图踏上文学道路，正在艰难跋涉的人们。

他是一名编辑。这篇《现实主义——广阔的道路》问世的时候，他正在主持《人民文学》杂志的编辑工作。他是一个工作极其认真的人，说认真还不完全准确，是痴迷。作为主编，本来看终审就可以了，他却常常直接阅读群众来稿，他白天读，晚上还在读。在我的儿童时代，父亲的形象就是一个伏案工作的背影。他不停地工作，是在进行一种寻找，寻找那些可贵而又稀少的"宽广"。作为一名特别负责任的主编，他深知"狭窄"不能使一本刊物具有活力。那时候，他发现很多写作者都在同一个狭窄的通道里挣扎，他早就意识到狭窄的思想方法制约了新中国文学的发展，所以早在1953年他就发表了《论公式化概念化》一文。有段时间他担任《人民文学》的小说组长，后来去了《文艺报》，再后来又调回了《人民文学》，做副主编，主持编辑工作，他决心要办好这本刊物。他不仅认真，不仅痴迷，他还焦虑，为了“狭窄”，也为了那个年代特有的政治氛围。经过努力，他也真的让他热爱的那本刊物“宽广”了一些，推出了不少优秀的作品。在这些优秀的作品中，有些被说成是“干预生活”，他不仅发表了干预生活的作品，甚至还动手修改，“干预”了人家的作品。这些作品曾经引发了讨论，然而讨论才刚刚开始，这些作品连同它们的作者就被打入了十八层地狱。

他是一个性情中人，心中的两种焦虑总是相互矛盾。他无法左右自己的性格，也无法压抑自己头脑中沸腾的思想，经过了矛盾的抉择之后，他还是写了，写了那篇决定他今后命运的《现实主义——广阔的道路》。

我不知道，那些因为自己的才能和勇气得以在《人民文学》这样的杂志发表作品的人，那些因“干预”了生活而被打成了右派的人，在事情发生的前前后后，曾经作何感想，我想，如果抱怨，如果愤懑，如果同病相怜或者是一些别的想法，无论是什么样的如果，都应该是可以理解的，毕竟人家是搭上了20个春秋寒暑岁月年华。

历史和人的命运常常是令人百般感叹而不得其解。我不知道，当他蒙受了屈辱，当他遭受了打击，当他因蒙受冤屈而心灵疼痛的时候，他是否回忆起了他的童年，他的青少年时代。他家境贫寒，父亲早早离世。那正是一个风雨飘摇民族危亡的年代，这个忧国忧民的知识青年，用他质朴的激情，写出了不少诗作，发表在当时的《武汉日报》。他受到了鼓舞，却仍然感到报国无门出路难寻。终于，在1938年的某一天清晨，那个心怀壮志的年轻人从家乡团风的那个小小村庄出发，踏上了一条他心目中的神圣之路。母亲在村口望着儿子瘦瘦的身影渐渐远去。儿子不敢回过头去看一眼泪流满面的妈妈。他和她可能都不会想到，这竟是诀别。

他踏上了一条理想主义者的不归路。

他去了延安。许多热血青年都去了那个地方。那个时候，那里不仅仅是个神圣的地方，还是一所大学校，更是一个人尽其才的地方。很快，这个年轻人不仅学到了东西，才能也得到了很好地发挥。他先学习，然后又教书。在这个让他感受了温暖和希望的革命队伍中，无论到了哪里，他都满腔热情地投入工作，他施展他的绘画才能，同时断断续续地接触编辑工作，其间还尝试着文学创作，先是写一些适应宣传工作的独幕话剧，后来又写小说，一些作品在解放区印装简陋的刊物上发表。他并没有在陕甘宁边区停留很长的时间。1939年，他随着一支由青年知识分子组成的队伍，经历一次极其艰苦的徒步行军，到达晋察冀边区。后来他又主动要求，到抗日战争特别残酷的冀中平原工作，直至1949年。

冀中大平原是他创作的摇篮。他特别喜欢那片辽阔的土地，在那里确立了自己独特的写作风格。他用他改不掉的湖北腔和农民朋友交流，在那些冀中平原的农民眼里，他是一个来自远方的“南蛮子”，令他们难以想象的是，这个呆头呆脑的“南蛮子”却是个有心人，“南蛮子”用心学习地方语言，记下了好多本生活笔记。结果，他没有学会这里人说话的口音，却让自己的作品，与冀中大平原生动丰富的语境融为一体。他以短篇小说起步，先是写了《路》《仇恨》《俺们毛主席有办法》《歪脖子兵》。后来又写了《幸福》《东西李庄的故事》《何花秀》《娘》等等，先在《华北文艺》等杂志上发表，随后结集为《平原上》，由当时的天下图书公司出版。

他与冀中大平原有着剪不断的不解之缘。在那里他遇上了同样参加了抗战工作的我的母亲，也就是与他患难与共几十年的妻子。他无法割舍下那片给了他温暖和灵感的土地。在进入北京工作之后，他又请了创作假，回去体验生活。写出了《祭灶》《偶然听到的故事》《晌午》等作品。那时候《华北文艺》已经迁至北京，更名为《人民文学》，他的这些作品就陆续在《人民文学》《人民日报》等报刊发表，后来以《农村散记》为书名结集，由人民文学出版社出版。在当时，这些作品发表后反响甚佳，《农村散记》一书自1954年出版后至1957年一直都销得很好，一共印刷了9版才满足了需求。1957年之后，由于众所周知的原因，这本书不得不停止了再版。

在撰写这一篇文字的时候，我又重新翻开了他的那些旧作，我发现，那些人物，那些质朴的农民形象，仍然鲜活在那个泥土芬芳的地方，比如珍藏着一张照片的周大娘和她的儿媳、孙女，比如脾气古怪的熊老铁，再比如在一天的晌午买小鸡的秀妮，还有柴火垛后面诉说自己故事的年轻姑娘□□，他们从那渐渐遥远的时代，从已经泛黄的书页当中再一次向我扑面而来。多数作品都写得很短，也很精致，有的只是记录了生活的一个场景或者一个片段，却同样能够让其中的人物具有典型性或独特性。他对方言的流畅运用无可挑剔，让这轻轻流淌的字里行间，泛出了一种动人的温暖与亲切，也让作品拥有了田园牧歌般的美好情调。当时有人把作品的这些优点当成了缺点来批评，说是反映矛盾冲突不够。在今天看来，或许可以说，这恰恰是作品的巧妙之处，在当时的政治氛围之下，无论他是有意的还是无意的，总归使作品逃离了种种束缚，在他的现实主义广阔的道路上写下了精彩的一笔。对于这个问题，他自己是这么说的："我愿意学习探索生活中美好的、诗意的、使人油然而喜的东西，愿意使得读这些作品的人们去热爱生活。我觉得，引人热爱生活，使人们在平凡的生活里看到美和喜悦，这本身就可以是作品的主题。这种看法直到现在仍然常常作用于我的思想。"

在完成了《农村散记》之后，他开始创作长篇小说《在田野上，前进！》。这是一部描写20世纪50年代农村合作化进程的小说。如今，历史已经把那个时代推到了一个角落，所以现在看来，这部小说是过时了。但我以为，它的文学价值和史料价值仍然存在。特别在当时，它是一本很受欢迎的小说，1956年初版时就印刷了38万册。反右斗争时，它和它的主人一起被打入了另册，直到20世纪80年代初，它才重见天日。再版时，作为再版者的人民文学出版社是这样评价它的："这部长篇小说艺术地真实地反映了华北农村的风貌，反映了老一辈农民所走过的曲折道路，称得上是一幅生动的农村生活画卷，散发出浓厚的乡土气息。书中出现的众多人物，作者都赋予了他们鲜明生动的个性，并描写他们深刻细致的心理动态，使人仿佛能倾听他们的心声，能触摸到他们的心弦，从而关心他们的处境，思索他们的命运。"这部小说的背景仍然是冀中平原，与《农村散记》的一系列短篇小说相比较，这一部《在田野上，前进！》中的人物仍然鲜活，描写仍然真实，语言仍然灵动。所不同的是，这一部小说反映了矛盾冲突。这里的矛盾冲突是无法回避的矛盾冲突，是题材决定的，更是时代决定的。他写了激进与保守之间的矛盾，写了人与人之间的利益冲突。如果不谈过时不过时的问题，单就小说而言，和以前的作品相比较，这一部小说的难度加大了，写作技巧也更趋于成熟了。后来，在反右斗争时，甚至在“文革”当中，他在20世纪50年代创作的小说，并没有遭到特别严厉的批判。那正是他创作的高峰时期。我曾经设想，如果他当时没有去主持《人民文学》的编辑工作，而是一心一意进行小说创作，如果他没有写那篇《现实主义——广阔的道路》，他的命运将会如何？然而，历史不会理睬设问者。

还需要谈一谈他在创作生涯中更重要的另一部长篇小说《大地》。如果说《农村散记》是一曲又一曲抒情的田园牧歌，那么《大地》就是浑厚而又激昂的交响乐。早在抗日战争时期，他就梦想着也酝酿着，要写一部讴歌中国农民反压迫反侵略的鸿篇巨制。但可能是由于自己感觉生活积累和思想准备还不够丰厚，所以迟迟没有动手。后来在冀中平原上，他被那里质朴热情的农民形象激发了灵感，写下《农村散记》中的诸多短篇小说，再后来，他又被当时如火如荼的合作化热潮点燃了激情，创作了《在田野上，前进！》。到了1957年，反右斗争剥夺了他最起码的做人的权利，还谈何创作？值得庆幸的是，他下放广西之后，遇上了那位宽厚善良的领导陆地，陆地关照了他的生活，并且给了他重新进行文学创作的机会。他先写出了《一封拾到的信》等短篇小说，随后便开始了这部酝酿已久的长篇小说的创作。小说最早定名为《两辈人》，“文革”之后，作品快要完成的时候，改名为《大地》。《大地》改变了他一贯为之的创作风格，刻画了赵老恭、白老敬等农民群体中的英雄人物，抒写了两代农民与封建势力以及侵略者展开的殊死斗争，写得惊心动魄气贯长虹。他仍然将故事铺展在华北平原广阔的大地上，试图在这片大地上寄托一种“历史的深沉的思绪”。开始创作这部作品的时候，他已经离开华北平原很久，身在遥远的广西，却仍然能够让大平原的生动语境，与大开大合的故事融为一体，这无疑又使作品拥有了独特的韵味。

无论是短篇小说还是长篇小说，都贯穿了他的真诚和激情。他真诚地热爱工作，热爱生活，热爱辽阔的华北大平原，热爱生活在共和国土地上的人民。

却是真诚使他蒙冤。

似乎有必要再回到《现实主义——广阔的道路》。是真诚促使他写下了这篇文字："有关现实主义的新的原则被提出来了，却是不够科学，意义很含混；或者是，对于一些正确的原则作了不恰当的引申和片面性的解释，使得真理越过了与实践的生动的关系，而变成了僵硬的套子；或者是，在一定的时候提出了不很确切的口号，而解释它的人们又把它进一步引申到了绝对化的地步上去□□。"针对那个时候的一些问题，他应该是说到了点子上，但是不行，不能说。虽然他只是"主张要扩大现实主义的创造性的范围，主张更深入一步去了解现实主义的特点，主张我们的作家们从千万条教条主义的绳子下解放出来！"试图解放别人的秦兆阳被打入了地狱，没有人解救他。

他是一位理想主义者。他心中有一条广阔的路，他试图为别人为大家开拓一条广阔的道路，然而，他自己脚下的路，却越来越崎岖狭窄。

他是一位理想主义者，他心中总是保留着尚未熄灭的激情。下面是他在《我的回忆》里的一段回忆："这时候，报纸上天天有大跃进的消息。在我的想象里，全国人民都在热火朝天地干社会主义，我好像被开除在时代之外了。心想，社会越前进，社会主义建设越是搞得热气腾腾，我的命运必然越坏。但是心里那股热情又不能熄灭，总想能够参加这样的大跃进才好。大概也是为了找一点自我安慰，就苦思苦想地想出了一个土法抽水的机械，画了一个图样，寄到农业部去。过了几天收到了回信，说你的设计合乎水泵的原理，但是转速不够，抽不上水来，我又失望了。"那时候他已经被打成了右派，正待在家里，等着发配呢。都什么时候了，还想着参加什么大跃进，可见他的赤子之心有多么的"痴"。当时他是不太了解农村大跃进的真实情况，如果他还在冀中平原体验生活，又会怎么想，怎么说？

从20世纪50年代反右斗争前后到20世纪70年代末，他经历了一段炼狱般的苦难，都记录在《我的回忆》里，在这里就不一一复述。

"文革"结束之后，他回到北京。经历了冤屈，经历了苦难之后，他仍然是一位理想主义者，仍然保留着真诚，仍然拥有一腔激情。回京之后，他一边主持《当代》的编辑工作，一边继续让激情燃烧在他的《大地》。他让他的人物赵老恭们演绎了大中华的民族精神，他在他的《大地》上“惊叹大地的无限生机”进行了“历史的深沉的思绪”。经历了几十年的风风雨雨，他的《大地》终于出版了，出版之后反响甚佳，第一版就发行十几万册。在这期间，他还写出了《女儿的信》《苏醒》《纪念》《孙猴求雨记》等中短篇小说。已经又有二三十年过去了，他的作品和许多人的作品一样，已经在人们的记忆中渐渐淡去。今天回顾，又让那些场景，那些人物渐渐清晰起来。用今天的目光观看过去的作品，和用今天的目光观看历史一样，可能会生出不同的、新颖的，甚至是令人百般感叹的思索。我想，那个赵老恭，那个曾经让他的塑造者和读者激动不已的民族英雄，是不是过于高大完美了？还有《女儿的信》或者是《苏醒》《纪念》，在文字的行进中，是不是过多地注入了作者个人的激愤与哀伤？他写《现实主义——广阔的道路》，渴望拓出一条更宽广的路，他提醒人们，有一个“僵硬的套子”，大家不要钻进去。过去了二十多个年头，在极“左”思潮的阴云终于散去，在经历了残酷的肉体和心灵的改造之后，他自己，是不是也忽略了“现实主义是以现实生活为土壤、为目的而又不是生活的翻版□□”，是不是也身不由己地，进入了一个“僵硬的套子”？

那个套子即使真的存在，也套不住他的激情。真正的理想主义者经得住磨难的考验。20世纪70年代末，当希望又回到人间，他写下了散文《希望》，写下了《举起这杯热酒》《生命之歌》《心的歌》，进入了20世纪80年代，又写下《站在祖国的大地上》《泉水曲》《黄山失魂记》等散文。他说：“土地如此坚实，生机如此兴旺，你怎么会缺少力量？”他还说：“长期以来，我觉得只有这样写才是一种快乐，一种享受，一种感动，而且也才写得畅快，所以我暗中自称为‘笔下流情’。”他的一生都在“笔下流情”，就连练习书法，他也常常书写发自内心的激情，他写“天因多情故不老”，还写“犹有豪情似旧时，花开花落岂由之，欣逢柳绿春晨雨，策马长途学健儿”，他还挥洒“苍(沧)海煮日月，大地酿古今”。这些书法作品同样表达了他的真诚、他的激情、他的胸怀。

他心中有一条广阔的道路，才得以走过脚下那条崎岖狭窄的路。

他没有出过文集。感谢中共团风县委、团风县政府，感谢中共黄冈市委宣传部的刘民华副部长，感谢家乡的父老乡亲，已经过去了半个多世纪，他们还能够想起一个从团风走出来的名叫秦兆阳的文化人，还特别珍惜他留下来的文学遗产。没有他们的帮助，这套文集仍然不能与大家见面。

2013年10月

总　目

秦兆阳文集 1　中短篇小说

（细目见本卷正文目录）

秦兆阳文集 2　长篇小说·在田野上，前进！

秦兆阳文集3　长篇小说·大地

秦兆阳文集 4　散文·自述

散　文

金石之声（书法）

一行白鹭上青天（书法）

天为多情故不老（书法）

大道之行也（书法）

画中有诗（书法）

诗　情（书法）

求　索（书法）

大海千秋涌（书法）

行　进（书法）

创　造（书法）

双雀图

远　行（书法）

举杯邀明月（书法）

曾经大海问惊涛（书法）

宇宙壮阔（书法）

心存古往今来事（书法）

兰

白　云（书法）

海煮祈愿酒（书法）

苍（沧）海煮日月（书法）

奇峰悬肝胆（书法）

篆　刻

爱人民

笔下流情

等闲白了两鬓

经风涛四十年

换了人间（两枚）

江山如此多娇

兆　阳

踏遍青山

老　芹
秦　人
愚公移山
光明磊落
曾经苍(沧)海

其他美术作品

畸形人(漫画)
绅士的嫩手(漫画)
疲飞的凶鹰(漫画)
打　铁(木刻插图)
占领了徐州？(漫画)
意国说:你敢吗？(漫画)
村干部会(木刻)
大生产(剪纸)
割　麦(剪纸)
打　蛇(剪纸)
高尔基(漫画)
工　人(木刻)
工人创作选(木刻)
陕北秧歌舞(木刻)
秦兆阳为夫人所作剪影
秦兆阳为大女儿所作剪影
秦兆阳自画像及自嘲诗
短篇小说《老羊工》插图
短篇小说《偶然听到的故事》插图
短篇小说《晌午》插图
短篇小说《选举》插图
短篇小说《幸福》插图
短篇小说《相思树》插图
短篇小说《刘老济》插图

附　录

目　录

桌子和筷子的故事

我们几个人住在平山县土岸村一家姓齐的房东家里。

正是雨季，一连下了差不多有半个月的大雨。房东老头住的屋子漏得炕都快塌了，就和他的儿子搬到我们屋子里来睡觉。这父子俩都是勤俭惯了的。特别是经过了减租减息运动，逼令地主退给了他家十来担租子，地主又无权随便收地，所以他俩干活更有劲了，真正是每天披星星戴月亮地拼命干。现在一下子歇下来了，父子俩都很不习惯，小伙子只好躺在炕上睡闷觉，老头只好坐在炕头上抽闷烟。

晚上，灯油在昨夜就点完了，如果到村东头小铺去打油，就一定会全身淋湿，还得摔一屁股泥。我们几个人只好都在炕上炕下呆坐着。可以看见的，只有老头子烟锅里的一星红火，和被红火映着的他那一小片灰色胡子。

我实在闷得难受，就向老头提议：

“老大伯，这闲着没事儿太闷得慌，你说个故事给大伙听听吧。”

“嘿嘿嘿，”老头谦逊地笑了，“我这笨口拙舌的会说个什么故事？”

但从他那慢慢在炕沿上磕掉烟灰的声音，和他那清嗓子的咳咳声，我们猜出他是在思索着。这就燃起了大家的希望。有的同志就趁机会给他加油：

“老大伯，俺们知道你肚子里的故事挺多，说一个吧！”

他又重新装好了烟，一边打火镰，一边慢慢吞吞地说：

“嘿嘿，说起说故事来，你们听说过毛主席开会的笑话吗？倒挺逗乐儿的哩！”

“没有没有，没有听说过，怎么个毛主席开会的笑话啦？”——他的话引起了我们极大的好奇心。

他使劲抽了一口烟以后，就开始说起来了：

“说起来是七七事变时候的事。不是七七事变就抗战了吗？抗战这一起来，一个国家的大事就不比早先了，就非讲讲统一战线不行了。所以说，俺们毛主席就在延安召集了一个大会，到会的有共产党，有赞成抗战的各党各派，有中国人，有外国人，有男的，有女的……哈，人可真是多得多，怕有个两三百子吧！一天价讨论，开了一个多月，这才完了工，成立了统一战线，大家团结一致打日本。这工夫毛主席就说话啦。毛主席说：‘咱们中国可有办法啦，咱们万众一心打日本。可是我还要提个意见，希望大伙讨论讨论。’大伙一听毛主席有个提议，就都说：‘你念叨念叨吧，咱们没有不赞成的。’毛主席说：‘为了把统一战线巩固得紧紧的，咱们从这以后，要大伙互相帮助，不要像以前那样各顾各人的利益，要在一个桌子上吃饭！’毛主席的话一完，大伙连说：‘赞成赞成。’毛主席又说：‘赞成这就好了。算起来咱们讨论了一个多月，可不容易呀！你们看，哪一号号的人都有，你想这么办，他想那么办，喜鹊落在树上，各占一个枝儿……咱们现在该欢喜欢喜，庆祝庆祝，要会会餐，吃吃好的。……’”

老头说到这里，烟袋锅不通气了，就使劲在炕上磕磕起来。睡在炕那头的小伙子忽然瓮声瓮气地说：

“你们真是，叫他说个什么笑话，他光会瞎编！”

“你他妈光会睡闷觉，嫌吵你瞌睡了吧？”老头生气了，“我偏说！我偏说！”

“你说吧！你说你的，咱就是不听！”

“你堵住你的耳朵！我才没见过你这个孩儿。什么新鲜事儿也不打听，脑袋瓜子像死树皮似的。没出息的东西！”又转过口气来对我们说：“同志们都是知道的，这八路军的规矩多好，大小事儿只要一开会，大伙儿念叨念叨，这脑筋就开了，要不，受苦的庄稼主儿知道个么呀？……”

“老大伯，你别理他，咱们说咱们的。”我们大伙连忙表示支持。

“对！咱们说咱们的，不跟他生这个气！”他重新装了一锅子烟，又继续说起来：

“呃，后来就杀猪宰羊的等着会餐……可是，有个歪心眼的外国人，专瞅中国人的空子，这时候，就笑起来了：‘哈哈哈哈！你们中国人到底还是算计不到，你们说要在一个桌子上吃饭，可是，你们中国，从古到今说起来，哪有这么大的桌子呀？这不是开玩笑的吗？还讲什么团结互助？嘿！'你猜怎么着？外国人这一说，可把中国人当真地给难住啦，就都慌了神啦！可是——'若要不着急，就问毛主席'。毛主席就出来说话了，他说：'同志们，别遭难，咱们有的是办法，咱们先到外边去，到场子里去，我有办法……'人们就都到场子里去了。毛主席说：'站好队！'——大家就站好了队。'向左转！'——就都向左转了。'齐步走！'——就都齐步走了。走着走着，走成了一个圆圈子。'立定！'——就都站住了。'蹲下来！'——就都蹲下了。这工夫，那边来了两个小鬼，抬着一大盆红烧肉，热气腾腾的，搁在圆圈子当中。这时候，毛主席又站在圈子当中讲话啦，他说：'同志们，同胞们，谁说咱们中国不能讲团结？谁说咱们不能在一张桌子上吃饭？你们看，咱们这张桌子还不大吗？这桌面有十万八千里！不要说三百两百的人，就是全中国的男女老幼，全坐下还有多的哩！'毛主席说完了，中国人就都明白了，都鼓起掌来：'好哇！好哇！拥护毛主席呀！'这可把这些外国人弄糊涂了，都瞪着大黄眼珠子一个劲地转：'哪儿那大桌子呢，在哪儿？'毛主席哈哈一笑说：'你看，你不是蹲在桌子上的吗？你们英国、美国、法国，都没有这么大的桌子吧？你看，咱们这桌子上，天生的有稻、粱、稷、马、牛、羊、金、银、铜、铁、锡，吃不完用不清，这桌子不用木头做，也不怕风吹日晒，一千年一万年也坏不了，可结实哩！哈哈哈哈……'毛主席这一笑可把大伙给逗的乐起来了。哈！……"

"哈哈哈！……"

趁着大家笑的时候，老头又叭叭地吸起烟来，烟锅子里的火光映着脸上满足的微笑。

"完了吗？"我们有些着急地问。

"可没有完，长着哩，嘿嘿嘿嘿……"却还是不慌不忙地吸着烟。

谁也没注意到，那掩着耳朵决心不听的小伙子是什么时候坐起来的，这时候他也急了："我的老天爷，你就快说吧！你这是怎么啦！"

"我怎么啦，我没说给你听！"

老头一连气吸了三锅子烟，终于又开了腔了：

"……毛主席说完了话，大伙儿正乐着呢，可是那个外国人又嚷起来了：‘哈哈！你们这怎么行呢？你看，这么多的人，只有一盆菜，要是每人都跑上去夹菜去，那不是弄得乱七八糟？恐怕还得抢的打架呢！还团结？你说不上去夹菜吗？圈子这么大，人离得这么远，谁够得着？好比桃儿长在树顶上，要不上树的话，伸手也摘不到嘴呀！’你猜怎么着？这一下又把大伙说的全泄了气啦，‘我的老天爷！这可怎么着哇！’可是——‘若要不着急，去问毛主席’，俺们毛主席又出来说话啦，他用手一指，说：‘你们别瞎着急，看吧，那不是来了？’大家一看，嘿，两个小鬼抬来了一大捆筷子。你猜怪事不？都是三尺多长的大筷子，你也一双，他也一双……这回该够的着夹菜了吧？可是，那个外国人又嚷起来啦：‘毛主席，不行呀，筷子这么长，比手臂还长的多哩，夹着菜往口里送吧，一下子就送到脑袋瓜子后边去啦！你们这不是耍着玩的？闹了半天，还没有吃上饭，饿得肠子拧起来了！’真是，人们的肚子全饿得贴了背啦，都瞪着眼望着那盆又香又热的红烧肉，就是没办法吃到嘴……”

他故意的停了停，抽了两口烟，然后又故意问我们：

“同志们，不看你们早先上过洋学，才学高，抄起笔来会刷刷地写，可你们倒说说看，有什么办法？”

可是他那愣小子这时候又抓住理了，忙抢着说：

“你这是吃柳条吐筐子，出口就编上了，编着编着没办法啦，还问别人呢，哼！”

“你他妈少放屁！你怎么就知道没办法？俺们毛主席有的是办法！”

“毛主席告诉你啦？”

“毛主席没告诉我，你去问问毛主席看？”

“算啦算啦，别打嘴架啦，快听咱们毛主席的办法吧。”

我们好容易把这嘴架拦住了以后，老头又开始言归正传了：

“俺们毛主席有的是办法，毛主席就又演开了讲了，说：‘同志们，同胞们，你们听我说，我们中国人要在一张桌子上吃饭，咱们有的是全天下第一的大桌子。咱们筷子太长不是？可是，咱们要从今日起，不要各顾各人的利益，要互相帮助，不分男女老幼，大家都要有口饭吃，咱们要——你夹一筷子肉，送到他嘴里，他也夹一筷子肉，送到你嘴里，……轮着番儿，谁也吃得着，是不是？’你说这个办法——这不就行啦吗？”

“哈哈哈哈！真是，不错不错！……”

可是愣小子又不服气地说：

“这一顿饭要吃多大工夫呀！”

“你这个傻小子！”老头动了真气似的，使劲把烟袋往炕上一扔：“你懂得个屁！我说的是俺们毛主席有办法！——是说故事，说故事就是说故事，懂吗？”

1940年夏，于河北省平山县

原文《俺们毛主席有办法》载《北方文化》1946年4月号，后收入《解放区短篇创作选》，1982年在秦兆阳自选的《秦兆阳小说选》中，改名为《桌子和筷子的故事》。

路

一

天黑的时候，爬上了晋察冀山地的最后一座山头，前面立刻展现出一片漆黑无边海一样的平原地，人们眼睛马上睁大了，胸脯也扩张了，都深深地透了一口气：从此告别了，几年来相依为命的山！

漆黑的地平线上冒出了半个月亮，首先照见了巨马河，亮晶晶的曲折而平静地流着。微风从河面吹来，拭拂着从山里带来的满身臭汗。

但是人们的心情紧起来了，在左后方的一座小山包子上，屹立着一个黑色的怪物，尖硬的顶角刺着天空，顶下面开着两个黑洞，恰像一只踞立在山巅上睥睨原野的猫头鹰。这就是我们所遇见的第一个岗楼，它障碍在平原与山地的交界处，扼守在巨马河的侧岸上。

大家都屏住了呼吸放轻了脚步，在离岗楼不到半里地的地方蹚水过了河，像飞一样地跑过了一片开阔地的河滩，和一段突起的堤埂子。

月亮已经升高了，清晰地照见地面上的一切，使人们的心情更加紧张。走的不是道路，而是从大麻子细瘦的枝条和肥大的叶子中，从浓密的枣树林中，从幽香四溢的豆子地和高粱地里，从流着泥水的小沟沟上，跳跃着，飞着……

前面悄声地传下口令来："注意左边……左边……弯腰……腰……"——左边的庄稼叶子空隙里露出了一座岗楼的尖顶。

"脚步轻，跟上距离……快！"——又从一个岗楼的旁边擦过去了。

有人摔倒了，又赶紧爬起来赶上了队伍。

鞋子陷在河沟的泥里，来不及拔出来，就赤着脚往刺人的庄稼根上踩过去，脚痛得要抽筋，血流在泥地上。……

就这样飞过了二十多里，穿过了五六座岗楼。

但队伍突然从紧张的进行中停了下来，走在后面的人传来了一个坏消息："后面有一半人掉了队！"

这队伍共是四十人——大部分是徒手，只有四支手枪和一些手榴弹——由一个负交通责任的"交通队长"带领着，全凭他的夜行经验和特有的路径，以及他所单独知道的秘密的"点线关系"，要通过敌人所"确保"的点碉林立的敌占区，要通过许多封锁沟和封锁严密的平汉铁路。而正是这位带路人，因为病了半个月，身体太弱，跟不上队伍而丢了队！

大伙都蹲在地里，焦躁地互相咕噜起来。

走在最前面的那个交通员，忽然跳起来小声说："不行！咱们不能再往前走了，董队长要是出了岔子，我回去可交代不了，我们决不能扔掉他不管！……"他的声音是颤抖的，头上的白手巾也在月光下颤动着。

蹲在我旁边的一个青年忽然跳起来把他一推道："先别着急，咱们回原道找找去！……"

他俩就很快地隐进庄稼丛里了。

十分钟、一刻钟、半点钟，……两个同志怏怏地回来了，连个影子也没找到，却带回了更令人紧张的消息："这怎么办？前面三十丈远就是岗楼，听得见你们的咳嗽声……"

大家的呼吸不由得迫促了，都紧捏着唯一的手榴弹，有人绝望而坚决地小声提议："从原路冲回去！"

突然，从人堆里跳出一个大个子，像一堵墙似的立在人们面前，胳膊有力的一挥，很严厉地悄声嚷道："谁回去？谁说的？回去是容易的吗？同志们！咱们既是走到这里，就不能再回去。再说吧，董队长他们也丢不了。他道儿熟，也许咱们回去了，他们倒先过去了哩。我说，有愿意硬往前闯的跟着我走！"

"走！……"

大家都不约而同地跳了起来。

这剩下的十八个人，又开始像蚱蜢似的，在各种各样的植物中跳跃着，飞着……

二

第一道封锁沟很宽大，两壁上铺满碎石和松土，人沿着沟墙往下跑的时候，沙土和石子便像水一样的随着往下泻，发出很大的响声，但幸喜没有惊动岗楼里的敌伪军。

相隔不远就是第二道封锁沟：沟里满流着水，如果依直线蹚水过沟，就会一直走到对岸岗楼的门口当了俘虏。像这样的沿沟岗楼是不远一个，只有从两个岗楼之间过去最为安全，但沟沿是不能走的——是突起的土埂子，容易暴露。沟里面每隔不远有一道用荆棘枝编成的寨篱横拦着。我们只好像小说里面所写的英雄一样，把身子整个浸在冰凉的水里，把每一道寨篱下边弄几个小缺口，然后弯着腰钻了过去。

钻了五道寨篱以后，才正好是两座岗楼之间，这才算突破了封锁——过了沟。

九月的凉风吹拂着，湿透了的衣裳吹干了，但过第二道封锁沟又给湿透了。

大约又走了二十多里，天色已显出黎明的预兆了，月亮已没有那么耀眼，暗蓝的天色渐渐变成银灰色的了。地面上的草木和月光人影逐渐模糊起来，荞麦地显着异样的银白色，远处的鸡声也开始报晓了。

天亮对于我们是更大的威胁，我们不能在这失去了自由的土地上，在太阳底下存在。前面就是密密的树丛环绕的村庄，但谁也保不定那不是敌人的据点或特务的大本营。

田野是被农人们收割得稀稀落落的棒子和高粱地，也不能隐藏住这样大的人群。

又焦急，又饥饿，又疲倦……

又是那两个同志自告奋勇到村里去探探险去。提着张开了大机头的盒子枪，消失在树影里了。

村里的狗像是故意给敌人告密似的，首先是一声极其尖锐的吠叫，接着便是无数的狗用各种各样的嗓音全力嚷叫起来，像是有千军万马进了村庄骚扰了它们一样。

我们趴在村外细听着狗的叫声，想从里面测出吉凶来。有一个同志竟因极度的疲倦而发出了鼾声。

回来了一个交通员，跟那个大个子咕噜了一阵以后，就把手一挥："走！"虽然每个人都踮起了脚尖屏住了呼吸，狗的叫声却更加疯狂刺耳，它们仿佛是在从心底里倾吐着深仇毒怨，在进行包藏祸心的咒诅……

排头在一座寨篱门前停下了，门开了，从里面走出来一个黑人影子来，他深深地注视着我们，并且大声地咳嗽着。排头就往门里走，但突然院子里发出两声：哗啦！哗啦！——是扳枪栓的响声。接着："不要动！站住！"

这突然的变动，使急速运动了一夜的人们在几秒钟之内竟像触了电似的僵住了。之后，就猛然转身拼命地跑起来……

"跑！快跑！"

有的往东，有的往西，尽量地撒开了腿！……

三

我拐了两个弯就到了村外庄稼地里，看看后面没有人追来，也没听见枪响，这才放慢了脚步。

不一会，前前后后聚拢来了九个人，都喘着气，好像听见彼此的心跳得怦怦响。

"怎么办？天快亮了！"

"真操他妈！"

东方天际已由鱼白色变成粉红色了，多么娇艳的粉红色！

又很快地不择方向地绕走了一会以后，实在不能再走了。大家商量着，恰巧侧边有很大一快尚未收割的棒子地，地当中还有几棵可以遮遮阳光的枣树，九个人就分成两组钻进地里去。

太阳的金光从林立的棒子空隙中透了进来，植物苏醒的清新气息给人以安定之感，修长的棒子叶和平地舒卷着，露珠在上面闪着光亮。夜星已经消失了，天空是碧绿的、透明的，鸟儿叫得很热闹，一切都是新鲜而和平，只是凉风侵人。

我们四个人聚在一棵枣树下。正是枣子朱砂一样鲜红的时候，又脆又甜。我一面随手摘几个枣子吃，一面摊开被单子准备睡觉休息。

地外面传来了农人们卤壮的吆喝声：

“嗨！嗨！呵——嗨！”

“嗤——嘿嘿嘿嘿嘿！”

“嘿——咳咳咳！……你，你，操你娘！你怎么走的！呃，左，左！……”

这声音多么沉洪健康，多么大胆而又慈爱！它给我以坦然无畏的心情。我倒下骨节酸痛的身体，凸凹不平而又潮湿的地面竟成了最好的眠床，我舒适地闭上了眼睛……

我做了一个梦，梦见肚子痛，去找医生，摔了一跤，就醒了。立刻感到肚子极端的饿，原来天已到早饭后的时间了。

背脊被冰得麻木了，胸脯却被太阳晒得很烫，我只好揉揉眼睛坐了起来。只见他们几个人围坐在树下边，每人手里捏着块饼子吃着。我以为自己在做梦，而当我也得到一块大口地吃着的时候，却又完全证明这是真的事：是吃的棒子面夹豆面烙的又香又脆的“糊饼”。

他们看见我在莫名其妙，都笑了。

忽然，在离我极近的地方，有人大声地——可以说是故意地咳嗽了两声。但除了我以外，他们都不慌张。随着擦动棒子棵的响声，进来了一个谁在第一次看见都会觉得奇怪的人。在破旧的草帽下，盖着一张这样的脸：土一样的皮色，老鸹窝似的胡子，刷子似的眉毛下边，深陷着一对锐利的眼睛。上身赤膊着，肌肉跟红石头一样的坚硬，手里抱着一大捆从地里新拔来的连根带叶的落花生，走到人堆跟前，往地上一扔，用低沉的声音说：

“吃吧，长生果儿，解饥的。”

“嗨，真是难为了你了，要不是碰见了你，今天……”

“没说的，你们这也是没法儿，受这个罪！”

他就坐了下来，打着了火，吸起烟来。

原来这老汉从前是在定唐一带讨饭为生的，新近才由亲戚介绍到这里一家财主家“看青”。他住在这地边子上的一个窝棚里，饭食由东家送到地里来吃。在四个多月中，他只在刚来时进过一次东家的门，他原来是个野生的受苦人。

他说："哼，我受苦受够了，我知道苦的味儿……"

他问他："你把你的早饭让给我们吃了，你不饿吗？"

"嗨，惯了，饿一顿半顿的算什么！"

他又像对待知己朋友似的，把烟锅子装满了送到每个人面前，一定让抽："提提神，受了惊的……"然后又站起身来，说："我给你们去提桶水去，大热天，不喝点水可不行。"就又穿进棒子棵里，并且故意大声地咳嗽着，好像在告诉人说："这里没有什么秘密。"或者是："我可没有干过什么怕人知道的事呀……"

我们像是在孤岛上碰到了唯一的人类，心里得到了很大的安慰，精神舒畅多了，连全身疲倦得发酸发痛的肌肉似乎也松爽了一半。吃着落花生，抽着烟，就活泼地谈起话来了。

老徐——一个青年交通员——用他那总是富有朝气的声调说：

"……你猜怎么着？等你们睡熟的工夫，我爬到枣树上一看，四下里没有什么动静。我肚子饿得慌，怎么办？这么些个人，不能饿一天啦，晚上还得赶道，得找点吃的呀，那边就是村子，进村去看看吧。我爬下树来，把老范叫醒了，咱俩就摸出了棒子地，走着走着到了村边子上，沿着墙根子一拐，你猜怎么着？又碰到昨天出事的那个院子门口了！我一愣，老范说：'这不是昨天的？……'我说：'快！……'两人又转出了村，刚走到西边荞麦地边上，你猜怎么着？只听那个小窝棚里咳嗽了两声——坏了！——不要紧，我去看看。我摸到棚子后边，盒子张开了大机头：'谁？'没等我喊第二声，你猜怎么着？他早跳出来了，笑着把手一摆：'别嚷，我是看青的，我一大早起就见你们进了棒子地，我知道你们是干吗的，我就替你们把着风……'——好家伙！他就掏出一块糊饼来，说：'这是东家刚送来的早饭，我省着没吃，早就想给你们送去，又怕惊了你们。'……"

一阵擦动棒子棵的响声，老头提着一桶水进来了，勾着腰悄声说：

"可别大声说话，外边听得见，村里有人在搜你们！"

"你们村里有汉奸特务吗？"

"这我可说不清，人生地疏的，可是二流子货那还少得了？"他又用很秘密的语气说:“俺们东家,呃,说起来真黑心,岗楼上的小队长在他家住了十来天,临走要了五千块,还赶走了一口大肥猪……”

老刘——是从山里部队中退伍回家的残废军人——这时眏巴着那只受过伤的右眼,有把握地说:“嗨! 就是有特务汉奸,也不是什么了不起的大头蒜,昨晚那两下破枪栓的响声,就不是吓人的玩意,老实说,我当时就不怎么在乎……”

“一定是他妈特务,”老范抢着说,“要不可怎么这么怪? 你看,我们俩提着盒子进了村,在街上抓住个老乡,叫他领我到了保公所。保长出来了,他娘的,穿的大夹袍儿胶底鞋,好阔气! 我说:‘怎么着? 咱四十个人借你村宿一夜?’他说:‘行喽,你去叫人们来,我去找房子去。’我看样没问题,就到村外边去叫你们。准就是保长他妈干的事,闹的咱们……咳!”

可是老头却天真地说:“特务? 特务怕什么? 你们八路军——那些有枪的人们——断不了来,收拾他们……”说着,把一条点着了的火绳吊在了棒子棵的叶杈上,让每个同志轮番着抽烟。

“你在这以前见过八路军吗?”

“嗯,嘿!”他自豪地笑着说,“那还断得了? 夜里你听吧! 凡是狗叫就八成是他们,可是我没跟他们说过话。”

他接着又告诉我们这一带老百姓对八路军的奇妙的想象和传说,最后结论道:“八路军是看不见的,可是你总到处听见说,又像是到处有八路……”

他似乎竟忘了坐在他面前的就是几个八路了。

中午的太阳晒得使人困倦得眼也睁不开了。老头说:“你们睡一觉吧,我跟你们在地边上把着风。这是四四方方两顷地,是我看的青,没别人来,不要紧……”

四

等老汉再叫醒我们时,天已经是黄昏了,他又强迫着我们分吃了他的晚饭。饭后又抽了会子烟,临别的时候,每个人都热诚地拉着他的大手,说了许多衷心感谢的话。

出了棒子地一看，西边的天际又是一片极其娇艳的粉红色，和早晨东边的天色一样。

老徐老范成了这个小队伍的领袖，提着两支盒子走在前面。其余的人都紧捏着两颗手榴弹，准备今晚无论如何要突过铁道去。

认清了东南方向，又是飞一样的行进……

大约走了十几里地吧，在一个村子外边的树丛子旁边趴下来，老徐和老范进村去找带路的。

正是农民们回家的时候，牛的哞哞声，大车的隆隆声，打水辘轳的轧轧声，狗咬声，人们说话嚷叫声……炊烟渲染着黄昏的景色，将村庄变得如此神秘。人们在里面劳碌着，生活着。一家人围坐在小桌前吃饭，在温暖的炕头上休息，在大门口跟街邻说说闲话……这是人的世界呵！当你被迫脱离了这世界时，你才知道，如果是和平年月，在这世界里生活着是如何的好，如何的令人留恋！而我们是被隔离了，我们不能说话，不能动，我梦想着闻一闻炊烟的气味，闻一闻锅台旁边热腾腾的热气……我饿极了。

忽然一个黑影子跑到我们跟前来，悄声地："走！"

悄悄地溜进了村子，在一个僻静的角落里碰见了一个黑影子，他同老徐咕噜了两句什么，就带着我们很快地穿过了街道，停在村边一个打麦场上。一个正在捆草的农民直起腰来同带道的黑影子打着招呼，然后拉着老徐的手说："同志们，没关系，你们算是碰对了，咱们村没坏人，要是不想走的话，在咱村里住个三天五天也行，保准没事儿。"那个带道的这时也在一边得意地笑起来。我这才看清了他是个六十来岁的老头，胡子有寸多长，后脑袋瓜子上还有辫子的遗迹——短搭毛，身个儿又粗又矬，却像年轻人一样满有精神地动作着。他说："没事儿，放心吧，咱带人过路少说也有个五回六回了，就没出过错儿。"

"好吧，老大伯，你就辛苦一趟，回头我对你家里说，叫他们不用惦记。"捆草人又回头对我们告别道："同志们，我也不留你们了……"——他是一个宽肩膀的壮小伙子。

真没想到此地还有这样的村子，使我们忘记了累和饿，兴奋地挺起了胸脯，两条腿成了机器似的，走得很轻快。

月光比昨夜更清明，地面上飘浮着潮气，令人呼吸清爽。

忘记了路的远近，只是飞一样地走，飞一样地掠过这宽阔无比的地面。远处的村庄由一条黑线变成了一堆树影，又渐渐显出房屋的轮廓，从我们侧边移向后面去……

排头的人偶然回过头来看了一眼，接着——其余几个人像触了电似的——都一个一个地回过头来看一眼：原来是一群大雁无声地从空中掠过，它们发现了这一群急行的人，立刻都用嘹亮的声调喧嚷起来了，仿佛在惊叹道："多么平坦的原野！多么宽阔的大地！多么急忙的行人呵！……"

五

毛驴粗涩的叫声从地平线的远处传来。时间已经过半夜了。

在一个村边停了下来。带道的老人说："这村叫松林镇（涿县地）。正南不到半里地就是岗楼。岗楼脚下是铁道北的大封锁沟。沟挺深，想着硬爬过去是不行的。只是岗楼下边有一道桥，桥头上有个木栏，咱们要是有胆的，硬着闯过去也没事，楼上几个臭白脖子（伪军），不敢怎么的，多少队伍都是打这过去的哩。"但老徐觉得这样过法不妥当，因为咱们武装太弱，吓不住人家。商量的结果，决定冒着险上村里去找找办公的，硬要他们带着过桥。

老徐把老范的肩膀一抓，就进村去了。

我们也跟在后面，以极轻极慢的脚步，沿着一道极长的院墙走着。只见前面他俩的身影往东一拐，就有人低声地问："站住！干什么的？"接着，却是除了狗叫以外什么动静也没有了。我们就很快地转到了村南，在一条汽车道旁边的麦子地里爬伏着等候消息。

月亮照得汽车道像一条白布。四周死一样的静。秋虫在黍子根上爬来爬去唧唧地叫着。大家都觉得不安——这条汽车路是直通岗楼底下的，是多么危险的地方！

大约一点钟以后，还未见他俩出村，连狗的叫声也停止了。

村东边的道路上传来了清脆的口哨声，吹的是孟姜女哭长城的调子；之后，又唱起来了：

三月里桃花开哎唉，

三月里桃花开哎唉

是一个十几岁的尖锐的童子声，淫荡的流氓腔，又像是个醉汉故意装的腔——大约是进了村子，声音由小而消失了。

两点钟过去了，还是不见一点动静，急得人手心里直冒汗。

“一定是出了岔了！”

“再不走就过不了路了，天快亮了！”

我蹑着脚到村口听了听，村里仍然是死一样的寂静。

但村外汽车道的南头忽然传来了一声咳嗽——大约是桥头上的哨兵吧？紧接着——砰！——划破了寂静的天空：是步枪声。

“快！赶快！”

带道的老者成了我们的指挥员，带着这剩下的七个人由村西北绕到村东南，转了个大圈子，眼前忽然显出一条又宽又深的大沟。

这就是闻名已久的铁路北大封锁沟，至少有四丈多宽三丈多深。这是敌人用刺刀划成的大地的创痕！在一展平川的地面上，忽然现出这么大一条大黑沟，真有些令人惊心动魄！

当转到地北时，老人顺手从地里拔了好多根高粱秆子，我当下很奇怪，这时却有用了。他趴在沟边的土埂子上，两手紧拉着高粱秆的一头，我们依次拉着这条“缒绳”往下溜，到高粱秆尽头，还不及沟深的一半，把手一松，连滚带摔地就下去了。一个姓任的同志因为身体笨重，把腿摔痛了，揉弄了一会子才站了起来。

对面的沟墙却比较低，下边一个人用肩膀托着往上一送，上边先上去的再一拉，就上去了。我上到沟沿回头一看，老头还趴在对面土埂子上向我们招手呢。

马上听见火车的隆隆声了。

又走了七八里地，前面渐渐的呈现出一条黑色的大长蛇——这就是铁路高大的路基。

紧张地趴在路基下听了听，什么动静也没有。我带着好奇心，慢慢爬了上去，只见左侧有个小桥洞，但下面有积水，过不去。桥边有个小岗棚，我把手榴弹的弦勾住了，爬过去一看，是空的。再看右边，较远的地方有几座铁路上所特有的小房子，也不见有什么人影。

我趴下去给他们报告了情况以后，大家都高兴得了不得，又鼓了鼓勇气，弯着腰一冲，就很快地翻过了铁轨，溜到平地上了——这就过了铁路。

这比预先想象的容易多了。都吐了口气，但却又接着叹起气来：唉！把那两位勇敢的战友、两位模范的交通员丢在路北了！

六

又是黎明之前，报晓的鸡声从这村传到那村。

大约离铁路有十几里地了，就大胆地接近了一个村子。在村边堆满了收获物的场子上一个小席棚里，发现了一个"看场"的庄稼人，他爬起来仔细地看了看我们的装束模样以后，立刻用自家人的口气说道："跟着我走吧，找保长去。"

保长家的院子门悄声地开了。一个老太太和两个孩子从一间北屋里抱着被子到另一间屋子里去了。我们就走进了这间刚腾出来的屋子，立刻感到了一股温暖的人的气味，比起外面的夜凉来，简直是两个世界。

保长有五十来岁年纪，两撇小胡子，面孔苍白而瘦削，像是大病刚好的样子。他一面扣着衣服，一面兴奋而热诚地笑着说："没说的，这是咱们的地方，到这就像到了自己的家一样。"又对那站在旁边的他的小子说："快给烧水，洗脚！……"

全家人都起来了，同情的眼色和热情的话语，问长问短，烧水沏茶，拿被子，烤衣服……

"保长，可别太闹腾了，半夜三更的，泄露秘密。"

"嗨！"保长说，"在我们村里你放心……半个月前鬼子才打得我害了场大病——为的是要粮食——可咱就算是一副硬骨头……"

他那大小子接着说："这种环境，哼，就大着胆子干呗！他打了咱爹，咱也揍了他狗日的！上回，他妈的抢了五大车棒子——在地里偷着拔的，小子们也是饿慌啦——咱们五个看青的小伙子，三支大枪一支橛枪（一种土造的不能连发的手枪)，放了三响，撂倒了一个，嚷着:“打！打！偷青的，土匪！——都他妈的吓跑啦！……”

油灯的光亮渐渐暗下去了，窗纸上已经透出了鱼白色。人们裹着被子歪在炕上，都发出了鼾声。我也闭上了眼睛，但我两腿的关节酸痛得要命，睡不着。我想起了老徐:他和我编在一个班里互相关照地走了一个多月，两人成了很好的朋友。他曾在冀中“五一”扫荡后带着一个排在七分区坚持了四个月，后来进山当了交通员。他告诉我说:“当交通员是不容易的，得政治坚定，还得精明强干，又要脑筋好，装得住地图，还得懂天文——会看星星。每个交通员执行任务时都得开辟自己的路线，别人都不知道的……”他又说:“我从这条道儿到冀中还是第一次，可是下次再走我就用不着人领道儿了，我有这个本事!”他生得宽肩膀，马蜂腰，脸相很俊气，大而黑的眼睛，尖鼻梁，头上经常裹着雪白的毛巾，身上的衣裳也总是洗得很干净的。他无疑的是一个勇敢的战士，但他的感情却又非常细腻，当我问他结过婚没有时，他说:“我不喜欢娘儿们又瘦又大的干柴脚，我喜欢长得肥肥的不大的脚，我在家扛长活的那工夫，有个寡妇娘儿要寻我，我就嫌她那脚不好看，没答应……”他才二十三岁。

七

这里是十分区的边沿地区，一般的村子都有我们的工作，各种制度和隐蔽斗争的习惯都很严格，但我们四十人的总介绍信是董队长带着的，因此现在是等于没有身份证明文件了，在这样残酷的地区是寸步难行的。早饭后，保长为此去找了区长一趟(此地属新城县方官区)，因区长们活动极隐秘，没有找着。

天黑时，我们由保长亲自带领着出发了。走了五里后进入一个村，让我在道旁边蹲着，他却不知怎么一扒，就跳进一家院子里去了。不大一会儿，门开了，出来了几个人，也不说话，把我们点了点数，然后用手电筒照着写了个纸条:

“今收到杨各庄送来分区干部七名。”

保长临别时抖着手中的纸条对我们说:“有了回条，你们就算有了保证——哪村出了错,查出来哪村负责——这是个办法。”

就这样,各村公所就像收发文件似的把我们转送了两个晚上,第三晚上就到大清河边上了。

八

这里已经是水乡风味了。在月光的照耀下,一洼洼的水里浸着一丛丛的老杨树。空气是潮湿的,还带有鱼腥味。山里边生活了几年,突然看见这样的水乡风味,感到特别新鲜。

经过了半里多地一丈来高的大麻子棵夹成的胡同,尽头处是一个被浓密的大树林所包围着的空场,场上一堆堆的豆秸和谷穗子,散发着浓烈的熟庄稼的香味。东边树影下,藏着一所隐秘的小屋子。就在这小屋的门口停下了,都不由自主地往潮湿的地面坐下去和躺下去,有的甚至于哼哼起来了。

小木门开了,出来一个小小的人影子,同带道的老乡咕噜了一阵之后,就依次走到我们每个人跟前,像疯子似的,用发亮的小眼睛打量我们每个人的全身,以致我们很吃惊,要不是因为他那芦花似的胡子和犁弯似的背脊,一定会当他是个坏蛋而跳起来揍他两下子的。之后,他忽然又抓着我们的手,用几乎听不见的声音说:“你们是从路西过来的?走了这么远?太累了!太累了!不要紧,我带你们过河,先上屋里歇歇,暖和暖和再说……”

小屋里堆满了倭瓜和许多大口袋,还有各色各样的瓮,我们一进去就挤得转不过身来。他给介绍了坐在炕角里的老伴,和那瞪着好奇的大眼的小闺女子,就趴在灶台下烧起火来,嘴里咕哝着:“不渴?走了这么远的道儿,不渴?水又不要钱买,柴禾是现成的,还烧不起?……”又独自笑起来:“你们别看我这个小窝铺不像样儿,谁也得上我这儿来,县长区长的,只是当八路的没我不认得的,都说我这地方严实,我人性好,靠得住……”又叹口气道:“我这么大年纪,什么事没经历过?义和团、土匪、兵、白脖、鬼子……我顶着这把硬骨头,把小子送去抗日了,我不怕。你们说,这会子白脖鬼子气儿弱多了,八路军一天多一天,哪儿来的?地底下钻出来的？世界总有个出头的时候！……”

喝完了枣儿泡的茶，似乎稍稍恢复了元气，就出了小屋子，由这老头子带路，沿着一条堤埂子走了三里多地，又到了一个村边。

一座残破的岗楼峙立在月光下，还剩两三丈高。老头停下来指着它说：“你们先在这楼荫下等等，不碍，这是前几天拆了的，我去叫撑船的来。”他就像只小鸭子似的，歪歪趔趔地消失在前面树林子里了。

我带着特别的心情观察着这一片瓦砾堆，这战争的残迹。我想起了在山里边零碎听到的、平原上离奇的斗争故事。

老头领来了两个人。前面一个拿着根丈多长的篙子，露着一只胳膊，很带劲地一挥手：“走吧！”好像是下了某种决心似的。后面那个却披着大棉袄，袖着手儿耸着肩膀，不声不响地跟着走。

又走了一段漆黑的苇子当中的小巷道。冰凉潮湿的苇叶子擦得人满身湿。突然眼前一亮，前面是一片银白色透明的河面，月影和树影在水中摇摆着。

拿篙的汉子从树上解下了缆，就都上了船。老头还在岸上叨叨着告别的话。披大袄的汉子却大声地对撑船的汉子嚷道：“老边，没关系！”

“都是中国人嘛，有什么关系！”老边也大声地回答道。他显然是在生气，猛地使劲把篙一点，船就离岸丈多远了。

我拉他一下悄声问道：“这是什么人？什么有关系没关系的？”

“哼！”他咬着牙说：“他妈的什么人？还不是死心眼的中国人？可他妈现在没主儿了，看你把爷爷怎么着！”

他的铁胳膊气愤地挥动着，船轻柔地向对岸移动了。

我看着这如银的景色，回味着刚才这两人的神情：这一定跟那被毁灭了的岗楼有关系吧？我不觉出了神……

夜是静寂的，看不见的仇恨之火却在燃烧着、闪耀着！……

九

过了河走五里地到了个大村（大概名叫邓店或邓庄），撑船的汉子把我们领到一家门前说道：“这深更半夜找办公的是找不着的，先在我这亲戚家宿一夜吧。”临走时他又说：“你们到了分区打听打听，俺们村叫蔡×庄，抗日是有名的……”

一个老者把我们领进了一间很漂亮很温暖的小屋子里。

第二天一大早，我一个人最初醒来，正在揉搓眼睛，门帘子一撩，进来了一个留着分头的青年人，大眼睛滴溜溜地朝炕上睡着的人打量了一番，然后坐在我的身边，冷冷地问：“打哪儿来？”

“嗯，你是？……”我对他有些怀疑，特别是因为他不像个农民。

“我是这村的，房东一家子。”

“不，你是村里办公的。要不，就是……”

“你们有介绍信吗？”——声音更低，很神秘地。

“你要是保长或办公的，咱们就正正经经地谈谈，要不是……”

“你要不告诉我，我也不能告诉你。”他两眼死死地盯住我。

“那么你一定是保长，我信得过你吗？”我也两眼死死地盯住他。

“反正——这村里没有卖国的……”

“对！我干脆对你说吧，我们是从铁路西过来的，给敌人冲散了，介绍信也丢了。你看我们这服装、这‘山扛子’鞋，还看不出来？”

“上哪儿去呢？”

“到分区去。”

“你们给冲散的一把连是多少人？”

“十八个。”

“对，我给你们张罗饭食去，一会儿就来。”

他一撩门帘就急忙地走了。

这使我很纳闷。我叫醒他们，告诉了方才的事情，他们也很怀疑。

但不大一会他就回来了，却换了一副热情的态度，紧紧地捏住我的手说：“你们想见见你们一道儿的那些同志吗？”

“怎么？……他们在哪？”

“哈！你们算碰对了，都住在咱们村里了！白天别出去，天一黑，我就领你们去会面。”他又解释地说：“不是刚才我对同志们态度不好，实在是环境太复杂，又是土匪，又是白脖子，全冒充八路。”

晚上，在一所三间相通的大屋子里会见了十一个同志。他们正在喝着棒子面疙瘩汤，立刻都放下碗兴奋地嚷起来了：

“呵呵呵……呵呵呵……”

“你说，你说吧，你们怎么走的？”

“说吧，说吧……”

老徐跑上来，我们兴奋地拥抱着。他说：“老秦，你们怎么搞的？……我找到了保长，他说过桥没有问题，就去找一个和伪军有关系的人带道，村子太大，找了两个钟头。等我出来一看，你们不见了，我这一急呀，我跟老范就围着村子转了三个圈……”

“可是，你没听见楼上放枪吗？”

“嗨！你们真沉不住气，那是人家放放枪壮壮胆的呀，没有什么目标。”

“后来，你们怎么过来的呢？”

“嗨，真有意思！我跟老范一商量，就提着盒子，大摇大摆地走到了岗楼下边，我就嚷：‘楼上的听着，今天我们大队伍要过路，派我们先来通知你们一声，你们闪开个道儿！’桥边上的那个伪军哈巴着腰儿说：‘同志们不歇歇腿喝碗茶吗？’我说：‘不啦，别客气，都是中国人。’就这么着大摇大摆地过了桥……”

“你俩怎么碰上他们的呢？”

“哎，说来真冤枉，你猜怎么着？我们出事儿的那个村叫马义庄，原来有咱们的工作，咱们平西的武工队住在那儿的。他们怕我们是特务化装的，想吓唬吓唬试试看，谁知一下子给吓跑了。捉住了两个没跑脱的，一问，后悔得了不得。第二天寻了咱们一天，别的人都寻到了，就是没寻着咱们九个人，人家还请他们会了会餐，吃了一顿大肉……”

“哈哈哈哈！……”

“后来他们也是爬着过的大沟，在道儿上跟我们碰上了……”

手跟手握得出汗，话说不完，是无上的快乐，无上的感动，患难与共的同志们碰在一起，是如何的亲热呵！

在这样的月光之下，在这样一望无际的原野上，同着你的战友们一道儿急行军，这不是可感动的么？这不是最大的快乐么？……

呵！瞧吧，多么广阔的地！多么平坦的地！它伸向无际的远方……假使你骑着快马，你跑吧，在这月光浸透了的天空之下跑吧！你敞开胸襟，让夜风吹拂你身上的汗水，树丛和村庄会从你身旁闪过去，闪过去。星星也会像银色的箭似的，闪过去，闪过去。有什么东西阻挡你的进路呢？

1943年冬，于河北省雄县

原载《北方文化》1946年第二卷第六期

歪脖子兵

说起我当“中央军”的事儿来，真叫人哭也不是，笑也不是。

我原来是个种地刨土的庄稼人，家里老娘媳妇孩子一大窝子人口，全靠我一人养活。

那天，一个抓壮丁的灰孙子丘八抓住了我，先给了我两嘴巴，打得我脸歪到一边，嘴里直流血。我一着急，就想出个随歪就歪的法儿，跪下来说：“老总，我当不了兵，我有残疾，我这脖子……”可是那灰孙子不等我说完，又踢了我两脚：“妈的皮！什么残废，除非你没长着屁股眼，走！”就把我五花大绑地拖到了城里。

到什么“新兵登记处”去登记。那个拿笔的“师爷”问我：“你他妈跟我长官说话怎么脸老歪在一边？你调的什么皮！”我张着结巴嘴说：“报告长官，我从出娘，娘胎就带了个残，残，残疾——歪，歪脖子。”他想了一下，说：“歪脖子也要，凑个数吧！”就给我写上了名字。

从这天起，我就当开了歪脖子兵。我的脖子是向左边歪的，根本不能瞄准放枪，可是还得“凑个数”！

后来我才知道，是因为你们解放军把他们消灭得太多啦，只好连有胡子的、瘸腿的、瘌痢头的，全都抓来“穷凑合”。

头一次出操上科目，教的是立正姿势。教官说：“立正时，头要端端正正，两眼平视正前方……”别的兵都照他说的“要领”做。我也立正挺胸，可是头却没法端正，自己正觉着好笑，忽然“嗤”的一声，从背后齐左耳朵根捅过一把刺刀尖来，把我下嘴唇皮捅掉了一块，立时血就顺着胸前流下来。后来才知道，这是什么美国式的教练法，专门有人端着枪刺在一边监视着，瞅见谁的脖子不正，或是东张西望，就冷不防地捅一刺刀，给你个教训。当时我吓得出了身冷汗，痛得吃心。教官见我还是把头歪在一边，又拿手护嘴，跳上来给了我两“挺胸拳”——他娘的，挨打还得挺着胸呢——说“我叫你调皮！把手放下来！”我气得浑身发抖，心里一股子火往上冲，就嚷起来：“我天，天生就是个歪，歪脖子嘛！”他不等我说完，又没头没脑地给了几拐子：“我叫你歪脖子！我叫你装蒜！……”下面的话没听清，我就昏倒了。

醒来后，还要我站在一边看别人操。我只觉得心里，眼里，头脑里，嘴唇皮上，那里也是热辣辣的冒火，觉得天旋地转，就又昏倒了。这才让我回到房子里休息。我躺了一天一夜没合眼，思前想后，心里的仇气越来越大，把牙一咬：“索性跟你灰孙子们捣捣蛋吧！”

光立正稍息两个科目就操练了半个月，我总是“立”不“正”，也把我没法。

接着又教“看齐”。教官喊口令：“向右看——齐！”别人——刷的一下——一律向右看，只我一个人头往左扭。教官又急了，照着我鼻子嘴两耳光，搬住我的脑袋使劲往右边拧，我脖子撑不住劲，身子就势向后一转，这一下头倒是往排头那边看着的，可是，嘿嘿，来了个背面向前。全排人都忍不住笑。灰孙子教官自个也忍不住笑。他叹了口气，照着我屁股蛋子踹了一脚，说：“咳！真他娘的，《步兵操典》以外的兵！”

后来班上弟兄们就给咱起了个绰号——“操典以外的兵”。这绰号一直传得全营都知道，不论谁，见了就叫：“操典以外的！”以后又慢慢地变成了“操老外”，又变成“老外”，“老外”“老歪”分不清，最后又变成“歪歪”了。我原来的名字叫尹国正，人们又随歪就歪地叫咱“永不正”，叫长了，原来的名字就给忘了。后来连点名也叫：“永不正！”我答应：“有！”全连的人都忍住声笑得肚子直抽筋。

绰号是传出去了，可是当官的们还老疑心我是装的病，挖空了心思找法儿试我。有两三回，散操的时候，全连的兵得了赦令似的，一声“杀！”就四散跑开了。我也挤在人们当中忘了形地跑，忽然连长站在我的右边大声叫：“永不正！”幸亏这“永不正”三个字提了我的醒，我“卡”一下站住了，可是没往右拧脖子看他。他说：“没事，滚你的歪蛋吧！”我脑子里一转弯儿，猜着他是试验，往后就时时刻刻提着心。又一回，是个放假的日子，我白天里倒在屋里睡着了，班长跟一个人们都暗地里骂他是“小舅子”的

"狗腿子兵",用根纸捻儿掏我的右耳朵眼。我迷迷糊糊地觉着痒痒得怪,正想把头往右一摆,心里却猛地一跳,一睁眼才看见是他俩捣鬼,气得心痛,可不敢发作。这些鬼办法都不行,班长他娘的又想出了个毒招子:要全班人夜里都用卧倒的姿势抱着枪睡觉,说这也是"美国式"的教练法,为的是叫兵们养成在战壕和掩体里能利用一分钟的时间休息养神。你想想:像这样睡觉,如果头向右歪枕在左胳膊上,倒还可以受两点钟,要是头向左歪,用嘴枕在左胳膊上睡,咳,真他妈半点钟就难受得要死!每天有两个"狗腿子兵"在两边夹着我睡,常勾起脑袋来看我。我脖子难受得快断了,可又不敢动弹缓缓劲。因为怕睡着了动了脑袋露了马脚,每睡觉前我总是捶捶自个的头,心里说:"记住,你是个歪脖子,记住,你是个歪……"有时难受得睡不着,就在心里一千遍一万遍地骂街:"我操你们姥姥,你叫活人受死罪!……"

我好比一条绳子,你越拧,我越结实。像这样治了半个月也没治住我,官儿们倒真以为我是天生的歪脖子了,以后出操什么的,断不了出些差错,他们也没法。比方说:操齐步走吧,我有时走差了向,出了行列。操瞄准吧,我像吓唬老鸹的草人,举着枪装样,到这会我还不会放枪哩!操报数吧!右边的人报完了老半天,我还装不知道。平时走路碰见了长官,总是等他们过去了好半天,才对着他的屁股敬礼。有一次野外演习,散兵群跃进,我跃了几步,卧倒,一下子压在别人的屁股上。……闹的错儿三天也说不清,他们揍我也揍得手酸了,我挨揍也挨得皮厚了。

这么着,原想叫灰孙子们看着我不成材,放我回家拉倒,不想狗日的们这么"将就",心里就更有气,就越加豁出来了。

半年受训满期,说是什么司令要来阅兵。前半月就加紧操练,前三天就忙着里里外外地打扫清洁,整理内务,为的是怕司令来了看着不好,熊人。头一天,连长就和班排长商量,怕我临时出错,说不叫我参加阅兵,我——谁愿意去受那个洋罪?正巴不得哩!可是第二天一大早,又说人数不够,还叫我参加了。你猜怎么样?操分列式,横排正步走,别人都看齐了排面左转弯走了,我一个人还在向前"一二一",出了行列老远我才赶紧回来。下操以后,连长气得脸都白了,打了我八十军棍,关了半个月禁闭。我在牢房里又痛又饿又恨又想家,闹了场大病,也没人照管,差不点死了！

我心里说："这回该放我回家了吧？"可是不，病好了就把我编进正式部队，当了一名"火头军"。

当伙夫本来是最辛苦的，又加上是个歪脖子，爬在灶门口烧火，在井台上打水，行军担锅碗，脖子总是酸痛得不行。这还不算，还有更难受的哩：每天晚点名，伙夫班也要集合，听鸡巴连长的"精神训话"。

说起连长来，他也有个绰号，叫做"机械化"，又叫"精神"。他每天早晚点名时总要来一段"精神训"，每次"训"的总是他娘的怪声怪气那么一套："我们当军人，要有军人规矩，无论在啥时候啥地方，无论正在干啥事情，只要听见说蒋主席三个字，马上就要立正，要养成机械化习惯。比如我自己吧，就已经养成机械化习惯，只要听说蒋主席三个字，就像开了机器——咔嗒！因为蒋主席是我们军人最高长官，（稍息。）蒋主席是我们国民党员最高领袖，（稍息。）蒋主席是我们……（稍息。）"——每次给数着，准打准要一连串说二十几个"蒋主席是我们"，每"蒋"一下，我们就咔嗒立正一下，他就叫一下"稍息"；刚把脚一伸，他紧接着又"蒋"，我们又"咔嗒"，他又叫"稍息"。像这样——"蒋"——"咔嗒"——"稍息"……就像他妈织布机响似的，总是弄得全伙夫班困得想栽倒，恶心得想吐。这一套说了，他还没完，还有一套，说："蒋主席说，我们当军人，最重要是精神。蒋主席说，我们当军人，在什么时候都要挺胸。蒋主席说，我们当军人，就是拉屎的时候都要挺胸……"这一套说完了，他还怕人们记不住，还要重复一遍："我今天讲话，很简单，有两点：第一点，我们当军人，要有军人规矩……第二点，蒋主席说，我们当军人，最重要是精神……"直说得全连人都在心里骂他，他说一句"蒋主席"，人们心里就骂一句"操你娘"……

弟兄们没法出气，就有那缺德的给他编了个顺口溜：

> 不怕打，不怕骂，
> 就怕连长来训话，
> 胸要挺，肚要凹，
> 蒋主席——操你妈！
> 蒋主席——操你妈！

伙夫班的人们常暗地里嘈嘈，有的说："用切菜刀把他鸡巴舌头割了就好了！"有的说："不沾，你怎么割他的？不如在菜里下点什么毒药，叫他吃了舌头烂掉个球的！"又有的说："这也不沾，你哪找毒药去？最好是上火线时打他的黑枪——叫他对阎王爷'精神训'去。"我心里说："你说的这也不行，伙夫不上火线，怎么打黑枪？嘿，我倒有个妙法儿，就是不告诉你们。"

我这妙法儿在心里藏了两个多月，老不敢实行，最后才实在忍不住了——豁出这条命干吧！为全连人出气，死了也值得；再说吧，还省得受这头儿的活罪！

我们操场角里有个半头墙围着的茅坑。这天傍黑做游戏时，看见连长进去大便，我就也提着裤子进去了，歪着脖子装没瞅见他，嘴里大声叨念："蒋主席说，拉屎也要挺胸……"一句话没完——真他妈机械了——他通的一下站了起来，光着屁股就立开了正。我还是歪着脖子装没瞅见，还在尿我的尿，嘴里还是："蒋主席说，我们当军人……"他忽然大嚷一声："永不正！"我赶紧向后转，对他立着正，小便还在泚，泚……我们俩眼对眼瞪了一会，他忽然疯了似的向我一扑，我飞快地一闪，就跑出去了。他迈步想追我，却忘了自己的裤子没提起来，一下子摔了个饿狗吃屎，弄得满身满手屎和尿。全场的弟兄们都看见了，都笑得直不起腰来。

你说这是怎么回事？我从当了这个鸡巴兵，性子就变得这么怪，成天里见了谁也有气，总想闹点什么事情，想杀个把人解解恨。越挨打挨骂，我越咬着牙。连长狗日的把我吊在马棚里，用皮带抽了我两天半，我没哼一声。

到了第三天天不明——老天爷开了眼，咱们解放军打来了，连长狗日的顾不得打我的。你们打进城来解下我来时，我已经被吊了三天三夜，是死过去多一半儿的人了！

解放军真是我的再生爹娘，送我到医院里住了二十天，吃药打针，吃好的喝好的，还有人伺候，我从出娘胎也没经着过这样的事。挨吊挨揍那几天倒没哭，这会我常觉得心里发酸发热，倒啼哭了好几回，唉！……

那天俘虏遣送所的那个张同志问我："你回家去吧？"我说："不，我要当解放军！"他说："为什么呢？"我说："第一，解放军跟旧部队相反，什么都好。第二，我要和老蒋那小子干一场，报报仇！"他说："不行，你有残疾。"我说："我有什么残疾呀？"他说："你是个歪脖子。"我当时心里说："怎么我他妈这么傻？还歪着……？"就把牙一咬，使劲把脖子拧过来了，自己吐了口气，心里说不出来的一股劲，眼里又不觉地有了泪花，大声说："张同志——当了解放军，老病去了根——你看我还歪，歪吗？"

现在我是中国人民解放军，改了名字，叫"尹不歪"就是"永不歪"。

1948年秋，于河北省平山县

原载1949年第2期《华北文艺》

老头刘满囤

老头刘满囤有个好儿子和好儿媳妇，儿子名叫刘大杠，媳妇名叫王兰英。

去年闹土改时，儿子和媳妇还没结婚，却都是贫农团的委员。委员们常在老头子住屋的外间屋开会，每次那闺女总是故意来得早，回去得晚，总是找事由跟儿子拉扯闲话。老头子缩在里间屋的炕角上裹着被子窝脚，因为耳朵有点背，又加上他俩说话声音低，总听不清他俩说的么，但那神情是猜得出来的。他表面上虽然装不知道，心里却暗地里高兴，想道："俺这么个穷家主，要是分了地，又娶上这么个好媳妇，可就真算不赖呀！"只恨儿子不早点向人家提亲，自己想对他"建"个"议"，却又怕他那杠子脾气发作，冲自己两句，所以一直不敢开口。

有一天，委员们开完了会，都靠在炕头上叭哒着烟锅说闲话。副主席杨双庆忽然像想起什么似的说道："大杠，这不是已经讨论好啦，过年正月初就分地，你合计合计，你们家该按几口人分？"说罢，不住地拿眼向王兰英瞟，弄得那闺女只是低着头弄手指头，连带着把大杠也臊得说不出话来。正主席王老洛是个爽性人，忽然用铜烟锅使劲往小炕桌上一敲，大声嚷道："哈！俺可是袖筒里吞棒棰，直出直进，有么说么。大杠、兰英，你俩的事也别对俺们瞒着哄着的，俺当主席的给你俩决个议，为了过了年分地好算人口，你俩就在年三十喝喜酒吧！"这时满囤老头子早就在里屋里留神听着的，王老洛话音刚落，他忽然一掀破门帘冲了出来，瓮声瓮气地说道："老洛，你这话我赞一百个成！"众人起先一愣，后来就哄地笑起来，臊得那闺女一溜烟地跑出去了。

年三十这天，人们一来是庆祝新年，二来是庆祝翻身，三来是庆祝大杠和兰英结婚，着实热闹了一番。满囤老头子因为高兴，多喝了几杯酒，当青年和儿童的秧歌队在他家门口的场里围着一对新人发疯也似地扭着时，他忽然从院里冲了出来，手里拿着条束腰带，散敞着大袄，也跟着一颠一倒地扭起来，引得满场子的人们都笑得直不起腰来。后来主席王老洛叫人搬来把圈椅放在场子当中，把老头子捉住按在椅子上坐定了，指挥着一对新人对他行了三鞠躬礼，又在众人的逼迫下，齐声叫了他一声"爹"，乐得他忽然向天上挥着胳膊，像是对儿子媳妇，又像是对全场子的人，嚷道："恭喜恭喜，翻身啦，翻身啦，哈哈哈！……"更把全场的人都乐得流了泪。

儿子结了婚，过了年又分得了十二亩好麦苗地，老头子就像变了个人似的，不再像从前那样一天老缩在小套间的炕角落里发闷，也不再那么见了人傻愣着眼不说话。现在他每天天刚亮就起来，绕着村边拾一满筐子粪回来，正好媳妇也做熟了饭，他就进屋往热炕头上一坐，抽几袋烟，鼻子里闻见灶间熏进来的饭香，媳妇已经在他面前摆好了小炕桌，桌上摆着一碗蔓菁棒子粥，两个热气腾腾的小米面饼子，一碟子香油拌豆腐。吃着饭，随便跟儿子媳妇谈谈今年种庄稼的计划，和他新听到的村里的"新闻"。完了以后，他抹抹胡子下了炕，去灶台上拿起那把小砂壶（媳妇早已给他沏满一壶枣儿茶）就出了门，到隔壁杨米贵老头那儿说起闲话来。这杨米贵也是个七十多的老头子，也是这次才分了几亩地，正计划着给儿子娶媳妇和买牲口，两人说起话来都怕对方耳朵聋，听不见，都使劲地提高了嗓门，听起来像吵架，总是惊得院里的大公鸡"咯蛋咯蛋"地叫了起来。满囤老头子说："老哥，不瞒你说，今年俺小子是'人财两旺'。媳妇是'财帛星'，俺老头子是'福寿双全'，一家三口人都喜欢，真是'三喜临门'啦！……"米贵老头子说："老弟，算你比俺早走一步，可是你瞧着吧，俺二月里买头牛，三月里再买个小猪，四月里草儿长起来再买两只羊，五月里过完麦收就给小子娶媳妇，赶明年热天，你猜怎么着？又是小牛，又是小猪，又是小羊，还得添个小孙子！不信咱们比赛比赛看，看谁走得快，谁先抱孙子。……"两人说得口渴了，就斟上碗茶润润嗓子。满囤老头总要把这小砂壶称赞一番，说它嘴大痛快，不像那些气死人的小瓷壶，倒茶像小孩挤尿似的，半天倒不了半碗，你着急把壶一侧歪吧，那茶水又流得满桌子满炕席。……

开春过后，天气好像比往年暖和得更快。人们往地里送完了粪，眼看着遍地的麦苗儿一个劲地往上长，简直把土地变成了绿海。风儿吹过来，海里翻着耀眼的柔软的波浪，一层推着一层往前赶，简直叫人想在上边打个滚儿才痛快。满囤老头子现在更不在家里待着了，也不常找米贵老头儿说闲话了。他总是一吃了早饭就把大袄一脱，光穿着棉裤和小袄儿，背着粪筐就出了门，东西南北一转就是五六里，看着男女青壮年的拨工大队排成排在地里，唧唧嘎嘎说说笑笑，一个个都通红着脸。风把那些妇女们的头发吹得粘在汗脸上了，她们也顾不上用手撩一撩，生怕落在男人们的后边，只一个劲地拉动着锄往前赶。有时看见儿子媳妇也夹在他们中间，好像比别人干得更壮。看着看着，老头儿就上了做活儿的瘾啦。

老头子年轻时是个气死牛的好干将，家穷没地，想地种想得发疯。后来租了财主家几亩地，他就成天里泡在地里了，把地边子修得像刀切的一般整齐，地垄子修得箭杆一般的直，庄稼苗长得黑油油，比别人的穗子要高出半个头。可是地越种得强，粮食越打得多，地主就越要得多，一年忙到头，干落一身汗。后来因为一件事情得罪了地主，地被收回去了，他要了两年饭，又给人当了二十多年长工。当长工时他也把东家的活当自家的活干，倒不是他对东家好，只因为一闲下来就觉着浑身骨头节发胀，有劲没处使，难受得不行。现在他自己有地了，可是人却老得不能动弹了。但是他还不服输，总觉得身子骨还挺硬棒，还能干两下子，有时就忍不住要走到拨工队人们跟前，说说自己早先干活的样法，并批评青年人干活不是样。可是总是被那些青年人不客气地顶他："你是样，你是个'炕头王'的样，回去上你那热炕头上蹲着去啵！"妇女们更放大嗓子嚷道："你们给他锄，叫他试试看，看他摔倒了爬得起来不？"如果这队里有儿子在，还得凶他几句，总是气得他蹦弹着腿走了。

有时他瞅着儿子媳妇两口子单独在地里拾掇什么时，就忍不住扛着家伙想去帮忙。小两口干着活儿又说又笑挺高兴，可是儿子一看见他来了，就愣声愣气地嚷道："你来干吗？还用得着你干活吗？忙家去歇着吧！"他讨了个扫兴，总是把手里的家伙一扔，嘟囔几句，撅着胡子往回走，找米贵老头子发牢骚去了。

像这样的事越在忙时越易发生。一回两回三回，慢慢的老头儿的气就大了，心里就跟儿子媳妇别扭起来了。其实，儿子不愿叫老的受累，一方面是疼老的，一方面是小两口刚结婚，干活时总爱说笑打闹，不愿叫老的在一边碍事。

麦收的时候，全村忙得像打仗似的，儿媳妇更忙得连吃饭的空儿也没有，只有老头一个人闲着没事干。

第一天，儿子媳妇在门外场里铡麦个儿，男的掌铡刀，女的递麦个，两人都要强，一个铡得快，一个递得快，累得媳妇那白布小褂儿都汗得贴了肉，还不住格格地笑。男的说："看你个笨样，当心铡了手！"女的故意把手伸到铡刀下边，笑着说："你铡吧，铡吧，铡残废了省得干活儿！"男的故意把铡刀一按，吓得她赶紧抽回手去，跳起来打了他一下。男的笑着说："怕么？铡残废了俺跟你离婚！"女的听了，抄起个扫场的扫帚来就追男的，男人就跑……

这时老头正在院里闲得闷得慌，想起了十二亩地的麦子个儿什么时候铡得完？又怕天下雨把麦穗儿弄腐了，就又想起要帮他小两口的忙，就不声不响地走出寨篱门来，从场边上抱起个麦子个儿就往儿子那边走去。因为被麦秸垛隔着的，谁也看不见谁，正好儿子媳妇跑着转了过来，跟他撞了个满怀，差点把老头碰倒。老头说："你们这是干什么？"儿子红着脸说："忙活嘛！"老头说："俺帮帮你们。"儿子大声说："你又上了做活的瘾啦？快去歇着你的吧！"这回老头的气可再也忍不住了，把腰一叉，骂道："我把你个没良心的！这说的什么话呀？这日子就算是你们挣下来的，可也有做老的一份呀，也兴老的插插手不？"还是媳妇懂事，尽说好的，才把他哄得家去了。

当天吃晚饭时，老头想起了白天的事，说道："嗯，我是个好心，怕你俩累坏了，想去帮帮，你是那样对老的说话呀？……"儿子又大声说："你怕把俺们累坏了，俺们就不怕把你累坏了？这么个忙时候，把你累坏了怎么着哎？"这几句话倒是好话，可是因为怕他听不见，说得嗓门粗一点。媳妇马上对丈夫瞪了一眼，小声说："你别这么粗门大嗓地对他说话，叫他不痛快。"又转过脸来和善地对老头说："爹，你这么大年纪啦，还是待在家里看门吧。"老头听了儿子的话又不受听，心里就有气，又没听清媳妇跟儿子咕咕些什么，以为媳妇也嫌他了。他撅着山羊胡子不声不响地吃完了饭，把碗一撂，到屋里去摸索着拿了一件破棉袄，一床被，夹着走了出来。儿子问他到哪里去，他叨叨道："我到哪里去？我是生就的贱骨头，到场里挨冻去！"媳妇连忙站起来，抢过那床被子去，柔声说："爹，别去看场啦。这年头谁家也有几亩麦子，自个还弄不过来，谁还偷咱的？并且这世道也不同往常啦！"可是老头一把又把被子夺了过去，撅着胡子，不言不语地就到场里去了。

出了寨篱门就是场，捆得一般大的麦个儿和已经铡了的麦茎子，堆成了几座大金山，虽然天已经黑了，老头子却还觉得满场子金光灿烂。

他爬到金山上把棉袄被子放下，把鞋一脱，坐下抽起烟来，心里又觉着喜欢，喜欢自己有这么几座金山；又觉着气闷，气闷儿子媳妇别扭；就不知不觉地自言自语起来，起先是在心里说，后来就叨叨出声音来了："狗日的，人老啦，不中用啦，讨人嫌啦，光会吃闲饭啦，光会看场啦。狗日的，这场我要不看，你们就不管，你们不心疼这麦子，要是叫人家偷了，看你……哼，俺家什么时候收过这些麦子呀，是他妈容易的吗？……哼，这工夫白天里天这么热，干了一天活儿咧，黑间两口子还得挤在屋里一条炕上睡，自个的身子是铁打的？就不说把一个上场里来看场……哼，真是年轻人！这如今是你们的世界啦！该你们享福啦！俺老废物是多余的啦！……"说着说着，就迷迷糊糊起来，不觉一头倒在金山上，睡着啦。

一觉醒来时，只见身上被子棉袄盖得好好的(也不想想是谁给盖上的)。又见天已大明，回头一看，自家那寨篱门还是关着的。他就掀起了被子，去把寨篱门抬开了，看见大门还关得严严的，心里就火了，嘴里叨叨着："什么时候了，两口子还睡懒觉？还不下地？"三步两步冲到门跟前，"嗵"的一脚。不想那门没插上，用力太猛，一跤摔进门里，半天半天爬不起来，就躺在地下哼哼起来。

过了一会，媳妇回来把他扶进屋里，问他是怎么回事，他不好意思说，却问道："你们什么时候下地的？"媳妇高兴地说："爹，对你说，俺们这个拨工组跟三元他们那个拨工组比赛割麦子，看谁割得多，割得快，所以俺们半夜就起来了，到场里见你没盖被就睡着了，俺们给你盖上被，就下了地……这会俺是回来做饭的。"又说："你再上炕躺一会吧，天还没明哩。"老头说："天没明？怎么这样亮呀？"媳妇说："这是月亮光呀。"老头子觉着脸上一热，嚅嚅不清地说："俺老糊涂了。"

老头子躺下了，媳妇一面在外间屋里烧火，一面大着声音告诉他：大杠割麦子怎么壮，怎么跟人家打赌比赛，怎么全拨工组的人们都掉在后边了，怎么还割得干净，不丢麦穗子。……一会，给他端进一大碗烫烫的面汤来，说："爹，趁热的吃吧，吃了发发汗就舒服了。"满囤老头从来没吃过这么好的面汤，一口气吃喝完了，觉得心里暖和，全身果然出了阵大汗，又轻松又痛快。媳妇又给他把被子盖得好好的，叫他再睡一觉，并且对他说："今日你摔了跤的事，回头别跟大杠说，叫他知道了，往后该连门也不叫你出了。这些日子他不叫你干活儿，是怕累着你，是向着你哩。"老头心想："咳！真是，儿子是好儿子，媳妇是好媳妇，俺总算是有福的。……"

1948年，于河北省平山县

载于三联书店1950年版短篇小说集《壶嘴儿说媒》

炊事员熊老铁

一九四六年，我们组织部招待所里有个挺奇怪的炊事员。

他有三十多岁，右半边脸上有块大疤，是个独眼龙，名字叫熊老铁，人们却有时候叫他铁老熊。他那长相也真是名副其实，矮墩墩个儿，浑身黑疙瘩肉，真像个铁人一样。

他是从铁路西山里边新调来的。刚开始工作的头一天，他一句话也不说，好像和谁生气似的。第二天一大早，他就找到秘书室去，对李秘书说："李同志，咱们干革命工作，凭了啥？"把老李弄得愣住了。他又接着说："不是就凭的是纪律吗？党有党规，军有军规，伙房里也该有个伙房规则……"于是，他就不停地用围裙布擦着手，不停地眏巴着那只受了伤的右眼，给老李念着条文："第一条，众位同志须知，吃饭得讲规矩。无事别来乱串，摇铃才能开饭。各人自带碗筷，免得秩序大乱。……"老李大概是知道他的来历的，所以完全依顺着他，一字一句地给记录下来，记完了还念给他听了听。

从此伙房就像个国家一样，也有了法律，而铁老熊就是个执法官。无论谁，或是到伙房里去掏火吸烟，或是在开饭时随便进伙房找碗筷，再或者在吃饭时把饭粒子菜渣子掉在当地，他就会铁青着脸，不声不响地走到你跟前来，把你推到伙房门口的墙壁跟前，指点着墙上贴的那张纸说："你的文化大概比我高，看看这规则吧！"特别是在过节日会餐的时候，他总是突然出现在伙房门口，对着正在吃饭的人们，两手把腰一叉，瞪着左眼，眏巴着右眼，鼓嘟着腮帮，把大手一挥，然后嚷道："规矩！什么都得讲个规矩！谁随便地丢拉饭粒子，谁就通过通过脑筋，想一想庄稼人的艰难困苦……"总是像对着战士们训话似的说一大篇。

这么着，有些勤杂人员就免不了有时跟他发生吵架的事情，每次总得吵到李秘书或是曹所长跟前去。李秘书和曹所长每次总是先对熊老铁劝解一顿，等他接受批评走了，然后对发生争吵的另一边说：“同志，你不知道他的来历，非原则问题，顺着他点，算了吧！……”于是，慢慢地，人们就对他的“法律”习惯了，而他的态度也就慢慢地不那么暴躁了。

慢慢地，人们又发觉了：原来机关里有熊老铁这么个炊事员，正是全体同志们的幸事。

他每天天不亮就起来，担满了水瓮，然后洗菜切菜淘米。等别的炊事员起来时，他已经生着了火，只等水一开就往锅里下米。吃饭以后，他不是去打柴割草，就是去喂猪垫圈，再不就是跟着黄管理员去赶集买菜。他很快地就知道了附近各个集市上的特点，知道哪儿的油盐贱，哪儿的菜便宜。他轻易不愿套着大车去赶集，一两百斤重的东西，二三十里路，他两个肩膀两条腿，是满不在乎的。因此机关里的大车可以腾出来办“运销”，把赚的钱来改善全机关人员的生活。每天夜里他还比别人都睡得晚，并不点灯熬油，在黑地里，把第二天要烧的秫秸先用脚一根一根地都踩扁了，然后用小刀子一根一根地劈成两半，这样第二天烧起来火力又大又节省。柴禾有节余，也成了伙食改善的重要原因。另外，在我们这样机关里，是整个地区部队干部调动的落脚处，所以临时增减人口是平常事，而且病号也不少。熊老铁时常一天要做五六次饭，但他从来没有嫌过麻烦，更没有发过脾气。

慢慢地，人们就对他非常尊重亲热了。时常在俱乐部的娱乐晚会上表扬他，并常买些叶子烟和毛巾等东西慰劳他。他却总是像个大闺女似的，脸红到脖子上，受了伤的右眼睛眏巴得飞快，绝对不敢看人，只是微笑着，然后趁人不防时突然跑出了会场。对于慰劳品他是从来不收的，如果强迫收，他可就急了，把腰一叉，嚷道：“这是什么规矩！干革命工作还兴要工钱吗？好吧，你们给我五百斤小米一个月，我再去请示请示毛主席，看看这合不合乎(合不合理)！”可是等事情过去了以后，他又笑着对人说：“我要不故意这么‘耍’两句，你们婆婆妈妈的麻烦起来还有个完？”慢慢地，人们又发觉了，原来他还是个了不得的“活宝”，只要俱乐部一开娱乐晚会，总有他的节目，或者是数一段快板，或者是唱一段河北省的老调梆子，总是非常精彩的。

他从来不谈自己过去的历史，也不谈自己家里的事。从他的脾气和生活习惯，人们都猜想他是在部队里当过干部的。好奇的勤务员们也曾向曹所长和李秘书打听过，得到的回答是：这个同志的历史是有些特别的，可是他刚来时，再三嘱咐过，叫不要对一般同志们提他过去的事。如果有人问他："你早先干过什么工作？"他就说："革命工作要看眼前，过去的事情卖不了几个钱一斤，提它干吗！"可是时间一长，从招待所里来往的部队干部里，总有过去在山里时认识他的，到底知道了一些他的故事。

据说，他在山里时在部队里当过事务长，是个很特别的事务长。他不识字，柴米油盐一切账目，除了靠一个炊事员给他代笔，就靠自己的记性。他并不是记性好，叫他学认字比叫他养孩子还难（这是他自己的说法），要记住那些婆婆妈妈的账目，真弄得他神经都"坏"了（这也是他自己的说法）。所以他时常夜里坐在炕头上，别人问他干吗不睡觉，他说："你别管，我在记账。"

他还办了两件特别的事情：

有一回，敌人对边区进行大扫荡，队伍黑夜转移，他因为眼不对劲，又是走在最后边，掉了队。他就一个人挑着一大担锅碗盆杓，在敌人的空子里穿来穿去找队伍。有一次进一个村，碰见一群鬼子从对面街口进了街。他扭头就往野地里跑，刚钻进高粱地不远，敌人已经追出了村，子弹像蝗虫似的往地里飞。他拿起个装面用的煤油筒来，弄得啪啪啪像机枪一样的响，吓得敌人以为地里有埋伏，一犹疑，他早已跑远了。直到半个月以后，他找着了部队，家具和人都毫无损失。

又一回，也是反扫荡，上级无论如何不叫他跟着队伍走，把他"坚壁"在原驻地的村里，给他的任务是：保存自己，并看好两口肥猪。他就白天里守着猪抽烟，夜里守着猪圈睡觉，简直是寸步不离。这一天发生了"情况"，全村的老百姓都走得一干二净，游击组也转移到山头上去了，他还在轰着两口肥猪慢慢地走。刚走到村后的山坡上，敌人已经进了村，两个汉奸提着手枪对他嚷开了，他像没有听见似的，还是赶着猪"呵咯、呵咯"地往山上爬。汉奸追上来了，他拾起两块石头对着猪屁股狠狠地给了两下。猪没命地跑了，他也跑，一边跑还一边回骂。气得汉奸顾不得拦猪去，只照着他追来，连打了几枪也没打着他。等猪跑远了时，他已经爬到游击组的警戒线里了，山头上一响枪，倒轮着他追汉奸们了。他顺手扔了一块石头，把一个汉奸打得咕噜咕噜就滚下山去了……

知道了这些故事以后，全招待所的人们就给他取了个绰号，叫他是“福将牛皋”。人们对他越有兴趣，就越想知道他的“材料”。有些爱蘑菇人的饲养员勤务员们，常想用请喝酒的办法来套他。他虽然喝起酒来话挺多，却还是绝口不谈自己的事。

但是到一九四七年春天时，人们到底从他口里知道了他的全部故事了。

那时新从山里调来了一个干部，住在招待所里等候分配工作。每逢吃饭的时候，所有的人们都爱朝这位同志身上打量。他全身的穿着的确是“够样儿”：头上戴的是日本式的皮军帽，身上穿一套绿斜纹布的军服，腰间扎着条红得放亮的皮带。这皮带上面有许多小皮套儿，是部队首长们带小手枪的皮带，上面的小皮套儿是用来插小手枪子弹的。只是他并没带小手枪，也没插小子弹。再看他脚下，穿着日本式的大皮鞋，还绑着皮裹腿。这套穿着再配上他那高大个儿，和红光满面的一张脸，在那艰苦的年月里，确乎是有些特别的。所以连他自己也觉得有点“鹤立鸡群”的味道，吃饭时总是故意地昂着头，对谁也不看一眼，也不跟任何人说话。但是几天以后，他那故作镇静的劲儿就慢慢地没有了，而且显得有点慌张起来，总是把自己的一份饭菜拿到离开人群挺远的墙角里，蹲着埋着头吃起来。原因是他发觉了总有一张铁青的怪脸，像个雷神似的站在伙房门口，一只火一样的眼睛不转动地看着他，使得他也许并不是害怕，而是有些讨厌。

熊老铁很快就打听出来了：这位新来的同志姓何，是从张家口撤退出来的干部，是个“包袱”挺重的、工作挺难分配的干部，组织部的王干事来跟他谈了两次工作，都没有谈出结果来。这简单的材料更加使得熊老铁有了理由，下决心要给这位何同志一个难看。

偏偏这位何同志弱点又多，每天一大早他就叫勤务员到伙房里打开水。他自己有从张家口带出来的茶叶，他在张家口工作一年多，养成了早晨要喝茶的习惯。起先勤务员打回来的总是不开的水，茶叶沏不开，喝起来一点味也没有。以后，勤务员就干脆提着空壶回来了，说：“伙夫熊老铁说的，没有开水。”

“你等一会嘛，等烧开了要下来，打一壶来嘛！”

勤务员说：“同志，你不知道，老铁这人可不好缠，他说有开水也不给咱打，这是伙房规则。”

“哪个老铁？是不是那个独眼龙？”

勤务员一说是的，这位何同志可就触动了好些时以来藏在心里的火气，就一跳跳到李秘书那里。

“李同志，我就没见过你们这里这样的伙夫！”

“怎么啦？”

“为什么连水也不给人喝？”

于是李秘书就把熊老铁叫来了。他咚咚咚地走到办公室的门口一站，两手叉着腰，铁青着脸，眏巴着眼睛，嘴闭得紧紧的。这位何同志满以为李秘书会发落他一顿的，不想李秘书却满脸带笑地说：

“老铁同志，你为什么不让勤务员给这位同志打开水？”

站在门外瞧热闹的勤务员们，也满以为老铁会拿出他那打雷下雨的架式，大大地暴跳一阵的。不想他好像灵机一动，也立时变了个笑脸，不慌不忙的，却说得字字清楚，字字有分量，还有点冷冰冰的味道：

“李秘书，嘿嘿，对不起，打一碗开水，就得添一碗凉水，添一碗凉水，就得多烧两把柴禾。要是全招待所的客人早晨都得沏茶喝，你想，什么时候能开饭？”说到这里，脸上装出来的笑容一下子不见了。

那位何同志的脸刷的一下红了，连那高大个儿也像矮了半截，也听不清李秘书对他劝说的话，气冲冲地就走回去了。

后来虽然李秘书对熊老铁进行了一次批评，并且他也承认自己脾气太坏，是不对。但是他却怎么样也不能跟这位何同志调和。

有一天，熊老铁听说组织部的张部长到所里来了，他知道张部长是专来跟住所的干部们谈分配工作的，一定会跟那位何同志谈工作。等把伙房里锅碗家具都洗涮干净了，他就端了条板凳，跑到何同志住屋的外间里坐着，掏出烟锅抽起烟来。何同志的房门上吊着门帘的，里边看不见他，他却能一字不漏地听得清里边的谈话。只听见里边何同志的声音说：

“……这是从张家口带出来的，联宝牌，嘿嘿嘿，在这乡下，可就成了宝贝啦！嘿嘿嘿……”

“你是几月竿（间）从张家口撤出来的？”这是张部长的湖南口音。

“呃，甭提，去年（一九四六年）九月底，您瞧那个乱劲儿呀，嘿，真是……”

“十月、十一月、……有四五个月了，你的烟还冒（没）抽完？带出来很多吧？”

“呃，不算多，我们商店自己有汽车，还有大车。反正，您要欢喜抽的话，我这里还不少……”

“你这么多东西，从山里到各（这）里，路上怎么走的吵？”

“呃，真甭提，您瞧那个麻烦吧，动员老乡的牲口……”

“哼哼，你的本事真不小呵。”

“嘿，张部长，不瞒您说，……”

看起来这位何同志也真有一套，他能把那时张家口各种牌子的烟卷一溜水地报出名来，并且加以品评，还能说出制造的公司，以及烟丝和盘纸的来路，各公司的营业状况……原来他在张家口一家公营商店里当过副经理。他说起话来不断线，好像连想也不用想，却说得那么生动，如果别人不抢着插嘴，他也许会一连气地说两个钟头。如果谈起服装布料来，好像他就是个布店里的掌柜的；如果谈起钢笔和手表来，他也比任何人都内行，并且说的尽是外国话。……慢慢地，他就介绍起自己的历史来了。他说：他从前在部队的供给部门里当过采购员，他很会在敌占区大城市里活动，给公家购买了一些难于买到的货物，并用各种办法瞒过了敌人的侦缉队，安全地运到目的地。

“你为什么到现在还冒（没）入党？”张部长突然打断了他的长篇大论，用湖南腔问道。

这位何同志就颇有点牢骚了。他说：他起初没有把这件事情看得那么重要，后来看出重要性来了，向组织上请求过三次，可是一直总是说他阶级意识模糊，不够条件。他说：“我也不知道要锻炼到什么程度才够条件，这么多年，几百万的款子从我手上过，没出过漏子，还不够条件？”

可是张部长又问他：“你不是犯过错误吗？”

“嘿嘿，”他有点难为情似的说，“那是男女关系问题。在张家口，我们商店里雇用了个女营业员，是我介绍她来的。我看着她挺纯洁，人也挺漂亮，没结过婚，可是组织上说她过去跟敌伪特务有关系，谁知道怎么回事？您想想，我三十五了，组织上还不该照顾我的婚姻问题？所以我就跟她……那时候在张家口结婚的也不只我一个。”

“你不是海（还）送把她两个金盖（戒）指？……”

“是的，”他有点生气地抢着说，“那是我用自己的薪金结余，私人做了次买卖，赚的。”又自言自语说：“这些事情大概在我的组织材料上都写着的……”

“嘿嘿嘿……”

张部长这笑声很特别，很有劲，立时打断了对方的话，好像把他的喉管塞住了一样，就沉默了。熊老铁也趁机会又抽起烟来。听见那位何同志在屋里走来走去，皮鞋发出咯咯咯的声音。不知为什么，老铁忽然觉得挺痛快，自己不出声地笑起来。笑着笑着，好像是想起了自己的革命历史，想起了自己的故事，……但是思想走了路，有好半天忘记了注意听屋子里的谈话了。

“熊老铁，你呆在各（这）里搞什么鬼？”

吓了他一大跳。只见张部长从门帘缝儿里露出半个脸来，又对他说：“哈哈！我正要找你嘞，进来吧，我有哇（话）东（同）你港（讲）喽！”

熊老铁猛地跳起身来，把烟袋掖在腰里，猛地来了个立正姿式，打了个军人式的敬礼：

“报告政委！……”

张部长满脸是笑地阻止他说：“进来吧，进来吧，单（谈）一单。”像对待老朋友似的，走出来拉着他的手，把他让进屋里，又端凳子让他坐。他红着脸，屁股挨了挨凳子，又马上挺直了身子。“坐嘛，坐嘛！”张部长又使劲把他按在凳子上了。但是还没有坐两分钟，他又突地站了起来，挺直了胸脯。

那位何同志瞪大了眼，像看戏似的。

张部长忽然哈哈大笑起来。却又猛地把脸色一变，喝道：

“熊老铁！”

“有！”

“你调皮捣蛋!”

“报告政委,我从来没有调过皮,捣过蛋!”

“你没有调过皮?你当炊喜(事)完(员)为什么不给人烧水喝?”

“报告政委,谁说的?”

张部长回过身来对着何同志说:“你刚才怎么告发他的?”

那位何同志以为得到了出气的机会了,装出很生气的样子说:“张部长,我革命这么多年,没碰见过这样的伙夫!”

这时院里一阵脚步声,窗户纸上显出了几个模糊的人影子,门帘外边也有窸窸窣窣的声音。熊老铁估计全招待所的勤杂人员都在外面听着的,就再也忍不住心里的火了,像打雷似的叫嚷起来了:

“我革命也这么多年,也没见过你这样的干部!你摆的什么架子!”

那位何同志气得一张脸由通红变成苍白了。但因为是在上级面前,不好不顾身份地乱吵乱骂,只得忍了忍劲,哑着嗓音一字一顿地说:

“这不?挺着张部长在这,你开口就……你革命多少年?像个革命同志不?”

这一下可把老铁给憋住了。他满头冒汗,半句话也说不出来。屋子里静得只听见他胸脯噗嗤噗嗤的喘气声。窗外的人们在嘁嘁喳喳的,大概在议论他。

张部长微微笑了笑,又问老铁道:

“老铁,你摆老资格,你倒说说,你参格(加)革闷(命)多少年?”

“报告政委,我没有摆老资格,我……”

“我问你参格(加)革闷(命)多少年。”

“反正,八路军一到边区我就扛上了枪!”

“你作过几次战?挂过几次花?受过几次相(伤)?”

“政委,你是我的老上级,从我一当战士你就是我的政委,你还不知道?还用我说?一九四四年春天咱们部队开群英会,你不是还给我戴过光荣花?”他受了委屈似的叨叨开了,越说越快,声音也越高:“我革命,谈不上功劳,大大小小作过一百多次战,为人民流过五次血。头一回伤的肩膀头子,二一回子弹是从肩胛骨这里穿过去的,……最后一回,你看,我这眼窝子是个证明……”

他说一句，张部长朝那位何同志望一下。那位何同志起先是悠然自得地吸着烟卷，可是慢慢地就有些慌张了。

老铁还在不停地说："……我从战士一步一步地提升到副连长，我受了伤，不能作战了……"

张部长突然打断他："是的，我问你，当了副连奖（长），眼睛受了相（伤），你为什么不忽（服）层（从）组织分配？叫你到后方机关里去工作你为什么不去？"

"我不愿脱离队伍，我要作战！"

"你眼睛不好，怎么能作战？"

"我不能作战，情愿在连队里当个事务长，替同志们服务，心里痛快！"

"这一回我叫你在这交（招）待所里当总务科奖（长），你为什么不愿意？"

"我不识字，干不了！我要求当炊事员，我情愿！"

"你为什么不学文法（化）？"

"我生得笨，脑子又叫炮弹震伤了……"

两人真像吵架一样。最后，张部长更加提高了嗓音喝道：

"好！你怎（总）有理由！我再问你，这一回我叫你请假肥（回）家看看，你为什么不忽（服）层（从）？"

熊老铁忽然又噗嗤噗嗤喘起气来，接着，哭着嗓子颠三倒四地嚷开啦：

"我回家？我刚回到冀中，不是跟你说过吗？我为革命牺牲了家，丢了老婆孩子。我媳妇守了我八九年，我想见她，我自己要求的，回到冀中来，我又不想见她，我怕她嫌我，我这半边脸，受了伤，……"

看样子张部长也忍不住眼里有点潮湿了，但他还是保持着刚才严厉的样子：

"现在我就闷（命）令你，今天就跟你媳妇见面！"

"报告政委，我……"

"对你说，你媳妇走了一百多里路，找你来了。是我写信，告诉她你在这里跟（工）作。现在她在今（政）挤（治）部等着你嘞！"

"报告政委……"

"报告什么？你老婆对我说了，她也是个党员，她等你八九年，她说你受相（伤）是光荣，不嫌你丑……"

"报告……"

张部长不等他再说下去："你登（真）是个牛！"就把他推到门外去了。

熊老铁还想倔强到底，却见张部长又回进屋里，抓住那位何同志的手，说道："东（同）啧（志），刚才熊老铁的话你都听见了吧，好好的赶（检）讨赶（检）讨吧！……"那位何同志的脸又像血泼的一样了。熊老铁猛地想起来了：他这位老上级从来就有这么个特点，他越喜欢谁，就对谁越严厉，对那些落后的同志反而显得很有耐心，时常是并不直接批评他们，而用一些旁的办法使他觉悟……想到这里，他脸上忽然显出了光彩，刚才心里的委屈一点也没有了。

站在门口的人们让开路，张部长走出来，从警卫员手里牵过马来，又命令熊老铁："骑上去，到今（政）挤（治）部去见老婆去！"

老铁又是一个立正："报告！……"

"不要报告了，忽（服）层（从）闷（命）令吧！"

熊老铁也许是高兴，也许是知道对这样的老上级是只有服从，就把马拉出大门口，猛地一个鹞子翻身，跨上马背，一抖缰绳，一夹腿，那马就像射箭似的，顺着大路一溜烟地跑起来了。

张部长对着院里看呆了的人们意味深长地笑了笑，跟他的警卫员一块儿，也慢慢地消失在大道上那飞扬起来的尘土里了。

1948 年秋，于北京

载于三联书店 1950 年版短篇小说集《壶嘴儿说媒》

幸　福

一、张来子分了八分地

从前张来子是个苦人，从小儿没了爹娘，十一岁就给财主家放羊，十四岁就给人当小做活的，后来一直当了二十来年的长工。他吃饭不使桌子，捧着碗稀菜粥往当地一蹲。他喝水不使碗，担水时把头伸到桶里咕噜咕噜灌。他不是住在羊圈旁边，就是住在牲口棚里，铺的是干草，盖的是棉花渣，粪里滚，土里爬。他也有个家：借的人家一小间坯窝窝房，一条到处冒烟的破土炕，每年过年时才回来待个半月二十天的，不等过正月十五，就又到东家家干活去了。他长相不强，性子也特别：全身干瘦，背有点弯，头发像老鸹窝，手像鹰爪子；平常轻易不说句话，轻易不同人打招呼，也轻易不同人抬杠；可是有股牛筋子劲，一干起活来就忘了吃饭，一睡起觉来就忘了干活，一着起急来，说出句话来就撑死人，一跟谁闹了别扭，就兴一年半载不理人。人们都说他是个穷光棍，老实疙瘩，对他瞅不上眼，他自己也觉得命定了不如人，所以一年到头除了下死劲地给人卖力气，从来也不敢有什么痴心妄想，从来没敢想到有房有地，更没想到要娶媳妇。

如果有人问他："来子，你就这么过着一辈子吗？人总该有个盼头啊！"

他就答道："怎么着？俺土里去，土里来，土里死，土里埋，还能盼着死了不烂吗？"

可是到了一九四六年，世道突然变了，日本鬼子是早就投降了，县城里汉奸变的中央军也打跑了，八路军来这一带展开了工作。村里初步实行了土地改革，分给了他七八分园子地，他就不当长工了。在从前，他什么也没有，什么也不敢想，倒好像什么也不缺。现在他有了点地，自个过起日子来了，倒反而觉得什么也缺了：第一是地不够种，第二是没宽敞房子放粮食家伙，第三是没有种地的牲口，第四是农器家具太少，找人借起来麻烦，第五，咳，第五是缺个媳妇。

过旧历年时，本村外村许多跟他一流的穷光棍都娶了媳妇，都像那么回事似的有了家有了业，有人知冷知热，心里暖和，面子上带劲。他看着人家想着自己，忽然记起了小时候唱的个歌儿，就常自个哼哼起来：

提起咱穷人的苦，
三年也说不清。
光棍汉子最伤心，
大年三十炕头坐，
一条破被围在身。
小油碗里没有油，
窗户台上没有灯。
锅里没汽灶里没火，
嘴里没舌头肚里没心。
不是咱爱在黑地里坐，
一滴香油贵似金。
不是有粮食不做饭，
破瓮里的耗子也饿发了昏。
不是咱没舌头不说话，
咱说出话来给谁听？
不是咱没心不知道痛，
咱面前少个痛心的人！

他背着粪筐拾粪时这么哼，上地里干活时这么哼，往家里背柴禾担水时也这么哼。哼着哼着，心里越感动，嘴上越使劲，就索性扯着嗓子唱起来了。唱着唱着，就被人听见啦，就常有人问他：“来子，你唱的么呀？”来子说：“咳，没么……”

就有一帮青年小伙子猜透了他的心思，年下没事，常跑到他小屋里来闲唧咕，说说笑笑，就也学着他的腔编了一段，给他唱道：

你别伤心，别哼哼，
共产党领导咱翻了身。
咱也有了八分地，
直起腰来也像个人。
穷光棍也要找对象，
自由恋爱来结婚。
两口子勤俭好生产，
建立革命小家庭！

来子听了，说道："自由恋爱？咳，咱又不是洋学生，再说，咱也没那么厚脸皮！"

可是小伙子们马上又给他来了一段，唱道：

嗨！
如今不是旧世道，
民主自由兴得好，
封建思想要改造，
去年的皇历该烧掉。
要说对象找不到，
为么不往那边瞧？
呃，你为么不往那边瞧？

来子猛然一红脸，把头一低，再也不说话了。

二、天下着蒙蒙雨

原来这些青年人早已发现了张来子有个秘密，是这么回事——

他家对门住着个三十来岁的寡妇，婆家姓杨，娘家姓郭，因为一生下来就跟着娘要饭受苦，娘给她取了个小名，叫郭苦根。男人在五六年前麦收时，给人打短工累的得急病死了，给她丢下了个刚会走路的小闺女和两间破坯房，除外是垄地皆无。她咬着牙拖着孩子要了几年饭，直到实行土地改革时，才和张来子同时分到了一亩园子地，娘儿俩才算饿不着了。

她这一亩园子和来子的多半亩本来是一个井上的地，是紧连着的，又正对着她家后门。两人常一块儿在地里干活儿。苦根干活儿不熟练，来子常指点她。苦根力气差，累不过来时，来子常帮她。浇园时，来子常帮苦根拧辘轳，苦根也常帮来子开畦。两人都干累了，就一块儿在井台上的树荫下歇凉说话儿。工夫长了，两人都觉得挺对脾气，都觉得干活有个帮手，有个说话儿的，又方便，又不闷得慌。

在从前，来子长年不在家，对苦根母女俩很少注意。就算过年时回家住几时，也不过偶然跟她打个照面，偶然捎带着帮她担担水，或是从集上捎斤盐。来子本来就不大说话，又从来不大敢想些女人方面的事情；苦根也是个不爱说话的人，所以两人并没什么交情。可是现在呢？现在，苦根对来子说过这样的话：“你看这事巧不巧？分地就分地吧，怎么偏偏把咱俩的地分到一个井上来了？”来子不懂地问她：“分到一个井上了怎么着？”她脸一红，说：“怎么着？都有个帮手，还不好？”可是来子还是不懂。

他不是不懂，是不敢懂。一来，人家是个寡妇，从前她男人在的工夫，向来就是正正经经的，男人一死，对人就越发板着脸了，村里男人们谁也不敢随便跟她说句玩笑话，来子怎敢胡想？二来，这，……不怕村里人们说闲言？所以他就心里憋闷起来，就时常爱哼哼那个歌儿。

可是，不管你怕风怕雨，既是生了根，发了芽，总得舒叶子开花。

这是分了地第二年春天的事。

这一天，天下着蒙蒙雨，苦根在家里没事，心想：“春雨贵如油，这场雨要是连着下个三两天，今年俺那一亩麦子可就强啦！”心里一高兴，想着看看雨洗绿了的麦苗儿。开开后门，却看见来子正淋着雨在给她耪那麦苗儿哩，就忙叫闺女小梅把他叫到家来，对他说：“你这是怎么啦？疯了吗？淋着雨给俺耪地，淋病了，谁给你问汤问药啊？”

来子把锄往墙根一靠，把头上湿了的脏手巾解下来，说：“咳！天阴下雨，一个人在家里太闷得慌，背着锄上地里转游，就耪起来啦。”

苦根说：“快把湿小褂脱了吧！”

就找了件旧衣裳给他换了，又把那湿衣裳泡在盆里，洗起来。

来子坐在她背后抽烟，看着她一个劲忙活。

这女人生得矮小，却挺壮实，这工夫有口饭吃，又常干地里活，所以面孔通红，倒像比早几年年轻了似的。她受过千磨万苦，却没有苦死。守着个不懂事的小闺女，过日子倒能咬着牙。她虽然不大爱说话，却最能体贴穷人，村里穷女人们没有不说她好的。去年村里闹斗争，她总是带着头地干，开起会来也能说敢道，在斗争杨瑞堂时，她诉过苦，感动得全会场的人都哭了。

她把衣裳拧干了，在当屋里牵了根绳子，搭起来。一面对来子说："这肩头子上破这么大个洞，等干了，俺给你补补。"

又说："你可别不好意思，往后要是有什么缝缝补补的，尽管拿来，这不是外人。"

来子忽然心里一热。人一受了感动，有时说话就聪明起来，不觉说道："嫂子，俺说句话……俺从小没爹没娘，没个知冷知热的人，别说衣裳脏了没人洗，破了没人补，就是冬天大雪夜里，冻僵了身子，也没人知道，也没人暖过俺，你……你真比俺的亲人还亲哩！"

苦根见他眼角里噙着泪水，自己也不觉眼圈儿发热，扯起衣角来擦了擦，说道："唉！说起来俺们都一样。俺从小儿……知道苦是什么味儿。头年大秋，娘儿俩在地里热得累得躺下了，要不是你帮一把，那点谷子敢要了俺的命哩！一个人，顾得了家里顾不了地里，顾得了地里顾不了家里，婆家娘家都没个亲人。常言说：人不知亲穷知亲，心不知近苦知近，俺们都是一样的人。"停了一会又说："小梅这孩子年幼，没个靠傍，你就是她的亲人哩！……"

闺女小梅见娘哭得伤心，小心眼里也难过，扑在娘怀里，仰着小脸说："娘，天不早啦，该做饭吃啦。"

苦根理理那孩子的头发，说："孩子，你太年幼，哪知道娘的心。……"又对来子说："俺常出来抱柴禾，看见你房顶上那烟囱该冒烟时不冒烟，就知道你一个人懒得做饭，常想让小梅去叫你过这边来喝碗粥，又怕人家瞅见了说闲言。往后，你要懒得做饭，就上这边来，有俺娘儿俩吃的，就有你吃的。你一个人，烟熏火燎地做了半天，吃不了两口，又得洗锅刷碗，有什么劲?”又对小梅说:“闺女,叫你来子叔给咱担水,咱给他做饭,你去抱柴禾去。”

说罢,起身给来子背上披上块破麻袋,头上搭着块破布,又嘱咐他:“从后门上咱园子那井台上去担吧,别给人瞅见。”

来子心口上哽着块又酸又热的东西,想说的话却不会说,眼里涨满了泪,却流不出来。只是默默地担了水回来,坐到灶门口生着了火。一边拉着风箱,看苦根往锅里贴饼子。

在这一带平原地面,普通不缺吃喝的人家,通常都是吃棒子面饼子。有多少做丈夫的经验过这样的事:当自己又饿又累从地里回来时,媳妇已经烧着了火在做饭。自己就坐在锅台一边,就着她从灶膛里掏出来的火炭抽着了烟,一面跟她说着庄稼话,一面看着她往锅里贴饼子。那双灵巧壮实的手,像两个活蹦乱跳的鱼,是多么好看!是多么动人!来子是头一次有这样的女人给他做这么好的饭食,头一次看见这样被热水烫红了的肥壮灵巧的手。她抓起一把金黄色的面团子来,让它在两只手上跳来跳去,拍打拍打就贴上一个,拍打拍打就贴上一个,好像光看见这样的手,就感到了幸福。

外面天色渐渐暗下来,濛濛雨越下越密,屋子里点着小油灯,烟气障着人影子,一家人围坐在热炕头上吃饭,说着各人心里想说的话。

苦根子说:她这辈子碰见穷人关心穷人的事真不少,可是只有两回事她记得最清楚。头一回是在她十一岁时,正是个大热天,她一家子饿得没法,爷爷找人家借了几个钱,叫苦根跟十四岁的哥一道去河边贩瓜卖。兄妹俩借了辆小车就去了。两人都长得个儿小,瘦得像干巴猴儿,大清早空着肚子去的,到那时已晌午了,贩了一满车瓜,哥哥推着,妹妹拉着。太阳毒热,出了村子不远,就饿得推不动,想吃瓜,妹妹怕哥哥说,哥哥也怕妹妹不让,都不敢动手。挨命挨了二里地,走到个堤坡下边,两人使劲往上上。上了两步,又倒退下来,又上了两步,又倒退下来。最后鼓足了劲儿,好容易到了半中腰,苦根觉得头昏眼黑,一撒手,哥哥撑不住劲,就连人带车都翻倒啦,瓜滚了满地。两人连互相埋怨的劲儿都没有,更没劲儿拾起瓜来,只好都坐在堤根下啼哭,直哭得连地里的鸟儿都呱呱叫了起来。过了一会,只见从堤那边上来个人:圆头大脸,八字胡儿,穿着白纱长褂儿,打着黑阳伞，摇着白纸扇儿，慢慢地上到堤顶上，对他俩横了一眼，看了看满地的瓜，皱着眉噼里啪啦踢开条路，迈着方步就走了。又过了会，从堤这边又来了个人：细皮嫩肉瘦长脸，戴着金黄的小洋草帽，穿着耀眼的漂白洋布褂裤，摇着把黑纸扇儿，走到跟前，看了看他俩，嘴里说道："他娘的，好热天，舌头都干没啦！"就弯下腰去拾起个瓜来，一边吃着就上了堤埂子，甩着大袖子就走了。两人又气又急又难受，使着劲骂了他几句，见他不理，哥哥想追着他去说理，不想起身跑了没有两步，就摔倒了，两人就更加哭得厉害了。又过了一会，堤那边又上来个人：光着脊梁，露出一身黑疙瘩肉，戴着顶破草帽，肩上扛着把锄，两头担着一罐罐米汤和一筐筐饭食，一看见他俩的情形，连忙把担子放下了，问了问是哪村人，怎么回事，就从筐里拿出几块饽饽来给他俩吃，一面又帮着把满地的瓜拾到车子上，把车重新绑扎好了，帮着推过堤埂子去了，临分手时又给了他俩两块饽饽，还嘱咐了许多话。

苦根叹了口气说："真是，官向官，民向民，光脚丫的向的是穷人哩！"

来子听得入了神，还想让她说下去，问道："你不是说有两回这样事吗？二一回呢？"

苦根停了半天才说道："二一回，甭说，要不是你看的俺娘儿俩知近，帮着咱们干活儿受累，咱俩也靠近不了……"

来子听了这话，心里快活，想了一下，不好意思地岔开说："咳！要不是分了这点地，俺想要帮你也帮不成……"说到这里，却不知怎么猛然记起了苦根说过的话："分地就分地吧，怎么偏偏把咱俩的地分到一个井上了？……"不觉从心里到脸上都一阵子发热。

外面的雨哗哗哗地越下越大，窗户台上的小油灯就灭了。

三、瓜叶子蓬满了一架子

从这天以后，他俩在人面前常故意地不说话，暗地里却一天比一天更加亲近。有时来子从地里回来，总看见锅台上搁着几块干粮，两碗热粥，或是灶头上搁着一双新鞋和洗干净了的衣裳。有时苦根下地里去，也总是看见麦子给浇了，或是谷子给耪了。来子的模样和性情也一天天变了样：长头发剃光了，脸洗干净了，身上的衣裳不露肉了，脚上的鞋不露趾头了，连背也直多了，见了人也爱说说道道儿的了。

这就弄得全村的人都知道了，说什么话的也有。听了好话，来子就高兴。听了不好的话，苦根就对他说："咱不偷人不抢人的，怕么？你家缺人干家里活，俺家缺人干地里活，脾气又相投，有什么不对？有什么不好？听他的哩！"

苦根是一个劲往好地方想的。去年刚分到这块地时，她就对来子说："往后咱俩伙着在这井台上种一架葡萄，热天有个遮阴的，浇园凉快，葡萄还可以出钱。"当时两人都做过这样的梦：井台上的金针花开了，葡萄架也蓬起来了，一串串的葡萄像珍珠似的挂着，弄得满井台珠光宝气，连阴影儿都是绿色的、透明的，人在里面拧辘轳浇园，身上的汗都是凉浸浸的。如果哪年高兴，种上块瓜，靠葡萄架搭个窝铺，夜里看瓜睡觉，又新鲜又凉快，多好！

夏天，他俩就真的把这个梦实现了一半，倒不是种的葡萄，是种的金瓜和葫芦，两样东西的藤子纠缠在一起，大叶子蓬满了一架子，把个井台遮得没缝儿。后来，红的金瓜和绿的葫芦像赛宝大会，把架子快压塌了，他俩找了几根木头杠杠把它支结实了。苦根怕人偷，天天早晨来数一遍，傍黑时她也要站在后门口瞅好几遍。晌午天热，来子有时懒得回家，就在井台边铺着块破席头儿，在荫凉里睡午觉歇晌。苦根看见了，总是叫小梅送给他两块饽饽，一小罐米汤，叫他吃了晌午饭再睡。他就真的吃了再睡，一觉醒来时，觉得浑身松爽，干起活来特别有劲。

地里谷子秀穗儿了，正是要吃水长粒儿的时候，天又缺点雨，地守着井台近的人家谁也想抢个空儿浇一次水。来子自从同苦根相好以来，出乎意外，觉着村里大多数人们都不光同情他，反而比早先高看他，见了他就打招呼说话儿，所以他对人也就特别和善，不像早先那样轻易不说句话，说出话就撑死人；如果谁要占住井使水，他总是尽量把自家的活儿推后一步。所以，那井台上就白天黑夜辘轳转开了花。人们一面浇地，看着谷子穗儿沉得垂下了头，心里高兴，就唱开啦：

小孩不离娘，

瓜儿不离秧，

边区的人民离不了共产党……

慢慢的，苦根一家三口也都学会了，也常跟着唱。

夜里，屋子里热，又多蚊虫，两人就在井台上铺上块炕席一躺。一阵凉风吹过来，棚子上的大叶子扑拉扑拉的一阵响，露水洒到身上，凉到人心里去了。常在地里睡觉的人们都有这种经验，有时候，一抬头看见天上一颗流星飞过去，就呼呼地来了一阵风，庄稼叶子哗哗哗，接着，就听见一阵卡卡卡的响。据说，这是庄稼在往上长。紧接着，风儿又吹来了一阵香味，庄稼人一皱鼻子，一鼓胸脯，就说道："庄稼快熟啦！"据说：庄稼秀穗的时候是清香味，庄稼熟了是焦香味。这香味叫人心里又松爽又凉快，像喝了凉糖水一样。早先，来子是在地里长大的，每年热天夜里总听惯了这种响声，闻惯了这种香气，那时虽然也觉得凉爽，却没有现在这么快活。

他心里一高兴，就想找人说说话，就侧过身子去，叫道："哎，哎，小梅的娘，做梦也没想到，俺们也会有自个的地啊！"

苦根迷迷糊糊地说："嗯……自个的……"

来子用破蒲扇拍打拍打身子，又想到谷子快要熟了，却记起了小时候的故事：那时他才六岁，正是庄稼熟了的时候，他跟娘出去拾了一天谷穗，天傍黑时往家走。走到离村子不远，看见前面有辆双套骡子的大车，拉着金山似的一车谷子，车顶上高高地坐着本村张财主家管事的何三爷，怀里抱着个六七岁的穿鲜红衣裳的孩子，看样子像张老财的小孙女。娘说："来子，你看那车上掉下把谷穗子。"来子就连忙跑上去拾起来。车上那孩子看见了，就又扯把谷穗子扔下来，来子就又拾起来。于是，那孩子一路往下扔，来子就甩着破裤腿光脚丫，一路噼里啪啦地追那车。车跑得快，来子小短腿甩开了花。不想那何三爷故意把他那长鞭梢一甩，正刷在来子的耳朵上，痛得他倒在地上打着滚儿叫开了娘……回到家里，把这些事对奶奶一学，奶奶揉着眼泪说："咳！孩子，你是生来命不如人啦！"

从前，来子看见人家一座金山一座银山似的往家里运庄稼，赶车的得意地甩着响鞭，他是多么稀罕啊！可是，现在他自己有地了，也能往家里收庄稼了！

这时，闺女小梅忽然做梦唱起歌儿来：

小孩不离……娘……

瓜儿不离……秧……

来子听了，叹了口气，自言自语："咳！连孩子都跟从前不一样了，从前做梦光啼哭，这会做梦却唱起歌来了。……"

四、该耩麦子的时候

苦根跟来子可以说是好得没了缝儿了，慢慢地在人面前也不避讳了，苦根当着人提起来子，总是说："俺家小梅她叔——"来子当着人提起苦根，也总是说："俺家她——"人们也慢慢地看惯了，背地里都称赞说："哎，看这两口子，多好！苦根也算有眼力，寻着个老实巴交的人，百个嗜好没有，干起活来气死牛，这会模样也干净利落，像个人了。来子也算有福气，碰上了这么好个娘儿……竟是天造地设的一对儿哩！"后来人们才知道：原来是，区村干部们早就看准他俩是一个葫芦锯的两把瓢，正好一对儿，才故意把他俩的地分到一个井上的。有些老头老婆们就给区干部念起佛来，说他们是做好事，积阴德。

可是到了秋天，他俩却争吵了好几回，还差点闹翻啦。是这么回事：

头一回，是正在割谷子的时候，一家三口都在地里忙，来子和苦根割，小梅捆谷子个儿。她力气小，又不会打绺儿，老捆不好，因为高兴，话却很多，一会儿叫娘教她打绺儿，一会儿又说谷子槎儿扎了脚，一会儿又去井台上喝凉水，还老问娘喝不喝。又对她娘说道："娘，赶明年咱们种上点黏米黍子吧。这井台上小枣树结的枣儿挺好，过年蒸个黏糕吃，多好！"苦根说："是呀，孩子，你记得你四岁那工夫吧？过年，俺带着你要饭，你瞅见人家孩子吃黏糕，馋得流口水，怕俺打又不敢说，只是'娘，娘'地叫唤。……"来子是个受过折磨，受过管教的庄稼人，从来是，干起活来就干活，不爱多说话，这时也是有点累，嫌那闺女麻烦，就嘀咕说："这么点地，再种点黏米，你还想吃饭不?"偏偏苦根从跟来子相好以后，最担心来子嫌小梅，这时就给小梅护短，两人就争吵起来了。

秋收以后，有一回，来子要粜点粮食买担水筲，因为那旧水筲一担水担到家里就得漏掉一半，实在不能使。可是苦根坚持要买架纺线车，因为她计划纺一冬线。两人就又争吵了几句。又一回，来子嫌三个人挤在一条炕上不便，要叫小梅上他那屋里睡去；苦根怕闺女一个人睡觉胆小，不让，就又吵起来。……尽像这样的事。起先争吵时还都带着笑脸，后来就带着气。次数多了，就真的别扭起来。最后，来子犯了他那有了名的牛筋子劲，竟一连三四天不上苦根家里去。苦根也是性子倔强，竟也不打发小梅叫他，两人竟像是冷了似的。

可是，两口子生气的事，过了一天过不了两天，过了两天过不了三天，过了三天，咳，到第四天——

到第四天，来子天不亮就背着个粪筐出了门，围着村边转了一遭，看见粪不捡，看见人家屋顶上冒烟，也不知道饿。只是拖沓着腿那么走，走着走着，就走到自己那块园子地里来了，就走到井台上，把粪筐粪叉摆在一边，靠着小枣树坐下来，掏出烟锅抽起烟来，抽着抽着，就想起了一些事情——

你看：地里的谷槎子都掘净了，都拾到家里去做柴禾烧了，这是小梅干的活儿。她才七八岁哩，是个好孩子。现在地里光秃秃的，该种白菜了，该种麦子了。按苦根的计划：该种半亩地的菜，剩下的都耩上麦子，等白菜收了，明年开春再耩半亩地的春麦。……

他想着想着，不由得对苦根的后门望了两眼。只见一个小人影子在门口一晃，又不见了，却又出现在门口，正是那小闺女，正在对他招手呢。

一会，又见苦根出现在门口，像是对他瞅了瞅，又背过脸去坐在门坎上，像是在纳鞋底，又像是跟那小闺女说了几句什么话。那小闺女就甩着破棉裤腿子，噼里啪啦地跑了来，却又把手指头按在小嘴上，愣了一会，才小声说道：“俺娘叫你呢，有话说。”说完就又跑回去了。

来子往鞋底上磕掉了烟灰，把烟袋往腰带上一掖，不由自主地站了起来，背起粪筐来，不由自主地挪动着腿。只见苦根也不回头看，起身往屋里就走。他进了院，把粪筐靠在墙根，跟在她后面进了屋，坐在炕沿上，低下了头。苦根也坐在他对面，也低下了头。

两人都不说话。

来子把手扪住脸，苦根却出去了。

一会，来子的两只手忽然被搬开了。只见苦根端着一碗热气腾腾的面条汤，说："吃吧，你忘了俺，俺忘不了你！"看见他两眼死盯住碗里一块黄倭瓜片子，像傻了似的，就又说道："今日俺打算叫你去，正好你就来了，这是特地给你做的，还不趁热的吃？"

来子忽然把碗往炕上一撂，把两手使劲往胸前一抄，说道："穷人的气多，只怪俺们穷！"

苦根抹了抹眼皮子，说："嗯，真是，只怪咱们穷，地土少，房子窄，家具又缺，尽为这些个事生闲气，值不的！"又把碗端起来，递到来子手里，然后又给小梅盛了一碗，自己却只拿着块干饽饽啃。

来子喝了几口汤，说道："人家财主家什么也不缺，什么也富余，土改土改，改了半天他还是不大不小的财主，咱穷人还是个穷……"

苦根想了想，说道："你别急，共产党不会叫咱们翻了半个身就算了的……"

五、天下着鹅毛雪

冬天，正像人们所希望的，平分土地的工作开始了！

原来，去年那次土改只不过是初步试验，这一次，用群众自己的话来说，"可真要闹它个底儿朝天！"

工作组一来，一开会演讲，一宣布了毛主席的土地法章程，来子的劲儿就上来了。刚一开始时，别的事儿他参加不进去，跑脚的事儿却能抢先，开会时只要有人说："把个谁去叫个人去！"他就一扬胳膊，说："报告主席，我去！"后来，人们就专叫他筛锣召集人，一开会，他就叫哑了嗓子，忙得满头大汗。在诉苦会上，别人诉苦，他哭；他诉苦，别人也哭；哭，是吐苦水，是出冤气。不久，人们结成队伍，拿着封条，敲着锣鼓，把所有地主家的门全封了，把立着的房子躺着的地，全归了贫农团。在这个火热的行动里面，来子起了很大的作用，因为他给这些地主家都扛过长活，知道各家的粮食窖和夹壁墙。他红着脸，擦着汗，指点着人们，挖，刨，把地主们的底财都弄出来了。事后，人们就选他进了保管股，专门保管那些从地主家里没收来的猪羊、鸡鸭、牲口，叫他搬到地主的院里去住，盖着地主的被子，使着地主的锅灶。

夜里，也不知道是嫌太舒服太暖和了是怎么的，他老是不睡觉，不断地摸摸屋里那雪白光滑的墙壁，摸摸那墙上粉红色的花纸，又敲敲那黑漆洋灰炕沿，又上那些红漆家具上坐坐，又用脚跺跺那棋盘格子地面……他想想过去，想想现在，再想想将来，一想就想到大天明。天明起来，他就立在当院看鸡打架，拍着手，跺着脚，鼓励那些弱的家伙，吓唬那些逞强的家伙，看得高兴，就抓把高粱米一撒。早饭后就忙着拌猪食，把一大桶一大桶的猪食倒在槽里，又大声嚷叫着，吓唬那些抢食的家伙不要太霸道，这年头太霸道吃不开，并且踢它们两脚。接着，又到牲口棚里，给牲口拌草料，也得嚷叫半天。……

这当儿，苦根也被选为贫农团的委员了。来子觉得自己是全村的"总管"，而苦根则是全村的妇女头儿，两人都能办大事了！

越高兴越忙，日子就过得特别快，说话就到年下了。往年过年穷人们吃不上白面肉饺子，今年过的是翻身年，谁也想香香嘴，小组里和委员会里一讨论，都同意把那些猪呀鸡的分了吃了。第二天，来子正在苦根家里歇着时，人们就动了手。两家一只鸡，五家一口猪，轰的赶的，弄得满街唧唧嘎嘎，嗡呀哎的。正热闹时，忽见来子猛地跳到街心，两手一叉腰，嚷道："谁叫你们赶猪赶鸡的，呃？"

人们说是大伙决的议。

他说："谁决的议也不行，你们既是选我管这个事，我就得管，谁也不准动！"

说罢，从人们手里夺过根棍子来，一阵乱棍子，把那些猪呀鸡的打得满街乱窜，谁想拦挡他也拦挡不住，以为他那牛筋子劲儿又上来了，疯了，就赶紧把工作组一位姓黄的同志叫了来。

这黄同志刚来时跟来子就伴睡过几天觉，跟他说过许多话，他俩是最相好的，平常来子一见了他，脸上就挂不住笑得两眼没了缝儿。可是这时他却没等老黄开口，就一把抓住他的肩膀，嚷道："黄同志，兴我说说话不？"

老黄被他抓得身子晃了两晃，鼻梁上的眼镜子差点晃掉了，赶紧答道："兴说，兴说……"

他又问题："逮猪逮鸡的事，对你说了不？"

老黄说："对我说了，你怎么啦？"

他更急了，嚷道："说了也不行！"

老黄问："你是怎么啦？怎么就不行啦？"

他说："怎么不行？好容易翻了身，人们就想把东西填了嘴巴坑？"又像演讲似的，对围着看的人们说："你们合算合算看，分了地，分了房，一开春就要送粪耕地，谁家不使牲口？俺管的那大小有十来个牲口，剩下这二十来口肥猪，就打五个猪换两个牲口吧，也能换出十来个，再贴上点别的浮财买几个，咱村的穷人还够不上两三家伙养一个？吃了把嘴一抹，拉泡屎就完了，顶个屁？往后谁家地也不少，没牲口可怎么种？你们受了半天共产党的领导，怎么那心窍儿还是这么黑？……"

人们忽然哄的一下，嚷道："这是实情话！……"

老黄拉着来子的手，擦着脸上的汗，说："唉，要不是你这一说，差点误了大事啦！"

来子说："我不过是盼着往后过好日子，心太切，一看见这个事就急了，犯了脾气！"

在人们的欢笑声里，他一回头，猛然瞅见苦根正立在背后，嘴角上挂着笑，眼里放着光。他从来没像这样当着众人演过讲，从来没见过人们这样拥护他，更从来没有见过苦根这样的笑脸和这样的眼光，不觉有点害臊，却忍住劲，对苦根说："咱回家吃饭去吧。"

当夜改选贫农团委员会，苦根还是当选为委员，来子却当了副主席！

在人们的掌声中，他慢慢走上主席台，使劲抽了几口烟，抹了抹脸上的汗，才说道："乡亲们，早先我张来子总觉得自个不如人，怕是怕非，光知道死卖力气，翻身的事，俺想也没想过。这会，俺也成了人，也头顶着天，脚踏着地，像个样子了！今日大伙选俺当副主席，没别的说，俺往后卖着命替大伙出力气行喽。人们都知道我有个一股劲的老毛病，睡起觉来就忘了干活，干起活来就忘了吃饭，这工夫俺给大伙干活，保险连吃饭拉屎都忘了，不信，咱们走着瞧！"人们都咧开嘴笑，他又使劲抽了几口烟，突然自个也笑了一阵，说道："咳，俺有个事，不瞒大伙说，这会兴的是民主自由，我跟小梅她娘，年下三十里就成亲，你们大伙，同不同意呀？"

大伙又是拍手又是笑，像开了锅似的乱嚷嚷道：“着哇！结了婚好分房分地嘛！……”

臊得苦根一溜烟就跑出会场去了，人们追出去也没抓住她。

散会以后，来子回到苦根家里，坐在炕沿上一个劲抽烟，看着苦根给小梅盖好了被子，把小油灯剔亮了，就对她说道：“小梅的娘，往后俺们也像个人啦！”

苦根说：“还尽翻来覆去地说那些干么，躺下吧。”

来子说：“俺睡不着。”

苦根说：“俺也是合不上眼。”想了想又说道：“这眼看要分房分地啦，听老黄同志说，先尽俺们这没房少房的人家挑，俺们也该计划计划，挑哪合式。”

来子说：“俺俩都是干部，凡事得照顾群众，我看还是先让别人挑吧！……”

这一夜，他俩一直唧咕到天明。

旧历年前，他俩新分得了二亩旱地，一亩园子地。这一亩园子地也是那个井台上的，二亩旱地也离井台不太远。按一亩水地顶三亩旱地算，他俩顶住个小中农了！

到腊月三十那天，他俩就在新分得的财主小院里结了婚。苦根穿着刚分得的青洋布面棉袄，头上还别着朵小红花。来子也穿着新缝的蓝布小袄。当人们打着锣鼓送他俩进新房时，正好天下起了大雪花，白光映着他俩的红脸，显得又好看，又年轻。等闹房的人们都走了，来子擦着满脸的汗，对苦根说：“你看，人一穿上新衣裳了，不用水就洗了脸。”

苦根说：“你那不是热的，天下雪还会热？你是酒喝多了，人们尽灌你，你就傻喝，看你那脸红的！”

来子说：“喝点酒，高兴嘛！”

苦根说：“谁也高兴，一个村子的人们都乐得合不拢嘴来。可你说怪不？俺倒老忍不住要流眼泪。”

说罢，她就真的抹起眼泪来了。

来子说：“你怎样啦？”

苦根又笑起来道：“不怎么，俺想起……说出来怕你见气。”

来子说:“你看,今日这么高兴的事,你说什么我也不见气。”

苦根说:“你才不知道哩,这个事还没跟你说过。想起俺跟小梅她爹成亲的那工夫,那是什么光景!俺们两家都住在刘庄那个破庙里,也正是个大雪天,做爹做娘的商量好了,就在破神坛上插了三根柳枝子,叫俺俩朝着磕了三个头,就算成了亲。真像俗话说的:穷作媒,苦结亲,风扫地,月点灯,墙角上的蝎虎是客人,一碗凉水来当酒,四行泪水肚里吞,铺的是席头盖的是草,穷男穷女穷结婚……”说到这里,又忍不住笑起来,笑完了又说道:“你看,这会是什么光景:真像做梦似的!”

来子说:“要不,什么叫个翻身啦?翻身翻身,就是翻身嘛!”

苦根连忙说:“你别这么嚷,外边有人听房,叫人听见了!……”

六、后　记

一九四八年夏天,县里李秘书有事路过张庄,在来子家里住了三天。见他住的是个干干净净的小院,院当中一块空地,早先是财主种花种草的地方,现在那些花盆子都堆到墙角里去了,却腾出地方来种上了瓜菜,两架豆角、三棵辣椒、一小块蒜。东南角上是个新砌的小猪圈,两个小猪娃在里面嗡呀嗡的咬耳朵玩儿。正面是三间北屋,一溜粉白墙,屋檐下吊着些农器家具。屋子里,窗户上糊着半截白纸(上半截是天热撕掉了的),白纸上贴着几个红纸剪的小八路军。炕上是新炕席,家具不多,却收拾得挺干净。

晌午时,李同志也到他那井台上去歇凉。一个大棚架,还是金瓜和葫芦,两样东西的藤条子纠缠在一起,大叶子把井台遮得没了缝儿。井口上按着一架小号的铁斗子水车,是围井种地的十来家,伙着向县生产推进社贷款买的。一有了水车和牲口,连他那离井较远的二亩旱地也浇上了。他种了二亩地棒子,一亩地高粱,余下的地除了种的谷子,还种了半亩地的黏米黍子,估计着秋后打下的粮食一年吃不清。

这时,小梅那孩子穿着条小红裤,光着脊梁,在地里捉蝈蝈。苦根背对着这边纳鞋底。来子跟老李坐在对面,摇着块手巾,叭着烟锅子,经不住老李两问三问,就对他说起他和苦根的故事来。前年土改时,老李在这村帮了几天忙,在来子早先那小坯窝窝里住过几天。去年闹平分时,他又不断地上这村来，跟来子说过几回话。他俩本来是朋友。所以来子对老李说得很仔细，以至于弄得苦根不好意思起来，带着笑地斜来子一眼，说：“看你这人，自个不歇晌，还耽误人家睡觉，尽说些陈芝麻烂谷子的事！”

来子也反过来斜了她一眼，笑着说：“看你，当了妇女会主任哩，不说反封建，还臊个什么劲的？”

老李笑着说：“嫂子，俺们说俺们的，你把耳朵闭着得啦。”

苦根也笑着说：“你才不知道哩，早先他是个闷嘴葫芦，这会话不知哪来那么多。上农会里开会吧，开完了也不说早点回来，人们一逗，他就说开了，真气人！”

李老想到：难怪前两天我到这村时，一打听张来子，农会的人们就抢着说：“嗨！张来子这人可变得厉害啦！……”

来子说：“早先是闷嘴葫芦，这会嘴巴也翻身了嘛！”

老李说：“嫂子，你这是个光荣事嘛，说说碍么？”

其实，苦根自己也不是不爱说，有时跟老李闲谈起来，总是爱想起过去的事，说：“头年，俺跟来子俩……”所以这会她不是不愿叫来子说，也不是不爱听，她不过是有点臊。听了老李这话，她又笑了笑，故意岔开地扭过身去，对着地里叫道：“小梅，你光着脊梁，看晒破了皮，这死丫头！”

只见绿影子里一片红光一闪，小梅小手提着红裤子的裤腰，跑了过来，一头倒在来子的怀里，臭汗腻了他一身。

苦根看看她那顽皮样，又爱又恨地说：“这么大个丫头了，什么也不懂，一钻到庄稼棵里就连小裤也不穿了，就那么热？”

小梅却不理她，得意地瞅着手里那根高粱秆上用高粱皮插着的几个蝈蝈，嘴里尖声唱道：

> 小孩不离娘，
> 瓜儿不离秧，
> 边区的人民离不了共产党……

来子忽然紧紧地抓住老李的手，小声说道：“说起共产党来，还没告诉你哩，俺俩都参加啦！”

老李也紧紧抓住他的手，说：“好！好！”看见来子眼里有一种特别的光彩，又看见苦根嘴角上挂着微笑，用针使劲往鞋底上一锥，好像正在为了什么幸福的事，下了很大的决心。

老李捉摸了一下两人的心思，就又问道："你俩倒说说看，参加共产党有什么好处？为什么要参加共产党？"

来子忽然睁大了眼，嚷道："老李同志，你这还用问？这会儿谁不知道？共产党领导咱们往好处走，越走越好。区委书记早对咱们党员们说过，往后咱们要建设社会主义、共产主义。可是，要是咱们大伙不进步，不明白共产党的主张，不给党帮劲，不带领群众跟着党一起走，不起带头作用，还像往常一样，个人只想个人眼面前的事，只想自私自利，那，那好日子怎么来？"

老李又问苦根："嫂子，你也说说看……"

苦根不等老李的话说完，就笑了笑，把针一停，望着瓜棚外边远处的庄稼地，出神地说道："嗯，俺不会说别的，俺每回跟来子往这瓜棚里一坐，一看见这一马平川的庄稼地，俺就想：什么时候要是用机器耕地，那可好啦！你看，咱这地面多平，机器在上面跑起来，哪有个挡头？不是像快马追风一样吗？到那时候，麦子准得结双穗儿，谷子准长得赛高粱，棉花棵子，嘿，准长得像树儿似的！到那时候，人人都有文化，念报念书，什么事儿也明白，都像一家人似的，一块儿干活。可是，要没有党员们努力干工作，那好日子怎么来呢？为了服从党的领导，为了工作，为了往后的好日子，俺拼掉了命也可以！李同志，你给俺说说看，俺想的对不对？"她笑着回过头来，对老李恳求着。

可是来子又插了嘴，说："要不，咱这会儿干吗拼命学文化？还想着往更高地方进步哩！……"

他们就这样说了一晌午。小梅躺在来子怀里，起先是睁大了眼听着，后来就慢慢地睡着了。

1949年春，于北京

原载1949年《华北文艺》第6期，收入三联书店1950年版短篇小说集《壶嘴儿说媒》

何 花 秀

一

何花秀是个好青年妇女，模样俊俏，心里干净，对人行事暖和得像火炭，言谈举动快活得像孩子，革命的坚决劲儿又像钢和铁。这么个好人，却被蒋介石匪军杀害了，死得那么英勇，听见说的人都流泪。

抗战八年，她从儿童团长干到妇会的干事，在敌伪军的脚下，在岗楼林里，公路网里，做过多少工作！掩护过多少八路军！碰到过多少危险！直到抗战胜利那年，她还只有十七岁。

那时候，离她村四里地的小柳庄出了个民兵英雄，名叫张金柱。这好小伙也才十九岁，粗眉大眼，身子壮得像小老虎，胸脯挺起来会把小褂上的扣子都崩断了。他常头上包着白毛巾，肩头上挂着雪亮的盒子枪，腰里扎着崭新的子弹带，还打着绑腿背着挂包，上区里开会去，总得顺路到花秀家去串个门儿。花秀的娘背地里夸他："个好精神孩子！家里又没爹娘哥嫂管着，跟咱家又沾点亲……"花秀说："嗯，人家还是民兵英雄哩！"娘说："就是，有出息着哩！"花秀说："人家还没找着对象哩，不知看中了谁？"娘说："真是，看中了谁谁有福！"花秀却脸一红，笑道："娘，看你说这迷信话，什么福不福的！"娘也笑道："这个死丫头！你当俺就那么落后，看不出你俩的心思来？"花秀的脸更红了，说："你看出什么来？……"

就这么着，她就跟那小伙子结了婚。

结婚那夜，民兵里面有那缺德鬼听房，听见她小两口说话，金柱问："这枕头底儿上绣的么哎？"她说："花……""么花哎？""荷、荷花……""荷花，绣绣绣绣的真……"从此村里青年人就爱跟她调皮，见了她就羞着脸蛋子说道："荷花，绣绣绣绣……"她总是用手捂着通红的脸，却从手指缝里笑出声来，又骂人一句："气人！"才一扭身跑了，一边跑一边还笑得住不了声。她其实并不觉得这些"缺德鬼"讨厌，倒能"气"得她心里觉得甜丝丝儿的挺欢喜。

何花秀，她是欢喜的、幸福的呀！

当年年底就实行了"清算复仇"、"反黑地"，又分了逃亡地主的地，她那小日子就更暖和啦！

小两口白天里一块下地，一块儿工作，晚上还一块儿学文化。有了这么一对小夫妻，好像一个村都变得年轻了，快活了：哪里也是歌声，哪里也是笑声。哪里的歌儿唱得好，哪里的笑声笑得欢，那里就有何花秀和张金柱。哪里的工作做得好，哪里的生产干得强，那里就有何花秀和张金柱。小柳庄一个村的人们都是逞强好胜的，何花秀和张金柱就是个逞强好胜的头儿。

那时候，人们打走了日本，人们是应该快活的积极的呀！可是蒋介石王八蛋却看着人们的好生活眼儿红，发动了对咱边区大进攻！

二

蒋介石把汉奸队编成了"遭殃军"，"汉奸牌"的"遭殃军"又组织了地主"还乡团"，"还乡团"领着"遭殃军"来向咱们进攻了！

张金柱是个好小伙、好党员；何花秀也是个好妇女、好党员，还有许许多多好青年好党员；他们男的女的都武装起来，进行高房战，地道战，地雷战。野兽们来一次，被打走一次，又来一次，又被打走了。

可是第三次却不同了。第三回敌人来得那么多，办法那么狠，完全照日本人的样："铁壁合围"，"驻屯清剿"，捉住男的女的就打就杀，就逼着脱光了衣裳扭秧歌……

第三回，包围了村子整整两昼夜。

起先，敌人在村外，金柱和二十多个民兵都爬在高房上，只要敌人往村口走，就一阵排子枪和手榴弹。手榴弹打完了，金柱就在房上叫："你们递上手榴弹来！"房下边，花秀和一群妇女答道："别急，够你们使的。"就爬着梯子往上送。后来敌人打炮，炮火那么猛，把高房上的工事都轰平了，烟子尘土飞了满院，人们就下了地道。

金柱在地道里往前爬，不住地问后边的人："妇女们都下来了吗？"一会，后边传上来："何花秀还没来。"金柱心里一跳，却顾不得，忙从一个"翻口"钻到一个正对着村口的枪眼跟前。这枪眼是在村头上一个碾盘脚下，碾盘正像一个结结实实的堡垒，这堡垒四周围除了有枪眼，里面还能安上拉火地雷。

金柱从枪眼里往外瞅，看见村外庄稼地里敌人不时伸出头来瞅一瞅，大概是好半天没听见民兵打枪，就一步一爬地往村边上。上到离村几十步远，在一个土埂子后边架好了机枪，刚响了两梭子，金柱瞄得准，头一枪就把机枪打翻了，第二枪机枪手也倒了。可是当他换一个枪眼往这边看时，一群敌人已经从南边小胡同里进了村（原来村南边的枪眼都叫敌人用重机枪"掏"了，民兵们都撤到村西去了）。眼看着就摸到碾盘跟前来了，金柱一急，正要开枪，忽然从碾盘后面的房上丢下个手榴弹，好几个敌人"跳"了"舞"，其余的就一窝蜂似的往后退。他心想："好家伙，这准是她干的！"

是的，人们都下了地道，花秀反而一个人上了房。这平顶房一家一家不是相连的就是搭好了桥，房房相通。她从这个房爬到那个房，看见哪儿敌人多，她就往哪儿扔手榴弹。

不提防村南的敌人也上了房，一枪，打得她头发一飞。她赶紧一滚，抓住了靠房檐的一棵树，溜到一家院子里，摔得半天半天才能动。幸喜这家有地道口，才下了地道。

这一仗呀，打得真热闹。每个房子里都有看不见的枪眼，每个枪眼里都飞出子弹，到处是地雷响，到处是血肉飞。这一仗，匪军打得动了火，也下了决心，只要发现一个枪眼，就用重机枪对准了扫，扫开一个洞，就往里扔手榴弹，然后用铁锹挖，挖开了，再往里熏烟、灌水。这一仗呀，地雷炸完了，高房烧塌了，地道破坏成一节一节的了。民兵们坚持了两天两夜，才从通村外的一个地道口往外突围。

民兵突围了，可是何花秀还在地道里。

何花秀，她两天两夜只吃了几口干粮，只喝了一点凉水，也没睡觉。

她拿着个小橛枪，不怕烟熏和水淹，到处钻，到处躲，只要还剩一个枪眼，还有一节地道，她决不退出，她还在打。

敌人知道民兵们突围了，知道他们在村外庄稼地里打冷枪，就又调来几百人，在庄稼地里拉网“清剿”。可是村里不断地来报告，说是：地道里还有土八路，冷枪打得准，死了一个、两个、三个，怎么搜，怎么捉，却怎么也不见影。

这一仗，何花秀打死了敌人十几个，最后被满地道的烟子熏得睁不开眼，才找到一个出口爬出来。外面是一堆靠着墙的秫秸，墙里是院子，墙外是村边的大道。她就钻进秫秸堆里，闭着眼躺着休息。

忽然，一大群鸡从这家院里飞出来，正落在她这堆秫秸上，大惊小怪的闹翻了天。接着，院子门一响，她从秫秸缝里，看见一个匪军举着明晃晃的刺刀，瞪着圆圆的鬼眼，弯着腰，像猫捉耗子似的，一步一步向她走来。她捏紧了枪，从秫秸缝儿里瞄准，可是，只剩一粒子弹，不敢打。不想匪军猛一蹿，抓住了一只鸡，很得意地笑了笑，就走了。

她不知是什么时候睡着的，也不知是什么时候醒的，只觉得四处静悄悄。从秫秸缝里看得见天，天上千万个星星眏眼，原来天已经黑了。

有个黑影子，肩膀上背着枪，在眼前的大道上来回走，脚步嗵嗵嗵，她想：“这是站岗的，村里还住着哩！”

那哨兵走得累了，靠在秫秸垛上休息，一会，打起鼾来。好何花秀，枪口捅住他的脊梁骨，砰！对紧了人打枪响声不大。

她掀倒秫秸跳出来，捡起他的“美国造”，解下子弹，就窜进了庄稼地。

三

这平原上的青纱帐，望不到边，走不到头。何花秀背着一支长枪，提着一支短枪，在这庄稼地里，黑影里摸来摸去摸了一阵，没找着金柱他们，就又累倒了，睡着了。

这一觉一睡睡到第二天正晌午，醒来时看见藏在地里的人们一群一群地往村里走，知道敌人已经退了，就也背着枪回了村。

村子完全变了样：墙壁倒了，房顶穿了，柴禾堆变成了灰，粮食囤还在冒烟，满街净是鸡毛、马粪、烟盒子，到处是哭声骂声。何花秀啊，她那家，那小两口的小暖窝儿，变成了什么样子！院子门塌了，大门扇歪了，窗棂子折了，灶成了一堆土，锅成了碎铁片，水瓮缺了半边。房里：镜子破了，瓶子碎了，被子撕了，箱子倒了，粮食柜里拉了屎……

何花秀不叹气不伤心，只是咬了咬牙。她把枪搁在炕上，从乱七八糟的东西里找到了饽饽篮子，看见里面还有几块饽饽，也不管变酸了变臭了，拿起来就啃。又从破水瓮里舀了碗水喝了，全身才觉得松爽点了。

猛然间，村子西边又响起枪，街上嚷叫声脚步声乱成一片。原来敌人是假撤退，等老百姓回来了，又返回来围了村。她知道现在冲不行，打也不行，犹疑了一下，只得把枪和子弹都塞进炕洞里，翻过后边的院墙。

后面是个小胡同，她脚刚落地，胡同口就闪进来两个便衣特务，她就被捉住了。

全村男男女女几百口人，都被轰到村外边一个大场里"开会"。四周围架满了枪，站满了匪军。正面摆着一张桌子，几条板凳，两桶凉水，两把铡刀。一个当官的匪军，个子像头牛，提着小手枪，肥鼻头，宽下巴，仁丹胡子下面露出两个大黄牙，帽沿下边的小老鼠眼睛冷森森的逼人。一个还乡团，手里拿着马鞭子，两头尖的枣核脸，伸长了脖子仰着头，下巴冲着人，两眼翻着天，嘴里舌头一卷一卷的，说话撇京腔摆架式。

那当官的说，今天国军到这里，为了"剿共安民"，只要说出了谁是八路、谁是共产党、谁是干部，就没你们的事。那还乡团从怀里掏出个小本子，点着名叫道："你们说说，谁是村长张宝瑞、农会主任王洛根、民兵队长张金柱、妇会主任杨雪贞，指出来！你们时新的是自动性，乡里乡亲的别叫俺'动员'，自觉点吧！"

人们这才认出来，这鬼家伙原来是双沟集上恶霸地主"南霸天"的大小子，事变前在国民党保安团里做事，事变后就当了汉奸，现在又当了还乡团。

人们胆大的跟野兽们眼对眼地瞅，胆小的都低着头弯着腰。孩子们吓得不敢哭，把嘴捂在娘怀里，娘的眼泪滴在孩子的脸上。老头们胡子在发抖，老婆婆们心里在念佛。

全场子的人都奇怪：为什么何花秀没跟着干部民兵们一块儿跑？为

什么像她这样好模样的年轻媳妇不跑得远远的？为什么像她这样坚决勇敢的人会被捉住？全场子的人啦，都替她担心。

何花秀呢，她却满场子乱看。她看见场子边上就是庄稼地，可是地边几把刺刀明晃晃的，跑是跑不了的。她又听见，村里有妇女们的哭叫声，有野兽们的打骂声。她替全场子的人着急，替妇女们可怜。心里却忽然想起了一件事：那是一九四二年日本鬼子进行“五一”大扫荡时，有一天，她在麦子地里爬了一天，傍黑时走近一个村子，想进去找点东西吃，正在奇怪为什么这么静悄悄的，却看见村边一片大场里，满场都是黑红色的血……

她脑子里又一闪：“金柱……我那炕洞里的枪……”

血怎么样？金柱怎么样？枪怎么样？却想不下去。又猛然一咬牙，一甩头发，自己对自己说：“你心里干吗这么乱？”就挺起胸脯抬起了头。

只见那还乡团拉出去一个老头，问了几句，两嘴巴就打倒了。又拉出一个小孩，问了几句，就往铡刀下面拉，那孩子的娘跳下去救时，孩子已经变成了两段！那女人嚷叫着打了两个滚，被那当官的野兽小手枪一指，胸口一冒血，也死了。又一个青年被拉出去，鞭子打，脚踢，弄得不成人形，他实在受不住了，大叫一声：“打倒你狗日的呀！”跳起来奔向那还乡团，却又被旁边飞来一粒子弹打倒了。

人们眼里都流泪，心里都冒火。胆小的人往后缩，缩到场边子上，又被刺刀逼着往前挤。

野兽们又围着场子转，一个个地看，一个个地找。

在千百人中间谁最引人注意？只有何花秀。她脸上有霞彩，眼睛里有星星，身个儿又是那么匀称，虽然三天三夜在地道里和在庄稼地里钻得满身土，虽然三天三夜没正正当当地吃过饭睡过觉，她那模样却还是麦苗地里的好麦穗，高粱地里的长高粱。

这时她正在想：“我干吗没把那支快枪带在身上，这时正好干那狗日的们……”却冷不防被那还乡团抓住了胳膊，拖了出去。

全场的人都打了个冷颤，看住她。

她挺着胸脯瞪着眼站在那里。

那当官的抢上去涎着脸说：“嘿，看你年轻轻的，娇嫩嫩的，气儿倒挺大……”她嚷道:“你这禽兽,你要干吗?”那家伙还是涎着脸咧着嘴说:“你看看,这是干吗呀?”“干吗? 要抽你的筋,刮你的皮!”那家伙走上来就想动手动脚,不提防何花秀手快,“呱”的一下就给了他一嘴巴。那家伙火了,抬腿就踢,不提防她往旁边一闪,他用力过猛,皮鞋被地上的血一滑,跄的一脚摔倒了。这一下可弄得他脸红脖子粗了,爬起来就嚷:“捆起来!浇浇她的火!”

那还乡团和别的几个家伙下死力反绑了她的手,下死力把她按在板凳上,问她:“听说张金柱那小子娶了个小媳妇,是个铁了心的共产党,是你不?”“不知道!”“你别找死不看日子,快说,谁是张金柱?”“不知道! 不知道!”“不知道? 灌!”就提来壶凉水,往她鼻子嘴里淋,她叫着骂着就死过去了。

世间上哪有这样的人? 世间上哪有这样的禽兽? 对着她那死过去的身子做出多么难看的丑态啊! 连那场子边上的兵们也别过脸去不忍看。

老头老婆们不顾命地跑上去,跪下来求情。

妇女们捂着脸哭,男人们都捏紧了拳头。

这时,说时迟那时快,从场子边上的庄稼地里猛地飞出来一排子弹,那还乡团倒了,那野兽官倒了,那兵们倒了,没有倒的撒腿跑了!

全场的人们也一窝蜂似的乱跑开了!

接着又飞出来几个手榴弹,然后冲出来一群如狼似虎的民兵,张金柱冲在前面,背起何花秀来就钻进庄稼地里去了。

四

从这天以后,敌人就占住村子不走了,并且天天抓老百姓挖围村沟,筑寨篱,修工事,想长期占领这一地区,作为保卫平津的“安全地带”。

村里人们能跑的都跑出来了,有的转移到清河以南,有的到非据点村投亲靠友藏起来。青壮年和村干部们却大多数参加了金柱的民兵队,他们用何花秀娘家那村做粮食供给处,经常活动在附近的青纱帐里,队伍一天天扩大,只是枪支弹药不够使。

何花秀那天被金柱背着一口气跑了五里地,吐出了满肚子的水,才醒过来，在她娘家有一个秘密地洞里养了三四天，现在身体又壮实了。身体一壮实她就想着要报仇，就对金柱说："给我一支枪！"金柱问她要干吗，她说："干民兵，报仇！"金柱说："那可不行！你在村里打打地道战还行，干这个你知道得受多大苦？"她说："受多大苦也不怕！"金柱说："不行，咱们正缺枪。"她想了想，说："咱村里早先不是还埋着些枪的吗？再说，俺那两支枪还塞在家里炕洞里头哩！"金柱摇摇头，说："这是白想，咱村敌人正挖围村沟修据点，谁有那么大本事去取枪？"金柱一定要她再躲在地洞里养几天，她说："要那么着，俺活着不如死！"两人都脸红脖子粗，争了半天没结果。

第二天天不亮，金柱他们从新挖好的地道里钻出来，打算集合人往青纱帐里转移，却在地道口上发现了捆得好好的五支三八枪，点着灯细一瞅，认得出正是他村早先"坚壁"的枪。枪旁边丢着四个嫩玉米核，明显是从地里摘下来啃了的。金柱打了个冷颤，忙去问花秀的娘，她娘却以为她跟着金柱下了地道……

这以后，就一直不知道何花秀的消息。

敌人建立好了据点，开始对村里村外反复"清剿"。各据点互相配合，还乡团当向导，差不多把每间房子，每条地道，每片庄稼地，每块坟地，都"合击"到了。金柱他们实在不能坚持，只得转移到敌人扫荡"重点区"的边沿地带去活动。

在这样的情况下，每个人都觉得时间过得慢，每个人都在醒着做梦，梦里醒着——都在惦记着自己的村庄、自己的家、自己该收的庄稼，每个人都在焦心地等待着强大的野战军早一天打到这边来。在这无数的人里面，金柱是最焦心的一个。他起先是捶头顿脚，一定要单人匹马回村看看。被上级和同志们劝说了几次，就又像疯了似的，一天到晚不言语，只是一个劲地擦枪，把那枪膛擦得能照见人。如果一发生战斗，他就不顾命地往前冲，好几回差点受了伤。

谁也背着他叹气，谁也知道发生了不幸的事情！

半个月以后，强大的野战军真的从清河南边打来了！

这一天，小柳庄收复了。部队前脚押着俘虏走了，金柱他们后脚就进村。他们看见，村外半里地以内的庄稼都被铲平了，平地上立着一道一人多高的木寨篱，寨篱里边是一道围村沟，沟里灌满了臭水，水里有些死尸，沟的里岸沿上一溜子地堡枪眼，上面又是大碉堡小碉堡不计其数，整个村庄看起来像个蜂巢。街上几个打伤了的匪军鬼似的爬动着，墙上写满了“服从蒋主席”的标语。没有猪和鸡，连狗也绝了种，更看不见老百姓。

在一家地主的院里，一间大北屋里的横梁上，吊着四具尸体，都是反背着手吊着的，三个男的一个女的，都剖开了肚子，肠子吊成线，脚下都有个大盆，里面装满了血。这三个男的看不出是哪村人，这女的，哪怕是剁成肉酱也认得出：正是何花秀！

每个人都觉得头脑里嗡了一声，都差点站不住脚。张金柱靠在门框上，头搭拉下来，眼睛珠子不会转动了，不会看东西了……

后来，据村里一个老太婆说：半个多月前的一天，敌人抓了些老头老婆婆挖围村沟，从晌午到快半夜才歇工，让排着队进村，为了怕混进八路军，村口有一个匪军用手电筒照着人们走。这老太婆走到自家门口，觉着背后被人捅了一下，回头一看，是个背着铁锨的女人，小声叫她不要嚷，进到院里一问，才知道是何花秀，吓了一跳，赶紧把她拉进屋。点着了小油灯一看，只见何花秀穿一件老太婆的破衣裳，满头满身都是土，脸上擦了灶膛灰，就像完全变成了另外一个人。她问了问村里谁家住着的，谁家有人在家，就爬着墙头翻到隔壁一家空院里去了，以后就不见她回来。

她刨出了这院里埋着的那十支枪和几个地雷，因为太重，只偷着弄回去了五支枪。怎么扛出去的呢？是这样的：村子里有一些老百姓的和匪军的死尸，天热，臭气熏天。夜里，两个还乡团逼着几个老头子去收拾。何花秀趁机会混在众人里面，把这五支枪插在死尸的衣裤里面，跟大家一起把死尸拖到村外。后来老头们就没有看见她了。大概是躲进了庄稼地，等两个监押的还乡团押着众人回了村，她才出来，从死尸上把枪取出来送到了地点。后来她又怎么回到村里的呢？就更没人知道了。

这村有个从前在天津给大公馆里当过厨子的老头，被敌人俘住了给当官的做饭。据他说：半月以前一天天快亮时，街上一阵乱，接着响了两声枪。天明以后，就听见匪军们说捉住了一个女八路军，说是她在营部后山墙根前埋地雷，被“巡夜兵”捉住的。后来，这老头正在厨房里炒菜时听见北屋里过堂，听见叫声，骂声，正是何花秀的声音。以后，听匪军们说：

这女八路太坚决，营长软硬手段都使尽了，对她实在没办法，就关到黑屋子里了。后来又听说她时常不吃饭，想寻死……

一个这么好的青年人，为了民族的解放，为了自己的幸福，就这样英勇顽强地牺牲了！

她啊，模样像花，性情像火，她活着时谁不快活？她死了谁不落泪？

张金柱，你是个好小伙、好党员，当时就背起枪参加了野战军。现在听说你已随着大军过了长江，你该永远不会忘记这仇恨，你要追赶那杀人野兽到天涯海角！

1949 年秋，于北京

原载 1949 年《文艺劳动》创刊号，后收入天下图书公司 1949 年 10 月版的《平原上》

仇　恨

（一个基层干部讲的故事）

一

麦穗有半人高，我趴在里面，耳朵挨着泥土，不敢动弹。汉奸队和鬼子马队个挨个的、从四面八方蹋过来了，用哑嗓子诈唬道：

“呔！呔！看见啦！看见啦！出来！趁早出来！”

接着，这里一枪，那里一炮，又加上机枪哒哒哒，打得麦苗儿像刮风响。

终久，有一大群人被蹋出来围住了，我也是当中的一个。

一个长驴子脸翻译官跳下马来，瞪着鬼眼睛，露出满嘴的金牙，嚷道：

“谁是八路？他妈的！说！”

人们都把脸扭在一边，谁也不开口。

鬼子火了，四面架起了机关枪，另有十来个汉奸队，用闪光的刺刀逼住人们的胸脯，人群立刻哗的一下，挤得更紧了。

一个鬼子抓住了一个青年人，狼眼睛盯住他，又拉着他的手看了看，瞅了足有五分钟，忽然疯了似的嚷道：

“你的，手，白白的，八路！”

就把他拉了出来，趁他还没站住脚时，照背心一刺刀，他倒下去，头歪在一边，咬着牙，两只手抓着土，不多一会儿就不动了，死了。

全体都看着他，看着他的血把麦苗儿染红了，全体都闭着嘴瞪着眼，却没有一个人发抖。

接着，又被拉出去了两个，三个，最后到了六个七个，都倒下去了，流着血。鬼子兵和汉奸队又把十几把刺刀尖逼过来了，那刀尖子上还滴着血。

翻译官又像兔子似的跳来跳去：

“你们他妈的，抗日窝子，还有不参加组织的？说！谁是农会？谁是干部？”

“谁是？你，是不是？你，是不是？是，就站出来，站出来！到这边！”

他用戴着金戒指的手指头点着每个人的鼻子，但是每个人都用眼瞪住他，谁也不答声。

一个骑白马的鬼子把长指挥刀对着远处一扬，嘟哝哝地嚷了一句，马上跑步来了三十多个鬼子兵，“呀——”的一声，像冲锋似的，刺刀尖抵住人们的胸脯，只等那骑马的鬼子再扬一下指挥刀，马上又有几十个人要倒下去了。人们都忍不住闭着眼，脸色都青了。一个老太婆轻轻地叫了一声：

“老天爷哟！”

忽然，嗵嗵嗵，一个大个子家伙从人群里走了出来，把胸脯一拍，嚷道：

“我是！我是！该杀该剐，干吧！”

他身子像个铁柱子，两眼像两盏红灯。

接着，又嗵嗵嗵，走出来十个二十个，也都像铁柱子似的，站在那里。

“死就死吧！……”

我也嚷叫着，跟着一群人走了出来。

于是我们这群忍不住劲的硬汉子，被鬼子一串串地反绑着手，当了俘虏。

可是我们救了一大群人，鬼子认为他们没有参加过什么组织，搜了搜口袋，揍了一顿就都放了。

二

漫天拔地地刮起了大风，把一片绿海似的麦苗地刮成了一片灰白，道沟边的大杨柳树刮得弯着腰用大力嚎叫起来，天地变成一片混沌了，太阳浮在黄沙雾里，也变得惨白了。鬼子骑兵在道沟两边跑来跑去，马蹄把沙扬起来，扑到人的眼里，鼻子里，嘴里。每个人的脖子上都被挂满了子弹带、手榴弹和小炮弹袋，后边的人歪歪咧咧地碰在前面人的背上，前面人又往前碰。

走在我前边的，正是刚才头一个站出来的那个大个子，他像个铁人似的，虽然脖子上比谁的东西都多，却毫不东倒西歪，而且谁也撞不动他，一直总是不紧不慢的，低着头，嗵嗵嗵地往前走。

风沙把人们心里的火扇得更大了，忘了眼里像针扎似的痛，忘了鼻子里吃心似的痒痒，忘了鼻涕吊的半尺长，都张大了嘴，把沙子吸进了肺里，脖子涨的像小鼓，谁都想一头撞在鬼子的脊梁上、马屁股上，或是道边的树根上，想来一个痛痛快快的死。

我也想到死，可是我不甘心，我舍不得这么好的平原地，这么多的好乡亲。我忍不住要东张西望，看看经过了些什么村庄：是不是会万一碰见一个亲人，从半掩着的门缝里，或者是破窗纸后面，对我颤动嘴唇，流着泪。

队伍突然停下来了，鬼子用枪托强迫人们趴下，人们却都顽强地直着腰昂着头，都看着远处。在那里，我们冀中有名的骑兵团正在跟四面围上来的敌人开火，枪炮声跟风声混成了一片，风沙在给他们助威。一匹匹的黑马白马，上面驮着穿八路军制服的健儿，像一阵旋风似的，突围了。

我们看见，在离村不远的道沟口上，躺着一个八路军战士，他肩窝上淌着血，两眼睁得大大的，瞅着我们每个人的脸，眼角上挂着泪花，嘴唇无声地张合着。我猜想他也是想碰见一个同村的乡亲，好托他给家里的亲人捎个信，可是一直没有碰见，所以那嘴唇边的话一直没有说出声来，最后就失望地闭上了眼，把眼角上那滴泪包进眼里，永远也不让它流出来。我们都不顾鬼子的催促，故意放轻了脚步，绕着走过他的身子，并且仔细的看了看他的脸，想认出他是不是自己村里的子弟兵，是不是光着屁股一块儿玩大了的伙伴。

我们又看见，在村边的广场上，在风沙里，一群龇牙咧嘴的鬼子兵，围着一群脱光了衣裳的妇女，有老太太，有小姑娘，也有年轻的。她们抬头看着天，低头看着地，弯腰抱住要倒下去的闺女。她们在痛骂，像疯了似的跳，像疯了似的给鬼子兵几个又脆又响的耳括子，又像疯了似的在地上打着滚，死了。

她们，孩子们的娘，娘的孩子们，丈夫的亲人，就这样的死了！风，吹扬着她们的头发；沙，盖住了她们的血，盖住了她们光着的身体。天和地都不愿看见这样的惨事哩！谁忍心多看一眼呢？谁的心里不酸楚呢？谁的眼泪不变成火呢？

我对自己说：我这样活着还不如死了好！可是我要活着，忍着，等着，万一活出命来，我要报仇！

我们都回过头来互相看了一眼，好像都在说着同样的话。

可是，我面前的那个大个子，他还是不紧不慢的，低着头在往前走，好像什么也没有看见，什么也没有想。我禁不住怀疑起他来，以为他是个坏蛋，刚才是故意先站出来，装腔作势，引我们上当。我听见过不少这样的故事：在敌人的刑堂上和监狱里，常有些假装自己人的奸细，骗人上当。我不禁咬着牙。

我们又看见，一个老头提着一桶水，被一个鬼子兵押着，从一个胡同里走出来，把桶搁在离我们不远的地方，刚一回身，突然发现了我们这样一群人，都狼狈得不像样子的躺在当街，都张着嘴瞪着眼，望着那桶清凉的水。老头子突然用手扪住了脸，一屁股坐在当地，像僵了似的，一动也不动。他也许是曾经受过饥渴的人，猜得出人们的嗓子在冒烟？也许是想起了自己在外抗日的儿子，老年的心破碎了吗？

这时，一个鬼子官骑着匹大白马进了村。那马不慌不忙地走近那桶水，用前蹄在地面踢了几下，然后打了个非常痛快的响鼻，才把嘴伸进桶里，斯斯文文地喝了个饱，然后扬起头来，两眼不在意地瞅着我们这群渴的嗓子冒火的人，一滴滴残水从它的下巴流到地上。

突然，那老头子猛地跳起身来，大吼一声："好你狗日的！"抓起那个桶，没头没脑地扔到那骑马的鬼子身上，打得他摔下马来，那马就吃惊地跳起来了。老头子正要扑到那鬼子官的身上去时，早被背后赶上来的一把刺刀捅倒了……

我们这一群，手是反绑着的，身子是疲倦无力的，我们挣扎着坐了起来，但是老头子已经死了。

我们都低下了头。

在我身边的那个大个子，他一直是靠墙坐着的，两眼一直是瞅住街对面的墙根，一动也不动。

三

夜里，风停了，天空里浮着一个圆圆的月亮。

我们被关在一间黑屋子里，个挨个地挤着，每个人的呼吸都是艰难的，每个人的心都在跳，跳得那么响。每个人都想知道别的难友们是哪个村的，是化了装的八路军还是老百姓，姓什么叫什么。每个人都在设想逃跑和报仇的计划，都互相咬着耳朵，互相解开了绑绳，活动着手腕。

忽然，“嚓！——”从窗外捅进来一把刺刀，还像鬼似的怪叫了一声。映着月光，一个戴钢盔的黑影子从窗纸上闪过去了，不一会又走了回来，又“嚓！——”把刺刀尖子捅进来。这个怪物是用这样法西斯式的办法来提精神熬瞌睡呢。

院子里躺满了鬼子兵，人们估计，逃跑是很困难的。

远处传来了女人孩子的嘶叫声，这是多么奇怪的声音！好像是从地窖里冒出来的，又好像是被什么东西扪住了嘴，声音从很小的缝隙里透出来。只有在冬天最冷的夜里我才听见过这样的声音，是河里两三寸厚的冰凌忽然爆裂了，“呜——嗷——！”震得窗纸簌簌的响，听见的人汗毛都竖起来了，都赶紧用被子蒙住头，不是害怕，是觉得太凄惨，凄惨得令人绝望心碎，不忍再听第二声。

在对面墙角里，有人哭泣起来，声音压得那么低，像是不愿让全屋子的人听见。

我觉得眼前一黑，抬头一看，原来是一个大黑影子挡住了窗上的月光。他像一块铁似的立在那里，一动也不动。从那宽大壮实的肩膀，我认出了就是我所怀疑的那个大个子家伙。

刺刀又从窗外“嚓”的一下捅了进来，正好挑住了他肩头子上的衣服，但他竟没有摇晃一下。谁也替他那厚厚的胸脯担心，但奇怪得很，那法西斯的刺刀竟再也没敢往屋里伸一伸了。

他就像这样立在那里，好像想替全屋子的人挡住灾难，一直到月光慢慢的消失了，那奇怪的凄惨的嘶叫声也消失了，还没有动弹一下。

他是怎么的哩？莫非他不是什么坏人？莫非是恨疯了气傻了吗？

四

太阳还没有出来，东方天际却已抹出了一片血红色。

昨天刮了一天风，夜里又叫月光清洗了一夜，空气特别清凉，村庄、树木、麦苗地都静寂无声，好像还没有从深刻的仇恨里缓过劲来。

在我们行列的后面，跟着一大队大车，上面满装着粮食、衣被、布匹、家具和各种值钱的东西，还有几个被捆绑着的青年妇女，有的在低声哭泣，有的在有一声没一声的怪叫，有一个隔几分钟就念叨几句："我的小金柱，小金柱，孩子……"

可以想象得到，在昨天夜里，发生了多少难以述说的事情啊！

大车轮子震天动地地响，却无论如何盖不住这些低微的声音。

人们都反背着手，捏着在昨夜已经解开了的绳子，因为天色模糊，鬼子兵们也没发觉。只要一有了有利的地形，我们就要逃跑。

一个"高丽棒子"紧跟在行列的旁边，真像狗一样的可恶，不准我们东张西望，不准我们前倒后歪，更特别的是不准咳嗽，谁咳嗽就用柴禾棍子打。

昨天被风沙呛了一天，被辛酸和仇恨刺激了一整夜，又被黎明时的冷风一吹，每个人的嗓子都难受得要死，都忍不住要咳嗽。可是连咳嗽也没有自由，那高丽狗真是没有人性的东西。棍子打在身上，火辣辣的痛得发昏。

走在我前边的，还是昨天那个大个子。再前面是一个瘦削的身影，他好像有病，不住地哼哼，咳嗽得也特别厉害。那高丽狗跳上来就给了他两下子。他倒在路当中，又被踩了两脚，看得出脑袋上凹下去一块白印，全身像抽筋似的发着抖。

这时，谁也没有想到，我前面的那个大个子忽然跳上前一步，对着那高丽狗的耳朵狠狠地咳了两声，那狗刚一扭头，他猛地用两只铁钳子似的大手扠住了他的狗脖子，把他摔倒了，骑在身上。

我们都停了下来，互相看了一眼，正要动手，侧边忽然窜上来三个鬼子，抡起了枪托。只见那大个子马上倒了，头上凹进去两个坑，露出白的骨头，好半天好半天才冒出了血泡，发出呼嗤呼嗤的声音，两只大脚丫在空中蹬了两蹬，手指头却埋进地里，狠狠地挖着土。

后面押大车的鬼子都赶了上来，前面的鬼子骑兵也对这边怪叫起来。我们每个人的心都缩紧了，但觉得这还不是动手的时机。

那高丽狗坐在地下发了会愣，摸了摸嘴里流出来的血，就又拾起那根柴禾棍子，吆喝着我们继续往前走。

刚走了没几步，听见后面一阵脚步响，只见那个大个子歪着血糊满面的头，咧着嘴，颠颠倒倒地追上来了。谁看见他那样子也得打冷颤，也得睁不开眼。那高丽狗猛一回头，吓得怪叫一声，撒腿就跑，却不知怎么一下子摔倒了。那大个子一下子压到他身上，两只铁手挖住了他的眼睛，那种吼声叫声呵，真是谁也没有听到过！

但是那大个子又被两把刺刀捅倒了，只叫了一声："乡亲们！给我家里捎个信去！"打了个滚，就不动了。

我们再也忍不住了，都不约而同的扑了上去……

我按倒了一个鬼子，由于恨，我不打他也不揍他，两手使劲搬住他的嘴，把那张狗嘴搬裂了，血流了我一手。可是我忽然觉得腰像断了似的一发热，眼一黑，手一松劲，就倒了。

我并没有完全失掉知觉，模模糊糊地听得见不远处响起了激烈的枪炮声。

五

我就在死人堆里躺着，直到天傍黑。战斗停了，鬼子兵都过完了，我才爬着看了看每位死难的战友，又趴在那大个子的胸脯上哭了半天，摇着他的肩膀："同志，同志……"

我看见，在村沿道沟的土埂子上伸着许多脑袋，好像都是戴的八路军的帽子。一高兴，就没命的往村边爬，心想：如果他们打枪，我的嗓子又没有劲嚷叫，就招手吧。如果招手他们也看不见或是不相信，我就死在自己人手里，总比死在鬼子的手里强。

可是，一直爬到跟前时，我才看见，那是怎样的场面啊！

那些战士都是一动也不动地趴着，两只手托着枪，做着瞄准的姿势，头上、手上、胳膊上、肩窝上，到处流着血。每个人身边都有一小堆子弹壳，身上的子弹带里却都是空的。很明显，他们是受了敌人的包围，把子弹打完了以后，被一阵急风似的机枪子弹扫死了的。

道沟中间躺着一个小青年，那脸孔是那么苍白，那么俊气，帽沿下露出一缕儿黑头发，猛一看真像个女孩子。他身边搁着一个绣着红十字和五角星的小挂包，挂包口上露出一卷雪白的纱布。他脚前躺着一个战士，一只受了伤的脚跷在他的肚子上，只缠好了一半的纱布搭拉下来，被风吹得一飘一飘的。

这边，一个战士把枪搁在一边，手里拿着条干粮袋，糠饼子的碎块从破洞里露了出来，他嘴里还正咬着一块。

我们的战士们就是这样的人：他们吃的是糠，流出来的却是鲜红的血。他们瞄准着敌人，打到最后一粒子弹，却不知道自己已经死了，死了还在瞄准着敌人！

我把脸紧挨着泥土，很想再大声的痛哭一场，只觉得胸口鼓了两鼓，头脑里猛然嗡了一声，就晕过去了。

醒转来时，我发现自己是躺在一个老太太的怀里的，同时又看见一大群老乡们站在土埂子上，都低着头，一声也不响。

一个孩子站在道沟中间，干嚎着，嚷叫着：

"同志们都、都……哇！……"

我好像听得见，许多眼泪滴到地面上的声音。

扶着我的那位老太太紧紧地抓住我的手，把头低到我的耳朵边，抽搐着，哽咽着：

"人们，人们，不要忘了，不要忘了呵……"

是的，不要忘了呵！

在将来，无论我们取得了多大的胜利，得到了多大的幸福，我们总要想一想这胜利这幸福怎样得来的。如果我们老了，还要告诉子孙万代，叫他们永远永远的不要忘了，这样深刻的仇恨……

原载小说集《平原上》，1949 年 10 月由天下图书公司出版

在石台村

我原在俺村里担任支部书记，也是六七年的老干部，可吃亏就吃在性子太急，脑子太简单，在工作里就短不了犯强迫命令，这还不说。一九四四年咱村实行减租减息时，是我领导的。有一家没落地主，据我知道的，他家里只有三四十亩地，因不能劳动，出租给人家，一减租，群众要他退多少多少粮食的租子，他哪退得起？我想：叫他拿地折量吧，他家尽闺女孙子的八九口人，往后生活就成了问题。坏又坏在他是我个本家叔叔，老是到我家来哭穷说好的，我就软了心，对群众说了句话："让他少退点吧。"到去年咱村头一回实行土改，整顿干部作风，群众对我提了一大堆意见，起先还仅是打人骂人强迫命令的事，后来又提出说我包庇地主，说这老家伙一贯装穷，把地偷着假当假卖出去了，实际上他还有六七十亩地哩！我又有严重地脱离群众的作风，又在阶级斗争中失掉了立场，上级就把我调到分区干部学校里整风。

说整风，实际上就是提高政治文化。说来说去还是只怪我不行，学习了多半年，谁知道我记住了几点？

刚巧又碰见了二次实行土改——闹平分，上级就把我调到定县石台村帮助工作，说是：定县是个边远县份，作土改的干部最缺，有的村子就根本没派干部去，石台村又是个五六十家的小村（在平原上这是挺小的村子了），又没价大地主，工作好做，你又是个多年的老干部，又经过整风学习，还怕弄不了？

就这么着，我就到石台村去了。

定县县委给我的介绍信，是叫我找村支书李大雨，我原想：这么个小村，找个人总不费难吧？一走进村东口，碰见个老婆子轰着牲口推碾，我就问她："借光老大娘，你村有个李大雨住在哪儿？""嘆！嘆！你个该死的，还不快走！”我等了半天，她才回过身来说：“你打听他呀，顺手往西，再往南，碰见个茅房，再往西……”不想我好容易照着她“指示的路线”找到村公所里了，却连半个人影也没价！

出了村公所，我想再找个人问问，看见个大门敞着的，就走上去，不想却碰见个怪事。

那大门洞里挤满了一群羊，总有三四十只，一个白胡子老头趴在地上，两手抓住只大公羊的犄角，瓮声瓮气地说：“你有本事就来吧，反正我也不想再活个七十八十的了，顶不过你不算人！”就和那羊顶起脑瓜来。

门角里边躲着个十来岁的小男孩，拍着手，笑嚷：“爷爷，再使把劲，把它狗日的顶到墙根下，叫它逞能！”

那老头子就真的使足了劲，把公羊顶到墙根下了。不想那畜牲屁股一顶住墙就有了劲，猛往前一蹿，倒把老头子顶了个坐地朝天。

我噗嗤一声，没笑出口来，老头子已经看见我了。我怕他见怪，就抢先开口对他打听李大雨的住处。他哈巴着腰儿，撅着胡子，慢吞吞地走出大门来，看也不看我一眼，用手一指：“一直往东，紧走紧走，走到头上，碰鼻子拐弯，再往北，紧走紧走，走到头上，碰鼻子拐弯，再往东，紧走紧走……”

我说：“对不住，我可是外县人，听不大清……”

他倒火了，像教训他家后辈人似的：“怎么？你走路碰着鼻子了还不知道拐弯？嘿！真是！”转身就进到大门里去了。

我碰了一鼻子灰，要照往年的脾气，可怎么也得跟他嚷两句，如今整了风，不能跟这老头子动态度。就忍住气，照着他“指示的路线”，紧往东走，走到碰着墙壁了，就“碰鼻子拐弯”，不想七拐八拐，就出了村！

在村头上碰见个三十来岁的家伙，一问，他说：“李大雨住在紧西头，你怎么跑到东头来了？”这一下可把我的肺都气炸了，就嗵嗵嗵地往西冲，要找那怪老头子说说理去。

还没走到时，老远就见那老头子站在大门口的，他倒迎上我来了，一把抓住我的胳膊，说：“嘿嘿嘿，同志，我这老花眼，这才看出你是个同志哩！我就猜着你要回来的……”

这老家伙手劲真大，我这个子也不算小吧，他倒像对付小孩子似的，把我拖着就往他家里走。我心里的火被他这股热劲给挡住了，一时冒不出来。

他接着叨叨说："只怪我老糊涂，我只想大雨那人是个忙人，准又上东头农会里开什么会哩，过后又想起来了，他敢情在家里……"

他家住的是个挺宽敞的四合院，满院里收拾得挺干净，牲口棚里有牲口，猪圈里有猪，房子是一色的粉壁砖墙。我心里想：看这个气派，不是个小地主，也是个小富农，可得注点意……

可是走进他住的屋子一看时，却又怪，倒是明窗净炕，墙壁也粉得挺光滑，只是没见桌椅家具，炕上只有两条破被。老头子向对面屋子嚷了一声："端个坐的来！"一个青年人端来条板凳。我心想："真怪！不让我上炕，非端板凳不行，这不是多为一礼？"我从县里来时走了二十多里，又在村里转了半天，有点累了，也不管三七二十一，歪屁股就坐，不想那板凳是个三条腿的，"吱"的一声，差点摔了我个坐屁股。

老头就板着铁青的脸，对那青年人发开火了："我说了多少遍，叫你把这条板凳整治整治，你就没听见？还不快去换一条来！?"

青年人就又端来一条，是个小孩们坐的小椅子。老头就又叨叨开了："唉，同志，不怕你笑话，咱穷家破业，来了客连个坐的也没价，真是……"又递给我铜烟锅，说："怕你同志吸不惯这叶子烟，这村里连个小铺也没价，烟卷儿没处买……"

我可又冒火了，心想："一看你就是个地主，装穷装傻，把我当了什么人？谁还不知道革命同志尽抽叶子烟？……"

可是我还是忍住劲跟他拉扯起来，问他姓什名谁，多大岁数了。他可就对我摆开迷魂阵啦，说："同志，我看你是个明白人，大半早先是干过庄稼活的。实话对你说，我这一辈子，咳！就是粪筐起家，你看——"他拐跶拐跶地从门外拿进个破粪筐来，"这家什我使了二三十年，破是破了，可我舍不得扔。你是个明白人，我一说你就开通了，庄稼人有三宝：公鸡、粪筐、扫帚。我见天是这样：鸡叫就起来，背着粪筐就出去转游一遭，拾回一筐子粪，回来又扫地，把粪跟脏土都倒到猪圈里。说个不好听的话，庄稼人就是靠粪养活的，地要不上粪，庄稼不长，咱吃么？咱这破粪筐值万贯，一说你就开通了……"可是说着说着，就露出马脚来了，"听说眼时下要实行共产？这是天意，咱没法儿，可是咱也不怕，就这么个破粪筐，共吧！”

我可再也忍不住了，站起来就把那靠在门框上发愣的小伙子一推：“走，你领我找李大雨去！”就走出来了。

一路上，我问那青年人他家到底种多少地，有几口人，这家伙也像是受过训练的，总是含含糊糊的：“咳，不吓人，这村里谁也知道，就那么点地……”

我也就不再问他了。我只记死了那怪老头的名字，他叫杨洛明。

过后，我跟村支书李大雨谈起了这老头子来，他告诉我：“这老头子是他村头一号怪人，也是头一号肉疙瘩（富裕），平常尖刻的怪，吐口唾沫也要看看是不是吐出粮食渣儿去了。去年这村里也初步实行过一回土改，他就害怕得差点发疯，可是后来并没有动他。这次他看见四外村里都闹起来了，就又慌啦。他本来养着三口猪的，宰了一口吃了，又想宰羊吃，可是又舍不得，就成天在羊群里滚，像小孩似的，不是抱起小羊来亲嘴，就是摸母羊的奶头子玩，再不就是跟公羊顶脑瓜。另外，他还把所有的粮食家具衣服什么的藏了，来了客就故意搬出三条腿的破板凳来叫人坐……”

我问李大雨：“那么，他家到底是什么成分呢？”

他说：“嘿，要不是怕犯错误，去年早斗了他了！”

从这天开始，我就一连忙了半个月。

在这半个月里边，我真是不顾命地干。反正就这么个小村，贫农四十多家，中农只十几家，我家家都访问到，这总算深入群众了吧？后来贫农团成立了，我又白天黑夜里参加他们的会，又是代表会，又是全体会，又是小组会，又是贫农中农分开的会，又是妇女会，每天总得闹到半夜过后才睡觉，熬得我眼睛圈都红了，饭也吃不下。在作风上我也特别注意，决不强迫命令，有什么事总是让大伙多发表意见……总起来说，我总算把工作进行得不坏，群众关系也搞得挺好，他们背地里都说：“你看人家老张，上俺村工作了半个月，就瘦成那样了！”一到快吃饭时，总是来一大群人，扯的扯拽的拽，谁也想叫我到他家去吃饭。

这时四外的村子已经跟地主们干起来了。这村的群众也就沉不住气了，就也动起来了，封了两家小地主的门。最后人们就讨论到杨洛明老头子家了。讨论来讨论去，就成了问题。

原因是这怪老头子的成分不好确定。他爹只给他留下了十亩好地，他是自小儿就立志创家立业的，真是匹干庄稼活的牛，单拿拾粪来说，村外有条通定县城的大道，来往的车辆每天不断线儿，可是道儿上的牲口粪谁也拾不上，全叫他包下了，原因是他每天起得比谁都早。事变以后，年头不太平，又加上抗战头两三年八路军实行合理负担，地主们谁也不愿多留地，他就趁地贱的工夫使劲买，一共有了二十亩旱地和二十五亩水地，养着两头牲口，一大群羊。他三个小子都大了，都是气死牛的好干将。娶了三个媳妇，也是挑出来干活过日子的好手，所以他家地虽然多，只在忙时雇些短工帮帮忙，是有点剥削性的，但是剥削性又并不大。

这村里原有两家顷数地的小地主，从去年土改以后，也只剩下二十来亩水地了，一亩水地能顶三亩旱地，按说也挺足实，可比起杨洛明家来还差得多。另外还有一家富农，是因为他自己劳动力弱，一半靠雇长工做活，也比不上杨洛明。

他这人又太不得人缘儿：头一样，他家院里水井、牲口棚、碾棚、磨棚、大车、犁、耧……反正庄稼人用得着的他都全，他从来不找人借家具使，人家谁也别想沾他的边。第二样，他家粮食大囤满小囤流，就是天干三年也吃不清，可是从来不打发要饭的，穷人们没吃的，找他家借半个粮食粒也借不出。第三样，他家仗着人多力气大，虽然不办大坏事，可是常断不了欺负人，比如说，他那十岁的小孙子放羊，哪照顾得了那么多羊？羊常吃人家的庄稼苗儿，可谁也不敢找他家理论，如果打了他家的羊，他父儿四个就都出阵打架。又比如人家跟他家共一个水井浇地，天旱庄稼缺水时，总得先尽他浇，他地又多，一浇就把井浇干了，别人家就甭浇了。第四样，他家人们除了过日子，别的什么也不关心，抗日政府催交公粮，他总嫌派的他家太多，像应付伪差事似的，拖拖延延，还要掺沙掺水。

“五一扫荡”后环境残酷，按说敌人勒索害人，他家一样吃亏，可是他家从来不让住八路军。有一次，一个工作人员被敌人追得急了，跑到他家去，他父儿四个硬把人家推出门去。

他家人们的主张是：人家万事别求我，我也万事不求人；谁敢给我一指头，我就给他一拳头。

所以村里人们都有些恨他。

这天夜里，我召集贫农团的代表们开了个会，专门讨论杨洛明家的成分问题。

代表会的主席名叫范老廷，是个当过三十多年长工的老头子，倒是个十足的贫雇农，可是人太老实，光有对财主们的仇恨，对我们的政策了解得不算透彻。另外有两个妇女代表，她们对这样问题也是轻易不拿主见的。所以开起会来只有一个叫刘蹦子的和一个叫王老增的说话最多。这刘蹦子我调查过，从前是旧军队里的兵油子，抗战以后在家里做小买卖胡混，倒真正是个穷光蛋，可就是有点流氓气。他一开口就说："要说这杨洛明家，谁也没价俺知道的多，俺家跟他住的对门，俺常听老人们说起他家的事，他爷爷是个一顷多地的地主，他爹是个糟日子的手，传到他手上还有十亩好地。这么着，依我说，杨洛明跑不了，不是地主就是富农！"

我就叫范老廷发表意见，他想了半天才说："情况倒是这么个情况，他爹给传下来十来亩地也不假，可是他这会这么大家业，还是这老头子一手创来的。"

刘蹦子忙说："你这话就不对，他要没价他爹传下来的十亩好地，他创家业？创个蛋！再说吧，原先那十亩地哪来的，天上掉下来的？还不是他爷爷手上剥削咱穷人得来的？"

范老廷就被他说糊涂了，自言自语说："可也就是，要说他这一辈子，可没少受苦，也没剥削人，要说他老辈子剥削人，也不假……"

这时王老增可就插嘴了，他说："他这辈子怎么没剥削人？他不是常年不断地雇短工吗？他待咱贫雇农们是什么态度？给他做活时给咱吃的么？简直跟地主没分别！"又说："要依我看，他还是个小恶霸哩！你去问问，咱村里谁没受过他家的气？张同志，你也去调查调查看……"

接着就是刘蹦子和王老增两人一递一句，说得杨洛明简直要不得。范老廷和那两个妇女却一句话也不说，所以这个会结果还是个没结果。

会后我又到群众里去调查了一下，对杨家的历史人们也跟刘蹦子说的差不多，可是一提到该不该斗争时，就有些人拿不定主张了，只说："老张同志，你领导这个事吧，俺们没意见。""谁知道上级是个什么政策？"真正主张斗他家的只有一小部分人，真正反对的也只有一小部分人。我又问了问村里的几个党员，他们也拿不定主意，按杨家平常交公粮出公差那个麻烦劲，他们是有点恨他的，可是按他的生活，又是劳动了一辈子。支书李大雨说："这事俺们可没法说，这回上级说要搞彻底，可谁知道怎么才算彻底？怎么才算满足了贫雇农的要求？"

我心里也矛盾开啦，我的想法也跟李大雨他们一样。

刘蹦子他们一个劲地催我作决定，我哪里决定得了？最后我答应他们：找上级请示请示再说。

我就给县委写了个报告。

可是没等县里回信，刘蹦子一帮子人没经我许可就动了手了。

这天早晨，我因为夜里开会睡得晚，起来得挺迟，听见街上一阵乱，不知出了什么事，跑出去一看，见人们都往西头跑，我也跟着跑，只见一大群人挤在杨洛明家的大门口，像是看热闹，院子里也有一些人，都像疯了似的，轰猪的轰猪，轰羊的轰羊，乱成了一团。走进屋里，看见杨洛明的三房儿媳妇正在哭着闹着，跟几个穷家妇女们抢几个花包袱。杨洛明的三个小子都蹲在房檐下，瞪圆了红眼珠子看着人们。

一会，主席范老廷从后院里满头大汗地跑出来了，我就抢上去问他："老廷！谁叫你们这么闹的？"

他却挺带劲地说："喝！张同志，粮食真多呀！比地主家的还多！"

他这老实头子这会儿也眼红啦。

我又大声问他："谁叫你们这么闹的！？"

他大概也看出我有点火了，说："这是群众的意见，我又有什么法儿？张同志，你说……"

我说："群众的意见就兴乱来吗？"

他说："你不是说了吗？群众要怎么样，咱只能劝说，劝说不行，也不能强迫……"

这是我在整风时学的道理，这时我还能反驳他吗？

只见杨洛明老头子猛地从后院里蹿了出来，一下子爬在我跟前，抱住我的腿，哑着嗓子嚷起来了："我的个好张同志呀！什么你也兴拿，把我房子点了也行，可得把我那破粪筐子给我留下呀！"又磕头说："张同志，你可做做好事吧，哎，哎，你要了我的命吧！"

我正慌得没法，一转眼看见刘蹦子背着一口袋粮食从后院里走出来了,他一脚把靠在墙边的那个破粪筐踢得飞起来,滚到院子当中,碎成稀烂了。我心里的火猛地往上一冲,跳上去就对他嚷开了:“谁叫你要这么大威风的!?谁叫你这么瞎折腾的!?”

他一看风头不对,把背着的口袋往地下一丢,立时就装了怂,像见了部队长官似的,立着正,两只手在裤腿上摸来摸去,半天半天才说:“张同志,这是大伙的意见。”

我又一跳脚说:“什么大伙的意见,就是你们少数人闹的,你看,大门口那群人为么不进来?他们不赞成,知道吧?”又说:“我要开大会来批评你,你等着瞧吧!”

他一听这话反倒硬起来了:“张同志,我替群众办事,根据群众意见,这如今讲民主,不兴强迫命令……”

我说:“你放屁!”

我真想上去揍他两下,可是我又想起来了:“我这不是像他说的那话,又犯了军阀主义吗?再说吧,他们已经动了手,怎么能叫他们停下来呢?万一他们要是对的呢?我不成了给群众的斗争热情泼冷水?”我不觉心里一扑腾,就低着头走出大门来。门口的人们都瞪大了眼看着我,我一面往住处走,一面又在心里嘀咕开了:“怎么我一见那老头子求情,心就软哩?”

这天晌午过后,我召集了个贫农团全体大会,对他们说:“所有杨洛明家的东西都保管起来,在上级的指示没下来以前,谁也不准动!”

我以为县里的指示马上会来的,所以一个下午就在村头大路口上转来转去,等县里通讯员来。这时天气阴惨惨的像要下雪,凉风往脖子里灌,冻得我直打哆嗦。到夜里就发冷发热起来了。房东大娘跟贫农团的妇女代表们可就忙起来了,给我烧姜汤捏脑袋,正忙得旋风转,刘蹦子的媳妇也来了,给我端来一碗面条汤,说:“张同志,喝了发发汗,心里一松快,病就好了。”我心里话没说出来:“什么松快不松快的,都是你那好男人,搅得天下大乱!”我问她:“你们家哪来的白面?”她像表功似的说:“嗨,老张,你看俺家孩子他爹,这会叫你领导的也成了器了,也会痛热一个人了,一听说你身子不舒服,就忙得跑家来了,问俺那孩子,你娘哩?俺正在侧边屋里推碾,他跑的去就嚷开了,甭推了!甭推了!忙去吧,给擀点面条!我见他慌得那样,也不知道出了什么事,就问他……”这女人虽说穿得破，可是挺年青，皮肉挺白，大冷天还敞着个领口，说话斜眼努嘴的，一看就不像个正派劳动人，我心里就有些发烦，打断她的话问她："我问你这白面是从哪儿来的呢，你说这些干吗？"她说："老张，这如今不是说翻身了吗？这是翻身的粮食……"我又问："你翻谁的身？"她又有了精神了："嗨，不是斗争了杨洛明吗？实话对你说，俺见他家灶间里破瓦罐有个斤数子白面，心想：老张同志说不定什么时候上俺家吃饭去呢，他身子为俺们工作瘦成那样了，还不该给他吃点好的吗？就……俺拿的时候明跟代表们说了的，又不是多……"又说："老张，你忙吃吧，看凉了呢！"我就火了，说："我不吃，你拿回去吧！你偷斗争果实，以后群众要反映的！"她说："老张，你怎么说这话？我好心好意的……"我又嚷起来了："忙去吧，甭说了，我不吃！"这时亏得房东老大娘出来一转场，她才走了。

房东大娘又告诉我，说这女人嫁过两回人，跟刘蹦子是硬"靠"上的，不是个正路货。别的女人们也乱插嘴说开了，说着说着，就把刘蹦子的实情给抖落出来了，原来他这些天不光在代表会里鼓动斗争杨洛明，还在群众里联络了一帮愣头青和一些二流子货，那天假传是我的命令，轰着群众就到杨洛明家干开了，他是又穷又馋，看上了杨家的肥猪肥羊，想过年时吃肉馅儿饺子。

她们又告诉我："代表王老增早先跟杨家打过架，这回是想趁势报仇，所以才跟刘蹦子他们搞到一起的。"

第二天晌午，我躺在炕上，正想召开个群众会来把刘蹦子、王老增批评一顿，并且把他俩的代表改选掉，县里的通讯员冒着大风大雪来了，他递给我一个文件，一看，我就出了身大汗，这一下烧倒是退了，却更加头痛起来。

当时我坐了起来，把那文件一字一句地念了无数遍，都背得烂熟了。上面说："……有些地方在划分阶级上犯了左倾错误：划分阶级时把政治态度和思想也当做标准。……查三代，查历史，他本人虽说在新政权建立以前好几年就一直参加主要劳动，因他的前辈是地主富农，就把他定成地主富农成分。……定成分时不经过大多数人讨论，只由少数人决定。"又说："富裕中农跟富农不同的地方是：富裕中农一年剥削收入，不超过他全家一年总收入的百分之二十五。"

这不是说得明明白白吗？这不就是这村里对杨洛明家所犯的错误吗？

文件上还说：侵犯中农，会妨害团结中农群众，给敌人扩大力量，还妨害土改以后开展大生产运动。

好家伙！你想我怎么不头痛？连心都像给掏空了哩！

当天下午我就又召集了个中贫农的联合会（可是中农只到了四五家，别的家都推说男人不在家，不来），传达了上级的政策，叫他们无论如何要把东西全部退给原主。并且说明了刘蹦子他们假传命令，违反政策，当时就把他和王老增撤了职。

可是也许是我这笨嘴拙舌的，没把政策讲明白，也许是刘蹦子和别的坏人们在里边捣鬼，他们口里是答应了要退，实际上却拖延着。

这时离过年还只有两天了。

第二天后晌，贫农团主席范老廷和支书李大雨突地跑来找我，对我说："老张，坏啦！人们已经私下里把羊都分啦，把猪都宰啦！"

我一下子跳起来，嚷起来了："开会开会！召集人！"

几个代表忙了一后晌（这回是连贫农也不愿参加开会了），到天黑时才召集好了不到一半的人。我就又对他们讲开了政策。可是下边有人嚷起来了："三四十只羊，俺们给他喂了三四天，光料豆子就喂了四五斗，要他赔俺们的！"又有人说："宰也宰了，还能叫羊活转来吗？"

我又吓了一跳："你们连羊也宰了吗？"

可不是？一合算，他们已经宰了六七只羊了，报出名来的多半是刘蹦子那一帮子，他们还怕我不信，从家里拿出只剥了毛的死羊来给我看，那意思是说："你还有什么办法？"又听见后面有人小声议论说："咱们过年吃到口的肉，还能再退回去？没这个理！"

我就垂头丧气地退出了会场。

这时天正闹大风大雪，黑得伸手不见掌。我也不管三七二十一，一直摸出了村，哪里看得清路？风吹得我快站不住了，可是我却浑身冒汗。我是想连夜摸到县里去求救去。

就这样好像摸出去了七八里地。这一带好些地方被鬼子和顽军安过岗楼，如今岗楼是拆了，可是围楼沟还没完全平掉。黑地里我哪里看得清？漫地里乱走，不提防脚下一滑，一下子滚下沟里去了！猛地觉着浑身骨头痛，连气也喘不过来，就索性躺着休息起来。

雪花往我脸上直扑，我也不觉，只是心里乱想开了："唉！干了这么些年革命，我给老百姓办了几件好事？早先还以为坚持过残酷环境，有功劳，骄傲，可是弄得群众都反对咱！这一回，又犯了错误！像个共产党员吗？要是拿整风的标准来量量自个，真臊死人了！"又想到杨洛明那老头子，他别的不结记，光结记他那破粪筐，"唉！本来也是，庄稼人一滴汗一滴水挣来个家业，可不容易呀！咱们政府年年提倡大生产，提倡到这会，倒把生产发家的人给斗了，这还合理？以后谁他妈还使劲生产？"又自己说："你看我这人！我干么不把这个道理给他们说说，光给他们说些政策条文，难怪他们不接受哩！……"

想到这里，突地觉着冷得受不住，用手一摸，才知道身子被雪埋住了，就赶紧跳起来，又费了半天劲才爬上沟沿来，不提防一阵猛风一卷，我歪了两歪，脚下一滑，就又摔倒了。

我心里就矛盾开了，再往前走吧？到县里住的那村至少还有个十多里，黑间又看不准方向，谁知道摸得到摸不到？可是原路回去吧？问题怎么解决？说不定人们今晚上把那些羊全宰了呢！……就把牙一咬："还是往前走吧！"

又瞎摸了半天，觉得天越来越黑了，真不知道摸到什么地方来了。只觉得头昏脑涨，浑身的骨头发痛，两条腿再也拖不动了，就只好找到个高一点的土包包，坐了下来。

忽然听见远处像有人说话。再一听，说话声越来越近了，我想：这些时到处发现地主恶霸想往敌占区跑，莫非这是逃亡地主？

我就趴下来，嚷了一声："谁？！干什么的？"

那人们早已离我很近了，也大声嚷："谁？干什么的？！"

我说："你干什么的？"

"你干什么的？"

问来问去，两方面就都听出声音来了。

原来他们是贫农团的代表和小组长们。

范老廷跑上来一把抓住我说："老张，你这人是怎么啦！你这上哪去呀?”

我说:“咳,你们村的工作我办不了,到县里去找上级去。”

李大雨一顿脚说:“你看,我一见你闷着头地出了会场,就注了意,过后我又到你住处一找,见没了你,就……”

范老廷也顿脚拍腿地说:“你看你看,这个事可真是……”

别的人就不管三七二十一,拖住我就往回走。

我一看回村的方向跟我原来走的方向一样,心里就糊涂了,一问,原来刚才我正好走了个来回路,这地方离村只不过三四里路哩!我又把滚到沟里去的事情对他们一说,他们可就更急了,就一路叹气说:“唉!老张,就依你的。退!全数退给他!本来嘛,我们也不是不想退,可是你要知道,穷庄稼主儿到了手的东西,眼看又要过年,谁不想过个好翻身年?再加上刘蹦子那号人老是在暗地里咕弄,人们就都有点……唉!”“退!把宰了的也退给他!要不的话,真没脸见你了!”

我就一路给他们说道理,说中贫农团结的道理,说共产党提倡劳动的道理。……

第二天,开了一整天群众大会,着实把道理都说透了,然后,我亲自领着人们,背着的轰着的,把猪、羊、粮食,全数送到杨洛明家去了。

杨洛明老头子自从那次以后就病倒了,看见了这个事,病也猛地好了,一下子跳下炕来,抓住我和范老廷的胳膊,老眼圈儿泛着潮,什么话也说不出,只是颤动着三寸长的白胡子。我觉着他脸上又黄又瘦了,眼窝陷进去老深,像是连胡子也稀了。他瞅着我好半天才出了声:“这,这,这怎么说?这怎么说?……”又猛地爬倒下去,噗通噗通地磕起头来。

我一把拉起他来,说:“老大伯,这是毛主席的章程,我们没执行好,办错了,对不起你,我们改……”

他说:“毛主席,毛主席可真是圣人啦!”

我说:“老大伯,你还记得我刚来这村头一天你说的那话不?我这犯了错就改,好比是走路,碰鼻子拐弯。……”

他说:“呃,呃,真是……”

这时他那三个愣小子也高了兴,又要忙着点收东西,又要忙着跟代表们张罗。三个媳妇也忙着清点她们那花包袱里边的衣裳,老头子倒大方起来了，凶她们："有什么清点头？多一件少一件的，算了吧！真是！"

这以后我就跟老头子成了好朋友了，他常拉我到他家里去，叫我给他说些新道理。慢慢地，他对乡亲们的态度也变了，并且自动地要求参加了农会。到第二年二月里这村的全部工作结束时，杨洛明还当了村生产委员会的委员，他一家子都参加了生产互助组，老头子自己提出：愿意跟没牲口的人家实行牲口和人力的换工，还愿意把农器家具借给翻身农民使。

我离开这村的前几天，特地到集上去用自己的钱买了个新粪筐送给了老头子，他起先不要，说："老张，你这是干吗？"

我说："大伯，我在这村工作得了一个教训：犯了错误就得坚决改，……"

我也真是得了个教训，我想：无论执行什么政策，总要想到远大的方面，不能光看眼前，就拿做土改工作来说吧，要是不知道土改的目的是为了消灭封建剥削，为了发展生产，光想到让贫雇农们多得东西，越多越好，那就容易在掌握原则上动摇不定，就可能要侵犯中农，就会犯错误！同志，你说对不对？

载于三联书店1950年版短篇小说集《壶嘴儿说媒》，原名"碰鼻子拐弯"

为孩子们祝福

一、头一课讲的是——“人”

我在市立第二中学当国文教员，专教初中二年级乙班的国文。

这是一个从城市解放后刚刚接收过来的中学，校长、教导主任和个别教员也是由市政府刚刚派来的，他们对学校情况了解得很少，我比他们晚来几天，当然更是摸不着头绪了。

上头一堂课时，我一走进教室的门，猛不防一声“立正!”全体三四十个同学全站起来了，都挺着胸脯硬着脖子，脸面都正对着前面的黑板。坐在最后排角落里的一位同学，大概是因为喊立正时精神上没有准备，胸前的大衣扣子挂住了从桌子抽屉里露出来的书包绊带，猛一下把书包带出抽屉外边，嗵的一下掉在地上了，桌子也发出了一声怪响。他前边和左右的同学立时都向他投以埋怨的眼光，好像是说：“看你!”他苍白了脸，不敢去捡那书包，眼睛皮子也不敢抬一下，心跳得那么响，好像是全教室都听得见。

等他们坐下以后，我看得出，他们对于我这新来的“革命教员”，是用一种严肃而好奇的眼光在观察。为了缓和这种空气，我决定这堂课先不讲课文，只随便谈谈。我脸上带着笑容，声音尽量地柔和，先对他们介绍了我的姓名，说了一套客气话，然后笑着问他们：“你们听我这口音有些南腔北调吧？你们猜猜我是哪里人?”

几十对眼睛瞪着我，没有一个敢说话。

我又说：“你们说说看，不要紧的。”

可还是得不到反响。

我的眼光落到最后一排的角落里，那位刚才掉了书包的同学又使我注了意，别的同学都是两手下垂，坐得端端正正，他却两手抱住头躬在桌子上，一对可怜的小眼睛从手的阴影里向我偷瞧，等我一看他时，那眼光马上像触了电似的，一下子落到面前的书本上了。别的同学好像因为我对他的注意而精神振奋起来了，有好几个发出了轻轻的咳嗽声。

我为了改变这种空气，就自己介绍说：我在好多省份都住过，实际上只能说自己是个中国人。于是我的话就不知不觉地扯远了，从国家谈到人民，又从“人民”两个字的意义，谈到“人”这个字的讲法，就问他们：“你们上了这么多年学，对于什么是‘人’总会讲吧？谁会讲的讲讲看？”

这随便谈的办法果然得到了效果，他们开始张嘴了。

一个前排的小同学鼓了鼓勇气站起来说：“我说：‘人’，是两只脚站起来的动物。”

我摇了摇头：“鸟类也不是两只脚的动物吗？”

又一个同学站起来了。看得出他是不大服气的，但他又有点胆小，面孔憋得通红，鼻子上的雀斑变成紫色的了。他说：“人，人，是有手的动物。”

我说：“猴子和猿不是也有手吗？”

别一个同学又站起来了，说：“人是会说话的动物。”

我笑了笑，叫他们都坐下了，说：“你们讲的都只有一小部分对——可见你们过去所受的教育是有缺点的。你们自己是人，并且是自从有文化以来好几千年以后的人，又是受过好几年教育的人，可是对于‘人’的解释还不能说得完全。”接着我就告诉他们：“只有马列主义才给与‘人’以最正确最完善的解释，人的最大特点是会劳动，是能够用劳动创造世界……”

我从人类原始社会简单地说到阶级社会，就举出了许多阶级压迫——人压迫人残害人的故事。不知不觉的，我想起了农村中许多地主恶霸压迫穷人的故事，说得很带感情，他们好像也都听得很起劲。

但是我忽然听见讲台下边有一种噗嗤噗嗤的声音，使我吃了一惊：“莫非我说错了话？……”我看见全教室里只有刚才掉了书包的那位同学是伏在桌子上的，声音好像是从他那里发出来的。

全教室里的眼睛都随着我的眼睛朝他看，他虽然没有抬头，好像已经从空气里感觉到了什么，尽量地把身体往墙角里缩，往椅子下溜，好像要躲避什么灾祸。

我这才发现了：原来他的个儿最矮小，却坐在最后排；他穿的衣裳也是全教室里最坏的；别的同学都留着头发，有的还梳得油光油光的，他却是个鸭蛋似的光头；虽然脸是趴在袖子上的，那耳根后面的皮色也看得出比别的同学不同——是焦黄而带点灰色。

我慢慢地走到他跟前去，这才发现那掉下的书包还在他的脚下，就轻轻地替他拾起来；这书包是用粗黑布缝成的，上面有用红线绣着的八个小字："用功学习、努力成人。"我轻轻地把他的头扶起来，掏出手巾来替他揩干了脸上的泪，捏着他的小手问他：

"你为什么哭？"

他惶恐地看住我的胸前，没有回答。

我又问："这书包上的字是谁给你绣的？"

他顿了半天才说："我、我妈。"

"你为什么要哭呢？"

他却又不开口了。

这时恰巧摇了下课铃，我就拉着他的手，走出了教室。

二、一个这样幼小的人——无花果

我的住室离这二年级教室有很远一段路，要经过许多教室和寝室的门口。我拉着他的手一路走着，前后左右都是些惊奇的眼睛，特别是当我们经过篮球场时，正在打球的同学们竟停止了抢球，也都张口结舌地看着我们。

这使我颇有点慌张，进了住屋以后就把房门关上了。但是又发现窗户外面有些高高低低的头脸。

他局促不安地坐在我对面的床沿上，头低下来看住自己的脚尖。他穿的是一件大得出奇的旧大衣，脚上是一双乡下式的粗布虎头棉鞋。哦，我明白了，这就是同学们为什么注意他、他自己为什么局促不安的原因吧？

我就往椅背上一靠，故意伸直了腿，把脚伸到他的视线下边。这大概使他吃了一惊：因为我穿的也是跟他一种式样的棉鞋；这双鞋还是去年公家发的，它走过了多少老根据地的农村，上面沾满了乡下的泥土，比他的鞋还要脏得多。于是他的眼睛抬起来了，看到我的粗布灰制服——上面除了泥土之外，还有烟灰和墨水点子；他又看到搭在墙上的鱼网似的洗脸手巾，以及床上的粗布被褥；最后他的眼光落在我手上的饭碗上——我是用大饭碗喝水的；这一切大概使他慢慢地安心了，就开始观察我的脸了。同时我也就看清了他的脸面，皮色是那么焦黄，眼睛是那么干涩，简直像个有肺病的小老头，但身体和神情又像个十三四岁的孩子。

当上课铃响了以后，窗户外边的许多小脸和眼睛都不见了，他的态度就更加安定自然了，我们就谈起话来。

“你叫什么名字？”

“张化国。”

“你刚才为什么哭呢？”

他从大衣口袋里拿出张纸条子来，我接过来一看，上面用钢笔写着三行字：

无花果，你这丢脸的家伙！
　　今天放了学，
　　当心我揍你！

“这是谁写的？”我有些莫名其妙地问。

“赵增荣——他尽欺负我。”

“他为什么欺负你呢？”

他摸弄着大衣上破了半边的纽扣，说：“因为，他家里有钱，岁数又比我大，又有力气；我，家里穷……”

我又把那纸条看了半天，问他：“这‘无花果’三个字是什么意思呢？”

他站起来说：“王老师，摇了上课铃了。”

我只得让他走了。

第二天中午，我到饭厅里去吃饭时，经过二年级教室门口，看见他一个人坐在教室里，打开一个白铁盒子，拿出两个黄玉米面窝窝头，不就莱地干啃着。我走进去，问他为什么不到伙房里去弄点开水喝喝，他说：在解放以前，管伙房的人不让他去喝水，因为伙房里丢过东西。

“伙房丢了东西就怪你吗？”

他只“嗯”了一声，就大口大口地啃起窝窝头来，好像已经饿了三天没吃饭一样；而对于我的好意，好像也没有什么反应，神情是那么麻木，那么冷，并且已经没有了昨天那种局促不安的神气了。

“唉！”我叹了口气走了出来，“是个穷孩子，却学会了用这样的态度来对待人……”

但是有一天，当我早晨刚起来时，他忽然跑了进来，对我鞠了一躬，说：“王老师，这么早就起来了？”

我说：“你怎么来得这么早？”

他说：“我每天都是这么早的。”

“你有什么事吗？”

“老师，”他嘿嘿地笑了两声说，“我又考了个第一哩！”

原来昨天上午全校举行了一次编班考试，今天早晨已经贴出榜来了。

我是第一次看见他脸上有了孩子似的红晕，眼里也放射着热情的光彩；我才真正看见他像个孩子了。

于是我叫他坐下来，问了问他的家庭情况，才知道他母亲是个纱厂女工，因为穷和苦，百般地希望自己唯一的儿子念书成人，将来好替她争口气。

他说：“我妈老说我：‘要在革命的学校里考个第一才算有面子哩！’老师，你看我不是考了个第一吗？我妈还有什么话说？嘿嘿嘿……”竟笑得那么天真，完全露出孩子的本相来了。

但当我一问到他的父亲时，他就藉故要趁早晨读书，忙忙地走了。

从此这孩子就引起了全校新老师们的注意，因为他各样功课都好，特别是作文和图画两课，简直称得上是天才。慢慢的，从旧教员那里，从同学那里，我们对他的情形有些了解了。

他是在解放以前一年进这学校的，当时考的是公费生，学校里叫他填了一张“家庭状况调查表”，校长看了这张表以后，把他叫到办公室里去，问他："张化国，你这表上怎么光填了母亲的姓氏职业，你父亲呢？"

这校长是个五十来岁的女人，据说曾经在外国留过学，资格很大，家里又挺有钱，平常生活上很带外国味道，特别的爱干净，鼻子锐敏极了，穷一点的同学，离三丈远就闻见了汗臭味，就赶紧皱着眉毛，可怕的视线从近视眼镜里射出来，嚷道："唉唉，我的小先生啦！我把你毫无办法！当个初中学生，这么不讲卫生！"说罢，赶紧扭着走了。也许正因为这一切的一切，她才立志不嫁人，当了老处女的吧？她管理学校像管理家庭一样，对任何人都是非常严厉，对任何事情都是非常爱絮叨，但对那些生得聪俊而又有钱的学生却非常好，好得使那些学生都得了"干儿子"的绰号。因此可以想象得到，这时她对这既丑又穷的张化国是什么态度，这态度使这刚刚走进中学的孩子非常慌张，竟不会撒谎了。

"我——我没有父亲。"可是他又马上改正道："不是，我父亲死了。"

这位老处女的鼻子大概又闻出什么味来了，她把桌子一拍："什么？你说清楚点！"又冷笑了一声："哼哼！你想在我眼睛底下玩滑头吗？"

"校长，是真的，我没有父亲。"

"哈哈哈！"这奇怪的答话引起了这位老处女的兴趣，并且向办公室里其他的人们使了个眼色："你没有父亲？呃？你没有父亲？那你为什么姓张呢？"

这孩子更加慌乱了："我、我母亲姓张。"

"哦，你母亲姓张，那么，你父亲呢？"

"我没有父亲。"

"哈哈哈……！"这老处女简直大笑起来了；笑得只好把近视眼镜取下来，掏出雪白的绸手绢来擦眼泪："那么，我说你呀，没有父亲，光有母亲，可你是怎么来的呢？"

"我，"这孩子说，"不知道。"

"这真是笑话！这真是岂有此理！"校长的脸突然红了；她觉得这不伦不类的事情，也许是故意对她这老处女的讽刺："难道你是个'无花果'吗？"她不知道怎么发泄心里的气愤才好，就来回蹓跶起来；但又突然停住了脚，问那孩子："你老实说吧，你父亲是不是有名的政治犯？或者，是大土匪大流氓吗？你别想蒙过我，哼哼！"

“校长，我是真的不知道。”

“好吧，”校长又突然冷静下来了，用红笔在那张表上画了几个什么字：“对你说，你来历不明，不能受奖学金待遇，去你的吧！”

那孩子打了个冷颤，他还想说话，可是校长连连挥手，他只得哭着脸出来了。

屋里却响起了一阵笑声：“哈哈哈！……有趣有趣，无花果，有趣有趣……”

从此这孩子应得的奖学金就入了校长的腰包。他只得每天天不亮就起来，走十来里地到学校里，直饿到中午，才啃两个干窝窝头，晚上回去才正式吃饭。

但是他每次考试总是得头三名。这对于校长也许是不光彩的，对于有钱的、专爱妒嫉别人的同学们，当然也是很难以服气的。于是，不知怎么一来，这“无花果”三个字竟成了他的绰号，在全校的同学中流行开了，并且还对他母亲编了许许多多下流话。

学期开始排座位时，谁也不愿跟他坐一个桌子，就是一些同情他的，甚至跟他相好的同学，也怕连带着受人欺负，站队时总是躲开他，所以他就落到最后排的角落里了。他旁边坐着个叫赵增荣的同学，个子挺大，家里又挺有钱，全教室里往上看他的头发最光，往下看他的皮鞋最亮，但是他的功课却最差，而性情又最骄傲，又是三青团员，所以他就成了张化国的死对头；他使出来的手段，简直叫人听见了要发颤。

有一回，有个同学丢了支自来水笔，全教室都闹翻了也没找着。下午放学以后，赵增荣带着三五个同学拦住了张化国的路。

“无花果，跟我走！”

把他带到街道旁边一个空场里，先把他的全身都搜遍了，又用各种威吓的办法拷问了一通，接着把他打得头破血流地躺倒了，还用阴沟里的脏水浇了他一身。

但是以后同学们还是不断地丢东西，虽然总是拿不着把柄，“无花果”这三个字却成了“可耻”“讨厌”的代名词了。

三、母亲和孩子的眼泪

我总是在星期天改作文卷子，房间里总是挤满了一大群同学，我改一本他们看一本，等他们看完了，我也就改完了。分数最多的总是张化国，他总是自己出题目的，写的多半是解放前后纱厂工人的生活情形，写得那么逼真那么生动。我就对同学们像讲书似的讲他的文章，总是越讲越有劲，使得听的同学也往往受了感动。

有一次，我甚至于动感情地拉住他的手，说："张化国，你的身体太弱了，你怎么老不到操场里去运动运动呢？用功是好的，可也不能拼命啦！"

他顿了半天才说："老师，我也想玩玩，可是我不敢上操场里去。"

我说："现在那些无法无天的三青团员们不是都悔过了吗？你还怕谁？"

张化国想了想，说："我现在倒是不大怕了，可是我没有运动习惯。"

但是一两天以后，我就见他在篮球场里出现了。他穿着一件破了的中国式的对襟小袄，跑跳得那么欢，脸孔也有了红色，嚷叫的声音也有些粗野气味了。

这使我心里生起了无限的喜悦，好像一个农民看见了好庄稼苗一样。

其实，自从我们这批新教员来了一个多月以后，学校已经变样了，教学上尽量运用启发式，政治、国文、历史等课程采取了讲授和讨论相辅而行的办法；另外教员们还经常参加学生们的各种集体活动，真正做到了师生打成一片；同学们已初步学习着使用批评与自我批评的办法，自己维持课堂内外的秩序，自己进行思想检讨，并且用互相帮助代替了过去的互相嫉妒；张化国已经被选为他们班上的学习互助组的总组长，他下边分四个小组，赵增荣和几个功课最坏的都在他自己直接掌握的小组下边，他也真能帮助大家学习。有一天，全班民主公议公费待遇问题，有早先受甲等待遇的，自动要求降为乙等，有受乙等丙等待遇的，自动要求取消。最后大家一致提出张化国应受公费待遇，说他早先没有得到公费待遇，完全是不合理的。但是谁也没有想到，张化国竟拒绝享受公费待遇，理由是他母亲的工资因按折实单位计算，生活有了保障，母亲并准备积点钱，以后给他买辆自行车，他上学就不怕路远了，所以用不着在学校里寄宿吃饭。

引起同学们这些思想变化的原因，除了教学和管理上的民主作风以外，主要的是新的教员们在课程中进行了阶级观点和劳动观点的教育；这种效果在以后的一两个月中是越来越明显了。

有一天，新成立起来的学生会开全体大会，新当选的主席提议大家去帮助工人们修铁路路基；因为这学校离市郊铁道线很近，报上登着说：这条铁路已经有三四十年没有翻修了，枕木下边的石碴子缝里满是泥土，失掉了排水作用，春天化冻时，枕木很容易腐烂，以致影响到行车速度和安全。现在正是解放军大军南下的时候，为了很快地恢复交通便利运输，工人们正在加紧抢修中。

学校附近有个工人干部训练班，同学们散学时常见那训练班里的学员们去帮修铁路，这也影响了同学们的劳动热情，所以全体立时用热烈的鼓掌来响应这一提议。但是谁也没有想到这时张化国忽然站起来发言了，他说："参加劳动我是同意的，不过我提议稍为迟两天再举行，我们可以先参加工人干部训练班的诉苦会。我有三个理由：第一，我们可以了解劳动人民的生活；第二……"全体同学都用惊奇的眼光看着他，因为从来没有见过他大声说过话，更没有在大会场上演过讲；今天是头一回，竟能说得这么有条有理，这么有气魄，所以等他话音一落，会场就整个地轰动了。

第二天是星期天，学生会在校长的同意下，跟工人干部训练班接好了头，就集合了一大批同学去了。

我和校长黄子捷同志也跟他们一道参加了这个会。

这个诉苦会，确实使同学们受了一次最深刻的教育。有十几个工人诉了苦，他们把旧社会阶级压迫的残酷事实摆在同学们眼前，使他们真正看见了过去的世界，并且看见了劳动人民辛酸的眼泪。

最后走到主席台上去诉苦的，是个三十多岁的中年女工人，她穿着乡下式的衣裳，一头干枯的头发，一张饱经忧患的瘦脸，她眼里噙满了眼泪，可并不哭出声来。声音是发抖的，可说得挺清楚。

她说：

"……我穷得没有饭吃，没依没靠的，怎么办呢？饿死吗？常言说：好死不如赖活着。我也是个人，能不活着吗？我就用自个的身子换饭吃，我自己把自己不当人，我受气挨打，装出笑脸伺候人，我不是人！可我有什么法子呢？唉！可千不该万不该哟，我不该有了个孩子哟！刚生下地，我本想一把捏死他的，可又一想：唉！他也是个小性命哩，让他活着吧，咱娘儿俩苦下去吧！把他苦大了，我也兴有个出头之日哩！这以后的日子……”

说到这里她就哽咽住了，像傻了似的愣怔怔地站在那里。全会场的人都清清楚楚地看见，两行辛酸的泪水从她眼里流出来，牵成了线地往下掉，像流不完的泉水一样。这泪水代替了千言万语，使得全会场的人都低下了头。

当受苦变成了控诉的时候，眼泪便是最有力量的语言。当大家都在流泪的时候，低下头来就是表示最深刻的愤恨。

我看见，全会场中哭得最厉害的是张化国，竟发出那么大的抽搐声。

那位诉苦的女工忽然疯了似的指着张化国嚷起来了：

“你们看，你们看！那就是我那孩子，我那孩子，我那孩子呀！孩子呀！孩子呀！……”

就疯了似的跑到张化国跟前，一把拉起他来，紧紧地抱着他，大哭起来了：

“工人同志们！我是怎么把这孩子养大的呀！是用眼泪养大的呀！我拉扯他到四岁上，为了不给孩子丢脸，不愿再干那下贱事，想进厂做工，可我哪有门路啊！坏蛋流氓魏麻子就看准了这一点，他荐我进了厂，可是他霸住我的身子，还要我养活他这么多年，我为了孩子忍气吞声，受了他多少气，动不动就拳打脚踢，臭皮烂货地骂。我病了也得上工，不上工他就把我从楼上推下来，我就一歪一拐地走到工厂里，做工昏倒在机器旁边，又挨工头的打骂。可我这孩子呢？在家里受魏麻子的气，夜里不准他开电灯，不准他用功，说他想中状元，想往后报他的仇；时常趁我不在，把他关在黑屋子里，不给饭吃，还打他拧他，你们看看他身上有块好肉不？呵呵，天啦！他在学校里又是受的什么罪啊！同学们说他是‘无花果’，说他是野种，老师们也笑话他，他功课好，考上了公费，可是不给他……”

她忽然把那孩子的头紧紧地贴在自己的胸前，不住地叨念着：“孩子孩子孩子……”好像想要把自己的全身都溶化了，变成孩子的血肉，和孩子成为一体；又好像是要把自己的眼泪一滴一滴地都流到孩子的心里去，叫他明白母亲的心。

但是张化国突然挣脱了她的手，挥着干瘦的小手嚷叫起来了：

“我说说，我说说，我受的什么苦！我每天回家要给洋火厂里糊洋火盒子，还要做练习，到半夜才睡觉，第二天天刚亮就得起来，走十里路上学。有钱的同学们欺负我，叫我是‘无花果’，在我的书上、本子上、抽屉里边、椅子背上、座位旁边的墙壁上，到处给写上‘无花果’三个字，连到茅房里去，也看见墙壁上到处都是。他们还时常打我骂我，把我就不当人，我一天到晚不敢出教室门，放了学在街上走，不敢抬头看人，不敢跟同学们打招呼，我就像不是个人！那女校长就问过我五六遍，硬要我说出父亲的姓名来，要不是个别好一点的老师说情，她一定要开除我！呵呵，妈呀！……”

他一转身又倒在妈怀里了，母子俩又哭成了一堆。

我看得出，早先欺负过张化国的同学们，一边在抹眼泪，一边在受着良心的责备，全都红了脸，互相不敢看一眼，好像怕别人发现了自己的脏东西。

四、为孩子们祝福吧

在回来的路上，我觉得自己的心又一次被劳动人民锤炼了一下，变得更加坚实更加热情了。我又觉得：旧社会的阶级压迫真是无孔不入，连在学校里，也存在着这样残酷的事实。

我看得出校长黄子捷同志也有跟我一样的心情。我很了解他——在抗日时期我们曾经在一起坚持过残酷环境。他是个细高个儿，身子干巴瘦，精神却挺充足，白天夜里打游击，他从来不知道疲倦。他对待敌人正是像敌人送给他的四个字“手狠心黑”，可是一有空他就跟房东的孩子们打闹着玩，能够跑着跳着在草堆上打着滚地闹半天，真像个孩子一样。因此他走到哪里总是被孩子们所包围，他也就靠了孩子才搞得与房东关系最好，对村里情况最熟悉，孩子们并且救他脱过三次危险。他常对我说：他离家抗日没有别的牵挂，单只有时候想起丢在家里的五个孩子，因为他自己就有一颗孩子似的心。这些时以来，他对张化国的关心比我还大，时常跟他谈话，启发他的思想觉悟，叫他在同学们的集体活动中变得坚强些勇敢些。在刚才的诉苦会上，老黄所受的感动当然是很大的，散会时他特地走上去跟张化国的母亲说了几句话，因为人群拥挤，我没有听清他俩谈的什么，我只看见他拉住张化国的小手走出大门来，一直昂着头地走着，眼里放着异样的光彩，他前后左右跟着一大群同学，他好像没有看见他们，没有跟他们说一句话。

我们就这样不言不语地跟着他走进了校门，走进了他的住室，把他那简陋的小房间挤得满满的了。

但是一直还是没有谁说一句话。过了好半天，老黄同志忽然把张化国往怀里一拉，捧住他的小脸问他：

“孩子，你怎么这么聪明？你怎么想到提这么个意见——让大伙去听工人诉苦？你知道吧？这比给同学们上半个月的课收获还大呢！他们光知道‘劳动’‘阶级’这些字眼，可不知道事实呵！”

可是张化国说：“这不是我想的，是我妈教给我的。”

“是你妈教给你的？”——我们大家都有些惊奇了。

于是张化国告诉我们：他妈因为在工厂里生产积极，上级就调她到这训练班里受训。在受训以前，工厂里的工会并且帮助她在法院里跟魏麻子打了一场官司，结果是法院里把这作恶多端的流氓头子判了徒刑。她觉得自己算是真正地翻了身了，就想到孩子身上，希望他在学校里也能彻底地翻翻身。根据她在受训当中所学到的东西，就想出了这么个办法，对孩子说：“把你那同学们邀来听听我们诉苦吧，那才能教育人呢！”

老黄同志听了，忽然微微一笑，对张化国说：“你的母亲是个好母亲，你知道吧？”又抬头对正在发呆的同学们说：“你们看见了吧？连赵增荣那家伙也哭了，嘿嘿嘿……”

他的笑声也引起了同学们的笑声，好像大家都得到了什么胜利一样。

原来赵增荣的父亲是个大钱庄里的帮办，从前专干些囤积居奇投机倒把的买卖勾当；家里讨两个老婆，一天价为争风吃醋吵架，吵来吵去总是孩子们倒霉；不吵架了就打牌喝酒逛窑子。

赵增荣这孩子过的是剥削人的生活，尽看见的是人吃人的事，就养成了坏的脾性。到学校里，就对上边拍女校长的马屁，参加了三青团，成为最得宠的“干儿子”；对下边是结成一帮打手盟兄弟，专门欺负穷苦的老实孩子们，做校长的忠实“耳目”。但是我想：他自己也不过只是个十五六岁的孩子，虽然他生活在那样环境里，如果能对他进行好的教育，使他认识到家庭和社会的罪恶……

我正想得出神，忽然房门上轻轻地敲了两下，接着门一开，进来的却正是赵增荣。

他板着通红的面孔，推开门口的同学们走到屋子当中来，从口袋里掏出两支自来水笔，用力往桌子上一摔，然后说道：

“校长，这是我从前偷的同学们的，我一共偷了五支，还偷了一位老师的一块手表，都卖了花了，光剩下这两支……”大概是因为心跳得太厉害，以下的话就说不出来了。

这时老黄同志忽然很严厉地问他：“以前我跟你谈过多少次话，你为什么老不承认偷东西，呃！?”

“我……”他只说了一个字就又顿住了。

老黄又很严厉地命令他：“来！跟张化国拉拉手，向他认错！”

赵增荣就真的走上一步，把张化国的手捏了一下，通红的脸蛋子绷得紧紧的，像吵架似的说：

“张化国，以后我再叫你是‘无花果’，你打我的嘴巴好不好?”

话音一落，扭身就走出去了——很显然的，是因为他从来没有在同学们面前低过头，特别是没有在张化国面前低过头，所以他心里有几种感情在冲突着，激动得非常厉害。

全屋子里的同学们起初是愣住了，接着就互相看了一眼，笑起来了。我和老黄也互相看了一眼，笑起来了。

等同学们都走了以后，我点着了一支烟，往椅子背上一靠。老黄在我面前走来走去，自言自语似的说：“咳！看起来我们搞教育工作的，责任真是重大……”

我却在心里说：哈哈，是的，但是我们应该为孩子们祝福，因为现在已经是新的时代了！他们再也不会走过去的道路，再也不会重复过去的命运了！

1950年1月

载于三联书店1950年版短篇小说集《壶嘴儿说媒》

说　媒

一

杨庄有个四十多岁的财主寡妇，男人死了五六年了，小脚儿上还老穿着双小白鞋，她自己说是戴孝，别人却说她爱俏，因此得了个绰号，叫做“小白鞋”。这小白鞋跟前有个小小子，还有个寡妇闺女。这闺女名叫杨树花，模样生得比她娘难看，性情却比她娘还要浪荡，在没出嫁以前就有个臭名声。她头一回是招了个“倒插门”女婿，结婚不到三年，男人就得干痨死了。第二回是嫁给县城里一个远房亲戚。这男人又抽鸦片又爱嫖，两口子都不成材，时常打闹，后来不知为什么，杨树花突然坐着大车哭哭啼啼地回了娘家，从此就一直住在娘家四五年，再也不回婆家去了。因为年纪又大，模样又丑，名声又臭，再也寻不着合适的人家，就只好也学着她娘的样子了，当起风流寡妇来。

今年，这杨树花一过腊月就满三十三岁。年纪一大了，性情也就怪了，有时无缘无故地啼哭，有时端起碗来不动筷子，脸色又黄又暗，身上的肉却像水口袋似的浮肿得不像样。做娘的知道女儿的心思，也急着想给她找个“拴驴的桩儿”。

女人家有什么大事总爱找娘家人商量，小白鞋虽然是个有主见的精灵鬼，却也不能例外。她娘家在离这村五里地的陈庄，是个集镇，买卖人一多，消息就灵通。她在娘家不知从谁口里得到个消息，说是冀中中心地区已经开始了平分土地，各村成立什么贫农团、新农会，把地主家立着的房子躺着的地全得没收，这一带因为是边远县份，又是新区，实行得较晚，可也马上就要动手了。这消息好比是天塌地陷一声响，吓得她心惊肉跳，觉得问题真像炕沿上的臭虫，一连串的，咬得人生疼：头一样，她家才三口人，将来至多不过分个十来亩地，自然就雇不起长工了，小子还小，又正在上学，将来靠谁干活？第二样，她家虽然不算什么顶大的大财主，可到底也是个财主(去年初步实行土改时虽然给分出去了六十来亩地，可现在还有四五十亩地)，娘儿三人从来就是享福享惯了的，往后家底叫人掏干了，还有半辈子苦日子，怎样熬下去？第三样，往后穷了，树花要想寻婆家就更难了。……她跟娘家人盘算来盘算去，到底想出了一个办法：不如赶紧把树花嫁给本村一个穷瘪了的老实光棍汉，闹平分时他可以当防空洞，平分以后他可以帮她家干活，女儿也有了终身依靠，正是一举三得。

这正像俗话说的："怕摔跤先躺倒。"怕受穷先来个穷打算。财主家想出这样的穷主意来，也真是没了办法只好咬牙的事。

她回家以后，跟女儿唧咕了一个通夜，像大脚片儿上鞋铺买鞋似的，把全村的穷光棍汉都要打量了打量，比试了比试，觉得不是窄了就是短了，不是太花就是太素，不是家里人口多麻烦大，就是有公婆怕将来受气，再不就是脾气不好怕不易上套。说来说去，只有一个名叫高老栓的最合适。头一样，他是个有了名的穷媳妇迷，老听说他要寻媳妇，却老没寻上，树花虽然生得丑，可也丑不过他；再加上她是个财帛星，怕他不一听见就乐坏了？第二样，他人老实，不怕他不上套。虽然他外表上比不上树花以前的两个男人，可是三分人材七分打扮，只要给他换上两件好衣裳，也就并不难看，并且在树花这方面呢，也是早晚市价不同，不能跟以前打比。

母女俩又觉着：这个事虽然是个十拿九稳的事，却恐怕说出去高老栓不相信，除了找本村里惯会说媒的"壶嘴儿"去说媒，才万无一失。所以第二天一大早，小白鞋就把"壶嘴儿"胡媒婆请到家里来了。

小白鞋装做刚刚跟女儿吵过架的样子，对那老婆子说："我的个好婶子哟，你可做做好事吧，不论给她寻个什么样人家，哪怕是个瞎眼猴儿哩，只要把她送出去了，我就算松了心。"

这胡媒婆早先因为家里穷，跟着男人在天津给人家当老妈子，前几年男人死了才回了老家，仗着一张在天津练出来的油嘴，常给人说个媒混个小钱贴补着过日子。去年初步实行土改时她也分到了一点地，就不大干这下贱勾当了。这时一听小白鞋这没头没脑的话，就猜出是叫她给杨树花说媒，心里就不怎么有劲。可是小白鞋又说：“婶子，你好赖给我办了这个事吧，办成了，保准亏待不了你……”她心想：“也好，既是求上我了，反正……”就故意问道：“我的个好婶子，你敢情是气糊涂了，说了半天，说的是谁呀？”

那女人这才告诉她：怎么因为婆婆妈妈的一点小事，跟女儿吵打了一夜，摔破了多少瓷器家具，气得她差点儿死了。最后说：“我的个好婶子呀！真是儿大不由爹，女大不由娘呀！这丫头年纪大哩，自个疯了心，尽找做娘的出气。可是谁叫你命苦？嫁了两个男人都不到头，这如今高难成低难就，寻谁去？恨得我没法，心想：也好，给她寻个穷光蛋窝囊废，叫她受受看，也兴她这个八字命倒能盛得住，能落个白头到老……”

媒婆问她觉得谁家的小伙子合适，她又拐弯抹角地说了许多理由，这才归结到高老栓身上。媒婆听了，起初一愣，后来想到怕树花不愿意，就又去跟那闺女探探口气，不料那闺女竟一口答应道：“嗨！我的个婶子哩！好歹跟我娘过不下去了，不论怎么着吧，只要离了这个家，就算阿弥陀佛……”接着，又把她娘怎样嫌弃她，怎么给气她受，数说了一大篇。最后说道：“婶子，这如今八路军的规矩，不是做女儿的有什么继承权吗？我爹留下这么一份产业，不能光给我兄弟一个人得，我做女儿的也该有份……”

这么一来，媒婆竟成了母女俩中间的调解人，跟做娘的商量了，又跟做女儿的劝说，最后做娘的才答应给女儿十亩好地和多少衣裳首饰，才算结了案。

这母女俩玩这套把戏，不过是为了怕胡媒婆起疑心。媒婆虽然是个精灵人，因为一向就知道这闺女是个没人要的货，以为她是老虎饿了逮耗子吃——饥不择食，就倒也真的被瞒哄住了。母女俩又留她吃早饭，又再三再四地答应在事成以后，给她两套衣料的谢媒礼，她就喜得合不拢嘴了。

当她从杨家出来时，心里光盘算着该怎么去对高老栓说——当然不能把她母女俩吵架生气的事照样搬出来喽，可是也得编些话叫那愣头葱相信才好。她想着想着，不觉就走到高老栓家小院的大门口了。

二

这高老栓今年三十二三岁，扛了一辈子长活，打了一辈子光棍，去年初步土改中分得了一亩地，正想娶媳妇，却因为年纪大，家里穷，长相又不强，人虽然老实，却太死心眼，脾气又愣，所以老找不着合适的人。

媒婆一走进院子门，就看见那小破窗户像失了火似的往外冒烟。推开房门一看，屋里更是像涨满了气的蒸笼。找了半天，才看见高老栓正趴在灶门口吹火，吹两口揉一下眼睛，又吹两口。

媒婆顺手把门敞开，说道："老栓，怎么屋里这么大烟还把门关着？"

老栓抬头看了看她，瓮声瓮气地说："你忙关起吧，冷风往里灌，烟子更出不去。"

媒婆只得又把门关上了，回身说："老栓，往后别遭这个难啦，有人给你烧火啦。"

老栓被烟子熏了一早晨，正在有气，听了这话，站起来说："你能请得灶王爷给我烧火？"

媒婆把手一拍，笑道："嗨！运去金成铁，时来铁是金。不欢不笑，时运没到，时运到了，登山有轿，过河有桥。"

高老栓把腰一叉，瞪着被烟熏红了的眼珠子，说："你今日大清早，是来跟我算命，还是来寻穷人开心的？"

媒婆眼睛被烟熏得流了泪，看不清老栓那股不对劲的神气，还是带着笑地说："老天，还是大清早哩，人家都快做晌午饭了！真是：单身汉，起得晚，天到晌午做早饭。实话对你说吧，俺三句话不离本行，是特为来给你说媒的。"

高老栓一听这话，想起为寻媳妇碰了多少钉子，被村里人们开了多少玩笑，那股存在心里的气儿不觉就涌上来了。他一拍腿，一顿脚，愣头愣脑地嚷道："谁他妈再提给我说媒，谁就他妈……我高老栓这辈子不要媳妇，光棍汉一人吃饱了，一家子不饥！"

媒婆来时，正跟小白鞋母女俩的想法一样，以为今日这个事，按实情说至少有个八九成把握，再加上自己这个有了名儿的"壶嘴儿"，还怕不一说就是十成？谁知一开头就这么不顺当，心想："既是不能驶顺风船，就得抢着风儿先压下他这浪头去……"就站起身来，大声嚷道："栓子，对你说，你别好心当了驴肝肺。你凭良心说，我为了你寻媳妇的事给你帮过忙不？我是喝过你一碗茶还是喝过你一口水？今日我大清早饭也没吃就来找你，你倒他妈的他妈的起来了！我这么大年纪，干吗拿着香料换大粪，伸着笑脸讨骂挨？我走！"就真的噔噔噔地走到门边，站了一会，看见高老栓不吭声了，知道这篇话起了作用，就又自己走了回来，一屁股坐在炕沿上，跷起腿来说："对你说，我知道你是个实落人，就是脾气有点牛，我也不见你的气，可你也别把我当了外人，别人笑话你是媳妇迷，爱跟你逗着玩儿，我可没跟你闹着玩过。"

老栓让她一个劲叨叨下去，自己却又回到灶门口吹起火来，弄得屋里烟气更大，把媒婆熏得眼泪鼻涕一齐流，只得搬个小板凳凑在老栓的旁边坐下了，接下正文，说是：今日大清早，小白鞋找了她去，说是她前不几天上陈庄娘家去了一趟，跟娘家人谈起家常来，说到闺女树花身上。娘家人都觉着树花年纪轻轻的，犯不着守半辈子寡，该找个合适的人家。……回家后，夜里她就做了个梦，梦见她老公公拄着拐棍骂她，说她糊涂，把个寡妇闺女养得都成了老丝瓜瓤子了，还不寻个人家嫁出去。问该寻谁家，她老公公说："要寻那本村里最穷最苦的，一辈子没寻着媳妇的人。"问到底是谁，他说："光棍光，拴驴桩，从小儿，没爹娘，扛长活，受凄凉，人老实，最稳当，前世姻缘安排定，万事不由人主张。……"

老栓不在意地问："这说的是谁？"

媒婆说："小白鞋思摸了半夜，想到拴驴桩这个拴字上头，再加上别的情况，除了你没别人。"

老栓一边拉着风箱，一边笑着说："你刚说不开玩笑，怎么又编起瞎话来啦？"

媒婆嚷道："嗨！你看，我就知道你不信，我要是编的瞎话，这年时腊月的，我赌个咒，叫我烂舌头！我吃了饭没事干？一头晌就上你这编瞎话玩？你去打听打听看，我什么时候编过瞎话？"

老栓一面使劲拉风箱，一面冷冷地说："嘿嘿，就算是真的吧，我这个矬个儿，也上不了她家那高台阶。"

媒婆嚷道："我的个老天！什么高哇矬的，打从八路军一时兴，就一律平等啦！你比方说吧：听说杨家桥出了这么回事，财主家嫩葱似的闺女，跟扛长活的靠上了，弄出个大肚子来。……"又故意压低了嗓门，着重地告诉他："小白鞋许给这闺女两担麦子十亩好地的陪送，随身的金银首饰更不用说。"

杨家桥的希罕事老栓也听说过，那个扛长活的他也认识，那人不是跟人家财主"一律平等"了，是上了人家的套，扛活不拿工钱，白给人当牲口！不论怎么说，老栓的劲儿反正是提不起来。他停了半天，才有气没声地说："嘿，人家财主一文钱买座金山还嫌不够本，肯赔着本钱把闺女嫁给我这样的光棍蛋？"

媒婆以为他真是老实到了家，不觉笑了笑，说道："哎哎，怎么你死心眼儿连这也不明白？人家赔钱嫁闺女，还不是为了往后闺女不受罪吗？"

老栓说："哼，她怕闺女受罪，干吗要寻咱？"

媒婆不觉急了，说道："你这人！亏你早先还参加过贫民组，就不知道什么叫个穷人翻身？连小白鞋那死了的老公公都知道哩，往后是穷人富人翻个个儿，穷人坐朝廷！"

老栓把锅盖揭开，让一阵大汽猛地卷上了屋顶，看看粥熬好了，就又盖上了，掏出烟锅子来抽着了烟，阴阴阳阳地说道："我知道，穷人翻身，那是正理。这，这是西边出日头的事，我可不信！"

媒婆看见说了半天毫无结果，就真的急了，站起来指着他的脸说："看你这人，真是个不通气的烟袋杆，难怪你一辈子寻不着媳妇哩！你看你这过的像人过的日子吗？吃饭使一个碗，睡觉使一个枕头。冬天没人暖脚，夏天没人扇蚊子。上地里干了一天活，回来还得自个儿做饭。一年到头，在外跟锄把儿说话，在家里跟灯亮儿亲热。有个病痛，自个哼哼自个听。看你这炕上的被子，叫灶膛的烟熏的，成了饽饽渣儿啦，虱子滚成了蛋，谁给你拆拆洗洗缝缝补补的？看你这锅台上，像茅坑似的，谁给你收拾？看你这当屋的地，哎呀！脏得下不了脚！看你从地里收回来的萝卜白菜，堆得满屋。你别说我说，那有家有口的人们要是能像你这样过一天，算他有本事哩！可话又说回来哩，你要是娶了那个闺女，成年价，吃着热的，穿着暖的，说着亲的，窝着软的，吃她的饭，着她的衣，嘿嘿嘿，怕你不睡着了乐醒了吗？那闺女又是个搓得圆捏得扁的黏糕性子，正对了你这个老实脾气。她见人先叫，说话先笑，知情识趣的，对你使个小意思，保准你有蜜吃不想糖水喝，对你说，你别死心眼子，这是你的八字好，命里该着，要不，这人财两旺的事，你打着灯笼哪儿去找？”

老栓见媒婆像机关枪似的嘟嘟了这么一大篇，又把那个臭闺女说得这么好，心里好笑，却故意耷拉着眼皮子忍住劲，说道：“哼，人家是，富家小姐，不嫌咱……”

媒婆以为他有个活动意思了，喜得把手一拍，忙抢着说道：“嗨！人家闺女说哩，不嫌穷，不嫌丑，只图心贴肚；不嫌傻，不嫌笨，只图肚贴心。实话对你说吧，那闺女就是看上了你这个老实脾气呢！”

老栓见她越说越不对茬，就索性闭上了眼，只一个劲儿抽烟，媒婆问他到底答应不答应，连问了好几声，他才咬着烟锅嚅嚅不清地说：“嘿，我就怕，日头没有从西边出的理……”

媒婆急道：“我不管你东边西边的，我问你答不答应！”

原来这高老栓虽然老实，却也有些“内里俊”的味道。平常，要是碰上拿不定主意的事，他要就躲开了，要就耷拉着眼皮子不说话。可要是碰上他对这事心里有底，他就不慌不忙地跟你黏磨，磨得你有了气，骂他几句，把他的“牛”劲儿逗上来了，却又跟你“抬”起来了，说出句话来也兴就撑得你透不过气来。如果“抬”不过你也撑不住你，他可就一甩手，撅着屁股蹦弹着走了。你再要去找他说时，他就把脸扭在一边，凭你说三天三夜他也不吭声。

这时媒婆越是着急，他就越不慌不忙，有声没气地说道：“答不答应，凭良心说，我自个也说不清。”

媒婆简直被他磨得火了，跳起身来嚷道：“看你这人，三心二意，永不成器，往后我永远不给你说媳妇，叫你打一辈子光棍！”就又嗵嗵嗵地走到门边，把门一开，回头看着老栓，看他是不是有个转圜的意思。不想老栓一直还是对着窗户亮儿叭达烟锅子，连看也不看她一眼。气得她心里发火，可又只得忍住了，叹了口气，说道：“老栓，我说了一百二十个媒，也没碰见过你这样人，我就是来求你办个事儿，你也不能这样对人呀？你这不是拿凉水待客吗？”

老栓还是看也不看她，却去锅里盛了一碗粥，自顾自地吃起来，过了半天，才慢吞吞地说道："婶子，你先别急，你说我拿凉水待客，你今日也不是来雪里送炭的，不信，咱说个事儿你听听。"

媒婆压住心里气儿，往炕上一坐，一盘腿，说："什么事儿，你说吧，今日我豁出来耽误一天的工夫，跟你泡了！"

老栓见自个胜利了，不觉笑了笑，说道："别的不说，我问问你，早先你不是在天津当过多少年的奶妈子吗？你这张嘴，不是在天津练出来的吗？"

媒婆说："嗯，是啊，怎么着？"

老栓说："这就对了，我就对你说个当奶妈子的事儿吧。"

媒婆说："你说吧，我听着。"

老栓说："说起当奶妈子的事儿来，你知道吧，这杨树花是谁奶大的？"

媒婆说："她是谁奶大的，我管不着！"

老栓说："你管不着我可管得着！对你说，提起了这个事，就想起了我那死了的娘，她跟你一样，给人当过奶妈子，奶的就是杨家这千金小姐！"

媒婆已经对老栓的故事有点兴趣了，说道："是吗？这个事我可不知道。"

老栓说："你那工夫在天津，哪会知道？"他就说起他的故事来了："那工夫，我才六岁，正是个割谷子的时候，我爷爷想多个人手拾谷穗，叫我到杨家去，叫娘对人家告几天假。你知道，那工夫，杨家的势派可大得多，我站在她家高门楼外边不敢进去，直等到天晌午了，我娘到当院里晒衣裳，才把我领进去。正碰上她家吃饭。她一家人在屋里炕上吃白面馍，咱娘儿俩在外间屋锅台上吃糠饽饽。娘悄声对我说：'唉！孩子，这会他家小姐大了，不喂奶了，不要我长奶水了，就光给我吃这个……'话没完哩，一匹大黑狗冲进来，露出长牙，对着我发狠地叫，吓得我就哭开啦。这时，小白鞋那臭女人出来了，对我娘说：'高家的，我家小姐今日整六岁啦，自个会玩啦，甭你领着啦，这是给你的工钱，你娘儿俩吃完了饭就回去吧！'我娘听了，一连串儿地往下掉泪：'太太，我迟早总是得走的，往后我也不来，你家这深宅大院，小姐也轻易不出来，常言说：奶水连心，吃了我的奶，不亲也是亲，我只求再见见小姐一面。'那臭货说：'高家的！你这是放的什么屁？什么奶水连心？穷气儿还连心哩！我家孩子沾你那穷气儿还沾少啦？别废话了，忙走你的吧！’不想她家那小闺女也舍不得我娘，猛一下从屋里跑出来，扑倒娘怀里，哭开啦，我娘正在哄她，小白鞋的男人瑞二爷三脚两步地走出来，一把把她抱进去了，还在屋里发狠说：‘你个穷骨头贱女人，再不走就叫狗来咬死你！’说着，刚巧那大黑狗又来了，对着我就扑，吓得我就藏在娘怀里……咳，后来，我娘一路啼哭着回了家，家来对爷爷一学说，爷爷说：‘栓的娘，别难过啦，奶妈子的奶就是人家财主小姐的血罐罐，喝完了血，就把血罐罐扔啦，有什么好哭的？’”说到这里，老栓忍不住揉了揉眼皮，叹了口气，把那碗已经凉了的粥搁在炕沿上，索性不吃了。

媒婆也忍不住揉了揉眼皮，叹了口气，说：“你说的这个事我信，我也经着过……”

老栓说：“我再给你说个事吧：那个，我给小白鞋家打短扬场，正干得满身汗流水泻的，瑞二爷那老王八蛋，提着个水烟袋儿，摇着个白纸扇儿，迈着方步儿，走到场边来看我扬谷子，看了半天，对我说：‘老栓，你看这一场谷子值多少钱？’我说：‘值多少钱，哪谁说得清？’他笑了笑，说：‘老栓，不怕你干活壮，我用一簸箕绿豆就得使你一大秋！’你猜怎么着？我当时心里说：‘我还不如个牲口哩，牲口使一秋也不只喂一簸箕料吧？’心里就觉着有个东西哽住了似的。……”

媒婆想起了自己死了的男人早先在天津伺候人时受的气，不觉又叹了口气，说：“这都是实事。看起来，有钱人都是没良心！”

不想老栓听了这话，猛地把腿一拍，生气地嚷道：“着着着！你也明白这个理呀！可你干吗来给我说这个媒？你是安着什么心？你想想，小白鞋干吗要把闺女寻我这穷光棍？”

媒婆红了脸，忽然又笑起来：“真是，我原是来说你的，倒叫你把我说住了。”

老栓说：“有斧子砍得倒树，有理说得倒人！”又走近两步，小声说道：“实话对你说：我这娶媳妇的事，你不用价替我发愁，你还没听说过吧！这眼看就又要分地啦！这一回，咳，……要不，小白鞋这是干吗？到那时，我光景好了，还怕寻不着人？……”

媒婆把手一拍，小声嚷道：“嗨！嗨！……”

两人又小声唧咕了一会，媒婆就回去了。

三

直到天黑，小白鞋老没见媒婆去回话，不放心，就亲自到她家去讨信。

媒婆正戴着个老花眼镜在灯底下补衣裳，见她来了，把眼镜取下来，脸上皮笑肉不笑地让她上炕，却像忘了那件事似的，只说些眼花做活不便的事，老不往正题目上引。

小白鞋忍了半天，到底忍不住，说道："婶子，说了半天，我托付你的那个事呢？"

媒婆眼睛望着鼻子尖，停了半天，才说道："婶子，往后我想着不干这下贱勾当啦！"

小白鞋吃了一惊，问："婶子，你是怎么啦？"

媒婆冷冷地说："这勾当没有什么干头……"

小白鞋说："你怎么说这话呀？"

媒婆说："婶子，你也不用细问，我也不用细说，反正，咳，这年头，世道变啦！"说罢，又假装着叹了口气。

小白鞋来时，一看媒婆的神气就知道事情不妙，这时就真的绝了望，两眼直愣愣地瞅着自己小白鞋的鞋尖子，心里好像一盆子火被泼灭了，光剩下一股子烟气往上涌，呛得嗓子眼生疼。她干咳了一阵，抱怨谁似的说："咳！只怪我家闺女命不好，先甜后苦！小的工夫，我家事业大，人苗儿少，她是一家人的宝贝蛋，还有奶妈子伺候着。大了，虽然长得模样平常，可是求亲的也挤破了门！谁想后来……咳！这会更不用说，找上人家，人家还……"

媒婆又假装着叹一口气，说："咳！要不说哩，世道变啦！"

小白鞋也长出了口气："咳！真是……"

她就噘着嘴下了炕，前脚刚出门，媒婆后脚就嗵的一声把门关上了，转过背来冷笑了一声，自言自语说："哼！说了半天世道变啦，你又不傻，还一个劲摆你从前那皇后娘娘初次进宫的事，去对你那死了的男人摆去吧！"

1950年，于北京

载于三联书店1950年版短篇小说集《壶嘴儿说媒》

老大哥同志

在我们机关里面，像别的机关一样，同志们都是互相以同志二字相称呼的，只有一个姓夏的同志，人们都叫他是“老大哥”，这名字在他是由来已久的，原因大概有三，一是他一贯的对同志们关心得无微不至。二是他年纪稍稍大些，有四十多岁，又有一嘴胡子。三是他总爱像逗小兄弟似的，对一些年轻的同志们闹个小滑稽。所以人们叫他这个名字，就等于是叫他“好同志”，是一种亲切的表示。

老大哥自从进城工作以后，有时候是爱喝两盅酒的。他常对人说：“咱没别的嗜好，发了津贴也没别的用，除了给孩子买点什么，就是喝两盅，只要不喝醉，不妨碍工作，这也不算什么缺点吧?”

从去年年底到今年年初，我跟他一起喝过三回酒，在这三回对饮时的谈话中，我对他有了更深的了解，也受了三次小小的感动。

头一次是在去年十一月中旬。

那天是我们机关里一个同志结婚，从机关伙食的节余里抽出一部分钱来，办了点菲薄的酒菜。在吃饭的时候，我注意到，老大哥这爱喝酒的人竟只喝了一杯就不喝了。人们敬新郎新娘的酒，也敬结过婚了的老夫妻们的酒。老大哥和他爱人是坐在一起的，但当人们敬他俩“双杯”时，他爱人是不会喝酒的倒喝了，而他只浅浅的呷了一口，人们劝闹了半天，他才勉强地又呷了一口，却到底没有干杯。

举行了结婚仪式后，就进行娱乐。这已经是惯例，机关里只要一举行什么娱乐晚会，最精彩的节目总是老大哥的。他也真是个天才，无论大鼓、坠子、地方小调、河北梆子，或是说笑话，他都能表演得极其高妙。并且，在每次还没有“开演”之前，他照例总要用几句开场的闲话来逗得人笑破了肚子。所以到后来只要在这种娱乐场合里一提到他，人们就笑得一塌糊涂，原因是又想起了上一回他的表演来了。

但是今天他却反常，人们要求了半天，他只马马虎虎地唱了两句，就溜出会场去了。

在一九四一年日本鬼子对晋察冀边区举行秋季大扫荡时，因为偶然的机会，我和老大哥在一起坚持了一个多月的反扫荡。在我们背着被子转大山时，从来不觉疲倦，原因是每逢我们在半山腰拼命往上挣扎，或是脚都走得一拐一拐时，总是听见山头上或是路前面老大哥用愉快的声音唱道：

关云长使的青龙偃月刀
张翼德丈八蛇矛逞英豪……

声音在山谷里回荡，好像群山都在学习他的腔调，于是他就更加高兴，就又扭起秧歌来，有时他还拿出老大哥的态度来，替别人背被包，人们就不再想到疲倦了，就有了克服一切困难的勇气了。那时，我觉得能跟这样一位情绪健康的老同志在一起坚持残酷的斗争，真是幸运得很；我也就是在那一次跟他认识，知道了他这个“老大哥”的绰号，并且跟他相好起来；所以现在我能跟他在一个机关里工作，觉得更是高兴。

但是在今天这样愉快的场合里，他为什么反而不高兴呢？我就也偷偷地溜出了会场，到他房间里去找他。

他正躺在床上，用手抱住后脑瓜，像在想什么问题，见我一进去，就跳起身来，说：

“你来得正好，咱们喝两盅吧。”

“你刚才为什么不喝呢？”我坐下来问。

“你甭问这个……”

就开门出去找勤务员买酒菜去了。等他再进来时，我又对他说：“刚才吃饭时剩下了很多酒菜，到伙房去要一点来也未尝不可。”

“公是公私是私，”他说，“公私总得分清，别说我是个秘书，更要以身作则，就是不是秘书，也不能有半点含糊。”

酒菜很快就来了。老大哥坐下来一口就呷了一盅，抿抿嘴唇说：“好酒！”然后夹了一块灌肠送到嘴里。

我三杯酒一肚落，就又追问他：

“老兄，你今日好像不大痛快似的。”

“你何以见得我不痛快？”

他说这话时，似乎同时想做一个鬼脸来隐瞒自己的心情，但是没有办到，好像不能勉强自己脸上的肌肉来干这样虚伪的事，于是就只得苦笑了一下。

“为什么？”我说，“你一不喝酒，二不娱乐……”

他低着头仔细地挑了块猪舌头送到口里，又慢慢地嚼着咽下去了，好像猪舌头的味儿刺激了他自己的舌头的本能，嘴里左翻右搅呷吧得直响，然后终于说起话来了。

“同志老弟，”他带着滑稽的味道说：“你觉得不？咱们有些同志自从进城以后，就不大关心农村了。你问我何以见得吗？我问问你，你从进城以后，看报的时候对农村的消息注不注意？”

我说：“咳，我是，老实说，有点马虎。”

“有点马虎？”他把“点”字说得特别重，“岂但点而已？这还不说。我再问问你：你知道我们这次募集的赈灾的东西送走了没有？”

因为华北农村灾情严重，政府号召节约救灾，我们机关前几天发动了一个救灾运动，募集了六七十万元钱和二百多件衣裳，同志们出捐总算踊跃的，但我不知道到现在三四天了，为什么还没送走。

“你不知道？你干吗不关心不打听？”停了停他叹了口气，“我看，每个人都值得检讨检讨，不要以为自己捐了点东西，就算对农民尽了心……农民支援战争，十多年，现在战争快要在全国范围里取得胜利……我再问问你，你知道负责送救济物品的是谁？”

我说：“当然是你们秘书室或是总务科的人喽。”

“对了，咳！前两天我就告诉老王，叫他派人送去。到今天我又问他，说是别的事情忙，顾不上……他忙，顾不上，你看看他，怎么倒顾得上结婚？”

我说：“这你倒不能武断地冤枉他，也不准就是因为结婚耽误了的，他也实在是忙。”

“哼,反正是漠不关心,拖拖踢踢!”

我这才明白了,他刚才原来就因为这才不喝酒也不表演节目的,我只好低着头不说话。

他举起酒杯来说:“为我们的好农民干一杯吧!”

这时房门一响,老大哥的爱人老大姐抱着孩子进来了。老大哥的神色似乎有点不大对,对我眏了眏眼,又极力镇静地呷了一大口酒。老大姐把睡着了的孩子搁在床上,盖好了小被,然后转过身来,谁也不看地,不慌不忙地走到桌子跟前来,把酒壶抓过来,塞在抽屉里,咔的一下上了锁,然后用她那平山县腔调说道:

“你们喝吧,钥匙可在俺手里,谁也别想开。”

老大哥又对我做了个鬼脸。我忽然哈哈大笑起来。

老大姐噘着嘴说:“哼,老说俺们机关还不够节约,老说别人浪费,可你自己是个领导人,还老喝酒!”

老大哥惭愧地低着头。我不好意思再说笑了,就走了出去。

可是过了不到半个月,老大哥又第二次找我喝酒了。是在一天夜里,我正在屋里看书,老大哥同志忽然走了进来,悄声说:“我叫勤务员买酒去了,咱们在你这屋里偷着喝两盅儿。”

酒买来了,他把房门关得严严的,这才放心大胆地坐下来,卷起袖子来,我俩就一递一盅地喝起来了;开始时他也是闷着头不说话,后来又终于呷吧着嘴说开了。

他说:“同志老弟,今天我碰见个事,是个颇有意思的事情。要问是什么事情,你别着急,得从我做接收工作的时候说起。”

他说话的神气那么神秘,使我想起来了——我听见人们说过,在刚进城的时候,他在军管会里,负责接收一部分公有房产,他为了怕敌人在什么鬼地方埋得有爆炸物,每走进一座房子时,总要把角角落落的地方都踢踏个遍,甚至于在每座沙发上都要躺着打个滚儿。——所以我以为他是在接收这些房子时碰到了什么稀奇故事;在敌人刚被消灭了的当时,在这些为非作歹的窝子里,谁能保得定没有一些稀奇古怪的故事呢?在石家庄刚解放时,不是曾发现过敌人秘密杀人的人间地狱吗?

可是老大哥却又问我道:“你注意没有?常在我们大门口站岗的,有个挺年轻的战士，生得挺秀气，眉眼有点像个女同志……”他真像喝醉了，有点语无伦次了。

我说：“我没有注意。”

“你看你这人！唉！”他叹了口气，“从一进了城，你们就忘记接近群众了。大概，你时常坐洋车，可从来没有跟那些气喘汗流的三轮车夫们谈过话吧？战士们为了我们机关的安全，每天站岗要站到半夜过后，这么冷天，你想想，你出来进去好像没有看见他们似的……”

我知道他又要责备我了。实际我并不是不想跟那些战士们接近，只因想到他们把站岗这事看得很严肃，怕他们不愿意随便跟人谈天。

他接着说：“在我刚进城时，有一天，我骑着车子走过一条小胡同，看见一群大人孩子围着我们一个战士，他坐在一个阶沿上，起先我没看清，以为他怀里盘着条蛇的，等跳下车子走近一看，才知道他是拿着条干粮袋的，那干粮袋又瘦又长。他用袋口捂住嘴，下巴骨一个劲地动，脸红得像猪肝，还直冒汗，眼不敢看人。我真奇怪死了，当着人又不好问他。看见他背着被包的，估计他一定会穿过这条胡同走的，我就骑上车子到胡同那头等他。一会，他果然来了，我就走拢去问他：“同志，你上哪去？”他说：“请假回家看看去。”我又问他是哪儿人，他说是冀东的。我问他刚才为什么那股神气，他说：“咳，同志，不瞒你说，进了城真麻烦……”

说到这里他喝了一大口酒，然后又不慌不忙地嚼起猪舌头来，眯着眼睛，像是在回想这故事的情节，又像是在仔细地品评猪舌头的味儿，直到我性急地催了他三次，他才睁开了眼，像逗小孩似的对我做了个怪样儿，才接着开了腔。

“你看你们这些青年人，对听故事倒挺有兴趣，对真的人真的事情反而不关心……那战士说：‘他娘的进了城真麻烦！我走饿了，解下干粮袋来，说是吃点干粮，你猜怎么着？解放军走到哪儿也叫人看稀罕，咱穿得又脏又破，吃的是炒小米面，在大街上，挺难为情的，咱就走进这小胡同来，心想：咱不倒在小碗里吃了，用嘴捂在口袋上，吃一节儿勒一节儿，你们瞅着吧，反正你不知道俺吃的么。可是他们瞅得更起劲，咱就干脆不吃了！’我说：‘你干吗要难为情？’他说‘干吗难为情？要在乡村里敢情不难为情。’你想想，对这样的事情你该作何感想，嗯？”

我像是有些感想，却又一时说不出什么来。他却又接着说了：

“这些时我在大门口碰见了两三回，起先总觉得他挺面熟，他也对我直打量，今天我可想起来了，原来就是他。我就跟他打招呼，他也想起我来了。我就问他：‘这如今你还爱难为情不？’他笑着说：‘不啦。’我说：‘怎么不啦？惯了吗？’他说：‘不是惯了，是上级对俺们进行了教育，你想：艰苦奋斗是咱解放军的光荣传统，有什么难为情的？’”

说到这里，老大哥又举起酒杯来，跟我的杯子碰了一下，忘形地大声说：“为我们的好战士干一杯！”

不想这嚷声又把对面屋里他的爱人老大姐惊动了，一阵脚步响，窗外就响起了平山县口音的尖嗓门：

“又喝酒啦？！又喝酒啦？！”

我又哈哈大笑了，玩笑地说：“老兄同志，怎么大姐同志管得你这么紧？”

他叹了口气，说：“不是我怕她，这里面有一段因缘，等下回喝酒时再对你说吧。”就起身去开了门，临出去时还唱了句“道白”：“不提此事倒也罢了，提起此事来……”

今年元月三号的夜里，他又真的跟我喝了第三回酒，是在他住的屋子里，并且是当着老大姐的面喝的。从习惯中我知道他每回找我喝酒总有点故事，这一回是当着老大姐的面公开犯戒，当然就更有故事了。但我知道性急是没有用的。果然，“酒过三巡”，他的故事就开了场。

他从桌子的抽屉里摸出个东西来，是个金戒指，慢慢玩弄了半天，像是打好了腹稿似的，开始说：

“老弟，你知道这玩意是哪儿来的？”看了我一下又接着说：“这是我两口子闹节约的结果。说起话长：一九四六年，那时蒋介石搞假和平，往蒋占区能通邮。我往家里去了封信，两个月后得了封回信，是我兄弟写的。说是我母亲还在，六十多岁了，穷得没法过，自己纺纱织布，还常到五六里地的集上去买棉花卖布，又自个种菜，时常累病了，时常想我就想得挺厉害，一累病了，就想得更厉害了，就老是梦见我。有一次梦见半夜里有人拍门响，以为是我回去了，心里一欢喜，也来不及点灯，摸着黑就出去开门。不想被什么绊了一跤，一惊醒来时，原来是场梦，就哭起来了。哭了半天，听见院里槐树上乌鸦叫，原来是天麻麻亮了，她以为乌鸦一早就在院里叫不吉利，以为我准死在外头了，就哭得更厉害了。我兄弟早先念过几句旧书，还为这事做了首诗寄给我……”

他就用筷子在桌上画着圈儿，给我念那首诗：“道是吾儿去已回，无常灯火把门开，醒来泪湿床头枕，但听乌鸦噪老槐。”

念完了他叹了口气，喝了一大口酒，又接着说：

“同志，在这革命的年头，牺牲了多少人，有多少骨肉分离的事，有多少母亲把她的孩子送上了战场！所以我并不十分伤感，可是又到底总有些难过，我就跟桂珍（他爱人）商量：那时她在平山县教书，把她的薪金尽可能地节余下来，我也戒了旱烟，把节余的钱存在合作社里生利，等以后积多了，给母亲寄去。就这么着，她教书一直教到四七年年底，就在石门买下了这么个金戒指。可是去年六月间家乡解放了，又接到兄弟来信，说是母亲已贫病交加死了……”

他的爱人张桂珍同志从小就没了母亲，又跟他感情极好，所以把他的母亲当了自己的母亲，这两三年来一直是跟他一样，在默默地想念她的，幻想着在战争胜利以后能见她一面，也尝尝母爱的味道。所以当老大哥说到这里时，她就禁不住靠在床上偷偷擦起眼泪来。可是又被老大哥看见了。

“桂珍，不要那么着，我也难过，可是我想得开，我的母亲不过是千万个当中的一个，你我也是千万个当中的一个，革命就得有牺牲……”

对于这样的事情我有什么话说呢？我的母亲不是也在蒋占区死于不幸之中吗？

我们默默相对总有五分钟，谁也不想再喝酒了。老大哥忽然像想起来了似的，说：

“……就这么着，我们这个金戒指就没用了。可是我们还是要节约，为的是我们自己有了个孩子，总得叫孩子过得好一点，所以桂珍禁止我喝酒。可是这个金戒指我们并不想用在孩子身上，我们要保存起来，用作对母亲的纪念。上回发动募捐救灾，我要把它捐了，她反对，说是宁可多捐几个月的津贴米，也要把它留着，我们俩就一共捐了六个月的津贴米，把它留下了。今天我又跟她商量，得了她的同意，打算把它买了人民胜利公债。”

于是他举起酒杯来：

“为了追念我们的好母亲，干杯！”

“为了我们胜利的人民和国家干杯！”

我也说：

“为我们——你我她，和一切好的同志干杯！”

酒也完了，最后老大哥收拾桌子时说：“我跟桂珍订好了规约，我以后要戒酒了，我们省一个钱，国家就多一个钱。上一代为我们牺牲了幸福，我们要为下一代建设一个幸福的国家……”

原载《天津日报》1950年3月3日

改　造

一

在土改以前，王有德是个一顷多地的小土瘪财主。他爹老弟兄三家，就他这么一根苗儿，常言说：财主们一辈子只着急两样事，一样是只怕活着时钱财不够多，再一样是只怕死了钱财没处搁，所以才“不孝有三，无后为大”，所以王有德就从小娇养得过分。

他娘又是个大家财主出身的闺女，有两件专门本事，一件是专会苛待穷人，再一件就是专会娇惯孩子。当王有德还没有下地时，她那大肚子就成了老弟兄三家的宝贝，专门给预备了一张籐躺椅，上面铺着三床软被，让她成天里躺在上面，干什么都有专门人伺候着，连说话也不出大声音。等到有德下地以后，对他那娇惯劲儿更是一言难尽：一直长到六个月了，还没让他正眼瞅过灯亮；到一岁了，还没对着他“嗨呵，嗨呵”地逗过；到一岁半了，还没让他靠在人怀里坐过一小会儿；到两岁了，还没抱出房门来见过阳光；所以直到三岁了，他才开始动口说话；四岁了才会立一会；五六岁了才会走路。这以后他爹一死，他就更加娇气了，真是：吃饭懒得张口，叫娘给塞塞；穿衣懒得伸手，叫娘给扯扯；穿鞋嫌夹脚，叫娘给捏捏；戴帽子嫌压头，叫娘给摘摘；苍蝇爬得痒，叫娘给吓吓；蚊子叮得痛，叫娘给拍拍……好容易总算长大成人了，却生得猴头扁脑袋，细骨架儿不长肉，眼睛傻愣无光，说话像蚊子嗡，还有个半呆不傻的脾气，简直是个什么也不能干的废物蛋。

村里人们对王有德家表面上是非常敬畏的——因为他爹王克仁是个厉害精，王克仁死了，由他娘当家，也是个刻薄鬼——可是暗地里却都爱谈论王有德的笑话，并且给他起了个名儿，叫做“笑话字典”。

如果翻开这个“字典”来看一看，笑话也确实不少。

他每天总得睡到九点钟以后才起炕，村里人们都说：“什么时候啦？”——“王有德起炕，快晌午啦！”这是头一条。

说他起了炕，其实还只起来了半个身子，腿还窝在被窝里懒得拿出来，眼还没有十分睁开，晕晕糊糊的半个多钟头，这才下决心把腿筒到裤腿里。村里人们都说：“今天天气暖和吧？”“暖和？王有德还没有下炕哩——太冷啦！”这是第二条。

他下炕以后，媳妇就给端来一大盆热水，他披着衣裳把手泡在盆里，两眼傻愣愣地瞧着洗脸架上的小镜子，呆个十来分钟，然后才像下了决心似的，咕噜咕噜地漱起口来，又拿起一个括舌头的玩意，伸出舌头，括得涎水牵成线地流下来，“哇！哇！哇！”恶心得眼泪都流出来了。又把手泡在盆里定半天神，才从架子上扯下块手巾，泡湿了满头满脸拼命地擦起来，又搓香胰子，又洗，洗了又擦，擦了又洗，直弄得连脖子都像个新刮了毛的小猪，这才满了意，住了手，最后长长的“咳！”出了口气，才开始穿衣服。这时候，他娘早问了好几遍：“完了吗？”为的是好给他拿进早点去。她媳妇总是一次又一次地在房里答道：“还没完哩！”所以村里人们又有个笑话，说：“完了吗？”——“王有德洗脸，还没完哩！”这是第三条。

他洗完了脸，穿好了衣服，娘把早点从帘子缝儿里递到媳妇手里，摆到小炕桌上了，他就脱鞋上炕，盘着腿儿坐着吃起来。这早点是一大碗烂糊粥，外加三四根油条——这里的老百姓都叫馃子。这馃子每天都是由卖馃子的李老成送来的。李老成这人是个穷老头子，有点迷迷懵懵的，老是送得不对时候，送早了，有德嫌搁的时候长了不好吃，就不吃，送晚了，他又嫌叫他等得着急，也不吃了，不吃倒不要紧，还因此一天不痛快。所以每次一送得不对时候了，他娘就对李老成叨咕开了：“你呀你呀，你个老成子呀，你怎么这么废物呀！你知道不？这就要逗得他一天价不痛快了！你是缺了魂儿还是怎么着？是叫狗扯住了腿，还是叫鬼迷住了心呀？你这人，你烧香不知道给神灯上油，拜佛不知道给佛爷磕头，送馃子也不知道看时候！你知道我多为难，我们这大爷谁惹得起他？谁不知道他有个傻呼呼的脾气？早先，以为娶了媳妇有人管着好一点儿，谁知道呀，哼！

娶了个软面疙瘩，光凭他男人搓捏，搓捏圆就是圆，搓捏扁就是扁……”弄的李老成哭笑不得，赶紧提着油条筐子跑出来了，碰见人就摇头叹气说：“咳！这份买卖真难做！”所以人们又有个笑话：“王有德吃馃子，早了也不好，晚了也不好。”这是第四条。

吃完了早点，他或者在躺椅上靠着晒会太阳，或者躺在炕头上看会《醒世姻缘》《三侠剑》，或者是到他那小花园里去立着出会神，这么着，吃了晌午饭就快天黑了，天黑了又吃晚饭，一天就完事大吉。村里人们都说道：“王有德过日子，一晃一天。”这是第五条。

但是王有德并不是真的什么事也不干，头一样，每隔五六天他就要打发媳妇去把剃头匠范小春叫到家来，不一定剃头，总得捶捶背，掏掏耳朵。他躺在躺椅上，闭着眼睛，鼻子里打着呼噜，范小春就围着他的脑瓜转，摆出一种架势，掏得他过瘾时，他就把一只眼挤成了皱，不住地“哎，哎”；要是弄得不过瘾，或是弄痛了，他就猛地睁开了眼，说道：“哎，别着急，别着急。”所以村里人每逢形容一件好事情时——比方说，如果问：“菜好吃不好吃？”被问的人就闭起一只眼睛来，微笑着：“哎，哎……”问：“戏唱得好不好？”也是：“哎，哎……”如果不好，就睁大了眼，答道：“别着急，慢慢来。”这是第六条。

王有德做的第二件事情，就是赶集赶庙，四周围有三四个集镇，都是相离三五里地，他是集集必到，却并不买油买盐，也不买肉买酒，这些事都有别人替他做，他除了上小饭铺，炒两个菜喝四两以外，就只是到旧货摊上寻觅个古怪玩意，比如说小古董瓶子或小西洋镜子，回家时，路上的人总是故意地问他：“有德，买的么呀？”他总是忍住满脸得意的劲儿答道：“没么，没么，四两酒儿，小玩意儿，嘿。”所以人们每逢说什么谦逊话时，总是说：“不算什么，四两酒儿，小玩意儿，嘿。”这是第七条。

另外王有德还有两样本事，一样是前面提到过的，他有个小花园，这花园说小也就真小，在他家院子角儿里，总共不过桌面大，种的也只是几棵女人们常种着玩的“指甲花”和“鸡冠花”之类，却真正是他自己下手种的。第二样是会给他娘刻手杖。他娘本来是个挺健壮的老婆子，全仗着她一天到晚管家，小脚儿跑来跑去的，从来不要拐杖，可是王有德却老叫他娘拄拐杖，说：“老太婆拄拐杖，才像画儿上的神仙呢！”并且给在拐杖上刻着小鸟儿什么的。村里人们又有个笑话，说是："哼！王有德的本事，花儿鸟儿的！"意思是说："这算个屌！"这是第八条。

小时候，王有德也上过两年学，因为当时本村里没有学，家里请先生又舍不得花钱，就叫他在相离三里地的北王庄的"半个秀才"学里念书。起初他是"走学"，娘说他每天来回走几趟太累，就叫他住在北王庄一家亲戚家里，又怕他在人家吃得不好，睡得也不舒服，就又不叫他"住学"了，每天早晚叫长工套车接送，可是娘又怕他年幼人骨头嫩，老来回坐车颠得慌，就说道："嗨！这书念不念的吧，你那老师才是半个秀才哩，你还能念出个状元来？"就真的叫他停了学。"王有德上学，吃不得睡不得，走不得坐不得"，就成了笑话，这是第九条。

王有德十五六岁时，老是有个小病小痛儿的，他娘给他什么药也吃过，什么神也求过，总是没效，后来就想到给他娶个媳妇"冲冲喜"。娶个什么样的媳妇呢？年岁相当的吧，不懂事，不会伺候他；富贵人家的闺女吧，娇养惯了，也不会伺候他。就给他寻了北王庄一家富裕中农家的闺女，名叫郭俊儿，比他大四岁。可是她并没有"冲"着有德的"喜"，做娘的反而老是觉得儿子更加瘦弱了，就暗示媳妇说："他大姐，夜里怎么老听见你那屋里说话？你知道，有德自小瞌睡多，你得担承着点呀！"又说："他大姐，你觉出来不？有德这两天可瘦得厉害啦！"说得那媳妇只好三天两天的老跟她婆婆睡去。不想这一来有德可又不痛快了，生起气来不是不吃饭，就是不起炕，媳妇叫也不应，劝也不理，做娘的问他到底为什么生气，问了一百遍，他才瓮声瓮气地说："黑间……"娘就有点明白了，说："黑间怎么着？这么大人还怕鬼？"他说："不怕鬼，耗子挺多……"弄得那老婆子没办法，就又埋怨做媳妇的不知道疼男人了。可是过不了几天，她又叨叨开了阴阳话，就这么反反复复的，弄得做媳妇的跟她男人远不得近不得。村里人们就又有句俗话："王有德的媳妇，真难！"这是第十条。

总起来一句话：王有德活在这世界上，目的就是为了要活着，为了他那份家财活着，为了他娘和他的叔伯们活着，并且为着给王氏家门传宗接代。他一天到晚，一年到头的"工作"，具体的说，就是吃、喝、拉（屎）、撒（尿）、睡五个字。

二

这一带地区是在一九四五年秋天开始对日反攻时解放的，解放后实行过反汉奸恶霸、反黑地、减租减息等群众斗争，把王有德的大伯恶霸地主王汉臣扣押了三个月（后来他跑了），把他叔王继厚和他娘也“坦白”了一通，可就是没有动过王有德，人们都以为他是个废物蛋，也没办过什么大坏事，跟他说不出什么道理来。

减租减息以后，一般地主都爱装穷，有德的娘是个精灵鬼，当然也是出门就穿破衣裳，有客就吃棒子面，可是有德却不装穷，还是照样儿享福。

一九四七年冬天实行土地改革。这一回上级规定的章程最彻底，群众的觉悟程度和斗争热情也最高，这一回是没收了地主们的一切财产，并且一连开了三天群众大会，对他们控诉冤苦，说得他们一个个都像罪人似的低头搭脑。对王有德的娘也整整地斗争了一天，要不是看着她是个老婆子，谁也想揍她几下子才解恨。最后只剩下了一个王有德。

民兵们把王有德叫到会场上来，他的小羔皮袍儿已经被剥下来了，换了件破棉袄，耸着肩膀缩着脖子，两只手不知往哪儿放，眼睛瞅着脚尖儿。

先由农会主席范老梗问他：

“王有德，你说说看：你这半辈子，用手拿过十斤重的东西没有？用腿走过二十里路没有？你张嘴就吃饭，你知道饭是什么变来的？你伸手就穿衣裳，你知道衣裳是天上掉下来的，还是地下长出来的？”

一连问了十多句，王有德才嘟嘟不清地说道：“衣裳、粮食，都、都是从天上掉、掉下来的，天要不下雨，什么也没、没价……”

人们又好气又好笑，都嚷道：

“放他娘的屁！”

“吃人饭不说人话！”

这时一个瞎老太婆忽然摸到主席台跟前来，跟主席范老梗说了几句什么，然后脸向着大伙说：“我老婆子也说说：那年天旱，我上他家门口要饭，他娘不在家，他媳妇给了俺个饽饽，他赶出来抢过去了，给掰掉了一大块，给了俺手指头大一小块，俺说：‘大少爷，这一点还不够塞牙缝儿的哩，多给点吧，做做好事。’他倒埋怨他媳妇说：‘谁叫你给这么多？俺娘说：要饭的太多，都给这么多，来要的就越多了！’……”

她的话还没完，范老梗又接了腔：“乡亲们，他王有德吃饺子光咬当中的那一口，边上没馅儿的地方都丢了，你猜丢给谁吃？丢给狗吃！他养着个小花狗的……”

接着，又有好些人想起王有德气人的故事来了。

一个青年说：有一天，他正在道边地里耪麦子，看见王有德赶集回来了，故意闹着玩地问他：“有德，你看俺这片韭菜长得怎么样？”他说：“嘿，你别说瞎话，这是麦子。”又问他：“有德，你说是麦子好还是韭菜好？”他说：“要按我说，麦子面能擀饺子皮儿，可韭菜能做饺子馅儿，饺子皮总不跟饺子馅儿好吃……”

又一个妇女说：有一回，她在房顶上晒枣儿，看见王有德也正站在他家房顶上，拿大把大把的高粱米撒着引鸽子玩，她觉得他撒一把就够她喝顿粥，怪好的粮食挺可惜，两家房顶本是挨着的，等他下来了，她就偷着过去扫那粮食，不想被有德瞅见了，就嚷起来了：“谁把俺引来的鸽子赶跑了？”接着他娘就窜出来了，嚷道：“哟哟哟！在俺家房顶上扫粮食，到俺家仓房屋里来扫吧！好个没皮没脸的！……”气得她腿都软了，爬过自家房顶上时，差点摔下房来。

剃头匠范小春也想起个事情来：有一次他给王有德剃头，有德不知怎么高了兴，对他说：“小春，你知道不？俺村有两个怪有意思的人。”问是哪两个，他说：“一个就是你，你专给别人头上增光；再一个就是卖馃子的李老成，他专替他人嘴上抹油，你俩正好一对儿。”小春的话又引起李老成也想起个故事来了：有一次，是南柳树根村的大庙会，老成在戏场上卖馃子，碰见有德在那儿看戏，买了他两个馃子，蹲在地下一边吃着一边看，台上正唱的是一个皇帝跟皇后娘娘饮酒作乐，有德吃完了馃子，问老成道：“老成，你知道不？皇上家尽吃么好东西哎？”老成说：“那谁知道？咱又没当过皇上。”有德说：“皇上家尽吃馃子，皇上家炕头上，抽屉里，躺椅上，到处是馃子，什么时候想吃，伸手就拿到嘴里了。”又问老成：“你看我比皇上怎么样？”老成说：“咳，你……”心里话：“你是个废物蛋！”可是有德又说：“老成，我要是当了皇上，就派你当丞相，专门给俺炸馃子吃，嘿嘿嘿……”

说得老成又好气又好笑，恨不得揍他两下子。

尽这样一些故事，人们说着说着就动了气，都嚷道："好他娘的！俺们租你家的地种，一年苦到头，交租时半颗粮食也不能少，就养活了你这么个废物蛋啦！"有的就跳上去扯住他说："要依我的脾气，得叫你把喝进去的血水吐出来！"最后范老梗像做结论似的说："乡亲们：地主有各色各样儿的，有吃人的狼，有咬人的蛇，像王有德这路子货，好比是咱穷人肚子里的虫子（蛔虫），身子软条条的，专会吸人的血。"又转过脸来问王有德道："有德，你说说，你是不是喝穷人血长大的？"

有德在那里站了半天，又被众人数说了一场，早弄得身体和精神累得不行，只希望这会快点完，所以问什么就答什么。

"是，是的。"

"你是不是像区里张同志说的那话——寄生虫？"

"是，是的。"

"你是不是废物蛋？"

"是，是的。"

"你是不是……"

"是，是的。"

三

土地改革改变了一切，王有德再没有那么大的家财了，再也不是有福气的大爷了，他失去了一切，好像连自己的魂儿也失去了一样，成天坐也不是站也不是，觉着到处都是空空洞洞的。

连他娘也变了，成天里唉声叹气，虽然她还是心疼儿子，看见他吃不下高粱面，想给他弄点白面吃，却不得不看媳妇的脸色，对她装出个可怜像，顿了几顿才说出口来：

"哎，他大姐，看你说哩，这怎么着？有德，哎，他老吃不下东西……"

媳妇鼓嘟着嘴，背过身去，像没有听见似的。她只得又向前凑一步，说：

"哎，他大姐，看你说哩？农会里给咱留的粮食，够吃到麦熟的，咱不会编个法儿,换点白面……”

媳妇还是鼓嘟着嘴不说话。

从土改一开始,这媳妇就埋怨爹娘当初不该攀这门阔亲戚,如今落了个地主名声,没吃羊肉惹了一身膻,没享着福倒落得又丢人又受穷。她也知道那老婆子反过来对她低声下气,是为了想叫她往后给她家当长工,种那人们给留下的八亩地,她心里话:“俺给你家当了几年丫头子,还要俺给你当一辈子长工?”所以那老婆子越看她的脸色,她就越不给她好脸色看,成天里不是鼓嘟着嘴不说话,就是关门磕门扇,洗碗摔家伙,到后来她索性回娘家去了。

这么着,王有德就又丢了一样东西——照他自己的说法:一个窝心的小玩意儿,这是更要命的事。

在刚开春的时候,村里开了个全村生产动员大会。

今年的大生产运动比哪一年都好发动,刚分了地的人们不用说,谁不想多掏力气多打粮食?中农们因为发了土地证,知道土地再也不会变动了,就都安心地鼓足了劲儿闹生产。富农们也跟中农的想法差不多。地主们也知道自己不动手得挨饿,经村区干部一动员,也都忙着送粪和耕春麦了。只有王有德一家还是不见动静。上级号召全村不要有一个不劳动的闲人,村干部们抓了瞎,费死劲把有德媳妇从北王庄她娘家拉了回来,借给她牲口车,总算哄着她把粪送到地里去了,可是一刚完了事她就又回了娘家。她不是不愿劳动,是想着以后的难处,没心思再在王家过日子。

至于王有德本人,却是全村唯一的一块烂木头,村干部谁也对他没办法。

区助理员张冲同志对他说:如果他不劳动,就不发给他土地证,将来还得收回他那八亩地,他只是嗯嗯呵呵的:“是,是我得改……”村长王保奎告诉他:“在新社会里,不劳动的人是最没脸的,要饭都没人给!”他也是嗯嗯呵呵的:“是,是,你说得对……”妇会主任王雪兰也跟他说:“告诉你吧,眼看着你媳妇要不把你当男人了!”也还是嗯嗯呵呵的:“是,是……”

最后,农会主席范老梗是个做事爱用软办法细磨细刻的人,他虽然对有德有股仇气,却还是想用软办法来感化他,心想:“人有脸,树有皮,我就不信王有德这么没皮没脸!”就把有德叫到农会办公处里,跟他睡在一起,对他劝说了半夜，第二天又去给他耪了一天地，黑了又叫他到农会里睡在一块，劝说了半夜，第三天又给他耪了一天地。这样一阵干了三天，到了第三天的夜里，有德竟跑到他叔院里睡去了，叫也叫不来了！范老梗费了半天劲，只赚了一肚子气。

王有德被人们说得没办法时，也曾跟他娘商量过，在一天有月亮的夜里，偷着背着锄到地里去试了个把钟头，累得他一回来就躺倒了，第二天又到地里去一看，耪的那地像鸡啄的一样，还把麦苗儿耪掉了好些，就完全泄了气，心想："饿死就饿死吧！死了倒痛快！"他这想法好像也对，从前他为了活着而活着，现在活着没意思了，不是死了倒痛快吗？可是死也并不是一件容易事，是要有一股劲儿的，王有德是连这么一点点劲头儿也没有的，所以他到底没有死。

于是他就卖起油条来了。

他卖油条也是经过很长久的矛盾，最后才下定决心的。头一天夜里他逼着娘到李老成家里借来油条篮子，第二天天还没亮，又逼娘到集上去贩货，货贩回来了，他又磨磨蹭蹭的，直到人们都吃了早饭下了地，估计着街上没人了，才提着篮子，先把大门开了道缝儿，伸出脑袋去看了看，这才下决心，一下子迈出腿去——他认为这一关最难，可是既是出来了，也就只得在街上走了，走着走着，也想学早先李老成似的嚷叫："馃子呵——热的哟！"却怎么也嚷不出口，就只得找到个墙犄角地方，把篮子摆在老远的前面，自己坐下来，缩成了一团。不提防忽然有人叫了一声："有德！"吓了一大跳，原来是农会主任范老梗。

老梗瞅了瞅油条篮子，又瞅了瞅他的脸，眼皮眏了几眏，胡子颤了几颤，说："有德，你怎么干起这勾当来了？"见他低下头去不言声，就又说道："我看你这人算没了希望！卖馃子倒不是不好，可是能当得了种地吗？能养得活你一家三口人吗？这如今人们尽讲节约，谁买你的馃子？"

王有德不知怎么忽然生了气，说道：

"卖馃子怎么着？无产阶级！"

"什么！无产阶级？你是无产阶级吗？你有地不种，人家春苗儿都快耕上了，你在这装蒜卖馃子，无产阶级？！"

"卖馃子也是劳动！"

气得老梗一转身就走了。

从此他每天总是缩做一团坐在那老地方，天热了，还拖蹋着一双破棉鞋，穿着一身脏棉袄，因为老是不愿再找范小春剃头，头发长得像个老鸡窝，又因为他娘近来也没心思过日子了，每天早晨懒得烧水，所以他总有一个月没洗脸，脏脸上翻着一对白眼珠，猛一看，简直跟李老成早先那神气一模一样。

村干部们也曾跟他娘谈过几次话，叫她自己生产，也动员儿子生产，可是那老婆子除了啼哭，是什么别的话也不说。干部们就只得发动全村的人们不买王有德的馃子了。

可是王有德不怕，卖不完正好，拿回去娘儿俩包饺子吃。干部们又一商量，就发动了一帮小学生，在他坐的地方的对面墙上，用锅烟抹了块黑板，一大群一大群地围住他，指着那黑板上的字齐声念道：

王有德，
你真可耻！
叫你劳动是为你好，
你提着篮子卖馃子，
卖不完，你提回家，
娘儿两个包饺子，
吃了喝了一泡屎！

这个办法倒有些效，嘈嘈的他再也不敢在街面上晃了，只得往小胡同里串。

可是小胡同里更坏，时常从大门小门里、识字班上课的院里、合作社里、油坊里，窜出一大群一大群妇女来，跟在他后面唧唧喳喳嘻嘻哈哈，有的往他头上搭线条儿，有的偷着用粉笔往他背上写字儿，有的甚至于往他篮子里搁砖头块子。

最后，王有德简直是无路可走了。

四

王有德无路可走，却走到坏道儿上去了。

这时地里的麦子有的已经黄了。别人家的麦子都是半人高，麦穗儿又大又沉，性急的人们都在磨镰压场，准备收麦。王有德地里却草比麦子还高，麦穗儿都像小姑娘头上的小黄毛辫儿，随着风儿东摇西晃。土改时人们给留下的粮食，因为尽换白面吃费得多，也吃完了。母子俩除了咽眼泪，就只有吞唾沫。也曾到他叔王继厚家去借过粮食，可是那怪物老头子如今也不把有德当作王家传宗接代的命根子了，头一回还勉强借给了半升高粱，第二回他就翻开了白眼，说："怎么你不找农会要去？他们的章程不是不兴消灭地主的肉体吗？他新社会里不是不兴饿死人吗？"又说："我要是你呀，哼！他们不给也有的是办法，这如今地里的麦子已经吃得了，咱不会偷他狗日的？咳，单看你有不有这点胆子！"有德想了想说："咳，偷，咱没力气，不会割也不会拔，能偷几粒？叫人捉住了……"那老头子说："那你就等着饿死吧，俺也没法救你，俺的粮食也快完哩！"

村干部们对有德家的粮食问题和麦收问题又都发了愁，又找他母子俩劝说了半天，说是只要有德立时下地干活，立时刻就借给他粮食吃。他母子俩当时满口答应了，可是等一升高粱米到了手，吃了一天，活也没干，粮食也完了。

这天夜里，母子俩脸对脸地流着泪，就嘀咕起来了，娘说：

"孩子呀，莫非说，咱娘俩就这么等死？唉！你爹呀，死得太早了呵，走远了呵，咱娘俩追也追不上了呵！……"

"娘，咱爹，嗡嗡嗡……"

"孩子，孩子，孩子呀！莫非咱就真的等死吗？咱不会……"

有德忽然心里生出了一股恨劲，这恨劲本来是在他心里藏了很久的，因为一贯的废物性，没有冒出来，这时却冒出来了。

"娘，咱偷他狗日的去！"

"偷？你有那本事？"

"咱放火烧他狗日的！"

原来这老婆子本来是个刻薄鬼，这些时她心里的恨劲比她儿子的更大，只恨自己没力量，不然的话她要吃穷人的肉喝穷人的血！于是母子俩就商量起来：娘说儿子不机灵，办不了事；儿子又说娘脚小跑不快；商量了半天也没结果。

到半夜里，有德饿醒了，听见村里什么动静也没有，心想："都说咱废物，咱不会做个样儿叫他们看看？又不费什么劲，这会出去天气也不冷，只要划着了洋火，风儿一刮，哼……"他这是头一回有了"英雄"思想，真的偷偷地摸下炕来，摸着了洋火，轻轻地开了门，到院里顺手拾了把干草，等他娘发觉了追出来时，他已经在开院子门。那老婆子固然害怕，却对儿子空前的勇气高了兴，又见街上悄悄的，心想："反正怎么也是死！"就嘱咐了几句话让他走了。

有德家本来住在村边，他出了院子门拐过一段墙角就到了麦子地里，又弯着腰走了几步，就蹲下来，不想他是头一回在野地里划洋火，划了几根没划着，等划着了时，忽然一下子被人从后面抱住了！

原来区里早有布置，叫村里严防地主破坏麦收，所以村里暗暗地组织了护麦队，一通夜地里都伏得有人。

五

人们把王有德反绑着手送到农会里。农会主席范老梗连夜叫起三四个主要干部来讨论处置办法，护麦队的人们也都挤了一院子，都嚷叫着，有的主张把他送区，有的主张把他吊打一顿算了，有的在对他说刻薄话儿，还有的说："有德，你怎么这么没皮没脸？你知道不？你媳妇往区里递了呈子，要跟你离婚了！"

最后，干部们商量出了一个办法，先让他在农会办公室里待了一夜。

第二天，两个民兵又把他领进一间空屋里，这屋里有一个破炕，炕上有张破席和一条破被，余外是空空洞洞，什么家具也没有，可是墙上却挺热闹，贴满了标语："反对懒汉！""在新社会里，不准吃闲饭！""谁不劳动谁饿肚子！""只有劳动才能改变你的地主成分！""消灭寄生虫！"……他觉得这些标语刺眼，往炕上一倒，就睡着了。

一觉醒来时，天已晌午了，觉得肚子挺饿，想出去，可是门是反锁着的，窗棂子也挺结实，手又是反绑着的。一会，听见院里脚步响，原来是他娘来了，走到窗户根下就哭开了："孩子呀！可了不了了哇！人们都狠了心了哇！求他们，叫爷爷叫奶奶，谁也不给，这是存心饿死咱娘儿俩呵！唉！你呀你呀，孩子呀，这怎么活吧！"一直哭了两顿饭的工夫才走。

这些时王有德老想死，老没有勇气死，现在他认为是死到临头了，却又怕死，他娘在外边哭，他也在屋里缩着鼻子哭了半天。

娘一走，院子里就显得静得很，靠大街的墙壁上又有个窗子，好像全村里什么声音也听得见。街上有人吆喝牲口，牲口蹄子的嘚的嘚地走过去了，大概是人们赶着牲口去压场的。又走过来两个妇女，一个尖声问："劳军鞋收齐了没有？"另一个说是收齐了，只差两双，明天就可以送区了。一会，又响起了一阵脚步声，大概是赶集的人们回来了，互相询问着苇席什么价钱，扫场的竹扫帚什么价钱，又说是今年人们置家具的真多，一个集的镰刀都卖完了，这年头还有木匠和铁匠们买卖强。他听着听着，觉得自己好像在做梦，又觉得好像全村的人们都活着的，只有自己是被关在棺材里了，就又难受起来。

街上忽然又响起了一个女人的声音："小妮呀，你到油坊里去看看你爹在那儿不？东头小春家宰羊，你问问他咱买点羊肉不？半辈子没吃过肉，如今翻身啦，过麦熟啦，咱包饺子吃，忙去吧，闺女，快点跑！"声音是那么柔和，那么好听，那么快活，不光使他想起了羊肉饺子好吃，肚子更饿，嘴更馋；并且使他想起了媳妇，媳妇郭俊儿已经有两个多月没跟他在一起了，她是不是真的要跟他离婚呢？……

街上又起了一阵噼噼啪啪的脚步声，一群大人孩子又嚷又笑。

一个老头的粗嗓子笑着嚷道：

"嗨！哈哈哈！看你那驴蹄子小脚儿，看你这一辈子追得上我不？"

稍远一点一个老婆的声音说：

"你个老不死的！我叫你逞能！看我追上了不两棍子揍死你！"

别的人七嘴八舌地嚷道：

"老大娘，快！快！快追上啦！"

"哈哈哈……"

王有德知道这又是李老成那疯老头子和他老婆子在闹着玩了。

这李老成如今不卖油条了，又经政府的帮助，把他那早先卖给人家当童养媳的小闺女也领回来了，三口人种着新分到手的十亩地，还分了粮食、家具、房子、牲口，按老头子自己的说法，是“平地登天”，所以从前是愁眉苦脸的一对老夫妻，如今却变成了一对“老来红”、“老天真”，时常互相假装生气，你对我挤眼，我对你努嘴，你骂我一句，我推你一掌，有时两人打着打着还追到街上来。

这些时王有德常提着油条篮子到这疯老头子家里去闲坐，不是去看老头子忙着磨豆腐卖，也不是去看老婆子拉风箱煮豆腐浆，也不是专为了看他家那十六岁的漂亮闺女纺织，是为的看老两口子装疯样儿。他不知道穷人翻了身，为了过好日子加劲劳动，是多么快活，不知道老两口子装疯正是因为快活，却像看猴把戏似的，以为李老成还是从前卖油条的时候一样，是个怪有意思的怪不值钱的傻老头子。所以老两口子有时嫌他在一边傻笑，嗓他两句，他也不在乎。

现在他想象着：好像看见那老头子在前头故意弯着个腰儿慢慢地跑，跑着跑着忽然扭起秧歌来，那老婆子像只鸭子似的，屁股歪歪歪，小脚儿东东东，后面跟着一大群孩子，嘻嘻哈哈，绕着村子跑了半个圈子，回到家里以后，那十六岁的小闺女就倒到娘的怀里，撅着小嘴撒娇说：“娘，看你跟俺爹，这么大年纪了还尽闹着玩，叫人笑话！”老婆子就紧搂住闺女，头挨着脸地说：“看谁敢笑话咱，穷人的世界，谁敢不让咱乐活！?”……

他想到这里，这才觉出来，原来连这一对老夫妻也比自己强得多。他猛一睁眼，又看见墙上的标语：

“消灭寄生虫！”

不觉吓了一跳。

这时街上又有一群小孩子唱起歌来了：

叫懒汉，听我言，
我问你要脸不要脸？
多少人说，多少人劝，
你为什么不转变？

……

"为什么不转变呢?"他不觉自问自答起来。可是他答不出。他只觉得:叫他下地生产,好比是叫他挖开一座大山一样,想一想就害怕。

这一整天就这样过去了,他娘也没有再来,是不是她饿得来不了呢?或者是人们把大门锁了不让她来?到夜里,更没人来理他。他这才知道饿肚子的味道了:起初,肠子在肚子里来回拧,口里直流淡水,脑子里不断地想,想一些冒热气的东西,想一些香的东西,想一些咸的、甜的东西,越想肚子里就越像火烧,烧得头发涨,口发渴,慢慢的,竟连想也不会想了,肠子也不拧了,身子也软了,就睡着了。

第二天天不亮他就饿醒了。奇怪得很,好像看得见全村家家屋顶上都在冒烟,家家灶膛里都在烧火,家家锅盖上都在出汽,好像闻得见这些汽的香味。现在他反而是越来越愿意活着了,他愿意跑到街上去,跑到每一家门口,向人家跪着磕头:"做做好事呵,给点吃的吧呵!"他希望他娘会讨要一些饽饽给他送来,哪怕是糠粃面的也好,可是娘倒是来了一下,却又是啼哭了半天走了。他又希望农会主席范老梗会来看看他,他就跪下去,一把抱住他的腿,哭起来……

街上,小孩们又唱起了歌子:

多少人说,多少人劝,
你为什么不转变?
你为什么不生产?
你还想坐着吃闲饭?
嘿!你没皮又没脸!

他脑子里迷迷糊糊的,好像想起了两个月以前的事:那天夜里,农会主席范老梗,缩着身子坐在农会办公处的炕角里,不停地吸着烟锅,不停地叨叨:"有德,你听我说,这人啦,最苦莫过于挨饿,最享福莫过于有饭吃,你这一辈子不知道吃饭的难处,这会你不生产,往后挨起饿来后悔可就晚啦!有德,你听我说……"可是有德已经铺开被子躺下了,不一会就睡得呼呼的了。第二天，范老梗叫醒他："有德，咱俩一块下地去，你不会咱教给你。"可是他嗡嗡了两声，又睡着了。夜里，老头子又把他叫来坐在炕头上叨叨开了："有德，你听我说，你那四亩地的麦苗儿可长得不错，要是耪它个三遍四遍的，至少也得收几口袋。实话对你说，今日我去给你耪了一亩多，你想想，凭我早先受你的剥削，这如今我为吗还要给你干活？还不是为了怕你挨饿？……"可是他又呼呼地睡着了。……

这时他听见门一响，只见范老梗真的走进来了，他眼睛里闪着光亮，额角上冒热气，胡子上粘着饽饽渣儿，一看就知道他是刚吃过晌午饭来的。但是王有德没有对他跪下去，只是抬了抬头，又倒下去了。范老梗走到他紧跟前来，细瞅了瞅他的脸色，才问他：

"嘿，你饿不饿？"

"饿呵，唉！"

"好不好受？"

"唉！不，不好受呵！"

范老梗说："好吧，饿，就得干活，这院里北屋房檐下有一堆土坯，总共是三千块，是农会里准备给小学里砌院墙的，从今日起，罚你把这些坯搬到前边大门洞里去。现在先给你块饽饽，吃了就动手。"又说："你可别想跑，大门是反锁着的……"

六

从这天起，王有德就做搬坯的工作。起先规定他每天搬五十块，给他三个窝窝头吃。三天后又规定他每天搬一百块，给他五个窝窝头。再过三天，又要他每天搬二百块，给他八个窝窝头。这窝窝头都是棒子面掺糠粃做的，但是他吃起来竟比白面卷子还香甜，越吃越想吃，好像老不觉饱。渴了时，院里特地放着一大桶凉水，这水竟也比细茶叶水还好喝，喝了搬起坯来出一身大汗，也不肚子痛。范老梗每天打开大门来三次，给他发吃的，并且检查他是不是搬够了数。这老头子是个劳动了一辈子的人，在别的事情上脾气都好，只是看见别人不会干活时就容易生气，所以总是教训他："你那是什么样子？能那样搬？你用手抱能抱住几块？真是，咳！来吧，这么着，把手背在后面，这么背着，弯着腰……”又叨叨道：“咳！要不把你这样的人改变过来呀，革命不能算彻底！实话对你说，你给俺们捣了多少麻烦！干部们为你的事开了多少次会！这如今咱穷人翻了身了，还得给你娘儿俩闲饭吃！今日又给你娘送过二升粮食去了……”可是范老梗越这么着，他就越是脸也红了，手也没劲了，腿也发起抖来了，好像初学写字的小学生怕先生一样。

当然，他觉得搬坯这件事情是很费劲的，是不像种花儿刻鸟儿那么有趣的，这些黄土坯是那么重，那么粗糙，他那又白又嫩的手一摸上去就痛，他浑身的骨头架子都被压得发酸，特别是一想到全村的人们都知道他在做这样的苦事，心里就又常常忍不住气恼，但是他又不能不忍住，因为挨饿是更难受的事情！于是，慢慢的他就好像有些明白了，原来他这些时怕劳动不转变，一方面固然是因为怕吃苦，但另一方面还有一种很可怕的东西：他一贯地觉得，凡是费力气吃苦的事情都不是他这种人干的，而应该是另外一些人干的，那些人是天生受苦的人，是天生下贱的人，如果叫他去像他们一样去做那种事，那真是可怕，真没有那种勇气。一个靠着别人的劳力活着的人，一下子要靠自己的劳力活着，是需要有一股子勇气的；一个剥削别人的人，一下子要跟被剥削的人做一样的事情，也是需要一股子勇气的。王有德就是缺乏这种勇气，所以他觉得可怕。

在二十岁以前，他还不敢一个人去赶集赶庙看戏，非有人陪着不行。直到现在，他还不敢一个人去亲戚熟人家里商量个什么事儿，比方买地讨账一类的事。总起来一句话，凡是他从来没有做过的事情，凡是要跟人接触，凡是要到生地方去，凡是要费劲的事……他都害怕。那年他娘要他娶媳妇，要他到丈人家里去做客，对他说了多少话想了多少办法才算办成了！王有德就是这么个人。

但是现在他却在搬坯，虽然气恼，虽然苦，还是得搬，而一天一天的，慢慢的也就不那么气恼了，苦味也就能忍受下去了。

他就这么着整整地搬了十天坯。虽然只有十天，却像过了十年一样。

到第十一天头上，范老梗给他一把镰刀，叫他到自家的地里割麦子去。他走到地头上，他看见麦子已经割掉了一大片，在那一头，有个女人正弯着腰在使劲割，一看她穿的蓝条子的白小褂儿，就知道是自己的媳妇，他不知为什么，心猛一跳，满头满脸地流起汗来。

不想媳妇一抬头就看见了他，先愣了愣，接着就冲到跟前来，红着脸瞪着眼地说："咱俩分开割，这边是你的二亩，这边是咱的二亩。"看见他不懂，又说："土改时给分的地也有咱的二亩多，农会里说：这二亩是咱的，往后咱俩谁也别搅合谁！"

他猛地记起了这几天老在心里翻来翻去的一个问题，不觉说道：

"怎么？咱俩不是一家子？"

"哼！你要老是这么废物，咱俩就不是一家！"

"你想怎么着？……"

"怎么着？我给区政府里递了呈子！"

"你要离……？"

"嗯！单看你改不改……"

说罢，她一扭身又去割麦子去了。

王有德腿一软，一屁股坐在当地。

他脑子里发涨，心里发空，头上冒汗，脚下发冷，遍地里金光灿烂，遍地里有麦子的香味，遍地里有人们在忙活，好像全世界的人都活着的，只有他一个是死了。

但是他猛地把牙一咬，跳了起来，就弯下腰去割起麦子来。割着割着觉得不顺手，就偷偷看看媳妇的样法。割得腰酸手痛了，就立一会，却又怕被媳妇看见，赶忙又动作起来。

晌午时娘给他俩送饭来，给媳妇一份，给他一份，对他俩看了又看，看见媳妇鼓着嘴扭着脸不说话，就对有德使了下眼色，叹了口气，低着头偷偷地擦起眼泪来。吃完了饭，她又对有德使了下眼色，把他叫到一边去，说：

"孩子，坏啦！她要跟你离……"

不想有德忽然生气地嚷起来了：

"我知道，你别管！"

这老婆子是头一回看见儿子用这样神气对付自己，不觉吓了一跳，倒退了两步，正要说话，有德已经转身拾起镰刀来，割麦子去了。

就这么着，有德跟他媳妇分两下里割麦子，又由村里人们帮着，分两下里把麦子拾掇到场里，分两下里铡麦个儿，分两下里扬场，吃饭分两份，睡觉分两处；一连三四天，婆媳没有说过话，夫妻没有交过言。

可是到麦子扬出来以后，在装口袋时，媳妇却把场里的两堆麦子用括扳推成了一堆，对有德说：

“你还愣着干吗？还不拿口袋来装？”

原来这郭俊儿到底是个好性子人，不大能下决断，又加上她娘家爹和她自己都还有些封建意识，觉得离婚是件不光彩的事情，村干部们为了有德家今后的生活问题，也劝她先不要离婚，并且给她想出了这么个计策。现在她见有德开始转变了，也就回心转意了。

麦收以后，她又拉扯着有德一块儿耕上了晚庄稼。

从此王有德就慢慢的变了样；身体也壮了些，面孔也有了血色，说话的声音也大了，干起庄稼活来也不那么怕苦了，如果再让他多参加护工队的集体劳动，过不了三两年，恐怕他就要反转来觉得不劳动就活着没意思了！正像范老梗说的那话：“看起来只要不怕费劲，只要不是像蒋介石一样，没有改造不了的人……”

原载《人民文学》1950年第1卷第3期

注：小说发表后，作者在同年（1950年）的《人民文学》第2卷第2期发表了《对〈改造〉的检讨》（详情见《自述》）。这篇小说和1957年1月发表的《沉默》一同被收集在《秦兆阳言论》第1辑中。1992年在编辑《中国当代作家选集丛书·秦兆阳》中，作者只选了《沉默》一篇，但留下了重新抄写的将《改造》更名为《地主王有德》的手稿。这里，我们选用的仍然是1950年版的《改造》。

出城记

一

北平城从来没有像今夜这样冷清，这样阴暗。

并不是有什么确确实实的坏消息，官方并没有明确宣布停战或是投降。只是有几件事情引起人们往坏的方面推测：

第一，从今天早晨以来，一直就听不见城外南苑一带的枪炮声了。

第二，南城的永定门，原是接济前线转运伤兵的要路口子，今天早晨突然关闭了，城内城外、前线和后方的交通断绝了。

第三，在城内，从东单牌楼经长安街到西单牌楼，原有一道用沙包垒起来的作战工事，是为了对付东交民巷的日本兵营的，今天突然开始拆除了。

第四，今夜八时开始，凡是军政机关、要人公馆、外国领事馆以及各城门附近，都一律戒严，好像当局在进行什么不可告人的秘密活动。

第五，从东北沦陷，热河放弃，到"何梅协定"，到伪"冀东防共自治政府"成立，到伪"冀察政务委员会"成立，日本帝国主义一直是得寸进尺，步步进逼，政府当局则一直是屈辱求和，步步退让，这当中发生过多少亲痛仇快的事情！接着从芦沟桥第一声枪响以后，直到今天，已经有二十多天，政府还是一直没有表示抗战决心，并且一直是在跟日本人进行"和平谈判"。芦沟桥被占了，宛平城失守了。今天，大概南苑也失守了。许多不等"命令"自动抗战的官兵牺牲了。现在，人们不能不怀疑，大概要轮到北平城和北平人当牺牲品了。

于是，北平人的心紧张起来了，北平城显得冷清了，阴暗了。

商店都紧闭着门面，大多数的街道都沉默了。

只有几辆电车发出寂寞的声音，从西四西单到东西长安街，又到东单东四，又往回走。最后，它们都停在北平饭店对面的马路上，司机们和检票员都跳下车来，互相对着了火抽起烟来。看样子他们好像是在那里研究什么问题，又好像是对北平饭店发生了什么兴趣，在那里进行观察。

今天夜里这座饭店确实有引人注意的地方：大门口的广场上还是跟往天一样，停着一大排流线型的光彩夺人的汽车。大概是饭店里面白宫舞厅的夜舞会又像往天一样的开始了。娇柔的音乐声，从那些灯火辉煌的玻璃窗里透了出来，使人发生一种幻想：好像有个裸胸露臂的妖精女人，站在那高大建筑物的房顶上，在娇声怪气地对着城外的日本军队撒娇献媚。

在这座饭店东边不远，长安街和王府井大街交叉的路口上，有一盏昏暗的路灯，路灯下孤孤零零地站着一名警察。这位警察也许是因为闲得太无聊，要找点事情做，也许真的怕这些电车工人集在一起想扰乱治安，这时快步走了过来，对这些工人们说了些什么，于是工人们又都跳上了电车，几辆车结成一队，慢慢地往西长安街那边开去。

在西单商场附近，有一家大钟表铺，门面也是像别家商店一样，关得紧紧的。但在木板后面的玻璃窗里，有几座大钟还在照常工作，这时忽然一个接着一个地敲打起来：叮，叮，叮……——正是十点钟。

离这家钟表铺不远的马路上，有一只骨瘦如柴的野狗，在无聊地蹓跶来蹓跶去。它有时用鼻子尖儿触一触光滑的路面，有时又抬起头来警惶地四面看看，好像也对今夜的世界感到不大习惯。当这家钟表铺的钟声正在一连串地叮当时，它瞪圆了眼睛，竖起了耳朵，露出了长牙，把大尾巴夹在后腿当中，屁股往下挫，好像在防备什么突然袭击。叮当声刚一停止时，它听见从南边西单那边传来的电车声，就好像真的挨了一棒，突然“汪汪”了两声，飞快地窜进对面胡同里去了……

二

胡同里虽然比马路上更加深暗，却不像马路上那么沉静得怕人。

在一家名叫“文昌公寓”的大院子里，坐着黑压压的一堆人，正在高谈阔论，十分热闹。

这时，人们的注意力正集中在一个穿着漂白汗衫的人身上。这人一只脚拳搁在板凳上，左手抱住膝盖，右手不时地拍着一把蒲扇，伸长了脖子，不时露一露满嘴的白牙，正在说一个故事：

“……长安大街这一道工事有多少里路长？少说也有五六里吧？都是一人多高，是多少麻袋？都是从穷老百姓家借的！（您想想，有钱的人家谁用麻袋？装白面用不着这玩意儿呀。）这会儿拆了，把沙土倒了，麻袋要还给人家不？您猜怎么回事？一个老警察，翘着两撇小胡子，抱着一卷子麻袋，瞪着大红眼，对瞧热闹的人们说：‘你们瞅瞅，借麻袋的时候，谁家也说：拿去吧！只要他们打，出条把麻袋算个事？有个拉洋车的，一条麻袋，天晴当铺盖铺，下雨当雨衣，说：拿去吧，咱使了它三年，够本儿了！一家开小饭铺的，把一口袋玉米往床铺上一倒，说：‘拿去吧，粮食使裤子装也行。您各位想想：现在叫我给人家还麻袋，我这嘴怎么张呀？我这脸往哪放呀？’您猜怎么样？这老家伙说着说着就掉了眼泪……”

说到这里他叹了口气，听的人也有叹气的。

“您看是不是？”坐在对面的一个人插嘴说，“这说不假，咱们中国人不是没良心吧？”他自己好像很受感动，所以要看看别人是不是跟他一样，就车转着身子，对周围的人扫了一眼。

“哼！良心？良心顶个屁用？”一个秃脑瓜马上冷笑一声接了腔，并且站了起来，弯着腰儿瞧着人们的脸，“良心顶不住人家日本人的勾儿心，人家日本人存这个心不是一天两天的。记得吧？前年五月间，日本军队从通州出发，八宝山大演习，坦克大炮，步兵骑兵，进朝阳门，穿城而过，出西直门，来了个‘假想攻城’。您想想，这北京城是谁的天下？不是咱中国人的吗？那时候，何应钦那老小子不是蹲在北京的吗？可人家日本兵就这么穿城而过！这还不说，完了以后，又在城西八宝山开了个什么庆祝会，招待中外来宾，‘天皇万岁！’喝酒，碰杯。您猜怎么着？那小酒盅儿上都烧着字的：‘昭和十三年，八宝山大演习。’——那酒盅都是从日本国带来的，人家早就准备好了这一手。要不，那时何应钦干吗给吓跑了？哼！良心，良心顶个屁用！”

他很气愤地坐了下来，对每个听得出神的人狠狠地瞪了一眼。

“您也别光给日本人长志气，”停了一会儿，一个青年人接腔说，“就说您刚才说的这回事吧，日本人可也丢人不浅：正在‘穿城而过’的时候，一辆坦克出了毛病，停在东四牌楼口子上，别的坦克都过去了，就剩下它。开车的鬼子像王八似的爬在车下面，弄得满身土，修理了好半天。远处街边站着一堆中国人，都在阴一句阳一句地骂街，一个拉洋车的嚷了一句：‘喂，要洋车吧？我跟你把这个乌龟壳子拉回去！’那个鬼子虽说不懂中国话，可也看出苗头来了，从车底下爬出来，脸红得像烤红薯，远远地对人们瞪着鬼眼睛，像是要打架。您想，个把两个鬼子，谁还怕他？人们也都对他瞪圆了眼，后边的人推前边的人，挤得快到跟前去了。那鬼子一看势头不好，转身对车里边嚷叫了几句什么，揭开王八盖子，跳了进去，发动了机器，走了……”

这时，一个坐在矮兀凳上的人忽然使劲摇了几下扇子，扇得他那山东绸的褂裤像水一样地晃荡起来。当人们都因此向他转过脸去时，他解气似的“嘿嘿”笑了两声，表示他也想起了一个故事：

“说起这档子事来，我也听见个稀罕。据说：就是日本人八宝山演习那一回，何应钦那老小子原也想干一下子的。头一天，何应钦得到了消息，半夜里在怀仁堂招集了一个军事会议，商量好了一个计划。可是，你猜怎么着？刚散了会没有过两点钟，电话铃响了，是日本司令官从通州来的长途电话，倒是客气，说：‘您是何应钦吧？您挺好呵，您还是别开会啦！打不得啦！您那军事计划本司令都知道啦！您不是往丰台派一个军，往石景山派一个军，往南口派一个军吗？派的不都是谁谁的队伍吗？对您说，不行的，本司令全知道啦！’这下老何可就傻眼啦！您想：这里还没有动哩，人家早就知道了，还打什么？何应钦把电话一挂，愣了一会，接着就吩咐：‘预备汽车！’当天天不明，他就坐上飞机溜他妈的了！……”

“有内奸！”一个老头很气恨恨地说，“到处是内奸！中国要亡就亡在内奸手上！”

“哼！这个事不确。”刚才那位爱国青年又在打抱不平了，“这个事我可记得很清楚，何应钦不是在日本人演习的头一天走的。前好几天，前门外边东西两个车站的铁路就连起来了，就忙着往城外撤退党部和军队，光是故宫里边的宝贝就装了五车皮，早几天他就溜了……"

"人家那不是撤兵，那是往城外去布置战线的。"穿山东绸褂裤的人分辩说。

"他布置个屁！"青年人更气愤了，"他要是存心打，干吗听日本人的话让宋哲元上台？干吗不多派点兵来？"

那位穿山东绸的人没话可说了，只好干咳两声，作为争论的结束。

"乘凉！乘凉！城要丢了，国要亡了，我们还在这儿乘凉，还有心思不咸不淡地闲磕牙！呜——"青年人说着说着，突然哭起来了，站起身来，抹着眼泪，顿着脚，朝大门走去。

一阵寂静。几个人长吁气的声音。

"他妈的！咱们老百姓有什么法子？等死吧！"不知是谁哽着声儿嚷叫了两句。

一会儿，人们的注意力又都集中到一位大胖子身上了。

这大胖子就是这"文昌公寓"的掌柜的，姓安，人称安大胖子。他因为胖，就最怕热，每夜总得在这院里坐到十二点以后才睡觉。并且总是敞着大门，让胡同里的凉风灌进院里来。因为他这大门出进甭叫门，院子又宽敞凉快，所以胡同里的市民们每夜总爱来坐着闲磕牙。安大胖子又是个以"心旷体肥"为宗旨的人，只要事情跟自己没有直接的利害关系，是从来不去用脑筋的。所以每当人们发生争论时，他总是出来调解，或是设法把问题引到别处去，弄得大家都痛快了才拉倒。这也是人们爱来闲磕牙的另一个原因。

这半天他一直是躺在籐椅上不吭声，这时突然冷笑了两声，打破了沉默空气，然后站了起来，摇摆着身子走到大门口，转过来对着全院子的黑影子，用大蒲扇拍打着大腿，哽着嗓音说："在这国难的劲头上，您各位捉摸捉摸，老蒋这小子存的什么心？"

这问题的奇巧劲儿，和他说话时声调，立时使得人们都压低了呼吸，等他的下文。不想他刚要接着说下去时，门外胡同里忽然响起一阵脚步声，他朝外一看，连忙往侧边一闪，弯着腰儿，大舌头卷出极其不自然的声音：

"崔先生，张先生，魏先生，回来啦！"

只见三个人影子撞进门来，对大胖子随便哼哈了两声，匆忙地绕过人堆，像一阵风似的，走进穿堂门里去了。

安大胖子忘记了刚才的问题，一边往躺椅这边走，一边嘟囔着："我真捉摸不透，这些啃书本的青年人，放了暑假也不回家，搞什么爱国运动！就凭你们这些秀才先生们能救国？欠了房饭钱也不给，这么个凶险时候，三更半夜的还在外边串游……"

这一来，谈话的中心就不知不觉转移到学生身上了——日本人要是进了城的话，他们怎么办。日本人会不会来搜查？公寓会不会出事情？安大胖子会不会因此落下麻烦？……

三

进来的这三个人正是安大胖子的房客，都是北平大学的学生，爱国运动中的热情分子。姓崔的那位名叫崔畅，是个黑大个子，篮球健将，外号非洲土人，又叫"球把式"，高颧骨，蒜头鼻子，一张大嘴，满脸都是皱纹。姓张的名叫张大枫，中等个儿，却生得挺墩实，脸色微黄，高眉棱骨，两道浓眉，一对深陷的眼睛。姓魏的名叫魏质清，满头蓬乱的长头发，一张长核脸，是个文弱书生。

自从芦沟桥打响以后，他们就跟许多爱国青年一起，在全国学生联合会的领导下，忙着开会、演讲、游行、请愿、写标语、喊口号，被警察用水龙头冲过，被宋哲元的卫队用刀背砍过。他们流过泪、哑过嗓子、熬过夜。南苑一带打响以后，他们又参加了学联所组织的慰劳总队，忙着慰劳和救护伤兵，每天天亮就起，把自己的伙食钱，把募捐得来的钱，甚至把被子衣服当了，买西瓜，买水果，到城外战场上去送给伤兵吃，替伤兵裹伤，把伤兵从北线上背下来，抬到汽车上，经永定门往城里各医院送。

今天早晨，他们这一个共六七个人的慰劳小组，又像往天一样，抱着西瓜水果，从西城到南城走了一个多钟头，才到了永定门，可是永定门关闭了！不能出城了！宋哲元的卫队对他们发狠：

"走开！都回去，这里没你们的事！"

"为什么关了城门？"他们问。

“上级的命令！”

“慰劳伤兵的也不让出去吗？”

“不打仗了，你慰劳个蛋？”

“谁说不打仗了？”

“不打仗就是不打仗，上级的命令！”卫队瞪着大眼，嚷起来了。

他们只好傻了似的站着。远远近近有许多神情忧郁的人，都对他们闪着同情的眼光。

城外果然没有枪炮声了。“莫非真的停战了吗？”一阵失望的酸楚味涌上了他们的心头。

忽然，城门嗵嗵嗵地一阵乱响，是有人在外面砸门，像是用什么硬东西在砸。

又听见外面嚷叫：

“我操你姥姥，开门！老子们为国家流血受伤，你们不管，还不让进城，这是他妈哪一国的理？”

又嗵嗵嗵的响了一阵，接着又是一阵骂。一定是在南苑战场上没人收留的伤兵，想进城来住医院的。

卫兵们向外面嚷叫：

“不开门就是不开门，上级的命令！”

外面又骂：

“上级？上级他妈的投了日本，当了汉奸！我操他姥姥！操他老八代！……”

别的慰劳小组也来了。学生们越聚越多。大家说好说歹，要求卫兵把城门开开一小会，让伤兵进来了再关上。一个排长样的小军官看见学生们气势挺凶，忽然胳膊一挥，嚷道：

“弟兄们！我们要是开了城门，就是违反军纪，长官就要砍我们的脑袋，知道吗？大家准备好！”

卫兵们忽然刷的一下密集到一起，堵住了城门，举起明晃晃的枪刺，简直是准备对学生进行肉搏战。

这时，张大枫小组里一个名叫文倩的女同学，忽然把西瓜往地下一扔，腾出手来扪住脸，放声大哭起来：

“完了！完了！什么都完了啊！”

其他的同学也都扔掉了慰劳品，就一路哭着回来了。

张大枫他们就这样在气愤、烦躁、紧张的心情中过了一整天。

四

一吃了晚饭，张大枫就拉着崔畅和魏质清两人出来蹓跶，一直走到北海大桥上面，对着水里的灯影子出神。

在三个人里面，崔畅是个不大会用思想、最爱唱唱闹闹、最忍受不住这样沉闷空气的人。他觉得自己现在正是进退两难：就这样住在北平吗？眼看就要当亡国奴，是绝对不行的；回家去吧？没有盘缠钱，写信叫家里寄已来不及，找人借又没处找。现在他真是满肚子气，真想找谁打一架，如果不是南城出不去，他真想拿着一把菜刀，黑夜跑到南苑战场上去，亲手杀死几个日本鬼子，出口心头的闷气。他走着走着，越来越觉得难受，就吹起口哨来，吹的是京戏“坐宫”的调子：

“我好比咦，笼中鸟噢，有翅难展……”

魏质清跟老崔的性情正好相反。他是学哲学的，平常总是满肚子哲理，最爱冥思默想，是个挺闷得住的人。他的家在河南，比老崔的家远得多，也是一个路费钱没有。他也是觉得：如果等在这里当亡国奴，倒不如马上死了的好。现在他愿意四下里更加静一些，好让他安安静静地想一想。他吸着烟卷，不断地对自己说：“客观事实如此，主观上有什么办法？……”但是老崔尖锐的口哨声扰乱了他的思路，他烦躁地说：

“老崔，你别吹了好不好？”

老崔生气地看了他一眼：

“你闷得住我闷不住，要不，咱们回去！”

“回去？回去还不是闷？”

老崔叹了口气，把胸前的衬衣扣子解开，把衣襟当扇子扇了两下，又索性把它脱了下来，当手巾擦着身上的汗，擦了半天，又卷成一个疙瘩，往胳肢窝里一夹，然后两只大手捏成拳头，眼瞪着水里的灯影子。

只有张大枫一直是很平静的样子，一句话也不说。

他们就这样下了大桥，往东一直走到景山东街，又往回走到北平图书馆的大门口，然后又往东走。又快要走到北海大桥上时，老崔实在受不住了，猛一转身，对老魏提议说：他身上还有几毛钱，他们住的那个胡同西边有家小酒铺，不如回去，打它一斤酒，“一醉解千愁”。

“去！喝醉了睡觉，倒是个逃避现实的办法！”老魏兴奋起来。把手里的烟蒂使劲地往下一扔。

但是张大枫拦住了他们。

在昏暗的路灯下，看得见老张的脸红了，眉毛皱着，深眼窝里放着亮光，两腿叉开站着，原本就是挺厚的胸脯子挺得更高了：

“老崔，你看怎么样？咱们回家搞游击队去！咱们就不兴当夏伯阳？就不兴像东北义勇军似的干干？”

“这办法行了！”老崔翻着眼愣了半天，忽然嚷起来，“到我家里去！从芦沟桥一展东南，到杨柳青，一百多里路的柳树丛子，打游击再妙不过！”一想到东北义勇军，他就想到东北的大森林，就想起了自己家乡永定河边有名的柳树丛子。停了一会，他又更加兴奋地说：“还有安新县的白洋淀，比梁山泊也不差，咱们也来他个梁山起义！”可是他马上又想起了一个新问题：“可是老魏呢？”

“老魏好办，反正他眼下回不了家，就是回了家，也不能做救亡工作，他也跟我们去。”老张很有把握地说。

“对！老魏，你看怎么样？”

老魏又吸着一支烟，来回走着方步。最后，他抓抓头发，想起了一个问题：

“搞义勇军，可是枪呢？人呢？”

大枫说：“枪和人我都有办法！”

“你有什么办法？这可不是个闹着玩的事。”老魏问他。

张大枫微微一笑，走到老魏跟前去，为了加重语气，特别叫了声不常叫的“同志”，并且用薄薄的嘴唇贴着牙根，使人听起来觉得他是在咬着牙根说话。

“同志，”他说，“这可真不是闹着玩的。我并不是光凭热情胡思乱想。”他用手背碰了碰老魏的胸前，“我们都是‘民先队员’，这是上边的布置……"

接着他又告诉说：据他的估计，组织上可能有一个全盘的计划，并且他的故乡——冀中蠡县，曾经搞过有名的"高蠡暴动"，农民们有着斗争传统，地方上进步力量比较雄厚，他可以跟他们取得联系，再加上人民有着防匪保家的传统，民间的枪支很多，干起来是很有把握的……

他越说声音越低，老魏老崔的眼睛却越睁越大，心里越来越兴奋，脸孔越来越紧张了。

在救亡活动中，张大枫在一些进步活动学生当中是以党的外围组织——"民族解放先锋队"队员的姿态出现的。但少数跟他亲近的，像老崔老魏这些人，都估计他是个共产党员。实际上他也真的是共产党员，今天黄昏时，他刚刚接到上级的命令：北平形势不妙，救亡活动不得不停止，叫他回到故乡蠡县，利用本乡本土的有利条件，在当地党的领导下搞游击队。他对于上级的这个布置以百分之百的热情接受了。实际上他对这个问题已经考虑过不止一次：从"九一八"事变以后，他就经常注意东北义勇军的消息和传说。那时他正在保定上初中，他们班上的一个国文教员，是个挺进步的人，时常对他讲一些革命道理和江西红军英勇神奇的故事，这是他最初所受的思想影响。他的家庭原是比较富裕的中农，只因父亲受村里地主的气，才愿意让他挣扎着念书，准备将来好为家门争气。初中毕业以后，又念了一年高中，家里再也供不起，他不得不失学。父亲背着他叹气，说是花了许多血汗钱，买了一锅夹生饭。村里的财主们说俏皮话："哼！给石头压住了的蛤蟆往上看，不知道拔不动腿！"像许多青年人一样，他也曾由于自己的聪明和功课好而骄傲自负，一碰到了冷酷无情的事实，就产生了满腔气愤。又由于他是农民的儿子，有一股执拗劲儿，就下定了决心：非沿着念书的路子走不可！就硬把母亲陪嫁的首饰拿出去卖了，又结结巴巴地念了一年之后，在本县教了一年小学，刻苦自励地积了点钱，再找亲戚们挪借了一点，这才继续念到高中毕业。在这期间，他为个人的出路苦闷，为国家民族危急万分的命运苦闷，痛恨充满了罪恶的社会，痛恨腐化反动的政府，自命为是"清醒的现实主义者"。后来由于朋友们的帮助，到北平来进了北平大学的经济系……

组织上让他拉几个同伴，他首先想到的就是老崔老魏。老崔这人勇敢、豪爽、热情，老魏这人虽然比较脆弱，却很聪明，又都是“民先队员”，党的同情分子，都是他的好朋友。所以晚饭以后，就特地约他们出来散步，故意让他俩难受憋闷了半天，才正式提出问题。

他两只手紧紧地抓住老魏的肩膀，使得老魏满头蓬松的长发颤动起来：

“同志！这正是我们这些有血性的人，为国家民族干事业的时候：河北平原上千百万人民在向我们招手！去！到火热的斗争里去吧！你要知道，河北平原上的人民有着燕赵古风，向来就是热情的，强悍的，他们里边有不少像夏伯阳这样的农民，正等着人去发动，去领导！另外，我再重复一遍：那里的财主们差不多家家都有枪，有的还有机关枪，人和枪都不成问题，还有地方党的领导……”

在夜的微光下，他看得见老魏在咬着牙瞪着眼，知道这个没有决断力的人已经下了决心，心里说不出来的高兴。又转过身来对老崔说：

“老崔，咱俩那时拼命地练习射击技术，这如今用得着了吧？那时候我就对你说过：你瞧着吧，往后准用得着……”

原来他们都曾经受过蒋介石所办的“学生暑期军训”，这是当时高中以上的学生都得受的一种法西斯式的训练，张大枫却利用这个机会练习了一下枪法，成了很准确的射击手。

最后，老崔一拍胸脯，一甩胳膊：

“百分之百的对，就这么办吧！”

在回来的路上，他们越谈越兴奋，又想到要动员一些别的同学一块儿去，所以走得那么快，好像打冲锋一样。

五

北平的公寓多半是没有楼房的，可是院子套院子，挺深。老崔走在头里，刚一走进二道院子门，忽然一收脚，却奇怪起来，只见院里其他的几间房都是黑的，只有他们住的那间屋里有灯光。是谁开的灯呢？他回身做了个手式，叫老张老魏站住了。

又只见窗户上一个人影子一晃。

“臭虫!”——三人都在心里叫了一声。

臭虫是个人名儿,是私立大学的学生,跟他们同住在一个公寓里。这人长相特别,性情也古怪:矬胖子,二十来岁就有了大肚子,手和脚都像面包,一张脸通红,上尖下宽,又留着个尖尖的“学生头”,所以全身看起来上下两头尖,中间是个大肚子,皮肤又是紫红色,真像个臭虫。他念的是历史系,平常最爱高谈阔论,一说就是王安石变法,可惜王安石生得不是时候,如果生在现世,一定会成为蒋介石的“栋梁之臣”,蒋介石在长江一带推行的保甲制度,就是偷的王安石的。他自己也颇想当个“栋梁之臣”,如果万一当不上,他就去开大公司,“掌握国家经济命脉”,因为他家里本来就是以经商为业的。但他这个“国家栋梁之臣”却非常地不关心国事,从来没有参加过学生运动。学校放了暑假以后,正好碰见打仗,平保路不通,回不了家,每天除了睡闷觉,就是对着镜子刮胡子挤酒刺,再就是到西单游艺社去听张傻子和高德明说相声,或者是看三保摔跤。每次出去时总要换套衣裳。他最爱漂亮,但好衣裳一到他身上就显得特别难看。

全公寓的学生都讨厌他。张大枫一见了他就皱着眉咬着牙,抱着清高和鄙视的态度,从来不理他。老崔却忍不住,时常对他动拳头。

这时臭虫像是在屋子里教训什么人,满口京油子腔,一字一板地说:

“……怎么着?你摇小旗儿,喊叫,出墙报,贴标语,像疯子似的,每天跟着他们瞎跳跶,‘要求政府决心抗战’,跟巡警打架,跟卫兵吵嘴,还到城外去慰劳伤兵,唱歌给他们听,你那嗓门真能叫座儿吗?你那摇旗呐喊真能顶事?你救的国呢?你救的亡呢?你们越救,国越亡得快。这不是:日本人已经打到大门口了,可是宋哲元停战了,你们有什么办法?……”

三个人已经轻手轻脚地走到窗户跟前,隔着玻璃一看,一个十六七岁的女孩子坐在桌子跟前的灯下边,背对着臭虫,火炭似的红脸蛋子向上仰着,一对大眼一动也不动地看着房顶棚上的花纸,眼珠上闪着潮润的光。很明显,是气傻了。

“文倩!”——三人不约而同地交换了一下眼色。

文倩就是今天白天在永定门前,因不能出城而哭叫起来的那个女孩子,是高中一年级的学生,住在公寓的斜对门,跟臭虫沾点亲戚关系。又因为有张大枫的一位同班的女同学,名叫张曼的,租房住在她家里,跟她成了好朋友，所以她早就跟大枫他们认识了。这一两年来，她受张曼和大枫他们的影响很大，读了一些进步书籍，多少懂一些革命道理。暑假后她就跟这些大学生一起搞救亡活动，思想上有了更大的进步，也成了“民族抗日先锋队”的队员。

她健康、活泼、聪明、美丽，天真得像一张白纸，热情得像火，喜欢文学，最爱写诗，挺倔强，容易激动，无论是碰到气人的和感动人的事，她都会哭起来。

有一次参加请愿游行，她举着一面红旗走到行列的最前面。队伍走到铁狮子胡同里，离宋哲元的公馆不远时，恰巧碰见几个工人在路边修理电线。她突然爬到工人们用的梯子顶上，一只手抱住电线杆子，一只手高举红旗，招展着，高叫着口号。整个胡同里的人群都看着她，对她鼓掌、摇旗子、丢帽子，并随着她喊口号。当警察和宪兵驱赶着群众，并用水龙头威胁着叫她下来时，她又唱起歌来，声音那么嘹亮，千万人都跟着她唱起来了：

中国人不打中国人，
我们别给日本当开路先锋，
我们要为民族解放斗争！……

千万人唱着唱着都感情激动起来，她当然更加激动，脸红得像火炭，眼角挂着泪，声音发颤。忽然，她把手里的红旗子一丢，抱住电线杆子就哭起来了……

就这样，她就成了一群进步学生最喜爱的小妹妹。

今天夜里，她也是在家里闷不住，跟她的朋友张曼一块来找张大枫他们。不想没有遇上。她俩开了电灯在大枫屋里等了一会。张曼去里边院里找一个姓杨的同学去了。她就一个人在屋里，随便翻翻桌上的书，不想臭虫忽然跑了进来。

臭虫本来也有自己的理想：将来如要做到一官半职，或是当了大公司的经理，文倩正是他理想的太太。所以他借着跟文倩有点亲戚关系，时常到她家去玩，不是约她看电影，就是约她逛公园。但文倩从来不理，有时还当面给他难看。刚才她看见臭虫进来了，起身就要往外走，不想臭虫拦住了去路，给她斟茶，跟她说七说八。见她撅着嘴不理，就恼羞成怒，多少时来的醋意发作，竟自居起老大哥的身份，装腔作势地教训起她来了。

老崔在窗子外面气得拳头心里直冒汗，但是老魏拦住了他，让他听听臭虫的下文。

臭虫背着手在文倩背后来回走着，有时又在房门口站一会，声音却比刚才低了：

"小倩，对你说，我比你大几岁，多念了几年书，比你知道的多，我得劝劝你：你爹你妈都是年过半百行将就木的人，就你这么个宝贝。你爹在中学里当了一辈子教书匠，供你上学，是容易的吗？你年轻轻的，不好好念书，成天往外跑，跟着崔畅他们学，能学出个好儿来？蒋介石都救不了国，你也想救国？你瞧我，念书就念书，玩就玩，又松心，又痛快，嘿……"——他得意地笑起来了。

窗子外三个人谁也没有想到，那女孩子忽然站起身来，抓住刚才臭虫给他的那个茶碗，一转身，使劲往他脚下一扔，吓得臭虫往墙上一靠，愣住了。她又慢慢走了过去，指着他的鼻子，咬着牙，一字一板地说：

"你！真正是个臭虫，你不像个人！"

接着头一扬，"啐！"——一口唾沫飞到臭虫那张猪肝色的肥脸上。

当她慢慢地走到门外时，臭虫才醒过劲来，嚷叫起来：

"你往哪里走！"

蹿上去就想抓她。

不想老崔早已跨进门里，一掌把那家伙推了个坐地朝天，然后扑了上去，抓住领口提了起来，又把两只胳膊一拧，又按得他弯下腰去，然后用膝盖往那肥屁股上顶。

"老崔！你欺人太甚，我要告你去！"臭虫嚷叫起来。

"你告去吧！"——又顶了一下。

"我操你的娘！"

"你还骂人？"——又更重地顶了一下。

"哎哟！哎哟！哎哟！"臭虫大叫起来了。

"你还大嚷大叫？"——又顶了一下。

“哎哟,老崔,好人,好人,你饶了我好不好?”臭虫这回软得像黏虫了。

老崔这才松了手。

臭虫直起腰来,拍了拍身上的土,哭着脸走了出去,回到自己屋里,使劲把门一关,然后大叫一声:

“老崔! 你记住,我非去告你不行!”

老崔并没有去管臭虫的“精神胜利”,像办了一件喜事似的,把一天的愁云忘了一半,当别的院里的同学们听见声音都挤进屋里来时,他对着人们做了个鬼脸,又唱起他的“俺李逵(做)作事太莽撞”来了。

六

只有文倩一个人还呆在院子里。当人们往屋里挤时,她闪在阴影里,躲开了别人的注意。她不愿进屋,像是刚才做了一件对不起人的错事。真的,刚才为什么要唾人家呢? 这不是太侮辱人了吗? 只怪我太气得慌了……她今天确实生了一天气:父亲因为对时局心烦,一整天对她板着面孔,不断地唉声叹气。母亲老是对她唠叨,说她在假期中不该荒了功课,不该参加救亡活动:“要是日本占了,我看你往哪儿躲!”她跟母亲吵了一架,就躺在床上用夹被蒙着头,直闷了三个钟头,老是问自己:“怎么办? 怎么办? 国家就这样亡了吗? 当亡国奴吗? 忍气吞声地受压迫做奴隶吗? 唉唉,怎么办? 怎么办? ……”又忽然跳起来,跑到张曼的屋子里,看见张曼正静悄悄地趴在桌子上记日记,她觉得挺奇怪。

“怎么? 你还有心思记日记?”

张曼看见她眼睛睁得那么大,知道这热情纯真的孩子很苦恼,就拉住她的手,叹了口气,问:

“你打算怎么办?”

“大姐,大姐,你别问我,”她一下子扑在大姐的怀里,哭着说,“你别问我,我先问你,你打算怎么办? 能当亡国奴吗? 能吗?”

张曼说:“等路上好走了,我就回家……”

她就更失望了:“你好,你有个家在乡下,可是我呢? 我怎么办?”

张曼有二十二三岁,性情沉静、浑厚、温柔,身体健康,脸色红润,有一种不显眼的美。她做事仔细、耐心，爱帮助人，会同情人，又宽厚大方，无论对男女同学都像大姐一样，人们也就都叫她是张大姐，连比她年岁大的男同学也这样称呼她。

她轻轻地摸弄着文倩的头发，忽然想起了一个主意，脸上立刻欢喜得发红了：

“小倩，你跟我一块到我家去，行不行？”

文倩当然觉得这是一条出路。她本来就幻想永远跟张大姐住在一起，一辈子也不分开。可是，就这么老是住在乡下吗？以后怎么办呢？这个问题她俩都不能解决，所以苦恼并没有减轻。

下午，她俩到公寓里来找过两次大枫和崔畅，他们都到外面去打听战事消息去了，没有遇上，这也使文倩生气。搞救亡活动时，大家都像兄弟姐妹一样亲热，现在正需要你们商量问题时，你们却扔下我不管。

……

“小倩，这丫头，你是怎么啦！”是张大姐的声音。她悄悄儿走进院里，脚步那么轻巧，所以文倩没有发觉她。

小倩并不答话，只是扭了扭身子，表示自己正在倒霉，正在生气。

“小倩，这孩子！”大姐紧挨着她坐在台阶上，“你怎么一天就变了样儿啦？”

小倩撅着嘴说：“你别理我，找你的好朋友去吧！”

她竟想找大姐出气，埋怨她刚才不该去找姓杨的，把自己一个人丢在张大枫屋子里，以至发生了挺倒霉的事情。

张大姐笑了笑，硬拉她起来了，推着往屋里走。

七

这时屋里的空气挺沉闷，人们有的躺在床上，有的低着头靠墙立着，有的趴在桌子上，都不说话。连不会抽烟的也在抽烟，烟气使电灯光都变昏了，屋子里更显得闷热。只有老崔一个人在来回蹓跶，反复地哼哼着：

“我好比，浅水龙，被困在，沙滩……”

但当文倩往门口一站时，所有的眼光马上都集中到她身上了。这已经成了习惯：人们一见到她时，多么沉重的心情也会暂时轻松起来。

“小倩，进来！”张大枫连人连椅往墙上一倒，两只脚跷到桌子上去。

“不进去。”文倩红着脸说。

这也是她的习惯：每次来到男同学的宿舍时，总是立在门口不进去，并因别人的眼光而红脸。

“小倩，你怎么办？”张大枫又问她。

“你们先别问我，你们呢？”她对全屋子的人扫了一眼，反问了一句。

老崔的京戏架子又摆起来了，用“台步”走到文倩面前，说起“道白”来：“文小姐呀！不提‘怎么办’倒也罢了，提起‘怎么办’来，好不恼杀人也——”又转过身来指点着满屋子的人：“他，何家骏，过几天就能弄到钱，跟他的教授叔叔上南京，坐飞机去。他，朱凤梧，也能想到办法，到西安，大概也是坐飞机。他，叶秋山，上天津法租界……”又转过身来指点着大枫和老魏：“只有我们三人，咳，罢了哇！……”说到这里，忽然把躺在床上的朱凤梧一把拉起来，自己躺了上去，拉起被子来往头上一蒙，又唱起“笼中鸟”来了。

老崔所提到的这些人在平常也都是有些爱国思想的，但到这劲头上时，却各有各的个人打算。刚才大枫动员了他们半天，一方面为了人多好做事，一方面是想叫他们供给些盘缠钱，但他们都各用各的理由拒绝了。所以老崔非常生气，他的话里是带着讽刺味道的。

“可是，可是，”文倩又望了望满屋子的人，忽然忘记了不进屋的习惯，跳着跑到张大枫的面前，“老张，你们怎么办呢？等在这里当亡国奴吗？日本人要是占了城，不抓爱国分子吗？”

张大枫把椅子一推，站了起来，把手往裤袋里一插，用坚决沉重的步子走到对面墙根，又走了回来，又走了过去。……他没有看文倩，文倩的大眼却一直在跟着他转，把两只手抱在胸前，手指互相咬着，由于心里着急，鼻子尖上冒出一些小小的汗珠来。

张大枫忽然像下了决心，猛一转身，走到文倩面前：

“小倩，我和老崔老魏要去搞义勇军去，你也去不？”

“搞义勇军？”文倩的眼更睁大了，手指也咬得更紧了。

“对了，”大枫接着说，“人，枪，我都有办法。我准有把握能搞起来，搞他个千把子万把子人，然后通过一定的关系，同西北红军取上联系。……”他也跟老崔一样，对何家骏他们很生气，所以故意说得有劲一些，像是对他们示威。

“搞义勇军，我也有用吗？我不会……”文倩的意思是说自己不会打仗。

老张连忙打断了她：

“不要紧，没叫你拿枪打仗，你可以做宣传工作，或是当护士。”

“好！好！我跟你们去，什么时候走？”文倩兴奋得跳起来了。

她想了一下，又跳到张大姐面前去：

“大姐，你呢？你也一块儿去吗？”

张大姐一直是靠着门边的墙壁立着的，她已经觉出来了：刚才大枫的话不光是对文倩说的，实际上也是对她说的，就很严肃很坚决地说：“我只要不当亡国奴，什么事情也愿做，什么地方也愿去！”

“哎呀！哎呀！好！好！好！”文倩拍着手，蹦跳着，却又站住了，提出了一个新问题：“可是，杨俊文呢？他怎么办？”

张大姐的脸马上绯红了，觉得全屋子的眼睛都望着她的。

杨俊文是她的未婚夫，是北大医科二年级的学生。他俩的婚姻原是家里定的，张曼家里穷，上大学全靠杨家供给。刚才她就是为了“怎么办”的问题跟杨谈了半天。她要求杨回到乡下去，但是杨坚决要留在北平自己的家里，要趁暑假温习功课，两人就争吵了几句。所以张曼现在不能回答文倩的问题，只得低着头，让黑而软的头发搭下来，遮住了红脸。

张大枫来回踱起步子来，自言自语地说：“真的，这也是个问题……”又转身问张大姐：

“你鼓动鼓动他怎么样？咱们最好能够一块走。”

张大姐一甩头发，抬起脸来，激动地说：“他管他，我管我！他要继续上学，准备当医学博士，当亡国奴，让他去当好了！我，死也可以，反正不当亡国奴！”

文倩忽然扑到张曼身上，抱住她，摇着：

“对！对！我也是，死也可以，反正不当亡国奴！”

老崔忽然一拳打在床板上，坐了起来，脖子涨得通红地嚷叫起来：

“对！反正我们不当亡国奴！有愿意的，让他们当去吧！”

说罢，用红眼珠子对着何家骏几个人一扫，又躺下了。

这几个人这半天一直是沉默着的。他们没有勇气行动，可是谁也不承认自己愿当亡国奴，他们也做过救亡工作，也自命为进步，他们不过是要“等等再说”，所以对老崔的话很不服气。

“老崔！”何家骏把手里的烟头一扔，首先提出了质问，“你说话就说话，可别话里带刺，谁愿当亡国奴？”

“我怎么话里带刺？”老崔也不示弱。

“你说谁愿当亡国奴？”

“我说那没良心的中国人！”

“谁是没良心的中国人？”

“谁是谁知道！”

两人你一句我一句地吵着。叶秋山走到老崔跟前，阴阳怪气地说：

“老崔，别那么着，爱国的道路也不只一条，你们走你们的路，我们走我们的路，反正，各人的良心各人知道……”

老崔一拐胳膊，把叶秋山推得倒退了几步，正要说什么时，忽见从房门外面伸进个油头粉脸的中年妇女，穿着件水红色的府绸对襟小褂，紧绷着的两个大乳房像两只小肥猪。再后面，又挤进来两个十岁上下的女孩子。是安大胖子的全家人口。

房子里挤得一点空儿也没有，充满了汗气、烟气和女人奇怪的香粉气。

安大胖子像母鸡张着翅膀似的，张着两只胖胳膊，摇晃着大蒲扇，笑着对每个人点着头：

“呵呵呵，难得难得，先生们全在这里……”

那妖精女人立时就接了腔，好像自信比她男人更会说：

“先生们，没别的事，公寓里这些日子有些窄巴，我们掌柜的有些担待不起，想找先生们借凑两个钱，明儿好开销工役们的工钱，也好开饭。”

何家骏已经趁势溜了出去，朱凤梧正要走时，却被两个小孩子挡住了门，再也不好意思往外挤了。

老崔又往床上一倒，扯起被单来蒙住头：

“反正我没钱！”

安大胖子说：

“各位先生，事到这时候，明人不说暗话，这不是放了假吗？你们也该走了，要不，假若日本人进了城，公寓这一向名声又闹得挺大，我可担待不起呀！我求求你们……”

安大胖子的公寓历来就是住学生的，知道这些“丘九”们不大好说话，特别在这闹什么运动的时候，他们连警察官厅也敢打，所以只好对他们用软办法。

“你是中国人不是？”老崔忽然从床上勾起身子来，脸都气红了。

“崔先生，”安大胖子擦着满脸大汗说，“你怎么说这话？我……”

“怎么不是中国人？”那女人抢着说，“你们是爱国分子，我们也不是卖国贼呀？可是住房得给房钱，吃饭得给饭钱，这在哪一国也说得通……”她跟丈夫的想法不同，以为现在国家都快要亡了，对这些“丘九”嚷叫两句也许不要紧。

不想她话还没完，老崔已经挤到她旁边去了，紧捏着拳头，两眼盯住她，一字一板地：

“你、跟、我，出去！”

接着，叶秋山把桌子一拍，老魏把椅子一推，其他人也都捏着拳头，他们一整天的闷气没地方发泄，现在找到发泄的机会了。

“出去！出去！现在没钱，要钱得过几天！”好几个粗嗓子嚷叫着。

“先生们，这是干么？这犯得着吗？”安大胖子推着那女人，“对着先生们，好话也叫你给我说成了坏话，还不出去？孩子们也都出去！”最后，他从门口转过身来，弯着腰儿说了一声：“先生们，对不起，明儿见。”就走了。

那女人还在院子里夹七夹八地怪叫着。全屋子的人还保持着原来的姿势愣了一分钟，之后，就像消了气的皮球，突然软瘫下来。张大枫往椅子上一倒，两手抱住头，摇晃着说：

“北平不能呆了，一分钟也不能呆了！”

八

第二天，当人们还在睡梦中时，有三架日本飞机在城上空兜圈子，有时飞得很低，简直是擦着房顶过去的，又忽然直冲上去，高到只能看见三个黑点子，然后又一个筋斗翻下来。

从芦沟桥开战以来，日本飞机已经来过多少次，北平人已经习惯了在睡梦里听见这样的轰隆声，所以并不大惊小怪。

八九点钟时，有的人家的收音机响了，是一个女人娇声娇气的声音——

> 北平市广播电台，Z·G·A·P，……宋委员长为奉命赴保告民众书：本委员长奉命赴保，所有政委会事宜，交张将军代理……凡本市市民……

同时，据由南城来的人们说：永定门上已经插上了白旗了！宋哲元的二十九军在一夜之中全部撤走了！

于是，北平市的市民这才像发现了一件大的抢劫案件。有的人气愤骂街，有的人悲观摇头，有的人号啕大哭，有的人唉声叹气……

有些人从胡同里出来，瞪着惊惶的眼，想买张报看看。但是街面上连一个报贩子也没有，原因是：警察局长潘毓桂在昨夜召集各报馆的人开了个会，"……诸位，我知道国人要骂我是汉奸，我当汉奸是将来死，我不当汉奸现在就要死，左右是死，不过是迟早而已！……诸位大半都能谅解兄弟的苦衷，所以，我也对你们关照一声：以后所有言论，决不能危害邦交……"所以今天差不多所有的报纸都停了刊。

十点钟左右，又有一批警察挨门串，告诉各家："凡有危害邦交的书籍，一律烧掉！"于是，有好些人家在做早饭时少用了一些引火柴，有些人在烧书时掉眼泪，但那眼泪灭不了火。

北平城就在这样又明白又糊涂的状态下改变着命运，从以往的历史阶段过渡到未来的历史阶段。

九

张大枫他们更加想着快走。可是他们又快走不了，原因是：一连几天城门没有开，开门以后，找熟人又找不着。形势变动得太快，同志们有的接受了新的任务，走了，有的严密隐蔽起来了。他们又都一个钱也没有。虽然老张的家在河北蠡县，离北平并不远；张曼的家在河北霸县，离得更近；而老崔的家在永定河边，离北平更近；但路上总得有吃饭住店的钱才行。又听说路上断不了有溃兵和土匪，万一要出了什么岔子，又得耽误时间，又得花钱。这使得老魏对于走产生了犹疑——他原是个最爱犹疑不决的人。

天天都有许多不愿当亡国奴的人们，趁着城门开放的时候往城外逃难，一些想走而又走不了的人，就更加心慌意乱了。

他们几个人每天真是度日如年。

老崔每天出来进去地唱："我好比，笼中鸟，有翅，难展！"

老魏是每天唉声叹气。

张大姐每天和杨俊文"磨"，杨俊文今天答应她："我去，我跟你们一块走。"明天又说："你先走吧，我等等再说。"

文倩是每天要跑到公寓里来问好几遍："怎么办？有办法没有？"

张大枫是每天对这些人做"稳定军心"的工作，但也免不了老是皱着眉。

何家骏他们几个人已经陆续地走了。全公寓里只有臭虫最快活，每天不是逛大桥，就是逛西单游艺场，一回到家就吹口哨，换衣裳，擦皮鞋，挤脸上的酒刺，自己对自己一问一答地说相声，弄得老崔老想找碴同他打架。

最后，张大枫终于得到了他的关系介绍信，就下定了决心：无论如何得走，没有钱，各人把仅有的两件替换衣裳当了它，再不行就要着饭走。

他所担心的只有文倩和张曼，都是没有吃过苦的女孩子，路上未必受得了。张曼还好说，年岁较大，过过乡村生活，身体又很壮。只有文倩更叫人担心，依老魏的意见，最好是不带文倩出去，一来是怕她吃不了苦，二来是，现在还很难估计以后搞得怎么样，怕她拖累别人。但大枫坚决反对他的意见。他觉得：人的热情可以产生意志力，只要意志坚定，艰难困苦总是可以战胜的，而文倩是个热情的孩子。其次，多一个人多一分力量，文倩虽然是个小女孩，也大有用处。再其次，像这样好的青年人，不应该让她在敌人的统治下面受精神蹂躏，如果失掉了党的领导，她说不定会堕落毁灭，以至糟蹋了她的一生。

但是怎样使得文倩能够有迎接一切困难的决心和勇气呢？怎样使得她现在有精神上的准备、将来不至于忍受不住呢？

这一天黄昏，大枫正坐在院里的台阶上考虑以上的问题时，正好文倩走了进来。她穿着女子高中的制服——雪白的衬衣，黑绸短裙子，手里拿着本书——这也是她的习惯，每次到公寓里来时，手里总要拿着本书，不是《世界知识》，就是《永生》周刊，再不就是《中国怎样降到半殖民地》。

她一进来就问：

"老张，怎么你们这么不着急？什么时候走呵？"

"你先别问我，"老张学着她回答别人问话时惯常的口气说，"让我先问问你吧，你看的什么书？"

"《大众哲学》。"文倩把书一伸，也许是觉出来老张在学她的口气说话，也许是怕别人笑话她太用功，看样子又要脸红了。

"你正看《大众哲学》？"老张忽然灵机一动，"那么，我考你个哲学问题吧。可是你不准调皮，要好好回答。"

这回文倩的脸可真的红了，像学生见了先生似的，用书脊轻轻地敲着自己的肩膀（这也是她跟人说话时的习惯），很文雅地说：

"你问吧。"

"乡下人有句俗话：'立着活不如走着死'，这话在哲学上怎么解释？"

文倩用两颗雪白的门牙咬着下嘴唇，大眼望着天，想了半天，到底噗嗤笑出声来，说：

"你先别问我，让我问问你吧……"

"你别调皮！"大枫拦住了她的话头，"老老实实地回答吧，能解释，或者不能解释。"

"不能——我不懂这话是什么意思。"她红着脸说。

“不能？”大枫说，“好，我再问问你：如果你不跟着我们走，就这样住在北平，一直下去，你会觉得怎么样？”

“哼，我会闷死气死！不说别的，只要看见日本鬼子在街上走，我就会发疯！”她想也没想地说，态度严肃起来了。

“可是，如果你跟着我们走，路上很苦，一天要走好几十里，还可能吃不上饭，并且可能碰到土匪，发生危险，你受得了吗？不后悔吗？”

“怎么？老张！”文倩忽然生气了，“你真的把我当了小孩子吗？我死在城外也比死在城里强！”她虽然向来就对老张他们有些崇拜，可是也有自己的自尊心。

“为什么死在城外比死在城里强呢？”老张还是不慌不忙地问。

“为什么吗？为的精神上痛快！”

“对！可见精神上的痛苦更难受，是不是？”

“你说这话是什么意思？”

“这意思就是：立着不动，可是有吃有喝，能活着，这样精神上是很痛苦的。如果去活动，去斗争，去受一些很残酷的磨炼，比较起来倒反而痛快得多，反而甘心情愿。人，只有抱着崇高的理想，在火热的斗争里生活，才能得到真正的愉快。这是个文学上的主题，也是个哲学上的问题，是不是？”

文倩翻眼望着天，一边听，一边想，觉得大枫的话实在对。她自己在救亡活动中，在那次抱住电杆喊口号唱歌子时，虽然哭了，可是，想起来不是同时又觉得很痛快吗？她不是正因为过过那样热情的痛快的生活，所以现在才绝对不愿在北平“闷”下去吗？她坚决要跟他们出去搞义勇军去，不正是为了要去过那有意义的痛快的生活吗？

她想到这里，却又追问了一句：

“可是，你说这话是什么意思？”

“这意思就是：我们无论如何要走，我们决定徒步走，既不能坐车，也无法坐船，还可能要挨饿……”

“我知道！”文倩抢着说，“我已经下了决心……”停了一会，眼珠一转，忽然又快活地笑了，“好！好！就这么办！反正……不过，明天再告诉你们。……嘿嘿嘿！就这么办！就这么办！嘿嘿嘿！……”

她弯下腰，用手拍着书，忽然又忍住笑，一甩头发，直起腰来，蹦跳着跑到穿堂门的间口，又转身红着脸，两眼闪动着快活的光彩，说："谢谢你刚才对我说的那些话，真好！"就猛一转身，不见了。

张大枫一向是自以为很善于观察人的，特别是跟他最好的这几个朋友，连文倩也在内，认为他们的一举一动他都能猜个大概。可是他到底才二十三岁，还不能十分懂得女孩子们的心理，猜不出文倩临走时为什么忽然快活起来，并且说了些莫明其妙的话。

十

早晨，当张大枫醒来时，床头的闹钟正指着七点半。他想起今天就要动身上路，又看老魏的床铺空了，知道他已经起来出去喝豆浆去了。就翻身坐了起来，只见老崔还睡得呼呼的，正想叫醒他，又看见文倩静悄悄地站在门口，手背在后面，身子靠着门框，白牙咬着红嘴唇，大眼里汪着泪水。

"你怎么来得这么早？张大姐来了吗？"大枫一面穿衬衣一面问。他没有看清文倩眼里有泪。

"你先别问我，"文倩强装笑脸地说，"让我先问问你吧，你们到底决定了没有？到底走不走？"

"怎么不走？不是昨天夜里就对你和张大姐说了，叫你们准备吗？"

"真的是今天就走吗？"

"怎么不是今天？说走就走，快准备去吧！"

"当叫化子要着饭走吗？"她到底忍不住用手抹了一下眼泪。

"怎么？"张大枫穿好衣裳跳下床，"这是怎么啦？"

"你们去吧，我不去了。"文倩低声说，并且低着头，让头发搭下来遮着脸。

"你别调皮好不好？"大枫扣好了衬衣，不转眼地看着她，想猜出她到底是怎么回事。

"我真的不走了，不是说着玩的。"她抬起头来，又用白牙咬着红嘴唇。

"真的吗？"

“真的。”她说得更加认真，并且现出无可奈何的样子，“不知怎么叫我妈知道了，她要寻死，哭了一夜。”

她这话也并不完全是撒谎，可是哭了半夜的不是她妈，而是她自己，她舍不得妈妈和爸爸，可怜他俩。

“真的？好！”大枫虽然对她这“真的”还有些怀疑，却已经有点生气，沉下脸来，皱着浓眉。

这时老崔已经翻身坐起，已经听见了他俩的对话，也有些生气，穿衣裳的动作那么快那么响，大而厚的嘴唇撅得挺高，高颧骨上的肌肉绷得紧紧的，一跷脚踢上了鞋，一跳就站了起来，对文倩冷冷地斜了一眼，故意咳嗽了两声，正要嚷叫工役打洗脸水，忽见文倩把背在身后的右手拿出来，举起个小手巾包，却用左手捂住嘴。

“你又闹什么鬼？”两人同时问，还没有转变过脸色来。

文倩却不回答，两步冲到桌子跟前，把手巾包往桌面上一抖，哗啦一声，一堆白晃晃的现洋滚得满桌。然后把捂住嘴的左手一放，猛地喘起气来，眼里的泪水再也噙不住地流下来了。

“我的小姐！你怎么……”

“偷的家里的……是我父亲教书积下的……起先我老是不忍心拿，昨儿下午叫你一激，就下了决心……”她抽抽咽咽地哭起来了。

老崔却喜得一跳两尺高，正要嚷叫什么，魏质清忽然脸色发白地冲了进来：

“日本军队要进城了！”

“什么？”

三人同时一愣，手里的钱都掉下地了！

“街上都贴了日军司令部的安民布告！”老魏看见了桌子上的钱，却像没有看见一样，并没有转变过脸色来，颤抖着把一张报纸往桌子上一摊，“你们看，这是今天复刊的《小实报》，汉奸报纸，头一条消息是的。”

报纸上的大字标题同时跳进了三个人的眼睛——

大日本皇军今日举行入城式

市民应各安其业　勿得惊慌

……

“咱们赶紧吃饭，赶紧走！小倩，你去叫张大姐，叫她到公寓里来吃饭。”向来越着紧张越是沉着的张大枫，这时脸色也苍白了。

文倩转身刚走到院里，正好张大姐已经夹着个小包进来了，她也是脸色苍白两眼发直，一进屋就颤着声儿说：

“刚才警察通知各家，说日军要进城！……”

于是，文倩也跑回去拿了个小衣裳包来。大家一面催着工役开饭，一面收拾衣裳被单，一面洗脸，一面跟安大胖子算账，忙乱起来。只有张曼，一放下包袱就到后院里去，同杨俊文作最后谈判去了。

这些日子，杨俊文老是一个人闷在屋子里看书。大概是内心有些惭愧，不愿出来跟这些思想进步的朋友见面，心情别扭极了。

大家吃不下饭。张曼红着眼睛从后院里出来，也不回答大家的问题，大家也顾不得劝她。等她慌慌张张地勉强吃了半个馒头，大家就都匆匆地夹着小包袱，走出了公寓。

十一

杨俊文早就等在大门口的，他要同朋友们告别，特别是想缓和一下跟张曼的别扭劲儿。他本来就生得比魏质清还要瘦，这几天变得更不像样子了，脸色白得像纸一样，两眼无神地看着每个人的脸，嘴角上现出一丝苦笑。当人们走近他身边时，他却又回避着人们的目光，只是伸出雪白的手来：

“祝你们一路平安！”

每个人都说不出为什么对他那么反感，都勉勉强强地握了握他那湿腻冰凉的手，谁也不跟他说话。

张曼低着头，既不同他握手，也不看他，很快地走过去了。

老崔在大门外面说：

“让他等着日本人来了看热闹吧！我们不看日本人，我们要是看见了，就得打！”

文倩已经走出了大门，也许是想看看杨俊文是不是因为舍不得张大姐而在偷偷地擦眼泪，忽然又转身跑到门口，不想却看见臭虫一个人站在穿堂门的台阶上，对着她用手把嘴唇皮子一拉，又使劲地往前一丢，然后做了个鬼脸，意味深长地点了点头——这是一个飞吻，一个流氓气味的飞吻。

这给文倩一个很深的印象，好像被臭虫报复地打了一嘴巴，使她忘记了观察杨俊文，并且使她一直到很久很久以后，每逢记起了这个印象，她就咬牙发恨，干起革命工作来就更坚决，更勇敢，更热情。

十二

街面上又像停战的那天晚上一样，显得冷清沉闷，极少行人。商店都关着门。许多上壁墙贴着大张的日军安民布告。那黑色的大字和红色的大印，本来是很刺激人的，却并没有人去注意它。

天空上又有几架日本飞机在转弯儿，翻筋斗。

五个人不知道为什么，谁也不愿意坐电车走，好像觉得电车已经不是中国的东西了。各人的心情都很特别，很复杂，都有一种没有着落的流亡的感觉，但由于到底走成了，又有些兴奋。

“北平人就这样屈服了吗？就这样忍气吞声地当顺民吗？”张大枫看着街上的一切，不断地在心里问自己。

“再会，再会，再会！”文倩也睁着水汪汪的大眼睛到处看，不断地在向什么东西告别。

“瞧着吧，今日得唱一句‘过昭关’……”崔畅在不断地向自己提出警告，他是怕城门口不好出去。

他们都故意走小胡同，脚步又快又轻，好像并不是在步步落地，而是在飞。

也不知走了多久，才由小胡同里转到西直门大街上了。

忽然听见前面传来一种奇怪的音乐声，接着，就看见从大开着的西直门的门洞里走进来一群马队：八匹一排的高头大马，合着音乐的拍子，高视阔步地走着。马上坐着穿黄制服的人，每人举着一面大的太阳旗。

“日本人!”

每个人都在心里惊叫了一声，都愣住了。许多马刀刺刀在闪亮，许多钢盔，许多铜的钮扣、红的领章和许多凶恶的眼睛在闪亮。

街道好像在发抖，在旋转。

老百姓像看见了野兽，都在胡同里跑，往半掩着的铺家里跑。

他们五个人也闪进一家卖豆浆的小铺里去，走到顶靠里面的坐头上坐下来，都用发红的眼睛互相看了看，都在使劲地压制着胸口上的酸味，并且忍住眼里的泪水。

但是张大姐到底忍不住，突然背过身去，把脸对着墙壁，用手绢擦起脸来。

接着，文倩也往桌上一趴，一下一下地颤动着肩膀，却不愿意放出声音来。

小铺掌柜的是个老头，坐在熬豆浆的炉子后面，抖动着脸上的皱纹和胡子，一会看看这几个突然闯进来的人，一会看看门外。

门外的骑兵已经过尽了，现在是军乐队炸耳朵的吵闹声和汽车的轰轰声。一会，又是步兵整齐短促的皮鞋声。再后面，又是坦克车的轰隆声。最后是一片死一样的寂静，好像这世界突然断了气。

掌柜的老头子忽站起身来，慢慢地走到老崔面前，盯住他的脸，拳头使劲往桌子上一捶，嚷道：

“这城门一直关了几天，中国的伤兵不让进城，死在城门口没人收尸，日本人来了城门大开，这是哪一国的道理？呃？这是哪一国的道理？”

他的胡子尖儿差不多挨着了老崔的鼻子，好像是把老崔当了北平的当局，要他回答全北平老百姓的责问。

但是老崔并没有回答什么，不声不响地站了起来，拿起小包袱来往外就走。

别的人也都不声不响地跟着他走了出去，都不敢看也不忍心看那老头冒火的、责问的眼色。

只有张大枫走在最后，在老头面前站了一小会，嘴唇颤了两下，本来想大声说：“大伯，中国亡不了，他们不抗战，有人抗战，我们几个人就是去打鬼子去的！”可是他怎么也说不出声音来，就也像逃避什么似的，快步走了出去。

时间已到中午，赤热的太阳把柏油路晒软了，在被野兽们践踏过的路面上，有陷得很深的马蹄印和坦克车的齿轮印。五个人都低着头看着这些痕迹。张大枫弯下脸去，用手使劲摸了一下，自言自语地说：

“这是耻辱的印子；摸在手上，记在心里！……”

文倩走在老张旁边，听了这话，忽然一昂头，一甩头发，手紧捏着拳头，满脸流着泪，哭着唱起来了——

起来，不愿做奴隶的人们！

其他的人也都泪流满面地跟着她唱起来了——

把我们的血肉，筑成我们新的长城！
中华民族，到了最危险的时候，
每个人被迫着发出最后的吼声。
起来！起来！起来！
……

两边商店里的人们，都隔着玻璃对他们瞪着惊奇的感动的大眼。

五个人都不约而同地手挽着手，踏着又结实又整齐的步子，向城门走去。

日本军队对北平城非常放心，有一种征服者的骄傲劲儿，为了表示奴隶主的宽怀大度，在进城以后，并没有马上在城门口设立岗哨。

他们就这样出了城。

文倩索性放声大哭起来。张曼也抽咽得直不起身子。每个人都觉得，马路和两边的房屋都浸在泪水里，变得很模糊……

原载《人民文学》1951年第三卷第5期，署名为秦兆阳、刘秉彦

注：原文由秦兆阳执笔。本篇发表后又经秦兆阳先生修改。

相 思 树

一

村东边有个挺宽大的打麦场，场旁边有个小小的果树园，园里有两座并排着的小土坟，一棵桃树和一棵李树正好长在两座土坟的两边，相隔五六尺远，都伸出两枝丫杈，像四只手似的，互相缠绕着，拉扯着，弄得树身子都弯弯着靠拢来。

每年春天，两棵树都开了花，桃花鲜红、李花雪白，但因枝杈子穿插在一起，到底也分不出红白来，远远看去，只觉得像一对披着粉纱的人，互相搀扶着倚靠着，难舍难分。

人们都叫这两棵树是相思树。

人们都传说着：在很久很久以前，村里有一对痴心相爱的青年男女，因为是生在穷富不同的家门里的，所以好事难成，并且都死得很惨。起先，两人的尸首原不是葬在一块地里的，后来那姑娘的孤魂偷偷地把自己的尸身移到小伙子的坟堆旁边来了。这么着，老天爷也受了感动，就给在两座坟旁边各长出一棵果树来，并让两棵树连在一起，这叫做“桃李相思结成亲”。

但是也有人是另一种说法，说这两棵树是一个名叫刘老古的老头子种的。这刘老古是这小伙子的叔叔，他一共在这地里种了六棵树，不过是这两棵树靠着坟边，得了这对痴心男女的灵气，丫杈互相拉扯着，成了“桃李成亲”的相思树。

到底哪种说法对呢？反正这两座坟是事实，这两棵树也是事实，并且这老头子刘老古还活着的。

每年一到夏天，两棵树都是青枝绿叶，结满了果子，蓬蓬架架，遮老大一片荫凉。老头子刘老古就在这荫凉下边搭个小窝棚，日夜不离地看守着果子。

这果园和打麦场的周围都是庄稼地，南边不远有一条通集市的大路。地里做庄稼活的人们和路上来往的行人，都爱到这果树园里歇凉儿，一说起闲话来，总要谈到这对男女的故事。老头总是静静地坐在小窝棚里，噙着烟袋嘴儿，眯缝着眼儿，不插一句话。人们想套他心里的秘密，总是找些问题来问他，问他十句也许才回答一句。

“咳！你们说的那都不对！”

“怎么不对？别看是你家里的事，你还不跟我知道的多哩！”

“你们说对，就对吧，反正……咳！”

人们都知道这老头像个不会说话的闷嘴葫芦，想叫他说出这个秘密故事来，简直是白想。

不过这都是解放以前的事。

解放以后，实行了土地改革，这片场子成了会场、戏场和扭秧歌的地方。这小果树园也成了会场和戏场的一部分，并且成了老头每天晚上讲说“相思树传奇”的地方。他说得那么好，使得听的人都受了感动。所以这相思树的故事就在这一带流传开了。

二

这个故事是这样开头的——

那时候，这村里有个财主，姓钱名叫道贵，人们都叫他钱捣鬼。这钱捣鬼那时一连生了两个闺女，生怕没有个小子传后，就硬逼着杨家桥村一家穷佃户，用一个十八岁的黄花闺女顶了租。

那时这刘老古才二十岁，在钱家当长工，这闺女就是他套着大车去接来的。

这闺女小名叫玉妮子，生的那模样就没法说，人说燕子毛又黑又光，可比不上她的头发；人说月牙儿弯得好看，可比不上她的眉毛；她那眼睛，人就不敢看。

她在娘家临动身时，哭得昏倒在娘怀里，在路上又哭了一路。直哭得刘老古赶车举不起鞭子，轰牲口张不开嘴，眼睛不会看道儿。

从这以后，这玉妮子就成年受苦，真是：白日里当丫头，夜里当枕头，吃饭啃骨头，受气挨拳头。苦人怜惜苦人，刘老古也不知偷偷地为她叹过多少气，流过多少泪。

有一天，因为天下小雨，老古不能下地，正坐在炕头上发闷。猛丁地听见一阵嚷叫，又见二道院的门嗵的一下开了，玉妮子披头散发地冲了出来，钱捣鬼的原配夫人大屁股妞儿拿着条擀面棍在后面追："个臭货！个烂货！俺家不要你那穷胎！叫你吃药打下来你不吃，我两棍子给你揍下来！"老古明白了：哦，原来玉妮子怀了孕了，这狠心女人怕她生了小子夺了自己的宠，要下毒手！他又想：这，眼看就要出人命了……

这时，玉妮子被追赶急了，一下子撞进老古屋里，软瘫在当地了。这情形深深地打动了刘老古的心，他连想也没想，一步就蹿到门口，扑通跪了下去，结结巴巴地对那大屁股妞儿说："奶奶饶，饶，……"

一句话还没说完，门口一黑，钱捣鬼赶来了。他先朝地上的玉妮子瞅了瞅，接着就照着老古的脸左右开弓地给了好几下子："妈那个巴子的！你混蛋装糊涂！吃狗屎的还想管人事？"又一连给了他几下子，打得他又气又急，当时就昏倒了。

当天半夜里，钱捣鬼就叫老古套着车，把玉妮子送回了娘家。

第二天早晨，村里的人们看见钱家大门口歇着辆空大车，两匹大骡子拴在那黑漆大门的门环子上。从此刘老古就不见了。

究竟老古为什么要逃走呢？是因为挨了冤枉打，气得慌呢？还是在路上跟玉妮子说了什么话，受了刺激呢？直到现在，他每逢说故事说到这里时，总是长长地叹口气："咳！那，不能深追，……"实际上：他总觉得太闷气，日子过不下去，想出去闯荡闯荡。他一出去就是十六年。到过北京，跑过口外，去过太原府。要过饭，当过长工，挖过煤。……他什么也没有落下，不是叫人偷了，就是叫人坑了，再不就是一场大病花了，最后两年还吃了场冤枉官司。他年年过年烧香问卦，想求神佛保佑落两个钱回到老家来，可是年年碰到坏"时气"。他就想："这是命！命里注定了当牛马，想学人走路，就得摔跤！"

十六年过去了，他就又两个肩膀扛着个脑袋回来了。

他是从小儿就相信“命”的。小时候一个瞎子给他算了算，说他这命挺“独”，得克死爹和娘，就是娶了媳妇，也不能同床。六岁时，他爹给人做活累死了，第二年娘又要饭饿死在路边了。他也知道爹娘死是因为穷的过，可又总觉得跟自己的命相有关系。

十二岁时他给钱捣鬼家放羊，每天把羊赶到钱家大坟地里吃草，闷得慌时就“碰运气”：闭着眼睛，从坟地边上往地里跑，一下子碰倒了，如果倒在个小坟包包上，就以为回去一定要挨老财主钱串绳（钱捣鬼的爹）的打骂；如果碰在个大坟或是石头碑上了，就以为回去不会挨打挨骂了。后来又发现了一个新的办法：骑在大祖坟前面的石头乌龟上，用轰羊的大棍子打它的脑袋，打一下骂一句：“我×你老八代！”以为这样钱家的祖坟就会不安，而钱串绳一家子就要倒霉。

他有个比他大十岁的亲哥哥，这死心眼子人把每年得的工钱一文一文地积起来，塞在家里破墙缝儿里，时常回家来偷着数数。有一回被老古看见了，七问八问，他才说了真心话：“兄弟，咱俩莫不就没家没业的一辈子？我积几个辛苦钱，十年八年的，也兴能买二亩地，给你娶个媳妇……”老古听了难受得说不出话来，就走出门来，心想：算命的说俺娶了媳妇也不能同床，……就又回来对哥说：“哥，我不要媳妇，你娶吧！……”

这都是他小时候的故事，可是这些事深深地印在他脑子里，成了他一辈子做人想事情的根基。

后来，他那死心眼哥哥竟真的买了二亩地，并且买了个媳妇。是碰着那年大天干，地贱，外地逃来的女人也贱，可是也还借了钱捣鬼家三十吊钱。后来就是因为要还清这三十吊钱驴打滚的债，又把那二亩地当出去了。这一来，买的那个逃荒的女人受不住穷苦，就偷着跑回她那山西老家去了，给他丢了个三岁的孩子。他因此得了个半疯的病，在老古回家的前五年，就生生地穷死了。

老古回家后只见到他那十七岁的侄儿大刚，正在给钱家当小做活的。同时钱捣鬼想起了老古干活是有了名的气死牛，就又七说八说的，叫他做起长活来。

老古每逢说到这里时，如果是在白天，就对着太阳说，如果是在夜里，就对着月亮说:“你们看看天上那玩意,它一天走十万八千里,算有本事吧?可它总是走的个来回路。在那工夫,人还不是一样?那工夫我就想:你看,我自个走了个来回路,我侄儿也照着我的道儿走上来了,这不都是命里注定了的吗?……”——那工夫,他根据在外边闯了十六年的经验,是更加相信“万事不由人”了。

三

老古一进钱家的门,就看见钱家有个十六岁的小姑娘,一看那脸盘眉眼,身段神情,他就猜到了。

原来,十六年前,玉妮子一回到娘家,就生了个闺女,过了四年她就气恼死了。这小闺女在穷姥姥家长到八岁上,碰的大屁股妞儿不知怎么又生了个小小子,就把她接到家来,当了熬汤煎药洗尿片子的丫头子。到如今已经八年了。

钱捣鬼的大闺女名叫金花,二闺女名叫银花,三闺女是穷胎贱命,取名叫铁花。村里人们都说大闺女养得娇,给她叫花儿金,是钱家的金包儿;都说二闺女也看得贵,给她叫花儿银,是钱家的银包儿;小小子钱家宝甭说,是钱家的宝贝蛋;只有三闺女看得贱,取个外号叫花儿铁,是钱家铁打的气包儿——她生来性情刚硬,挨打受气,总是有泪往肚里咽,有恨记在心头,不哭不嚷不求饶,真是模样像花,性子像铁,名副其实的花儿铁。

花儿金、花儿银搽脂抹粉,穿绸著缎,打扮得真像两朵金银花。花儿铁穿的是粗,吃的是糙,灶台是梳妆台,面粉是胭脂粉。可是她两个姐还嫉妒她比自己长得好看,不是在背后笑话她的头脚,就是在爹娘面前巧嘴。村里人们又都说:钱捣鬼是蒸笼,大屁股妞儿是开水,花儿金、花儿银是柴火,花儿铁是搁在蒸笼里的受气包子。

现在花儿金、花儿银已经出嫁了,小小子钱家宝已经有八九岁,花儿铁受气总算好一点了。

刘老古现在变得对人看事都有些呆气。在一年多里边,他没有发现侄儿大刚和花儿铁之间有什么心事,甚至连想也没有往这方面想过。

有一天,钱捣鬼突然走到他睡觉的破牲口棚里来,问他:“老古,你在俺家干了这些年，总该知道俺钱府的规矩吧？”

老古连忙回答说：“知道，二爷，那还能不知道？”

他想：我怎么不知道呢？你们家不是什么都讲个一定之规吗？不是只有干了十几年的老长工，才能上里头院里去吃饭吗？不是只有像丫头一样的女人，才能到外头院里来洗衣裳推碾吗？不是做长工的不能跟你家的任何女人说话吗？不是使完了农器家具，都得按老样子放在原地方吗？……

钱捣鬼又说：“知道就对了。对你说：大刚在俺家干活，我对他总算不错，一来是看着他老老实实不太说话，二来是看着你的面子，你可得教给他懂些规矩。往后，你跟他都不要到里头院里去吃饭了，到时候你去把饭端到这屋里来吃，知道吗？”

老古说：“二爷，知道，那还能不知道？”

钱捣鬼又对着大刚小牛似的身子打量了半天，突然问他道：“你，知道吗？”

老古连忙抢上去说：“二爷，知道，那还能……”

“混蛋装糊涂！不要你插嘴，知道吗？”

这“混蛋装糊涂”和“知道吗”，是钱捣鬼的口头语，而老古也总是：“二爷，知道，那还能……”

钱捣鬼又对大刚说：“你混蛋装糊涂，知道吗？在我钱府上干活，不能不懂俺家的规矩。往后，除了跟你叔，不准跟第二个人说话，不准到里头院里去，不准没事闲呆着，夜里睡觉就睡觉，不准吹你那鸡巴箫，那是丧家之音，我不爱听，知道吗？”

可是那小伙子墩墩实实地站在那里，硬着脖子，挺着胸脯，又粗又黑的眉毛向上扬着，大眼瞪得圆圆的，半句话也不回答。

钱捣鬼可就火了，又大声问了一句：“你混蛋装糊涂！知道吗？”

老古立时想起了大刚吹箫的事——每天夜里睡觉以前，他总要幽幽咽咽地吹一段，老古总是拦挡他。一来是他觉得这声音太悲，二来是他怕这又犯了东家的规矩。他不知道这时钱捣鬼不过是看着大刚长大成人了，又生得俊气，怕他出乱子，倒以为果然是因为吹箫闯了祸了，所以他急着要缓和局面。

“知道，二爷，那还能……”

可是话还没完，他脸上早挨了一下——“你混蛋装糊涂！不要你多嘴！”

老古愣了半天，突然一掌把大刚打了个踉跄：“我把你个混蛋！我说的话你就没听进一句！”那小伙子就跑，他就追，一直追到大门外去了。

从此以后这小伙子就有些变了：他更加不爱说话，干起活来总是没精打采的，时常无缘无故地发愣，夜里老是翻来覆去睡不着觉，还不断地叹气。

老古问他：“孩子，你是怎么啦？”

“我怎么也不怎么，就是睡不着。”

“你年轻轻的，干了一天活，怎么还睡不着？”

过了半天，大刚才所答非所问地说：“叔，我往后上家去睡，这里太闷得慌。”

“你上这儿守着我不好吗？上家去？从你爹一死，破屋子也没人收拾，炕都塌了……”

可是大刚不管三七二十一，第二天夜里，就真的回他那破家里睡觉去了。

那破家跟钱捣鬼家后头院只隔一条小胡同。从这天起，老古每夜总听见从胡同那边的破房顶上传来呜呜咽咽的洞箫声，声音是那么低，如果不注意就听不见，可又是那么悲，真像哭一样。老古就不断地问自己：“这孩子有什么心事吗？……”

第二天下地干活时，他就编算些言语来试探那小伙子。可是试探来试探去，那小伙子总是皱着粗黑眉毛一个劲地干活，实在追问急了，才回答一句半句：“我什么心事也没有，你也甭给我排解！”

“咳！”老古只有叹气了。

他慢慢地觉得有什么不幸的事情要来了。这是他活了四十多年的经验，觉得凡是有什么不幸的事情要发生时，老天爷总是先在人心里搁下个忧愁疙瘩，使人老是心惊肉跳，精神不安，给人一个预告。

四

天气慢慢的热起来了。

一天夜里，老古开始过夏天——头一回到房顶上睡觉，因为特别凉快，竟一躺下就睡着了。半夜过后一觉醒来时，又听见一阵呜呜咽咽的声音。他坐了起来，借着满天的星亮，远远地看见胡同那边房顶上，大刚像个泥人似地坐在那里，那箫声就好像是他自己在叹气。于是，老古又长长地吁了口气："这孩子有什么心事呢？……"又看见钱家后头院东屋的房顶上也坐着个人，模模糊糊的看得出黑黑的头发和白色的小褂儿，分明是个女人。她脸正对着大刚那边，低着头。一会，她忽然站了起来，扶着房檐上的梯子慢慢地下去了。老古这才认出来：原来是花儿铁！

接着，大刚也停止了吹箫，就在房顶上躺下了。

老古也躺下了，可是他再也睡不着。

他又吃惊又害怕，忽然想起了一些事情——

去年夏天秋天的时候，因为地里活儿太忙，钱捣鬼怕他们回来吃饭耽误工夫，又舍不得多雇人，只得叫铁花担着挑子往地里送饭，每逢到了快该吃饭的时候，大刚总是把手里的家具一扔，不声不响的，一直走到地那头去坐下来。一会，就见那闺女挑着两个筐子来了，歇在大刚面前，一边从筐里拿出碗筷来，一边好像还说些什么。等老古走到跟前，埋怨大刚饭来了也不叫他时，那闺女就说："老叔，吃吧，今日天可真热！"老古说："就是，看你那脸红的！"不想这一说她的脸更红了，猛一低头，连耳根后面也像搽了胭脂，一扭身就坐到一边去了。老古很后悔对这年轻的姑娘说错了话，却见大刚也绯红了脸，把头低到饭碗里。老古心想："可就是，一对小人碰在一起，哪能不害臊？……"

你瞧，这妮子这会也知道爱样儿了。身上虽说是粗布衣裳，可缝得合身，洗得干净；头上虽说没抹油，却是又黑又光的一把长辫子；额前搭着的一绺儿头发被汗水沾在粉红的脸上；弯弯的眉尖子颤儿颤往当中一蹙，又往两边一分，真像燕子翅膀似的，又好看又灵活；两个大眼，心神不安地直忽溜，长眼睫毛一闪一闪的；小小的手指在地下画来画去……

老古在心里说："个好闺女啊！咳！只怪命不好，没修着个好娘……"

这时大刚吃着饭忽然轻轻地叹了口气。

"唉！"老古也在心里叹了口气："你看大刚这孩子，也生得眉是眉眼是眼的，身个儿长得也这样快，你看那肩膀胳膊，咳！也是没修下个好命，要不，也该娶媳妇了……"

他搁下碗来，抽着烟出了会儿神，说："三姑娘，吃完啦，该收拾家什回去啦，要不，回去晚了又该骂你了。"

那闺女却只"嗯"了一声，连身子也不动一下。

老古停了一会又催了一遍。大刚却插嘴说："你怎么这么唠叨，人家……"却又红了脸，说不下去了。

"不是别的，我一见嚷起来骂起来，就心里……咳！……"老古也说不下去了。他心里怜惜这闺女，可总觉到自个是个做活的，不好跟她说心里话。

这闺女忽然把头一扬，说："我娘早先为了送饭回去晚了，也挨过打，打吧！打死了也是死！"

"这是你娘在世的工夫对你说的吗？"——老古想起了那时候的事情，就跟近在眼前一样。

那闺女说："俺娘死的时候我还小，不是她说的……"

老古连忙问："是谁对你说的呢？"

只见她忽然又绯红了脸，低下头去不说话了。

老古就奇怪起来了：除了钱家的人们，这事只有他一个人看见过；他也只有跟大刚说过这些事。可是这闺女怎么知道的呢？钱家的人当然不会告诉她，莫非是大刚……？

可是他不好再追问下去，就起身走到地那头去，拾起家具干起活来。一回头，却见他俩又凑到一块去了，相帮着收拾家什，还像在小声说话。

当时老古并没有细细地注意这事，过后也就忘了。现在一想起来，就更想起了一些别的事情：每逢天到晌午的时候，铁花也跟早先她娘一样，要到外头院里洗衣裳，也爱不时抬起身来出会神；而大刚也像自己早先一样，睡不着晌觉，傻怔怔地发愣。每逢铁花到碾棚里推碾时，大刚如果没事，就靠在离碾不远的牲口棚门口，一立立半天……

他又想道:“钱捣鬼那次特为教训大刚,莫非是他听到了什么风声? ……”

他听见村里人们说过:当花儿金、花儿银姐妹俩长到十六七岁的时候,远远近近有不少人来求亲,钱捣鬼总是一说三摇头;后来嫌那些媒人说的麻烦,就在大门里的影壁上贴了张纸,上面写了四句歪诗:“钱府小姐是千金,穷家小子别发昏,再叫媒人来上门,我就给他三板凳!”他是想把闺女当做上天梯,巴结上比自家更富贵的人家。后来,果然花儿金寻了县城里一个什么文官,花儿银寻了个什么武官。从此钱捣鬼就更加威风了,乡公所就成了他家的衙门,看看谁家穷人不对眼,一摆手就送到乡公所里去了。现在这花儿铁虽然命贱,可也是他家的金枝玉叶,又生得模样赛天仙,钱捣鬼肯让她跟穷小子沾上气儿吗? 如果闹出事来,大刚还想活命? ……他越想越害怕了。

第二天在地里干活时,他又对大刚说:“咳,孩子,……昨天夜里,我看见……”

“你看见什么?”大刚突然睁大了眼。

“我看见……”他眼里噙满了泪花,把大刚拉到一边去,坐了下来:“孩子,我老弟兄俩就留下你一个,你可不能胡来呀! 她是出不了笼的鸟儿,你是上不了天的蛤蟆,钱捣鬼的为人,说要你的命就要你的命啦!”又说:“你叔活了快五十个年头了,走了半边天,什么事没见过? 是瞎子看不见花儿,是葫芦结不了瓜儿,是苦命人,不能痴心妄想! ……”

大刚眼里也噙着泪,紧咬着牙根,顺手抓起个土疙瘩来,捏得粉碎,又把脏手往汗腿上抹……

五

第二天,大刚病倒在炕上了,不能下地干活,挨了钱捣鬼一顿臭骂,吃早饭时,老古叫铁花少给些干粮,多给些菜汤。他说话带着哭腔,神气有些特别,就引起了铁花的疑心,七问八问,他不会撒谎,就把大刚闹病的事告诉她了,说:“咳! 这孩子有些反常……”

他以为:凡是反常的事情都是惹祸的根由,一定会得到可怕的结果。

吃了饭他一个人下地干活，扛着锄信着脚步往村南走，不知怎么走到河堤边上的乱葬岗里了。自己也吃了一惊，心里说："这不是鬼使神差吗？"就走到他哥哥的土坟包包跟前，跪了下去，一连磕了三个头，说："哥呵，哥呵，你在世时是个人下人，死了总不能做个鬼下鬼吧？你但只是有一点能耐，也该显灵显圣，搭救搭救你那孩子呵！"祝告完了，就靠着坟坐了下去，希望能睡一觉梦见哥哥。可是他睡不着，猛的觉着自己在这世界上活得没什么意思：哥哥是那么个半傻子，可是现在自己也走上了哥哥的路，也把自己和大刚的工钱一文一文地积蓄着，指望着把哥哥在世时当出去的那二亩地赎回来，再给大刚娶个媳妇，往后自己老了，也有个依靠。可是看来这个梦想也许又要落空……"唉！"他叹了口气："这活着有什么意思呢？"可是又马上得到了解答："老天爷要我活着受苦，是怪我前世造下了冤孽，是该着的呵！……"

可是前世的冤孽究竟是不可捉摸的，莫非是今世做了什么有罪的事吗？他想来想去，到底想起来了，好像在一张白纸上找到个小小的黑点子一样：有一次，他给玉妮子套牲口推碾，那牲口一撅屁股差点踢着她，她一下子歪倒在他身上了，他扶了一下她的手。"手，手……"他想，"这是反常，是……可是，这不是我存心……这不能怪我……"可是，除这以外，他实在不能在自己一辈子的生活中找到什么得罪了老天爷的事。于是自己给自己解释说："是命！命大的人，三妻四妾，强娶人家的黄花闺女，也不为过。命苦的人，……"——他觉得自己虽然只扶了一下玉妮子的手，也是罪过。

"报应，报应！……"他像发现了老天爷的秘密似的，一下子跳起身来，扛起锄往地里走去。

天黑过后，他手里提着一罐罐米汤，怀里还掖着两个煮熟了的鸡蛋，走出了钱家外头院的后门，去看大刚的病。他心里却又有了另一样的想法了："不是挺好的一对小人么？"他自言自语地说："老天爷不该成全成全么？"

唉！一个多么好的姑娘！她模样好，心肠好，性子好。当她不声不响偷偷地把两个热鸡蛋塞在老古手里时，在昏暗的灯光下，那对水汪汪的大眼睛呵，朝老古深深地看了一下，又赶紧背过脸去，那眼神儿里边藏着千言万语，藏着说不完的情意，使得老古不能不受感动，不能不颤着手把那还有点烫的鸡蛋接了过来。

他一边走一边摸着那两个鸡蛋，好像摸着了两个青年人的心，是那么热，那么光滑，那么干净；他生怕捏破了，摔坏了；好像只要小心在意，事情也许就有希望——“这么好……老天爷就不成全成全么？”

这时大刚并不是躺着的，他黑影里靠着窗台坐着，又在吹箫，吹得那么低，进了屋子才能听见，可是又那么悲愁，使得老古听了，刚才的一点希望一下子冷了。

“喝吧，米汤……”

“我不喝。”大刚还是在吹他的箫。

“孩子，你老不吃东西，这可怎么着呵！”

可是大刚还是在吹箫。

老古再也忍不住了：“孩子，孩子，你听你叔说句话行不行？”

“行，你说吧。”

“我说，我说，孩子，你这病，是你自个闹的呀，你多少时候没有正正当当地吃过饭，睡过觉呵！”又说：“孩子，摆在你面前只有两条路：一条是，你辞了钱家的活儿，到外村去找个东家。一条是，你掐断心里这根线，往后，就像忘了一样……”

大刚突然抓住了他的胳膊：“叔，我也这样想过，可是，我，不能呵！”就一头倒在他怀里，像小牛喘气似的哭起来了。

这一来不光把老古的心肠弄酸了，这青年人自己的牛倔劲儿也软了。他把自己这小小的秘密藏了两三年，但是今天在这唯一同情他的亲人面前，他隐瞒不住了。

他是在十四岁时就开始到钱家来当小做活的。这时他已跟村里戏班子上的人学会了吹箫，因为时常挨打受气，心里非常憋闷，没事时就吹一段。铁花那时只有十三岁，每逢到外头院里有什么事情时，就来听，听得那么入神，就不免要说几句话，两人就开始熟起来。铁花自从娘一死，全靠她那好心肠的姥姥抚养；到钱家以后，特别是每逢一受了气，就想姥姥，钱捣鬼又不准她回去看望，她就托给大刚。每逢他出去割草拾粪，就把酸心话偷着带到她姥姥的耳朵里去，又从姥姥那里带回几句安慰的话，或是一些针线布片之类。这么着，大刚就自自然然地成了她的亲人。她每回做饭时，总要到牲口棚隔壁的柴禾屋里去抱柴禾，这地方就成了他俩说话和传递东西的地方。因为钱捣鬼待小工格外的刻薄，大刚有时吃不饱饭，就到那柴禾屋里去，总可以在一些秘密的地方找到吃食。这么着，工夫一长，年岁一大，两人的心就连在一起了，竟是刀子也割不开了！

说到最后，这青年人心里的热血涌上来了，捏着拳头咬着牙说："叔，摆在我面前只有一条路，我先把钱捣鬼那狗日的一刀子宰了，再跟她一块儿跑掉，跑得远远的，哪怕是要一辈子饭，她也甘心，我也愿意！"又说："钱捣鬼要是不逼着我爹还那三十吊钱的债，那二亩地就不会当出去，我娘就不会走，我爹也不会急疯了，也不会死。我要报这个仇，出这口气！"

老古连忙捂住了他的嘴，声音都发抖了："孩子，孩子，孩子……这可使不得！这，你想想，你怎么敢杀人！你不能反常！你造下这个孽来，可十辈子还不清啦！你，再说吧，你杀了人还能跑得掉？哪儿是你的落脚处？哪儿也有乡丁里正，都是财主家的看家狗。可别，可别，可别……"

那青年人却猛地摆脱了他发抖的手，跳下炕来，两腿使劲地在当地咚咚走了两步，好像要把地蹬成个大窟窿；又突然一拳往墙壁上打去，打得墙上的泥土噗簌簌地掉下来。看起来这小伙子好像还浑身是劲，也许他并没有什么病，不过是心里有些忧愁罢了。

老古愣了一会，想起了那半罐儿米汤还没动，就从怀里摸出那两个鸡蛋来，走上去轻轻地搁在大刚的手里，说："吃吧，汤也许凉了，可这鸡蛋在身上，倒还有点热……"

他原来希望大刚能听自己的话，"割断这根线"，因此不愿给他这两个鸡蛋，可是最后到底又忍不住；又怕大刚要问明来历，所以话还没完，起身就走出来了。

当他走进钱家的后门时，猛不防门扇背后闪出个人来，在昏朦的月光之下，他又看见了那对水汪汪的大眼睛，里面充满了希望和情意。

"老叔，他，吃了吗？"声音是那么低，那么柔和，那么亲切，好像就是说给大刚听的。

"多么好的闺女呵！"当老古往炕上一躺时，又想起了这句话。"唉！大刚没福呵！这是命！命……"

六

听故事的人谁也因为老古的懦弱和糊涂而叹气，可是谁也没有料想到，正是因为他的懦弱和糊涂，竟使得这对青年人的不幸结果来得更快。

这时正是雨季，一连下了好几天大雨。一天早晨，老古身上披着块破麻袋，冒着雨去给大刚送饭，走出钱家后门时，发现泥地上有一溜子脚印，一直进到大刚破院里的屋门口。从这些脚印上，他一下子就猜出夜里有谁来过、是怎么回事了，就吓得连心都颤起来了："这，这！真的反了常了！"于是，就又白费劲地劝了大刚半天。回来以后，正好碰见铁花在碾棚里推碾。他像疯了似的，颤颤抖抖地走了进去："姑娘，你们，你们，……这可了不得呵！"愣了半天，又瞅住那姑娘惊惶不安的大眼说："三姑娘，这天下着大、大雨，你们就不怕雷、雷……"又猛地觉得说不出口来，就坐在靠墙根的一块石头上，抱着头，一动也不动。

那姑娘也愁眉不展地愣在那里，眼睛看住门外的雨丝。雨下得这么大，好像天都快塌下来了。但她忽然又像是下了什么决心，猛一转身，用扫碾盘的扫帚着力往牲口屁股上一砸，那牲口就旋风似的围着碾盘转起来了。

老古听见了这飞快的轰隆隆隆的响声，可是并没有抬起头来。他脑子里的思想也像牲口拉着碾盘似的，轰隆隆隆地转。

"老叔，醒醒吧，你披着个湿麻袋，当心着了凉呵！"

"什么？"他像受了惊似的站起来问。

"老叔，你今日早饭吃的东西太少呵，给你三块干粮，只吃了一块。"

从前，老古每次到里头院里去吃饭时，这闺女也常对他说过一些关切的话，有时还帮他洗衣裳补鞋子，可从来没有像今天这样说得柔和亲热。她低着头玩弄着自己的辫梢，大眼里好像还噙着泪。

"我，我吃不下呵！"他感动地说。

"大叔，你这几天心里像有什么事似的。"

"三姑娘……唉！"

他停了一会又说："三姑娘，这人活在世界上，就像这牲口似的，老围着碾盘转，转来转去也出不了这个圈儿。早先，你娘在这家受苦，如今，你也在这家受苦。……三姑娘，你别说我说，你也该想一想，你爹是个什么样人？要是犯在他手上，唉！……”

不想那姑娘猛地把辫子往背后一甩，一咬牙，又狠狠地给了牲口一下，然后转过身去，走到门口，扬着眉毛，瞪大了眼，看着乱麻似的雨点，一动也不动。

这可使老古吃了一惊。他知道这姑娘虽是不大爱说话，气性却是挺大，以为自己的话使她动了气，只好赶紧搭讪着走了出来，回到自己的屋里。

一整天他就闷在那破屋里，一直在想这个问题："这两个小人都是这么倔，命定了该往死路上走，使牛劲也拉不回来！"

可是到天黑时，他又想用别的办法再努努力，就找了钱捣鬼去，对他说："二爷，你开开恩，我跟大刚想辞工……"

钱捣鬼说："什么？你想辞工不干？正在个忙时候，你想调皮捣鬼吗？"

"不是那话，二爷，大刚病了，没人照管。再则，这孩子又太不成器，我离不开他。"

"放屁！他年轻力壮的，平白无故干么闹病？我早看出来是故意调皮！"

"二爷二爷！"老古着起急来了。"是真的！你开开恩，要不，让我夜里去跟大刚一块睡觉去……"

"你混蛋装糊涂！你夜里不喂牲口吗？对你说，天一晴马上叫大刚上工，如若不然，我有法儿治他！知道吗？"

老古还想说些什么，可是钱捣鬼早顺手给了他一白纸扇子，一连声地叫他滚蛋。

他简直急傻了。转身走出门来，却又不由自主地返了回去，结结巴巴地说："二、二爷，听说，这、这些日子，四下里正闹土匪，绑票杀人，前日正下雨，刘庄就抢了一家……"

"什么？"钱捣鬼觉得好笑，"你想辞工，想到你那破家里睡觉去，是怕我连累了你吗？"

“不是那话，二爷，我说，你这前门后户的，夜里也得注点意呀……”

“你少管闲事，知道吗？”

“我说二爷……”

“我叫你滚蛋，知道吗？”

“知道，二爷，那还能……”他就只得缩着脖子退出来了。

夜里，老古又找钱捣鬼去磨缠了半天，直到挨了两嘴巴才退了出来。可是他那含含糊糊的话语里，不免露出了马脚，首先引起了大屁股妞儿的疑心——对于这些事，女人总是比男人精得多——于是就出了事情。

当天半夜里，恰巧天气晴了，有点昏昏的月光。那姑娘又像前几天一样，偷偷地开了后门，可是刚走出去就被钱捣鬼抓回来了，接着就发生了一阵疯狂的吼叫声和凄惨的啼哭声。这就把老古惊醒了，一听就知道出了事，就偷偷地开了大门，跑到大刚院里一看，没了人；回来走到钱家后门外边，看见一个黑影子正在往墙里翻，他一下子就认出来是大刚，上去就抱住了他的腿，轰隆一声，两人都摔倒在地上了。老古一下子抓住了大刚手里的切菜刀：“孩子孩子！你拿着这个打算干么？你可不能干出来！”大刚正在着急挣扎，忽见钱家后门吱的开了道缝，伸出个圆圆的胖脑袋来，他认出是钱捣鬼，就更急了，使劲把老古推开了，跳来就是一刀，不想钱捣鬼猛一缩头，那刀却砍在门板上了，拔下来想再砍时，两只胳膊却又被刘老古死死地抱住了。钱捣鬼得了空，跑到街上一嚷，乡公所的乡丁们就出动了，街上就人喊狗叫的像开了锅。大刚狠狠地对老古嚷了一声：“你坏了我的事！”撒腿就跑，可是已经晚了，刚到村口上，就被乡丁们两枪托子打倒了，立时就被五花大绑地捆了回来。

当时就吊在乡公所里拷打了半夜。

天亮时，钱捣鬼亲自押着送到县里，靠着他有两个女婿在县里做官，问成了抢劫行凶的案子，不到一个月，就把个壮小伙子生生地治死了。

在这一个月里，老古不知给钱捣鬼磕了多少头，可是他所得到的只是大刚的尸首。

他从县里领回尸首的那天，正是那姑娘被从地窖里放出来的那天。原来钱捣鬼已经把她卖给了刘庄集上一个商人，这时为的是叫她出来透透气，准备明天就要上轿出嫁。

可是当天下午，这姑娘不知怎么偷着跑出来了，跑到大刚院里，看见两个木匠在做棺材，她就不声不响地抓起把斧头来，冲到大刚尸首跟前，只惨叫了一声："天啦！"就一斧头砍在自己头上了！

当时谁也拦不及，也不敢拦。

七

从这天起，老古一连有三天没有说半句话，也不哭一声。钱捣鬼把他叫了去，威胁他：如果他把这两个青年人的故事对人冒出一个字来，就要了他的命！又说："今年你叔侄俩的工钱我一文也不给，你想要的话，咱俩到县里打人命官司去！"他也没答声，简直像疯了一样。

当时村里穷人们看着他可怜，相帮着把他哥当出去的那二亩地赎回来，把大刚葬在那地里了。

至于那姑娘的尸首，钱捣鬼说她是疯病死的，丢了钱家的面子，只用一口不像样子的薄木棺材装上了，不许葬在自家坟地里，胡乱埋在河边的乱葬岗里了。

当大刚的棺材入土的时候，老古就真的疯了。他跪在新坟面前，眼睛发直地望着天，叫道："天！天！你不是天！你长着半边天，你塌下半边天，你压在我头上，你太狠心！"又低下头来趴在地上说："大刚，我做错了事，我做错了呵！"又忽然跳了起来，一边跑，一边嚷："错了！错了！错了！……"跑得那么快，谁也追不上，也不追赶。

从此他就在附近村里流浪着，一见了人就跪下来，磕头作揖，说："你说我错了，我就错了，错了，错了……"又仰起头来望着天："你塌了半边，压在我身上，你好狠心呵！"

半年以后，他慢慢地明白些了，就回到村里种那二亩地。可是他心里的疙瘩并没有化掉。在一天夜里，他忽然想到个主意：一个人，带着把铁掀，摸着黑悄悄地走到河边的乱葬岗上，立在铁花的坟面前，说："三姑娘，你要是有灵，可别吓唬我呵，我给你成全成全，是向着你呀！……"就几铁掀把那坟堆刨开了，取出那薄木棺材来，使足了牛力气把它扛在肩膀上，走走歇歇，到了自己的地里，紧挨着大刚的坟刨了个坑，平平地埋下了，又回去把原来那个坟坑照样儿填起了一堆土，土面上又撒上一层干沙，免得露痕迹。

以后，他又在这块地的庄稼缝儿里栽了几棵果子树，特别在大刚的坟边栽了棵李树，在铁花坟边栽了棵桃树。几年以后，两棵树的枝杈子互相够得着了，他趁地里的高庄稼围得挺严实时，悄悄地想办法把两棵树的四条枝子缠绕在一起。等庄稼割了时，那四条枝子就像皮肉生在一起的一样，纠缠得紧紧的了。不久以后，钱捣鬼两口子都先后死了，他知道小财主钱家宝不大理会这些老辈子的事情，就把铁花的坟也偷偷地堆得跟大刚的坟一样高。

当他做这些事情时，总是在心里说："老天爷，你狠心吧！你安排人吧！我恨透了你！我要扭天行事！我要反常！我活着一天就得这么办一天！我死了，你叫我下辈子变牛马吧！我不怕那个，我也知道做人的味儿并不强！"又说："大刚，三姑娘，你们在地下成亲吧！你们活着时，我对不住你们，死了，我要让你们在一起！"

人们光知道铁花和大刚是为什么死的，并为他俩的惨死所感动，却不知道他俩的详细故事，更不知道这两座坟和这两棵树的真情，由同情发生猜想，从此就产生了"相思树"的传说。

在春暖夏热的时候，老古就住在树下面的小窝棚里。在叶荫里，花影里，在醉人的香味里，他醒着也好像在做梦，不是叭哒着烟锅子出神，就是在树底下蹓跶来蹓跶去。有时还摇摇花枝，摸摸果子，总好像看见了那对青年人红红的脸蛋和亮亮的眼睛，总觉得他俩真的匹配了良缘。他心里就又快活又骄傲，好像是对老天爷报了仇出了气。可是他到底又不敢把这相思树的故事告诉人，因为他到底还有些怕老天爷，怕说出来让神灵们听见了，自己的罪过就更大，万辈子也洗不清。

在这次村里开始进行土地改革时，别的穷人们经过了政策教育和诉苦以后，脑筋都"开"得挺快，只有刘老古好像进步很慢，他总觉得土地改革太"反常"，总有些相信"命"。

当土改工作进行到丈量土地时，人们都愿意先丈量村南的好地。这些好地都是钱财主家的。其中又有一块二十亩最好的头等地，这块地奇怪的是正当中有个石头乌龟，人们一向对它也有些奇怪的传说，说它时常显灵显圣，连钱家的人们也不敢轻轻地碰它一下。当量地的人们开始动“丈竿”时，人群里忽然跑出个老头子来。这老头子有八十多岁，名字叫刘老印，他一只手拉住刘老古，一只手推着他家两个二十来岁的孙子，叫他俩摇晃着把那石头玩意掀倒了，又用铁锨照准那坑儿往下刨。刨到三四尺深时，却显出块石头来，约莫有二尺来长，一尺来宽，摸掉土一看，上面刻着有一串子字：

刘洪记祖传业地　钱开源无理霸占　后辈子孙如有报仇之日凭石为证　永记不忘

刘老印老头子就当着众人讲开了这个故事。原来这刘洪记（刘老洪）是刘老古的祖爷爷，原有这二十亩好地。这地南靠河边不远，北跟钱家大坟地交界。这年夏天，一连几天大雨之后，刘老洪忽然发现地里的庄稼被什么东西压成了一条路，又发现地当中有个石头乌龟。他认得这玩意原是钱家坟地里的，就跑去对钱家一说。那钱开源老财可就发起抖来了：“可不得了！你可千万别动它！”从此就闹起鬼来了，说这石头乌龟得了钱家坟地的灵气，成了精，趁下大雨时要到河里去顺流归海。钱家就成年地烧香磕头，请僧道做“功德”，天干时又领着人向它求雨，把地里的庄稼踩得不像话。刘老洪怕他家有钱有势，被迫用很少的价钱把这些地卖给他家了。他一口冤气不能出，就偷着在这石乌龟下边埋了块“记恨石”。……

说这故事的刘老印的爷爷是当时写卖契的先生，所以知道这事，告诉了老印。老印早就忘了，这时因为来看丈地，才忽然由这石头玩意身上想起来了。可是刘老古家里不知怎么倒失了传——其实这也不足为怪，庄稼人常常记得住在三国时候有个关公，唐朝有个薛仁贵，却记不住自己家里百十年以前的事。如果仇恨不被人忘掉，世界上压迫人的人早就站不住脚了！

刘老古这一下可就明白过来了：原来穷人的命真的不是由老天爷安排的，而是财主家祸害的。如果他家有这二十亩地，还会发生这些悲惨的事吗？如果世界上没有剥削鬼，穷人还会这么倒霉吗？

他觉得自己以前是过了一辈子糊涂日子，真是又悔又恨。为了想叫后辈人不再糊涂，他就把这相思树的故事当了宣传材料，逢人便说。

每逢讲到结束的地方，他就叹口气说："唉！要是大刚跟三姑娘生在这世道里，可该多么好呵！"就起身从树上摘下几个果子来，分给那些听得出了神的男女青年们，说："吃吧，这是相思果！如今你们都分了地，就好像庄稼有了根一样，什么都由你们自个作主了，你们要是看上了谁，就跟谁'对'上'象'吧，往后是你们的世界呀！……"

1950年春，于北京

载于三联书店1950年版短篇小说集《壶嘴儿说媒》

东西李庄的故事

一

东西李庄，听名字像两个村，其实是一个村。据说：古时候这里是一片荒芜的盐碱地，后来从西边山里来了两家逃荒户，一家姓黄，一家姓赵，看见这里一展平川，就住下来开荒种地，慢慢地才成了村庄。因为围村尽是李子树，就取名叫李庄。

这李庄的人祖辈上虽然是两姓，只因共过甘苦，倒像一家人一样，从来没有发生过不痛快的事情。后来满清旗人实行“跑马圈地”，一个旗人骑着匹大马围李庄一跑，凡马蹄圈子以内的地就都成了他的私产了，全李庄的人们就多数都成了他的佃户，每年给他交租子。后来这旗人又把地分成两股卖给了两家汉人地主，这两家地主一家姓张，一家姓王，在李庄东西两头盖了两座大院落，人们叫东头张家是东头大院，叫西头王家是西头大院。李庄的穷苦农民们姓黄的多半住东头，多是张家大院的佃户，姓赵的多半住西头，多是王家大院的佃户，这就开始有了“东头”和“西头”的说法。

又据说，当初旗人卖地时，本来就不知道自己的地有多大块，当然就更不知道卖给张王两家的地该从哪里分开。他两家又各存坏心，都在红契上捣鬼，所以后来为了四五顷大一块地两家打官司。官厅里又糊里糊涂结了案，判定两家轮年收租。两家都不服，每年到收割庄稼时，如果轮到王家收，张家就带着佃户去偷割；如果轮到张家收，王家也带着佃户去偷割；都鼓动佃户说是偷多少是多少，打下粮食跟东家对半分。有些人因贪小利就受了骗，每年总得为偷庄稼打架。打来打去，两家地主至多不过出点钱买几包药，佃户们却流了血，结了仇。

东西头的仇气就是这样起来的。一结了仇，就把祖辈同甘共苦的事情忘了。

后来，有一年南边“长毛造反”，有个叫林凤祥的“长毛”领着人马打到河北省来，李庄这一带村子就有的人暗里顺了“长毛”。有一天，官家一名探子走到李庄洼里被人暗杀了，满清皇帝大惊，派一名官儿来调查，赶巧这天李庄正是个大庙会，高台大戏非常热闹。这官儿来一看，回去奏上一本，说这里老百姓如此这般太平无事。皇上高兴，为了收买人心，给李庄老百姓发下许多赏赐。当时这村两家财主里东头张家比较有头面，对这官儿应付得好，这一切的赏赐就都被他家独吞了，只给东头农民们请了几十桌酒庆贺了一番。这一来西头王家可就气红了眼，就鼓动西头的农民跟东头打了一场恶架，伤了好几个人。这一来两头的仇气就结得更深了。

后来，西头财主信天主教，倚仗洋人势力欺负东头；东头财主又跟着闹义和团，烧西头的教堂；两头又干了个血流成河。

到民国初年，东头财主念书的人多，讲“革命”；西头有在满清绿营里当武官的，讲“保皇”；剪辫子和留辫子的事使得两头的人们又干了几回架。

这么一来，两头的人们就自动分成东西两个村，分两个地保管事，分两头完粮纳税，取名叫东李庄和西李庄，四外的村就简称它为东西李庄。

这东西李庄实际上当中只隔一条六七尺宽的南北胡同。附近村的人们给编了些笑话，说道：“东西相争，胡同为界。”又说：“东村大哥鼻子红，西村大哥眼睛肿，干吗红来干吗肿？不怪你的鼻高，不怪他的眼球凸，只怪两村离得近，早起抬腿走出门，未曾小心碰了碰。”

二

如今单说这条南北胡同里面，住着对门两家，东头那家姓黄，西头那家姓赵，黄家是东李庄户口，赵家是西李庄户口。这东西李庄既是“胡同为界”，这黄赵两家就可以说是两块“界碑”，两头人打吵起来，他两家就是两军阵前的先锋官，所以两家的仇气更是特别大。财主们又常趁风拨火，东头财主对黄家说："你们家门口那条胡同是属俺们东李庄的，可不能让西李庄的人走呀。"西头财主对赵家说："你家门口那条胡同是属俺们西李庄的，可不能让东李庄的人走呀。"于是，两家人如果同时面对面地从胡同两头走来了，不是互相瞪眼，就是互相扭脖子。如果两家都担着水面对面遇上了，水桶准得碰一下，就得骂几句街。如果两家都赶着大车对面遇上了，就谁也不给谁让路，就得打一场恶架。于是，如果黄家的猪失错跑进赵家院里去了，就别想还是长两个耳朵回来。如果赵家的鸡失错飞进黄家院里去了，也别想两个翅膀不断一个。如果黄家的小猫偷吃了赵家的小鸡，不出三天，那小猫准得丧了命。如果赵家的老狗吓着了黄家的孩子，不出三天，那狗准得落个半死。猪狗猫鸡都遭了殃，就该轮到别的了：黄家院里晒的衣裳不知怎么不见了，赵家院里桃树上的桃儿就一夜被偷了个净光。接着，黄家院里的柴禾堆会无故起火，赵家院里井里的水忽然臭气熏天……

像这样的事真是数不完说不尽，谁也记不清他两家吵过多少回嘴，打过多少回架。直到抗战以前，东西头两家财主因为后辈不成器，比早先家落势衰了，东西两头穷人们也像是心眼儿明白些，打架的事儿也就少了。可是这两家"界碑"却还是死心眼儿，明争暗斗，决没有妥协的意思。

这黄家当家主事的老头子名叫黄老贵，四十多岁，是个炮仗脾气，碰着了就暴跳如雷，嚷起来声音压全村。这赵家当家主事的老头子名叫赵老富，也是四五十岁，有个牛筋子劲儿，生起气来不嚷不跳，只是扭住就打，打人不手软，挨打也不叫饶。他俩不说这脾气是针尖儿对麦芒儿，就连取的名字也是对着的："哼！你家叫富，俺家就叫贵，看看谁赛过谁！"所以他俩从在娘怀里就不断地受大人们的教育，就像两只小公鸡似的，是在争强比胜里长大的，到现在活了这么几十年，还像是两只见不得面的红眼鸡。

这黄老贵的老婆子人们都叫她金妮她娘，原因是她有个闺女名叫金妮。赵老富的老婆子人们都叫她铁子他娘，原因是她有个儿子名叫铁子。两个老婆子都是心窄量小的人，都是男人的拨火棍。黄老贵虽然没有小子，却还有个光棍兄弟，虽然是极老实的人，每逢跟赵家吵打起来他也能帮两手，所以两家摆起阵势来，也正是针锋相对，谁也不弱过谁。

可是说起来叫人难信，这黄老贵和赵老富虽是这么一对红眼鸡，两人却还共过事情，并且要不是互相帮了一手，恐怕谁也活不了命。

这事儿也怪有意思的。

据人们传说，在多年以前，有一天，正是连天大雨刚晴，黄老贵上地里去看庄稼，天傍黑时回家，走到洼中间时，听见对面地里有人嚷叫。再一听，叫声像是从地里面出来的。赶上去一看，原来是雨水把地皮下面的土泡松了，陷进去了一个洞（这一带地面原是水淤起来的，每年下大雨常会有陷地的现象发生），这时洞里那人嚷叫的简直带了哭腔了。黄老贵就解下束腰带垂下去，叫道："别着急，拉住束腰带就上来了。"下边答道："哎呀，大哥，你这可是积德呀！"不想上下同时一使劲，黄老贵脚下的土一软，也陷下去了！因为天又暗，洞又深，两人在里面谁也瞅不见谁，就鼻子碰鼻子地互相问道："你是谁？""你是谁？"话音刚落，两人都同时一愣，两颗心都怦怦跳起来，原来先掉下来的那人是赵老富。黄老贵马上一转身，赵老富也马上一转身，可是还是背挨着背，火辣辣的怪别扭。黄老贵扒拉扒拉想上去，四边土松泥软，不成功。赵老富试了试，也失败了。天已经黑了，肚子也饿了，身上也感觉冷，脚下又是没腿的泥浆子。黄老贵就又转过身来，赵老富也转过身来，两人一辈子除了吵架没说过话，这时却再也忍不住了。

黄老贵先叹了一口气："唉！"

赵老富接着也叹了口气："唉！"

黄老贵听见对方也叹气，就从鼻子里哼哼苦笑两声，意思是说："真他娘的冤枉碰着冤枉！"

赵老富也像是知道对方的心思，也"咳咳"干咳两声，意思是说："真他娘的巧对巧！"

最后，还是黄老贵炮仗脾气忍不住，自言自语地说了话："咳！怎么着？"

赵老富也不好意思地接腔道："唉！怎么办？"

黄老贵说："怎么办，我踏着你的肩膀先上去吧？"

赵老富说："那你可别走了不管我呀！"

黄老贵赌咒说："要那么着，我遭天雷打！"

赵老富说:“咳！还是靠不住。”

黄老贵忍不住生气道:“靠不住怎着？咱俩都死在这儿吧!”

没法,赵老富只得让黄老贵踏着肩头子爬上去了。黄老贵一上来,本想不给赵老富帮忙,可是赌了咒不敢翻悔,只得故意多磨蹭时间,直急得赵老富在底下说了半天好话,才用束腰带拉他上来。

黄赵两人从来没对人承认过这件事,所以这事到底是真事还是人们瞎编的,实在没法确定,不过另外有件事倒是真的。

七七事变那年,头几天听说日本人占了县城,这一天村里真的来了一队便衣特务,向两个村各要一千斤麦子。那时这里还没有共产党的领导,村里两家地主又都成立了“维持会”,对日本鬼子的命令唯命是听。第二天,东李庄办公的派的是黄老贵出夫送粮,西李庄办公的恰巧也派的是赵老富出夫送粮。黄老贵没见过日本人,胆怯得不行,可是那时办公的说句话就是圣旨,不去不行,只得起早硬着头皮赶着大车往城里走。走到城门口,按村办公的教的办法,对守门站岗的日本兵行了个鞠躬礼,叫了声“太君”。不想日本人和汉奸不让走,叫他站在城门口等着。等了半个多钟头,只见老远又来了辆车,赶车的却是赵老富。等他走近了,汉奸问他是哪村的,又问黄老贵哪村的,又问他们两个村离多远,认不认得,互相怎么称呼。两人都明白:只要说一声认得,马上就可以通过,要不的话,谁知道会发生什么事情？两人都吓得两腿弹琵琶,急得心里敲小鼓。

黄老贵瞅了瞅赵老富,正和赵老富的眼光碰在一起,两人都明白对方心里在说什么话。

黄老贵心里说:“操你的姥姥,你先说吧!”

赵老富心里说:“真他娘的,你先说吧!”

可是赵老富比黄老贵更胆小,只得先开口道:“他,他叫黄老贵,俺俩家住对门。”

黄老贵也接腔道:“他,他叫赵老富,俺们成天里见面的。”

汉奸熊道:“你们认得怎么不早说?”

两人齐声说:“俺们是,是吓傻啦。”

汉奸骂了一句:“真他娘的!”把手一摆。两人像得了赦令似的抬腿就走。不想刚走了两步,忽听得脑袋后面“嗯”了一声,吓了一跳,回头一看,汉奸扬着头望在一边，鬼子还是挺胸凹肚地坐在那里，都像没嗯声。两人又转身要走，那汉奸却说道："说你们呢，皇军的规矩，进城得盖戳子！"

两人愣了愣，还是黄老贵胆子较大，装出笑脸说："队长，俺们是给特工队送粮食的，也没带公事条子，不须盖戳子吧？"

可是汉奸把他俩一拉："过来吧！"都叫把头低到鬼子下巴跟前，鬼子用个什么硬东西在他俩脸上死劲按了按，然后又："嗯！"两人一抬头，你看见我脸上有个红印，我看见你脸上有个红印，不觉同时打了个冷颤，心里都涌起了一股子火。

这件事过后，他俩在各人的仇气上说是觉得别扭，可是都觉着受了洋人的羞辱，气恨的劲儿却是一致的，所以回村后并不瞒人，说得两个村都知道了。明白些的人就说："看起来咱庄稼人哪怕有天大的仇，也不跟对日本人的仇大。"

除了这两件事以外，黄赵两家的老婆子也共过一回事，也是挺有意思的。

是三年以前的事。两家老婆子都在村西地里拾麦穗。这块地原是王家财主的，向来是不高兴叫穷人拾庄稼的。两人看见这地里丢的麦穗挺多，就低着头谁也没招呼谁地走进去了。本打算趁没人时赶紧拾两把就走，不想被财主家狗腿子站在村里高房上看见了，赶到地里来捉到王家大院里，硬说她俩偷了地里的麦子个儿，吊起来揍了一顿，还要每人罚一斗麦子。她俩当然死口咬定不承认偷。可是这坏蛋知道她两下有难解的仇，就故意问道："金妮她娘，你说说，你看见铁子他娘偷了麦子个儿没有？"又喝道："快说！谁说了实话就放了谁！"这坏蛋满以为她两下里会互相咬对的，不想两下里谁也死口不说，就气得跳起来嚷道："不说？好！揍死你们！"抡起棍子就下绝情，打得两人火起，不约而同地齐声嚷道：

"她没偷！"

"她没偷！"

"没偷！没偷！没偷！"

这坏蛋没法，把她俩都吊了一整夜。在这一整夜里，两人都想到了穷人的苦处，都叹气流泪，都是多么想互相说说心里话啊！

抗战胜利那年的春天，这一带来了八路军，进行合理负担、减租减息、除奸反特各种工作，就用他两家这三件事对两村的人们进行教育，给了人们很大的感动。

在反特斗争中，人们又发现了，原来张王两家地主都参加了国民党，暗里跟日本人有勾结，在破坏抗日工作上并且互相配合行动。有些老年人再一提起老辈子以来地主挑拨农民们闹架的事，大伙就都明白了：原来财主们是一方面为了自己争权夺利，把农民当枪使；一方面为了叫农民们忘了阶级仇恨，才故意让互相结仇。人们这才看清了真正的仇人，就对两家地主展开了一场轰轰烈烈的斗争。

后来，民主政府接受农民的要求，把两家地主送到县政府里关起来了。东西李庄又把“东西”两个字去掉了，又合成一个村了。

可是东西庄虽然合并了，村名儿却没有改，因为被本村和外村的人们叫惯了，索性不改了。不过这村名倒是小事，更重要的是“胡同为界”的“界碑”也还没有拔掉。这时黄老贵和赵老富两家虽然都有些觉悟，并且都在反特大会上诉过冤情，可是两家人性都太死板，心里是已经没事了，面子上总不好意思打招呼说话，碰见什么事情也总是故意避开，无论村里人们想什么办法替他两家往一块粘，也粘不拢。

说到这里，就该归功于两家的闺女和小子了。

三

这时黄家的金妮已经长到十八岁，出落的模样好，家里地里灶上灶下的活儿都是好手，前几年本来在外村找了个婆家，不想还没成亲，那家的小子就被日本人抓去，一直没见信儿。赵家的铁子这时整二十，也是个粗眉大眼宽肩膀厚胸脯的好小伙，耕耩锄耪各样地里活儿都高人一等，因为家穷，也没娶媳妇。

从前，当金妮生下地时，黄老贵和他老婆子觉得对门赵家得了个小子，自家的却是个闺女，挺气忿：“哼！别看你家是个小子，傻小子还不如俊闺女哩！”又说：“你家的叫铁子，俺家的就叫金妮，看到底谁赛过谁？”赵家也猜出了黄家的心思，常冷笑：“哼！不害臊，拿着闺女比小子，拿着赔钱货当了聚宝盆！”这么着，两个小人儿也跟两家的老人们一样，是在争强比胜里长大的。可是，说一样却又不一样，谁叫他两家生的是一男一女？又谁想到这一男一女都生得好人材？又谁叫两个好人材住的门对门？又谁叫两个好人材从小儿就爱互相注意？又谁叫两个好人材都会看眼色猜心思？……

自从八路军一来，金妮参加了妇女会，各样工作都“起模范”；铁子参加了民兵队，背起大枪来也挺威风；两人又都参加了冬学，每天夜里从一个胡同里出进。

每天晚饭后，铁子是枪不离身，背着枪上学去。走出大门时，总要朝对门看两眼，并且放慢了脚步，大声唱着《夫妻识字》秧歌剧里面的歌子：

黑洞洞的天上，出呀出星星，
黑板上写字，放呀放光明，
写的字，放光明，
学习二字我认得清……

金妮在屋里听见了，连忙放下饭碗，说了声：“娘，我上学去。”她娘说：“剩下一口粥不喝了它？看你忙的！”她也不管，夹着小书本就出来了。

也许是因为金妮走路脚步轻巧，虽然两人离得那么近，铁子却听不见；也许是他听见了，却故意装着，还是一个劲地唱下去。

胡同太窄，铁子又把大枪横背着，金妮不好意思超赶过去，却不知为什么老忍不住要笑，怕真的笑出声来难为情，就轻轻地咳嗽两声。不想铁子的歌声忽然像被刀切断了似的，一下子顿住了。两人就都低了头，都听得见自个的心在突突地跳，一直走到大街上，铁子怕被人碰见，才放快了脚步。

有时金妮先吃完饭，夹着书本走出门时，也总要朝对门院里看两眼，也不知不觉地放慢了脚步，并且尖声唱道：

识字牌牌好比是明灯一盏，
牌牌上的字儿记心间，
什么字，记心间，

这两个字儿叫生产……

铁子在屋里听见了，也连忙丢了碗跑了出去，小伙子走路不像姑娘们那么轻巧，嗵嗵地响，金妮的歌声一下子就停顿住了。于是两人又一前一后，各人听见自个的心怦怦怦地跳。

这么着，慢慢的就有了进步：当金妮在门外尖声唱着走过去时，铁子就不再那么莽撞了，却悄悄地走出门来，悄悄地跟在后边，并且悄悄地和着金妮唱，好像戏台上两个角色对唱一样——

金妮唱："庄户人为什么要识字？"铁子就接腔："不识字不知道大事情。"

金妮就格格地笑。

于是两人就由一前一后，变成一左一右了，变成肩并肩的了，变成言来语去的了，最后，就心心相印了。

却只怕自家的爹娘抱成见，没敢提出来说。

后来，金妮常到对门赵家去借家具使，铁子也常到对门黄家去检查民兵们挖的地道。金妮一进赵家的门，铁子就忙张罗，铁子一进黄家的门，金妮也忙答应。两家的爹娘都看在眼里，心里都同意，却只是碍着一层脸皮，谁家也不好意思明提。

直到一九四七年冬天实行土地改革，把张王两家地主的地分给了农民，实行了土地还家，黄赵两家除了分了地，贫农团还故意给伙分了一匹驴。

这匹驴在贫农团里喂了两天，黄老贵和赵老富两人谁也不好意思去牵得家来。两家老婆子一辈子没有养过牲口，可就沉不住气，要埋怨贫农团的人们办事缺德吧？可又提不出理由去找人家理论；埋怨各人的老头子不作主吧？也没有用——因为她俩自个也不愿作主。于是想来想去，就埋怨起各家的孩子来了。

铁子的娘对铁子唠叨道："个没出息的东西！成天里学习呀，生产呀，放着活活的牲口不牵回来，这叫生产？"

铁子知道娘的心思，却故意要憋她，瓮声瓮气地说："你们老人不作主，俺们小人敢怎么着？"

娘却嚷道："我把你个该死的！你还拿捏人呢，翻身啦，自由啦，谁还不知道往后的世界是你们的，还用俺们作主？"

同时，对门院里，金妮的娘也对金妮埋怨道："个死丫头，成天里《夫妻识字》呵，《兄妹开荒》呵，放着驴快饿死了，也不牵得家来，俺们老的怕么，往后两条腿一伸死了，这家底儿还不是你们的？你就不往长远里想一想？"

金妮也知道娘话里有话，却也故意憋她道："哼，这驴又不是俺一家的，光俺一人作得了主？俺牵得家来，往后可怎么着？"

娘咬着牙恨恨地说："个死丫头！这些日子你当了我是瞎眼猴儿吧？我还看不出你们的苗头儿吗？我叫你趁势儿拿捏人，看我不撕你的脸！"说着就真的跳下炕来赶着要打。

金妮知道娘是装样儿，格格地笑着往外跑，不想刚跑出大门，正好碰见铁子也被他娘赶着跑出来了。

两个老婆子像约好了似的，同时把门一关，剩下两个小人在外面笑弯了腰，脸红得像火炭儿似的。

好容易止住了笑，铁子问："你笑么？"

金妮说："你笑么？"

铁子说："甭说，是为驴的事吧？"

金妮又笑得揉起腰来了。

于是，就由两个小人作了主，把驴牵得家来，一家喂三天。

从此，这匹驴牵来牵去，就把两家的门串成一家了。

这么着，村里人们就想出办法来了。

四

就在第二年的大年初一，黄老贵一家子先听见对面院子里男男女女唧唧嘎嘎的挺热闹，接着又听见胡同里一阵笑声，正要出去看，忽然听见自家院里脚步响，原来是赵老富来拜年来了！只见那老头子大概是喝了两盅酒，也兴是心跳得太厉害，脸红得像关公，满口大哥大嫂地叫。黄老贵和金妮她娘忽然觉得心里一热，差点掉下泪来，连忙像招待老亲家似的，让坐在炕上剥花生，两下里一句赶一句地说话儿，说着说着，就说到儿女亲事上来了。

赵老富问："你家金妮今年多大了？"

黄老贵说："咳！十九岁啦，大人啦！"

赵老富说："你老两口有福，好闺女，干起地里活来赛男人。"

金妮的娘说："嗨！她大叔，不瞒你说，她爹也老啦，没个小子得继，这丫头原说了个婆婆家，指望女婿是个靠膀吧，那女婿如今又没了下场，咳！"

赵老富说："哎，这个事甭愁，如今的政府兴退婚，退了婚再说一家……"

不想他话还没说完，院里忽然有人笑道："哈哈！金妮你臊什么劲的？你往哪跑？你该谢谢俺们才好哩！"原来外面窗户根下早趴满了人，听了多半天了，闹得黄赵两人都红着脸笑开啦。

又听见农会主任张老印的声音说："看你们这些青年人，笑什么？要弄得我前功尽弃可就坏了！"又大声说："老富哥，我也不进去了，第一着棋我逼着你走了，下一着棋就看你自个的了……"他哈哈笑着就出去了。

这一来赵老富心里有了底，第二天就托了农会主任做媒人，果然一说就成。到正月十五，两个小人就结了婚。

在结婚那天，村里就势儿召集了个全村团结大会，村干部们把老辈子结仇的事细细地数说了一遍，把黄赵两人都推到主席台上去，硬逼着互相叫了声："亲家。"人们都说："唉，真是，冤家变成了亲家……"

吃喜酒时，赵老富拿起杯子来敬黄老贵的酒，摸着胡子说道："唉！咱两家多少辈子啦！没想到，没想到……"

黄老贵也笑着说："老哥，咳，真啦！……"

从这以后，黄赵两家就成了一家人，东西李庄"胡同为界"的"界碑"就连根拔掉了。从此，全李庄的人们就像以前一样，大伙都是和和美美的。

1950年冬，于北京

原载1949年9月4日《人民日报》，收入三联书店1950年版短篇小说集《壶嘴儿说媒》

刘老济

屋子里，炕上地下，坐着十来个人，大家谈得很热闹。叶子烟的烟雾弄得人们的面貌都模糊起来了。桌子上，小油灯豆粒大的火焰像是想摆脱烟雾的缠绕，又好像是因人们的谈话而激动，挣扎着摇晃一阵，跳跃一阵，又安静地休息一会，然后又更加活泼地摇晃起来。

我坐在炕角上的黑影里，静听着每个人的发言，自己却一言不发，为的是让人们把我忘记，好更加自由地发表自己的意见，暴露自己的思想情况，和锻炼自己的思辨能力。

这是一个"打通思想"的会议。没有主席，也没有记录，更没有什么"会议程序"，是个漫谈会。但也有两个中心人物——刘凤阶和他的父亲。

刘凤阶是个二十多岁的青年人，普通的庄稼汉，全省的模范宣传员之一，胸前经常挂着一个奖章。他原来并不识字，却能够在一两年的时间内，学会了编写快板、鼓词、小戏本，还会敲竹板弹弦子。他外表上看起来毫无特点，甚至显得有些笨拙，内心却非常聪明非常热情。为了配合中心任务突击宣传材料，他时常整夜不睡觉，和三两个同伴一起，说说唱唱，敲敲打打，像中了疯病，直到天明。旧历年前他上保定去受过十天"互助合作训练"，回来后，由我来帮助他，给他的互助组员们一连开了十几天会，讨论农业生产合作社的道理，和农村经济发展的道路。现在，他们全互助组的人都同意把组转变为社，只有凤阶的父亲刘老济的思想还没有打通。

刘老济是个高大健康的老人，当你第一次碰见他时，你会觉得：这是一个刚从深土里刨出来的，生长了数百年的老树根。他的思想也像那最结实的榆木疙瘩一样，打不断，劈不破，但如果让他燃烧起来，却能够发出旺盛的火苗，而且长久不灭。他全家八口人，三十来亩地，养着条驴。他对于自己的生活和行动都很自信，因为：如果他有什么过错，如果他没能力，他家这个日子是怎么过起来的呢？因此，虽然刘凤阶是个省模范宣传员，却很难对他进行什么宣传。他觉得：儿子总是年轻人，不懂过日子的艰难，不懂人情世故。对儿子所做的工作，他不反对，也不过问，因此也不了解他。对于共产党，他基本上是拥护的，因为事实证明共产党是办了许多好事的。对于参加互助组，他是同意的，也因为别人的先例证明了是有好处的。他对于任何事情都是要看事实的。但对于合作社，本村没有先例，别处的榜样他看不见，又以为别的组员们都是受了村干部的强迫和愚弄才愿意的，所以他坚决不相信。

现在，人们正在像演戏一样，由刘凤阶故意地对农业生产合作社的各个方面发出许多疑问，别人就根据自己知道的给以解答。

刘凤阶兴奋得一会儿蹲在炕沿上，一会儿站在当地，装出傻里傻气的样子，说：

“大伙儿说说，哥儿弟兄们在一块儿过日子，还要抬杠吵架闹分家呢，咱们大伙儿，你姓张，他姓王，能团结得好吗？”

人们就七嘴八舌地抢着说：

“这不碍，有这两年互助组的经验，自愿互利，各不吃亏，干吗会抬杠吵架？”

“再说，还有发扬民主，自我批评……”

“咱们这一伙的人性，谁还摸不透？没有那钩子心专想占便宜的人。”

发言最多的是一个名叫唐保坤的中年人。他生着两片薄薄的嘴唇，说话挺快，像放机枪一样。他从前做过小买卖，文化程度也较高，所以接受新事物较快，但对一切问题，最后总是归结到个人利益上去。他说：

“上级规定的章程，是一点漏洞也没有。比方：我们家，土地比较多，劳力只有一个。可我有一匹牲口，大伙决议，牲口先不折价归公，先私有伙用，社里给租用费，这样我也得益。这么着，土地不剥削劳力，劳力也不剥削土地……”

“谁说劳力剥削土地？”立刻有人打断了他的话——是坐在桌子旁边的村长。“劳力就不会剥削土地，只有土地剥削劳力，没有劳力，土地会长出东西来吗？你这思想，我看，不对头！”他觉着自己有理说不清，很是着急，把领口上的扣子也解开了，眼睛也睁大了。

“老济叔!”坐在炕头上的李德才又站起来了。“你听我说,单干户好比是坐牛车,互助组好比是坐马车,合作社好比是坐汽车,你是愿意坐马车还是愿意坐汽车?”

我暗暗记着的:会议开了这么半天,李德才发过四次言,每次都得站起来,弯着腰,挥着手,用破嗓子直接冲着刘老济嚷叫,而每次总是这么几句话(他是不会讲道理的)。他大概是不习惯这种演戏式的场面,总觉得别人的发言都是拐弯太多,就总愿意直接地对刘老济说话。

李德才是个翻身农民,互助组里的积极分子。旧历年前,他也一同到保定去受过训。据说,刚到训练班里时,他认为:反正来受训的不只我一个,有人记住就行了。所以对上级讲的一切都不在意,讨论会上也不发言。后来他的学习小组专门“搞”了一次他的思想,从此他就专心听讲而且积极发言了。而每次发言必定要站起来,挥着胳膊,仿佛不这样就说不出话来。

刘凤阶又提出了新的问题,别人正在非常热情地作着解答的时候,李德才又站起来了,甚至走到刘老济紧跟前,冲着他的鼻子,用炸破耳朵的声音嚷起来:

“老济叔!大伙说了这么些个话,你也张张嘴呀!你倒说说,你是愿意坐牛车马车,还是愿意坐汽车?”

真的,刘老济一直是蹲在炕头上,吧哒吧哒地抽着旱烟,撅着胡子,眯缝着眼,一句话也不说。

大伙终于忍不住了,好几个人都站起身来,抢到老济跟前,像吵架似的,一片声嚷嚷起来。

半天半天,不想刘老济忽然把烟袋往炕上一搁,一把拉住儿子凤阶的胳膊,哭起来了。

“小子,我不是不信毛主席的道儿,我是……”他哽咽着,转向大家:“你们想想,我这日子是怎么过来的。我敢保证,你们谁也没有像这样干过活儿,谁也没价吃过这样苦。凤阶的爷爷,你们——年岁大点的大半还记得:每天每日,起黑五更,腰里掖着块糠饼子,提着罐凉水,扛着家伙,到地里去。干到晌午了,糠饼子就凉水,吃了,头枕着土坷垃,破草帽盖着脸,就那么睡一小觉。醒了又干,直到星星月亮出来了,才扛着家伙回家……说到吃的：人家不要的蒜辫子，像铡牲口草似的铡了，用水泡着，软了，煮煮就吃，你们吃过吗？刷锅水，倒掉？没那回事！搁在瓦盆里澄着，把浮面的清水倒了，把剩下的底儿当粥喝，你们喝过吗？说到穿的：破麻袋，两层，当中夹麻经子，缝起来，磨得身上的肉，比墙壁还粗糙，擦得着火柴，你们穿过吗？要是闹个天旱水潦，兵荒匪乱，你知道我是着的什么急？把眼都急瞎了，把嗓子都急哑了！……这会，小子，"他又转向凤阶，"你们有口杂面汤喝，可不能忘本！可别随随便便地把日子糟践了！我还能活几年？我怎么也挨不着饿，我情愿光有口杂面汤喝，不想吃白面馍。我是为你们着想。道理都好，可我总是不放心，怕你们一个计算不到，垮塌一下，把日子塌下来了，你孩子家眷一大堆，可怎么过呀！……"

大家，也说不清是被他的神情感动了，还是被他的话语说服了，都各人找到一个位置，坐下来，沉默了。连刘凤阶也两手捂着脸，蹲在炕沿上，动也不动。

小油灯豆粒大的亮光也安定下来，立得笔直，青烟像条黑线似的，垂直地伸向房顶。

真的，合作社，土地入股，谁也没有经着这样的事，有百分之百的把握吗？现在有碗杂面汤喝，不是也该知足了吗？可是，上级所讲的道理，报纸上登的别处的例子，社会主义的前途……

每个人心里都在翻腾着这类问题。

突然，房外——凤阶媳妇的屋子里，"轰隆"一声，像一件什么家具从房顶上掉下来了一样，接着，又听见："哦——哦——哦——"一声接一声，像是一个人喉管里被什么东西塞住了，喘不过气来。

大家都知道这是怎么回事，并不特别惊奇，但到底有些慌张，你看看我，我看看你，感到更加无法应付。

原来这是刘凤阶的媳妇在发疯。自从男人上保定受训以后，她就一天天不正常起来。男人受训回来以后，她就更加神经失常了。有好几次，凤阶企图向她宣传生产合作社的事情，她总是"哦——哦——哦——"，半句也听不进去。老济对凤阶说："她是不明白合作社的事情，吓疯了的。"

"唉！"这时，刘凤阶深深地叹了口气。我知道：他是感到了一种压力，觉得自己无能为力。他看看大家，像向人请求援助。但别人也看看他，希望他设法打破局面。

我不能看着这情形继续下去，不能再沉默了，我想说话了……忽然，从炕里角落的黑影里，有个人站起来了，颤颤抖抖地下了炕，站在刘老济面前。

这人是老头王老春。会议进行了这么半天，他一直坐在我侧面的黑影里，一言不发。他是个翻身农民，对共产党和人民政府的各种政策，总是无条件地拥护。每次村里召集什么会，只要叫他，他总参加，却总是坐在角落里一言不发。有一次，我在他家吃饭，问他："大伯，你怎么开会总是不发言？"他说："我有什么好说的？要不是毛主席领导得好，我死了连块棺材板儿都没有呢，更别说是分房分地！"我以为他是个思想简单而且不会说话的人。但今夜的事实证明了我的看法是完全错了。

他站在刘老济面前，不慌不忙地装了一袋烟，吸着了，然后把头上的毡帽头儿往后脑上一推，不慌不忙地，用很沉重的声调说道：

"老济哥，咱俩拉拉家常吧。我老家是西边山里的人，你未必知道俺家老辈子的事，我跟你说说吧。我祖爷爷，跟你爷爷一样，是个土里滚土里爬，不顾饥饱冻暖的人。常言说：多出力气少受罪，省着粮食心不慌。他干呀，熬呀，吃蒜辫子，哪算回事？树皮树叶是好粮食。可他一辈子置了点么？三亩沙土地！传到我爷爷手上，你知道，他是个能干人，身子又壮实，连种地带做小买卖，挣了十几亩碱地。他挑土，上粪（他那粪筐，就是件宝！），把地质一块块变好。日子刚好过一点，哼！碰见了天旱，从三月到六月，滴雨未下，庄稼种不上，种上了也干得用手摸不得，一摸就碎了，像晒干了的烟叶子一样。六月底，下了场大雨，可是雹子比雨点还多。一大家子人张着口等吃的，有什么办法？卖地吧！十几亩地剩下了五亩，爷爷挨饿生气，死了！"

他顿了一下，又装了袋烟，转身向着大家，越说越兴奋了：

"我父亲哥儿两个，都是好干将。逃荒到这村来，又从头干起，吃糠咽菜，起早挂晚，租人家地种，养羊、打鱼，搓麻绳，只要是赚钱的道儿，就得走一走。可倒好，又置了十几亩地。你猜怎么着？我亲叔伯弟兄一共六个，一分家，一家分了个三亩二亩不等，还是个穷！到我手上，又像老辈人一样，苦了大半辈子，总算添了个二三亩子地。可是，那年一场大水，平地淤沙三四尺，地呢？穷！穷！前边是穷！后边是穷！走得慢穷赶上，走得快赶上穷！我有个说法：这叫做天灾人祸，生、老、病、死。什么叫天灾？水、旱、风、雹、虫，说不清什么时候制你一下。眼看着庄稼长得好好儿的，一夜的工夫就许弄得个寸草不留。什么叫人祸？就是土匪、国民党、鬼子、白脖、地主老财，烧、杀、抢、要。什么叫'生'？就是生儿育女，儿大女大，娶儿媳妇，嫁闺女，分家。什么叫'老'？你明明是好劳力，能养家糊口，可是，你老了，什么都干不动了。什么叫'病'？就是三病两疼，花钱吃药。还有'死'……就是这些事情，叫我们庄稼人永世直不起腰来。你们想想，不是这样吗？"

他越说越兴奋，那张满是皱纹的脸涨得通红，脖梗上冒着青筋，拿烟袋的手发抖，胡子打颤，声音发哑。

"土地改革了！"他像喊口号似的叫起来，"好了！有了地了！我领到土地证，三宿没睡着觉。可是，先别喜欢。我思前想后，觉着：'平分'，怎么是个'平'？往后，谁家没个三病两疼，生老病死？谁能保得住不碰上天灾人祸？到那时候，卖地吧！卖地吧！有钱的，就又成了财主，又有了穷富了。是的，日子在乎各人过，会过的，肯卖力气的，有人力的，就穷不了，也还要买房买地。可是，'天下农民是一家'，这句话你能忘记吗？你买了人家的地，人家不就没了地啦吗？"

"老济哥！"他又转过身去，声音放低了，"你家凤阶有几个小子？"他数了数并排睡在炕上，正在打鼾的三个孩子，又指了指凤阶媳妇屋里，"这边三个大的，那边屋里一个小的，往后还得生——凤阶两口子还年轻。就不说天灾人祸，往后这孩子们长大了，娶了媳妇，又生养孩子，再一分家，你家这三十来亩地，一家分多少？还有，你们老两口子一死，不得花点？生老病死，谁家免得了？"

刘老济听得出了神，老花眼也睁大了。屋子里鸦雀无声，各人的心里都想着心事。

"嘿！共产党，毛主席，早就给老百姓盘算好了！"王老春的动作忽然活泼起来了，声音也柔和些了。可惜因为他背着灯光，我看不清他脸上的笑容。

"社会主义，把小片土地连成大片，大家一块儿干活儿，有福同享，有祸同当，你帮我，我帮你，……老济，你没有得过互助组的益吗？互助组不是比单干户打的粮食多吗？互助组好，合作社更好，集体农庄更更好！集体！集体！我恨不得一下子'集体'了——我就是这样的思想！"

他像断了弦的琴，声音突然顿住了，快步走到门坎那里，坐下来，使劲看着每个人的脸，像是想从别人的脸上推测自己这篇话的效果，又像是惊奇自己竟能说出这么一大篇道理来。

屋子里又是一阵沉默。

李德才又突地站起来，用破嗓子嚷道：

"老叔！你说说，你到底是愿坐牛车还是愿坐……？"

他大概是猛地感到自己这句话重复的次数太多了，没有说完，回头扫了大家一眼，又坐了下来。

屋子里又是一阵沉默。

刘老济大概知道大家都在等着他说话，终于又开口了，但声音低到了极点，简直是说给自己听的：

"我，咳咳咳，我是担心这样……你们知道，我这个日子来得不易……我闲时到地里转转，看看自个儿的庄稼，回来再在屋前屋后转转……我，心里是个什么滋味！往后，唉！都归了大伙，谁家的也不分……"

忽然，有人"噗嗤"笑出声来，原来是刘凤阶。

我知道凤阶发笑的原因，他曾经把他父亲生活上的一些习惯告诉过我，我自己也曾经观察过。

刘老济老头子是有些特别：一早一晚，总爱背着粪筐到屋前屋后地头地尾的转圈儿。他脚步走得很均匀，眼睛眯缝着，脸上是又严肃又欢喜，嘴里不住地喃喃着，好像是说："你看，这庄稼，这房院，多好！来得不易，来得不易……"我相信，当他这么喃喃时，心里一定感到无限满足，无限得意。对于他，这么转转看看，是一种幸福，是"过瘾"。他那粪筐里，除了拾的粪之外，还有一路上顺便拾到的破鞋头，一段烂麻绳，一个破碗底儿等等。他觉得这些东西都有用，都带到家里来，搁在自己住的小套间屋里——这屋里是个破铜烂铁的展览会场，例如少了一半的旧剪子，缺了口儿的破瓦罐——让尘土积年累月地盖了上去。连他的老伴儿也不敢进这间屋子，因为他记得每一件东西的位置，如果不小心给他把某件东西挪动了一下，他就会撅着胡子不痛快。把破铜烂铁安置好了，他就或者坐在外间屋的门口晒晒太阳，或者坐在热炕头上，听着老伴和儿媳妇在厨屋里做饭——听着灶膛里柴禾的毕剥声，铲锅声。灶门口小猫儿的呜呜声，于是，他就又喃喃自语起来。

有一次，我看见他在用高粱秆编寨篱。他把三个三岁到六岁的孩子都叫了去，命令他们把那些高粱秆上的叶子都弄下来，弄得那么干净，他编得也很仔细，以至那段寨篱看起来像一道整齐的金墙壁。当时我走上去赞叹了两句，他笑着说："我这人干活就是这样……我这日子，不容易呀！"

他就是这样一个人，他自己也时常说："我是个农民……"

"老叔，你是愿意坐……"李德才说到这里，又连忙改了口，说道："你怎么这么糊涂？到那时，大家的庄稼都是你的，你的也是大家的，你背着粪筐到地头转转，还怕过不了'瘾'？"

"这话对！这话对！"许多人都附和起来，空气又活泼起来。

"你们大伙费这么多心，也是为我好。"最后，刘老济说。"可是，容我再思摸两天吧……"

……

散会以后，我们走出刘家院子门，村长和李德才几个人都着急地问我：

"打不通，怎么办？"

"打不通不要勉强，让他自个再好好想想吧。"我又悄悄地问刘凤阶："你媳妇是真疯是假疯？"

刘凤阶起先一愣，接着就轻轻地顿了顿脚，悄声叫起来了：

"你这话问得有理！"

第二天一早，凤阶就来告诉我：他媳妇在枕头上对他说了真话，果然是装疯，是老头子教唆的。老头子为的是怕自己万一拦不住儿子，好叫儿媳妇出面闹个天翻地覆。

两天以后，我在村边一个挺宽大的打麦场里碰到了刘老济。他坐在一个石碌子上，眯着眼看着远处，一动也不动。

我说："大伯，你看什么？这么入神？"

他慢慢回过头来，叫我坐在他的旁边，又眯着眼看着远处，说道：

“秦同志，你看眼前这一片地，多宽阔！多平坦！真是没边没际哩！界线？哪里是个界线？你看得见界线吗？你分得出哪块地是谁家的吗？你不知道，在我父亲手上，为了争地界，跟本村姓王的财主家打了半辈子官司，是生了多少气，费了多少心血，花了多少钱！其实，地界，哪里是地界？地界是人们脑子里想出来的，是人们把它分出来的。往后，集体了，地界就不分了，那可就痛快了，也分不清你的我的了——我的是你的，你的是我的——那可省多少心啦！”

他叹着气，摸摸胡子上的唾沫星子，又擦擦眼眶中的泪水。

我觉着他对于农业生产合作社的事情了解得还不够清楚，以为这就是一步迈到了社会主义，实行土地公有制，想着给他解释解释。可我刚刚说了个开头，就发觉他并没有注意听我的话，却不住地抖动着胡子，他是在自己跟自己说话呢。

他终于又说出声音来了：

“傻子，都像傻子。……在桌子大一块地面上，耕耩锄耪，受苦受累……‘这是我的！’不错，是你的。可你的有多少？你还不是糊里糊涂受了一辈子累？你死了，两腿一伸，带走了什么？你活着，除了本家本村，还知道什么？……傻，人就是傻！……”

我这才明白了：这老头子是开始对旧的道路发生了怀疑，在寻找新的出路，但又并没有完全认清楚新的出路该怎么走。我很着急，我的南方口音和书本上的词句使他听不懂，不能像谈家常话一样，把新的道理讲给他听。我只好沉默着。

我们就这样沉默着坐了很久。最后，他站起来，说道：“你看那地，哪有什么界线？……”就拖着笨重的棉靴子，走了。

我想回住处去，一转身，看见王老春从另外一个方向向我走来。他眯眯地笑着，向我摆摆手，意思是叫我不要说话，等走到我跟前了，才指着刘老济的背影低声说：

“昨日早起，你不是告诉我，叫我多跟他说说吗？昨日夜里我陪他坐了一宿，说了一宿话。你看，他今日像入了迷似的。”

我问他：“你怎么跟他谈的呢？”

他笑着说："嗨，我个庄稼人，反正离不开庄稼话儿哔！"

……

1950 年冬，于河北省雄县

原载《人民文学》1953 年 5 月号

小燕子万里飞行记

老燕子生了两个小燕子。小燕子生得很漂亮很可爱，老燕子当命根子一样地爱他们，用翅膀搂着他们睡觉，捉虫子喂他们吃，用唾沫擦他们的毛毛，还唱歌儿给他们听。

不想这么一来，倒养成了两个孩子的懒惰习惯，每天吃饱了就呆在房檐上，缩着脖子闭着眼睛打盹。

老燕子劝他们说："孩子呀！你们也不小了，小翅膀也长起来了，应该学学飞呀，要不的话，将来会成为没用的废物啊！"

小燕子问道："为什么要学飞呢？那有什么用呢？歇着不是很舒服吗？"

老燕子回答说："你呀孩子，你什么也不懂。你要锻炼得身体灵便，能捉住飞虫；要锻炼得翅膀强健，能飞行万里。"

小燕子摇晃着小脑袋说："可是，那多么困难啊！"

老燕子叹了口气说："唉！你呀孩子，你们将来会饿死的啊！"

"为什么呢？为什么会饿死呢？娘不是天天喂我们虫子吃吗？"

"可是，"老燕子生气地说，"你们一辈子就靠着娘的嘴过活吗？要是娘离开了你们呢？"

"娘怎么会离开我们呢？"

"嗨！傻孩子呀！你们以为娘老是住在这里吗？到了秋天，这地方就冷了，草呀、树呀就都枯了，虫子也没有了，娘就要飞到很远很远的南方去，那里天气非常暖和，草和树叶子永远是绿的，虫子非常非常的多。"

可是两个小燕子以为娘骗他们，以为现在阳光这样暖和，春风这样温柔，天气怎么会变冷，草和树怎么会变枯呢？

娘看见还劝不过来，就换了和悦的声音，哄他们说："孩子呀，你看那天空多么高、多么大、多么好看！你们不想飞到天上去玩玩吗？”

“不，娘，”小燕子摇着小脑袋说。“我们爬在房檐上，一睁开眼就能看见天空，阳光也能晒得我们发软，春风也能吹得我们发困。”

娘又说：“你们没有到旷野里去过吧？那里世界可大啦！可好啦！有红的花，有绿的叶，有看不见边的庄稼地，有弯弯曲曲的小河……”

小燕子把眼一翻，瞧不起地说：“嘿，那有什么稀罕！我们在房顶上，一样能看得见。”

娘说：“可是，你们看见过全中国吗？你们知道中国多么好多么大吗？咱中国有一条黄河，黄河的水是从那挺高挺高的大山上泻下来的，一泻千里！咱中国还有一道长江，长江的水是从地口子里涌出来的，它比黄河还要长，有万里长！咱中国多好啊！咱中国还有看不见边的大海，还有飞不到顶的高山……”

可是小燕子却听得不耐烦了，叫起来了：“娘，你快别说了，我害怕，飞那么远累得慌呀！”

最后，娘非常生气了，说道：“没出息的小东西！看你们把宝贵的时间都耽误了，将来春天走了，秋天来了，怎么办？”

“怎么？春天还会走吗？”两个傻孩子觉得真奇怪。

娘说：“是的，时间是会走的，它一刻、一时、一天、一月、一年地走，好像走路一样：一里两里三里……”

两个小燕子更奇怪了：“那么，时间有脚吗？”

娘说：“有的，可是时间的脚是看不见的，走起路来又轻又巧，简直叫你觉不出来。它要带走春天，带走秋天，它会使你变老，老得动也动不得。”

孩子说：“可是，娘，假使咱们捉住它的脚，让它走不了，那不是很好吗？”

娘说：“傻孩子！时间的脚是捉不住的呀！”

可是两个小燕子不相信：“为什么捉不住呢？为什么虫子的脚可以捉住，时间的脚就不可以捉住呢？”

等娘一飞走，两个小燕子就开始把小眼睛睁得大大的，把小脑袋滴溜溜地转着，想找到时间的脚，好捉住它。

他们看见：在房檐下边的地上，太阳的阴影轻轻地颤动着，慢慢地从墙根下边移到院子当中去了。“这一定是时间的脚！”两个小燕子就飞到地上，用嘴去啄那阴影的边沿。但是，不行，当小脑袋低下去时，阴影却跑到脑袋上去了，地上只看见自己的影子，往前跳一步，自己的影子也往前跳一步，嘴里什么也啄不到。

哥哥说：“这不是时间的脚。”

妹妹提议说：“我们还是上别处去找吧。”

哥哥说：“对！我们一定要找着它！”

两个小燕子就试着往前飞，因为力量小，每飞一丈多远，就得停下来歇一会。飞出了院子的门，飞到场子里，又飞到旷野里。在一棵大麻子的叶子上，捉到一个大虫子，他俩分着吃了；第一次吃自己捉的虫子，觉得味道格外好，很高兴，就又往前飞。

野地是多么广大啊！空气是多么新鲜啊！草木是多么芳香啊！一切的东西，跟他们在房顶上所看到的、所想象的，完全不一样。他们很快乐，就继续往前飞，忘记了家里那温暖的小窝儿，也忘记了娘。

晚上，飞得实在太累了，就停在一个水坑边的小柳树上休息。

当月亮从东边刚刚升起来时，野地是昏暗的，树枝都不摇动，地里的庄稼都耷拉下了头，连风也停了，一切东西都睡着了，只有青蛙们在唱着催眠歌。但是他俩睡不着，离开了娘温暖的怀抱，离开了柔软的小窝，在这样冷清清的野地上，怎么能睡得着呢？

妹妹说：“不该不听娘的话啊！不该离开家啊！”

哥哥说：“现在有什么办法呢？飞得太远了，忘了回家的路了，只好鼓起劲儿来，继续去找时间的脚呀。时间是挺会走路的，只要找着了，叫它带着我们回家，那就好了！”

妹妹说：“对！一定要找着它！”

可是，妹妹忽然看着树下面嚷起来了：“呀！你看那是什么？”

哥哥被吓了一跳，一看，一个圆圆的亮亮的东西浸在水里，像面小镜子；他不知道是月亮的倒影，就也嚷叫起来了：“这是什么呢？从来没有看见过呀！”

妹妹说：“它在慢慢地向那边走呢，走得多么轻巧多么慢啊，简直感觉不出它在走呢！”

哥哥说：“它大概是时间的脚吧？”

妹妹欢喜得拍起翅膀来了：“啊！原来时间是在水里走路的呀！”

两个小燕子就同时往下一跳，想去啄住那月亮的倒影。可是却同时吓了一跳，胸脯碰到水面上，“嘣咚”一声，幸亏翅膀没沾湿，赶紧又飞上了树枝，定了定神，再看水里面，好像万条金蛇在向他俩浮来，吓得赶紧把头埋在翅膀里，再也不敢看了。

过了一会，他俩就睡着了。

第二天，他俩又继续乱飞。

到处是庄稼地，到处有人们在地里忙，到处有青草，到处有树木，到处有虫子吃，可是，哪里有时间的脚呢？

一条大河横在前面，河水慢慢地向前流，发出柔和的声音。

妹妹说：“这是什么呢？又是水吗？”

哥哥说：“不对吧，水怎么会走路呢？你看它走得多么轻巧啊！这一定是时间的脚步，一定是的！”

妹妹说：“那么，那么，我们跟着它飞吧，看它走到哪里去。”

两个小燕子就沿着河飞，飞，从白天飞到晚上，在河岸上睡了一觉，第二天又照样地飞，不知飞了多少天，也不知飞了多么远。

草木渐渐地枯黄了，庄稼地都变成光秃秃的了，虫子也渐渐少了，天气也渐渐冷了。

时间已经走了，春天夏天都已经过去了！可是时间的脚步呢？却连影儿也没找着。

小河还是慢慢地向前流，流，流得那么远，没有尽头啊！

啊，好冷啊！

两个小燕子冷得发抖，只好躲在一堆柴草里面，望着万里无云的天空发愁。

秋天的狂风哗啦啦地吹过来，几片落叶像蝴蝶似的在空中飘，是那么轻巧，那么好看。“这是时间的脚吗？”那落叶却飘到柴禾堆上，飘到地上，不动了。“不是的，时间的脚步怎么会停下来呢？”

他们想起了娘，娘一定到南方去了，娘说过：南方是暖和的、美丽的地方。但是南方怎么去呢？

一群大雁从远处飞来，排成人字队形，又排成一字队形，唱着雄壮的进行曲；一群飞过去了，接着又来了一群。他们上哪儿去呢？一定是到很远很远的地方去吧？看样子他们一定飞了很远很远的路吧？一定见的世面挺大，一定知道南方的信儿，一定知道娘的信儿吧？

有一群大雁像是飞累了，停在小河边休息。

两个小燕子就鼓起了很大的勇气，飞到那群大雁跟前去，向他们打听信儿。

“喂，朋友，你们上哪里去呀？”

大雁队长回答说：“我们到南方去。”

又问：“是到那又暖和又美丽的南方去吗？”

大雁说：“是的。”

小燕子大喜说：“那真好极了呀，我们跟着你们走吧，我们也要到南方去呢。”

可是大雁队长却摇了摇头，没有马上回答。

小燕子着急地问他：“哎，哎，怎么你不说话呀，是行呢？还是不行呢？”

大雁队长又朝他俩看了看，说：“小朋友，你先别急，我问问你们：你们能吃苦吗？跟着我们行军，是很苦的呀！”

小燕子连想也不想的回答说：“能，怎么不能呢？我们这些时离开了娘，在外边乱飞，吃了多少苦头啊！”

大雁又问：“你们能遵守行军纪律吗？能听从指挥吗？能不掉队吗？能担任站岗放哨的勤务吗？”

“能！能！都能。”

“你们有决心吗？”

“有！有！只要能到南方去见到娘，我们什么苦也能吃，什么也不怕，我们有决心！”

就这样，两个小燕子就跟着大雁开始了长行军。

每天天不亮，小燕子的眼还没睁开，大雁队长就“嘎啦嘎啦”地吹了起身号，全体大雁就都伸伸脖子，拍拍翅膀，作飞行的准备。接着，大雁队长又“嘎啦”地发了声口令，他自己就首先飞上天去，全体大雁就按着次序一个一个地跟着他飞了上去。两个小燕子也跟在后面飞了上去。

飞的时候一定要排好队形，有时排成人字队形，有时排成一字队形，每个的距离都一样远，飞得又高又快，光听见风在身边呼呼的响。两个小燕子拼命用劲赶，气喘得嘴都合不拢了，还是跟不上。

“掉队了！掉队了！小朋友跟不上了！”——排尾的大雁这么一嚷叫，排头的队长回头一看，两个小燕子早掉在后面好远好远了，光看得见两个小黑点子在远处天空里一动一动，看不清翅膀和头尾。

大雁队长只得叫队伍停止前进，歇在野地里等着；等了好半天，两个小燕子好不容易才赶上来了。飞到离地面几尺高时，就一头栽了下来，摔在地上，一动也不能动了。

歇了半天，哥哥才抬起头来，朝着妹妹叹了口气：“唉！真累死我了啊！”

妹妹也抬起头来说：“唉！我可飞不动了啊！”

翅膀像被老鹰啄伤了一样，又酸又痛，都张开来瘫在身子两边，想举起来活动活动都不行。

大雁们看着发了愁，就商量起来，商量了半天，到底想出个办法来了：队长派了两个身体特别强壮的大雁飞在排头，让两个小燕子用嘴衔着他俩的尾巴，带着飞。

这样一来，两个小燕子才算勉强不掉队了，但还是累得不行：嘴老是用力的衔着，也累；翅膀老是扇动，也累；脚老是缩着，也累；尾巴老是翘着，也累；一累得不行，就要拼命地喘气，可是嘴又不能松开。唉！真想哭一场！可是飞得那么快，连哭的工夫也没有啊！

夜里一歇下来，他俩觉得浑身痛，一合眼就睡着了。

第二天早晨起身时，身上还是痛，并且觉得觉也没睡够，飞着飞着还打瞌睡。

有一次，他俩飞着飞着竟真的睡着了，嘴一松，一下子摔下来，幸亏掉在一个草堆上，没有受伤。紧跟着他俩又赶上了队伍。

大雁们的行军纪律真是严格得很：不到休息时不能休息，不让嚷叫时就不能嚷叫，该飞快时就飞快，该飞慢时就飞慢，该唱歌时就唱歌，该吃饭时就吃饭。每天晚上，一歇下来就开检查会，谁好就表扬鼓励，谁身体弱就想法帮助，谁犯了纪律就受批评。

可是他们对小燕子挺爱护，哭了，就给说些安慰的话；实在太累了，就停下来歇一小会；饿了，就给找些东西吃；一有点小进步，就夸奖表扬；夜里怕他俩受冻，还有翅膀窝着他俩睡觉；并且从来不叫他俩夜里站岗。

起初，两个小燕子还时常想到从前在家里的生活：那个小窝儿多么温暖柔软！妈妈唱的催眠歌儿多么好听！每天都吃得饱饱的歇着，一点也不累。现在的生活多苦，特别是有时刮起大风下起大雨来，飞起来特别费劲，歇下来又睡不着；有时候天地忽然变了颜色，草木都乱摇乱叫，又是雷又是闪电，雨点子密得没有缝儿，到处是水在流，多么可怕啊！

但是他俩慢慢地就过惯了这种艰苦的生活了，慢慢地也养成了好胜心了，觉得大雁待他俩实在太好了，不能泄气，不能丢人；心想：已经飞了这么远，再咬紧牙关坚持下去吧！为什么大雁能过这种生活，我们就不能呢？为什么大雁这么快活，我们却老是忧愁叹气呢？

慢慢的，他俩就锻炼得坚强起来了，翅膀也不酸痛了，身体也不觉累了，也不打瞌睡了，在野地里睡觉也觉得很舒服了，也轮班站岗了，也会唱歌子了，吃东西也吃得多了，并且身子也长大了；最后，竟不用衔着人家的尾巴也能跟上队了。

他俩已经成了坚强勇敢的战士了！

只要有决心有志气，不怕艰难困苦，什么事情做不成呢？软弱的小燕子，也能变得跟大雁一样坚强，也能成为战士，成为英雄。

做一个坚强的战士，是多么快乐呀！

中国的天空，是蓝色透明的，像一块顶大顶大的蓝玻璃，可是，世界上哪有这样大、这样好看的蓝玻璃呢？它是那么高，那么亮，是那么干净，白云像轻纱一样，轻轻地飘着。多么和平，多么安静啊！

行军的队伍从白云里穿过去，翅膀鼓动起凉风，胸脯挺起来了，快乐的雄壮的歌声就响遍天地了。

中国的土地，看不见边的土地啊！

风的翅膀是轻巧的吧？风飞得很快吧？可是风不能吹遍全中国，全中国各地不能同时吹一样的风；南风带着热气，从海边往北吹，想吹到北边沙漠地里去，可是吹了几个月，才过了黄河，就已经累了，没有劲了，并且觉得气候很冷了，就只得停了下来。北风带着冷气，从沙漠里往南吹，想吹到南边海上去，可是吹了几个月，才过了长江，就已经累了，没有劲了，并且觉得气候太热了，就只得停了下来。

西风努力向东吹，却怎么也吹不到山东半岛。

东风努力往西吹，却怎么也吹不到喜马拉雅山。

在中国，各处也不会同时下雨，没有这么大的乌云能遮满了中国的天空，也没有这么多的雨点能洒遍中国的土地。

这是一个多么广大的国土啊！

看吧，那一块块田地像花格子布，一片片的草地像绿毛毯，一条条的河流像白玉带，一湾湾的湖水像宝石，一群群的山峰像波浪，一堆堆的树木像绒球……这真像个大花园，一个多么好看的花园呀！

是谁开辟的这块土地呢？是谁修建的这座花园呢？花费了多少劳动力呀！

在这样的天空下飞，在这样的地面上飞，是多么值得兴奋，多么值得骄傲，是多么快活呀！

要不是有飞行万里的大志气，要不是有钢铁一样的决心，要不是经得住艰苦的锻炼，是不能得到这种快乐的。那些不愿意离开窝儿的麻雀们，那些连太阳光也怕的蝙蝠们，那些飞也不会飞的老鼠们，他们是做梦也梦不见这种快乐的。

他们不记得飞了多长时间，也不知道飞了多么远，在一个大湖（也许是洞庭湖）的旁边，大雁和两个小燕子告别了：

“到了，勇敢的小同志们，我们到了目的地了，可是你们还得往南飞，你们的娘在那极南边的海边上呢。去吧！祝你们胜利！”

两个小燕子舍不得离开这些好同志，流下泪来，又用翅膀抱着他们的脖子亲热了半天，最后，只好互相嚷叫着：“祝你们健康！”“谢谢你们！”就分手了。

他俩又继续往南飞，又不知飞了多么远，飞了多少天，到底看见海了。

海边上有一座极高极大的岩石，是红色的，放光的，石缝里长满了像凤凰毛一样的草、像金丝线一样的藤子，还有各种各样的花树，散着醉人的香味。成千成万的燕子住在这大岩石上，这是燕子们自由幸福的乐园，他们在花树林里睡觉，在海面上飞，在沙滩上游戏。

在一棵最高大的花树上，有一只燕子在高声叫着，老远就听得出那特别的声音。“这不是娘在喊叫吗？”两个小燕子飞近去一看，果然是娘。

母子又快乐又兴奋，扑着翅膀跳起来了。

“啊！傻孩子，这是我的孩子吗？这不是做梦吗？你看，身子长得又高大又壮实了，这是怎么回事呀！从那一天，我到处找你们也找不见，你们这些日子在哪里呀？怎么飞得这么远的呀？”

两个孩子用翅膀搂着娘的脖子说：“娘，娘，我们找寻时间的脚步，跑了许多地方，许多地方，后来，后来，后来……”

他俩欢喜得流起泪来，连话也说不上来了。停了半天，才这么长那么短的，把一切经过说了一遍；说得娘欢喜乱跳，不住地叨叨说：“傻孩子！傻孩子！好！好！……”

最后，娘问道：“那么，那么，结果怎么样呢？找到时间的脚步了吗？”

孩子说：“没有啊，全中国什么也有，什么都见过了，就是没有看见时间的脚步，连大雁们也不知道。”

“嗨！”娘不觉笑了。“实际你们已经找到了……”

“怎么呢？找到了在哪儿呢？”两个小燕子非常奇怪了。

娘说：“这不是吗？它就在你们身上，因为你们已经有了强壮的身体，有了严格的锻炼，有了丰富的阅历，有了钢铁的意志，有了伟大的胸怀，你们已经成了勇敢坚强的战士了，你们没有浪费时间，你们捉住了时间的脚步了！”

两个孩子静静地听着，心里有一种说不出来的味道。

娘停了一会又接着说：“孩子，你们真是光荣的英雄啊！在我们燕子群里，还没有一个能和大雁比赛飞的呢！你们能和大雁飞了这么远，这不光是你们的光荣，也是娘的光荣，并且也是咱们燕子群的光荣！以后，咱们全体燕子一定要开大会，来宣传你们的英雄故事。可是，你们千万不要骄傲啊！千万不要忘记了继续锻炼。你看那大海吧，那海水多么伟大，海浪多么雄壮，海的颜色多么美，海的歌声多么好听！可是它从来不骄傲，它总是虚心的，总是吸收从陆地上流来的水，总是跟大风打仗，总是向岩石进攻，总是照着天空的颜色染衣裳，总是对着太阳、月亮、星星唱歌。”

小燕子说：“是的，我们要向海学习，我们要和海一样伟大，要跟海做朋友！”

娘又问：“那么，你们准备以后怎么办呢？不要说空话，不要白白地浪费一刻时间啊。”

小燕子想了想，又互相商量了半天，就想出了一个很好的计划：“娘，我们听见大雁说过，咱中国还有很多好地方哩！在西边国界上，有世界上最高最高的喜马拉雅山，我们要飞到那山顶上去唱歌，让全中国都听到我们的歌声，要在山顶上常年不化的雪地里打滚，使得身体更加强壮。在东北，有飞不到头的大树林，我们要在树林里游戏，要和里面的老猫头鹰打仗，保护鸟类的和平。我们还要飞过万里长城，飞过千里沙漠，还要看一看长江的巫峡、黄河的龙门，我们要飞遍全中国，要受更大的锻炼，要锻炼得不怕饿、不怕冷、不知道疲倦，要能在无论什么样的环境里生活……。”

娘听了他俩的计划，快活得叫起来了：“好啊！好啊！真有志气！真是好孩子！去吧，娘现在对你们放心了，再也不会惦记你们了，去吧！”

第二天，成千成万的燕子开了个大会，他俩站在最高的花树上，报告了自己的故事，立刻感动得全体燕子都发了狂，都拍着翅膀，嚷叫着，海水也高兴得掀起了大波浪；后来燕子们又抬着他俩飞起来，飞到海面上，飞到天空里，整整地飞了一天。最后，好几百只燕子，报名参加了他俩的旅行队。

第三天，两位英雄就带着大旅行队，在全体燕子的欢送声里出发了。

祝他们永远胜利！

1950 年青年出版社出版

特务真可恨

在抗日战争时期，有这样一个故事。

在游击区的一个村里，有一座很小的小学，全校只有一个班，班上有这样两个学生：一个叫王春儿；一个叫胡清儿。

胡清儿家里有钱，穿得挺漂亮，口袋里经常装着糖块儿，还有一支挺漂亮的自来水笔。王春儿家里穷，非常羡慕胡清儿。

有一天，胡清儿对王春儿说："你想吃糖吗？给你一块！"

从这回以后，胡清儿就常给王春儿糖吃。王春儿就把胡清儿当了好朋友，时常到胡家去玩。慢慢的，就跟胡清儿的父亲也混熟了。

胡清儿的父亲名叫胡顺德，从前在外边做过事情，现在住在家里。他对王春儿很好，也时常给他糖吃，还时常问问他学校里的事情：老师是不是时常给学生讲抗日道理？是教的日本人的课本还是八路军的课本？又问他家里的情形：父亲和母亲是不是赞成抗日？是不是拥护八路军？是不是时常有八路军偷着到他家去住？

因为这一带是游击区。敌人的势力很大。八路军只能在这里秘密活动——夜里来，夜里去，而且也不常来。学校里的老师也不敢经常地对学生讲抗日道理。所以王春儿所受的抗日教育很不够，把胡顺德当了好人，胡顺德问什么，他就老老实实地回答什么。

慢慢的，王春儿发现经常到胡家去玩的不止他一个，还有宋小俊。胡顺德也时常问宋小俊一些同样的话。

有一天，村里突然来了一群日本鬼子，捉去了一个八路军，是从这一家人家的一个地洞里搜出去的。这一家的地洞非常秘密，村里谁也不知道。可是鬼子怎么知道的呢？学校里的老师、村里秘密抗日的干部们，都很奇怪。

不久以后，日本鬼子又在村里捉走了一个八路军，是从一家人家的夹壁墙里搜出去的。大家同样地觉得很奇怪。

又有一天，王春儿同几个同学到胡顺德家里去玩，胡顺德把他们骗到一间黑屋子里去，拿出一个小本子来，叫他们每个人都把名字写在上面，并且给每个人发了五块钱(是伪联合准备银行的票子)，然后说："你们写上了名字，就成了'少年反共队'的队员了。我是你们的队长，我的小子胡清儿是副队长，以后你们都要听我俩的话，谁要是不听话，我就敲掉谁的脑袋！"说着，从怀里掏出一支手枪来，往桌子上一拍，又接着说："你们看，这册子上的人名字很多，都是自己写上的，谁也翻悔不了。要是谁翻悔了，日本人就要按着名字把你们捉去杀头！……"他说了许多威胁的话，叫他们连家里人也不要告诉，还逼着大家起了誓。

从这以后，王春儿和别的同学才知道上了当。可是大家都不敢吭气，不敢不听胡顺德的话。王春儿两头害怕：怕胡顺德说他不"忠实"，通八路；同时他又不愿意当汉奸。他很着急，很伤心，一连好几天不敢到胡家去玩，也不敢跟胡清儿接近。胡清儿叫他好几次，他都没有理。

有一天傍晚，他到村外地里去拾柴禾，忽然从远处跑来一个人，一把抓住他的领子，说："你为什么不理胡清儿，为什么不听他的命令？今天我要管教管教你！"

王春儿正要嚷叫，那人已经扪住了他的嘴，把他按在地下，使劲地打他，拧他。他的嘴被塞住了，连哭也哭不出来。最后，那人问他："你还听不听话？"他没有办法，只得点了点头。又问他："你回去敢告诉家里人不？"他又摇了摇头。那人这才掏出他嘴里的破布，放他走了。

他回到家里，虽然浑身被打得青一块紫一块，痛得厉害，却不敢说。夜里，他躲在被窝里哭了半夜。

以后，学校里可就弄得乱七八糟了。在上课以前和下课以后，胡清儿就带着王春儿几个人故意打架玩，把桌椅板凳都打翻了，打坏了；把功课表也撕了，书也弄破了，砚台也打破了……上课时，老师如果讲抗日道理，或者在黑板上写字，背后就一阵跺脚，一阵嘘嘘声和咳嗽声；等他一回过头来，又什么声音也没有了，大家都坐得好好的。

无论老师怎么问，怎么说服，胡清儿他们总是不改，别的同学不懂事，也跟着起哄，弄得老师毫无办法。

宋小俊也跟王春儿一样，知道自己被特务利用了，很后悔，很着急。有一天，他告诉王春儿，说是因为不听胡清儿的话，也被特务打了一顿。可是他说："我还是不听他的话，打我也不怕！"

两天以后，宋小俊忽然不见了，谁也不知道他上哪儿去了，只有王春儿知道。因为胡顺德对他说过，谁要是不听话就把他送到日本去当苦工。可是王春儿不敢说，他怕胡顺德也把他送到鬼子那儿去。

以后，村里又连着出了两回事，有两家常住八路军的人家的房子被鬼子烧了；一个抗日最坚决的村干部也被捉去了。

胡清儿给了王春儿很多钱买糖吃，可是王春儿还是不快活。他夜里时常做噩梦，时常哭着叫着醒了过来。他爹他娘都叹气说："这孩子怎么啦，是有病吗？"

有一天傍黑时，胡清儿悄悄地叫王春儿到他家里去。王春儿不敢不服从，就去了。一进门，胡顺德就把他叫到那间黑屋子里去，指着桌子上的东西对他说："这里有三样东西：一包药、五十块钱、一支手枪。你如果听我的话，就把这一包药和五十块钱拿去，如果不听话，嘿，手枪等着你呢！"

"这药是干什么的？"春儿颤着声儿问。

"你们老师做饭时，你不是常帮他烧火吗？你把这包药拿去，在烧火的时候丢在锅里……"

"是毒药吗？"

"什么药你就不用管了，反正照着我的话做就行！"

"我不！"春儿知道：老师吃了毒药会死的。

"什么？！"胡顺德扬手就给了他一巴掌。

他正要嚷叫时，里间屋的门一响，出来了两个人，把他按倒了，塞住了嘴，又是一顿痛打。直到春儿答应放毒，并且答应决不告诉任何人，他们才住了手。

天黑过后，春儿回到家里，饭也不吃，躺在炕上，哼哼起来了。半夜过后，更发起烧来了，这可把他的爹娘急坏了，一摸他身上，哎呀！肿起了好多大疙瘩，再点着灯一看，青一块，紫一块！

春儿从昏迷中醒过来时，看见一个背着挂兜儿的年轻妇女。春儿知道她是女工作人员。这个同志拿出一些药瓶子来，给他洗洗伤，擦上药，弄了半天。

一会儿，学校里的老师也来了，把他娘和那个女工作人员叫到另一间屋子里去，那屋子里好像还有别的人，大家嘀咕了半天。然后老师一个人走出来，拉着春儿的手，对他说："春儿，我问了你好几次，你都不说，这回该说了，说了你的病就好了。"

"老师，你叫我说什么呢?"春儿说着，流下了眼泪。

"孩子，你还瞒着我吗？你为什么这些时老是不快活？你为什么有很多钱？谁给的？你们为什么老是在学校里捣乱，把桌椅都弄坏了，窗户纸也撕了，墙上画得乱七八糟？我早知道你们是受了汉奸特务的利用，你难道不爱国吗？难道愿意永远当亡国奴吗？难道就这样叫你爹娘伤心吗？你看，为了你的病，你娘的眼睛都哭肿了。我猜得出来，宋小俊就是汉奸特务架走了！许多八路军工作人员被捕也是他们报告的！他们真狠心！他们以前害了宋小俊和工作人员，以后还想害死你和我，还想害死你爹你娘，他们想害死一切好中国人！……"

老师说着说着，声音都颤起来了。王春儿眼里挤满了泪，但是他尽力忍着，他心里很矛盾。

老师接着说："你看，你身上被打得这样，你爹你娘养你这么大，都没有这样打过你。"

忽然，春儿的娘一下从那边屋里冲了进来，趴在春儿身上，放声大哭起来了："孩子，你说吧，说吧！说！有抗日同志给作主，不要怕呀！……"

春儿再也忍不住了，也大声哭起来了，说："有，有同志去抓他，我就，就说……"

话音刚落，从那边屋里又进来几个人，都挂着盒子枪，那个女同志也在内，还有村里的两个干部。

娘说:“孩子,快说吧,这个区长,他时常住在咱家的地洞里。娘平常不敢叫你知道,怕你嘴不牢。今天,他们是天不亮的时候来的……”

春儿忽然爬了起来,说:“我说!我说!我要说呀!……”忽然又哭了起来,一下子扑到区长身上。区长抱住了他,摸着他的头……

这时天还不亮,区长就带着同志们出去了。

半个钟头以后,春儿听见远处响了两声枪,村里一阵狗叫。

天亮的时候,老师来了,告诉他说:把胡顺德和其他几个汉奸都逮住了,带走了。

第二天,春儿的病就好了,又去上学了。正好碰见学校里在开反奸大会,许多老百姓都来参加,把学校的院子挤满了。

胡清儿正在台上讲:“我为什么要听我爹的话当汉奸?你们看,我身上被他打成什么样子!”他脱开衣服来,原来跟春儿一样,也是青一块紫一块。“我敢不听他的话吗?我怕他呀!……”他大声哭起来了,会场好多人也哭起来了。

春儿想起了自己,也哭起来了。

老师走上台说:“你们看,汉奸特务多可恨,他们为了替鬼子做事,把自己的孩子也害成这样……”又说:“胡顺德已经说出来,宋小俊是被他送到日本去的。小俊年纪还小,懂的事少,很可能被鬼子训练成背叛祖国的特务狗腿子。你们想特务的心多毒!……你们要是早些对我说就好了,早点把胡顺德逮住,宋小俊也不至于弄到日本去了。汉奸特务并不可怕,怕的是我们糊涂,没有给咱抗日政府说,才容易上当……”

1950年青年出版社出版

祭　灶

旧历腊月二十三日，我在龙湾村检查春节对贫苦军属的优抚工作，住在军属周大娘家里。她家现在有三口人：她，一个儿媳妇，一个十三四岁的孙女儿。另外，有个小子参军已经十一年了，后来又参加了志愿军，现在在朝鲜前线，当了营长了。

以前我在她家住过三次，所以我们很熟，而且周大娘对革命干部一贯很热情，她儿媳妇杨翠兰又是村里妇女会副主任，所以我觉得在这过旧历年的时候，住在她家里最没有顾虑。

我一进到院里，周大娘听见脚步响，隔着窗户上的玻璃眼儿一看，就嚷叫起来："老秦，你可来了！我正想托人给你捎个信儿去呢，俺们听了你的话，拆了旧仓房屋，可得了宝贝了，快进来，我给你瞅瞅。"

我走进屋里，只见她一家三口正在炕上包饺子。小闺女珍儿腾地一下跳下炕来，从桌子上的镜子后面拿出一张纸来，说："你看，这是什么？"

我一看，是张旧照片，已经褪色变黄了，像在茶汁里浸过似的，上面有个极模糊的人影，已经看不清面貌了。在一个角儿上，有个手指头大的圆洞儿，像是烧破了的。

我说："这是谁的相片？"

大娘说："你先上炕来暖和暖和，我告诉你。"

我上炕帮着她们包饺子。翠兰嫂要去给我烧水沏茶，我推让了好半天，大娘才开始颠颠倒倒地说起这个故事来：

"是一九四七年，国民党军队糟蹋这一带。这是珍儿爸爸的一张照片。那时，寄回来不到三个月，碰着闹情况，小珍把它夹在自个的书里，塞在炕洞里藏着。进来了三个中央军，东翻翻，西翻翻，刚要去搜炕洞，小珍正在一旁发愣，人小手快，一弯腰就把几本书抢出来了，就跑，一个坏蛋就追，刚跑到院子门口，正侧着身子过寨篱门时，坏蛋放了一枪，正打在书上，把她的腿擦破了一块肉，差点没把个孩子吓死！当时她还不知道，跑到隔壁院里，把相片塞在柴禾里，坏蛋赶上来了，看见她手里光有几本书，打了她两巴掌，骂了几句，才走了，孩子可就瘫在地下了……”

大娘说到这里，好像故事已经完了，不说了。还是珍儿作了补充：

“后来，我妈说：‘把这相片好好留着吧，作个纪念，等你爹什么时候回来，给他看看，也知道老百姓遭的罪呢。’就把它藏在粮食屋里了——就是你说的那间屋子。”

翠兰嫂那双做庄稼活的手，包起饺子来动作却挺灵活挺快。这时她也抢着笑着补充说：

“解放以后，进屋开瓮取粮食，我说找找那照片吧，小珍说是埋在墙角里一个木头盒子里的，刨出来一看，里边尽她的书，哪有照片！气的我骂得她哭了一场。扫房那天拆仓屋，你猜怎么着？在墙缝里！老秦，要不是你给俺们出了这么个主意，还找不着呢！”

原来半个月前我在大娘家住过一次，看见她家炕头上，柜上，搁满了粮食口袋和小瓮，弄得小屋里挺挤。后来才了解到：她家原有个仓房屋，在柴草棚子和磨棚之间的拐角处，早先环境残酷时，用土坯把小门堵住，糊上泥，外边一点也看不出来，为的是不给敌人抢走粮食。解放以后，把小门捅开了。可是这间屋不能叫一间屋，不过是一个小角落；今年她家参加了互助组，翠兰种了五亩丰产玉米，其他的地也增产了一二成，粮食就搁不下了。我给她家提了个意见：以后年年打得粮食多，更没地方盛，不如趁腊月扫房时，把这个小仓屋拆了，明年春天暖和了，再往柴草棚这边扩大点，重新垒一道墙，就有了较宽敞的仓房屋了。这意见被她们采纳了。

“哼哼，”周大娘忽然笑起来了，“提起这照片，我又想起个事来。那时候，小珍才八岁。有一天，她问我：‘奶奶，奶奶，人家出去当八路的爸爸，好多寄了照片回来了，怎么我爸爸不寄照片回来？咱们寄封信找他要吧！’我说：‘孩子，你的模样长得可像你爸爸呢，看见你就看见了他，你就是他的照片，还要他的照片干吗？’你看，一晃这孩子成了大人了！”

小珍正在擀饺子皮儿，忽然眼珠一转，笑着说：

“秦同志，告诉你吧，我妈说，要把这张照片寄到朝鲜去，叫我爸爸记住早先老百姓受的苦，好好打美国鬼子。”

翠兰嫂听了这话，忽然不好意思起来，红着脸瞪了小珍一眼：

“个死丫头，什么你都说！”

“你不是这么告诉我的吗？不是吗？”小珍不服气地摇着头说。

翠兰嫂使劲把一个饺子往篦帘上一搁，说：

“死丫头，光会耍贫嘴，念了几年书，连个对联也不敢写，还要请人家先生去。”

小珍撒娇地吃吃笑了一阵，大家又说了些别的话。天黑了，周大娘下炕点着了灯，烧火做晚饭去了，小珍又调皮地对她娘说：

“娘，不怕你是妇会干部，你能对我奶奶宣传宣传，叫她今日不祭灶吗？你知道吧？昨日集上，她瞒着俺们买了一斤糖瓜，准是预备祭灶的，可就是没见她买灶王爷，我到处都找到了，没找着。”

“今年集上没灶王爷卖了。这年头，买的人少了，就没卖的了。”翠兰嫂认真地说，同时好像在思索着什么。过了一会，对我说：“老秦，你劝劝她不行吗？俺们说没效。这年头还迷信！我年年劝她，一点作用不起。”

这时，周大娘忽然一掀门帘，颤巍巍地走进来了。

“你们娘俩唧咕什么，我全听见了！”她嚷叫着，语气里却没有恼怒的意味。说完了这句话，就爬上炕来，顺手拿起旱烟袋，就着灯亮抽着了烟，搭着眼皮子，像是想什么事儿。

翠兰嫂娘儿俩知道她要说一套长篇大论，就忍住笑等着。

抽完了一袋烟，大娘终于开口了：

“你们年轻人，哪知道老一辈子的事。我做女儿那工夫，每日刷锅做饭，看见灶头上的灶王爷，心里就胆小。说个笑话：不是怕别的，是怕他老人家嫌我糟蹋粮食，往后给我许配个傻女婿。你们别笑话，这是真的，我一辈子做饭可没敢糟蹋粮食。往后，寻了他爸爸，傻倒是不傻，就是穷。年年祭灶，我就祷告：灶王爷，灶王爷，快上天，快下地，晦气带走，财喜来临，风调雨顺，五谷丰登，粮食满囤，人口太平，百事如意，万事顺心……”

说到这里，大娘自个也忍不住笑起来了，别人自然更笑得喘不过气来，弄得灯影子也摇晃起来了。

大娘又抽着了一袋烟，接着说：

"俺年年祷告,年年磕头磕得咚咚响。你们不知道,真像有个白脸长胡子的佛爷在眼面前似的,一颗心揪得可紧哩!就这么过了几十年,可年年受穷。那些年闹日本,八路军过来了,宣传破除迷信。可你们不知道,越是年头不太平,就越是心里揪得紧,腊月二十三夜里祭灶就越是心诚。再加上小珍的爸爸出去抗战了,……唉,这些就不用说了。后来,土地改革了。人们都说:'敬了一辈子神,也没从半天空里掉下半粒粮食来,毛主席一领导,就得了地。'这话可也是个理。可你们说怪不?每年,一进腊月,我就想:今年可不祭灶了,还迷信个啥?可到了腊月二十几里,就觉着不行了——觉着要是不祭灶,就像犯了罪似的,像掉了个东西似的。小珍的娘,你年年劝我,我不是不听,我是……唉,一闭上眼睛,就看见个白脸长胡子的佛爷……你们想想,几十年——六七十年,就这么过来了,要一下子变过来,可不易哩!"

"奶奶,你明白这个理,可今年你还祭不祭灶?"小珍仰着小脸,调皮地问。

"今年我说什么也不祭了!"大娘使劲把烟袋往炕沿上一磕,像是下了决心。

"好!欢迎!欢迎!"小珍拍起手来了。

"小丫头,少疯些吧!"翠兰嫂怕婆婆生气,想拦住小珍。

"叫孩子乐吧,该她乐的。"大娘笑着说。"我是老糊涂了。你们想想,要不是工作人员领导,成立互助组,叫妇女也下地,要不是我这媳妇进步,你们想想,咱秋天能打这么些个粮食?今年,叫那白脸长胡子的佛爷自个上天吧,我可不送他了!"

"妈,是真的?"翠兰嫂红着脸快活地问。

"怎么不真?"周大娘把手一拍,"我去把糖瓜拿来,给你们吃了它!"

她真的爬下炕去,从柜头上坛坛罐罐的缝儿里拿出一个纸包儿来,往炕上一摊:

"吃吧!小孩吃了嘴巧会念书,大人吃了手巧会给她爸爸写信,工作人员吃了,心巧会给老百姓办事。"

大家又都笑起来。

翠兰嫂说:"看我妈,怎么学的这么会说!"

周大娘自个也笑着,又到灶门口烧火去了。

吃了晚饭，她们一家人接着包饺子。我因为跑了半天路，又在村里开了一下午会，有些累，就到西屋里去，点着了灯，准备看看书就睡觉。大娘进来给我烧炕，我要自己动手烧，她说什么也不让。不想，她却只添了两三把柴禾，就出去了，好半天没有回来。这时全村各家都吃完了晚饭，从街上传来了一阵阵小孩们的嚷声、笑声和放爆竹的声音。我忽然想起了多年以前的一件事情：是一九四三年，正是抗日战争中最残酷的时期，这一带地区变质，我们只能在晚上活动。也是个旧历二十三的夜里，我们一群"夜行人"悄悄地从敌战区一个村子的街上走过，街上每隔几丈远就牵着一条绳子，每条绳子上都吊着几盏红色的灯笼，灯笼上写着"王道乐土"、"东亚共荣"等字样，看了真是触目惊心。……

我想出门去看看今天这村街上的情形，刚一走出房门，只见周大娘站在当院黑地里，两手抱着拳，嘴里喃喃地说：

"……你要是真有灶王爷，这回上了天可就再也别下来了，下来也没用，连你的像也没卖的，人们都不信，这年头，你管不了事儿了……"

这时，忽然东屋的门一开，"噗嗤"一声，珍儿像个猴儿似的跳了出来，尖声笑道：

"奶奶，哈哈哈哈！……你可把人笑死了！"

"哈哈哈哈！……"门里边，翠兰嫂也笑得"哎哟""哎哟"叫起来了。

大娘却没有生气，也没有笑，只是慢慢走进了东屋。小珍儿跑过来对我做了个鬼脸，也回东屋去了。她母女俩还有一声没一声地笑了半天。

一会，听见周大娘轻声说：

"你们别笑了好不好？叫老秦听见了，笑话咱。"

小闺女却还是笑个不住。

我站在屋门口，抬头看看天，天上的星星是这样繁密，这样亮。我觉得有个东西在轻轻地往天上飘去，不是灶王，是小珍儿清脆柔和的笑声，它将要去告诉那些星星，说人们用自己的力量，使得人间已经发生了许多自古未有的变化……

1953年春，于河北雄县

原载《人民文学》1953年5月号

偶然听到的故事

在平原上，在初春时候，有时出现这样的景象：太阳被饱含着水分的空气弄得有些朦胧，光线变得更加柔和了。天空是银色的，透明的，匀净的。看见了这样的天空，使人觉得春天真是一个年轻的温柔的季节，万物生长的季节，它既给万物以水分，同时又给万物以阳光——阳光混着水分同时轻轻地洒布在大地上。大地上的影物就比平常更加清晰明媚，更加新鲜柔和。在这样的天气里，人们赶着车往地里送粪，看着那一望无边的嫩绿色的麦苗儿，由不得就要扬起赶牲口的鞭子，挺起胸脯来，深深地吸一口气，然后唱起歌谣来。

就在这样一个春天的上午，我拿了记事的小本儿，走到村南一个大场里，靠着场边的一个柴禾垛坐下来，想好好思索一下这村里工作上的一些问题。

这是一个宽大平坦的打麦场，四周被秫秸编成的寨篱围着，沿着寨篱又栽了一圈桃树。这些桃树都是一人多高，树干透着紫红色，极其光洁，柔软的枝条上，长满了褐色的娇嫩的骨朵，在淡黄色（不如说是银色）的阳光下，真是满场春意。

我正要打开小本儿来看看上面一些零碎的记载，忽然听见寨篱外边一阵轻轻的脚步声响，和两个年轻妇女带说带笑的声音。

“你看你，说得没头没脑，一句话扯三里路远！”是个较为重浊的声音，大概年岁较大。

“你不知道我心里多痛快，多高兴呢！嘻嘻嘻，看你急得那样儿！”是个年轻姑娘清脆的声音。

“看把你高兴死了，好日子还没有到呢！”

“什么好日子歹日子的，不许你说！”

“好人，好人，嘻嘻嘻，不说就不说……咱们上这儿歇会儿吧，走得有点累了。这儿没人，你就从头儿说说吧，快把人急死了！”

在我背后的寨篱外边，是一条来往大道，道边空地上也有一个跟我这个同样大小的柴禾垛，她们就坐在这柴禾垛的那面，正好在我的背后，相离很近。

两人又互相逗笑了一阵，年轻姑娘就开始说起她的故事来了。她说得那么活泼，那么愉快，吐字那么轻快，使我勉强来得及记下她所说的内容，却来不及体会她的感情，更顾不上回味她说话的音韵。

……

“……你知道，俺家村北有块地，离村挺远。秋收麦收的时候，我在那地里拾掇庄稼，常碰见他也在对面那块地里，也是一个人干活。俺俩有时候打个照面，可谁也没有跟谁搭腔。你笑什么？好，我不说了！

“真的，他是北庄的，我是南庄的，谁也不认识谁，谁也不知道谁的禀性，你想想，好意思说话吗？有必要吗？哼！你才不害臊呢！

“后来，有一天，我又到那块地里耪棒子。那风儿多好！吹得那棒子叶儿嗖嗖地响，吹得我像喝了凉水似的凉快。我扶着锄把直起腰来，迎着风儿嚷叫：‘哦——喂！吹吧！哦——喂！’

“你猜怎么着？他也在对面地里，也直起腰来，手搭凉棚朝我看。

“我的脸，呼的一下热了，赶紧一扭身。

“嗨，真是，他也：‘哦——喂！吹吧！哦——喂！’嗤……你别笑，……嘻嘻，当时我没理他，只顾耪地。

“后来，有一次，我上县里开青年团代表大会，我到得晚——你知道，我妈那个麻烦劲，打早起就不愿叫我去，说：‘闺女，你这一去，谁知道几天回来，跟我多担两挑儿水吧。’我给她多担了两挑儿水。她又说：‘给我把牲口棚里的粪除除吧，牲口粪堆得老高，怪熏得慌。’我又除了粪。她又说：‘闺女！你忙了半天，怪累得慌的，我给你烧碗水，喝了再去吧。’我忍着，等她烧了水喝了，看她还要什么花招儿。她又说：‘闺女，今日索性别去了吧，你看，天过晌了，明日再……’哼！——我哼了一声，什么没说，扭头就出了门。

“到了县里，在南关，搭的个大席棚。喝！好大一棚子人！可你猜怎么着？我一眼就瞅见了他！

“你别打岔，嘻嘻……我事先不知道他是北庄子的代表，也来开会。（我连他的姓名也不知道呢！）可我一眼就看见了他——这么多人，你说怪不？

“他也看着我，我扭过脸去，找个地方坐下来，心想：原来他也是青年团员，挺进步的。我心里有他的影子，这是个开头。

“有一天，我到村北陈香贵家买豆腐（她家新开张卖豆腐），我带着本识字课本，跟香贵两人正念着呢，进来个人，一看，就愣住了。他也一愣，红着脸，站在那里半天不动。

“还是香贵开了口：‘表哥，你教给我，这是个什么字？’他不好意思地伸着头一看：‘糠字，谷糠的糠。’只说了一句，转身就走了。

“香贵见他这别扭劲，笑起来了。

“原来他跟香贵是亲戚，名叫王凤奎（我这才知道他的名字），是北庄村的团支部委员，文化挺高。……香贵见我打听得挺详细，可取笑了我一阵。

“秋天，我在村北那块地里砍棒子秸，下起暴雨来了，我没有来得及跑到家，往半道上一个看瓜的棚子里躲，刚一伸进头去，嘿，又碰见他！

“奇怪！他不往北跑，怎么到这儿来了？

“不进去吧？这么大雨，你叫我往哪儿躲！

“我站在棚子外边，背过脸去，心里突突地跳。

“那雨啊，下得天都黑了，雷响得震耳朵，真怕人！

“猛地，一个很低很低的声音：‘上里边去吧，淋着了……’

“我回头一看，他不知是什么时候出了棚子，也在雨地里淋着，全身像水淋鸡似的，大半他站的工夫也不小。

“他又说：‘我在外边，你上里去。’我说：‘你上里去吧。’他说：‘你上里去吧。’——他这才笑了，可还是挺害臊。

“没法，我只好钻进棚子里去。一会，他也蹲在棚子门口，可把背对着我。

“就这样，我们待了老半天，谁也不说话。那雨可是越下越大，像倒了水瓮似的，没个停的意思。

“我心想：倒真是个好人呢！我问他：‘你家在北庄，怎么到这儿来躲雨？’好半天，他半侧过身子来说：‘这儿，比，北庄，还近呢。’舌头嘟哝嘟哝的，还在害臊呢，真……

“我说：‘噫，这儿也不近。’

“他又笑了，说：‘近是不近，可我愿意上这儿来。’

“我心想：哼，你那心思，我能猜个八九成儿。就问他：‘你干么愿意上这儿来？’他说：‘愿意就是愿意呗！’我说：‘总得有个理由呀！’他说：‘理由……就是……’我说：‘就是什么呀？’他说：‘就是……你！’这一说，我可不好意思了，可猛地又有些害怕。

“我心一横，到底要看看他是个好团员不是，就问他：‘是我，是我什么呀？’

“我记得清清楚楚，嘻嘻，当时，他伸手扯下了棚子上一根草，往嘴里咬了咬，又扔了，说：‘我要跟你说说话儿。’我说：‘说话儿？我不认识你。’他说：‘你真不认识我？’我说：‘真的，我不知你姓什名谁。’他说：‘咱俩没见过面吗？’我说：‘见是见过，见过就算认识吗？’他说：‘我知道你姓张，叫小韵。’我说：‘我可不知道你，你别跟我胡扯乱说！’嘻嘻嘻……，我假装着生气，说的嗓门挺大。过了好半天，他说：‘好吧，你不承认，我走。’

“他就真的起身，走了。

“我心里又怦怦地跳……我可急了，钻出棚子，叫起来：‘王凤奎同志！王凤奎同志！’

“他站住了，可是不说话。

“我也站住了，也不说话。

“我们好半天不说话。

“后来，我想起句话来，问他：‘你从那边往这来，怎么我没看见你？’他说：‘我从那片庄稼地里绕过来的。’

“我笑了。

“他也笑了。

“我俩就这样站着，好半天，我说：‘你比我文化高，希望你帮助我学习，不要客气。’他说：‘我的文化也不高。’我说：‘你高，我知道。’他说：‘你怎么知道？你不是不认识我吗？’我说：‘你这人真是，还笑呢！’他说：

‘小韵，我想跟你说说话，快两年了！你知道我多……！’我知道他要说什么，可真不好意思听，就说：‘哎，雨小了，我回去了！’

“我就真的走了，他也没叫住我。

“可是，你猜怎么着？我刚走了几步，从瓜棚后边闪出个人来——是我妈！

“她戴着个草帽，披着块麻袋，两脚稀泥，浑身透湿，脸气得锡片儿似的白，手拄着根棍子，浑身发抖。

“我也不怕她，只看着凤奎穿过高粱地，走了。

“‘下这么大雨，我说你怎么不回去呢，你个死丫头！可把老娘我的脸丢尽了哟！可气死我了哟！’我娘嗓子都哑了，可不敢高声，只低声哭着，骂着，一屁股坐到泥里了。

“我没理她——我知道，越理她，她就越来神。我扭身就往村里走。

“到了家，我换了衣裳，自个做了饭。我心里满快活。你想，他是个多好的人呀！嘿嘿嘿……

“我正在吃饭，娘回来了，一进门就冲着我伸手，我把她的手一抓，她就势往地下一倒，打起滚来，大哭大叫：‘街坊邻居呀！闺女打娘呀，翻了天啦！……’

“你嚷吧，叫吧，我才不怕呢！

“我就出去了，把这事告诉了妇会主任。

“主任说：‘小韵，只要你自个立得正，不怕影儿斜。要是有人造谣，我跟你作主，不要怕！’我说：‘我怕么？正大光明。我娘自个背着块封建石头受了半辈子苦，还想用封建石头压我？办不到！’青年团的人们也赞成我，都说：‘斗争吧，斗争吧，给我们斗出条路儿来！’

“你不知道，我娘从我生下来六个月，我哥五岁时，我爸爸就死了，她那时才二十七岁，到现在，一直守了十八年寡。

“要说她受的苦，可也真是不少。你想，拖着两个孩子，没劳动力，事事得求人。

“每年过年吃饺子，她总要往饭桌上多搁上双筷子，谁要是问：‘你多搁上双筷子干吗？’她就生气。她的意思是：我爸爸虽说死了，魂儿还跟她在一块儿呢！

“有时候，我从外边玩够了回来，看见她坐在炕角上抽抽咽咽地啼哭，她是想我爸爸呢……

“要说她对哥和我，可真是疼爱，要说对我们不好，可又不好得怪。

“前几年，她要跟我哥说亲，哥说：‘非我自个看看对象不行，要是包办，我就去参军去。’她没法，让他自个‘相’了三回亲，挑中了我嫂子，按旧式结了婚。

“我那嫂子，那是多好个人！模样，禀性，针线活儿，地里活儿，没一样不讨人爱，思想也进步，对我哥——两口子一百个好。

“你猜怎么着？我娘可看她不入眼，不为别的，就为小两口太好了。她说我哥娶了媳妇忘了娘，说我嫂娇声媚气，哄得男人不行孝。她要我哥每天黑间陪着她说闲话，不等困极了不准进我嫂的屋，听见小两口在那边屋里说说笑笑，她就在这边屋里捧家伙，指鸡骂狗。……

“这么着，我哥就坚决跟她分了家，到外边去找了两间屋子住。

“我妈寻死觅活也没法，可就对我管得严了，生怕我不长在她身上似的。我有时气得她三天不起炕，我做熟了饭，端到她枕头边上，可怜她，哄她，哄好了，我又该去开会就去开会，该去学习就去学习……

“这一回，嗨！她可不在炕上躺着了。

“第二天，我又上村北棒子地去砍棒子秸，走到村外，回头一看，她跟着我的。我只当没瞅见她，口里唱着歌儿，径直走到凤奎的地里，交给他一封信。回头一看，我妈坐在地边上，手捂着脸，哭起来了。

“我那信上写的是，‘凤奎：我下了决心，不管一切，你呢？盼回信。’这天我没跟他说话，只等他明日回信。

“可是，第二天，我一起来，房门开不开——我妈给锁住了！

“你锁住吧，我可不在乎，就唱歌，把年幼的时候学的歌儿都记起来了。唱呀，唱呀，可唱得高兴呢，还笑呢。

“从窗户眼里塞进来的饽饽我也不吃，水我也不喝，只是唱，一连二天。

“第四天，妇会主任来了，我听见，她在那边屋里，反对封建呀，婚姻自由呀，对我妈说了一大堆。我妈流着眼泪，给我开了锁。

“我走出来，吃了两口饽饽，抽身就出来了，到了村北地里，明明看见妈又在远处看着我的，我也不管。

“凤奎地里的庄稼早拾掇完了，可他蹲在地头上等着我。他说：‘我等了你三天。’就交给我一封信。我打开一看，上面写着：‘小韵，我也下了决心，费了好大劲，家里总算同意了，希望你对家庭坚决斗争。’

“我从怀里掏出块手巾来，送给他。这是我这两天准备好了的，上面还绣了个红五星呢！

“我回到家里，一进屋，我妈就冲着我跪下了，磕起头来：‘闺女呀！丫头呀！你饶了我吧！你给我留条命吧！你顾点脸面吧！自由，也不能这么不管不顾呀！……’

“我也跪下去，给她磕起头来：‘妈呀！娘呀！你少自私自利点吧，你自个苦了一辈子，莫非还叫我守着你一辈子？’

“她说：‘什么？我疼你，热你，还说我自私自利？我不活着了！’一下子跳起来了，往外就跑。

“我一把抱住她，娘儿俩哭成一堆。

“我问她：‘娘，你到底打算叫我怎么着呀，你打算叫我一辈子也不结婚，守着你吗？’

“她说：‘闺女，你等着吧，等着娘给你挑个对象吧，挑个老老实实，听娘的话的，不像你嫂子……’

“我说：‘娘，我嫂子是哪一点不好呀，她怎么对不住你呀？’

“她说：‘你哥哥娶了她就忘了娘，你也想学他的样儿吗？’

“说了半天，她总是这么缠不清，气得我简直没办法。

“从这天起，我瞒着我娘跟凤奎在背地里又见了三四回面，我们说得很对心。

“正月十五，龙湾村举行物资交流大会。我要去赶会看戏，娘定要跟着，跟就跟着吧。

“到了会上，我娘儿俩挤来挤去挤了好半天，我买了本红皮儿的小日记本本，娘说：‘家里那本还没使完呢，又买一本，花好些个钱，疯了？’我说，‘你不用管！’就带着她往那边挤。

“那边是个空场，搭了个大席棚，棚子的正门上有几个大红字：‘婚姻法宣传棚’。我想：好了，这一下可找着药铺了。就对娘说：‘那儿是耍大

把戏的，咱们快去看看吧。’

“挤进棚里一看，喝！四边席墙上扯着布，贴满了画儿，耀得我的眼都花了。一堆堆的人围着，几个工作人员指点着讲给人们听。另外还有说书的，唱落子的，好热闹呀！

“我领着娘看了一会画儿，画的是‘小女婿’，我给她讲，她噘着嘴，心里爱听，脸上装着不爱听。

“我们又去听说书的，说的是‘王香翠自由结婚’，娘可听得上瘾了，足足站了两顿饭的工夫。

“后来又去看戏，戏台上也正有人在讲婚姻法，娘半真半假地嗔怪我：‘个死丫头，如今可是你们的天下了，到处讲自由！’我说：‘自由，那是真理！’她说：‘什么蒸理煮理，有得你说嘴的了。’说是说，可她还是伸着脖子听着，我心里满高兴。

“我说：‘娘，我口渴，去买块糖吃。’就挤出了人堆，跑到戏台后边。嗨，老远就看见了，那不是？雪白的毛巾包着头，上面有个红点点——红五星，正在照管着他们村戏团的人们化妆呢。

“我跑上去把他的胳膊一撞，我在前边走，他在后面跟着，到了没人的地方，他红着脸朝我上下直看。我说：‘你看么？’他说：‘你今日全身都换了新衣裳了，真……’我问：‘真什么？’他一笑：‘真像……结婚的样儿。’说得我也脸红得没地方钻了。

“好半天，他拉了拉我的袖子，说：‘小韵，你今日听了婚姻法宣传了没有？’我说：‘听了，怎么着？’他说：‘那么，咱们什么时候去？’我说：‘去干么？’他说：‘还用说？取结婚证。’我说：‘看样儿我娘的脑筋活动点了，咱们再等些日子吧。’

“我从怀里把那小日记本儿掏出来，给了他。一回头，哈！我娘站在离我不远，正往这边瞅呢！

“我从她身边走过去，只当没看见她。她从后边把我一拉，说：‘嗨！厚脸皮，死丫头，你可真是神通广大呀！你要飞了呀！你……’

“我一个劲儿地笑，就跑了，一口气跑到家，把娘拉了老远。

“她到了家，一天噘着嘴，可倒是没骂我。

“昨日个，县妇会主任赵玉珍同志来咱村开妇女会，我说：‘妈，小学里又演戏呢，快去看吧！'她说：'又演你那婚姻法，我不去。'可她到底去了。

"哈！一坐下她就听得出了神。赵同志讲得可真好呢，说得人们直擦眼泪。

"散了会，她两眼直愣愣地往家里走，一句话不说。一进了门，她就把我的胳膊一拉：'闺女呀，赵同志讲的，都是人情事儿呀，我这脑筋算开了哟！我多半辈子没个贴心人呀，多苦呀，只想把你跟你哥窝在我的心坎上，一步也不离呀！谁承想呀，你们男大当婚，女大当嫁，各人有各人的前程呀！闺女，你说我自私自利，我不是自私自利，我是——你知道，从年轻时守寡到如今，心里多发空呀！咳，说不得……'她一把鼻涕一把泪地哭起来。

"我可也忍不住陪她哭了一阵。

"后来，她把我搂住了，说：'你去吧，去找凤奎那孩子来，我跟他说说话……'

"你猜我多高兴呀！我唱呀跳的，往北庄跑。一进他家门，我谁也没瞅见，跟谁也没打招呼，只一眼就看见了凤奎，他在当院捣粪呢。我的心直跳，直喘气，说：'凤奎，跟我来。'他扔下捣粪的家伙，跟着我：'你这是干什么，是怎么回事？'我也不答理他，只是高兴得笑得不住声儿。

"到了家，我妈迎在门里，两手拉住他的胳膊，上上下下看了半天，笑了，说：'倒是生成的一对儿。'又一只手拉住我的胳膊，看看他，看看我，说：'小子，闺女，我许了你们……'

"哈哈！你看我妈多好！

"今日，我跟凤奎到了区里，这不是，领来的结婚证……王同志，我可一点也没瞒着你，连细微末节都说了。你看，嘻嘻，咱俩这事儿够个'典型材料'吧？

"还有，今日我妈就托人去跟我哥我嫂讲和，叫他一家子搬回来住。"

……

最后我所听到的，只是一片笑声。然而奇怪的是：在轻盈的笑声中，竟夹杂着一个男人的低沉的轰轰声。

听着她们的脚步声渐渐远了，我轻轻地爬上柴禾垛，只见在银色的天空下，在初春嫩绿色的原野上，走着三个人——竟是三个人：一个穿干部服的妇女，腰里挂着个绿色的挂包，大概是区里的妇女干部。她旁边，走着一个身材苗条，脚步轻盈的少女。她穿着一身红花格子布衣裳，扬着头，不时把短头发往脑后一甩，她的举动是那么洒脱。她后边，一个高身材的强壮的青年，一身新蓝布褂裤，像是还有些不好意思，微低着头，头上包着块雪白耀眼的手巾，上面隐约有个小红点点。

他们的身影，都是那么无忧无虑，那么幸福，走了好运，还传来一阵阵清脆的笑声。

1953年，于河北省雄县

原载《人民文学》1953年5月号

晌 午

晌午，秀妮从地里回来时，她家的大门口歇着一个卖小鸡的，一群姑娘媳妇围着，正在挑选着，品评着，嚷成一片。她把锄头往大门边一靠，也参加到人群里面，挑选起来。

四个金色的席子筐里面，装满了几百只绒球球似的小鸡，都是刚出蛋壳的，跟鸡蛋一般大小，有金色的、雪白的、花的、黑的，绒毛毛像丝线一样光滑柔软，互相拥挤着，用尖嫩的声音叫着，使得最精明的人也会看花了眼。

秀妮年年养鸡，她去年养了二十只，把卖鸡蛋的钱积存着买了肥田粉，交给了农业生产合作社，算做生产投资。今年她准备养得更多，她又最爱这些天真美丽的小动物，所以这时她的心里比谁都兴奋。但她比谁都冷静，因为她是挑买小鸡的能手，最会分辨公鸡母鸡，健康的和不健康的。

她把一个个挑出来的小鸡托在手上，举到眉毛那么高，用又黑又亮的大眼睛看了又看，一边自言自语地念叨着：

"哈！这个好，是个蓬蓬头儿，身子挺硬棒。哈！这个也不错，是个毛毛腿儿。去年我有三只毛毛腿母鸡，都像穿着毛裤子似的……我不要这个高脚架，准是个公鸡……"

她把挑好了的都用衣襟轻轻地兜着，已经兜了十只，忽然看见生产合作社的主任和两个社员，拿着斧子扳子一类的家具走过来了，就蓦地想起了一件事，连忙问道：

"主任，水车安好了吗？"

"安好了，真好师傅！"主任得意地笑着，摸着山羊胡子。"哈，你今年又养多少小鸡呀？多养些吧，明年好再多买些肥田粉呀！"

但秀妮没有让他说下去，又问：

“你们都回家吃饭，怎么安水车的师傅不来吃饭呀？”

“他叫我们先回来，自个再试验试验。”村长后面的李德才愉快地大声说，“为了叫他吃饭，拉扯了半天。就让他再试验一下吧。……”

秀妮没等李德才说完，连忙给了买鸡的钱，兜着小鸡，拿起锄来，往家里走。

屋里，她妈正在灶门口烧火，对她说：

“妮子，买了小鸡呀，快搁在炕上让它们蹦跶蹦跶吧，好看着再挑挑呀！”

“不用再挑了，我这眼睛没错儿。”

她说着，把锄头搁下，一直走过穿堂门，走到后院里。

这后院是一片小小的园子地，种着几畦小葱、韭菜和小红萝卜，长得一片嫩绿，四周围着秫秸编成的寨篱，寨篱外边就是村外，是一望无边的绿油油的麦子地。果然，在离园子几十步远的高高的井台上，在那一人抱不了的大杨树下边，一个包白头巾穿白小褂的青年人，正在吆喝着社里的大黑驴，察看着井上井下，一心一意地在试验新安上的水车。

一阵微风吹来，园外的麦地起了一阵灰色的波浪，送来了流水的温柔的絮语声。

“真是……连饭也不吃了！”秀妮心里说。

她心里有些别扭——今天主任派她跟几个姑娘媳妇去耪麦子，没有参加安水车的工作。

对于社里每一件新的建设，新的措施，她总是很兴奋的。比如去年冬天新搞起做豆腐的副业的时候，今年春天新买回那匹小黄马的时候……对于这一切，她总愿意自己是第一个参加者，是最初亲眼看见的人；好像只有这样，她才更能觉出这些东西跟自己的关系，才会更加看得出社会主义的前途，她才会更加满意。

但今天她对于安新水车的事，却比往常对于其他的事情更加兴奋，是什么原因呢？她自己也说不清楚，也顾不得去想。

她走到寨篱根下，待了一会。

一只小鸡从她的衣襟兜里跳出来，掉在寨篱脚下的沟沟里了。这是一条流水浇园的垄沟，直通那个井台。那小鸡看见了微微有点潮湿的沟底，大概是想找水喝，竟钻出寨篱根下的缺口，不见了。

秀妮忽然心里一动，索性蹲下来，把小鸡全部抖落在垄沟里。小鸡们立刻兴奋起来，扇动着花瓣似的小翅膀，迈动着粉红色的小脚爪，尖声噪叫着，钻出篱根下的缺口，顺着沟，奔跑着，啄食着在沟底歇荫吸水的小虫子，向井台那边去了。

“这是谁家的小鸡呀，当心跑没了哇！”过了一会，井台上那青年人叫起来了。

秀妮开了寨篱门，顺着垄沟，快步走着，一边自言自语地说：

“这些该死的小鸡，一会没看着它们，就跑到这儿来了！”

井台上，青年人忘记了吆喝牲口，往大杨树上一靠，对着秀妮直愣愣地看着，微笑着。

秀妮也愣住了，忘记了小鸡，直愣愣地看着正在转动着的新水车。

“我认识你，”一会，青年人说。

“我也认识你，”秀妮一甩头发，也微笑着说。

真的，他俩早就认识了，而且互相都有个印象，只是一直没有说过话。

这青年名叫胡成，是离这村三里地胡各庄的人，在附近二三十里地以内颇有点名气，因为他在生产上接受新的技术最大胆，比如：别人耕地都是一条条直线式的耕法，他耕地却是直着耕一遍，又横着耕一遍，是十字式，别人种棉花都种得很稀，一亩地不过一千多棵，在拾掇上也只是打杈掐尖。他的棉花一亩地种两千五到三千棵，把棵子修理成上下两头尖的枣核形，每棵长得快有一人高，并且规定了每个枝子上留多少桃儿，秋后竟比别人多打了一倍多……他并没有学过安装水车，只是去年在省里受“生产训练”时，看见过国营农场安装了两辆水车，现在却已经成了附近村庄安装水车的师傅了。就因这一切，人们都佩服他的“怪”劲、聪明劲，都叫他是“科学专家”。

这一切，秀妮都知道，都羡慕。

“你记得吗？”胡成仍然直愣愣地看着秀妮，“去年全县的那次会上，……”

“我记得。”秀妮说，顺手从旁边一棵小槐树上折下个小树枝，在手里玩弄着。她从前就觉得胡成曾经注意过她，现在完全证实了，心里很高兴。

“今年正月间，全县的扩大干部会上，我们也见过面，对不？”胡成又说。

“对。”秀妮又一笑，看了对方一眼。“可是，我比你记得的还早。那年，我还小呢，还没实行土地改革，是秋天我在这棵大叶杨下边搂枯树叶，”她指了指胡成靠着的那棵大杨树，“给地主张省三家的小子看见了，说不让拾他家的树叶，赶来要打我，恰巧你也拾柴禾拾到这儿来了，……”

“想起来了！想起来了！”胡成笑着，态度更自然了。“喝！那时候你还是个小姑娘呢！”他想起那时他抓住地主家的小子揍了一顿，至今心里还觉得痛快。

“你那时不也是个小孩吗？”秀妮不服地说。停了一会，她又说：“这会，这井台，这树，都是咱们合作社的啦！整整三十亩地，你看这麦苗儿，多强！”

“你也是生产合作社的社员吗？”胡成羡慕地问。他时常因为自己互助组的组员们还有一部分人思想打不通，不能把组转成社而着急难过。

“嗯，是。”秀妮回答着，觉得有些骄傲，不觉低了头，有些脸红。

这时，又吹来一阵微风，大杨树的叶子哗哗地响，好像天在下雨。拉车的大黑驴不知什么时候自动地站住了，伸着脖子想喝沟沟里那刚车出来的凉水，够不着，就失望地叫起来了：“嗷——嗷——嗷——”

秀妮本来有很多话想问胡成，比如：听说你自个有一架收音机，是真的吗？能听见北京毛主席的演讲吗？去年种丰产棉花时，怕人说你是“胡闹”，看见有人就往棉花棵里一藏，是真的吗？你干吗还怕人笑话呢？……但初次交谈，怎么好把什么问题都问出来呢？

胡成也有一些问题要问秀妮，比如：去年县里的一次会上，休息时，你在看墙上的宣传画，我走上去想跟你说话，你为什么走开了？后来，人家叫你报告做宣传工作的经验，你干嘛说得那么简单，还封建吗？……他也因为同样的原因，一时说不出口。

于是，两人默默地待了好半天，胡成摸弄着身子后面的树干，秀妮玩弄着手里的树枝。

忽然，从那边一个葡萄架后面蹿出个人来，大叫着：

“哈！我说垄沟里怎么不流水了呢，原来……嘿！”

这人名叫赵小黑，是陪着胡成一块儿试验新水车的，正在那边看垄开畦。这时他光着头，披着件夹袄，露出两只黑油油的胳膊，拿着一把铁锹，走了过来。

“咱们该回家吃饭啦！”他说着，不住地眨巴着眼睛，走上了井台，开始卸牲口。

秀妮红着脸，一转身，这才想起了她的小鸡。

那些小鸡还在原来那条垄沟里，扑着小翅膀想往井台上跳，却跳不上来，被秀妮一赶，又顺着垄沟奔跑着，噪叫着，真像一个个滚动着的美丽的小绒球。

胡成看着秀妮的背影，只见她跟在小鸡后面，低着头，走得那么慢，简直看不见脚步在移动。他知道她在想什么，因为他自己也有着同样的思想。

春天的原野，到处是金色的闪光，绿色的波浪；到处有着新的、健康的、聪明的人们，在创造着正在开始的、幸福的生活。

1953年春，于河北省雄县

原载《人民文学》1953年6月号

王永淮

你打听王永淮吗？你算打听对了，我可跟他忒熟。你到七区去，咱俩正好同道儿，我就跟你说说他的事儿吧。

说起他来，一句话，是个好人。这如今他被人们选为邢台县人民政府副县长，可还是那么好。

你看这沿路的山，这不算山。那西边，你瞅，雾蒙蒙遮住半边天，那才叫山呢！在平原上住惯了的人，乍一到咱这地方，看见这走不到头儿的荒山野岭，真要发愁呢。就是咱们生在山里的人，有时候也要发愁。你不知道，前几年，好多人都想往山外搬家，想到山西去安家。就连我也是这样，老觉得一辈子钻在穷山沟里头没出息。可是，王永淮这人却欢喜这山，他就在西边那大山里边，年年月月，爬山过岭，为老百姓办事，弄得人人都欢喜这山，人人都越过越有劲，你说怪不？

他是一九五〇年进山的。

那时，是个春天。我正在村头上地里耪麦苗儿，猛抬头，看见东边山梁上下来个人用棍子挑着行李卷儿，走得挺快。我心想："这不是咱村的王永淮吗？"去近了一看，果然。你不知道，俺们小时候在一块儿放过羊，后来又一块儿在地里干过活儿，抗战后他参加了工作，有时候回家，我们也常见面。我就跟他打招呼：

"是永淮哥吗？"

"是呀，你耪地？"

"嗯，你这是回家来看看啦？"

"不哩。我调了工作啦，回山里来啦。"

"哦——！"我这么"哦"了一声，下边的话没说出来。

你不知道，那时刚解放不久，在山里老根据地工作的人们都讲究往平原上调，往大地方(大城市)调，都觉着：钻了十几年山沟，解放啦，还钻在穷山沟里，是没出息。可是，王永淮刚出去一年多，听说在县里当了科长，怎么又回山里来了呢？

天也不早了，我一边扛着锄跟着他往村里走，一边在心里纳闷儿，可又不好直出直入地问他，就拐着弯儿说：

“永淮哥，你出去在大地方待了一年多，这乍一回来，怕有些待不惯吧？”

“怎么待不惯？你看我，不是跟那几年在山里的时候一样吗？”

我一看，可真是：他浑身上下还是旧灰粗布制服，因为走热了，制服帽子往脑袋后边扣着，露出半边光头，一张黄油油冒汗的脸，说话笑眯眯的；脚上，也还是早些年穿的那山岗子鞋；他那铺盖卷儿，我还认得，还是两三年以前的那条旧被，薄薄的，连个褥子单子的都没有。

我心里就更纳闷儿了，就又试着问他：

“听说你在县里当了科长哩……”

“嗯，是。”他还是笑眯眯的，跟往日一样，说话声音不高。

我又问他：“你这会儿还是科长吗？”

“这回进山，当了七区的区长啦。”他还是笑眯眯的，不慌不忙的样儿。

我心里就更纳闷儿了：“怎么当了科长又反转来当区长哩？……”当时我以为科长比区长高一级哩。

进了村，街上碰见人他就打招呼，我就故意大声告诉人：

“永淮哥又进了山啦，当了七区的区长啦！”

你猜怎么着？他反倒更高兴，也大声对人说：

“是又进了山啦，又跟乡亲们在一块儿啦！”

我一直跟着他进了他家院子。他媳妇正在炕上纳鞋底子，一看见他进来了，喜得连忙下了炕，接过他挑被子的枣木棍儿。

我又故意大声说：“嫂子，这可好啦，永淮哥调到山里来啦！”

她脸上本来是挂着笑的，这时猛地一愣，眼珠子一转，可也没说什么。

一会，屋子里挤满了人，有他叔，他婶子，还有别的几个老婆老头，都是邻壁左右的人们，都瞅着他不说话，像是瞅一个在外边混倒了霉的人一样。

他叔是个翻身农民，五十多岁，跟我一样，那时也有点认识不清。他朝永淮浑身上下瞅了半天，又摸了摸他搁在炕上的铺盖卷儿，说：

“永淮，你别说我说。你记得咱村的赵瑞启吧？听说还没有当到科长哩，可人家，前几天回来了一趟，浑身上下新衣裳，一天一盒烟卷儿，出进骑自行车。这，在别的地方也许不算什么，在咱这穷山沟里，可叫人眼热哩！可你这些年是怎么干的，你怎么……”

他的话还没说完，他老婆子——永淮的婶子又接了腔：

“孩子，咱这里闺女寻人家，山里边的想寻山外边的，山上边的想寻山下边的，可你，就像嫁给山里边的闺女似的，一辈子也下不了山啦！”

她这话原是好意，她是可怜永淮哩。

你猜咱永淮怎么着？他还是没事人似的，笑眯眯，一边捧着碗喝水，一边说：

“嘿嘿，干革命哪儿都一样，山里边也得有人干啦。”

“山里边也得有人干，你在山里边干了十来年还不行？你能在山里干一辈子吗？”他老叔也是在替他叫屈呢。

永淮还是笑眯眯的，说：“在山里干一辈子我也愿意。”

“你真的像你婶子说的，爱上这荒山野岭啦？”

“嘿嘿，老叔，”永淮把碗往桌子上一搁，还是笑眯眯的，“老叔，你别看不起这穷山野岭。你还记得吧？日本鬼子用了多少办法想占咱这地方！后来蒋介石又多么眼馋！他们杀过咱们多少人！咱们就是凭着这样地方打败了鬼子，打败了老蒋。你记得吧？那时咱这儿是游击区，鬼子在咱村东十几里路的地方修了道墙，封锁墙，想把咱困死在山里？”

他老叔说，“记得，咋不记得呢？那时的日月可困难多啦！”

“那时困难多啦，现在可怎么样呢？现在是咱们的世界啦，上级早计划好了，要修一条汽车路，经过咱们门口，直通山西，让咱这里的山货能往外运……”

“真的吗？”好几个娘儿们都叫起来了。

“怎么不是真的？上级要加强山区建设。”

“咋个加强法？”

“咋加强吗？要叫咱这穷山变富山，山里出黄金。”

他媳妇正在灶门口烧火做饭，这时站起身来，笑着说：

“你咋能叫咱这山里出黄金？”

“大伙儿努力往前奔，就能叫这荒山变成金山！”

“哈！”他媳妇笑了，“你想在咱这个窄山沟里建设社会主义吗？凭你这个庄稼老粗，还能在这大山顶上走出一条道儿来？”

“怎么不能？哪儿有人，哪儿有共产党，哪儿就有道儿，就能往社会主义走。”

他婶子又插嘴了：

“你那亲娘就是在这穷山沟儿里饿死的，你还夸这山呢，我看你是有些傻！”

永淮的娘饿死的事，她是亲眼看见了的，说的完全是实话。

这时候，坐在那边角儿上的一个老头站起来了，是永淮的一个远房大伯，七十多岁，身子挺壮，说话声音嗡嗡的，像敲钟一样：

“依我看，永淮侄子说的对，这山上怎么不能出黄金？倒过去四十年，这满山遍野都是树，就不知道什么叫干旱水涝。你们年岁大点的人不记得吗？那时候，人们有句俗话：‘七里滩，八里湾，六十里地不见天。’怎么不见天呢？是树遮住啦！咳，后来，地主夺了人们的河滩地，人们就往山上去找活路，到山上乱砍乱伐，乱开荒，从民国初年以来，因为树木少了，就连年发山水，把剩下的树也冲走了，这山就光啦！”

这时有好几个人都叫起来啦：

“还是呀，还是光了呀，你能叫那些树再长起来吗？”

老头子泄了气，又坐下了。

王永淮掏出小本儿来，在上边写着什么，一边笑眯眯地自言自语：

“……六十里路不见天……能……能……”

等他写完了，正好饭也熟了。永淮收起了小本儿，对满屋子人客气了半天，就大口大口地吃起来了。你知道，那时候咱这里人们的生活是多苦！糠饼子，树叶粥，里边还净是砂子。他媳妇是个庄稼女人，也跟别人家的男人女人一样，因为生活苦，没价爱干净的习惯……可是，你瞅，他大口大口地吃，就像没有到过大地方的人一样。

我想起来了：咱村有个叫黄文俊的小伙子，前两年随着部队南下，现在在河南省一个什么卫生院里工作，今年年初回了一趟家，没住满两天就走了。为什么？就为的嫌家里生活苦，吃的睡的都不卫生。

我心想：永淮这人真是个老实人。

这时天不早了，我也回家吃了晚饭。我撂下碗走出门来，喝！天空上那月亮真圆……对面小山岗上有个人，是谁？怎么一动也不动？我一弯腰，他的黑影儿透在天空上（这是黑夜里远处看人的好办法），正好是个侧面，那帽沿儿，那鼻子嘴，那身形，我一下子认出来了，原来是他。

是怎么回事呢？莫非他媳妇不高兴他当了科长又当区长，两口子吵了架？按说，也不至于，他媳妇也是挺进步的哩。就是两口子吵了架，上这山头上立着也不是个办法呀，他老实也不能老实到这样呀！

我就装做闲着没事瞎蹓跶，嘴里哼着小曲儿，从西边村头上绕过去，上了山，走到他跟前，问他：

"你今日走了七八十里，不累？怎么还不歇着？"

他说："不累。你也还没歇着？"

我又问他："你瞅啥？"

他说："瞅这山哩。"

我说："你这人，你真的欢喜这山啦？"

"嘿嘿嘿，"他笑了笑，"一年多没回家，想看看咱村这样儿变了没有，大月亮夜，出来走走……"又用手一指："你看村北边那几棵树，是栗子树吧？一年能出多少栗子？"

我说："是傻老正家的树，头年秋天，听说出了三千来斤。"

"喝！真不少！你记得吧？事变以前还没价这几棵树哩，准是事变以后栽的吧？才十多年，就有这么大收成；这如今，傻老正家的日子不作难啦吧？"

"他家倒是过得挺暖和……"

我口里这么说着，心里可真不知道他是什么意思。他又问我村里谁家还有果木树，是柿子树的出产大还是栗子树的出产大，苹果树和梨树好不好栽种……我们足足谈了一顿饭的工夫，才一块儿往山下走。

他媳妇正靠在院子门口等着他哩，问他累不累，又说他：山头上风挺凉，也不披着件衣裳。……他呵呵地笑着，随口说了几句什么，就走进屋里去，把窗台上的灯亮儿挪到桌子上，又掏出小本儿写起来。

他媳妇靠在桌子一边不声不响地瞅着他，嘴角上挂着笑，眼里放着光，半天半天，才说：

“调到山里了，也好……”

又说：“看你写的这字，像是比早先顺眼点了……”

我心里猛地想起来了：“人家两口子挺亲热的，我在这儿待着干吗？”就赶紧溜出来了。

第二天天刚亮，我扛着锄下地，刚走出大门，就看见王永淮用棍子挑着行李卷儿，大步大步地走下河沟来；他媳妇立在院子门口，瞅着他。

我大声说：“永淮哥，怎么这么早就走，不在家里多歇一天？”

他说：“还早吗？不早……”

他媳妇说：“你才不知道哩，刚一鸡叫他就起来了，催着我给他做饭，他自个就着灯亮儿捧着本书，像学校里的小学生似的，一个字一个字地念……”

我知道，她也是个共产党员，她是在夸她男人呢。

我说：“他是干工作干入了迷啦！”

“可不？就是……”她这几个字说得声音发颤，可又那么柔和。我看见她一直瞅着他翻过了村西边的山梁儿，才转身进了院子。

我说他对工作入了迷，真是一点也不假。

大约过了五六个月，他到县里去开会，从这儿过。夜里，我又到他家里去看他。只见他两口子不声不响地坐在灯亮下边。他媳妇在低着头补衣裳。他面前摊着一张纸，脸对着灯亮儿，在微微地笑呢。我跟他说了几句话，看见他那笑模样还挂在脸上，就问他：

“你笑啥？”

他笑得更厉害了，反转来问我：

“你知道吗，咱七区每人平均多少地？”

我说：“不是一九四七年实行土地改革的时候早算出来了吗？每人平均一亩二分。”

“嘿，不对。”他笑着摇了摇头。

“怎么不对？”

“每人平均三十多亩！”

“哈！你上哪里去给俺们找这些地？”

不光我被他的话吓住了，连他媳妇也被他的话吓住了，俺俩都瞪大了眼瞅着他。

他说：“你不知道，这几个月里，我发动全区干部进行了一个调查，全区纵横六十里地，有一百三十五万亩土地……”

接着，他从口袋里掏出小本儿来，指给我看那上面的数字，他说：全区除了村庄、岩石、河川……以外，所有的荒山都可以造林——占全部土地的百分之九十！

当时我以为他是疯了，说：

“你把荒山都算作土地？”

他说：“荒山能栽树造林，能放羊放牲口，咋不能算作土地？”

我问他：“谁说这荒山都能栽树？”

他就告诉我：西边有个折户村，折户村有个姚良成，这个人怎么把一大片荒山造成了林，怎么靠荒山起家，每年能收多少果子，多少木材……

当时我不信，直摇头。

他又说：“咱这里过去遍山尽树，‘六十里路不见天’，怎么就不能栽树？上回咱们说的傻老正家的栗子树，不是在山脚下栽的吗？”

山脚下土色好的地方能栽树，山顶上也能成吗？无论他怎么说，我还是半信半疑。我就用话岔开他：

“区里的同志们怎么样，都像你这么对工作入迷吗？”

他媳妇就停下针线插嘴了：

“嗨！你不知道呢，他刚一到区里时，三个区委两个有病，躺在炕上哼哼，大伙儿都闹情绪，都觉着文化太低，工作能力提不高，又觉着山区地窄，不能使机器种地，不能建设社会主义。咳，真亏了他，碰见这样情况还不发愁……”

我说：“这都是永淮哥告诉你的吗？你们两口子真好，什么话儿都说。”

她说：“可不是他告诉我的，是前两个月，区里通讯员小杨从这儿过，告诉我的。小杨还说：‘现在好啦，大伙儿闹起了学习高潮来啦，连一个大字不识的老马同志，也能写信开条儿啦。’进行得多快！”

“嘿嘿！”永淮又笑了，“这会儿人们学习得可起劲哩，连吃饭睡觉都忘啦！”

我想起来了：难怪前几天区里的老何同志到咱村整顿互助组时，一有空儿就找小学教员问字儿呢。

当时我们又说了一些别的话，我就回家睡觉了。

咳！同志，真没想到呀！从他一回到山里，人们就一天一天地变啦，我也一天一天地变啦，连咱山地的出产也变啦……首先，他们区干部们领导咱们整顿了互助组，提高了生产热情。一九五一年春节时，他们又发动全区各村开展了宣传互助合作的高潮，真是村村有宣传队，人人是宣传员，全区一下子成立了几十个农业生产合作社。俺村也是那时成立的，我也加入了。接着，永淮又带着俺们全区的干部去参观了姚良成的树林子。哎！以前，谁知道在那么个深山沟里，有那么个姚良成，有那么大那么好个树林子呢？这一下，俺们对荒山造林，对建设山区，可就有了信心啦！一九五一年秋后，他又到专署训练班里去学了一趟农业技术。回来告诉了俺们小麦和别的庄稼丰产的办法。现在，光咱这个社（咱这里是平平常常的社哩！）夏秋两季，每亩地平均增产了百分之四十。他还发动俺们把冬闲变成冬忙，修梯田，造肥，修小型水利——把旱地变水地。他自己走到哪村，就帮哪村的人们干活，帮着担石头、挑土，怕人们嫌累，还编出歌儿来教给人们唱：“今年是个生产年，山区面貌要改变”……这些事，真是三天三夜也说不完。你瞅这汽车路，不是真的修了吗？那边那山凹凹里一溜子梯田，是去年冬天才有的，是新垒起来的；那边那地里耩麦子的人们，不是互助组的就是农业生产合作社的；这道边上的流水沟，早些年也没有，是这两年新开的小渠道；你再瞅这两边山上，那秋后刚刚发黄的枯草里边，不是有一些星星点点儿的黑绿色儿吗？那是前年春天俺们一条川的村子联合起来植的树，光俺们农业生产合作社，两年当中就植了六千亩。

这如今我也爱上了这大山大岭啦，不信，要是有放羊打柴的走上这“育林区”，我准得扯着他的领口上乡政府去。

我不光爱这山，对工作也入了迷。我在农业生产合作社里当了会计，黑间白日睡不着觉，早晨天不亮就醒。今日，我是代表咱社到邢台银行里去取牧畜贷款的。咱社里的羊，一九五一年是一百只，去年就有四五百只啦，今年呢，一千多！咱还要扩大，这款子早取到手一天，咱社里的羊群就早发展一天。今日我鸡叫出发，紧跑慢赶，来回一百四十里，你看，离咱村不远了，天还没黑哩！

人们谁也是知道好歹的，谁也看出王永淮是个什么样的人来了。

去年十月，咱全县发动选举，选新县长。俺们这一带，你走到哪村，哪村在酝酿选永淮。俺们找永淮的媳妇打赌，对她说：

“你家那人这回要不当选县长，俺们输给你点什么！”

她说：“哼，他？不臊死他！”

“咋的臊死他，他不是个好人吗？”俺们是有意这样逗她的。

她可就把假话说成真话了：

“说学习，他可是当过模范。自个的生活费一点也不花，都捎到家来了，生活上可真不腐化。对工作，也真是尽心……”

“哈！”人们都笑了，“那你说他还有啥缺点呢？”

她也笑了。当时她高兴，俺们也高兴。

后来，你知道，俺这村是七区最东边的一个村，又正在汽车路上，到县里开会的代表们走这儿路过，俺们有认得的，说起话来。他们说：这可坏啦，王区长要是当选了县长，还不留在县里工作？还回山吗？不选他吧，这么好的人，心里又过不去……——可就是，他还回山吗？咱七区刚搞得不错了，好干部又要调走了！——俺们刚刚还在高兴呢，这一下子又败兴起来啦。

俺们想等他路过的时候对他说说，留留他。可他是连夜赶到县里去的，俺们没等着他。

过了几天，开会的代表们回来了，俺们都到村口上迎着他们，一见了面就问：

“咋哩？他选上了吗？”

“好啦！”代表们一片笑声，“他不走啦！”

“咋哩，没选上吗？”人们又有些不高兴了。

“选上啦，当了副县长啦。”

“当了副县长还不是要走?”

“俺们全七区的代表找上级要求,上级就决定了:叫他还兼七区区长,负责山区……”

人们这一下才算又高兴又放心了。……

你看,咱说着说着就到家啦,前面那树影子就是俺们西黄村,王永淮的家在西头。不信你在咱村打听打听(其实你到哪村里打听都一样),保险人人都说:“王永淮那人可没错儿,是个好区长。”要不,人们干嘛选他当副县长?

1953年秋,于河北省雄县

原载《人民日报》1953年12月27日

姚 良 成

刚刚翻过山顶，这群不相信荒山可以造林的人们立时都目瞪口呆了。谁不惊奇呢？在四面褐色的光秃秃的荒山当中，竟有这么一大片绿得耀眼的、葱茏茂密的树林。这林子随着山势起伏着，颜色深浅间杂，是那么洁净，那么柔和，使得蓝天显得更蓝，白云显得更白，使得周围荒凉的山岭也有了生气。

这就是姚良成农林牧生产合作社的大树林，这片树林，是荒山当中的一块绿土。

人们经过河滩，走到林山的谷口上，才发现树林里面的山凹凹里有个小小的村庄，村庄脚下有一道曲折的溪流，发出金属般的冷冷声。人们没有看见过这样清澈的水，也没有看见过水边丛生着这么多的马莲花和金针花，就争着弯下腰去，捧起水来喝，摘下花来看，啧着嘴唇，赞叹着。沿着溪边的石头小路再往上走，就看见一条条的小渠道沿着庄稼地边流了过去，三三五五的男女正在地里浇地。风从山林深处吹来，随着哗哗的响声，送来一阵阵清新的香味。村庄里，碾面的碾盘隆隆地响，谁家的姑娘在细声细气地唱着歌儿……

姚良成的家，在村西更深的山凹里边，是一个十几间好房子的大院落。院子门口空场上的柿子树下边拴着十几匹牲口，姚良成正和两个青年社员帮着脚夫们把一篓篓的鲜果往牲口背上驮。

他是个四十来岁的中年人，高高的个儿，光着黑得放光的脊梁，两只强壮的胳膊像两枝树桠杈，那两只大手提起装满了桃儿杏儿的柳条篓子来，真像小孩们拿玩具一样。

他一看见区长带着人们来了，就放下活儿，对两个社员安排了几句什么，然后向这边迎上来，咧着大嘴笑着，一边抓住王区长的胳膊，一边像对远处的人说话似的，大声叫起来：

“哈！一接到区长的通知，知道全区的干部们要上这儿来参观，我就等着……”

他把人们领进院里，在一棵大梨树下边铺了张席，把两筐子桃儿倒在席上，说道：

“大伙儿尝尝，这是刚刚摘下来的……”

当区长正代表大家跟他推让着的时候，同来的人们却已经大部分走散了，都钻到山上林子里去了。他们爱这山，爱这树林，在林子里穿来穿去，互相嚷叫着，把鸟儿都惊得飞了起来……

一个钟头以后，人们才在半山的一块平地上围坐下来，姚良成像棵大树似的站在人圈当中，讲起他自己的故事来了。

他所说的不是一篇普通的故事，而是一首诗……

“……桃儿好吃树难栽，可树全是人栽的，人要是没栽成树，咋的有桃儿吃哩？

“这事儿说起来话长。

“这片山原是地主的产业，他觉着这山是块废铁，每年光给官府拿钱粮，不出产东西，要白‘推’出去，‘推’了三年没人要，我爷爷就要上了。

“我爷爷是靠扁担担给人运货吃饭的。我爹给人扛活，死得早。我哩，那时给人放羊。俺们祖孙三辈没价桌子大块地，想地种想得要发疯。

“我问爷爷：‘这山连草都长不旺，咱要它干吗呀？’

“他说：‘它不长草，咱要它长树。’

“我说：‘你咋的叫它长树哩？’

“他说：‘你看见那边山坳坳上那棵树没有？你猜那棵树是咋长的？它长在石头上！它用根根把石头挣裂了，石头缝儿里有土，它就长住了。咱是个人，就不能在石头上扎根儿吗？’

“咱就起始往这荒山的石头上扎根儿了。

“那工夫，这山凹凹里只有三五家人家，种着几亩沙坡地。俺们就在离他们一里地的沟沟里盖了个草棚棚，也开了一点沙坡地，就起始一边种地，一边栽树。

“你们别看荒山，这麻麻石头上也有土，有土就能栽树。我跟爷爷找那有土的地方，种上籽儿，栽上苗儿，两年工夫，栽了好大一片，有成了苗儿的，有死了的。死了，咱就补种，补了又死，死了还补。四年工夫了，哈！山，变了颜色啦！

“你猜咋哩？第五年头上，下了三天两宿大雨，像塌了天。我跟我爷爷淋着雨，日夜在山上转。光山存不住水，水刮着土，树苗儿露出了根儿，倒了，冲走了。

“等雨停了一看：一棵也不剩！

“哭吧！对着老天爷嚎叫吧！

“爷爷嚎昏了，我把他背进草棚里，躺在炕上哼哼了九天，就死了。

“临断气，他对我说：‘孩孩，咱家三辈没家没业，没根没袢，咱还是，一定、要在这荒山上、扎根……’

“我心想：我这可成了大雨里边的树苗儿啦！活不了啦！

“死吗？咋的那山垴垴上那棵树，在石头上扎上根儿了哩？人就不能在荒山上讨活命吗？

“我日夜睡不着，有事没事的就往这荒山上蹲着，往四面瞅着，寻思着。

“有一天，我看见身子边边上有棵野酸枣树儿，我就问它：‘酸枣酸枣，你是咋的扎上根儿的哩？’我一看，它那树脚下是块小坪坪，有很厚的潮黏黏的土，坪坪边上，是给乱石头拦着的。

“哦，我明白啦：用石头垒成坪坪，坪坪上再栽上树，不光冲不走，还能保水保土。

“我一下跳起来了，心里说：‘爷爷，你死得太早啦，晚一个月，你就死不了啦！’

“我又从头儿干起：下籽儿，栽苗儿，搬石头，垒坪儿。高的地方栽桦树、椿树、枣树，低的地方栽果木树。不分春夏秋冬，不怕十冬腊月，我这两只脚，也不知道把这山上的石头踩碎了多少。

“你们看我这手，这是手吗？伸出你们那手来比比看，你们哪是庄稼人扶犁把的手，我这，像是老树根根吧？

“就凭这两只老树根根手，一大片荒山又变了色儿啦！

“我姚良成可变得不像人哩。我黑瘦得像猴儿，不分冬夏身上搭着两块破羊皮。我变成了山上的魂，树里的鬼。我日夜不离山。

“天旱了，我从山下老远的地方担水浇树；雨水太多了，我怕草儿长得盖过了树苗儿，就刨草。有放羊打柴的打山下过，我就两眼不动地盯住他。

“我夜里做梦，也梦见这山上一片绿。

“民国十六年，下的那雨呀，山脚下流成了河，鸡猪牛羊，柴草树木，在一片黄泥汤子里卷着走。就你们刚刚走过的那道川里，沿川八九个村，冲走了几万棵树。

“雨一停水一退，几个村的人们都来看咱姚良成的山。咱这里，哈，树苗儿一棵没少，连山上的土皮儿都是原样儿的；山下那条溪，虽说是刚下过大雨，水也是清的。

“人们说：‘姚良成是地仙，管山管水。’

“我是屁的天仙地仙，我是人！

“从栽了树三四年起，我就得益。有这么几句俗话，是我自个编的：‘桃三杏四梨五年，核桃柿子六七年，橡树七年能喂蚕，酸枣当年能卖钱。’不到十年的工夫，我的树全成了材料啦，全结果子啦，吃的烧的都不愁啦！

“我姚良成在石头上扎上根儿啦！

“我姚良成把废铁变成金子啦！

“可是，我真的不发愁了吗？真的扎上根儿了吗？

“还不哩，还没有哩。

“你猜咋的？光我姚良成好过了，四边的人都挺穷，冷天，他们砍我的树当柴烧；热天，他们摘我的果子去换粮食。我就这么两只眼睛两只手，看得牢吗？顾得住吗？

“一到果子快熟了的时候，我就守在山上，整夜不睡觉。冬天，不管多冷，半夜里我总要到山上去转两趟。

“这时，那地主见了可就红了眼啦，闹着要把山收回去。气得我三天三宿吃不下饭，睡不着觉。后来来了八路军，山才保住下来。

“一九四三年，抗日政府发动‘大生产运动’，提倡‘组织起来’，我听了上级的报告，猛一下明白了：我为啥不叫大伙儿都栽树哩？大伙儿都扎根，根儿才扎得牢哇！

“当时我想：你看，从前山堖堖上那棵树，在几年以前就枯了，后来又给大风刮折了，为啥呢？独木不成林呀！

“那时咱村已发展成十几户人家了。我就参加了他们的互助组，教给他们：咋的栽树，咋的垒坪，咋的保水保土。我帮他们栽树，不叫他们还工。

“到如今，你们看，咱全村的树都成材料啦，结果子啦，全村都好过啦。

“咱全村，山上的绿色一年比一年扩大，牲口羊群一年比一年多，地土也一年比一年肥，连水也一年比一年更清亮，人们的脸也一年比一年红。

“咱全村都扎上根儿啦！

“我姚良成痛快了吗？松心了吗？

“不哩，还没有哩。

“为啥哩？

“就为的这：俺们全山区的穷苦兄弟还不是都有我这样的树林子，还都在过穷苦日月哩。

“这个道理还是王区长教给我的。

“今年春天，王区长找我来了，跟我说了一宿话。

“他问我：‘早些年，你们是不是尽跟贩果子的商人捣麻烦？’

“咋不是？那坏蛋们尽压低价钱，不卖？果子搁着爱坏；卖？不合算。

“他又问：‘解放以后，山里修上汽车路了，县合作社收山货了，就好多了吧？’

“咋不是好多了？价钱公道啦，不用争吵啦，不用着急啦。

“他又说：‘老姚啊，要是咱整个山区都变成你这村这样儿，那就好了。那时候，政府不光要给咱修汽车路，还要给咱修火车路哩，要把咱这全山区的木材水果运到全国去哩！’

“哈呀！他这几句话可鼓起我的心劲儿来啦！

“你想，那样的社会是多好哇！

“当时，他越说越高兴，我越听越精神，俺俩都睡不着了，就起来到外边蹓跶。

“好大的月亮，天上像水一样清亮，四外的山呀树呀看得清清楚楚。

“王区长走着，把手一甩，说：‘老姚，你知道吧？外国有个什么科学家，说咱华北的山到了老年时候了，往后全华北都得变成一片荒沙地。可是，你看，咱能在荒山上栽树，咱能叫这山返老还童，哈！’

“我心里生气，说：‘这是什么屁科学家？山还会老吗？地还会老吗？’

“他大声说：‘可不是！只要人心不老，什么事也办得到！’

“俺俩就这么说着，我脚底下像驾着云彩似的，绕了四五个山头，也不觉困，也不觉累，回头一看：东边天亮啦！

“咳，这一夜，我真像做梦一样！不对，不对，不是做梦，是醒啦，是睡了几十年觉，一下子醒啦！

“王区长在俺们村住了十天，帮俺们五个自然村成立了一个农林牧合作社。

“哈！俺们全山区的人，这才叫扎根儿呢！这是扎社会主义的根，是要让咱这山区长满绿叶，开遍桃花梨花！是要让咱这山上长出伐木工厂来，长出铁路来，长出用飞机灭虫的办法来，长出大水库来！

“为了这，咱们要干！

“俺们的社刚成立不久，就闹起了造林热潮。

“每天鸡刚叫我就起来，站在咱村后边顶高的那山头上，四点钟打起床锣，五个自然村的女人们就忙着抱柴做饭，男人们把树籽儿装在口袋里，给牲口备好了驮鞍。接着，我五点钟打吃饭锣，六点钟打集合锣。你瞧吧：一群群大人小孩男男女女集合了，排成一条条的线儿似的出发了，爬到山坡上去了。这个山坡上一群人，唱着歌儿；那个山坡上一群人，唱着歌儿。男人刨坑儿，女人孩子撒籽儿，垒坪儿……

“你们大伙儿也跟我一样，是群众的领导人，是社长，组长，乡长，支部书记。你们大伙儿想一想：咱能不能把咱这山区完全造上林呢？

“咱能不能叫咱这整个山区，山一年比一年绿，水一年比一年清，地土一年比一年好，人的脸面一年比一年红呢？

“咱能不能叫咱这山区走上社会主义的道儿呢？

“要依我姚良成说，就是能！

“咱有手有心，就能！”

姚良成越说越兴奋，脸和脖子都变成了紫红色，声音是那么高大洪亮，使得四面的群山都发出了一阵阵响彻云霄的回声，像是山野在同声欢呼：

“咱有手有心，就能！”

这回声把听故事听入了迷的人们惊醒了，向四面一看：周围的树林正被凉风掀起了一阵喧哗，一群鸟儿从这边山头上的林子里一轰而起，像无数的黑纸片儿，在青碧万里的高空上盘旋了一阵，又落到那边山头上去了。……下边，村庄异常寂静，忙碌了半天的人们正在歇晌。在姚良成家的院子门口，运果子的人和牲口都已经走了，几只母鸡安闲地在树荫里寻虫子吃。有两个孩子靠在院子门边。那男孩全身漆黑，简直是一棵小树；那姑娘却比鲜花还要鲜艳。他俩手里都拿着碗大的桃儿，一边吃着，不时往山上瞅瞅，脸上闪耀着微笑。

青年人和孩子们哪，你为什么笑？是因为那桃儿的味儿又香又甜吗？

1953年秋，于河北省雄县

原载《人民日报》1954年1月5日

麦　穗

王淮南和王区长带着参观的人们来到地边，人们绕着地头站成了一条线，都瞪着眼，拉长了脸，好半天谁也不说话，大家都被这片麦子惊呆了。

这片麦子确实好得出奇：弯着腰看去，秆儿挺粗挺短，密得没了缝儿；穗儿又大又长，都一般齐，麦芒儿的金光耀得睁不开眼，真像一条金色的大羊毛毯子。站直了身子看去，只看见密密的麦穗，看不见秆儿，更看不见地土，简直像是把穗儿都掐下来了晒在场上的一样。

"这不是种的麦子，这是种的麦子囤！"

不知是谁自言自语地说了这么一句，立刻引起了一片嚷嚷声：

"这也不是种的麦子囤，是种的金子！"

"你猜这三亩地能打多少？"

"每亩地少不了六百斤，三六一千八……"

"六百？七百斤我也不让给你！"

"王社长，你们自个估计估计能打多少？"

王淮南摸着短胡子碴儿笑着，压着自己心里的兴奋劲儿，故意又低又慢地说：

"嘿嘿，俺们原计划是每亩八百斤，只因社员们起先没信心，不愿费事，少刨了一遍，后来又受了一场雹灾，估计只能达到七百五……"

"好家伙！"有人吐了下舌头，轻声叫起来。

多数的人们都沉默了，都对着麦地眯细了眼睛，也许是对王淮南的话表示默认，也许是还有些不相信。有的人因为是对着太阳看的，嫌麦芒耀得眼花，就转到那边去站着。有一位研究家——是邻村的一个互助组长，他不声不响地离开了人群，走到地那头去，对着麦地把腰弯了又弯，最后竟爬到地上，半天才起来，又慢慢地走了回来，不住地点着头，好像明白了其中的奥妙似的。

有人问他："你瞅出了什么'章程'来了？"

"哼，"他说："老辈子都说庄稼要通风，你看这麦子，密得挤出了汗……"

"我看是你那心窍儿要通风！"别人讽刺地打断了他的话。

他没有理会这个讽刺，又弯下腰去，用手量着麦垄之间的距离。

这时，在四下里耪地的人们也都放下了活儿，扛着锄走了过来，把地头上靠河边的一块空地方都挤满了。他们都是本村的人，不知道到这块地里来看过多少回，今天看见全区许多干部来参观，又听说王淮南社里明天就要动镰收割这块麦子了，所以还愿意来"过"最后一回"瘾"。

人一多，嚷嚷声就更热闹了。

从那边汽车路上，来了一个背着粪筐的老头，他走得那么快，像有什么急事似的，走到地头上，把粪筐和粪杈往地上一扔，分开众人，一把抓住王淮南的胳膊，大声说道：

"社长，我有个事！……"

"啥事？"王淮南吃了一惊。

老人说："这虽说是我的地，可既是入了社，是社里种的麦子，我就得问问你：你让我掐几个麦穗儿不？"

这老头姓李。开始在他这块地里试种密植良种小麦的时候，他儿子同意，他不同意，他说："要丢人上别人家地里丢去，别上俺家地里丢！"大家因为他这地土色肥美，又离村和离河沿都近，看守和浇水都方便，一定要在他这地里种；他父子俩为这事差点吵起来。后来，麦苗儿长出来了，他一看见比别人地里的长得慢，就常对人说："要打八百斤？要是掺上沙子，八千斤也到了！"他天天背着粪筐上这地里看两遍，总是不放心。开春以后，苗儿渐渐长得旺了起来，他还是说："种得这么稠，不烂掉才怪呢，等着吃麦稭吧！"以后，麦子麦穗儿了，社里适时地用谷糠上了一回追肥，就这跟别的麦子比出优劣来了，李老头就再也不说话了，只是时常一个人站在地边上，瞅着麦子半天半天地出神。人们常说："看嘞，老头子像地里骇鸟儿的草人儿似的，一动也不动哩。"他到底待在那里想些什么呢？却谁也不知道。

这时所有的人都被他的神气引起了注意，都把眼光集中到他和王淮南的身上。

王淮南问他："老叔，你要几根穗儿干吗？"

"干吗？"老头子说着，向周围的人扫了一眼，像是反问别人似的。"我打早就安下了这份心：我要从这块地里掐下几根麦穗儿，好好儿的留着它，有朝一日我要死了，我要我小子把它压在我心口儿上，一起装在棺材里。"

"老叔，你可把我弄糊涂了！"王淮南看看周围的人，笑着说。

"怎么你还不明白？"老人生气地叫道，"你知道我这一辈子是怎么过来的？我全家五口人，就这么一块地，以往，每年每亩才打四五斗麦子。什么叫'穷'？这就叫'穷'！穷，穷，穷得我不相信地还有这大的力量，能长出这么多东西来！抗战那工夫，"他转向大家，又望了望王区长，索性像演讲一样地说开了："政府提倡组织起来，增加生产，我就不大信。以后，组织起来了，我这地年年收成加多，多到每亩打一担麦子；解放以后又到一担五。我心想：咱们山里的地，比不得平原上，这可算到了头儿啦，没得再'增'的啦！……可是你们看，这，这是麦子吗？这不是粮食，是粮矿，是金子！我想不过穷日子想了几十年，今日这算盼到头儿啦！我要，把麦穗压在我胸口上，我躺在棺材里，我那鬼魂，睡醒了摸摸它，我就放心了，就高兴了，我这一辈子总算见过金子了，我那后辈子孙总算不受穷了！"

他说完了，用发抖的手背擦着满眶的眼泪。

人们都瞅着他，年岁大一些的人们被他的眼泪引得眼里发潮，年轻的人们却在微笑。

"嗨呀老叔！"王淮南退后了一步，把两只大手一甩，像是要甩掉什么脏东西似的。"你活着先落个安心得啦，活还没有活够哩，就想到死的事，要是俺婶子知道了，又该叨咕你了，你真是！……"

王淮南是个习惯了往前看的人，无论对什么事，他总是把脖子一硬，说："咱有办法！"去年发动小麦增产运动的时候，人们都说："光说增产，从抗战的时候增到现在了，还增？咋个增法呀！"他又说："咱有办法！"可真正的办法他却拿不出来，急得他日夜睡不着觉。正在这时王区长到这村来了。原来，为了回答群众“咋个增法”的问题，王区长早就比他还着急，最近特地要求到专署去受了一趟农业技术训练。于是，他们对全村的人宣布：产量可以增加，穷困可以克服。他们发动全村全社的人平均每亩增产一百斤，并在社里订了三亩高额丰产的计划。……

丰产计划是订了，麦子也种下了，但王淮南自己是不是有着百分之百的信心呢？他相信上级，相信将来比现在强，希望这一丰产计划能够实现，但在自己的内心深处，对这三亩麦子总是十分担心。特别是不断地听到像李老头这样人说的泄气话，心里就更不断地敲小鼓。谁也不知道：他曾经几次半夜里拿着尺子到这地里来量麦杆儿。一个多月以前下大雨和下雹子的那一夜，他到地里来看了三趟，第三趟来时天已亮了，正碰见王区长从那边大路上来了，王区长是淋着雨摸着黑赶了二十里路来的。他们一块儿走到地边，又一块儿被这麦子抵抗天灾的能力所感动，当时他们心里的喜欢劲儿，是谁也不知道的。

现在，老王很想趁机会对着李老头子把自己的胜利心情和欢喜劲儿发泄一下，长篇大论地说上一顿。

“老叔，你那脑筋也该开一开啦！”——不想他刚说了这么一句，就被王区长的话打断了。

王区长两步走到老人跟前，问他：

“老大伯，你今年多大岁数啦？”

“六十二啦。”老人伸出手来比了个手势。

“你再活十年也不算多吧？你就等着看好时候吧！”王区长笑着，捏住了老人的手，使劲摇着。他是同情老人，同时又被自己的乐观心情所激动。

“哈哈！”王淮南大声笑着，又找到了发泄的机会了。“再过十年，俺社里要做不到平均每亩一千多斤才怪呢！”

“每亩一千多？是你说的？”老人急忙摆脱了区长的手，跳到王淮南跟前，瞅住他的脸。

“是我说的！”王淮南把身子一仰，拍着胸脯叫起来，是表示自己的愿望，也是表示自己的信心。

“哈哈！”老人忽然也把两手猛力一甩：“那你可得把每块地的地边子

都围上囤啦，要不粮食就流撒了哇！天啦，嘿嘿嘿嘿……”他眯起眼来看着天，从心底里笑了出来。“嗨呀，嗨呀，我但指望能活到那个时候哇！”

“老叔你别笑，”王淮南又故意绷住脸说，“你说，咱全村全社今年每亩增产一百斤的计划能实现不？”

老人往周围地里扫了一眼，收住了笑容：

“看现在这麦子的情况，差不离。”

“往后每年不说一百斤，就说几十斤吧，加上原有的产量，十年以后也超过了一千斤吧？”

老人愣住了，看看众人，众人在对他微笑；看看区长，区长也在对他微笑；再看看四野的麦地：喝！这不是麦地，这是金色的海！这海随着微风翻着金色的波浪，送来一阵阵的香气。

他的脸越拉越长了，眼里又潮湿了。最后，又把脸转向王淮南，哆嗦着声儿说：

“社长，我不说死的事儿啦，我要再活十年！可是，说活着，我也得向你要点麦穗。”

“你还要麦穗干啥呢？”王淮南瞪大了眼问。

“干啥？”老人扫了区长一眼。“我，我要把它拿回去，用红纸好好儿包起来，上面写着年月，产量，咋的产出来的——咋的有个王区长，他像神仙一样，帮俺……还有，我老头子起先咋的不信，后来又咋的……我要让后辈子孙知道，人们是从啥时候起才不受穷的！”

他说这最后两句话时，眼睛看着天，说得非常有劲。

“哈，这还像个话！”

“今年咱们村村的麦子都有增产丰产的，都应该像这么留个纪念。”

“应该年年包这么个包儿，包儿上面都写上字，十年百年以后……”

人们又都七嘴八舌地轰轰开了。

一个中年妇女，突然跳到地边的一块大石头上去，扯着嗓子叫道：

“我有个提议：咱们今日到场的每个社长组长们，每人带回三根麦穗去，留个纪念，大伙同意不同意呀？”

“同意！同意！”人们像打雷似的哄嚷起来了，有些人还拍起手来。

“好是好，就怕王社长舍不得。”又有人大声笑着说。

王淮南真有些舍不得——不是心痛麦子，是心痛产量数目会因此受点损失。

王区长的想法却跟他不一样。他觉得这是个很好的宣传办法，他甚至于想到：可以接受这一经验，到今年秋后，开一个全区的农收展览会。于是，他对大家说：

“我同意她的意见，可是大伙不要乱掐，只准一人三根，多了产量就受损失。”

于是，众人都弯下腰去动起手来。

李老头子被大家的热情弄得更加兴奋了，决心要使大伙更加乐一场，就大叫一声，把袖子一卷，弯下腰去抓住麦穗，装出使大劲的样子，狠命地掐着。每掐一根，举起来对着太阳照一照，然后把麦秆叼在嘴里，让麦穗搔着腮帮子晃动着。等到掐了十来根时，嘴两边的麦穗几乎把他的脸全遮住了，只露出雪白的眉毛和一对愉快的放光的眼睛。他这才直起身来，分开众人，装出大肚子老财的身架，弯着腿，架着膀子，挺着肚子，颤动着肩膀，一步一步地走到地那头去，拿起粪杈粪筐，举起来舞动着，走向村子里去了。

人们笑弯了腰，笑出了眼泪。这笑声伴着麦地里因风而起的沙沙声，形成了一种奇妙的庆祝丰收的音乐。

王区长看着这情形，他是真正地被感动了。他觉得：只要诚诚恳恳地给人民做事，人民会给你多么大的喜悦和鼓舞啊！……他一回头，看见王淮南看着远处，在咧着大嘴笑着，脸上的肌肉却在抽动，大概他心里也有着同样的感受吧？

1953 年秋，于河北省雄县

原载《人民日报》1954 年 1 月 16 日

老 羊 工

老羊工冯常福把羊群赶到避荫的地方歇晌，自己靠着岩石坐着。夏天正午的阳光在满山满谷里闪耀着，照得他的老花眼眯成了两道缝儿。“哼啦，哼啦，哼啦……”他嘴里不住地发出这种声音，头脸慢慢地向四面转动着，像是在跟羊群说话，实际上是在赞美这光辉灿烂的山景。山，是他生活着的世界。在他的眼睛里，山不是死的，而是有性格有感情的东西。它有时候安静得像半夜里风平浪静的湖水，有时候又愤怒得发狂；有时候像清晨朝霞一样地微笑，有时又板着阴沉的脸；随着时间的早晚，和气候上春夏秋冬风晴雨雪的变化，山是经常在变换着表情的。有时候，冯常福也许是跟他的羊儿们说话说累了，也许是被夏天的阳光晒懒了，或是被春天的柔风吹软了，脑子里什么也不想，眼睛什么也看不见，只觉得自己跟羊群混成了一体，像一团轻飘飘的浮云，等他猛然惊醒的时候，眼神还没有凝定的时候，就觉得，在强烈的阳光晃耀之下，这远远近近的山，竟全是透明的，像玻璃做的一样。有时，他在半夜里一觉醒来，从岩洞里往外一望，忽然觉得四下里的这些黑影子不是山，而是一大块一大块的铁，是那么沉重，那么怕人，好像这世界变成了铁的世界。每当在这样的时候，他就在嘴里发出一种“哼啦，哼啦”的声音，全身好半天好半天地不能动弹。

现在他正是在这样的情形中。他“哼啦”着，也不知过了多长的时间，忽然又惊醒了，眯着的两眼睁大了。原来是那远远的山脚下边上来了两个人，像两只白色的小虫子，一颤一颤地在往上爬。是谁呢？“社”里送粮食来的吗？不会，昨天才送来了粮食呢……

老头站起来了，往下坡走了几步。羊群里立刻响起了互相召唤的咩咩声，都跟着他的脚后跟跑起来。他回身对着它们“哦嗬”了两声，又回过身来，向山下瞅去。

那两人却停在半山腰里，跟在那里放羊的另一个羊工——李根儿在说话。

“嗯嗯，是找那毛小子的……”他嘟哝着，心里有些失望。

在这空寂得怕人的大山里边，有时候，他是多么希望有个人来跟他说说话儿啊！然而那两个人却是找李根儿的，找李根儿那毛小子有什么事儿呢？莫非是这小子家里发生了什么事情？……

他只得又回到原来的岩石跟前坐下来，心里有一股说不出来的孤苦味道，就闭上了眼睛，不多一会，竟打起盹儿来了。

忽然，他觉着肩膀上被人拍了两下，睁眼一看，面前站着个人：中等个儿，一张庄稼人的挺浑厚的脸，穿着一身汗湿了的粗白布褂裤，头上戴着顶旧草帽儿，笑着大声对他说：

“老大伯，睡着啦？”

“这是谁？没见过呀！……”老头在心里叨咕着，两眼瞅着这人衣裳口袋里的小红皮本儿和黑杆钢笔，估不透他是个啥样的人，也不知道该怎么答对。他脸上的皱纹动了动，想装出一个和悦的笑模样，却没有装出来。

那人在他对面的一块石头上坐下了，两手抱着膝盖，像是又要说话。老头忽然发现羊群散开了，扶着岩石想站起来，不想那人猛地跳起身来，从他手里接过鞭子去，像个“行家”似的，飞快地绕着羊群“啊嗬”了一阵，那三只看羊的猛狗也被他这活泼的动作刺激得兴奋起来，围着羊群蹦跳着；那两百多只羊就像听到了命令似的，赶紧往一块凑，又都集聚到荫凉地方来了。那人就飞快地走了回来，把鞭子交给老人，又在对面坐下了，用手巾擦着脸上的汗水。

“看样儿你也放过羊？”老头心里有些高兴了。

“嘿嘿，小时候放过。”那人笑着说。

“多大的时候放过？”

“从十三岁放到十五岁，整两年。”

“嗯哼，我也是从十三岁起始的，到如今整五十个年头儿啦。”

“老大伯，”那人忽然往前挪了挪身子，大声说，“我听说你是个放羊的老经验，特地找你来讨教的呢。”

“找我讨教？”老头这回真的笑起来了。

“老大伯，你知道吧？光咱们七区，去年冬天跟今年春天就死了五百多只羊，光你们水门村就死了八十多只，你看这损失是多大！我就是想来找你学学，怎么着才能把羊放好，怎么才能叫咱这一弯儿的畜牧业发展得快。”

“你是政府的人吧？区里的还是县里的？”

“是区里的。”

“今日从哪来？”

“从将军墓到的你们水门村……”

“这么说，你今日可走了几十里啦！光从水门到这儿，就是十几里轻易没人走的上岭路！”老头的精神更大了，被山风吹红了的眼睛也更睁大了，声音也更高了。“嗯，你想叫我说说放羊的事儿？好！别村的事儿咱不知道，咱村的事我可清楚。那半山腰里，刚才你还跟他说话来吧？就是那个李根儿。头年下雪以后，我到他那羊圈里瞅了瞅，就知道那些羊要坏，就对他说：‘你把羊弄坏了，等着吃羊肉吧！’当时他不爱听，把脑袋一摇，就走了，后来暗地里对人说：‘冯常福吹大炮，羊坏了他能看得出来？’你猜怎么着？过了不到一个月，他那羊，一连死了三十多只，他觉着对不起农业社的人们，还哭了一场呢！他这才认了头，问我是怎么看出来的。你猜我是怎么看出来的？天一下雪，夜里，羊在圈里冷，就使劲往一块儿挤，要是不时常赶它们起来活动活动，时间长了，发热受潮，肺里胃里都受病，病重了，身上的毛就发亮。我放了五十年羊，还没这点经验？……放羊，一年四季有不同的放法：六腊月要放阴坡，二八月要放阳坡。春季让母羊在前吃草，要赶着它们一边吃一边快走，这叫‘舍羊不舍草’，又叫‘春走’，一来是叫羊们活动着发暖长劲，也少病痛；二来是，草儿刚长起来，别让它们一下子吃绝了。夏季，上山以前多饮水，上了山，趁水不趁草，天挺热，草儿挺茂，吃饱了不多喝水，就得病。可是，饮水时不能逆着水流儿饮，怕的是喝得太急，也易得病……母羊怀了羔儿，要半月给它吃一次盐，进圈防挤，出圈要慢，上山要稳，不放冰凌草，不饮急流水……”

他看见这同志一个劲地往小本上记，就越说越有劲，竟没有注意到水门村的支部书记王振生早已从山下边上来了，站在他的旁边，一边擦着脖子上的汗，一边歪着头瞅着他笑。

王振生咳嗽了一声，打断了他的话，大声问他：

“常福大伯，这一下你可把你那老葫芦籽儿全掏出来啦！可说了半天，你知道这个同志是谁？”

“谁？”老头又眯起了眼，把身子往前挪了挪，朝自己面前这个拿着笔记本儿微笑着的同志瞅了又瞅。

“这就是那王区长，又是咱县的副县长！”

“哦！你就是那王县长呀！今日这么热，你爬这么远的山路来找我！”

老头霍地站了起来，弯着腰，满脸笑出了鱼网皱，胡子差点触着王区长的脸，还怕看不清楚，又围着他转了一圈：

“就是你告诉的法儿呀，叫咱农业社的麦子一亩打了七百五十多斤呀！”

王区长微笑着，也站了起来，拉着老头的手，正要说话，老头又问他：

“你是从哪儿学来的法儿？我活了六十多年，可从来没见过麦子打过三四百斤的，你倒能叫麦子打七八百斤！我还以为你是个神仙呢，原来你也是个平常样儿！……”

他的手在发抖，胡子也在发抖，眼睛像喝醉了酒一样。

“老大伯，”王区长用一只手搭在他的肩膀上，“你想想，要是咱全区全县全省全国的麦子，每亩都能收千数斤，你想，那出产是多大！”

“那敢情好！”老头顿了一下脚，被这突然的问话弄得有些慌张了。

王区长又说：“老大伯你再想想看，要是咱全区全县……的羊，生一个羊羔儿就能活一个，老羊也不闹病，三年五年十年八年里边，咱要发展多少羊！”

“那，那可就数不清数儿啦！”

“你再想想看，庄稼打得多，羊儿也发展得快，咱老百姓的生活不就改善了吗？”

“那，那，那办得到吗？”老头又使劲瞅着区长的脸，说得那么轻，好像怕把自己吓住了似的。

区长把手从他的肩膀上拿下来，把头上的草帽往背后一推，露出了汗气蒸腾的光头，瞅着羊群，忽然轻轻一笑，说：

“老大伯，你放的这羊，头年冬天是多少只？”

“一百九十八。”老头一字一板地说。

“这会儿有多少只？”

“二百八十六。”

“是怎么多起来的？”

“那还不知道？老羊生小羊，……”

“从去年到今年一只也没糟蹋？”

“一只也没有。”

“老大伯，那我问问你，你是怎么办到的？”

老头愣住了，胡子缝儿里没牙的嘴张成了一个黑洞，那发红的眼睛也瞪圆了。区长的话把他引进了一个从来没有经验过的境界里去了。

“哈！”他忽然两手拍着自己的大腿，叫起来了。

停了一会，他又瞅住区长的脸，轻声问道：

“你能叫一切一切放羊的人，都学我的样儿吗？”

“能！”区长说着，用自信的步子往前走了一步，又拉住了老头发抖的手。“老大伯，你知道吗，你自己就是个了不得的能人呢！”

老头没有回答。区长接着说：

“老大伯，过几天区政府要召集一个全区的羊工代表大会，要请你去作报告，讲讲放羊的经验。以后，还要请你到全县的羊工代表大会上讲经验哩。”

“哈！像我这么个老废物，还能跟县长一块儿开会？还能办大事？”

“老大伯，咋不能呢？要是把你的经验告诉全县的羊工，那不是大事吗？”

区长还说了些什么，老人却再也听不清楚了，他一下子糊涂了，只是不转眼地瞅着王振生，像是要从王振生的神情上看出这是不是真实的事情。他看见老王的嘴也动了半天，却同样地一句也没有听清。

山，变成了云雾；羊群，变成了云雾；眼前的两个人，在云雾里往山下走去。

老人眼里噙满了泪水。

啊！世界是怎么在变化呢？……我从十三岁起开始给财主放羊。财主吃白面，我吃糠饼子。冬天，财主在屋子里烤煤火，我想凑到厨屋里去暖暖身子，说我是个穷放羊的，该在羊圈里待着，不该进屋进院，用脚踢我。夏天，一连三四个月不下山，在岩洞里睡觉，胆小得一哭哭半夜；财主派人给我送粮食来，自个生一顿熟一顿地做了吃。怕狼怕豹，常爬到树上去待着；下暴雨，怕羊给山水冲走了，往山顶上赶，雷在头顶上轰，雨打得我透不过气来……唉唉，一年到头谁跟我说句话呀，谁理我呀，谁是我的亲人啦，我只好跟羊亲，我给它们起名儿，叫它们鬼脸儿、怪犄角、棍子腿儿、凶样儿，还有"老太婆"呀、"小姑娘"呀、"小伙子"呀……我叫它们，跟它们说话，骂它们，笑话它们，疼它们，尽心尽意地看顾它们，……我不是个人吗？我不想跟人在一块儿说人话做人事吗？……解放啦，我也老啦，不中用啦……山下边，那是人的世界，人们唱歌，说话，道儿上起尘，烟囱里冒烟，那是多好的世界呀！我呢？我在山上……可谁知道呢？谁知道我又有了用啦，也要到人们的世界里去露露脸啦！……

老人靠着岩石坐着，思前想后，忘记了一切。忽然，他想起了一件很要紧的事情，必须去找找王区长。就猛地站起身来，往下坡跑着，大声叫着：

"李根——儿！李根——儿！"

山谷里响起了洪亮的回声。看羊狗和羊群也跟着他拼命地奔跑起来。

"呃——！"李根儿在半山腰里尖声回答着。

老头跑到李根儿的羊群跟前，喘着粗气大声对他说：

"你今夜捎带着帮我看一宿羊，我要下山去一趟。"

"你干啥去？"根儿觉着老人的神气有些奇怪。

"我有事！"

"是王振生叫你去吗？"根儿又问。

"是。"

"准是叫你去挨批评的。"根儿像忽然明白了似的，笑起来了。

"批评我什么？"

李根儿把手里的鞭子一晃，像诉委屈似的说道：

“刚才你没见着吗？我一看见他就给他提意见，说他们把近处的山都‘封山育林’了，栽上小树了，害得我们不能在近处放羊。他说：‘封山育林，是为了建设山区。近处也有没有封的放羊山，夏天叫你们往远处放，是为了远处的草好，羊儿长得肥，为农业社增加生产。’就这么批评了我一顿。你不是对‘封山育林’也有意见吗？……”

老头不等他说完，就把放羊的鞭子往他手里一搁，瞪着眼问他：

“你答应不答应帮我看一宿？”

“答应，这点事还……”小伙被老头的神气吓慌了。

两群羊已经自动地合成了一群，老头就飞也似的往山下跑去了。

这十几里山路他走了五十年。他的羊群在这曲折不平的小石头路上拉了多少羊屎。在平常，这沿路的每一块石头和每一棵荆棘，他都熟得看见了像没有看见一样。但是今天他却觉得到处新鲜。那山峰啊，向阳的地方是那么耀眼，背阳的地方又浮着一层薄薄的蓝色的雾。那溪流啊，碎石啊，你们在老人的脚下发响，是唱歌呢还是发笑？……

天色暗下来了，村子笼罩在一片紫灰色的炊烟里，互助组和合作社的人们三三两两地从地里回来了。

“你们回来啦？”老人跟一个走在头里的青年人打招呼。“村里那六亩丰产玉米浇了几水啦？”

这青年名叫王官喜，曾在专署受过农业技术训练，在生产合作社里当技术委员。在这以前，冯常福是不大跟这些青年人打招呼的，他觉得他跟这些青年人之间像隔着一道墙，彼此既不了解，也谈不来。他虽然也是农业生产合作社里的一员，他放一天羊，社里给他记一个劳动日的工，但他心里总有点旧的主雇之间的观念；社里召开社员大会时，他有时也懒得去参加。他总觉得：“我是活一天算一天，人家有我也可，没我也可，我只是放我的羊，管这些事情干吗？”

今天他的态度却引起了人们的注意，都停住脚瞅着他，问他：

“今日你咋的回来啦？”

“回来开会哩，王县长叫我来的。”他愿意一下子把事情都说出来。

“开什么会？”

“全区的大会，叫我说说放羊的经验……”

人们都觉得事情已经弄明白了，并且天色已经很黑了，就“呵哈”了两声，往村里走去了。

冯常福也随着进了村。在村头碰见两个刚推完碾正在打扫碾盘的老太太，他又停下脚来，问她们看见王县长没有；又告诉说：刚才县长怎么亲自爬到大山上去向他讨教，又怎么请他去参加全区的大会。

走到街当中的十字路口上，他又跟几个捧着碗吃晚饭的人扯谈起来……

最后，他觉着肚子有点饿了，就摸着开了自家那两间小屋的门，从破瓮里摸出一把米来，从门前河沟里舀了一瓢水，往久未动烟火的灶里塞了一把柴禾，胡乱做熟了两碗粥，一边吃着，听见街上有人吆喝开会的声音，心就跳起来了，赶紧把碗筷一撂，走出门来，在黑影里摸了好半天，最后总算在南头小学里找到了会场。

他悄悄地挤进那满是汗气和烟气的屋子里，在人后边一个黑角落里坐下来，听着人们说话。

起先，他的心里很不安定，人们的发言他没有听清楚，只觉得是说的关于梨树的事情。

忽然，在一阵掌声之后，会场里显得特别安静了，甚至连人们的呼吸声也听得清清楚楚了。这却引起了冯常福的注意，他挺直了腰，伸长了脖子，只见主席台的小油灯旁边站着一个青年人，黑红脸盘，墩墩个儿，像新娘子似的羞得低着头，有时“嘻”地一笑，有时又轻轻地“咳”着嗓子，足足扭捏了一袋烟的工夫，才用极低极低的声音说出几句话来。正因为他声音特别低，冯常福反倒集中了注意，每个字都听清楚了，是这样几句话：“乡亲们，我没有什么好说的，反正我是个团员，为人民服务……”一说完就红着脸赶紧往旁边一闪，坐了下来。接着又是一片掌声，一阵嚷叫。

等人们又安静下来以后，灯亮旁边出现了王区长的身影，他用手巾擦了擦头上的汗，就说起话来了。

“同志们，乡亲们，”他的神情很严肃，声音很低很慢。“何至安平常是个老老实实挺腼腆的青年，我了解他。小时候，人们都说他有点憨，他家里人也以为他不会有什么出息，可是，现在大伙儿看看，他憨吗？傻吗？没出息吗？他受了党的教育，一心一意想替全村的人们谋幸福，他响应上级开展小型水利的号召，想把咱们的山坡旱地变成水浇地，发明了打‘过水井’[①]的办法，使得咱们增加了四十亩水地……你们村里还有别的例子。比如养‘种牲口’的王洛文。过去人们都说养‘种牲口’，用‘种牲口’给别人家的牲口配种，是丢人的事。可是，这两三年，他在政府扶助下，积极为人民服务，在改良牛驴的品种上起了多大作用！有多少人来向他学习技术！还有你们村的邱万更老大伯……他在生产合作社里起多大作用！还有放羊的冯常福老大伯，他是个了不起的人！……”

听到这里，冯老头全身一震，耳朵里嗡嗡直响，又听不清楚了。等他重新镇定了以后，王区长的话已经快要结束了：

“……社会越进步，劳动人民就越能办出大事来，劳动人民的生活就越像生活，就越发看得起自己……”

冯常福不记得自己是什么时候站起来的，是怎么跟着散了会的人们走到会场外边来的，直到一阵凉风吹到他的头上，他才清醒过来，才发觉自己已经站在学校的院子门口了。

“王县长!”他突然赶上一步，抓住了王区长的胳膊，“我是特地下山来找你的……”

“哦，是冯老大伯呀!”王区长紧紧抓住他的手，摇着，“你下山来啦!”

“我是特地下山来找你的，”老人重复着说，“这是件大事呀，正像你刚才说的一样，你是叫我办大事呀！我不能看不起自己呀！我也该先在心里好好打个底儿呀！我在山上找不着人商量，到时候开起会来……”

“你是说的羊工代表大会吗?”

“是呀，我又没当着好多人说过话，到时候说不好，不是有损失吗?”

“老大伯，你这个意见很对。今晚我就上你家里留宿吧，咱俩再说说话儿。”

在青年人的歌唱声里，在门前河水的淙淙声里，老人领着区长进了自己的家。

这一夜，他们两人都没合眼，他们从旧社会说到新社会，从现在说到将来。

---

① 过水井，是在较高的地里打井，从井下挖一横洞通渠道，使渠道的水经过洞道流入井里，在井上安上水车或辘轳就可浇地。

第二天天还没亮，老人就摸着黑动身回山；他更加惦念他的羊群了，他觉得自己虽然老了，生活的路子却反倒长远了，宽阔了。

1953年秋，于河北省雄县

原载《人民日报》1954年3月1日

秋 娥

崔金田在村里担任村副，有时工作忙，夜里开会，回家挺晚，引起了他那年轻的媳妇秋娥的不满，时常唠叨："你说开会比吃饭睡觉还要紧呢，不是有会开就不困不饿了吗？还回来干吗？"热天，金田吃罢晚饭，出去开会以前，总要在屋子里点着一根熏蚊子的草绳；可是每次回来，那草绳总是被人踩灭了，屋子里蚊子嗡嗡得震耳朵，媳妇却睡在房顶上，把上房的梯子也拉到房顶上去了。冬天，夜里开会回来，房门总是插上了，叫也叫不开。

金田是个翻身农民，二十六岁娶了个十九岁的媳妇。他知道媳妇在娘家是个独生女，任性惯了，十九岁还像个孩子似的，不忍心跟她吵架，只得忍着。

去年秋后，村里试验推行速成识字法，金田报名参加了，一连半个多月，天天半夜才回家，临睡觉时嘴里还老是嘟念着注音字母。这就更引起了媳妇的不满，唠叨话就更多了："速成法，速成法，我看是个迷魂法，把你的魂都迷住了！"金田对她宣传文化翻身的重要意义，她也听不进去。

秋娥在娘家时，除了在家里做针线活以外，只在地头场边做轻便庄稼活，一切家务事全不过问；再加上这一带解放较晚，她娘又比较守旧，不叫她参加村里的社会活动，只叫她守着"女人的本分"；这样，她怎么会不像个小孩子一样呢？怎么会懂得工作和学习的重要呢？在她的生活里，除了丈夫和孩子没有别的内容。丈夫老在外边忙生产，忙工作，忙开会，忙学习，把她和一个不会说话的孩子丢在家里，她是多憋闷啊！她愿意金田日夜跟她厮守着，说说笑笑，和和美美，把家里的零碎事儿料理得清清楚楚。她总是想：男人老是不落家，这还像个家吗？

她长这么大只摸过一本书，那是她出嫁时，娘给她夹针线和鞋样子的，一本厚厚的、布面线装、里面有红格儿黑字的书。每逢要做针线活儿了，她就拿出来翻翻，可从来没有想过这到底是一本什么书，上面写着一些什么字。金田参加速成识字法学习以后，他有时也带回家来一两本薄薄的书，但秋娥对它不发生兴趣，相反地，倒是有时候嫌它占住了金田的精神，狠狠地把它扔到一边，甚至把它藏了，害得金田找半天。

这一天，金田照例地回来晚了，用小刀子拨开了房门，点着灯一看：媳妇搂着孩子，脸朝里躺着，动也不动，呼呼地打鼾。

金田心想：我拨了这么半天门，你还能不醒？真会装样！

他咳嗽了两声，又咳嗽了两声，秋娥还是一动不动，呼呼地打鼾。

他就着灯亮抽了袋烟，使劲往炕沿上磕烟灰，“咚咚”地响。

“半夜三更回来，还要闹个惊天动地，有脸吗？”秋娥翻身坐起来，光着脊梁，鼓嘟着嘴。

金田半玩笑半认真地说：

“我怎么没脸？我提高文化，好为人民服务。”

“你为人民服务，我为你服务，做熟了你就吃，窝暖了你就睡，半夜三更的，我还得丢下孩子去喂牲口……”

“你别说了好不好？”金田怕邻舍听见了丢人，希望赶紧结束这场争论。

“不说就不说，往后咱俩谁也别理谁！”秋娥把嘴一噘，钻进被窝里，又脸朝里躺下了。

金田觉着耳根清静了，解开衣裳上了炕。可是，秋娥把被窝裹得紧紧的，怎么也拉不开。

“你是真的是假的？”

不管真假，媳妇动也不动。

“你是想死还是想活？”

不管想死想活，媳妇还是不动。

“好，你不理我，我就算是没有这个家的，我走！”

金田就真的开了门，走到街上，蹓跶起来。

秋末天气，凉风嗖嗖的，繁星在天上冷得发抖，街上寂无人声，连狗也不叫。

他蹓跶了一会，又回来了。

秋娥还是动也不动。小油灯的灯焰儿挺得笔直，黑烟子一条线似的升向房顶。

金田又抽着了一袋烟，对着灯亮儿出神，心想：打她吧？男女平权，使不得，说她吧？我的嘴笨，她的耳朵发死……

但他忽然得了个主意。

他从靠墙的大红柜里拿出一床准备过冬的、一回也没有盖过的新被子，一双新鞋，两双袜子，几件衣裳，一条线绳，在炕边上折叠着，包裹着，一边嘟囔着：

“……我早就有这个心，到北京去找个工作，省得在家里生气；天也不早了，走到站上正好天亮，——上火车，永远也不往家里写信……”

被包打好了，搁在炕沿上，他反过背，蹲下来，把胳膊往绳子里一套，一直身子，喝！好沉！

秋娥死死地抱住他的被包，声音有些嘶哑了：

“你好狠心啦！你真的要走哇！”

“不是真的还是假的？”金田挣扎着想背起被包来。

“你呀，你真能丢的下俺们吗？”秋娥的话语里更带着哭腔了。

“不是我狠心要走，是你狠心赶我！”金田用更大的劲挣扎着。

“哎呀！金田呀！你好狠心呀！”秋娥真的哭起来了。

被窝里，三个月的孩子也哭起来了。

金田把胳膊从被包绳子里抽出来，转过身来，手按着被包，说：

“你不要我走，也行，咱们得讲好条件。”

“什么条件，你说吧。”秋娥放了被包，心疼地把孩子抱在怀里，把奶头塞进小嘴里。

金田坐在炕沿上，忍着笑，掏出烟锅来，说：

“第一，往后我夜里开会，无论回来多晚，你不许插门，不许嘟囔。”

“这一条我依你。”秋娥松了口气。

“第二，现在推行速成识字法，扫除文盲，很重要很重要，我参加了，你也得参加。”

“我每天黑更半夜去参加学习，孩子怎么办？”停了半天，秋娥为难地说。

“我夜里学习，白天教你，还不行？这如今正在冬闲，又不忙……”

“行！行！”秋娥连说两个“行”字，笑了一笑。

金田说：“你答应了我这两个条件，我也答应你三个条件：第一，我每天保证瓮里不缺水。第二，每天夜里要是开会和学习时间长了，我就抽空回来喂喂牲口。第三，我保证耐心教你学文化，决不嫌烦。”

从第二天起，夫妻俩就开始实行公约：在炕头上搁个小炕桌，秋娥把孩子窝在怀里喂奶，手指着书本儿上的字，跟着金田念，“ㄅ，ㄆ，ㄇ，ㄈ，……”

第三天，秋娥正在家里一边做针线活，一边温习注音字母，忽然院里有人叫：

“家里有人吗？”

“没人！”秋娥尖声回答说。

“怎么没人，你不算个人吗？”

随着这种半玩笑半责问的口气，村长卢正亭一掀门帘走了进来。

“秋娥，你说家里没人，你自己不是个人吗？你这脑筋还差得远呢，还不知道什么叫男女平权呢！”

“谁说我不知道男女平权？”秋娥不服气地说。

“你知道，为么不把自己当人？”

卢正亭有四十多岁，有两片小胡子，因为多年来脑子里经常考虑工作上的问题，面孔习惯了一种严肃的表情。这时他虽然是半开玩笑性质，在秋娥看来，那脸色和态度都很严厉。

秋娥的脸红了。

“在村里的户口册子上，你家登记的是一口人还是三口人？你这孩子也算一口人吧？”卢正亭像是抓住了别人的弱点就故意不放松，竟坐在炕沿上，掏出烟来抽着，眼不住地向秋娥瞅。

停了一会，他又说：

“我猜想，金田准是外边好些个事儿都不对你说，光让你在家里看孩子，做饭，围着锅台转……”

“真，他什么也不对我说。”秋娥找到了理由，转成了埋怨的脸色。

“那可不对！”村长下了判断。“你年轻轻的，他的年岁也不大，两口子得互相帮助着进步才对哩！”

秋娥的脸又红了，村长就走了。

又过了一会，院里又有个女人的声音叫道：

“有人在家吗？”

“谁呀？进来吧！”秋娥这回改变了说法。

“不进去了，跟你说没有用，你不能当家。”是妇会主任郑秀英的声音。

“你看你这人！”秋娥有些生气了，“怎么跟我说没用呀！怎么我不能当家呀！”

“我说你不能当家你就不能当家，”妇会主任笑着，一掀门帘走了进来。“你看，是互助组里清工的事情，金田不在家，跟你说有什么用？”

“金田不在家，跟我说没用，怎么你代表着你家春明的爸爸来找金田？”——春明的爸爸，就是郑秀英的男人——秋娥还以为自个满有理呢，还以为学会了刚才村长那种巧嘴儿呢。

“你看，”郑秀英坐在炕沿上，“第一，虽说金田是我们一个互助组的，可是他跟你不一样，你没有正式参加地里劳动，组里评分计工没有你一份，你也弄不清‘评分计工’是怎么回事；第二，你不识字，不能看账算账——你知道这上面尽写的么呀，跟你说还不是白说？”她说着，把账本儿往秋娥面前一晃。“我，我好歹识几个字儿，也知道这里边的勾当……”

秋娥的脸又红了，郑秀英就走了。

又过了一会，院里又来了个人——是民政主任王建，叫道：

“家里有人吗？”

秋娥停了好半天才回答：

“有，有我。”

“有你不行，还是找他去吧。”

王建就走了。秋娥的脸又红了。

她有些生气，心想：怎么今日一连串来了这么多人，并且尽这么别扭？

她不知道，金田已经把前天夜里的故事，和她落后的情况，统统告诉了自己党的小组，希望小组的同志们帮助教育她，因此他们今天这些行动，是根据秋娥的具体情况预先计划好了的。他们说：“咱们这些当干部的，谁的家庭落后，大家都有责任……”

又过了一会，金田回来了。秋娥小声埋怨说：

“你到了家里，外边什么事儿也不跟我说；刚才来了好几个人，说的那事儿我都不知道。”

“是我不愿意对你说，还是我说你不愿意听？”金田忍不住笑。“往后，你也该进步进步呢。”

秋娥的脸又红了，也笑了。

金田心里高兴，顺手把秋娥夹鞋样的大书拿起来，翻开一看，上面写着：“付衙门收发师爷礼钱五百文正”，“付王先生写状纸钱二百文正”……他一边看，一边念，却引起了秋娥的好奇心。

“再念下去，”她催促着。

金田又念道：“五月三十日，第十三次过堂，未判。……付饭店房饭钱一串三百文正……”

“哦！我知道了！”秋娥猛地把腿一拍，把睡着了的孩子也吵醒了，哇哇哭起来了。

原来秋娥的爷爷曾经因为地亩的事情，跟财主家打过半辈子官司，把日子赔进去了一多半。这就是那打官司花钱的账本子。

“这个败家账，我娘用它做针线夹子用了一辈子，又给我，真晦气！看起来，女人就是不知道事！”

秋娥把刚才的别扭劲儿完全发泄在这本子上了，把针线和鞋样都抖落出来，把账本往炕洞里一塞，点着火烧起来。

金田又趁机会对她讲了好半天道理。

当天夜里，秋娥一夜睡不着觉。她想起了她娘：娘一辈子囚在家里，围着锅台转，一辈子跟爹守在一块儿，可受了他一辈子气；家里的大小事儿，只有爹说了才算数，娘不敢作半文钱的主。“娘儿们知道个么！”这是爹常说的话。唉，娘真算是窝囊了一辈子。还有多少别的女人像娘这样窝囊了一辈子呢？未必我也得像娘那样过一辈子？看人家郑秀英，她两口子那才是平等呢！那才是解放呢！人家一块儿工作，一块儿下地，一块学习，说的话儿都对心思，做什么事儿都有个商量，那是多好啊！还有村里别的姑娘们，媳妇们，特别是那些青年团员们，哪一个不比我强，哪一个不比我好？唉！我真臊死了！……

第二天一早，不等金田起炕，她就挑起水筲，把瓮里担满了水。她跟金田订了个新的条件："只要你帮助我学文化，帮助我进步，只要你在村里好好工作，家里事情我包下了。过了年，我还要参加田间生产……"

从此秋娥变了。她经常抱着孩子上识字班，并且积极地要求参加青年团。有人来找金田的时候，她就说："有什么事对我说吧，我能作主！""我知道你能作主，你两口子的事我知道，"人们说。

但是，到底变成什么样子了呢？这只有金田一个人知道得最详细。

这天，已经很夜深了，他从外边开会回来，轻轻地推开了大门，轻轻走进外间屋，又轻轻地推开了房门，只见炕桌上小油灯的灯花毕剥地响，孩子甜蜜地睡在炕里，被子已经铺好了，枕头横在一边。可是，人呢？

他没有嚷叫，却拿起小油灯，轻轻地走进外间屋。果然，秋娥坐在灶门口，歪在灶台上，头枕着胳膊，另一只手拿着一支铅笔和几张纸，软软地搭在腿上，几丝头发散乱地搭在她的红脸蛋上，闭着的眼睑像两弯月牙，嘴角上挂着微笑。

他呆呆地站在那里，决不定是叫醒她好，还是让她再睡一会儿好。

忽然，秋娥猛地一惊，直起腰来，大眼忽闪忽闪地望着金田，笑起来了：

"哈！我正做梦说你回来了，你就真的回来了！锅里的水也开了，饽饽也热了……"

"你这人！"金田顿了顿脚，"叫你夜里不要等我，你就是不听！"

"我愿意么。并且，我还有两个字要等着问你呢！"秋娥说着，搁下手里的纸笔，站起来揭开锅盖，接着说："你到处对人宣传，说我努力学文化，不害臊！"

这时，从锅里猛地卷出一股热气，把灯吹灭了。

灶台边响起了吃吃的笑声……

原载《人民文学》1953 年 6 月号

两 代 人

旧历正月十五，我到陈桂林老头子家里去串门儿。陈老大伯穿着一件崭新的蓝布袄，大概是刚刚喝了几盅酒，红光满面，眼里含着兴奋的光彩。

我坐在桌子旁边，他拿起桌子上的茶壶来给我斟茶，一面说道：

“哈！老秦，这如今，庄户人家就是不同啦！你看俺这么个人家，还有这么个好东西呢！”

他所说的是茶壶旁边的一座钟。这是一座圆形白壳的闹钟，擦得雪亮，下边垫着一块绿绸子花手绢，在红漆桌子上，显得很是耀眼。

老头子眯着眼，退得远一点看着这座钟：

“你看这如今的人，心眼儿是多巧！这是多精巧的玩意儿！有了它，人就知道天早天晚的啦！”

他的老伴陈大娘坐在炕头上，忽然把眼对老头子一斜，把嘴对我一噘，显出一种嘲笑的神气，好像是说：“你看这老头子，又在夸他的宝贝呢，一天对人夸一百遍！”

老头子没有注意到老婆子的表情，还在继续说下去。他说：这桌子是那年闹土地改革时的翻身果实，这钟，是新娶的儿媳妇的陪嫁。

“嘿，说到俺这儿媳妇，可真是个勤俭孩子呢！还没过门，就想到干活生产的事，怕早晨起不了早儿，特地托人买来这么个‘闹自鸣钟’。进门的第二天，天不亮，这钟就闹起来了，她就起来了，烧水做饭……”

这时陈大娘的嘴噘得更高了，脸上那种嘲笑的表情更明显了。我想：老大伯夸赞钟，是为了夸赞新儿媳妇，而做公公的这样夸赞儿媳妇，陈大娘大概是不大同意的。

对于陈桂林老头子我是有些了解的。据村里人们说：自从土地改革以后，他就好像忽然年轻了好几十岁，变得非常活泼愉快，常爱夸耀自己。在平常跟人谈话的时候，他总是不知不觉地要谈到——例如：他自己如何被选为居民小组长啦，他儿子如何年轻轻的就当了村干部啦，他新买的牲口如何能吃能干啦，他去年缴公粮如何晒干簸净啦……尽是这些事情，他一说起来就没个完。现在，他又夸耀他的儿媳妇了。但他在夸耀这些的时候，并不是为了表示"我比你强"，或"我很骄傲"，而是把别人看成跟他一样地幸福愉快，为了跟别人交换心里的快乐情绪。他认为：像他这样一个穷苦人家，能够变成现在这样一个样子，这难道不可以说明整个世界的变化呢？难道不应该让每一个人知道，并且同情他的快乐心情吗？

对于他的老伴儿，我只知道，她是个干活不知道累，却不爱多说话的老人。我猜想：她大概对老头子这种容易满足现状和爱夸耀的脾气有些反感。

老头子还在嘟囔着：

"这如今的庄稼人，就是跟以前不一样，人们的日子就是越过越新鲜……"

我正想转移话题，他儿子陈大清从外边回来了。他看见父亲又在夸钟夸儿媳妇，就对我微微一笑，然后把我一拉，要我到他的新房里去坐。

陈大清是村里青年团的支部委员。他热情单纯，知道自己年轻经验少，在工作中碰到困难时，或是办错了什么事情时，总是摸摸自己的后脑勺，轻轻顿顿脚，对自己做一个嘲笑的怪样儿，然后又不顾一切地去想办法和改正错误。

他的新房跟老两口子的屋子是对门，在去年冬天结婚时裱糊过，四壁粉白，顶上糊着绿底红花的顶棚纸，满屋子的家具，和炕上的被褥，都是一色新。

我们进来时，他媳妇王小娟穿着件红底白花的小袄儿，正伏在桌子上写字。她大概是听见了刚才公公夸奖她的话，看见我进来了，就红了脸，一面站起来打招呼，一面慌忙用暖瓶里的水冲茶，微微地低着头，让额前的一绺儿头发搭拉下来遮住脸。

她是个细巧个儿，举动活泼，看起来仍然像个小姑娘。我记得：在几次青年团的支部大会和小组会上，她敢于当众发言，敢批评人；每次开始说话时，总是把眼睛睁得大大的，面孔绷得紧紧的，等到把主要的意思说完了，又像忽然后悔自己装得太严肃了，跟自己的孩子味道不相称，就忽然露出雪白的牙齿笑了，全会场的青年也立刻跟着她显出了笑容，她就不好意思起来，说了声，“没啦！”就坐了下来。

我以为她刚才是在练习写字，就坐在桌子旁边，顺手拿起她刚才写字的小本儿，想了解了解她的文化程度。不想翻开来一看，却是一篇日记：“今天过了正月十五，关于我们两人的进步公约，明儿就要实行了，我是保证能够坚持的……”

小娟一伸手，把本儿抢过去了，笑着跑出去了。

大清看着小娟往外跑时的动作和神气，笑着对我说：

“秦同志，你别以为小娟思想进步，其实，她还差得远呢，还封建迷信呢，不信，我给个东西你看看。”

他从自己的衣裳口袋里掏出个东西来，递给我。原来是两个挺大的古铜钱，用五彩丝线穿通过两个钱孔，捆在一起。它并不是一个很好看的东西，但大清却两眼放光地看着我脸上的表情，似乎是想猜出我对它的印象。

“你猜这是怎么回事？”他快活地说，“是结婚时，小娟自个做的，搁在箱子底儿上，她说：‘这是新式的压箱钱。’新式？才不新式呢！你猜她是什么意思？她说：‘这是全心全意结同心。’哈！你看她封建不封建！迷信不迷信！”

我猜不出大清是真的在批评小娟封建迷信，还是情不自禁地要向我显示一下小娟对他的感情。（要不然，他为什么把这东西带在自己的口袋里？）但我因这对青年人温柔细腻的爱情而高兴，忽然觉得这对古钱实在很美丽，很可爱。

我说：“这不能算是封建迷信，是个庆祝和纪念的意思，我倒觉着挺有意思呢！”

“老秦，你也护着她！”大清得意地笑着，脸都红了，从我手里接过铜钱去，又装在衣裳口袋里了。

接着，我们又从小娟在青年团里的表现，不知不觉地谈起青年团最近的工作来了。

最后，大清对我说：昨天下午，他们互助组开了个会，讨论了今年的生产计划，因为现在是农闲时期，全组决定一两天马上开始扫土熬硝，开展副业生产，用这一行动来影响和改变人们的“歇年”思想。

在这一带平原地面，土质中含有很多硝、碱、盐的成分，扫土熬硝是一种很有利的副业，还可以给国防工业供给原料。但是，干这个活儿必须每天很早就起来，好趁地面微潮硝往上“泛”时扫土，在这么冷的天气里，是相当辛苦的。

大清说：“我们俩保证能早起，起来就去叫组里的人，因为我有座闹钟。”

“小娟也参加？她能每天坚持着起那么早吗？”我笑着问。

大清先不回答我的问题，却从墙壁上一个搁东西的小坎坎里拿出一卷纸来，递给我说：

“叫你看看我们的公约，给指点指点，看有什么不够的地方。可有一样，千万别给我宣传出去。”

这卷纸的头一层是一张“结婚证”，第二层才是他夫妻俩的“进步公约”，大概是模仿“爱国公约”取的这个题目。上面一共有五条，我刚看到头一条中“一定要争取……”几个字，小娟却已经轻轻巧巧地进来了，一把抢了过去，对大清瞟了一眼，就跑出去了。

我和大清又说了一会话，小娟又喘着气跑跳着回来了，兴奋得两眼放光，一进门就对着大清尖声嚷道：

“告诉你，好消息！刚才我到支部书记家去串门儿，他给了我一个挺要紧挺要紧的任务。”

“什么任务？”大清连忙问。

“什么任务吗？是这么回事：咱村不是有二十八个互助组吗？这二十八个互助组有多少人？你想想，在农忙的时候，组长们每天早晨都要去集合组员，多耽误工夫！今日晌午，支部书记跟生产主任一块儿进城赶集，说起这个事儿来了，恰好走到城里中学的门口了，碰见学里放学，就……”

“你放机关枪似的嘟嘟了半天，到底是怎么回事呀？”大清急得叫起来了。

“是这么回事，你听我说呀——”

“简单一点！”大清提醒她。

“我不说了！”

小娟的话两次被打断了，又觉得当着我的面有些丢人，把身子一旋，假装着要出去。

大清笑着跑上去拦住她：

“好，我不打岔了行不行？快说吧！”

小娟嗤地一笑，沉了沉气，这才接着说下去。原来是支部书记和生产主任在中学门口听到了敲放学钟，就想了个办法：这村旧时有座庙，留下了一个大铁钟，如果把这个钟悬在当街的大树上，每天早晨按时敲，不是省了各互助组长叫人的时间了吗？只是缺少一个敲钟的人……

小娟接着说：“村长就想到我们了，因为俺家有个闹钟，到时候我们准能起来，决误不了事。你看这任务好不好？这不正好合乎咱们的公约——在生产上起带头作用吗？”

“好！”大清轻轻一跳，“什么时候开始实行？”

“开春以后！”小娟说着，又跳着跑到对面屋里，双手把那座闹钟捧过来，贴在耳朵上听了听，心花怒放地说：“你看，它滴嗒得多匀称，决误不了事！决误不了事！”

我们又说了一会儿别的话，我就告辞出来。走到院里，听见老两口子在屋里低声说话，我只听清了两句：“这两个孩子，这么高兴！……”我也很高兴，因为我看见了这样的青年，这样的家庭。

开春以后，我又到沙窝村去布置新的工作。

到村的第二天早晨，天不亮时，我听见一种“当嗡当嗡”的声音，不觉猛地一惊，心想：这准是大清和小娟在那里敲大铁钟哩。这声音是那么新鲜，那么朝气蓬勃，使我兴奋得再也睡不着，就披着衣裳起来了。

天空刚刚显出鱼白色，钟声把鸟儿们也惊醒了，开始在树枝上和房顶上噪叫着。街上，传来了各家开门的声音，说话的声音。于是，整个的村庄醒了，整个的原野醒了……

在沙窝村，人们就是这样开始一天的工作。

下午，我从陈家的大门口经过，听见里面有人嚷叫，好像在吵架，我就走了进去。

只见陈桂林老头子抄着手儿，坐在当院的一个草墩子上，满脸闷闷不乐的神气。又听见陈大娘在北屋里嚷道：

“你是这样看待我的呀！你简直不把我老婆子放在眼里呀！……”

“大娘，干吗生气呀！”我一边说着，走进北屋。

“老秦，凭你说说看，”老太太一下子从炕上溜下来，甩着手，对我诉起委屈来：“你是亲眼看见了的，过年的时候，把那个宝贝行子——那个什么钟，从小娟屋里，见神见鬼地搬到这屋里来，作模做样儿地摆在这桌子上，只要来了拜年的，串门子的，见人就夸，见人就说。他不是夸这夸那，是对着人显他有个好儿媳妇呢！说起儿媳妇来，是好，我也疼她。可是，疼儿疼女总该有个谱儿吧？做老人的总该有个做老人的样儿吧？……”

接着，她又告诉我：“一过正月十五，小娟就把那座闹钟拿进她的新房里去了。每天早晨三点多钟，钟就响了，两个年轻人就摸着黑起来，连穿衣裳都是比赛的——看谁穿得快，然后争着跑到院里——看谁先拿起扫硝土的扫帚家具，看谁先开开大门，那笑声，左右邻居都听得见。到了天粉亮时，还要去敲大钟……小娟的手背冻肿了，大清也显得瘦了。白天里，他俩还要去耙地送粪，还有村里的工作，夜里不是开会，就是学习……

“……这么两个孩子，我看着不也心疼吗？可是，你猜老头子对他俩怎么个疼法？不说去劝劝他们，却只想到要把那个什么钟呀表的藏起来。头一回藏在我这柜子里，用我的条破围巾包着，被大清找出来了。第二回，藏在仓房的粮食囤里，用我的个破帽子包着。……你藏钟藏表，我也不说你，可怎么偏偏老用我的东西包呀？我这老婆子就这么不值钱吗？”

她深深地叹了口气，又对我诉说起她一辈子如何过日子，如何受苦来。

我劝了她一会，就往大清的新房里来了。

只见这对年轻的新夫妇都坐在炕上，正小声地说着笑着。小娟在用一块抹布擦着那座钟，竟擦得比以前更加光亮；大清手里拿着根裁衣裳的尺子在玩弄着。

我先责备他们没有经常地开好家庭会议，达到家庭和睦，又问他俩老太太生气的原因。小娟抬起头来顽皮地一笑，大清低声说：

“我们是没有注意在家庭会议上多解释。可是，我妈生气，什么原因也没有，就是因为一辈子受苦，猛一下子时世不一样了，过起好日子来了，过不惯。”

这时恰巧陈桂林老头子进来了，正好听见了这几句话。他站在门里，低着头，好像有所感触似的，待了好一会，然后走到我跟前，说道：

“老秦同志，俺小子的话对。他娘活了一辈子，就苦了一辈子。她年轻做媳妇的工夫，你想想，那时候的老人们，能像我们现在这样疼孩子吗？就是疼，也没那份心情给好颜色你看呀！说到夫妻——我跟她，咳！那时候，一天累死穷死，哪能说得上亲呀热的，别说笑笑闹闹，连哭哭啼啼都顾不上呀！比起孩子们这一代来，可真是天上地下呀！……”

他这些话，我初听起来好像不着边儿，仔细一想，却句句是真理。问题是这样：陈大娘一辈子没有被公婆疼爱过，得到丈夫的温暖也很少，完全是在苦恼和无情里生活过来的。所以她看不惯老头子对儿媳妇的态度，由看不惯变成反感，由反感变成生气。她大概也不习惯于这一对年轻夫妻的生活味道，由不习惯变成别扭，她不能责备儿子，只能在心里责备媳妇，但又抓不住媳妇的错处，于是，只好一齐往老头子身上发泄了。

藏钟的事，不过是一个导火线罢了。

老头子在屋里来回走着，低着头，自言自语地说着：

“……这如今我心里痛快了，知道疼孩子们了，你干吗觉着别扭？你呀，哼！也不想想，这如今，我对待你也不一样了呀！凭良心说，是不是这样？你觉不出来吗？……”

最后这几句话，他是站在房门边，脸对着对面屋子说的。不想他老婆子正好在这时掀开了门帘，一冲就进来了，吓得他倒退了几步，那慌张的神气，引得小娟只好别过脸去，咬着嘴唇忍住笑。

“我的老天爷！”老婆子拍着手，转动着身子，看着每个人的脸。“你看你多会说呀！你一辈子对我有过几回笑模样？你说你这如今对我不一样了，有什么不一样了？不是专会拿我的东西包那宝贝钟吗？”

“我不是怕把钟摔破了吗？不是因为你那围巾帽子又软又厚吗？”老头子还在往后退，分辩着。

“又软又厚，又软又厚……你倒说说看，有什么不一样了？”

“怎么没有？”老头子忽然又振作起来了，“你见天歇晌时，我不是给你盖被子吗？夜里睡觉以前，我不是给你捶背吗？头年秋天，你病了，早晨，我把洗脸水端进来，搁在炕沿上，拧湿了手巾给你擦脸，对你说：‘擦擦脸，舒服些。’晌午，我从地里回来，哪一回总要问你：药吃了没，好一点了没有，想吃什么不。夜里，听见你咳嗽，哼哼，我就爬起来，到外间屋里去给你作汤，打鸡蛋，搁胡椒，让你发汗。……我，咳，这两年，哪一回跟你说话不是轻言细语？你别看我老了，说老实话，我倒只想把你窝在心口儿上哩。你说，这不都是事实吗？除了这，你还能指望我像他们年轻人那样，成天价跟你笑笑闹闹的吗？”

老婆子愣住了，像是在思索着。

“你无福盼享福，有福又不知福。你回想回想，这如今，我哪一天不拿笑脸儿对待你？”老头子已经从后退变成前进了。

老太太噘着的嘴不觉松了劲，嘴角上忽然显出了一丝笑意，把眼对老头子一斜，用手一指，说了声：“你呀，越老越像个孩子了！”就一甩门帘子出去了。

“嘿嘿，我本来是越老越年轻么！”老头子像千斤重担忽然落了地，两手把大腿一拍，笑着，也紧跟着走了出去。

这时，小娟再也忍不住了，竟笑得全身都抖颤起来了。我和大清也笑着。但我们都不好意思放出声音来。

一会，只听见对面屋里老两口子在低声说话。

老婆子说：“你看你，老不死，叫孩子们笑话。”

老头子说：“叫他们笑吧，这年头，不笑，还哭？嘿嘿嘿嘿……”

小娟忍住了笑，侧着耳朵听了听，说：

“依我说，这两个老人都好，可是都有缺点，一个是，心满意足，觉着现在就‘够’了，不知道往后还该变成什么样儿，还该怎么变法——怎么下劲干。另一个——我妈，是太兢兢业业，只怕好日子不长，怕俺俩……好得太过火了，乐极生悲，怕咱家万一又出什么败兴的事……”

“小娟，”大清说：“我要批评你，道理你倒看得到，可你跟两个老人说得太少，老是像个小孩似的……”

“我到你家来才几天？你呢？你说得够？”小娟不服气地说。

……

原载《人民文学》1953年6月号

韩增禄

在小组会上，人们都在热烈地自报余粮，这个说："我报五石！"那个说："我全家早作好了计划，省吃省喝，我本来只有十石余粮，可我要卖给国家十二石！"第三个人又说："给我写上，我卖八石社会主义建设粮！"作记录的郑文谦忙不过来，不断地叫大家："慢点慢点，写了一个再说一个。"最后，他把名单数了数，参加会的十八户，已经有七户自报了。他并不满意，把笔往桌子上一搁，摇了摇头，慢条斯理地说："咳，别看报了十来户，大头儿还在后边呢！"

谁是大头儿呢？全会场的人都知道，都早就等得不耐烦了。

韩增禄沉不住气了。虽然人们都故意不朝他看，他却觉得有许多眼光向他射了过来。他也热爱新中国，看见人们的情绪这么高，心里也有些激动。他的手有些发抖地举起来了："给我写上，我卖给国家……"他本来想说"四十石"或"三十石"的，却不知怎么说了个"二十石"，像是心里有个什么鬼在指使他似的。

只有两三个不知道底细的人对这"二十石"吃惊，对他鼓起掌来。其他的人，有的不声不响地瞅着他，好像是说："凭你韩增禄，才这么点余粮？"有的人却交头接耳起来："亏他还是农业社的社员呢！"

韩增禄脸上发热，心里发闷，闷得透不过气来。幸亏他是蹲在门坎外边的黑影里的，就悄悄地溜了出来。

院子里，一阵凉风扑到他的热脸上，使他心里稍微轻快点了。但是屋子里响起了笑声，笑得那么怪。你们笑什么呢？报粮就报粮么，有什么好笑呢？你们报的都是三石五石，最多也不过十石八石，我一下子就报了二十石。二十石，哼，是多大一堆！是好玩的吗？有什么好笑的呢？

光荣，谁不知道？支援工业建设，谁说不应该？用机器种地，谁说不好？可是，四十五石粮食，好家伙，四十五石粮食！……

他的脚步有点乱了。

自从工作组到村里发动大家卖余粮以来，已经有好几天了，他就时常觉得心里发闷发慌，像是欠了人家什么东西，又像是丢掉了什么东西；用他自己的说法："简直是没法儿定定神。"

他不知不觉地往小酒铺里走去了。

一到冬天，他每天一吃了晚饭，就爱到小酒铺里去串门儿。这小酒铺里生着个小煤炉子，还有花生和烟酒的香味。韩增禄是个谨细人，很少喝酒也很少吃零食，也不是喜欢小铺里李掌柜这个人，他只是爱歪在热炕头上，抽着烟锅儿，看着灯影儿晃动，听人们闲磕牙。每次，他总是把听到的新鲜事儿记在心里，出了酒铺的门就快步往家里走，让大棉靴的响声把街边树上的枯叶子震落下来，贴在他那新制的皮坎肩上。等走到离家不远时，他可又把脚步放慢了，最后竟立在自家的院子门口，躬着背，低着头，好半天不动。是把刚才记得的新鲜事儿一下子忘记了吗？不是的。只不过是一种习惯：任何事情，到了要开始行动的时候，或是到了要下决断的时候，他就犹豫起来了。他是在想：把这新鲜事儿对老婆子说呢，还是不说呢？

今天他到小酒铺来可不是为了听人们闲磕牙，是想"找个法儿定定神"。他轻轻地掀开破门帘，看见里面除了李掌柜没别人，就从怀里掏出钱来，往满是尘土的小桌子一丢：

"李掌柜，给来点酒！"

李掌柜用惊奇的眼光瞅着他，一边给他打酒，一边问他：

"散会了吗？"

"没，"他说了半句，接过酒来喝了一口，瞪了对方一眼，"你怎么没去参加会？"停了一会，又灌了一口，"这个会，你做买卖的也该听听哩。"又灌了一口。只三口酒，心头就有一股热往脑门上涌，眼睛就有些模糊了，那灯亮儿好像是一把黄丝线穗子。"你们做买卖的也该听听哩，社会主义，统购统销，反对奸商……"他的舌头变大了，声音不清楚了。

李掌柜坐在一边，不转眼地瞅着他，小黑胡子动了几动，试探着说：

"再喝两盅吧，嘿，这年头，省着也是白省，不如……"

“嗯？哦，再来二两！”

“咳！”李掌柜故意叹了口气。“这世道真不知要变成什么样儿，听说，以后不让老百姓吃白面了，我这小铺也早就没有挂面卖了。往后，那年老的，害病的，吃不下吗？活该！依我说，要是家里有点麦子，不如趁早……”

“趁早怎么着？”

“趁早找个出高价钱的主儿，卖了。”

“有出高价钱的吗？政府不是禁止私人买卖粮食了吗？”

“有是有……”

“那，不行，卖的不光彩，买的也犯法。”

“真是，现在正在风头儿上，有些不便……嘿嘿嘿。”李掌柜的黑胡子抖起来了，“不如先……”

“先怎么着？”

“先，你不会偷偷儿，嘿，偷偷儿埋起点来？”

“偷偷儿，偷偷儿……你这是屁话！”

韩增禄站起身来，不客气地把酒盅一推，撞开棉门帘，走出去了。

夜深了，开小组会的人们刚刚散会，满街上手电筒的亮光晃来晃去，满街上是黑色的人影和说话的声音。

一个青年妇女尖嫩的声音说：

“可惜的我余粮不多……”

又有两个男人用低沉的声音说：

“那家伙报得太多了。我可知道，他家的粮食明明刚刚够吃到明年麦收，可他非要卖三石不可，别人劝他别卖那么多，他还批评别人落后哩！”

“真是，人跟人不一样，有粮食少偏想多卖的，也有粮食多想少卖的。像咱们组的——他真是个死心眼儿人，就是舍不得卖，像是国家不给他钱似的。”

韩增禄猛地全身热汗一炸。“他这说的是谁呢？”“管他是谁，反正我不听！”他赶紧往墙根里一躲，故意把脚步放得很慢，好让后边的人们快点走过去。可是他那大棉靴真可恨，蹬踏得这么响，好像生怕别人不知道他韩增禄在这儿。

在平常，他一听见自己的厚底棉靴在街道上“磕磕”地响，就想起了这靴子是儿媳妇素芳熬着夜赶出来的，是这么暖和，这么结实，不用发愁会冻脚，也不用发愁会穿破。全村里有他家这样乖巧伶俐的儿媳妇吗？有他家这样孝顺能干的儿子吗？今天他却在心里骂起他的靴子来了：“狗日的靴子……”

他撞得大门猛一响，进到院子里了。

东屋里，窗户上晃着灯亮和人影，儿子跟儿媳妇在唧唧咕咕地说话。北屋的窗户是黑的，老伴儿在炕上翻了个身，大声说：

“素芳，你爹也回来了，你们开会也开累了，还不睡觉？”

“妈，今日团支部会上又给俺们布置了学习材料，得赶紧学习呢！”素芳回答着，声音又柔和又清亮。

平常时，韩增禄并不反对他小两口儿夜里点着灯学习，今日却在心里叨咕着：“学习学习，熬油点亮！”砰的一声把大门关上了，又歪歪趔趔地到牲口棚里去看了看给牲口添草没有。

“爹，你在小组会上报了余粮了吗？”隔着窗户，素芳又用那柔和的声音问。

“报了！”

“报了多少？”儿子也粗声问。

“有多少报多少呗！”韩增禄赶紧走进了北屋，像是怕人追他似的。

他摸着椅子，坐下来，掏出烟袋抽起烟来。

抽了一袋又一袋，抽得烟锅子吱吱地响，一闪一闪的火光照亮了他那满是皱纹的脸。

老伴儿躺在炕上瞅着他，猛地吃了一惊：他那右眼睛下边的鱼网皱儿像是在发颤哩！

她根据几十年的经验，知道一定又是在外边碰到了什么不痛快的事情，就试探着问：

“你开了半宿会，还不躺下来？”

韩增禄还是使劲抽着烟，没有回答。

“卖粮食的事，你到底报了多少？”

他还是不回答，眼睛下边的皱纹跳得更厉害了。

老婆子又试探着说：

“刚才素芳两口子回来说：东头张春云一家就报了五十石哩，比咱家的余粮还多，平常俺哪知道他有这些个粮食！”

老头子还是不说话。

“你不是事先对俺们说了，暂时先报三十几石余粮吗？”

“你少废话好不好！”韩增禄把烟锅子往桌上一摔，嗓音像打雷一样，惊得院里鸡窝里的鸡也咯咯地哼起来了。

“爹，你这是干吗呀！”炕上，他那十三岁的女儿小英也被惊醒了，翻了个身。

接着，整个院子突然静下来了，东屋里的灯亮儿也噗的一声灭了，小两口儿的咕咕声也停止了。

这寂静很有些古怪，使得韩增禄不好受，就咳嗽起来了，咳得那么厉害，像是要把心里那块咽不下去的疙瘩咳出来。

“你是开会回来着了凉，快躺下来吧。你听听小丫头，是睡得多甜。”老伴儿又轻轻地，柔声地说着，想顺顺他的气。

他没有答理，站起身来，摸到粮食囤跟前去。

先摸了摸靠着囤子的大小粮食口袋，好像马上就闻到了一股香味，是秋天打场的时候闻惯了的那股香味，醉人的香味。又揭开了囤子上盖着的席片子，抓起一把麦子来，搁在鼻子下边闻了闻，用舌头舐起两粒来嚼着，是多香多脆啊，晒得真干，还有股甜味儿呢！一松手，那又圆又滑的粒儿就顺着手指缝儿流下去了，流得手心里发痒……唉唉，四十多石，是多大一堆啊！虽说是个老中农，可这一辈子有过这么多余粮吗？不是睡着了也笑醒了吗？每回到小铺里去串门儿，无论人们说的是东家长西家短，不是总要想到家里有这么个“底”儿，心里挺舒服的吗？

咳，不容易呀！

说起来，哪一年秋收麦收，老两口子不是几夜不睡觉？那一年，秋天下大雨，地里刚割的豆子弄不回来，怕人偷，小英的娘夜里去守着，又冻又淋地受了一夜罪，至今落下个浑身痛的病。就说最近吧，是两三个月以前的事：老两口子夜里在大场里掐谷穗，为的是在社里多挣工分，多分红。夜深了，一块儿干活的人们都回去了。他俩一边掐着，算起账来，算出今年比头年多分十多石粮食。哎，这一下子家里可以存多少粮食呀！到明年后年，存的粮食不是更多了吗？说着说着，他韩增禄靠着粮食囤，不知怎么一来就打起盹儿来了，做了个梦，梦见那粮食呀，像水样地流，流呀，流呀，淹没了半个身子！原来，咳，是农业社给分的粮食，几十个人扛着口袋往院里倒，喜得他韩增禄叫起来了，就醒了……

唉！粮食啊，粮食啊，喜也是为了你呀，愁也是为了你呀！

"政府买粮食，一定给合理的价钱，这我也知道；往后物价稳定，粮食和百货都不会涨价，这我也知道，可是……"

可是什么呢？

韩增禄现在明白了，是舍不得。

常言说，不当家不知道柴米贵。一个当家的人，家有存粮，才在人面前直得起腰来，跟人说话才敢用大嗓门，吃饭才敢大口大口地往下咽，睡觉才能够一下子就睡着了。几十年来，每次往市上粜个石儿八斗的粮食，在家里过升过斗的时候，那倒粮食的手总是发抖的。

粮食是粮食，放着是一堆，拿着挺沉，搁在家里，天天能看见，天天摸得着。

"藏起一点来吧！"——李掌柜这鬼家伙的话，也有点道理哩！

又不是不卖给国家，不过是想少卖一点，有什么不可以呢？

他们小两口儿都不当家，不知道家里余粮的准数目，要是藏起一部分来，等这几天风头儿过去了，不就没事了吗？

老伴儿睡着了，正在咬得牙齿响。

韩增禄下了决心。他走出房门，踮着脚，经过东屋房檐下边，听了听，里边没有什么动静。他放了心，走过去轻轻地开了后院的门，又轻轻地回到北屋，捡了个小个儿口袋扛起来，……却又习惯地犹豫起来了："藏吗？要是让人知道了，不丢人吗？不，没人知道……"他扛着口袋走到院里，却恨起自己的大棉靴来："狗日的，这么响！"就索性脱掉了，光穿着袜子，走到后院里，轻轻地撂下口袋，轻轻地搬着柴禾垛上的柴禾。

村里的狗大惊小怪地叫起来了，他打了个冷颤，愣了一会，赶紧回到北屋里，躬着背，低着头，足足待了两袋烟的工夫，这才扛起第二口袋来。他磨蹭到后半夜，实际上只扛出来三小口袋粮食，却没有注意到：从东屋出来个黑影子，顺着靠在房檐上的梯子上到房顶上，把他的一举一动看得清清楚楚。

第二天早晨，韩增禄懒得起来，他心里挺不好受，不是别的不好受，是想起了昨天夜里的事情，怪不对劲儿。

闺女小英上学去了。老伴儿在东屋里跟儿子媳妇说话，声音很低，韩增禄只听见了这么一句："你以为我睡得那么死吗？"他不觉心里一抖，暗地里咬着牙说："你个老骨头，嚼什么牙巴根！什么睡得死不死的！天天早晨要到他两口子房里去梳头洗脸，贱毛病，也不知道别人嫌你！……"

一会，他好像觉得窗纸上有个黑影子晃动了一下，像是有人从破窗户眼往里瞅他。"准是瞅我起来了没有呢，"他对自己说，"我起来不起来呢？起来吗？哎，别扭！……"

只听得东屋里又是一阵唧唧咕咕，韩增禄只模模糊糊地听见了这么几个字："对，就这么说说他，就这么说说他……"

接着，老婆子忽然大声叫起来，像是说给街坊邻居听的：

"他又不想一想，解放以前，他操的是什么样的心！从年轻的时候起，起先，碰见发了三回大水，把他存的粮食不是冲走了，就是沤坏了。以后，是存粮食呢，还是存钱呢，存什么靠得住些呢？存现洋吧！存票子吧！好容易存下了几十块现洋，几百串钱的票子，刚好吴佩孚一倒台，票子成了废纸。他又急傻了，黑间睡不着，数那票子啊，数了一遍又一遍，那眼睛下边的肉啊，就跳起来了，跳得我心痛啊！往后，是存粮食呢，还是存钱呢？两样都存吧！又省吃俭用，又存下了二百块现洋，十几石麦子。可是，地方不平静，土匪绑票，又把存现洋的瓦罐儿啊，把粮食囤啊，都掏空了！他呀，又急得大病了一场啊，他那肉跳的毛病啊，就更厉害了！往后，还是光存现洋吧！刚好又碰见事变，国民党的溃军从这儿过啊，抢了个精光！这以后，来了日本鬼子，一次一次地围村子，打人，抢粮食……"

奇怪，老伴儿的这些话竟这样地打动了韩增禄的心，随着她的话，他脑子里出现了一段一段的往事：

在一个细雨阴沉的夜里，他韩增禄一个人往河沿大堤走去，腰里兜了一兜沉重的洋钱，心在跳，眼泪在流，大堤像一条黑色的长蛇，恐怖啊！难受啊！他蹲下来，从怀里掏出火柴来，划了一根又一根——这是土匪给他规定的暗号——土匪看见了火光，从大堤上的树影里跳出来了，拍了三下掌，他韩增禄也拍了三下掌，他面前出现了一个黑色的人影，一只手提着枪，一只手抓住他的领口，问他："钱呢?"——"带来了。"他用发抖的手摸出钱兜儿来，递过去。"好，"土匪说，"姓韩的，不榨你你不出油。好吧，'票儿'在堤上等着你的，我们走了。"这黑人不见了，韩增禄踉踉跄跄地跑到大堤上，在一棵大柳树下边，看见了一个黑色的东西，这就是他那亲儿子(土匪把他叫做"票儿")，七八岁的孩子，手脚被捆着，嘴里塞着破布，装在一条破麻袋里……

在一个大太阳天，在村边的场子里，一群穿黄衣裳的鬼子和伪军，用明晃晃的刺刀逼着一群老百姓，嚷着："说！粮食……"他韩增禄被反绑着手，倒在地下，鼻子，嘴，在流血。他旁边，躺着两具死尸，是一个老头一个小孩，浸在血里边；那小孩的腿还在微微地发抖……

唉，在那些年月里，是多少灾难啊！在那些年月里，韩增禄考虑过多少遍这样的问题："是存钱呢？还是存粮食呢？到底怎么着好呢？……"在那些年月里，是多么焦心啊！

"哈，娘！过去那样的时候再也不会来了！"是儿媳愉快的声音，把韩增禄惊醒了。

"就因为时势变好了，他存粮食才又存上瘾了呢！"老婆子又接着说。"他又不想想，这几年打的粮食多，还不是因为有政府领导？就光说种庄稼的事儿吧：从前，一到春天，这块地里种什么，那块地里种什么，盘算来盘算去，不知道老天爷到底是收黄豆呢，还是收芝麻，总有几宿睡不好觉。热天，该割麦子了，地多弄不过来，雇人又舍不得花钱，也是急得吃不下饭。从头年一加入了合作社，他是省了多少心啊，种地的事全有干部们当家……"

"嗨，妈！"儿媳妇又插嘴了，那声音简直快活得像唱歌儿。"往后你就瞧着享福吧！你就等着快活吧！一切大的事情都有人给咱们当家作主。种地，生产，有人领导，有人计划；打下的粮食，不用埋，不用藏，也不用怕人抢，把吃不了的卖给国家，把钱存在银行里，要买什么东西，不用怕上当，到公家的合作社里去；河边的堤，年年修得好，往后还要修水库，不用怕发水；天旱，社里贷款打井，国家还要给咱修渠道；知道咱们种地太费劲，打的粮食还不算多，政府开工厂，给咱造机器，给咱们指出了集体农庄的道儿。往后，国家越建设越好，咱们的生活也就越过越好。国家办一切事情都是为了咱们，咱们也应该为了国家……”

“你看这张嘴！”韩增禄不觉在心里赞叹了一句。

“哼，你上哪儿去找这么好的当家人！”儿子又接口了。“一九五〇年，咱这一带年头不好，可市面上粮食不缺，也没涨价，是怎么回事？去年，咱正急棉花收成太好，怕落价，马上就有人按官价来收买，是怎么回事？今年，咱正发愁肥料不够，丰产计划不能实现，社里马上就去贷来了一百多斤肥田粉，是怎么回事？”

“这都是实话！”老婆子说。

“可真是奇怪，”儿子又说，“有的人，平常也拥护政府，可一叫他卖余粮，他就舍不得！”

“要是我，我可舍得粮食，我可舍不得不拥护政府！”儿媳妇抢着说。

“要是我，我可要把余下的粮食交给当家人，不搁在家里让耗子咬！”儿子又说。

“要是我，”老婆子也柔声说，“什么舍得舍不得的，干吗要舍不得？人不能没良心！”

“哼，”儿媳妇又紧接着说，“粮食搁着，还能搁个十年八年？迟早总是要卖的。往年卖给私商，受人剥削；现在卖给国家，又公平，又合理，又爱国……”

“哎，哎，哎……”韩增禄在心里叫着，“你们，你们，合着伙地教训我，你们，我知道……我连我的老婆也不如了！”

院子里响起了丫头小英的歌声，她用细碎的脚步跑进东屋去了。东屋里立刻吃吃嘘嘘起来，接着又是一阵吱吱格格的笑声。

一会，东屋的门一响，听见儿媳妇说：“去吧，去说去吧！”又听见老婆子说：“你就去试试吧，他疼你……”声音很低，可听得清楚，大半都在院里哩。

接着，一阵脚步声，又吱的一声——北屋的门开了。

丫头小英出现在门口，像是给屋里带进来一片红霞。她那红花袄儿和红领巾，映着她的红脸蛋儿，手扶着门框，微偏着头，牙咬着嘴唇忍住笑，却不说话。

“散了早学啦？”韩增禄勾起头来问。

他正希望有个人来缓缓心里的别扭劲儿，所以丫头的到来使他高兴。

“散了早学。”小英说着，跳进门里，“爹，快起来吧，俺哥病啦！”

“怎么，病啦？他刚才不还在说话吗？”韩增禄只有这么一个小子，所以不能不吃惊。

“嗯，是病啦，他说话是躺着说的。”

“怎么个不好法？”他披着衣裳坐起来，在穿袜子。

“是昨儿夜里受了凉。”

“干嘛受了凉？”

“他一宿没睡觉……”

“干吗不睡觉？夜里不是还好好儿的吗？”

“给你守着后院柴禾垛里的粮食呢！”

韩增禄一回头，小丫头正扭过身去，忍住笑地要往外跑，恰好她娘进来了，她就一阵格格格地笑得弯着腰。

老婆子那没牙的嘴也似笑非笑地皱起来了，说：

“还不起来？饭早熟了。”

韩增禄自己脸上也带怒带笑，翻身下了炕，这才看见儿媳妇也隐在门外边，眉眼之间也在忍住笑。又看见儿子也在院里，正在提水饮牲口。韩增禄瞟了老伴儿一眼，心里有些气恼，不一定是气恼别人，多半是气恼自己。

他谁也不看地走到院里，一边扣衣裳，一边狠狠地跺着脚，抖动着胡子，叹着气，毫无目的地转着圈儿，右眼睛下边的肉又抖起来了。

“爹，今日熬的山药粥可黏糊哩，快喝去吧！”素芳柔声说，明明是在安慰他。

他没有听见。老伴儿跟媳妇递眼色，小英在北屋的门边用手捂住嘴，他也没有看见。他眼前出现了许多人的面孔：有昨天晚上小组会上的人们，特别是当记录的郑文谦，他是农业社的会计，他在作记录时老是把老花镜子掉在鼻子尖上，从眼镜边边上面看人。还有农业社的社长王大钧，对犯了错误的人老是笑眯眯地说你，可比板着脸批评你还叫你难受。

他却没有注意到，正在这时候，社长王大钧正好走进大门洞里来了，因为素芳对他摆了摆手，又看见了韩增禄的神情，就笑眯眯地站住了，让墙角隐着身子，等着看发生了什么事情。

“快去喝粥去吧。”老伴儿也柔声劝他。

韩增禄还是像没有听见。他走到院墙跟前，忽然脸对着墙壁大声说起话来了，像是说给墙壁听的：

“小铺那李掌柜的，不是好人，劝人藏粮食，也许他自己就在偷着收买粮食呢，你们党里团里的人要注意。”

“俺们知道，”儿子在牲口棚里说，“村里正在调查他。谁不知道，他那小铺是怎么发起来了？还不是靠了卖贵买贱？”

“他那儿的香油，一斤就比县合作社的贵五百！”儿媳妇也应和着。

韩增禄觉得全家人都抱着原谅他的态度，这使他心里有一股说不出的味儿。他很想再说点什么，可说什么呢？就叨叨起来了：“说他不是好人，一点也不假，劝我喝酒，上了他的当……”又猛地想起个事来，就往后院走去。

儿子从牲口棚里出来了，一只手提着空水桶，皱着又黑又浓的眉毛，眼睛看着他的大棉靴，大声说：

“不用去看了，那粮食我早给你扛回来了，搁在东屋里的。”

门洞里，王大钧摸着胡子碴儿，跟素芳递了个会意的眼色，眼睛眯成了两道缝儿。

“嗯，”韩增禄在后门口转过身来，“我不是怕别的，虽说后院挺严实，万一叫人偷了呢，不是国家受损失吗？”

“你是当了一辈子家，当糊涂了！”老伴儿半安慰半责备地说着，到东屋里揭锅去了。

“我是糊涂了！”韩增禄跺一脚走一步，“是糊涂了！在自个家里做起贼来了！我这还有什么脸见人？我是糊涂了！”

他停在儿子面前，低着头，半天，猛地又抬起头来，用放光的眼睛笔直地看着儿子的脸，又看了看还站在北屋那边的儿媳妇，然后，像是下了什么决心，快步往东屋走去，到了门口，却又猛地折转身来，满脸通红，眼睛看着天，大声说：

“我要把丢了的这个脸拾起来！你们大伙儿合计合计吧，咱家原有的余粮是四十五石，要是省吃省喝，不是能卖给国家四十七石吗？”

暂时没有人回答他，都愣住了，老伴儿也从屋里朝他看着。

王大钧装做刚刚走进门来的样子，走出大门洞，睁大了眼，装出好奇的神气，问他：

“老哥，我听见了个话尾，你这一家人在商量什么？什么四十七石？”

“我要卖给国家四十七石粮食！”韩增禄把胸一挺，骄傲地说。他平常做事是很少有这股坚决劲儿的。

“你卖多少麦子？”

“二十石！”

“你本来有多少麦子？”

“本来也就是二十石。”

王大钧想了一会，点了点头。根据他从各方面了解的情况，韩增禄确实只有二十来担麦子。

“半点也不留？”

“一升一合也不留！”

“老哥，你卖得过火儿啦！”王大钧往前走了两步，像平常的习惯一样，跟人谈起比较重要的令人兴奋的问题时，就摘下毡帽头儿来，露出秃顶放光的脑袋，扬着眉毛，睒着眼，使得对方对他的话不得不更加注意。

“怎么，国家还会嫌多吗？”韩增禄又糊涂了。

“我今日就是为了这个事来的。”王大钧摸着短胡子碴儿，对院子里每个人都看了一眼，他那灰白色的眉毛扬得更高了。“根据夜里小组会的情况，咱社里的社员们，大部分都报得过火儿了，社员带头儿，比单干户们先走一步，这是好的。可要是留着的粮食不够吃，将来也是麻烦。另外，也有小部分人报得不够。今日晚要挨家串串门儿，对这两种人都要进行说服。你们家的事，也早在我心里。你们两个老人，不能不防着有个头痛脑热的事，还有过年过节，还有你家素芳，刚娶了一年就有了身孕，坐月子的时候要好好保养。”他又转身看着素芳，“素芳，我说得正确吧？得多少留着点麦子吧？”

“嗨呀老弟！”韩增禄把两手一扬，像是要去抱住王大钧。“你比我这当家的还想得周到呢，我倒忘了……”

素芳猛地脸一红，一溜烟地跑进东屋里去了。

王大钧哈哈大笑起来，戴上了毡帽头儿，带着心满意足的神气转过身去，说了声“我还有事”，就走了。

东屋里，传出了老婆子往桌子上搁碗筷的声音，还有新玉米饽饽的香味。小英和她哥哥都进屋里吃饭去了，只有韩增禄一个人还在院子里，老婆子催了他两三遍，他像没有听见一样，只是低着头，躬着背，撅着山羊胡子，一动也不动地站在那里，像木头一样。

他心里又发生了一个新问题，对他来说是一个很严重的问题：“我老啦，不中用啦，办出丢人的事来啦，这个家我当不了啦，不如让他们小两口子当家吧，他们跟上级通气儿，知道的事儿多，……可是，让他们当家吗？行吗？……”

他就是在这样犹疑不定的状态中过了一辈子。从解放以后，他一直是在社会主义的道路上犹疑不定地挪动着脚步。在参加互助组的时候，在参加农业社的时候，以及在这次给国家售卖余粮的时候，他都会经犹疑过苦恼过。当他克服了旧的犹疑不定以后，新的犹疑不定又发生了。但他的脚步毕竟还是在挪动着。

原载《人民文学》1954 年 5 月号

马 大 夫

这孩子名叫小虎子，五岁。他常到我屋里来玩，最欢喜摸弄我搁在炕头上的手电筒。有一次他问我："电筒里边有火吗？"我告诉他：没有火，是电。"电是什么东西做的呢？"一直寻根究底，弄得我只好用别的话来转移他的注意。我觉得他是一个好奇心挺强的、挺聪明的孩子。他生着一对挺机灵的小眼睛，红红的脸蛋子，胸脯挺着，每天除了正常饭食以外，还要零碎地吃一些凉山药、凉黏糕一类的东西，但从来不生病。

可是，这一次他却病得很重。

今天黄昏时，我到田家看过他一次，他全身松软地躺在妈妈怀里，脸色黄得像张黄表纸，闭着眼，呼吸挺急促，嗓子里吱吱地响，鼻翼一张一张的。当时我很吃惊：他的病竟由感冒气喘变成了肺炎。

田大嫂——这年轻的疼儿如命的母亲，老是皱着眉、低着头，用红肿的眼睛看着孩子的小脸。她已经三天三夜没有睡觉了，大概还不止一次流过眼泪。她说："你看，一个活蹦乱跳的孩子，已经两天没吃东西了！刚才请县医院的马大夫来打了一针，不知道今夜能不能见好。"那忧愁的神气，简直令人心裂。她婆婆田大妈，平常老是很费劲地跟在虎子后面，在街头街尾领着他；这时正在外间屋里烧水，也不住地用衣角擦眼，看样子也是熬过夜的——熬过夜的老人，更忍不住爱流眼泪。田长贵，这铁塔似的汉子，平常不知道忧愁，见了人老是咧着嘴笑，这时也坐在外间屋的台阶上，手抱着头，一声不响。

这田家是个翻身农民，从前因为穷，死过一个孩子，难怪现在要把小虎子看成是命根子呢。

我也很为小虎子的病感到不安，他那天真的虎头虎脑的神气，和那副惹人疼爱的小模样……哎，在新中国，每一个人，每一个幼小的生命，不都是很宝贵的吗？不是有许多很高贵的事业，许多前人所梦想不到的幸福，在等待着他们的吗？

这天夜里，我睡得很不安稳，老是有意无意地注意着隔壁院子里的声音。半夜过后，忽然听得大门嗵嗵地响，叫："秦同志！秦同志！"

出了什么事呢？我怕麻烦我的房东，赶紧披着衣裳起来，走到院子里，又赶紧把脖子一缩，喝！好大的风沙，吹得我睁不开眼，全身不由得哆嗦起来。我开了大门，田长贵的高大的身影立在门口，用颤抖的低沉的声音说：

"老秦，深更半夜的惊动你，太不应该，偏巧今夜又刮风，黑得怪，我想使使手电筒……"

"上哪去？"

"县里，请马大夫。"

"哦！小虎子怎么啦？"

"不好，要坏……"

"这么大的风沙，深更半夜，他肯来吗？"

"这倒甭担心，这马大夫，人太好，就是再坏的天气，他也……"

我不等他说完就赶紧进屋去拿出电筒来，他一接过电筒就迈开大步走了。

我再也不想睡了，本想到隔壁院里看看，但劝解人的家常话我不会说，我拿什么话来安慰虎子的母亲和祖母呢？一想到这里我就只好回到屋里，点着了灯，把煤火炉子通旺了，在屋里徘徊起来……这里离县城不过三里路，马大夫不多一会儿就会来的吧？要是他恰巧不在家呢？……

大约过了十分钟，就听见外边脚步响，接着是田家的大门响，和一阵男人女人说话的声音。我很奇怪：怎样马大夫来得这么快呀？

过了点来钟，田家的大门又响了，我赶紧跑了出去，问道：

"孩子怎么样？不碍吧？"

"秦同志，我刚走到村西头，马大夫就自个来了，碰上了，你看，真是……"是田长贵的声音。

"这孩子的病不碍、不碍，当然，也不轻。"另一个很宏亮的声音，离我越来越近。"你是老秦同志吧？我刚才才知道你住在这儿……"

听口气我知道他就是马大夫。

“我从县委会里知道你到我们这里来,可不知道你到这村来了,要不,白天里我就来找你了。”他一边跟我往这边院里走,一边滔滔不绝地说着。“你不知道,我在农村里工作多年,最困难的是没有书看,特别是好的文学书籍难找。你总该带着些书吧?”

进了屋里,我才看出他的模样:黑翻羊皮军帽低低地盖在眉毛上,肩膀上披着黑羊皮翻领大衣,上面沾满了黄土。他把大衣往凳子上一扔,把肋下的皮包往炕上一搁,掏出手绢来往脸上抹了两下,这才露出了一张精瘦的缺乏血色的脸,漆黑的眉毛、胡子。

我给他斟了碗水,告诉他我带着一部分书,他愿意看,可以随便挑选。他立刻高兴地眨巴着眼睛,搓着手,却又有些不好意思,故意转变着谈话的题目。

他说:入冬以来,天气忽冷忽暖,前些日子闹了一阵流行性感冒,小孩病的很多。最近又闹起一种传染病来了,起先是发热发喘,后来多数都转成肺炎。恰巧最近产妇又多。他们医院连他一共三个医生,出诊和门诊的范围是全县,还有许多其他工作,比如全县的卫生工作,因此不但白天忙,时常一连几夜不能睡觉。

“其实,田家这孩子的病已经过了危险期了,傍黑前给他打了一针水质盘尼西林,用的分量不小,就顶住了。孩子不睁眼,是休息,是正在跟疾病作斗争,是常有的现象。可是他家疼孩子的心太切,一家三口,六只眼睛,围着他,不眨眼儿地看着他的脸,一会问他:‘喝水吧?’——不言声;一会又问他:‘吃么吗?’——还是不言声;就这样,瞅着瞅着,就越沉不住气了。”

接着他又告诉我,他知道田家特别宝贵这个孩子,正好今夜这村有个临产的产妇,县医院里派了一个刚刚受过接生训练的接生员来接生,他不放心,就来了,正是一举两得。

他说:“我刚才来的时候到产妇家看了看,大约要到天亮才能落生。可是有个难题:我对他们说躺着生孩子产妇少流血,说服了半天,真难!……”

他在屋里来回走着,动作很坦然,声调是那么爽朗,那么宏亮,简直跟他那短小精瘦的身体和苍白的脸色很不相称。

我说:“现在老百姓到底不一样了,有病不求神,请医生,而且相信西医,愿意叫打针。”

“哈哈!”他愉快地笑起来了,“你知道,这费了多少唇舌! 作了多少宣传!”

接着他就对我说起他的历史来了:“我是本地人,从‘七七’事变以前,就在城里开着个私人诊疗所。那时我抱着青年知识分子的热情,只要有人找我瞧病,我就向他宣传,有很多人对我反感,给我起了个绰号,叫‘马没魂儿’,这有两个意思:一个是,说我沾住人就是一大篇科学道理,是个缺心眼儿的书呆子;一个是,说我满口怪论,什么没魂没鬼呀,没有阴曹地府呀。”

他越说越愉快,把他坐的板凳拖得离我更近,像碰见了多年未见的知己朋友一样。

“可是,你要知道,光靠我一个人的宣传斗争是不行的,主要的是时势变化的影响。你想想,从‘七七’事变以来,这里发生了多大的变化! 政治经济上的变化,思想意识上的变化,风俗习惯上的变化……你知道,我是个很敏感的人,我觉得:每次大的政治运动一过去,人们的迷信保守观念就要克服一些,少一些……”

停了一会,他又很感慨地叹了口气。

“困难! 真是困难! 还有不少的人,有了病先求神,非到病十分沉重了,才来找我,可就已经晚了。往后,他们就说:‘马没魂儿一针把个病人扎死了!’当医生,也是一种政治工作,不光要跟生理上的敌人作斗争,还要跟心理上的敌人作斗争呢! ……医院里没有透视设备,也没有验血和施行外科手术的设备,不分外科、内科、妇产科、小儿科……有时候医生还得当司药,当会计……”

我们就这样谈了一个多钟头,他说:“我还得看看长贵家那孩子去。”就匆匆忙忙地披上大衣,夹着皮包,一阵风似的走了。

我重新通了通煤火,把灯火捻小了,也随后跟了出去。

风沙已经小一些了,天上露出了闪烁的繁星。我走进田家院里,感觉到一种异样的寂静,进屋一看:老马正在用听诊器检查小孩子的肺部呢。

这孩子躺在妈妈怀里，已经睁开了眼，好奇地看着老马，却不哭。老马好像突然变成另外一个人了，神情是那么安静，那么严肃，简直像是连呼吸也停止了。粗粗一看，我真不相信他是刚才那样一个多话的、不安静的、热情的人；当我再看了看他那耷拉着并微微颤动着的眼皮以后，我才知道，他正用全副精神在跟这孩子说话，他的心已经跟这个幼小的生命合为一体了。

大约过了半点钟，他才慢慢地把听诊器从耳朵上摘下来，看着孩子的脸，笑了。田家的老少三口也都同时透了口气，笑了。我也笑了。我捏着小虎子柔软的小手，说道："虎子，快好吧，看你奶奶急得眼都红了。"小虎子看看正在微笑着的奶奶，又看看我，那又黄又瘦的小脸动了动，像是要说什么，却没有说出来。

老马正在嘱咐田大嫂要多给孩子水喝，从门外进来一个姑娘，高高的健康的身材，穿着一身干部服，脑后拖着两条小辫，一对灵活懂事的眼睛，一进门就赶紧帮着田大嫂给孩子扣衣服、盖被子，忙了一会，才把老马拉到一边，小声说：

"离临产还有些时候，可她们还是要坚持旧办法，我怎么说也不行，还是你去动员动员吧。"

我猜想这姑娘就是老马所说的那位接生员。

老马点了点头，把药包收拾好了，又安慰了田家夫妇几句，等田大妈颤巍巍地端进一碗鸡蛋挂面汤来，想补报他的辛劳时，他一边推谢着，一边跟那姑娘一起走到院子里了。

我也随后跟了出去，问他："产妇是谁家的？"

"西头郝炳昆家，你认识不？"

"认识，是个干部家属，前些日子我还帮助他家做过全年的家庭计划呢。"

我们走出田家的大门不远，郝家的老太太就来了，黑影里，把手一拍，冲着老马嚷叫：

"你们老是说还不到时候，还不到时候，什么时候才算到时候呀！你快瞧瞧吧，我那儿媳妇痛的都受不了啦！……"

老马突然站住了，亲切而又严肃地对她说：

“大娘，我是轻易不愿意对你提起以前的事。你总该记得你家小子长疮的那回事吧？……那时候，要是按照你们的法儿办，人不就早完啦。你老人家相信我吧，绝误不了事。”

“老马，你这是说的哪里话？你看这……”老太太似乎失掉了主意。

老马搀扶着老太太，一边往村西头走，一边又亲切地小声说道：

“得了，得了，大娘，你就相信我，叫她躺着生，只有好处，没有坏处，我老马是相信得过的人……”

我默默地听着他们谈话，一直把他们送到郝家门口才回来。

天明以后，我到村西头散步，正好碰见老马和那姑娘从郝家出来，在郝家全家人一大堆殷勤感谢的话语中，他跟那姑娘都觉得很不好意思，都有些窘。看见我来了，老马像得了救兵似的，快步奔过来，把手往我肩膀上一搭，我们就一同往村外走去。

我忽然想起来了，问道：“你不是要找我借书吗？”

“今日没空，回头再来拿吧。”他说。

我觉得他的脚步有些踉跄，搭在我肩膀上的手也很沉重，似乎吊着他全身的重量。他实在疲倦了。连那年轻的接生员，也一边走一边打着呵欠，脚步有些拖不动的样子。

但老马并不因为疲倦而停止了说话，他说：“你知道，我跟这郝家早就认识，跟这老太太的儿子是老朋友……”于是他一面走着，一面谈着他在五年以前，给老太太的小子治病的故事。

一谈到往事，老马就兴奋起来。我发觉老马是这样一种人：不管多么疲倦，他总是忘记自己，打起精神来说话和工作，他的脸上是不大容易现出疲倦的表情来的。

这时他的手已经离开我的肩膀，愉快地，轻松地，说着，笑着，走着，使得羊皮大衣的衣襟不住地在晨风里飘动着，晃荡着。

他说：“我爱这个地区，不愿意离开这个地区。从解放战争胜利以后，我就把我那私人诊疗所全部捐给了公家，自己也脱离了生产。后来又入了党，当了县人民医院的院长。”

停了一会，他又意味深长地说：“我跟这个地区的人民共同喜怒哀乐……”

金色的阳光照满了大地，迎着刺骨的寒风我们走上了大清河边的堤埂。老马挺着胸，昂着头，紧紧地跟我握了握手，却对那年轻的接生员说道：“你先回去，告诉他们不要等我吃饭，我要顺便到河南曲堤村去瞧个病人。”说罢，一转身跳下了河堤，踩着冰凌过了河，身影逐渐隐没到薄薄的雾气当中去了。

原载《新观察》1954 年第 2 期

亲　家

……是头年冬天的事。我跟我女人一块儿到胡各庄去赶集。那时人们刚刚给国家卖了余粮，手里有钱，集上可显得热闹哩，真是人挤成了粥。县合作社门口，人们更是围了个里三层外三层，尽是买布的。我对我女人说："俺们全家都添了新衣裳啦，也该给小俊她嫂买件褂子料儿吧？快过年了，光她一个人不换新，显得俺们待儿媳妇刻薄。"我女人微微噘了噘嘴，倒是没有反对，就拿着钱，挤进人堆里去了：

不想，咳，过了一会儿她又出来了：

"挤死人，我可受不了这个罪！你心疼儿媳妇，你去给她买吧！"

我知道，她又是舍不得——在闺女身上，在我身上，花多少钱她都舍得，就是在儿媳妇身上舍不得，这是她的老毛病。

我正气得没法儿，猛听得有人叫了一声："亲家！"哦，原来是王家台的亲家王运发。他赶上来拉住我的胳膊，像是怕我跑了；那枣核脸拉得挺长，又青又白，倒把我吓了一跳。

接着，大女儿大俊也从人堆里挤过来了，也是一把拉住她娘的手，像是怕她跑了似的，"娘！"——只叫了这么一声，嗓子眼儿就哽住了。

赶集的人们挤得我们站不住脚。王亲家说了声"走"，使劲把我一拉，我们就走进路南一家饭铺里去了。

你不知道，我这王亲家是个一文钱捏得出汗的人，一辈子很少买零食吃，更别说上馆子。今日他是怎么回事呢？

我就问他："你怎么啦，不过日子了吗？"

他说："可就是，可就是，不过啦！"

他说话爱拉长音儿，"可就是，可就是"，是他的习惯。

饭铺前面正屋里坐满了人。为了说话方便，我们特意找到后面饭铺伙计们睡觉的屋子里。她娘儿俩上在炕里，我跟亲家面对面坐在炕桌两边。亲家要了酒又要了菜，还要了烙饼。我这才看清了：他的眼圈儿是红的，女儿大俊的眼圈儿也是红的。

酒菜来了，亲家把酒壶儿抢过去，给我，给女人，都斟了酒；又侧过身去，用发抖的手给大俊也斟了满满一杯，满得都洒出来了；这才使劲把酒壶往桌子上一搁，说起话来了。

“本来么，你是俺家的儿媳妇。可就是，这如今，世道儿变啦，小人都变成大人啦，该大人伺候小人啦，可就是，该我伺候你呀，我给你斟酒，不是应该的吗？你说是不是？”

他明明想当着我两口子踩我丫头一脚。你不知道，俺家大俊早先是多老实个孩子，……可你猜怎么着？她变啦，变得可厉害呢！她就这么着：拿起盅儿来，一甩头发，一仰脖子，吱的一声就把那盅酒喝干了，抹了抹嘴，说：

“你做得出来，我也做得出来；你斟，我就喝！”

“大俊！”我女人吓慌了。

大俊又把头发一甩：“娘，你以为我还怕那些阴阳怪气的话吗？我怕了四五年了，还怕？才不怕呢！”

“孩子呀！孩子呀！”亲家连嘴唇头子都青了。“可就是，你怕了四五年，是真的吗？我跟你婆婆呀，哪一天不把你当客待呀。咳，俺家那没出息的小子呀，更是时刻看着你的眼色行事呀。咳，可就是，你说愿意上冬学，就让你两口子上冬学去吧；你说要进步，要开会，就让你两口子进步去吧，开会去吧；你说要进什么青年团，要光荣，就让你两口子进团去吧，光荣去吧。可就是，亲家，”他又脸对着我，“这样的公公婆婆，不算落后吧？这如今的世道儿，我还不知道？……”

大俊打断了他的话：“哼！开会，上冬学，入团，哪一回没有受饱了你老两口子的气！四五年来，光为了这些事受气吗？才不止呢！才不止呢！做饭，烧的柴禾多了，说糟蹋柴禾；少了，说不熟。烧水，不是说太热，就是说太凉。在地里干活儿，总是嫌人干得笨，干得少。你小子总是你的亲骨肉吧？生生叫你唠叨傻了，这如今也是二十多岁的人了，也受了上级的教育，可还是有话不会说，成天里耷拉着脑袋。这未必是我造谣吧？”

“都是实情！都是实情！”我女人鼓着脸，把手往胸前一抄。“说吧，闺女，今日当着亲爹亲娘的面，说个痛快，出口气！”

亲家的脸更加又青又白了，嘴唇也发抖了，他那手，把拿着的酒都抖洒了。

我心想，再闹下去准得嚷叫起来，就说：

“闺女，你娘儿俩到隔壁待会儿去。亲家，你先别急，有话慢慢说。”

丫头到底懂事，说了声：“好吧，在家里闹得还不够？还到饭铺里闹？”就拉着她娘下了炕，出去了。

亲家对着酒盅子愣了一会，从袖子里扯出手巾角儿来，擦了擦鼻涕眼泪，把酒盅拿起来，贴到嘴唇头儿上，又搁下来，又拿起来……到底又把酒盅一推，把手往袖子里一筒，低下头来，一句话也不说。

我不声不响地喝着酒，瞅着他。

我俩不说话，她娘儿俩可在隔壁屋里说起话来了。这间屋子跟隔壁屋子只隔一层薄板墙，那边说话，这边听得清清楚楚。

丫头说：“哎呀娘！亏你还是农业合作社的社员呢，你那脑筋才死巴呢！前些日子村里宣传总路线，贯彻统购工作，你就没有去听听上级的报告？你就一点也不知道社会主义是怎么回事吗？你们村里没有价闹起入社高潮来吗？俺们村里，咳，真！……”

“什么你们村俺们村的，俺们村不是你们村？你是在哪儿长大的？个死丫头！”我女人一见了女儿，就只会这么婆婆妈妈，说些没用的话。

“你看，你又是死脑筋！我是王家台村的青年团员，不说‘俺们村’说么？真！俺俩——我跟你女婿，都是青年团员，人人往社会主义的道儿上奔，俺俩能落后吗？你就不想想，三四十亩地，全靠俺俩种，简直比给他老两口子扛长活还不如。扛长活的还有工钱，还不能老是听唠叨话。你知道他一唠叨起来是什么味儿吗？成天价像是在人耳朵里劈柴禾，剁饺子馅儿。你早先不是也受过俺奶奶的气吗？不是有时候也气得吃不下饭吗？哼，要是入了社，集体干活儿，哼！……就是这么个事：为了入社的事，我公公不答应，他小子要跟他分家，他就打了他小子了，他小子就跑到姑姑家去了。我没法，就往娘家跑呗，想到娘家来吐吐气儿呗。哼，不想刚一出村，公公就在后边追来了。……”

我那亲家听到这里，不知道为什么，抬起头来叹了口气。

她娘儿俩还在婆婆妈妈地没个完。

“唉！”我女人叹了口气。“这如今的年轻人，就是爱解放，爱自由。你才不知道呢，你妹子小俊，一心只想干社里活儿……”

她说的故事我知道，是去年秋后的事：有一天，我女人想着我要到县里去开会，怕我受凉，叫小俊把我的小棉袄儿做起来穿了去。当时这二丫头把嘴一噘：“天又不冷，叫我急着赶着地做这个！”一转身就出去了，直到天黑才回来——是出去给社里刨了一天山药。你要知道，不光是我二丫头是这样，连我儿媳妇——五年前，我小子参了军，她就老是不痛快，老爱住娘家；可自从一成立了社，就再也不住娘家了，天天下地干活儿，还有说有笑的。

我女人接着说：“有一天，社长王大钧，还有会计郑文谦，都到俺家来了，要算算俺家各人参加了多少劳动日，该分多少红。算来算去，你猜怎么着？除了你爹就数她，她参加了二百五十个劳动日，该分十多石粮食！全家就我一个人是个废物，参加的劳动少。咳，个死媳妇，往后我可不敢说她不干活儿了！”

嘿嘿，她还不知道呢，社长和会计来算账的这事，是我那儿媳妇有意这么计划的，正是为了堵住我女人的嘴哩。

她这些话可更把大俊的劲儿鼓起来了：“咳，我嫂子这是多好！这是多好！”一连说了好几个“这是多好”，又责备她娘偏心：看见女儿在人家受气就难过，可对自己的儿媳妇就总是不说好话。

“咳——！”我女人长长地叹了口气。

“咳——！”我亲家也在这边屋里长长地叹了口气，又开口说话了：“亲家呀，可就是，刚才你也听见了，就是这么回事。”又猛地把声音放低了：“老实说，我是打了我家小子两下，谁叫他要跟我分家呢？我还以为你这宝贝闺女是要到这里乡政府来告我呢！可就是，你不知道呀，我是个胆小的人呀，就跟着她来了……这如今，不是不兴老子打儿子吗？不是不兴压迫人吗？可就是，咳，就是这么回事。咳，告倒是不告了，可是，入社，入社，这是好玩的吗？亲家，你给我出个主意吧！”

我心想：嘿嘿，难怪他刚才急成那样了，难怪要请我喝酒，原来是想叫我当个和事的呢。现在，我给他出什么主意呢？我故意不慌不忙，喝了两口酒，吃了两口菜，故意慢慢吞吞地说："哼，要依着我，就是分了家好；他们走他们的新道儿，你走你的旧道儿。"

"哎呀亲家！"他把筷子往桌子上一拍。"分家？我老两口子都是快五十的人了，就这么个小子，我辛辛苦苦一辈子，可就是，分家？"

"哼，那你就入社吧。"

"入社，可就是，我真不知道，社里是个什么章程呀。"

我对他说："你要想知道的话，就得把你那门儿打开，要不，我也不说。"

"什么门儿呀！"

"你不是关着门儿过了一辈子吗？不光关着大门——村里什么事儿也不打听，什么会也不参加，你大半还关着房门——连自家的小子儿媳妇的话也不听。你怎么会知道事儿呢？真是，这会儿好多人都像疯了一样地要求入社，只怕社里不吸收——为了这个发愁。俺们村里就有好多这样的人。怎么你倒为了入社发愁呢？莫非你是个拉不动拽不动的老牛？就是个牛，也该知道往草多的地方走吧？怎么你就不知道往好地方奔？"

我就这么老实不客气地说了他一顿。我又问他："看见我老两口一人穿了一身新棉衣没有？"

"看见了哇。"

"你跟我——咱两家的地，差不多吧？"

"是差不多呀，可就是，都是三十多亩哇。"

"劳力也相仿吧？"

"是呀。"

"你今年秋天收多少粮食？"

"不算头半年的麦收，光算后半年的秋收，可就是，只怕也就是个三十二三担吧？"

"你猜我秋天收多少？哼，五十三担！"

"嗨呀！"

"你别'嗨呀'。刚才你不是听见她娘儿俩说了吗？光我儿媳妇的劳力分红就是十来担；还有我二丫头，是个半劳力，分了五担多；还有我，劳力分红是十八担；我女人，参加耪耪地，拾拾棉花，掐掐谷穗儿，也分了个二三担。另外，还有土地分红。……"

我扳着指头跟他算：一个劳动日分多少粮食，全家的劳力总共分了多少粮食，土地分红是多少，副业分红是多少。又告诉他：为什么农业社比互助组强，比单干户更强；农业社怎么能够计划管理，合理经营，能够发挥土地、人力、物力三大潜在力。……去年秋后，俺们社里闹起了三个副业——油坊、豆腐坊、粉坊；养着十五口大肥猪，油坊里要落多少油酱，豆腐坊跟粉坊要积多少猪粪。另外，还闹了三个大积肥坑，沤的是烂柴烂草和坏白菜帮子，计划到春天出一千五百车粪。俺们要达到一亩地上三车粪。

我问他："你想想，现在人们都有地种，不是参加了互助组，就是参加了农业社，往后，农忙的时候你到哪儿去雇人？"

他听着听着，用手扪着脸，躬着背，像傻了一样，动也不动。

我大半是多喝了两盅，瞅着他，瞅着他，不知怎么倒可怜起他来了。你看，唉，他那破毡帽头儿总戴了十几年，虫眼儿多得像蜂窝；他那耳朵，薄得像纸，照得见亮儿；那扪着脸的手，不像柴禾棒儿吗？那领口，不像破麻袋口儿吗？他像个三十多亩地的主儿吗？他干吗要这么刻苦自己呢？……

猛地，门帘子一响，亲家吓了一跳，我也吓了一跳，原来是我女人喜气冲冲地进来了，嗵嗵嗵地走到亲家跟前，甩着手指头对他说：

"你呀亲家！你以为把一个小钱看得像磨盘那么大，说：'这是我的！'打死了也不撒手，这就叫过日子吗？你这么过了一辈子，连俺家闺女也跟着你受罪，可你过成了地主富农了吗？对你说，前年冬天我也反对俺家入社，可今年，你看我这身新棉衣……管儿子儿媳妇？我算'彻'了'底'了哟！刚才俺家大俊那些话，你大半也听见了。你瞅，这是我刚刚出去给俺那儿媳妇买的布，是多漂亮的花布！你舍得给你家儿媳妇买吗？"

她挺得意地噘了噘嘴，接着又把手里的手巾包儿打开，拿出一块红底金花儿的线哔叽来，抖得哗哗响，又朝门口走去，走到刚刚进来的大俊跟前，把花布往她身上一搭，站远一点瞅着她：

"俺家大俊不是个俊孩子吗？才二十二岁，不是正该穿这样衣裳吗？"

亲家像是什么也没有看见，眼睛望着桌子，像是对自己说话：

“咳！我，可就是，还有个不放心的事。我叫卖余粮的事吓怕啦！我埋了四年的二十多担粮食，村里谁也不知道，我小子给我在会上报出来啦，就卖给公家啦！要是入了社，你想，他们年轻人还算是年轻人吗？遇事还不吃里向外吗？我们老人还能当家吗？这日子还能过下去吗？谁知道他们吃了迷魂药，要实行什么‘社会’，要‘归公’……”

“爹！”大俊猛地往前走了两步，“你埋了四年的粮食，不是叫虫子蛀的蛀了，霉的霉了，糟蹋了六七担吗？那是少卖多少钱！这你就不心疼？你放心，要是入了社，俺们作小人的，……”她就提出保证条件：努力干活儿，争取多分红，在家里听爹娘的话，喂猪，喂牲口，担水，上垫脚，一切家里的零碎活儿都不用大人操心……她说着说着，简直要哭。

我又给亲家解释：社会主义不是一下子就实行的。社会主义是好事，不是坏事。土地归公，那是将来的事，是为了彻底消灭剥削，为了大伙儿都过好日子……我说着说着也着了急，恨不得把肚子里这点“理论”全倒给他。我问他看见过县农场里用马拉农具耕地没有，看见过省农场里用拖拉机收割麦子没有。

丫头大俊又喳喳着，宣传机器种地的好处，大半都是在青年团里学习到的，足足说了半个钟头，连她娘都听呆了。

“哎哎哎，入社吧！入社吧！反正人人都得归了这条路，爱怎么着就怎么着吧！反正这日子我不能带到棺材里去！”亲家猛地跳下炕来，甩着手，眼圈儿红得像火燎了的。

大俊瞪圆了眼：“爹，是真的吗？”

“是真的，入社吧！入社吧！我反正管不了你们了！”

大俊——“哈！”——叫了一声，转身就冲出门外去了。

我连忙跳下炕来，追了出去，到了院里，问她：

“你们村里要成立几个社？”

“两个，东头一个，西头一个，早订好社章了。”

“有多少户参加？”

“一共三十户，是已经决定了的，外边还有十几户没决定。党里团里，经过这次后，路线的宣传，都下了决心，要搞出个样儿来……”

我心里话：通共才八十户个小村子，一下子就有三十户要入社？俺们村还是有老社的村子，入社高潮还没有人家高呢。我回去可得跟俺们村的干部们报告报告，别自满自足，叫人家给拉下了。

"快回村里报名入社去吧！"我说，"再晚一会，你公公又该后悔了。"

她想了想，一咬牙，一顿脚，又小声告诉我：

"爹，你说得对。……你以为他真的只有二十担余粮吗？才不止呢！最近我才知道，他还偷着在外边放了十几担麦子的账，他放高利贷，剥削人！……"

"闺女，我还不知道他？你坚决斗争吧！快走吧！"

"好吧！"闺女转身挤进人堆里，走了。

我猜得一点也不错，等我回到屋里时，亲家正急急忙忙地跟伙计算完了账，对我说了声"改日见"，往外就走。我一把拉着他的袖子，从伙计手里把钱抢过来，塞在他怀里：

"亲家，饭钱由我给，你先待一会，我还有个事跟你说说。"

"什么事？"他站住了脚。

"咱俩轻易不在一块儿说说话儿……"

"不行，我得赶紧走，这入社的事，不是个小事，还得商量商量。"

"要商量，就是报了名也来得及，也兴马上再退出来。"

他没法，只得坐下来。我叫伙计沏了壶茶来，就跟他谈起闲天来了，先从集上的鱼肉价钱，谈到别的物价，最后又谈到牲口、农具和工地的价钱。

我故意叹了口气，说："这年头，什么也没有地便宜，一亩地的价钱，只相等于一亩地一年的出产，可惜这年头愿意买地的人少。真的，谁家的地也不少，并且，差不多的人都知道，以后要实行社会主义，谁还买地呢？俺们村里的张黑子寡妇老婆，你知道吧？有十亩上好的地，想卖，没人要……""她干吗要卖地呢？"他睁大了眼睛。"没劳力，地又远，想入到俺们社里，俺们也嫌地太远，正在考虑。"

"哦……"亲家耷拉着眼皮子在想什么。停了一会，他又"唉"了一声，说："亲家，说实话，我这一辈子，为了么？可就是，还不是为了他们小人？说我过日子刻薄人，说我爱唠叨人，说我顽固，可就是。可我为了谁？我明明知道他们不领我的情，明明知道没什么意思，可我还是要这么过。一辈子惯了，有什么法子呢？”

我说：“其实，这也不光是你，从你老人手上就是这样。你们老人一辈子只是想着积点钱，多置点地，多盖几间房。”

“要不说哩，我老人像这样为了俺们，我也得这样为了小人们。”

“可你们老人一辈子置了几亩地呢？也不过十来亩子吧？”

“嗯……”

“为什么做牛做马过了一辈子，才落了这么点结果呢？”

“这说来话长……”

我知道，反正是因为天灾人祸。说到天灾，俺们这里这条河，早先是十年九涝。说到人祸，国民党、鬼子、土匪。他家的日子是三起三落——爬了三回梯子，摔了三回跤，有一回卖得只剩十五亩地。他爹，他自己，都是摔跤摔怕啦！要不他怎么变成了这样儿？真是：走快了怕石头绊脚，走慢了怕到不了地点，拿筷子手颤，吃饭怕咬了舌头，坐在屋里怕屋顶塌下来。可这如今，他倒偷着放高利贷剥削人！

我说：“这如今，你总算透过气儿来啦！”

“唉！”他说：“这如今，可就是，总算舒心多啦！”

为什么舒心多了呢？河堤修好了，十年九不涝啦，年头太平啦，没有鬼子、国民党、土匪又抢又要啦，物价也稳定啦……

我不觉笑了：“亲家，嘿，这如今，你可别忘本啦。”

“我怎么忘本？”

“你该想想这舒心日子是怎么来的，别趁着年头好，地价贱，偷着拿粮食放债，偷着买地，往富农的道儿上奔。”

“谁说我放债？谁说我买地？”

“我就听人说过，你就是这样儿！”这半天，我那女人一直噘着嘴坐在一边，这时也插嘴了。

“准是你家那宝贝闺女告诉你们的！”亲家红了脸，站起身来。

“不是她，是别人！”我女人一抄手，把脸往旁边一扭，做出个看不起他的样子。

“好，她，我就知道！”亲家顿着脚。

我又拉着他坐下来，对他说："要是没有这样的事，就只当我刚才的话是放了个屁，一阵风儿就烟消云散；要是有这样的事，放高利贷是犯法的，当富农也没有前途。"

我最后说："你想想，要是你家小子真的坚决跟你分家，你怎么办？"

他又耷拉着眼皮子不说话。从走进饭馆，他的脸色是变了多少次啊，青、白、黄，红，样样俱全；现在，是紫的。

猛地，他又跳起身来："亲家，今日我领你的情……"

这一回我没有拦他，也没有送他。他走了以后，我一边喝着茶，不觉出起神来了。

我女人催我："还不该走？"

我说："不知怎么回事，想起我亲家这个人来，我心里有点恨他，又有点不好受。"

"你看，"女人把我的茶碗夺过去往桌子上一搁，"你是喝酒喝多了。嘿嘿，"她又笑了，"我心里倒满痛快呢。"

"你干嘛这么痛快？"我跳下炕来。

"你看俺家大俊，这会儿变得多有出息！"女人拿起了手巾包儿。

我把伙计叫来，给他饭钱……

1954 年，于河北省雄县

原载《说说唱唱》1954 年 7 月号

选　举

选民大会上，人们在讨论候选人。按人口比例，这村应该选三名乡人民代表，这时已经通过了三名候选人：第一名靳世学，是村里连任了六年的支部书记；第二名王顺德，是个老中医，全县的模范医务工作者；第三名靳家贵，二十多岁的青年人，全县的模范互助组长。现在妇女们又提出了一名候选人，名叫张巧凤，是靳家贵的媳妇。

一个名叫尹小贞的姑娘，正在用她那银铃儿般的声音，在说明推选张巧凤的理由：

“……要是没有张巧凤，她男人家贵能搞好互助组吗？前年春天，互助组刚成立，俺们妇女们还没有下地干活儿的习惯，是谁到各家去，说服了爹娘公婆，又动员闺女媳妇的？后来，又是谁吃苦在先，专抢重活儿干，感动得俺们忘记了劳累？在评分记工问题上，实行男女同工同酬，又是谁说服了男组员，替俺们争取到的？去年俺们组里那五亩棉花，从种到收，活儿全是妇女们包下了，腾出男劳力干别的活儿，棉花还得到了丰收，又是谁领导的？……乡亲们，巧凤的好处说不完，只因她光会实地里干事儿，不爱多说话，不爱当着人表功，所以俺们村里还有些人只知道靳家贵是模范组的组长，不知道她张巧凤的功劳……”

“我还有个意见！”又一个名叫李桂花的媳妇发言了。她红着脸，看样儿是有些激动。“一个多月以前，我到县里劳模大会上去旁听，听到靳家贵报告他的模范事儿，他是这样说的：‘我发动组里妇女，我动员妇女劳力’，把巧凤的事都归到他自个的账上了。后来我们一块儿来参加旁听的几个人都想起来了：以前他在乡里的两次群众会上也是这么说的。我回来跟妇会主任一告诉，才知道，村里干部们为这事给他提过意见，他当时也承认自个的缺点，可这次到了县里，就又把巧凤给忘了，光记得个‘我’

字了。今日我可得提出来，不能再让巧凤受埋没！”她看了靳家贵一眼，一甩辫子，坐了下来。

会场上鸦雀无声，人们都看着靳家贵。

如果这时靳家贵站起来，说说媳妇张巧凤的好处，说说自己的缺点，人们一定会非常拥护他的。真可惜，他没有这样做，他享受惯了光荣，猜想今天人们一定会选他，还一定会欢迎他讲话，所以特别换了一身新蓝布衣裳。现在，在众人的眼光下，这身衣裳使他的态度更加不自然了，眼光更加没处放了，脸更红了。他偷眼看了看身边的巧凤，希望她说几句话，最好是这么说：“乡亲们，你们别错怪了家贵……连我今天能进步到这样，也全靠了他的帮助呢！”可是，巧凤只是弯着腰低着头，让头发耷拉下来盖着脸；她从来还没有当着众人说过话呢。

“乡亲们，”靳家贵不得不自己说话了。他嗓子发哑，声音很低。“刚才李桂花的话，不是事实……”

“完全是事实！”李桂花大声说，“家贵，我承认你是好互助组长，对咱们村的生产起了带动作用，我也同意选你做候选人。可今日这个会太重要了，我对巧凤的优点不能不提，也不能不提提你的缺点，我得说真理！”

“我完全同意桂花的话！”妇会主任王翠容发言了，“今日是个选举会，我们要好好儿用我们的公民权，我们不能埋没巧凤。另外，家贵同志是有些爱虚荣，爱表功。”

会场上又是一阵静默。只有后排上几个老年人在小声唧咕：“这些女的们太顶真了，弄得家贵多难为情，反正他跟巧凤是两口子，谁选上还不是一样？”

主席提出该表决了，全会场连举手带欢呼，一致通过了张巧凤做候选人。

人们这样拥护巧凤，靳家贵真是连做梦也没有想到。他起先是非常吃惊，接着就气恨起来了，特别是恨本互助组的妇女们：“哼！我把你们拉扯得进了步，现在你们倒来批评我的缺点，真有脸！”他真想马上就退出会场……人们欢迎候选人支部书记靳世学讲话，他没有听见；又欢迎老大夫王顺德讲话，他也没有听见；直到主席叫了两次他的名字，他才惊醒了。

他提了提精神，清了清嗓子，走上主席台去了。如果他趁机会对自己的缺点检讨一下，并且劝大家以后选巧凤当正式代表而不要选他，那么，人们一定还是会称赞他的。可惜他又没有这样做，却打算用一篇动人的演说，来挽回自己的威信。

“乡亲们，我的互助组，是全村最早的一个互助组……”他又把那老一套从头说起，从前年说到去年，从去年说到今年，说得很长，没有半点新内容。

“又是老一套，又表功！”

“你那一套‘模范经’不用念了，我们都背过来了！”

靳家贵没有注意人们这些小声的议论，还在继续说下去。最后，他总算说完了。人们突然爆发了震耳的掌声和嚷叫声，不是对他靳家贵的长篇演说表示欢迎，是欢迎张巧凤讲话。

张巧凤谦虚，害臊，跟几个拉她的妇女挣扎着，笑着，到底被妇女们拉到主席台上去了。靳家贵看见：她忽然把头一抬，胸脯一挺，站得稳稳当当。她那美丽的脸儿红得放光，漂亮的大眼睛也在放光，好像连身子也长高了一些。她把额前的一绺儿头发往后一掠，真没想到啊，倒能够不慌不忙地说起话来了：

“乡亲们，今日，我想起来心里怪不好受的：头一样，今年麦秋农忙时，我本来打算发动组员们办个农忙托儿组，让那些被孩子拖累住了的婶子嫂子们能够下地，只因自己当时有点病，又想到有困难，就没抓紧做，这怪我克服困难的劲儿不足。第二样，俺们互助组快成立三年了，还没有转成农业社，这说起来也是我努力不够。这两件事，无论我能不能当选上正式代表，以后都要办到。另外，俺们村里还有男人打骂女人，婆婆压迫儿媳妇的事，以后我还要多想办法提高妇女地位，反对压迫妇女！”

她把最后这句话说得特别有力。会场上又爆发了暴雨一样的掌声。

“还是俺们的巧凤，眼光往前看，不念那八百年的倒头经！”性情豪爽的李桂花大叫着，迎上去抱住巧凤的肩膀，笑得喘不过气来。

忽然，巧凤的婆婆站起身来，把手一拍，叨叨起来了：

“这可坏了哟！乡代表只要三个，你们倒选了四个候选人。支部书记靳世学，谁不选他？老大夫顺德先生，谁不选他？剩下俺家这一男一女，选谁好？”

她的意思是：如果万一选上了儿媳妇，儿子一定会很不高兴，她是知道儿子的心性的。好多人也都想到了这一点，可是主席已经宣布散会了，没有人再愿意在这点小事上花脑筋了。并且，选举么，就应当公公正正，谁好就选谁，管他什么男的女的！

靳家贵走得很快，回到家里就闷着头往炕上一坐。一会，听见巧凤在外间屋里高高兴兴地跟娘说话，帮娘做饭。“好，你！……”他暗暗地咬着牙，忽然又粗声粗气地叫起来了：

“巧凤，进来！”

巧凤进来了，手上沾着面粉，脸上还挂着喜气。

“你，刚才在会上说的什么？”

“我说什么来着？”巧凤吃惊了。

“你说要反对男人压迫女人，谁压迫你啦？”

“我又没说你……你怎么啦！”

“你干嘛偏偏要在今日的会上说这话？你还说，俺们的组三年还没有转成社，你安的什么心！”

“哦，原来你真的是这么个人啦！”性情又温和又老实的巧凤，也不能不生气了。

两人就这样一句对一句地吵起来了，都气得没有吃饭。

老太太也急得没有吃饭。她不能说儿媳妇没理，又不忍心在这样的时候去责备儿子，只得暗自搓手顿脚地叹气，到底又忍不住要跑出去找人诉说诉说，也没有考虑一下这会得个什么结果。

她先找到妇会主任：“主任呀，我说你们不该把两口子都选成候选人吧，从结了婚也没有这么吵过呀，连饭也不吃呀！……”接着，又找到李桂花，也是从头到尾，详详细细地叨叨了半天。

王翠容和李桂花都很气愤。再加上尹小贞姑娘，她住在靳家隔壁，亲自听见了两口子吵架，特别是靳家贵那故意要压服人的大嗓门，她听得清清楚楚。这样一来，不到半天，全村的妇女，还加上一部分男人，都在背地里气愤不平地责备靳家贵了。

夜里，开会正式选举代表。结果，连预先有所估计的人们也大为吃惊了：落选的靳家贵竟只得了三票，多么少啊；当选的张巧凤呢，差不多得了全票！

这给靳家贵的打击太重了。还没有散会他就退出了会场，他娘跟在他后边直叹气，……当王翠容和靳世学跟着巧凤走进屋里时，他正一动不动地用被子蒙着头躺在炕上，叫他也不答应，正像那些被群众情绪压倒了的人一样。

他娘这时劝他是劝不过来的，只得睡了，在对面屋里的炕上翻身，叹气，自言自语。

由于靳家贵总是一言不发，巧凤叫妇会主任和支部书记回家去睡觉，由她来跟他谈话。两人走了以后，她把他头上的被子拉开，看见他眼角上噙着泪水。她在他脸上亲了一下，柔声说：

"我不生你的气，可你也得想一想……"

"我，想……"他哑着声说，眼泪到底从眼角上流下来了。

1954年秋，于北京

原载《人民文学》1954年10月号，原名《竞选》

小英雄黑旦子

村里人们来得及跑的都跑了，街上静得连个人影也没有。村东的狗叫起来，接着响了几枪，稍稍过了一会儿，从小胡同里传出了女人、孩子哭闹嚷叫的声音，这是少数没有来得及跑出去的人，现在正在遭受日本鬼子的蹂躏啊！

黑旦子的爷爷今天也没有跑掉，这时正蹲在屋子里，胡子颤抖着，两眼冒着火，站起来又蹲下，蹲下又站起来，坐立不安。不光是因为外边传来的哭叫声刺得他心痛，更重要的是惦记着小孩子黑旦子。这孩子从今天晌午出去送信，到现在还没回来！他是个小通讯员，送的都是公家的信件和报纸；万一出了岔子可怎么办？虽然这孩子平日挺机灵，可到底只有十一岁，怎么叫人不惦记？

老头子想着想着，再也忍不住了，就不顾一切地冲到门外去，穿过了半条街，一转身时，忽然愣住了。

原来是街旁边的一个大场上，一群鬼子正在嚷叫，好像是在拷问什么人。老头子正想走近些看清楚时，忽然这边胡同里钻出几个伪军，背着刚刚搜抢来的鸡、小猪、衣裳，往这里走来。为头的一个紧走两步抢到老头子跟前，伸手给了他两个嘴巴，骂道："看什么！七老八十的，还不滚回去？"老头子气得全身发抖，可是敌不住他们人多，只得压住气走了回来。

太阳落下去了，天色慢慢暗了。鬼子怕八路军游击队夜间来包围他们，集合走了。老头子又急忙跑出门来，走到十字路口，正好碰见住在对门的王大妈，慌慌张张地对他说："你快到村西去瞅瞅吧，黑旦子给鬼子架走了！"老头子"啊"了一声，就像疯了似的向村西跑去。

他刚跑到村口上，忽然从村外大路上窜过来一个黑影子，一头撞在他怀里，仔细一看，正是黑旦子。他把旦子紧紧地抱在怀里，声音发抖地问道："旦子，我先问你，你的信呢？"旦子胸前一起一伏，喘气像小牛一样，好半天说不出话来，忽然哇的一声哭了，说："爷爷，爷爷，你听我说……"

爷爷也掉下泪来，把旦子抱到家里，旦子就说起他的经过来了。

原来旦子是到十里路以外的小王庄去送信的。他把信平安地送到了，交给了小王庄的村干部以后，心里又轻松又快活，就一跳一蹦地往回走。

太阳偏西的时候，他进了村子，正在奇怪："怎么街上这么冷清呀？"忽然迎面来了几个穿黄衣裳的鬼子兵，怪叫了一声，用枪逼住了他，他想跑已经来不及了。

鬼子把他弄到街旁边的一个大场上，问他："八路军的哪里去了？谁家窝藏八路？小孩的，快快说实话！"

旦子把眼一瞪，脖子一挺，扭了个脸朝后，没有答腔。

鬼子上来打了他一拳，又问他："你的小八路的干什么？"

旦子又把脚一跺，扭了个脸朝后。

鬼子气极了，说："村外村外的，活埋的！"

几个鬼子和一群伪军，把旦子横拖倒拽地拉到村外，挖了个大坑，一个翻译官用手枪逼着他："你说不说？不说就活埋了你！快说！"

这时，旦子想起了爷爷平常对他说的话："旦子，你要记住，你妈跟你爹是谁杀死的？是日本鬼子！你要有志气，不能给你爹你妈丢脸！……""你知道吗，咱家今日有口饭吃，是谁给的？要不是八路军共产党实行减租减息，咱俩早就饿死了……"

他想到这里，把牙一咬，气虎虎地望着翻译官。鬼子更生气了，用刺刀逼住他的胸前。他反而把胸脯对着鬼子的刺刀一挺，叫道："狗强盗们，杀吧！中国孩子决不投降，八路军万岁！共产党万岁！"又转过背来往土坑里一跳，说："刨土吧！埋吧！"倒弄得鬼子和伪军都愣住了。有两个伪军受了感动，竟背过身去擦起泪来。

正在这时候，村里忽然响起了集合号，鬼子忙着跟翻译官说了几句什么，把旦子拉上来，拖到村里大街上，集合了队伍，带着走了。

日本鬼子走在前面，伪军走在后面。旦子被两个伪军押着，走在最后。他装做腿被鬼子踢坏了，一拐一拐地走得很慢，跟前边的队伍拉开了一段距离。

一边走着，那个大个子伪军对另外一个小个子伪军说："真他妈的倒霉，每天这么穷跑瞎闯，不知哪一天碰上八路，枪一响就见了阎王！"

小个子伪军叹了口气，说："明天也许该休息休息了。"

大个子说："休息？屁！我早听见中队长说了，明天天不亮就要往西出发，到小王庄一带去清剿。那一带是八路的老窝子，到处是地雷地道，我看这次要碰硬钉子了。"

小个子低下头来，叹了口气。大个子也低下头来，叹了口气。

天色更黑了，大路两边是一人多高的高粱地，一片漆黑。黑旦子趁两个伪军不注意的时候，猛地一跳，钻进高粱地里，拼命地跑起来。

高粱棵子那么密，旦子身子小，在里面钻得快，像只小猫儿似的。两个伪军追他，可是身子太大，像两只笨狗熊似的，钻不快，被高粱根绊得摔了一跤，爬起来，又气又急又害怕，听着黑旦子已经跑远了，只得胡乱放了两枪，不追了。

黑旦子跑呀跑呀，拼命地跑呀，听见伪军放枪，听见鬼子吆喝，可是他不管这些，还是拼命地跑。

跑出了高粱地，上了大路，站着辨认了一下方向，喘了一口气，就顺着大路往北，两条小腿甩开了花，小脚板拍拍拍拍，像放鞭炮一样。

他一口气跑了三里地，进了自己的村子，一头撞在一个人身上。

原来这人正是他的爷爷。……

爷爷听了旦子所说的经过，感动得流下泪来，摸着他的头说："旦子，你真是个好孩子啊！……"

旦子说："爷爷，我有个主意……"他对着爷爷的耳朵唧咕了一阵，爷爷忽然又笑了："哈哈！你想得对！那么，咱们赶快，你去找区小队的王队长，我去找县大队的曹队长……"

于是，黑旦子连晚饭也没有吃，就跟爷爷分头出发了。

黑旦子一溜烟似的向西跑去，天已经全黑了，只有几颗星星在发抖。他穿过树林，穿过池塘，风刮得树叶子沙沙的响，像是后面有人追他似的，他就越跑越快了。

……

过半夜的时候，爷儿两个都胜利地回来了，都很高兴。因为区小队的王队长和县大队的曹队长，知道了鬼子明早要往西出击的消息以后，就决定来他一个伏击，把这一股敌人歼灭掉。旦子和爷爷回到屋里，坐在炕头上，等待着黎明的到来。

爷爷摸摸孩子的脸，有点儿发热，说："孩子，你躺下歇会儿吧！"

黑旦子躺下来，但一会儿又坐起来，对爷爷说："天都快亮了，怎么还不响枪呢？"

爷爷不住地吸着烟，一会儿看看窗外，什么也看不见、听不见，他自己的心在跳，也听见孩子的心在跳，他懂得孩子的心，是和他一样的紧张、兴奋。

忽然，在很远很远的地方，枪声响了，有机枪声、步枪声、手榴弹声。爷孙两个跑出屋子，爬上墙头，向村外看着，听着。

枪声足足地响了半个钟头，直到太阳从东边露出头来，才停止了。

吃早饭的时候，村里街上过队伍。爷爷和旦子跑出去一看，正是县大队和区小队的同志们。原来他们打完了游击战，正押着一大群俘虏往东转移，经过这个村子。

街上挤满了看热闹的人，旦子和爷爷站在街旁边，笑着，拍着手。旦子忽然叫起来："爷爷！你看，那不是小王叔叔吗？"不等爷爷回答，又连着说："是，是，我去！"就跑了过去，爷爷也随后赶来。

果然是区小队的王队长。他一看见了旦子，就张开两只大手，笑着叫道："旦子，旦子，哈！你看我们这个仗打得多漂亮，捉了那么多俘虏！得了那么多枪！这是你的功劳呀！要不是你给我们报消息，这个仗是打不成的。"一面说，一面把旦子抱起来，举得高高的，又说："旦子，你真是中国的好儿童！"

旦子的小脸红了，兴奋得流出了眼泪，两只小手紧紧地抱住王队长的脖子说："不，你们才是我的好叔叔呢！"

老爷爷站在一边，也笑了，说："咱们军民一条心，还不打胜仗吗？哈哈！……"

1954 年少年儿童出版社出版

聪明勇敢的张小明

抗日战争那时候，日本鬼子怕咱们军队打他，三里五里就盖一个岗楼，心想不叫咱活动。可是咱八路军办法多极了：大队伍不方便，就分散成小队伍活动；白天不方便，就在晚上活动。凭着咱们消息灵通，鬼子、伪军一动，咱们就知道了。那时，有很多老百姓，不分白天夜里，给八路军传送信件。

小明的爷爷就是一个通讯员。可是爷爷太老了，时常有病。大家都说："小明年纪虽小，可是挺坚决，挺有胆量，又挺机灵。"于是小明就时常代替爷爷送信，成了小通讯员。

有一次，小明送信回来，走到离村不远的大河堤上，看见堤这边爬着一溜子人，是县大队的大队长和十几个武装同志。他走上去一打听，才知道敌人进了村，已经在村里搜索了半天。县大队的同志们趴在这里，是准备打敌人的。

小明家里正住着区长和区政委，别的人家还住着区小队的一些同志们，不知道他们钻了地道没有？他不放心，就拼命地往村里跑，县大队的同志们拦他也拦不住。

他跑进村里，走到十字街口上，正好碰见几个鬼子用刺刀押着区小队的王班长，唬着吼着走了过来。小明看见大吃一惊，猛地跑了上去，抱住了王班长的腿，叫道："爹呀！爹呀！奶奶叫我找你半天了，叫你给日本兵挑水，她要给他们做饭呢！"

一个鬼子翻译官打了他一巴掌，说："小孩子，快滚开！"

"他是我爹呀！你们不能捉他去呀！爹！爹！……"他抱住王班长的腿大哭大叫起来，不管鬼子怎样拳打脚踢，坚决不放手。

这一来，可把鬼子和翻译官都闹糊涂了，一个鬼子拉着他说："走！家里家里走！撒谎大大的不好！”

小明当然不能领着鬼子到家里去，就领着他们往王大婶家里走。他知道王大婶是个孤老婆婆，抗日的心挺好，家里又没有地道口，不怕鬼子搜。

一进院子门，他就大声叫道：“奶奶！奶奶！爹回来了，叫他挑水去吧，你快给日本兵做饭，我去抱柴禾。”

王大婶正好坐在屋里炕上，早隔着破窗户纸看清了是怎么回事，就溜下炕来，一面往外走，一面唠叨道：“我叫小明找了你半天，你一天没有事就在村里胡串游，瓮里没有水你也不管。村里办公的叫我给皇军做饭，急得我直跺脚！……”

王班长装作不高兴的样子，走进屋里，瓮声瓮气地说：“光叫我担水，水桶呢？”

“水桶叫隔壁保坤家借去了！”小明连忙抢着说。

“快到保坤家找去吧！看你那副倒霉样，真没出息！”王大婶真像骂儿子一样的骂开了。

王班长就不慌不忙地走出了院子，到隔壁保坤家里，看见满屋满院的东西翻得乱七八糟，却一个人也没有。他把炕沿上几块木头做的假砖一扒，显出了一个小方形的洞口，就钻了进去，溜下了地道。……

在这边院里，鬼子还没有走。那个镶金牙的翻译官忽然拉住小明，摸着他的头说：“好小孩，你知道什么地方有洞洞吗？”

小明说：“不知道。什么叫洞洞？”

翻译官说：“洞洞，就是，就是这样的……”他用手势比划着。

“哦，”小明装做听懂了，领着鬼子走到一个墙角里，指着一个鸡蛋大的小洞口说：“这里，有的。”

两个鬼子高兴地上去用刺刀通了两下，却大失所望。

翻译说：“这是鼠，老鼠的洞洞，不是，是要大大的洞洞。”

“哦，”小明说，“大大的洞洞，有的，有的！”就领着鬼子们走到院子外边，走进一个茅厕里指着茅坑说：“这是大大的洞……”

这一下鬼子和翻译官都生气了。翻译官凶狠地说：“混蛋混蛋！不是不是！是把人装进去的洞洞，知道吗？”

小明当然知道鬼子是要找地道口，他怎么能说出来呢？又假装着说："哦！你说的是这呀！有，有！"因为想到了一个好主意，兴奋得一颗心快从口里跳出来了。他领着鬼子走过大街，走出村外，指着远处说道："你们看，那边离那大堤不远，不是有两个坑坑吗？那里就是装人的洞洞。"

鬼子们跟着他，走近去一看，原来是老百姓挖的，准备埋死人的两个坟坑儿。

鬼子大怒了："混蛋！"回过头来就想打小明，却不料小明早就跑得无影无踪了。小明跑到大堤那边，刚叫了一声："同志们快打！"那边县大队同志们的枪已经响了，三个鬼子和那个金牙齿翻译官都倒下了。剩下的两个鬼子只得扔了枪，举起了手，被县大队的同志捉了活的。这次一共缴获了五支三八枪，还有翻译官的一支盒子，捉了两个俘虏。大队长高兴得抱起小明来，说："哈哈！小鬼，你真行！真是个小英雄！"

1954 年少年儿童出版社出版

小 栓 子

小栓子虽然七岁了，可是个儿还是很小。人们都说：这孩子太精，光长心眼儿不长个儿。其实他连饭都吃不饱，怎么会长个儿呢？

小栓子的爸爸去年叫日本鬼子打死了，他家租的地和房子都叫汉奸财主胡三爷收了回去，丢下他娘儿俩，只得住在村头上的场屋里，过着要饭的苦日子。

跟他们作伴的，只有一只小黑狗。小栓子很喜欢它，晚上，他俩总是挨着靠在一起睡觉，很暖和。

娘也很喜爱这狗，叫它小黑。可是晚上她不准它乱叫，因为这村头上离日本鬼子驻扎的岗楼很近。

春天来了，小栓子和小黑常在门口场子上晒太阳玩，小栓子学驴打滚，小黑也学驴打滚。他俩简直一刻也离不开了，如果一会儿看不见，小栓子就到处去找它，叫唤它。

有一天早饭后，小栓子要上野地里去挑野菜，想叫小黑作伴，却怎么也找不着它。他只好一个人拿着筐子到野地里去了。

走着，走着，走到张家坟地外边，忽然看见小黑从树林里跑出来，趴在麦子地旁边，嘴里像是吃什么似的。小栓子就嚷道："小黑！小黑！"

但是小黑和平常却大不相同，一点也不理他，又跳跳蹦蹦地跑进树林子里去了。

小栓子很生气，扔下了筐子就追，一追追进树林子，可是，糟糕！你猜怎么着？一个日本鬼子正和汉奸胡三爷，面对面地坐在那个大坟的石头礅子旁边喝酒呢！

小栓子躲在一棵大柏树后面，只见小黑跑到那石头礅子紧跟前去，摇着尾巴，侧着脑袋，等待鬼子丢在地下的骨头和肉皮。

小栓子小声地叫："小黑！小黑！啵啵！啵！"可是小黑不理他，头也不回一下。

鬼子的酒越喝越多，后来就干脆用酒瓶子咕嘟咕嘟地喝起来，两人说话的声音也就越来越大，好像吵架似的了。

胡三爷说："今天是樱花节，要多多的喝，多多的喝，中国的酒很好！"

鬼子也用四不像的中国话说："很好很好！日本的酒也很好很好！哈哈……"他喝了一大口酒，吃了一大叉子肉，又接着说："今天不快活，日本的樱花节大大的快活，老婆的，孩子的，樱花树下喝酒的，跳舞的，大大的，快活，不快活……"看样子鬼子是喝醉了。

胡三爷说："战争胜利的，回家。"

鬼子忽然问胡三爷说："回家的希望有吗？胜利的希望有吗？"

胡三爷讨好地说："有，有。"

小栓子饿了，饿得肠子都拧起来了，腿也软了，肉味儿很香啊！

这时胡三爷又夹起一大块肉，对小黑说："来，来。"小黑高兴地跑上去，伸长了脖子。可是胡三爷又把手提高了，小黑就往上跳，后来，它又用后腿学人一样的站了起来，引得鬼子大笑，胡三爷这才把肉丢进它口里。

小栓子看着心里更生气了，小脸绷得紧紧的，他叫："小黑！小黑！"又小声骂它："真是狗种！汉奸！看老子回去揍你！"

鬼子听见了小栓子的声音，不知他说的什么，忽然对他招手道："来的！来的！"

胡三爷也学着鬼子腔说："来！来！"

胡三爷是个油黄的驴子脸，当中有个大的鹰钩鼻子，大嘴里满是大黑牙，像狗屎样的黑。

小栓子想躲已经来不及了，只好一步一步走向前去。鬼子用小叉子叉了一块肉，伸长了胳膊，脸笑得挤扁了，对他说："来的，快快的，吃肉大大的……"

小黑跑上去，想吃那块肉，鬼子却凶狠地踢它，踩它，像是一心一意的要让小栓子吃。

鬼子又说："狗的，吃肉。你的，不怕。"胡三爷也着急地嚷："他妈的，怕什么？叫你吃肉还怕？"又吓唬他："再不来，我一枪嘣了你！"说着真的掏出枪来。

小栓子只得绷着脸，向前走了一步，心想："来就来，我不怕你！"

鬼子又认真地招手道："走的！走的！"

小栓子又憋着气向前走了两步。

胡三爷更着急地骂："他妈的，像新媳妇上轿，快嘛！"

小栓子凶凶地走到鬼子跟前去了。可是鬼子猛地把肉缩回了，说："叫日本爸爸的，给肉吃的，叫的！"胡三爷也哈哈大笑说："傻东西！叫一声爸爸吃一块肉，还不便宜？"

小栓子的脸红了，眼也睁大了，胸口上像压着块石头，透不过气来，又像有一团火在燃烧。他猛地一伸手，啪的一下把那块肉打掉了，并且拾起早就看准了的，鬼子脚边的一块石头，往碗里一扔，然后回身就跑……只听得胡三爷在后边像打雷似的嚷："站住！站住！不站住枪毙你！"

小栓子知道跑不了，心想："站住就站住，怕你我就不是中国人！"就回头站住了。胡三爷的鬼眼睛像要吃掉他似的，骂道："他妈的，狗坐轿！"鬼子却哈哈大笑起来，笑得东倒西歪，全身的肥肉都颤起来了。笑完了又捧起酒瓶子来喝酒，喝了一阵又站了起来，掏出了盒子炮，比住小栓子嚷叫道："叫日本爸爸的，叫的！"

胡三爷也站起来说："快叫，不叫打死你！"说罢，还对鬼子讨好地挤了挤眼睛。

小栓子绷住嘴，眼里冒着火。

"快叫的！快快叫的！良心大大的坏！"鬼子大怒地暴跳起来了。

小栓子紧紧抱住那棵树，像抱住娘似的。爸爸是日本鬼子打死的呀！中国的孩子不能投降日本鬼子啊！他又拾起块石头来向鬼子扔了去。石头打在鬼子脸上，把鬼子打得叫起来。

胡三爷看到鬼子挨了打，就跑上来扯住小栓子的耳朵。他把小栓子的耳朵扯了一寸多长，小栓子的脸全变紫了，可是他咬着牙不哭也不叫。

鬼子把手一伸："叭——！"

小栓子倒了，一动也不动。小黑看见了，汪汪地乱叫着，向鬼子扑去。"叭！"的一枪，鬼子又把小黑打死了。

树林里，风呼呼地响了起来。鬼子忽然呜呜地哭了。他歪歪倒倒地走着，嘴里叫着："中国的小孩也坚决，胜利的没有，胜利的没有……"走到石礅子跟前，抓起酒瓶子又喝了几口，然后往石礅子上一趴，醉得不能动了。

胡三爷看见鬼子醉得叫也叫不醒，只得坐在一边，吸着烟卷儿，守着。

小栓子的娘很久没有看见栓子回来，又听见坟地里响了两枪，很担心，就到处找他，看见又湿又软的地里有他的脚印，就顺着脚印悄悄地进了树林。

啊！她看见了什么啊！看见了小栓子倒在一棵树下边，看见了血，也看见了正在睡觉的鬼子，和坐在一边的胡三爷。

她什么都明白了。她的心碎了，小栓子是她唯一的儿子啊！

可是她没有哭，没有叫，只把牙一咬，急急忙忙地跑到家里，拿了一把斧子，又往回走。

她的脚步是多么轻啊！她悄悄地，从这棵树后面挪到那棵树后面，挪到胡三爷背后了，就猛跳出身来，一斧子，胡三爷倒了；再一斧子，鬼子的脑袋开了花。

"儿啊！"——她这才哭出声音来，丢下了斧子，向小栓子的尸身扑了过去……

原载《中国少年儿童》1950年第18期

沉　默

秋后的一天下午，我骑着自行车，到离县城二十里地的李庄去，准备找该村农业社的社长采访点材料。在半路上，我碰见了一队大车，前后怕总有二里路长，都是空车。我跳下自行车，跟赶车的人们谈起话来，才知道他们是到城里粮食局送完公粮回来的，都是李庄一个庄子的车——因为李庄是个一千多户的大村子。奇怪的是，整个的车队走得这么慢，像是怕踩死了蚂蚁。这些赶车的人们大概是一吃了早饭就套车集合，然后将粮食过秤，装车，然后一路走到城里粮食局的门口，然后卸车，过秤，领收据，把粮食倒进粮食局的仓库里……现在天快黑了，他们怎么会不累不饿？并且，天色阴沉沉的，也许就要下雨，离村子大概还有十里路，他们怎么不着急？所以他们不住地骂着一些难听的话，并且大声地吆喝着牲口，有的人甚至用鞭子使劲打着骡子和马——但不是嫌它们走得慢，而是嫌它们忍不住饿，想走快，以至于不断地把两条前腿撞到前面大车的后尾上，发出轰隆隆隆的声音；前面的车受了撞动，又撞动了更前面的车；牲口撞痛了腿，又挨了主人的咒骂和鞭打，更焦躁更愤怒了，就蹦跳起来，就又撞到前面的车上去了……

我因为走得快，已经走到车队的中间来了。

忽然，走在整个车队最前面的那个赶车的家伙在车上站起来了，脸朝着后面，歪着头哈哈大笑了一阵，然后拍着胸，大声对后面的人说："你们嚷叫什么，想不服从我的'领导'吗？老子今日就是要慢慢地走！有本事的你们就超过我去！"接着，他索性站到那条老黄牛的背上去，对着后面做着怪脸，笑着，骂着，扭着。

整个车队的人都气得大声嚷叫起来。原来，车队其所以走不快，就是因为这个家伙故意捣蛋。

我推着自行车从刚收割过了的地里往前赶去，想去让那家伙停止发坏，把车子赶得快一点。忽然，我听见前面响起了一个女人的声音：

“大伯，超过他去！坚决超过他去！”

我这才看见在一个老头的车上坐着一个女人，头上包着块白羊肚毛巾，穿着一身藏青色的衣裳，完全像个普通的农村妇女。等我走到跟前时，才认出是方冠芳同志——县委书记的爱人。我是在县委会里认识她的。她给我的印象是：热情活泼，个儿小巧，三十多岁竟像只有二十多岁；虽然这一带普通的农村妇女都爱穿干部服，她却总是穿一身农村妇女的土式褂裤；她的前额有些突出，跟人说话时，亮亮的眼睛总是笔直地看着人的脸。除此以外，我还知道她是刚调到这个县里不久，在县中学里担任教导主任……哦，我想起来了，她还告诉过我，她是李庄人，大概今天是顺便搭车回娘家去看看的吧？

我跟她说起话来。她非常气愤地告诉我，排头那个坏家伙是李庄有名的流氓，过去当过伪军。又说，不准“超车”，这是区长的规定；往城里去的时候，农业社的壮牲口走在前面，走得快，现在回来，原来的排尾就变成了排头，单干户的弱牲口反而成了排头，而这个带头的家伙又故意走慢……越说越气，又扭过脸去大声对那赶车的老头说：“大伯，你能眼看着把这么多牲口都撞坏吗？超过去吧！区长面前我负责！”她的圆圆的脸红得放亮，那本来就很亮的眼睛现在也更加亮了。

这老大伯有六十来岁，一头的白发，虽然也气得脸孔发青，却还在犹疑着，说是区长就住在村里，谁敢违反区长规定的规矩呢？可不是闹着玩的！但是，经不住方冠芳的再三催促，又加前前后后赶车的人都怂恿他，他终于下了决心，跳下车来，只把手里的鞭子扬起来甩了两甩，那酱色的大骡子立时就身子一扭，拉着车从路旁边的地里飞跑过去了。后面的车也就紧跟着跑起来了。我也就骑上自行车跟着他们跑起来。

……到了村里，天已经黑下来了。我先到小饭铺里去吃了一碗面，然后走进了农业社的办公室。只见屋子里挤满了人，都静静地站着，人当中靠灯亮那边有一个炸耳朵的粗嗓子在嚷叫：

“我问你，你这么大年纪，是不是吃粮食长大的？怎么就连这点事儿都不懂？你不是白活了这么大年岁吗？……”

我好容易挤到炕边，上了炕，这才看见，区长——一个矮矮胖胖的中年人，那发红的粗脖子，那光头，那红得发紫的胖脸，样子真是可怕。他正在凶刚才赶车的那个老大伯。老人脸色发灰，白胡子哆嗦着，眼睛看着地下。老人旁边站着刚才发坏的那个流氓，正在歪着嘴笑着；大概是因为自己做了原告，正在得意。方冠芳坐在桌子旁边的板凳上，鼓着脸儿挺着胸，眼睛比平常更是亮得出奇，一动也不动地看着区长的胖脸。

"你！"区长继续对老人说，"怎么这么无法无天？怎么就敢随随便便地违反政府的法令？临出发时我跟你们说得清清楚楚，"他恶狠狠地向满屋子的人扫了一眼，"无论如何不许超车！是因为，怕你们冒冒失失，谁都想抢先，以至于发生翻车和撞坏牲口的事。为什么把我的规定不当一回事？为什么？以后我这区长说话还能算话吗？我……"

"区长！……"人堆里有两个人想说话。

"刚才就告诉过你们了，没有你们说话的必要！"区长猛地把身子一转，盯住了那说话的方向。"你们叫什么区长？你们还把我当成区长吗？我说话不算话，还像个区长？……"

他就这样一直声色俱厉地训斥下去，好像永远也不会停止似的。我再也忍不住了，正想出头拦住这场纠纷，只见方冠芳站起身来，走到区长面前，显然是在故意地压制着心头的怒火，用低而慢的有些颤抖的声音说：

"你凶够了人了吗？现在该让我说两句了吧？"

"对你说过了，还没有轮到你头上来！"区长像打雷似的吼起来。

"不能允许你像这样对待老百姓！你根本不像个区长！"方冠芳突然暴发了，声音高得出奇，连桌子上的灯亮儿都随着她的声音晃动起来。

"喝喝！"区长怪叫了一声，退后了两步，对着方冠芳全身的穿扮打量了打量，就冷笑起来了，"呵呵，你们李庄真有人材，连一个普通妇女都这么刁！我不像区长？你不允许？……是你说的？"

"是我说的！"方冠芳厉声说。

"你凭什么说这话？"区长连眼睛都红了。

"拿着区长的牌子像这样吓唬老百姓，这就是你的政府法令吗？你为什么不让人们说说具体情况？你知道这家伙是什么人吗？"方冠芳指着那流氓家伙说："他是个流氓，当过伪军！小秃子，你是叫小秃子吧？原来小秃子就是你！你不用得意，不用笑，你干的那坏事我都听说过……”

“你跟我滚到一边去！”区长又大声咆哮了。

忽然，门口的人们动起来了，从人缝儿里挤进个四十多岁的大高个子，一脸的连鬓胡子，正是我要找的社长杨荫明（我在县里的社长联席会上见过他一面）。他看了看区长，又看了看方冠芳，顿了下脚：“嗨！只怪我晚来了一步！”又把区长的袖子一拉，“走，到外边……”就拉着区长出去了。

满屋子里的人你看看我，我看看你。方冠芳大概是气糊涂了，好像根本不知道情况会有什么变化，还是气鼓鼓的，坐回到板凳上去，等着区长回来。那流氓家伙大概是并不认识方冠芳——可能是因为村子太大，而方冠芳又常年在外——所以眼光不住地在方冠芳的脸上溜来溜去，却怎么也认不出她来。

区长终于进来了，却低着头，走到桌子跟前，站了一会，在一张椅子上坐了下来，手扶在桌边上，眼睛看着灯亮儿，一动也不动，那张脸啦——我就从来没有看见过这么红的脸！

沉默，沉默，所有的人都沉默着。

突然，区长把手一挥：“出去！都跟我出去！”

人们又你看看我，我看看你，有的人仿佛明白了什么，仿佛在暗笑。……我跟在他们后面，最后一个走到门口，又回过身来看看方冠芳，我发现她好像还是什么也没有明白，还一个人坐在区长的斜对面，莫名其妙地看着区长。她的嘴唇动了动，正要说什么，区长却用沙哑的嗓子开口了：

“刚才，我太爱动火儿了，我不知道你是……的爱人，我们没有见过面……”

方冠芳突然像吃了一惊，站起身来，眼睛闪了一闪，但是沉默着，咬住嘴唇，脸上有一种既愤怒又痛苦的表情——是一种有话说不出来，又像是无话可说的又愤怒又痛苦的表情。当她转身要往外走的时候，我也不声不响地跨出了门槛。我心里也很难受。

1956年11月，于北京

原载《人民文学》1957年1月号，署名何又化

玉　姑

我跟区委书记何文洁住在一间屋子里。月光从窗外斜映进来，映在窗边的桌子和地上，像水一样。白天工作当中的兴奋心情还没有平静下来，而夜又是这么幽静，月光又是这么好，我瞪着眼瞅着窗外清澄的天空，一个劲儿抽烟，心里仿佛想起了很多事情，却又好像什么也没有想……忽然，对面床上也响起了划火柴的声音。原来何文洁同志也睡不着，也在抽烟，并且也歪着头，瞪着闪闪发光的眼睛，看着窗外。

他很年轻，瘦高个儿，白净脸盘，又浓又黑的眉毛，黑白分明的很秀气的眼睛，平常全身的衣服穿得干干净净，举止动作很文雅，说话的声音柔和而清楚。在一块儿工作了几天，我觉得他不光是外表上生得秀气，连内心里也是很秀气的，而且对人对事都非常热情，所以我们成了很好的朋友。

于是，我们谈起话来了。

我说："老何，你今年二十几岁？"

"二十八，"他不知道为什么微微笑了笑，像是有些不好意思。

"二十八？"我真有点不相信，看外表他还要年轻得多呢。

"早就结婚了，是吧？"我又试着问他。

他又是微微笑了笑，像是有些不好意思。

我想起了昨天中午的一件事情。当时我们两人正在一家人家吃晚饭，院子里忽然响起了几个姑娘的笑声，房东大娘叫她们进来坐，只听得一个挺清脆的声音回答说："进去瞅着你们吃饭？俺们又不馋！"接着又是一阵笑声。

当时老何在饭碗旁边摆着一本小说，一边吃饭一边看书，全不理会这些事情。害得房东老大娘老是向我挤眼，意思是说："看这个书呆子！"我吃完了放下饭碗时，一抬头，发现门帘子缝儿里闪着一对眼睛和一只红袖口儿。我问："是谁？怎么不进来？"外面嗤地笑了一声，接着，门帘子一甩，进来一个穿红条儿布小袄儿的十六七岁的小姑娘，油光光的两条辫子，一对眼睛藏在额前的短头发下边，黑黑的圆圆的脸，翘鼻子，装出很正经的样子，对我说："老秦同志，俺们来跟你讨论个问题。"其实，从神气上看得出来，她是在跟老何说话。我问她讨论什么问题时，她却不回答，只是眨了眨眼。然后，她坐在炕沿上，跟老大娘说了几句不相干的话，看见老何还是一边吃饭一边看书，到底忍不住了，就直截了当地对他说："老何同志，你知道俺们的妇女队长病了吗？"

"不知道，什么病？"老何翻了一页书，没有抬头。

"还问什么病呢，就是叫你害的！"

"你这丫头，怎么瞎说！"老何到底抬起头来了。

"不是你号召俺们妇女积极参加打井吗？你一号召，俺们的队长就积极得过了火儿……这如今，人家病了，你也不说去瞅瞅她！"

唉唉，当时我们的老何怎么着呢？他了解了一下妇女生产队长郑修梅的病情，就责备起这些姑娘们来了，说她们不关心自己的队长，不去请医生给她看病，却跑到这儿来闲磕牙……她——生产队长郑修梅，高小毕业生，共产党员，二十一岁，心眼儿，模样儿，都是全村里姑娘们的尖尖儿。很显然，当时，这个小姑娘，还有站在门外边不好意思进来的别的姑娘们，正是因为关心她们的队长，也许正是因为懂得郑修梅的心事，才到这儿来"磨牙"的。可是老何同志却故意装傻。他为什么对郑修梅这样的姑娘不去注意呢？如果不是他已经结了婚，是不好用别的原因解释的。

于是，这时我就趁着跟他闲聊的机会，故意对他提起了郑修梅，谈到她如何积极，如何被全村的姑娘媳妇们拥护……

老何开始在抽第二根烟卷儿了。忽然，他深深地叹了一口气，说起话来了："老秦，你是写小说的，你应该帮我分析分析，这是怎么样一种心理……"

他使劲抽了一口烟，扭过头来看了我一眼，又接着说："我得从头儿说起，要不你不明白。"

接着，他就说起他的故事来了：

“一九五〇年，那时我才二十四岁，在××专区地委会当干事。也是这么个秋末冬初的时候，我跟着地委组织部长赵海图同志一块儿下乡去检查土地改革工作。有一次，我们走进一个村子，正好碰见村里的人们把几家地主的浮财集中到场里来了，农会的人们正在忙着分堆，分类，点数，登记。全村的人们都围在场边看。各种各样的家具啊，衣服啊，摆满了一场子。你说奇怪不奇怪？在那么多人当中，我一下子就注意到了一个姑娘。她站在场子当中，转动着身子到处看，像是怕场边的人们顺手牵羊地拿东西。那身段姿势，那一对黑溜溜的眼睛，那漆黑的头发，那像粉团儿似的脸面，穿着一身黑粗布衣裳……不知道为什么，我觉得她是那样干净，那样耀眼。哎，一会，她走到离我不远的地方来了。原来，这边有个小姑娘和一个中年妇女，正在翻弄一个盛满了零碎东西的筐子。那个小姑娘看见她过来了，拿起一个挺小的小镜子，小声对她说：‘玉姑，给你，这么小的小镜子！’你想，年轻的姑娘，谁不喜欢这么好的小镜子呢？可是玉姑像是没有听见也没有看见，眼皮子也不对那小姑娘撩一下，就转过身去了。看神气，她是心里不高兴，却又不愿意说出话来叫这母女俩难为情。不想这一来那母女俩反倒刷地红了脸。一会，玉姑走到她俩跟前去，挺亲热地拉着那中年妇女的袖子说：‘婶子，你跟小桂都出来了，小元儿一个人在家里不哭？’那声音真好听呢。那中年妇女说：‘可就是，我得家去看看。’就走了。当时，真不知道是为什么，她的一举一动是那样吸住了我。接着，我不知怎么一下子没有注意，她走到我的紧跟前来了，拿背对着我。我看着她那好看的背影，看着她颈子后边那软绒绒的短头发……也不知道是因为我动了一下脚，还是因为什么，她忽然回过身来，那对黑溜溜亮晶晶的眼睛呀，正好跟我的眼光碰在一起了。我一下子就呆住了。她像是也愣了一下，才扭过身去，慢慢地走到场子当中去了。

“天黑下来了，人们开始散场了。我跟着赵海图同志，还有农会主席——是个五十多岁的老头，一块儿往农会办公处走去。前前后后都是人，大家都在七言八语。我看见，玉姑在我前面不远，拉着刚才那个小姑娘的手，微低着头。我紧走了两步，赶到她的后边，只听见她在对那小姑娘说：‘……浮财还没有分，一根针也别动，一根线也别拿，听见了吗？……’像大姐姐对待小妹妹似的，说得那么柔和。我偶然咳嗽了一声。她一回头，赶紧低着头往旁边一闪。我只好走到她前边去了……

“夜里，赵海图同志去串门儿了解情况，我去参加农会委员们的会议。屋子不大，炕上地下坐满了人。大家正在讨论怎样分浮财的问题，这正是一个测量人心的会议。那么多种类不一价值不同的东西，那么多情况不同需要不同的人们，怎么分法？那些正直无私的委员，说话虽然理直气壮，却也拿不出好办法来。那些有私心想占便宜的人，就拐弯抹角地提出一些似对不对的主意来。我注意到，在炕角上黑影里的被子上，坐着一个年轻的姑娘，半侧着身子，微偏着头儿，是那样安静，好半天也没有动一动。我一下子就猜出她是谁来了。连她这么随随便便坐着的姿势，也是怪好看的。时间已经不早了，灯油也快熬干了。忽然，农会主席大声对着炕角的黑影里说：‘玉姑，你给咱拿个主意吧，咱们听你的。’那口气，好像她是个挺有威信的人。果然，满屋子的人都安静下来了，玉姑那好听的声音响起来了，说得很清楚，很平静，却很坚决：‘我同意刚才何同志的意见。咱们先别讨论浮财，先讨论人，把咱们的贫农，从最穷最苦的算起，再按各家的人口多少，分成几等，每一等预定分给他们多少钱，再把一切的家具衣裳都作上价钱；再让各家按自己应该分多少钱，就去挑多少东西。只不过是：牲口呀，大车呀，别的大件儿农具呀，要另外分配，不能混在一起。还有，明日咱们得花一上午的工夫，先讨论各家分等，把各样东西评议一下，标上价钱……’她刚一说完，马上就有人表示同意了，问题就这样解决了，人们又嚷嚷起别的事情来了。我心里可就吃了一惊，她所说的‘刚才何同志的意见’，正是我的意见，只不过是她比我说得更完全，更简短，也更有劲，还作了很重要的补充。原来，别看她坐在那里一声不响，她可是什么都听进去了，什么也想过了。

“散会的时候，我故意迟迟地才溜下炕来。我注意到，她也很慢很慢地才溜下炕来，微微地低着头，不跟任何人说话。我跟在她的后边走出了门，天挺黑，一下子就看不见她了。

“我回到住处。赵海图同志还没有回来——他这人就是这样，一跟庄稼人聊起天来就没有完。我心里乱得很，像丢了什么东西似的，不想睡觉，就走了出来，在满天的星光下边，照着熟道儿走，不知不觉就走到刚才那个场子边上来了。满场子的东西，黑压压的一片。有两个背着枪的民兵在围着场子转圈儿。我跟他俩说了几句话，就也顺着场子边儿溜了过去。忽然，听见一堆东西那里有什么响动，我就走了过去，只见一个黑色的人影，坐在一口大箱子上边的。

“我问：‘谁在这儿？’同时又走近了两步。

“‘何同志，是我。’那人站了起来：

“那好听的声音，那白白的脸儿，啊，是她！是她！

“‘何同志，你怎么还不休息？’她那对眼睛呀，在黑地里都是亮晶晶的。

“我说：‘我不想睡觉，出来蹓蹓……’

“她说：‘天气怪冷的……’

“我想，真是天怪冷的，就说：‘天怪冷的，怎么你一个人坐在这儿？’

“她说：‘我不放心，想着在这儿守着。’

“‘守一夜吗？’

“她嗯了一声。

“‘这么冷天，那还行？不是有民兵守着的吗？’

“她没有回答，停了一会，却问我：‘你是跟赵海图同志一块儿来的吧？’

“我嗯了一声。

“‘在地委会工作吧？’

“我又嗯了一声。

“她低着头掐自己的手指头。我看见她穿得挺单薄，想起她要在这儿坐一夜，心里一热，傻劲儿上来了，就把披在肩膀上的棉大衣拿下来，说：‘给你，披上吧！’

“她低着头，好半天，才用很细很细的声音说：‘不，不要。’过了会儿又说：‘我穿着大棉袄的。’

“不知道为什么，我竟被她这柔和的声音感动了，呆了一会，没有说什么，扔下大衣就走了。

“我回到屋子里，赵海图同志也回来了，一躺下就打起鼾来了。可是我说什么也睡不着。唉，老秦，你说这是怎么回事？为什么当时我心里这么紧张？为什么老是一闭上眼睛就看见了她的模样？为什么她说不要我的大衣时，声音那么感动我？不，不是感动我，是使我心热，心软，有一股说不出来的味儿……

“我说什么也睡不着。大概已经是半夜过后了吧？我又悄悄儿起来了，悄悄儿开了门，走到外边，不知不觉又走到场子边上了。

“天上升起了一弯月牙。那两个民兵不见了，大半是偷懒睡觉去了。我这才知道玉姑为什么要不放心了。在稀微的月光下，只见她一个人孤零零地坐这那里，听见了我的脚步声，脸往这边转过来了，静静的，一动也不动。

“我真替她担心。这么深更半夜，在村子外边，又是在这样阶级斗争挺尖锐的时候，要是有地主坏分子来害她呢？

“我走了过去，问她：‘你一个人，不怕吗？’

“她站起身来，看了我一眼，又赶紧躲开了我的眼光，没有说话。

“停了一会，我又说：‘你回去吧，我替你守着。’

“她小声说：‘白天里，有那心眼窄的人，把满场子里每一样东西都记在心里了，要是丢了半点东西，他们就该怀疑俺们干部们……那就，以后俺们说什么他们也不信了。’

“‘你一个人守着，就不怕别人疑心你？’看见她不作声，我又说：‘你回去吧，我替你守着。’

“她猛地抬起脸来，挺大胆地看着我，好像是责问我：‘何同志，你干吗这时候还出来？’

“我不能回答。嗓子里像被什么东西哽住了。忽然，她像是听见了什么响声，有些慌张地四面看了一下。

“我只好走开了。走到离场子不远的一条大路上，走过来，走过去，说什么也不想回去睡觉——一点也不困。想起她刚才那种责问的口气，心里很难受。可是，我能让她一个人呆在这儿吗？我总是忍不住要朝她那边看。月亮光儿太微弱，看不清她，可是我觉得她的脸也是朝着我这边的。我这心里……唉，真怪！”

说到这里，老何停下来，又点着了一支烟，对着窗外的月光出起神来了。

夜，静得连半点声音也没有，仿佛连风儿也融化到月光里去了。我的脑子里活动着一个姑娘的影子。我仿佛在哪儿看见过她。一个贫农的女儿，聪明，晶莹纯洁得像天上的月亮一样，把自己的阶级事业看得那么神圣……

“嘿嘿，”老何忽然轻声笑起来了，“我，我就这么在那条路上来回走了半夜……”

他像是怕我笑话他的傻气，所以有些不好意思，想继续说下去，却又只是抽烟。我没有笑，也没有催促他，反而认真地说：“你应该这样，在那样的时候，也许真会有坏分子暗算她的。”

“可不？”老何放心了，高兴了，又继续说起来了：“我就这么走来走去，一直到天朦朦亮……

“第二天，我和赵海图同志在农会主席家里吃早饭。屋子里围了一大堆人，在商量当天的工作，商量由哪些人来组织评议委员会，去评议场子上每一样东西的价格，和各家贫农的等级。忽然，一个穿破棉袄的小老头儿走进来了，看了满屋子的人一眼，然后有些生气地对农会主席说：‘主席，你看你们这是办的什么事情！’农会主席问他是怎么回事，他说：‘东西放在场里，……俺们要开个会，批评批评民兵们的工作！’原来，这个老头住在民兵队部的院子里，所以民兵在后半夜没有站岗的事他知道。

“农会主席笑着说：‘放心吧，天亮以后我去看了看，有玉姑在那儿守了一夜哩！’

“‘玉姑？’老头愣住了，又咬着牙狠狠地称赞了一句：‘这闺女，她那心儿，真像金子一样！’

“接着，满屋子的人都说起玉姑的好话来了。这个说她为人正直，工作怎么积极；那个说她怎么能干，年岁又那么轻——刚刚十八岁；第三个人又说，有她守了一夜，决计丢不了东西。

“我听了心里是多么高兴啊！可是赵海图同志的面孔却严肃起来了，他很认真地告诉他们：在这样的时候，要特别提高警惕，别的村子发生过不幸的事情——一个农会委员被人偷偷地用石头砸死了。

“早饭过后，在村外的场子里，人们乱轰轰地忙碌着，嚷嚷着，就是不见玉姑。我帮着人们把昨天没有登记完的东西登记到册子上，同时注意那些评议价格的人们的争执。一直忙到快吃晌午饭的时候，我才从场子里走出来，在满村里转了一遭，还是没有看见她。她病了吗？这么一想，我的心就紧缩起来了。忽然，我看见玉姑和一群妇女从一个挺高的大门里走了出来，身上沾满了沙土。你猜怎么着？她一看见我就笑着叫起来了：‘哈！何同志，俺们找到了地主埋了四十年的一瓮洋钱！埋得多深啊！满满的一大瓮，分给咱们穷人，能买多少牲口农具呀！’连她的头发都被沙土沾成黄颜色，只有脸是红的，眼睛睁得大大的看着我，完全不是昨天夜里那种腼腆样儿了。

“我心里也很高兴，简直高兴得不得了。我要她领着我去看看那一瓮洋钱，她说：‘还在挺深挺深的地洞里没有搬出来呢，何苦弄你一身土？我这就去叫人搬。’说完了，对着我一笑，就走了。我愣在那里看着她们，一直等到她们走远了，才转过身来……

“晌午过后，我们要出发到别的村子去。打行李卷儿的时候，赵海图同志问我：‘你的大衣呢？’我扯了个谎，说是借给民兵夜里站岗用去了。

“以后，过了三天——这三天是多么难过呀！咳！我简直不知道自己是怎么回事……

“一直到第四天上午，我才找到了一个机会，绕着道儿回到这村里来。我从街上一个小孩的口里打听到玉姑的住处。一走进她家的院子，就看见新屋窗上一块玻璃后面一个人脸一晃，接着就听见里面一个女人用又惊又喜的声音说：‘哦，小玉，人家来拿大衣来了！’……

“进了屋子，玉姑的妈已经丢下了手里的针线活儿，从炕上下来了。她有四十多岁，脸儿跟玉姑有些相像，满脸堆着笑，一边张罗着让我上炕，一边从上到下地打量我。我看见，新洗过的大衣里儿朝外地折叠着搁在炕头上。我在炕沿上坐下来。正奇怪为什么屋里没有玉姑，正好她撩开了套间屋的破门帘子，微微笑着，看了我一眼，靠着门框站着，红着脸。她妈看看我，又看看她，诉说着：这闺女的哥哥是什么时候出去参军的，家里没有个男人，只有一亩多地，过日子怎么艰难……我这才知道她家是个军属。我也不知道自己说了些什么，实在不能再沉住气地坐下去了，并且，赵海图同志在别的村子里等着我的，我们下午就要动身回机关去。我就下了狠心，抱起大衣起身就走。

“不想刚刚走到外间屋的门口，背后响起了玉姑的声音：‘何同

志！……’

“我停住脚，回过身来，哎，她那对眼睛啊，是那样黑，那样亮，我的心都颤起来了！

“‘你这就走吗？’我好像听见她说的是这句话。

“‘你怎么今日才来拿大衣？’她又轻轻地问我，眼睛还是笔直地看着我的脸。

“我使劲压住心里的紧张劲儿，才说：‘我怕你这两天夜里还要……’可是说不下去，怎么样也说不下去。

“她低下了头，过了好半天才抬起头来，问我：‘你还来不？’

“我说：‘来，一定来。’

“我又鼓起勇气来看了她一眼，这才转过身来往外走。走到大门口时，好像听见了背后有脚步声，回头一看，啊！她呆呆地站在院子里，眼里汪着泪水，像傻了一样！

“老秦啊，你想，我怎么不受感动？怎么舍得走？我什么也顾不得了，走上去，一把拉住了她的手，我们两人的手都在发抖。

“她忽然又笑了，笑得那么美，那么天真；接着又吃了一惊，猛一下把手抽了回去，径直向着大门走去。我莫名其妙地跟着她，只见她把大门关上了，插上闩，回身往门上一靠，对着我一笑，可她眼里的泪还没有干呢。这儿谁也看不见我们，我们站得很近很近。她微微偏侧着头，脸红得像搽了胭脂。我们当时谈的话，她的神情举动，我都一点一滴地记得清清楚楚，永世也忘不了。

“‘你在地委会里干的什么工作？’

“我告诉了她。

“‘你的字写得可好哩，可秀气哩。”

“我问她在哪儿看见过我写的字，她嘻地一笑，说：‘我就是看见过。……我也在学文化哩。上了一年半夜校，就是恨自个学不快……可是，那天夜里你干吗老是那么走，老不去睡觉？我怕你冷，想把大衣还给你，可是……’

“我说，那天夜里我真想跟她坐在一块儿谈谈话，我好像有很多话要对她说。她忽然用那种特别亮的眼神看着我：‘是吗？真奇怪！怎么咱俩的心思……嗨呀，我可是没法说！’她又低下头去，那长长的睫毛不断地闪动着，像是有些潮湿，像是又在忍住眼泪；但是嘴角却在笑，笑得多美啊！我真感动得不得了，真想抱住她，轻轻地亲亲她。可是我不敢——不是不敢，是觉着不好，不忍心；后来想起来，是因为她太纯洁了，太可爱了，好像抱她，亲她，就对不起她，就是自个太卑鄙了——也不对，我说不清……咳！我只好一把捏住她小手儿，还怕使劲，轻轻地捏着，鼓起勇气来问她：‘小玉，你喜欢我吗？’她说：‘你干吗还问这话？’声音很低，很柔。我这心啊，快从口里跳出来了！接着她又低下了头，简直低得弯了腰，用脚尖儿在地下画来画去，好半天好半天没有说话。我也说不出话来，只是捏着她的小手。我记得，正好这时，门缝外边有一只母鸡在晃来晃去，嘴里像唱歌儿似的叫着；有时从门缝儿伸进嘴来，又缩回去，又晃来晃去……

“忽然，她低声地格格地笑起来了，笑得把腰弯得更厉害了。又猛地直起腰来，用一只手擦了一下眼角，脸上的笑容还没有落下去，就一连气地对我说：‘你知道俺们村的地主是多狠，多坏，治得咱们穷人啦，睡着了做梦都吓醒了！俺们家，穷得呀，冬天，我跟我妈伙着穿一条破棉裤。现在可好了，有屋有地……财主叫俺们踩在脚底下了，叫他说一，他不敢说二……这真像做梦呢！我妈叫我给哥哥写信，她说，写上这一句简直像做梦！我哥回信说：妈，这不是做梦，是真的，是咱们穷人大翻身的真事儿！……你看这是多好！真事儿呢！还有，我又碰见你。你是个好人，太好了！太好了！我像是早就认识你，你说这是怎么回事？你要是能在这村多待几天就好了！……’

“我看着她那又天真又快活的神气，看着她好看的眼睛，再也忍不住自己的感情了。但是我怎么办呢？不能啊……我只能够把她的手捏得紧一些，坚决地说：‘你放心，我以后再来！’——我只能说这么一句，再也不能说别的了。她的手大概是被我捏痛了，轻轻地抽着：‘好吧，那你就走吧，赵同志还等着你呢。’她抽开了门闩，却不开门，又回身看着我，那么……笑了笑，像下了决心似的，又像是快活极了，一旋身子，很快地就走进屋里去了。

“老秦啊！我永远忘不了她最后看着我的那种眼神，还有那样的笑容，真可以说，印在我的心眼里了，很深很深，我永远也忘不了！永远也忘不了！……”

老何说着说着，声音竟颤抖起来了，呜咽起来了。我吃了一惊，跳下床来，拉住他的手，问他：“同志，你怎么啦！”

他猛地坐了起来，用噙满了泪水的眼睛望着我，咬着牙说：“我走了以后不久，她就——后半夜开完了会回家，被地主狗腿子打了黑枪！……”

我一下子坐到老何的床沿上了，我的心也发起抖来了。

老何使劲擦着了洋火，猛力吸了几口烟，又接着说：

“当时，我一直摩挲着洗得那么干净、折叠得那么整齐的大衣。我很奇怪：她这么忙，哪有时间给我洗大衣呢？面子里子都洗了，一定是完全拆了再洗的，再照原样缝起来的，针脚儿缝得多密啊！一定是母女俩熬着夜缝的。

“一直走到离村好远，我才把它披在身上，这才发现：掉了的扣子也缝好了，胳膊肘儿上的一个小破洞儿也补好了。我又想起来了，有个没有用过的小笔记本儿，原是装在右边口袋里的。一摸，本儿没有了，却掏出一个小布包儿来，硬硬的，有点沉。我打开一看，里面还有一层纸；再把纸打开，原来是个雪白透亮的水晶球儿——我当时还以为是玻璃的呢。再看那张纸，上面写着字，是一封信。看信的时候，我的心跳得多厉害啊！看完了，我把它贴在脸上，贴在胸口上，我简直不知道是在走路！……

“回到机关以后，恰好上级调我到省委会去工作。我心想：以后离她远了，全靠写信了。临走以前，就给她写了一封信。可是，到了省里以后，一个半月过去了，没有接到她的回信。以后，一直过了半年多，我前后去了六封信，才接到一封回信——是她哥哥写的，才知道她牺牲了！”

说到这里，老何从装文件的兜子里掏出一个洁白的手巾包儿来，递给我。我就着窗前的月光打开来，首先看见的，是一个八面形的水晶球儿，大概有一个小梨儿那么大，是那么晶莹耀眼，仿佛把月光全吸收到它身上了。球儿下面垫着一叠折得很整齐的纸，我摊开了一张，拿起枕头旁边的手电筒，照着念起来：“何文洁同志：起先我光知道你姓何，你说我是怎么知道你的名字的吧，是你的小本儿上写着的。我要你把小本本送给我，做个纪念。我送给你一个水晶球，是地主的浮财。分浮财那时，他们叫我挑，我挑了些别的东西，还挑了个水晶球，怪好玩的，送给你。咱们好像早就认识似的，你说怪不？我心里有好多话要说，一句也说不出来，以后咱们通信吧。我的文化不高，我知道你是个最好的人，不会笑话我……”她的文化确实不高。字是用铅笔写的，歪歪扭扭，把“纪念”写成了“计念”，“晶”写成了“金”，“浮财”写成了“富才”。可是，我看见了一个天真纯洁的、美好的心灵。“谁能笑话你呢？”我心里说，同时又开始读另外那几张写得密密麻麻的信纸：“何文洁同志：我们不认识。我是玉姑的哥哥，最近从部队里请假回来，母亲要我给你写这封信。母亲说，请你不要再来信了，因为她一看到你来信，就想起了玉姑，就要大哭一场。同志，别来信吧，因为玉姑已经在阶级斗争里牺牲了……”接着，信上简单地说明了玉姑牺牲的情况：村里有一个名叫黄四儿的流氓，是一家大财主家的忠实走狗。土改以前，他用各种办法打过玉姑的主意——照这封信上的说法，就是“用各种手段，对玉姑发坏”——没有达到目的。但是这还不是他偏偏最恨玉姑的原因，更大的原因是：玉姑说服了那家财主的一个寡妇儿媳妇，使她供出了埋了四十年的那一瓮银元，并且劝她以后不要再跟黄四儿这个坏蛋保持不正当的关系，应该找一个正正当当的人，正式结婚，走上正路。这一来，黄四儿就人财两空了，就恨极了……这都是以后抓到这个坏蛋时，他自己招供出来的。玉姑的枪伤是在左胸口上。临断气以前，她还嘱咐她的母亲：“把那个小本儿搁在我身上，给他写封信……”又断断续续地叫着老何的名字，睁着眼睛看着远处——一直到停止了呼吸，眼睛也没有合上。

我搁下信纸，擦了擦眼泪，不敢朝老何看去，慢慢地走到窗边。窗外，无边的原野上，月光如水。远处有一条弯弯曲曲的银白色的道路，几棵白杨树静静地站在路边……

1957 年夏，于北戴河

原载《新港》1957 年第 7 期

一封拾到的信

天黑的时候，老吴同志在我的小屋里聊天。他谈到以前在某个矿山工作时的一些故事。天气很闷热，从窗外传来工厂里面机器的轰鸣声，加上电焊的弧光不时在窗棂上一闪一闪，使我总疑心窗外正在下雨。不想过了一会，就真下起大雨来了。雨点把房顶上的瓦打得劈里啪啦乱响。忽然，我觉得房门外边好像是有什么响动。

我问了声："谁？"——没有回答。但那响声是明显的，像是有个人咳嗜了一声，还叹了口气。

我开开房门一看，果然，在房檐下边窄窄的台阶上，紧贴着墙壁站着一个白色的身影。我说：

"同志，要躲雨进屋里来吧。"

那身影向房门口挪近了一步，说了句什么话，但又犹疑不定地站住了。一个大的闪电撒下来片刻的光亮，我才看出来，原来是个年轻的女同志，壮健挺拔的身材，圆圆的脸，短头发，大而深陷的眼睛，穿着雪白的紧身衬衣，黑裙子，脚上是露趾的凉鞋。屋檐伸出去很短，台阶又很窄，带风的雨丝又飘忽不定，我相信，不到几分钟她就会淋得浑身透湿。所以我和老吴又一再邀请她进屋。但她只是"谢谢，不用"，还是站在那里不动。

我想，年轻的姑娘不愿意随便到生人的屋里坐，这是可以理解的，何况这雨谁知道要下多久？她能长久坐在别人的屋里不走吗？我拿了把伞递给她：

"同志，打着这把伞吧。愿意走，你就打着它走，等以后有机会再送还给我。"

她接过伞去，却没有走，反而走进屋里来了，把伞靠在墙角里，很客气地说了声"谢谢你们，真不想打扰你们"，美丽的大眼睛对满屋子环视了一下，把手里的一本厚书搁在桌子上，靠着桌边坐下来。

“你好像不是我们厂的，我没有见过你呢。”老吴大半是怕她腼腆，有意装得随随便便地说。

“不是你们厂的。”其实她很大方，笑着摇了摇头。“我在铁路上工作，来这里找个熟人，正想回去，没想到下起这个鬼雨来了，真烦死人！这里往城里开的汽车是九点半停班吧？”

“是九点半。”老吴说着，看了看桌上的闹钟，“哦，已经八点一刻了！”

“这鬼天气，明天我还要上班呢！”

她皱着眉尖看着门外的雨丝，显出心事很重的样子。

忽然，老吴悄悄撞了下我的胳膊，又指了指桌子上的那本厚书。我一看，哦，那不是我的《做什么》吗？怎么到她手上了？……我想起来了，是十来天以前保健所的程医生借去了。当时老吴也在这里，看见他借的。

老吴对我笑了笑——他也明白了。

这程医生叫程静辉。近半年来他常常到我这里来借文艺书籍。甚至把我的全部书籍抄了份目录。有时我试探他对某本书的印象时，他却脸红红的，支支吾吾，像是根本没有看过。不想原来是这回事！不过这程静辉倒是个挺俊气的年轻人，不爱说话，工作很好，工人们对他的反映都很不错。看起来，他跟这姑娘倒是很好的一对儿呢。

我们有一会儿没有说话。老吴是个耐不住沉默的人，他干咳了一声，对我笑了笑，走到屋子门口，向对面保健所的窗户看了半天，然后回过身来，又装模作样地咳嗽着。

“保健所今夜是程医生值班吧？”不等我回答，他又坐下来接着说：“等一会我要找他看看病。”又故意抽了抽鼻子，干咳了两声。“这两天我有点感冒。在保健所的几个医生当中，我最相信程医生。”

我看了那姑娘一眼。不想我的眼光正好跟她的眼光碰在一起。她像是明白了什么，脸有点红了，头向一边扭过去。

老吴却还要不停地唠叨下去，但显然是出于好心，像夸赞一个朋友似的：

“程医生这人真有意思。有一次我跟他闲谈，我说，我们摸了多年机器的技术工人，只要仔细听听机器的响声，就能知道它是哪里出了毛病，比他们医生用听诊器诊病还准确呢。他就问我：‘你知道我们用听诊器诊病的时候心里是个什么味儿吗？’我摇了摇头——不知道。他说：‘心脏跳动，是生命的象征，最美的音乐。’哈哈，他说得多有意思！这个同志脾气好，工作好，又漂亮……”

他的长篇大论大概还只是开了个头儿。正当他咽了口唾沫，准备再继续下去的时候，那姑娘却站了起来，拿起桌上的书，微笑着说：“雨小了，我还是走吧。真谢谢你们。”一甩头发，很快地走出去了。

我向老吴丢了个埋怨的眼色，到门口一看，她那急促的脚步声已经远了。雨是小了些，却并没有停，不淋湿了她才怪呢。要不要追到汽车站去把伞送给她呢？……忽然，我发现门口台阶上有一个小小的白色的东西，拾起来一看，是一封信。摸着里面有信纸，但信口没有封，信封上写的不是收信人的姓名地址，却是这样一句话：“请你仔细看一看，想一想，回答我。”

“什么信？让我看看！”老吴压低了声音叫着，把信抢了过去，在手里翻来覆去掂量了半天，又睁大了眼睛望着我：“可以看看吗？”接着又说：“要是不看看，怎么知道是谁丢的？怎么还给人家？”

我正要反对，这个冒失鬼已经抽出了信纸，先用好奇的眼光迅速地扫视了两行，就更有了兴趣，索性坐在灯光下边朗读起来了：

“修明，亲爱的朋友，请听我说，听我告诉你……”

真没想到，我越听越被它的内容吸引住了。这不是一封一般的所谓的情书，应该说是一篇颇有意味的散文，它刻画了一个诗意的性格。一定是这姑娘的，一定是她夹在书里面掉出来的。我连忙拦住了老吴：

“不要再读下去了，无论如何，读人家的私信总是不好的。”

“哈！真没想到！”老吴赞叹地拍了下桌子，又有些为难地问我，“怎么办呢？追着去还给她？”

我急急忙忙换上了雨鞋，拿起了雨伞。老吴因为半夜里还要起来上班，要早点睡，先走了。我也随后出了门——却往保健所走去。

大半是因为下雨，保健所宽大的候诊室里一个候诊的病人也没有。在内科诊断室里，一个姓苏的女医生正伏在桌子上看书。她告诉我：半个多钟头以前，程医生穿着雨衣，却又来借了她的雨伞，匆匆忙忙走了。正说着，外边一阵脚步声，正好程医生湿淋淋地走进来了。他脸色苍白，脚上沾满了泥浆，也不跟我打招呼，搁下雨伞，转身又往外走。我跟着他走到空无一人的候诊室里，拦住了他：

"程医生，有件事情……你还有个名字叫程修明，是吧？"

"是呵。你怎么知道？"

我把那封信交给他，说明了它的来历，并且向他道歉，说我看了它一部分。

"哦，难怪我到处找不到她，原来她错跑到你的小屋那儿去了！"说到这里，他猛地抓住了我的手，用力捏了一下，"谢谢你！"把信往雨衣口袋里一塞，回身又拿起刚才那把雨伞，匆匆忙忙走了。

我像办完了一件重要的事情，心里有了一丝满足，回到屋里拿起书本来看了一阵，却不大看得进去。那封信的内容还在我的脑子里回旋。雨又下大了。从远处传来厂里机器的轰鸣声，和大雨的哗哗声，似乎跟那封信的内容混到了一起——我仿佛看见了一列急驰的火车，上面有个穿铁路工人制服的姑娘，深夜里还在工作，踮着脚尖走路，轻轻拉下每一个窗子的窗帘，免得深夜的凉风从窗缝里吹了进来，使沉睡的旅客们受凉……

桌上的钟已经指到十一点多了。突然有人拍了两下我的房门，接着门就轻轻地推开了，程医生满脸喜气地走了进来，一面脱雨衣，一面忍不住笑地对我说：

"看见你窗子上的亮光，知道你向来有睡得晚的习惯，一定还没有睡……哎嗨嘿，真得谢谢你，谢谢你！"

我知道他已经找到她了，也替他高兴，给他倒了杯开水，让他坐下。这个平常言语不多的人现在竟变得爱说话了，告诉我：怎么找到了她，怎么借衣服给她换了，又怎么找到地方让她睡觉了，她又怎么催他到我这里来，表示谢意。又告诉我：她要到明天下午五点钟才上班，因此可以在这里住一夜，明天还可以在这里玩大半天哩。……说最后这句话时，他简直欢喜得舌头像在嘴里打起滚来，声音完全嘟噜不清了。

"她刚才那么急着要走，大概跟你闹了别扭了吧？"我笑着问他。

"是啊，我真该死！"他不好意思地摇摇头，用手指梳了一下头发。

"可以说说是怎么回事吗？"我又笑着问他。

“可以。反正对你也不必保守什么秘密了。其实也很简单，只怪我说错了几句话。”

“哎嘿嘿，”他的脸有些红了，“是这么回事：我们认识已经一年多了，想结婚。也许是太……太好了的缘故吧？我真想天天跟她在一起，一分钟也不离开。这里的领导又不肯放我走，我就希望她调到我们厂里来。可是她坚决不同意，我们争论过几次。今天又争论起来了。我说：‘你就那么坚决？’她说：‘一百个坚决！’我有些生气，说：‘离开好久才见一回面，结婚还有什么意思？’她说：‘只要两人感情好，怎么就没意思？’我就说了一句气话：‘看起来我们两人还不如不相好！’她问：‘什么？这是你说的吗？’我说：‘是我说的。幸福跟痛苦各占一半，有什么意思？’我的意思本来是：与其离别时难受，还不如感情不要这么热烈。话已出了口，才注意到她脸色通红，咬着嘴唇，胸脯一起一伏，问我：‘你后悔了吗？’我正想解释时，她冲的一下就跑出去了。当时刚好下起大雨来。等我穿好了雨衣雨鞋，借了把雨伞追到外面时，她已经跑得不见影儿了！”

听了这段故事，我点了点头说：

“事情虽说不大，看起来她相当难受，刚才在我这里还叹气呢。”

“是的，我是伤了她的心。也许我是真有点自私自利吧？”他低着头思索起来。

“现在你们完全和好了吧？”

“完全和好啦！一看了她的信，我就……”他又抬起头来，笑了，“嘿，要是她早点把这封信拿来给我看……不过这不能怪她，是我的话说得不好，她才……咳！”他一只手不觉伸进了口袋，轻轻把信拿出来，夹在两个巴掌里抚摸着，又自言自语地说：“我大概还是，对她了解得不深……”

“她是什么文化程度？”

“高中一年级。不过，她从小学到中学一直是考第一。工作以后又努力学习……”

“老程同志，我应该祝贺你。”我给他另换了一杯开水，给自己也斟了一杯。“让我们来碰杯吧！……看起来，像她这样的女孩子，对工作，对爱人，要爱就爱得认真，爱得深刻。你应该宝贵你们的爱情。祝你们幸福吧！”

老程的脸色红得不能再红了，眼睛也亮得不能再亮了，放下了杯子，低着头说不出话来，只是用手轻轻地抚摸着那封信。

我们沉默了一会，我看着他那两只手的动作，不由得自言自语起来：

“这封信写得真不错啊，可惜刚才我没有看完，倒真想再看看哩。”

“嗨！”他突然抓住了我的手。“你即使……别说你看一遍，就是看十遍也可以！要是我不要留作纪念，就是送给你也可以！”他把信交给了我。

“可是，”我又有些犹疑地笑着说，“她同意吗？”

“嗨，这我倒是有把握！今天的事情她不光是很感激你，而且觉得你是个很可信的人呢；而且她的性格……你放心好了！”他又握着我的手，用诚恳的眼光看着我说：“老秦同志，不过我对你有个要求：看了信以后，你想一想，给我当当参谋，帮助帮助我，好吗？”

“这种事情我能帮你什么忙？你们不是完全和好了吗？”

“是完全和好了，我也再不会要求她调动工作了。可是她的信引起我想到了一些什么，到底是什么呢？我还来不及搞透。到底我在各方面有些什么缺点？到底我跟她有什么不同的地方？我想趁明天她走以前跟她谈谈，这对我、对我和她的关系，都很有意义。你帮我想一想，对我提供点意见好吗？”

“倒真是值得想一想……”我沉思地说，“不过，我不一定想得出什么来，首先是我对你们了解得还不多。”

“你每天起得很早吧？好，那我明天早晨上班以前来找你……”

他走了以后，我因为要完成他交给我的任务，而且每天都习惯于睡得很晚，就马上把那封信打开来。

在深夜的灯光下，这封信上的字句我不光是看见了，而且是听见了——是一个清脆的、娓娓动听的声音：

“修明，亲爱的朋友，请你听我说，听我告诉你。

“不知道为什么，我常常是，所说的不像所想的好。用这支笔是不是能写得好呢？我也没有信心。不过我所写不出的，你一定会想得到。我希望因此能增进彼此的了解，消除彼此的争论。我们实在不应该老是争论调动工作的问题了！

“让我先问问你：还记得我们是怎么认识的吗？

“你会回答说：‘记得，当然记得。’当时，你请假回东北去，探望你的母亲，恰巧坐到我所工作的列车上来了。恰巧当时有位老农民生病，全身发抖，说胡话。当时我让广播员广播，征求医生，于是你就应征了。恰巧你带着简单的医疗用品的。你给他打了针，吃了药，把你自己的卧铺让出来给他休息。你自己坐在旁边，守着他。我们共同来护理他。于是我们就认识了。

“是这样的吗？——是的。但也不完全是的。

“如果是这样的，那么我在火车上认识过多少热心帮助别人的人啊！其中也不乏可爱的青年吧？但那是一般的认识，不是我们这样的认识。

“我们是怎样认识的呢？

“当时你坐在病人床边，很辛苦。我一再劝你到列车员休息室的座位上去躺一会，你说：‘谢谢，不用，我不困。’又说：‘我有这个习惯，摸了脉搏，听了病人的呼吸，心里就有一股特别的味儿，像是那轻轻的跳动和轻轻的声音跟我谈过话，我就感到对病人的生命要负责任。何况这个病人年岁大，烧到将近四十一度，非常危险呢！’当时我心里想：你是个好医生——不过我没有说出口来。

“后来，病人突然呕吐了。你没有嫌脏，嫌气味，嫌恶心。等我来看病人时，你早已不声不响地找到扫帚拖把，擦净了地板。我往床上一看，你的一个包袱被吐出来的东西弄脏了一大块，里面有一件你的洁白的绸衬衣也弄脏了。但是你不动声色。我把那件衬衣抢过来拿去洗，心里想：看起来这个同志很能克己，不自私自利——这一点我也从来没有对你说过。

“深夜三点钟了，病人热度低了，安安稳稳睡着了。我又劝你到列车员休息室里去休息，这回你听话了。但是当我巡视了车厢回来看你时，你却睁着大眼躺着，一看见我就问：‘病人睡得好好的吧？’我们就谈起话来。我问你：‘你喜爱你的工作吗？’你说：‘当然喜爱呀！’我问你爱到什么程度，你说：‘你已经看见了，我因病人的生命而不安。如果他好了，我是多么高兴啊！我就是这样喜欢我的工作！’当时我想：是的，有很深的焦虑，很深的激动，很深的幸福感，这是真正热爱自己的工作，我懂得你。因为我也是这样的——不过，当时我也没有把这些话说出来。

“你又去看了病人，我又去巡视了车厢，然后我们又在休息室里谈起话来。我问你过去家庭生活和学校生活的情形，以及现在的工作情况。

你也问了我一些问题。你的脸红得呀——我形容不出来。我心想，他是个不会对女孩子讨好的老实人，如果他恋爱，对爱情大概是忠实的，专一的——不过这想法也没有说出来。

“天粉亮的时候，病人醒了，完全退烧了。你笑了，笑得那么动人。我也笑了。我们互相了解，互相庆幸，我们幸福的眼光碰在一起了。当时你的眼睛是多好看呀！我相信，从这时候起，我们的心才真正开始接近了。

“我故意拿来自己的洗脸用具，跟你一块儿在洗漱室里洗脸，故意叹口气说：‘我也非常喜欢我的工作，可是我的工作比你差多了，我要向你学习。’你马上说：‘哪里哪里，你工作得那么好！’我问你有什么好，你说：‘第一，你擦洗打扫了一百遍，车厢这么干净。第二，待人好极了，有的旅客甚至像对小妹妹似的跟你说话。第三，哪位旅客坐哪张椅子，几号座位，尽管人们上车下车的经常变动，你还是一个个记得清清楚楚。第四，最难得的也是这点：你把放在行李架上那么多的小件行李，哪件是哪位旅客的，都记清楚了。……’我大笑起来：‘你一二三四一大堆，是给我上算术课吗？我可一点也听不懂！’你也不好意思地笑了。

“我假装擦脸，用手巾盖着脸说：‘也许我们再也见不着面了吧？’你闷了半天，对着板壁说：‘如果你愿意……’——下半句就说不出来了。我也对着板壁说：‘愿意……什么？’——舌头也像肿了似的。你突然转过身来，又紧张又热情地说：‘答应我做你的朋友吧！以后通信吧！见面吧！’啊，我答应了，答应了！直到现在，我总是叫你‘亲爱的朋友’，你大概还不知道是什么原因吧？——是为了纪念那个美好的开始呀！是因为，你说‘做我的朋友吧’的那股神气，那种表情，是多么好玩，多么动人！

“啊！亲爱的朋友，这一切一切，我是记得多么清楚，就像是昨天发生的事情一样！

“而这一切又是多么巧啊！正是在我所工作的火车上，正是通过你的工作，我的工作，来接近，来了解，来开始。正是由于彼此同情对方对于工作的热爱，才有这个宝贵的开始呀！

“难道可以忘掉这些吗？当你固执地一再要求我改变工作岗位的时候，难道可以不想想这些吗？

“我害怕：忘记了好的开始，会没有好的结束。

“我希望有好的开始之后，还要有好的继续，为了这一点，我曾做过一些努力。

“在我们以后的接近当中，我是怎样继续了解你，来逐步逐步加深感情的呢？

“这类的事情很多很多，我只想举一个例子：

“有一次，我看见你给许多孩子看病。你竟用了那么多巧妙的办法，哄得那些小病人不哭不闹，把你看成是最好的看病的叔叔，连母亲们也都感激你。这使你更便于认真地仔细地进行诊断。你是兼做了医生、保姆、演员。当时我想：像你这样一个不爱说话而又容易激动的人，要做到这样，是作了多大努力呀！当时我跑到野外去走了一会，然后回到宿舍里等你。你回来了，一进门就问我：‘真对不起，等烦了吧？’我说：‘不。相反，我要感谢你对小病人的那种精神，要送你一件礼物。’你问我是什么礼物，我说：‘你猜，你猜，你猜！’我一边说一边往后退，然后从背后伸出手来——是一束鲜艳的野花！你喜得伸着两手向我扑来……

“这类事情你当然不会忘记。但你是否懂得我的心事？在这些时间里，你是否也是像这样来了解我，来加深对我的感情？

“一个人光是喜爱自己的工作，尽力做好自己的工作，甚至对爱人的工作和心情都不大关心，这，对吗？好吗？

“朋友，打开你那诊断室的窗户，多向外面看看吧！多关心一些更宽更远的事情吧！这样，你会比现在工作得更好，你对我的了解就会更深……

“我曾对你说：列车，这是一片狭长的新奇的国土，是一个缩小了的社会，是一段飞奔着的生活，是一篇真实的童话。听了以后，你怎么想的？我曾对你说：列车，在我看来是有生命的东西。当它飞奔前进的时候，两眼注视着前方，以狂喜的奋发的心情欢呼着，怒吼着，喘哮着，前进前进，不达目的，决不罢休。你作何感想？我曾对你说：在这个临时组成的社会里，生活是多么有趣啊！来自东北的矿工，那看惯了冰雪的眼睛，对于南国的阳光多么惊奇！来自海南岛的建港英雄，那晒脱皮肤的脸面，对北国的风霜竟感到无限的舒服！来自新疆的牧人，在亚热带地区还戴着毛茸茸的帽子，用天蓝色的眼睛在对人微笑。那守卫边疆的战士，两眼离不开窗外的景物，因保卫过这样的山河而感到自豪。一些昨天还是陌生的人们，今天已经成了朋友，也许从此就不会忘记。广东人与河北人在交谈工作情况，陕西人同江苏人在述说两地的风光。从晴天走向雨天，两天经过了四季，带着北方小麦的香风，去给南方的水稻送礼。……啊！有多少会议经过这里去召开？有多少思想经过这里去传播？有多少任务经过这里去完成？有多少亲人经过这里去会面？有多少物资经过这里去交流？有多少希望经过这里去实现？这个小小的社会，这个飞奔着的生活，虽然每天变动，却有固定的作风。要让人们看到，祖国祖国，这里有祖国！要让人们看到，社会主义的事业，多么美好！要让人们带着笑脸下车，回去告诉亲人：'车上真好！'要把'出的门多，受的罪多'的俗话，永远取消。当我从车厢中穿过，迎接着无数亲切的目光时，我心里是多么高兴！当下车的旅客跟我握手告别，说'希望下次再见'时，我心里是多么高兴！我何来这样的幸福？是人民和党给我的，我不能忘记！

"亲爱的朋友，这一切一切我都曾告诉过你。当时你也喜欢，也赞叹，说我是诗人和作家。但是你究竟好好想过吗？真正懂得吗？

"如果你想过了，懂得了，而又一定要我放弃这样的岗位，那么你是什么意思？

"我并不是说，只有我这种工作才是好的，有意义的。任何社会主义工作都有意义。比如，那普通的、商店的服务人员，难道不是在执行计划供应、回笼货币、关心人民生活的任务？这岂不也同样是使人兴奋激动的事业？

"但是，我既然走上现在这个岗位，既然深深爱上了这个工作，我就要爱到底，就不愿意为了次要的事情而中途放弃。除非组织上为了需要，让我改行，我才会下定决心，重新开始去喜爱别的工作。

"我也不是忽视家庭幸福。将来，在我们结婚以后，不是每月最少可以见两三次面吗？那时候，我们每次都带着对工作的幸福感来见面，互相交谈和鼓励；每次又带着互相信任互相支持的幸福感离开，以更加饱满的热情再去工作；我们在对党和人民的事业上，彼此都没有半点遗憾和自我责怪的心情；当我们享受家庭幸福的时候，当我们互相亲爱的时候，没有那种不安的惭愧的暗影偷偷袭上心来。啊！这才是真正充实、美满而又高尚的家庭！这就是我所希望得到的家庭幸福！这是多好啊！

“难道你愿意，虽然我们天天在一起，我脸上却缺少笑容，眼里缺少光彩，精神闷闷不乐吗？我想你是绝对不愿意的吧？我也是绝对绝对不愿意——不光是为了我，而且也是为了你呀！

“亲爱的朋友，请你想一想，想一想，回答我。……”

……第二天早晨，我照例醒得很早，推开窗子一看，天晴了，一片新鲜而娇嫩的绿色展现在我的眼前：连空气都像是被水浸洗过的，格外清凉鲜洁。……为了领略这雨后大自然的美妙的景色，虽然道路还很泥泞，我还是决意穿上了胶鞋，带着洗脸用具，到我常常洗脸洗澡的那个小清水潭去洗脸。

这个小清水潭离我的宿舍有半里路，在保健所背后一个芭蕉园的后边，是一湾清澈见底的泉水，旁边有几个从山上滚下来的大石头，石头之间的空地上长满了茂密的野树杂草。我想：昨夜这小潭一定涨水了，会变得更加幽美了，小鱼儿们又该在水面上翻花乱跳了。我进了芭蕉园。忽然，从水潭那边，从那块峭拔的奇形怪状的大石头后边，传来了一对男女说话的声音。除了我常常到这里来洗脸，难道也还有别人跟我是一样的兴致？我停住了脚步。

“不知怎么的，我的牙刷最爱坏，总是不到半个月就扎扎得像乱草一样了。”——啊，正是昨夜那个姑娘的声音。

“你一定是刷牙太用力。这不好，会刷掉牙磁，还会刺激得牙床收缩，牙齿爱坏，又不好看。”——是程医生的声音。

“你不知道，我每天早晨起来总是很着急，恨不得一下子把梳头洗脸的事情干完。我的头发不知道被梳子拉断了多少呢！刷牙也是用力地擦擦……”

“你干吗那么着急？”

“嗨！总想每天早晨多挤出点时间来看书……总觉着每天都有许多事儿要干，哪一样都要时间，真没办法！你看吧，每天起来头一样事情就是梳头——做个女孩子真倒霉！反正我总不留辫子，难看就难看好了！”稍停了会，她又笑了笑说：“我总觉着每天都像过节日似的，早晨一起来就很兴奋。我大概永远像个小孩吧，你说呢？”

“哎，嘻嘻，我今天才真像是过节日呢，你那封信就是最好的节日礼物。昨晚我简直兴奋得睡不着觉，早晨天还不亮就醒了，我这心里……”

我再没有听下去，悄悄走出了芭蕉园。一个思想在我的脑子里盘旋：“是的，用平常的眼光来看，我们的生活也许还未能尽如人意。但如果用过节日的心情来生活，真会觉得每天都是节日呢！因为，无论如何，我们是处在这样的时代，从事这样的事业……”哦，我想起来了，我知道应该怎样回答程医生昨夜对我提出的问题了。

我急急忙忙回到家里，很快洗了脸，抽出纸笔来写了一张这样的纸条：

> 程医生，我需要提早去吃早餐，因为今天是我值日整理和打扫办公室，需要提前上班，所以来不及跟你面谈，只好用这张纸条来作为对你的回答：我觉得，在一切问题上，她都比你想得更宽，更远，更深；她对生活有比你更宽更高的感情认识。她过生活像过节日一样，而你却没有达到这样的程度。她的信上叫你打开诊断室的窗户，多向外边看看，这是很有道理的。不过，我觉得你很快就会赶上她的，因为你们有着最基本的共同点。是否对，请考虑。

我把那封信和这张纸条都搁在抽屉里，然后用粉笔在关着的门上写了几个字：“程医生，你所要的东西在我抽屉里，请自己拿。”就到食堂去吃早餐去了。

中午，我下班回来，发现抽屉里的信和纸条都拿走了，却留下了另外一张纸条：

> 秦同志，你简单几句话就把我想了很久的思想明确化了，真是感谢不尽。我会很快赶上去的。我是这样幸福！
>
> 程静辉

1962年春，于广西南宁

原载《广西文艺》1962年5月号

一个壮族村寨的故事

世界上哪里没有人走的路？天空上也有路，海洋上也有路，沙漠上也有路。可是，在那并不遥远的旧时代，竟真有这样的事情：在一个人群聚居的地方，竟没有路！

我是顺着一条大路走到拉寨村来的。一路上看见山很远，地很平，是一个真正的小平原，只个别地方有点小起伏，遍野里尽是半人高的玉米棵，牛车路纵横交错，车辙像条条黑线，镶嵌在条条路上。要不是最后在村南看见了一大片绿水盈盈的稻田，我还真以为是到了华北平原呢。只在村后有一座小小的孤立的尖山包，还塌了半边，露出一片白，像个尖子朝上剥开了半边的绿皮粽子。当时我哪里想得到，像这样宽广平坦而又人烟不少的地方，从前竟没有路！

我是从波串公社的副主任蓝友文同志口里听到这件奇事的。

老蓝同志有四十来岁。他给我的第一个印象是：高大粗壮，一身古铜色的肌肉，挺着胸、硬着颈、扬着头，真有个顶天立地的架式。从土改以后他就开始担任党内外的各样工作，很少离开过拉寨村，六二年又干脆让他具体掌握拉寨村的第二生产队，但也负责第一队和全公社的工作。初见面时他不肯对我谈自己的事迹，只一味谦虚，后来我称赞这一带地势真平，路也真宽，他才一下子现出了豪爽坦率的本相，大声笑起来了：

“哈哈！可惜你没看见以前的样子。要是解放以前到这里来，一定走不进我们村，那时候没有路！”

接着，他就拉着我走出了大门，要实实在在地指给我看。

我们沿着村边院墙外的一条宽路向东走。路边是一条宽宽的笔直的渠道，满漕的绿水缓缓地伴送着我们的脚步。到村东南角上往南一拐，眼前又是一条一丈几尺宽的笔直的大路，横铺在绿水盈盈的稻田当中，往南直伸到几里以外的青山脚下。路两边是石砌的岸沿，很整齐，使得这路显得更加平直。宽广平直的大路往往给人以矫健雄伟的感觉，会使人胸怀开朗，心情愉快。但我还从未见过，像蓝友文看着眼前这条大路时的这股神情。他扬头挺胸，手叉腰，脚撑地，脸红得发紫，眼睛闪着火光，笑得露出满口整齐的白牙，却又像十分严肃。好一会，他才一步跨到路边，笑着用大手一指：

"看这里！……"

但是我并没有发现路边有什么特别的东西，不过有一条两三寸宽的硬土印子，两边夹着两条被过路人踩扁了的青草，连青草所占的地方都算上，总共不过一尺宽。顺着这条痕迹往前走，有一个用几块石板拼成的小桥，桥边是从刚才那条渠道流过来的一汪绿水，有一老一少两个妇女站在水里漂洗衣裳。跟路上那条痕迹相接的那块石板，也是尺把宽，明显是被人多年践踏磨光了。另外几块石板却很粗糙，明显是近几年才铺上的。于是我明白了：这痕迹一定是旧时代一条老路的残迹，它一定有一些辛酸的故事。

"看见了吧？"老蓝同志又笑着大声说，"那时候，我们村的田大部分都在这一带，一直到远处那山脚头。那山，满山的好草，是供我们全村烧柴的宝贝山。还有这桥下的水，以前没有渠道，是个小水坑子，人洗衣裳，牛喝水，都到这里来。嗨呀，那时哪个天天不从这条路上走？牵牛下田，上山割草，到桥边洗衣，去龙黑村有事，你来我往，路只有一尺宽，让不开，吵架呀，吵得好狠啦！"

站在水里漂衣裳的阿婆也直起身子来插话了：

"嗨呀，你是对这个同志说起远古来啦。那时我就在这里吵过嘴，好气人的！"

"是咯，"蓝友文转身说，"那事我晓得，你牵牛过来，跟他碰到路当中，他在路边猫下身，你那鬼牛，不早不晚，在他耳朵边轰地喷鼻子，喷了他一脸不干净，还吓了他一跳，牛肚子还差点把他撞下了田，他生气骂牛，你以为是骂你……"

跟阿婆一起洗衣裳的年轻媳妇忽然扪着嘴格格笑起来了。阿婆用僮话嗔了她一句，她笑着回答了几句，逗得连蓝友文也笑起来了。老蓝告诉我，阿婆嗔怪的话是："你们年轻人光晓得笑！"媳妇回答的话是："光晓得笑，喜鹊叫；光晓得哭，是鹧鸪。"——她好调皮！

阿婆又指着路跟那不知旧时苦的媳妇说了半天，可惜我一句也不懂。

可是，你也许要问，那时人们怎么那么倔，看见对面有人来，不会回到村边来，等他过来了我再走？哎，你哪知道，路又长，工夫又紧，有时肩膀上还有重担子，你等到几时去？并且，那时村边院墙外的路也是这样窄，后边又有人过来，还往哪里躲？如果对面过来了一担草，草捆子遮得他看不见你，你低头躲背蹲下来，他的草捆子擦你身上过，你就更倒霉。为什么不站到田里去让路？嗨！这沿路的田大部分都是地主的，只要沾沾他田里的泥，就说你踩了禾苗，要骂你个狗血淋头，还要处罚你。真正是"地主的田宽，穷人的路窄"啊！蓝友文自己还在这条路上受过伤呢：他扛着一条檩木，对面过来了一担草，猛地撞得他倒下了田，檩木打在胸膛上，闭气了好半天……

我又问蓝友文：

"那么，村庄是旱地，总有路吧？"

他把牙一咬，眼睛一瞪：

"旱地少人种，也少人去开荒，连去放牛的也很少，哪里会有路？"

"为什么大片荒地不去种呢？"

"为什么！"蓝友文恨恨地顿了一下脚，"国民党、地主、土匪、鬼师、血吸虫病，……压得穷人病的病，死的死，还有谁去开荒呢？"他捏紧了拳头，手臂上的铜疙瘩肉鼓得又大又硬。

于是我们在路边的石岸上坐下来，他对我说起了旧时代的仇恨。

那时候呵，天地这么宽，却真正没有路，传奇也没有这么奇，童话也没这么怪，噩梦也没有这么噩，地狱也没有这么惨！

蓝友文就是由于从十二岁就给地主当牛马，十六岁就逃抓兵，到处没路走，才扛着一卷破行李来到拉寨村的。一进村就借债，请地主村长吃了一桌"进村酒"，还送了三块"卖路钱"。那么，他进了一个什么样的村，买了一条什么样的路？

那时的拉寨村呵，有一分之路也莫进来，万一非进来不可，要"进村三年不死才算人"。那时拉寨村有不少孤儿寡妇光棍汉，"黄膀男人大肚婆”。四十几户人家，除了地主和小孩因不下田传不上病外，其余的人几乎都有病。打谷子的桶，壮汉一个人就扛着走，在拉寨却要八个人抬。地主怕没有人租他的田，只好实行“收多收少对半分”的办法。但穷人有病种不好田，交完了租子当然还是吃不了两顿饱肚子饭，就只好借债。一担米过年还两担，还不起就卖东西，卖儿女，什么都卖光了就卖自己——用劳力顶——给地主当病牛。当你快病死累死时，地主要用你的房子顶债，就把你赶出村，叫你死在野地里。另外，每年还要给地主白出十个工，当然是忙时候才叫你去，当然要耽误自家的活，当然田地就种不好，最后当然就只有遭殃。

鬼师又趁机会放出谣言来骗人：说村后那座小白山有山精，白脸朝村尽吃人；说白山坡上社王狠，放出恶鬼来害人。于是受骗的穷人便借钱来买命，今天东家请鬼师去“打平安”，明天西家请鬼师去“赎魂”。每隔三两年，全村还要大搞一次“打平安”，每家出十块钱，全村杀几口猪，香火薰天地闹几天几夜，地主、村长和鬼师们大吃大喝，穷人却越死越多。

还有土匪，头目就是地主的老弟，偷的尽是有病的穷人家，家畜家禽、破烂衣裳、地里的玉米，什么都要，你睁着眼看他拿，也没有力气夺过来。还有国民党抓兵，有病也要去，不去就出钱，没钱就卖田卖地卖儿女……

那时候，连土地也不是这么平，高高低低，小块小块，还到处是石头，“牛走坏蹄，犁走坏犁，人走破皮”，所以长粮食很少，长荒草很多。连村南那条小小的拉寨河也作怪，河底漏水，暴雨是一条龙，天晴是一条虫，还被龙黑村一家地主霸占了去，不准拉寨人去打鱼和车水，所以“拉寨拉寨，年年挨晒”。连村后那座小白山也是精神上的威胁，牛不敢上去吃草，人不敢上去乘凉……

那时候呵，蓝友文就是进了这样一个村，买了这样一条路！他进来了，沿着这条路，结了婚，开了荒，当了地主的牛马，得了血吸虫病，又被抓去当了两年兵，跑出来躲进大山里，要不是解放得早，恐怕也早已没命了。

现在，这当家做主的蓝友文呵，改天换地的英雄汉呵，他怎么能不站在自己修的大路上，出神地看，出神地想，出神地笑！

看完了村东南角这条直通南山的大路，蓝友文又领着我穿过村中间一片平坦的晒谷场，沿着村边的玉米地向村子的西头走去。他一面扬头挺胸地走着，一面铜声嗡嗡地说着：

"……你不晓得，我们拉寨人心里有两把火：想起了旧社会，我们就恨得火烧心里痛；想起了新社会，我们就喜得火烧心里热。所以说，我们的干劲就大得很啦！一个狠干，就消灭了七千平方米水田水沟里的钉螺。把全部旧泥铲起来，消毒，埋掉，换上干净无螺的新泥。又一个狠干，消灭了四十亩地的钉螺。是一个水草低湿的地方，我们把水排干，地晒干，草除掉，消了毒，翻了土，变成了四十亩好水田。所以说，我们连血吸虫病的老根子也除掉了！又一个狠干，又一个狠干，再来一个狠干，我们把所有的田地都整平了。翻土、垫土、挖石头，有一块有一百五十亩大，整得它像桌子一样平！又一个狠干，挖了一条河，四里路长，把拉寨河改了路，要它再也不漏水，自流灌溉我们的田。每年一到春节前后，我们就动员群众：改改旧社会的老习惯吧，家当是馋完的，时间是玩完的，还不如修几条平平宽宽的路，人好走，车好走，做活路不要肩膀挨压，叫肩膀长毛去吧！还给子孙后代留幸福，免得以后他们说怪话：'嗨，看看以前的人，好懒的，连路也不修，拖拉机也开不过来。'所以说，我们过春节也要狠狠地干，要拖拉机进村，要大汽车进村……"

"要社会主义进村！"我听得高兴，忍不住插了一句。

"哈哈！"他又大笑了，"对，要社会主义进村！要党的政策进村！党给我们打出路来，指出路来，把我们从死路上拉到活路上来，我们再不狠狠地干，要得吗？所以我们全村的产量就年年高，刚解放那时不过四五万斤，五六年是七万八千斤，六二年是十一万五千斤，去年是二十万斤，今年，嗨，要达到三十几万斤——我们采取了好多过硬的办法，一定达得到的！……"

光是从背后看他那扬头挺胸的姿态，就可以知道他是又在出神地想和出神地笑了。

这时已经走到了第二生产队的林场边了。对于只有二十几户人家的一个小生产队来说，这林场也不算小呢，有三百几十亩，是在一大片波浪形的起伏地上。蓝友文站住了脚，由林场说到村里两个生产队的其他副业：有糖榨厂、油榨厂、砖瓦厂、养蚕房……我一边听着，一边看着眼前的景色，不觉赞叹了一句："好漂亮的路！"我心里的意思是：他们是怎么想的，竟搞了一条这么好的林荫路，是想把这里弄得像公园一样吗？不想这一下倒不要紧，蓝友文再也不肯谈林业和其他副业，也不肯谈怎样跟少数反对造林的人作斗争，更不肯谈他怎样到处去学习造林技术了。

"哈哈哈！"他又非常豪放非常天真地笑起来了，声音大得好像是说给远处的人听的，"你晓得吧，这路有一丈八尺宽，两边还栽了树，要它又宽又好看，走路还不挨太阳晒。我们是真的要走拖拉机的——真的就是这么想的！"

从此每走过一片树林，就看到一条新路，蓝友文就要挥动着大手指点着，大声笑一阵，说一阵，震动得原野上都响起了宏大的回声，惊得远处牛场上吃草的牛群都回过头来朝这边看。

杉树和桉树已经成了林，两丈高，碗口粗，林子里满地的绿荫翠影，随风摇晃。

"哈哈！这里又有一条路，长得很，往那边一弯，到我们的砖瓦厂，往这边一弯，到仓库……"

油茶树也快要有一人高，一丛丛整整齐齐地排列在一个大大的斜坡上，绿草如茵的地面把树叶衬得更加葱翠得耀人眼睛，真是一片片生气勃勃的好茶林呢！

"哈哈！这里又有一条路，是运茶籽的，到我们油榨厂，好方便！……"

柑橘树今年已经结果了，但看起来真像幼儿园的孩子们排成的队，棵棵都是脚小身子胖，真是天真得逗人爱。

"哈哈！这条路一直通到白山山脚下，跟去波串村的那条路接起来。刚才你不是先经过波串村才来到我们村的吗？看到那个水口子了吧？一落大雨那水就冲得轰轰响。解放以前那里就根本没人走。解放后，小孩们上学，常常要老师背过来，背过去。现在，哈呀，小孩们再也不怕水冲了，闭起眼睛都能走！"

还有栗子树林、柚子树林，还有种满了各种小树秧子的苗圃……

为什么一提到路，一看到路，蓝友文就感情迸发，就这样高兴、这样豪放、这样天真呢？

我慢慢猜摸到了他的心情。林木，完全是按照规划种植的；路，更完全是按照规划修造的。我们能够当家做主了！能够自由自在地创造生活了！能够在大地上写上横粗直壮的大字了！这是多么痛快、多么美好呵！并且，没有一样东西像这些路这样，能够一目了然、非常突出地表现了新与旧的变化，表现了对旧社会深刻的仇恨和彻底的否定，表现了除旧创新的热情，还表现了对于未来的理想。比起旧日那无路可走的荒凉情景，看看眼前这明显的变化，再想想将来那林木参天汽车来往的情况，能够不觉得痛快吗？——真是太痛快了呵！并且，当我们变得如此健康，如此聪明，如此胸怀壮阔，能够在自己所修的大路上大步前进时，我们怎么能够不高声大笑呵！……

“哈哈哈！……现在我们想怎么修路，就怎么修路！”

“哈哈哈！……现在我们这里那里到处都有路，到处都有！”

老蓝同志真是这么说的，他说是多么好！使我不觉也跟着他大笑起来，并且也挺起胸来，扬起头来，大步走着。

我并且还注意到了，在他的话声和笑声里，竟是不断地响着“我们”和“我们的”，这岂不是集体的当家人的习惯吗？岂不是也有非常深刻的意义吗？是呵，在旧社会里，一切都是属于私有制度和剥削制度的，一切都是地主和资本家的，一切都绝对不是我们的，我们绝对不能按照自己的心愿来建设生活。而现在，一切都是我们的了！绝对可以按照我们的心愿办事了！是呵，“我们的！”——这是贫下中农的语言，气魄宏大的语言，信心百倍的语言……

我在村里访问了好多家贫下中农，家家墙上都贴有毛主席的像；家家的大人孩子都很健康；家家都是米谷满囤、猪牛满圈、鸡鸭成群；家家都有牛车；家家都对我诉说了新社会的大变化。

最积极的老贫农，瑶族老人盘凤龙，每天都要天黑好久才收工。这天我也是天黑以后在他家门口碰见他的。他跟我打了招呼，卸了牛车，一走进屋里，就叫家里人快拿灯来，指着墙上毛主席的像，问我在北京时见过毛主席没有，他老人家健康不。我有意把话题引到他家当前的生活，引到在旧社会里他所经历的道路。他对我说了很多很多，最后一段话却最有意思，我不得不就着灯亮逐字逐句地记了下来：

“同志呀，我们瑶族有几句古时的山歌呀，它是这样的呀：天上呵，有老鹰的路，白云的路，太阳的路，月亮的路，为什么没有我们瑶家穷人的路？海上呵，有鱼虾的路，波浪的路，大风的路，大船的路，为什么没有我们穷苦瑶家的路？地上呀，有皇帝的路，县官的路，山主的路，地主的路，为什么没有我们瑶家穷人的路？哈呀，现在呀，才真正有我们瑶家穷人的大路呵！你看，我把吃饭的桌子摆在毛主席这块，顿顿饭看到他老人家，他老人家也顿顿饭看到我……”

他声音发颤了，揉起眼睛来了。

我也见到了积极分子梁国兴。他解放以前是中农，全家害血吸虫病，为请鬼师治病卖光了田地，结果还是九口人死了八口，自己也病得连睡觉想翻身也翻不动。解放后，政府派来的医疗队把他治好了，又结了婚，生了孩子。从此就换了个人，也换了颗心：身强力壮，红光满脸，当了仓库保管员，整年睡在仓库里，每天生产队里有什么跑腿出力的事，他都自动包下来，空下来还要山歌戏曲不离口。我问他尽唱些什么歌，他乐呵呵地不肯说，也是由于他不会用汉话翻出来，问急了，他只得用手摸着强壮宽厚的胸膛，笑着说了一句：“没得共产党就没得我。”

人们都告诉我，蓝友文这人就是好。他见了好事就要干，见了坏事就要管，见了哪家有困难，就要给解决。党的号召，他带头响应；国家的任务，他带头完成；阶级斗争，他带头作战；集体的活路，他带头去干。在搞互助组的时候，有的组员缺少口粮、耕牛、农具，他给包下了。为了争取把互助组转成初级社，他带领大家挑水抗旱，一个月没有睡整夜觉。出远门修水利和炼钢铁，他把自己新带去的棉袄棉被给人用。社员王志宾房子倒了没住处，他把自家的三间新房子让出来，全家六口人在一间小屋里挤了两年整。在最困难的那三年里，他夜夜到各家去串门，缺吃的，送粮去；缺钱的，送钱去；甚至没有针线缝衣裳的，他也送了针线去；甚至对附近村的困难户他也给想办法。……他每次夜里开完会回家时总要往南山看，因此发现了两次山林火灾，两次都带着人急跑七八里，奋战到天明，救下了国营林场的几千亩森林。走路时看见某个村子有人只顾搞自留地，他就进村去找了牛来，扛了犁来，说服那人到集体的地里去干起来。他就是这样几次发现了各个村子里阶级斗争的问题，教育群众进行了斗争，取得了胜利。

蓝友文呵，原来他就是这样一个人！他以贫农的感情，以共产党员的红心，团结了阶级弟兄，带领着群众，走着这条金光闪闪的大路呵！

这天早晨，我看见蓝友文站在他家的院子门口，又是在出神地想些什么吧？我刚刚走到跟前，他就回过身来说：

“走，我们到小白山顶上看看去！”

他领着我绕过了村边的墙头院角，走到村外，几步跑上了山下的斜坡，来到了白山的“大脸”——矗立的、风化了的白色石壁下边。

他站在一小块长满了青草的平地上，用脚踢着草，狠狠地说：

“看，这就是以前的鬼窝子！”

“什么鬼窝子？”我一下子想不起来。

“社王的鬼窝子呗！”

“我还以为是个小庙呢，原来是这样的！”

“哪有什么鬼庙，好笑得很，原来是竖起的三块光板石头！”停了一会他又说：“莫怪那时大家不懂事，是旧社会把人害傻了的。三块光板石头，害得多少人卖田卖地，多少人磕头下跪，多少人到死也不明白！那年我们的政府动员大家到县里去治病，大家还不相信能治得好，又害怕打针，全乡就我们三个人去。在医院里住了三个月，一个钱没花，回来大家一看我变了样，都吓一跳。我爱人我奶都几次擦眼泪，把我看了又看。夜晚，想起政府叫我回来对大家宣传破除迷信，积极治病，说以后还要派医疗队下乡来。我欢喜得半夜也睡不着，跳下床来开了门，没声没响来到这里，搬起鬼石头就往下摔：‘看你还狠不狠！看你们还迷信不迷信！如今我们翻了身，还能叫你这三块光板石头害我们？’那不是，”他指着山下说，“跌得它粉粉碎！”又笑了，“这事好几年我都不敢对人说，村里有些老年人还迷信哩！”

山下边尽是些乱石杂草，我看不出哪是以前的社王。我们又从陡壁旁边转到了山侧，从乱石斜坡爬上了山顶。喝！眼界一下子开阔起来了：这才真正是绿色的原野、红色的道路、蓝色的河流呢！哪里会想象得到，昨夜的露水和今日淡淡的朝阳竟在悄悄儿下着功夫，把大地渲染得这样新鲜娇嫩，这样银光闪灼！那一条条纵横交错的大路，土色本来是红的，再加上新鲜的绿色一衬，就显得更加鲜红好看了。

蓝友文又露出满口的白牙笑起来了：

“看见了没有？……我就晓得，有一样好东西你还没看见。”

经他一指我才注意到，顺着山坡往下，几个尖峭的大石头之间有厚土，厚土上有新挖的两条沟。原来，这以前没人敢上的小山头，现在村里的民兵隔一两天就要来一次，把山坡上踩出了一条路，还在山脊上挖了两条沟——是演习对空射击用的。用老蓝同志的说法：要是美国鬼子的飞机敢到这块来，我们的民兵就要叫它像社王一样，跌得粉粉碎！

我们在山头上坐下来，老蓝又两眼闪亮地看着山下的村子说：

“……有几多家盖了新房？变得好快呀！以前连走路的人也不敢从这里过，现在新搬进来好几户，要是我们愿意收，外村还有二十几户想搬进来。……看到村后边草地上有匹小白马不？它夜晚就在那里，没得人偷的。现在我们可以把牛马放在外边过夜，也可以敞开大门睡觉。我们的树林，社员们都自动爱护，连小孩也晓得，树上的果子是集体的，不能摘的。我们的仓库，几年没丢过半点东西呢。年年夏收秋收，社员哪怕捡到一根小谷穗，都要先送到仓库去，才回家吃饭。去年，有个女社员叫周美令，天黑收工时捡到一个玉米，在路上碰到两个女社员，又托她带回三个捡到的玉米，她弯了三里路到仓库，等了一个多钟头，保管员才吃完晚饭来了，接过玉米来一过秤，才一斤半！……就连最困难那三年，我们村的粮食、油料、鸡鸭、生猪，样样都超额完成了国家的收购任务。……”

“干部带头怕也有关系吧？”我有意提醒他。

“当然有关系。”他笑着承认了。

“也是靠你们教育得好呵。”

“是咯，”他又笑着承认了，“要紧的是，个别干部刚刚有点点搞自发的苗头，我们就铁面无情批评他。还有，点起群众心里的两把火，……还有对地主富农的管制抓得紧……”

我又问他：那时有哪个干部想搞自发，是怎么对他们开展思想斗争的。他却不肯回答，只是用满含笑意的眼光看着原野，过了好半天才接着说：

“看到西北边远处那一排大山没有？山那边是个大水库，好大的！县里来的同志今天就要召集我们乡干部开会，讨论到底怎么彻底解决全公社的水利问题：是在近处再尽量找水源，修水库，还是把那个大水库的水引过来？要是引大水库的水，就要挖一条好长的大渠道。……哈哈！再过一两年你来看吧，我们这里再也找不到一块玉米地，尽是水稻田，望不到边，单位面积产量一千几，渠道里还能走小船，村子里有电灯……哈哈哈！做得到的！……”

他用震动原野的声音笑着说着，跳起身来，脸也红了，马上就要到乡里去开会了，大步纵跳着冲下山去，走了。

我看着他那越走越远的背影，不觉出神起来了。

太阳升高了，强烈的金光洒满了大地，那一条条红色的大路显得更加红了，更加好看了。路呵，我们天天看见，天天走过，但是我们能像蓝友文同志那样，真正深刻了解路的意义吗？真正有着对路的感情吗？是呵，应该跟群众一起修出许多“我们的”路来，并且像蓝友文那样，扬头挺胸地走在“我们的”路上，无限欢喜、豪气纵横、高声大笑……

原载《广西文艺》1965年第8期，题目为《路》。

女儿的信

是一封奇特的长信，
其来历不甚分明。
曾经被青年们传抄，
曾经在暗地里流行。
若问它写的什么，
是人间两天的事情。

亲爱的好妈妈：

二十一日和二十四日的两封信都收到了吧？你一定又要骂我："死丫头，这么大的事，一连两封信都写得这么简单！"好妈妈，我当然知道，这几年你是怎么绞心裂肺地过来的，现在好不容易总算把爸爸盼回来了，你是多么想知道他的一切详细情形呀！可是你先别怪我，别骂我。是因为，我急着要给你报告喜讯，所以简单写了一页纸就赶快把信发了；还因为，那回你不是告诉过我吗，你们学习班的人太岂有此理，时常抽查你们的信件，所以我不便于在信上说太多的话。这回可好了，棋盘街的王叔叔过几天要回干校去，我可以把这封信托他带给你。所以我下了决心，要把爸回来以后的一切详细情形写给你，要详细得就像你亲自在家里看见的一样。爸知道我的这个想法后也很高兴，说这样做有三个好处：一可以安慰你的渴念；二可以留作将来的纪念；三可以促使我练习文字表达能力。

可是，好妈妈，困难就来了：要是真的把每天每日的事情都细细致致写出来，那得写多长呀！所以我想来想去，决定主要的只写二十五、二十六两天的事情。因为这两天里的事情最有意思，最重要，最能说明爸爸的性格，对我的前途也有未曾预料的决定作用。总之一句话，这两天的事情是最需要告诉你的。当你读完了这封信后，一定非常高兴，特别是为我(你的傻女儿)高兴。我下了最大的决心，哪怕是手写痛了，头写昏了，哪怕是晚上不睡觉，我也一定要完成这件事情，我要通过这件事情考验考验我的毅力。

一

好妈妈，从一九六七年十月二十日，到今年十二月二十日，不正好是八年零两个月吗？八年，多么长的时间呀！八年，痛苦和忧患天天折磨着我。可是我听你的话，自找快乐，自寻希望，锤炼自己的意志，挣扎挣扎，就这样，从一个十二岁的小姑娘变成大人了！我也知道，背着我，背着别人，你不定流了多少眼泪呢！可是，当着我，当着别人，你是非常坚强的。是你的坚强的意志感染了我，使我学会了咬着牙去对待一切……

可是这些都不要去说它了，现在总算开始苦尽甘来了！我的好爸爸，八年不知消息的好爸爸，从魔窟里重返人间了！

那天，爸刚见到我时，愣愣地看了我好半天，光见他嘴唇动，不见他出声音。我也猛一下愣住了。啊！这是我记忆中的爸爸吗？变得多厉害呀！瘦得皮包骨，凸颧骨，凹眼窝，头发胡子全白了，个子变矮了，脊背有点驼，向我伸出的一只手在发抖……我猛一下扑到他身上，哭起来了。他用发抖的手扳起我的头，用特别的眼光看了我一会，嘴唇颤动着，还是没有说出声音来。我的心猛地吓了一跳："爸，你是不会说话了吧？"他没有回答。我又问："要不，你是不认识我了吧？"他这才现出了笑容，从嘴缝里吐出嘶哑的、颤抖的声音来："孩子，我，刚回到人间，有些话，我都不会说了！我忘记了，人间的，语言……"停了一会，又说："人生易老，心难老，我的好女儿！……"他在眨着眼睛忍住泪呢。啊！我永远也不会忘记那天见面的情形！永远也不会忘记当时爸说的这些话！

八年，他受了一些什么样的折磨呢？洗脸，露出了手腕手臂上的伤。洗脚，露出了脚髁和小腿上的伤。换衬衣，胸前背上，哎呀呀，我都不忍心写出来！每逢他靠在沙发上闭目养神时，眼窝，脸颊，凹进去多深啦！

可是我的好爸爸呀，照我看，八年，毒火并没有把他烧化，毒牙并没有把他咬烂！

“没什么，身上绣上点花花草草更好看！”——这是他说的话。

“别把自个的苦楚看得比天大，天外还有天！”——这是他说的话。

“干革命哪能不受点苦？受过来了，就是胜利，就该高兴，流眼泪干吗？”——这是他说的话。

“眼嫩的人怕见血，耳嫩的人怕听雷。先别问我受过些什么刑，我得先看看你的心是不是太嫩。”——这是他说的话。

回来后的第二天一大早，他就像孩子似的说笑话逗得我发笑，他自己也哈哈笑起来。这豪爽的笑声，还似当年。笑完了，他就问我某某老战友是不是还在原机关工作，催我赶快到街道上去打“公用电话”。打完电话回来，又催我到同学家里去借最近一段时间的报纸杂志来读给他听。他下决心要在八天的时间里把八年的真空填起来。“八年不知人间事，一片丹心似火烧。”——这是他随口吟出来的两句诗。

从此他就再也不得休息了。原机关的同志们来看他，许多旧日的老战友来看他，亲戚朋友们来看他。整天坐满了一屋子人。除了党和国家的事，“文化大革命”当中的事，工厂、农村的事，当然不会谈别的。我就担心他不知世事，不看对象，说错了话。可是我的家务事太多，不能老守着他呀！

离别八年，
重见人间，
忽惊妖雾遍尘寰，
人间非复旧容颜，
　　白骨逞凶残！

心似油煎，
义愤膺填，
岂容黑手障青天，
誓以热血荐轩辕，
　　还我好河山！

不到衰年，
慢说伤残，
应知战斗是仙丹，
拼将骸骨挽狂澜，
　　跃马要当先！

亲爱的好妈妈，你瞧瞧，这是他跟几位老战友谈话以后，心情激动地写下来的一首诗！

原来，我的爸爸是这样的人！

二十四日那天夜里，客人们都走了，为了跟他多亲热一会，我陪着他坐了很久很久，再一次跟他细细地谈起了这几年我跟妈妈是怎么过来的。好妈妈，我发现，爸是多么爱我哟，多么爱他的傻女儿哟！当他看着我时，那慈爱的眼光使我心里多么温暖，多么感动啊！于是我就想些话来跟他调皮，逗他高兴，就一定要他说一说到底是什么人逮捕他，为什么逮捕他，八年当中受过一些什么折磨。他还是怕我的心太嫩，不肯说。我起先是假装生气，后来就真的生了气，真的急得要流出眼泪来。他这才答应了：要我明天（二十五日）一大早陪他到天安门广场去散步……

二

二十五日早晨，天还黑着呢，爸就砸房门把我叫醒了。一看表，才五点。可是我还是高高兴兴地起来了。急急忙忙洗了脸，吃了点东西，给炉子加了煤，给爸穿了军大衣，戴了棉帽子和大口罩。天气真好，没有风，不太冷。天上的星星还在眨眼呢。爸说："傻丫头，别怪我要起得这么早。你要是坐过八年牢，准会知道，每天早早儿起来，到外边呼吸新鲜空气，自由自在地活动一下身体，看着黑夜怎么变成白天，心里是多么舒服！人，常常是这样的：失掉了那个东西以后，才知道那个东西是宝贵的。失掉了自由，才知道自由是宝贵的。失掉了工作，才知道工作是宝贵的。……你明白我的意思吗？"这几天爸总是爱问我："你明白我的意思吗？"有时我就故意装傻，好引他多说一些话；有时我又把嘴一撅，然后一笑：“我又不是小孩子！”可是这一回我没有做声，只是把他的胳膊抱得紧紧的，拿脸紧挨着他的肩膀。是呀，好妈妈，几年前，爸突然失踪了；你，起先是被隔离，挨批斗，不准回家来，后来又到干校去受审查；我那时还小，突然失掉了爸和妈，我才知道，有爸妈守在一起，是多么好啊！

爸又说：“你再想一想，要是我们万一失掉了党，失掉了社会主义江山，那是一股什么滋味！”

我还是没有说话，把脸更紧地贴着他的肩膀。我忍住眼泪，可是又反倒暗暗地笑了，心里说：“不！一切我都不让它失掉！……”

早班公共汽车人很少，走得很快。下了车一看，喝，真美呀！

好妈妈，对你说，你没有看见过无数的月亮吧？我看见了！你没有看见过无数的银柱子吧？我看见了！一排排笔直的银柱子，托着一簇簇滚圆滚圆的乳黄色的月亮儿。周围是庄严宏伟的建筑，像仙宫，正因为有点模糊，就更显得庄重和神秘。金碧辉煌的天安门上，红墙正中的毛主席画像，用关切的眼光看着广场，看着远处，也看着我和爸。爸走得很慢，转着身子看看这边，又看看那边。点着了烟，使劲吸了一口，又使劲嘘出一团烟来。他想些什么呢？

他转脸看了看我，笑了，笑得那么天真，那么好玩，真像孩子一样：“看你把眼睛睁得这么大，觉着好吧？熬点瞌睡起个大早，没有白起吧？”

我笑着点了点头：“美极了！这天安门广场我看过多少次，从来没有这样美！”

他又扬着眉毛说：“怎么美法？你说过你是喜欢文学的，文艺细胞多得不得了，那就形容形容吧！”

我猛一下想起来了：还是上小学五年级的时候，学校的全体少先队员要到这里来欢迎外国贵宾。我们女同学都穿着白衬衣，花裙子，脖子上系着红领巾，正在高高兴兴地等着出发，老天下起雨来了。偏偏我没有带伞来。正急得没法，班主任唐老师临出发前把她的雨衣往我头上身上一披，她自己却打着一把连肩膀都遮不住的小雨伞。我要跟她换，她说什么也不肯。一路上，我看见她身上淋湿了，实在不过意，又要跟她换。她说：“你人小，容易得病，我不要紧。”当时我心里特感动。走到这里时，已经六点多了，满广场的灯都亮了。金色的灯光，金色的雨丝，金色的天安门，金色的人民大会堂；我们，无数的少先队员，无数的红领巾；这不是童话世界吗？比童话还美哟！

爸听我说完了这件事，我以为他又要说我答非所问呢，没想到他倒认真地点了点头。“嗯，说得好。人，有的时候，在特别的情况下，产生了特别的心情，就会用特别的眼光看事情。比方说，那天我刚从牢里出来，看见了阳光，看见了天空，看到了你，坐上了汽车，一边听你说话，唧唧喳喳的像唱歌，一边看着街上的行人车辆，真的——用你那小文学家的话来说吧——真的，我回到人间啦！要是没有坐过八年牢，我有这样的感觉吗？今天你为什么觉得这天安门广场特别美？也是因为你是在特别的情况下，心情特别高兴吧？对你说，要是你能够在一生当中经常保持某种特别的心情，看什么都有新鲜的印象，你准能够成为诗人。我只回来了几天，就听见你说了好多个‘发现’：发现爸变老了，变好了；发现你自己变小了，变高兴了。哈哈！真是个‘发现专家’！我要告诉你，更重要的是要经常用革命的、战斗的、乐观主义的心情去‘发现世界’，发现生活里最有意义的、最鼓舞人心的东西。发现这天安门广场像童话世界一样，这很好。可是不能光看见景色，光看见美呀美呀。只有发现了意义，一切美的东西才会更美，这个美，不光是好看好玩的美，而是有意义的美。真、善、美，这是一个哲学的命题。你要是想成为诗人，就得从这方面培养自己……你明白我的意思吗？”

好妈妈，我不知道从前爸是不是也时常跟你像这样谈过话。反正，他这时确确实实是这样说的。他的声音是多么柔和！眼光是多么热烈！小时候，我光知道爸以前上过大学，还爱好文学，常爱读鲁迅和高尔基的书。后来，抗战一开始，他就扛枪杆子打仗去了。我哪里想得到，他还有这样一些诗人一样的思想！他把我平常模模糊糊想到，却又说不出来的话，明明白白地说出来了。我连忙说：“爸，我懂我懂，你的话我全都懂！”

“是吗？不见得吧？”爸又笑了，“比方说，你光注意周围建筑物的庄严宏伟，为什么不注意广场中心的烈士碑？”

正在这时，忽然好像什么地方“咔”的一声响（其实呢，什么声音也没有），广场上的电灯一下子全灭了。我一看，周围的建筑物反倒显得更清晰、更庄严、更雄伟了。那高高的烈士碑好像突然变得非常显眼了。它笔直地、静静地耸立在远处稀微的晨光里。整个广场多么安静、多么肃穆！……怪呀，我好像觉得，那烈士碑，那大会堂，那天安门，都在静静地诉说着什么，思索着什么。好像有一种无声的语言在广场上轻轻地回荡……

爸跟我一样，转着身子朝四面看。他那没有血色的脸像是一下子变红了。他笑了，又是笑得那么天真呢！

停了一会，他挺起胸来吸了一口气，又说话了："妮子，你是不是记得，八年以前，我差不多每天早晨都要到这里来散一会儿步，然后去上班？那，不光是为了锻炼身体呀。你看，那天安门，象征着社会主义祖国庄严的存在；那人民大会堂，象征着民主，人民民主；历史博物馆，是光荣传统，历史经验；烈士碑，是多少代人，成百万的牺牲；往前看，重楼杰阁，无限深远，象征着未来。总而言之，我喜欢这个广场。早晨在这里散步，脑子格外清楚，思想格外丰富，心里格外痛快。可是，就因为这点——你不是几次问我，他们为什么要把我抓去关起来吗？对你说，什么别的也不为，就因为我喜欢这天安门广场！嗨呀呀，喜欢天安门广场有什么罪过？你觉得奇怪吧？看你，又把眼睛睁得那么大……"

我又紧紧抱住他的胳膊，紧紧靠住他的肩膀。我觉得他在喘气。他是不是累了？是不是应该让他歇一会儿再说？不！我要听！我要真的睁大了眼睛听啦！

"孩子，你大概还记得，那时候，我不是靠边站了吗？每天都不上班。机关里两派斗争很厉害，一派拥护我，一派反对我。更重要的是，好多应该做的事情不能做。所以我的心情很不好，就更加要天天起得早早的，到这里来散步，脑子里想一些事情。那天我散步回去，还不想吃早饭，你妈上班去了，你上学去了，我很无聊，书也看不下去，就拿起笔来把散步时的一点思想活动记在一片小纸上——是这样一段话：

从五四运动，到一二·九运动，到解放军进城，到毛主席在天安门上宣布新中国成立，天安门广场上一次又一次迸发出时代的火花。在斗争的火花里，飞溅着血滴和泪水，震响着愤怒的吼声，唤醒亿万人民，奋勇前进。在庆祝节日的火花里，飞扬着歌声和笑声，震响着礼炮的轰鸣，激励着亿万群众，奋勇前进。一件一件惊天动地的事变，一代一代英雄的人民。血泪的海洋变成了红旗的海洋。历史的巨大的脚步从这里走过。历史在咬紧牙关前进，在搏斗中前进，在微笑着前进，在呼喊中前进，在胜利的凯歌声中前进。

在将来，这里还会迸发出更加灿烂夺目的火花！

天安门广场是如此庄严，如此美丽。可惜那些矮小的林木，虽然冬天不落叶，到底还是经受不住寒风吹，不青翠，变乌黑了，不能把这庄严雄伟的建筑物衬托得更加壮丽。

所以我们革命者既要能够在春风里欣欣向荣，又要能够经得住寒风的吹拂，永葆苍翠的青春。

除了五四运动以外，其他几次火花的迸发我都亲身参加过。今后还要努力做到，站在天安门广场上，心中无愧。

听到这里，我忍不住轻声叫起来了："哎呀呀爸爸，你这写的是诗！挺好的诗！"

可是爸做了个手势，叫我不要打断他的话。

"你大半还记得，那些年，为了工作需要，我一边复习英语，一边自修俄语。所以当时我拿出杂记本来，先把这些话用中文抄上去，又译成英语和俄语抄了两遍。刚抄完，窗口的风把这片小纸吹到地上了，我没有去拾起来。正好这时来了个串门的。你别问他是谁，别问，反正是有这么个阴风恶鬼一样的人。他趁着我去厕所的时候，把这片小纸拾起来，当然是看了看，就这么带走了。当时我根本就没注意。第二天没事，到第三天早晨我再到这里来散步时，突然有一辆小闷子车冲到我跟前，跳下三个穿军衣的大个子，扪住我的嘴，抱住我塞进了车里……你一定奇怪，事隔八年，写在小纸片上的那些话我为什么还记得这么清楚？这是因为，当时就用三种文字抄写了四遍，本来就记熟了。后来，在很长的时间里，审问了我无数次，每次都要背一遍，每次都说我背得不对，不符合原文。还要我一百遍写检讨，写交代，每次我都是把这些话写出来，一个字不多，一个字不少，半句检讨交代都没有。这当然是'不老实'。挨的打呀，受的刑啦……妮子呀，我真怕你太嫩气，所以不想把这些详细经过告诉你。一直到过了好久好久，他们看见实在问不出口供来，才把那张小纸片当作物证拿出来给我看。嗨！我这才知道，就是那个来串门子的人告密的，他把我的那些话圈圈改改，弄得完全变了样子。他仿照我的笔迹，把'可惜，那些矮小的林木'，改成'可笑，那矮小的林'；把'虽然冬天不落叶'，改成'冬天落叶'。把'除了五四运动以外，其他几次火花的迸发我都亲身参加过。今后还要努力做到'这三句话全部划掉了；把'站在天安门广场上'，改成'站在天安门上'；把'心中无愧'，改成了'心中有愧'。这一来，就变成我是讽刺那个姓林的野心家生得矮小，经不住寒风，气候一冷，就会变黑，站在天安门上，心中有愧，不配做接班人！你想想，这还了得！其实呢，要搞清楚是真是假也并不难，只要把我的杂记本拿来，把那中文和两种外文的原文一对照，不就可以说明是经过别人删改过的吗？嗨！难道他们会真的以为我是反对姓林的吗？也许开头是有几分怀疑，后来，他们就索性将错就错：暗示，诈骗，威逼，想尽各种办法，非要我供出后台来不可，想用我的口供去陷害中央的重要领导同志。你看看，这多么毒辣！所以，后来给我受的折磨，反倒更加厉害，你连想都想不到哇！……"

说到这里，爸又喘起气来了，说不下去了。我连忙叫他站住，给他捶背。我的心一阵阵紧缩得痛。看看爸的脸，更加没有血色，眉毛当中的皱纹挤成了一个很大的疙瘩。看看远处，大会堂，纪念碑，还是静静地、庄严地立在那里，好像在注视着我们。我真想喊起来："大会堂呀，纪念碑呀，你们听见了刚才我爸说的这些事吗？你们想得到会有这样的事吗？你们应该说话呀！你们应该喊叫呀！……"

"别哭！别流泪！"爸爸紧紧捏住我的手。"我就知道你的心太嫩。不能再像小孩子！不能光想一些童话般的美丽！经过这些年的大风大浪，我以为你应该比现在更坚强。我不喜欢软弱！"

真的，好妈妈，当时我确实并没有哭，可是我的眼睛里确实是有泪，这是气出来的泪。我最气恨那个告密的、陷害爸的人，简直像卑鄙的叛徒！我猜得出他是谁。"文化大革命"开始不久，他就经常来找爸谈心，表面上讨好，暗地里使坏，操纵一部分坏人，大搞派性，层出不穷地制造混乱。爸被捕以后不到三年，他就步步提升，最后就代替了爸的位置。他非常得意，压制好人，重用坏人，把个重要的国家机关弄得乌七八糟……

三

为了克制心里的气愤，我就记诵爸刚才说的那篇挺好的散文。有记不住的地方，就让爸再给我念一遍，这样很快就记熟了。是的，我要记住它。天下哪有这样的事？哪有因为歌颂天安门广场，因为抒发革命的感情，反倒变成了严重的政治罪犯？

我扶着爸爸慢慢走到烈士碑跟前，对着“人民英雄永垂不朽”这几个大金字看了好半天，然后在台阶上坐下来。爸确实是累了。他又抽起烟来了。八年，他半支也没有抽，可是，从昨天起，他又抽起烟来了。可是现在我不说他。抽抽烟也许可以让他的精神松弛一下吧？

四周围的柏树林子里，有些老年人在练太极拳。他们大半都经历过旧社会里的各种古怪事吧？可是他们哪里想得到，在我们的新社会里，在解放了这么多年以后，还会发生像爸刚才说的这样的事？

有的，这样的事是有的。连贺老总那样的老帅，南昌起义的总司令，人民解放军的创立者之一，洪湖苏区，叱咤生风；长征路上，风云变色，不是也被姓林的那个大野心家活活地给残害死了吗？岂止一个贺老总？岂止一个陈老总？……

在我们背后，在纪念碑的那一面，有两个人说话的声音：

“我也说不清到底为什么，反正总觉着脑子老发懵。收获，屁的收获！入了党就是收获吗？”

“连入了党都不算收获，什么才叫收获？我连党也没有入成呢！”

“你哪知道，不入党，对一些事情倒不想，入了党不想就不行，可是偏偏就越想越糊涂！”

“你真是个怪人！”

随着脚步响，从后面转过来两个穿军大衣的青年人。一个个子高一点，瘦一点；另外一个矮一点，胖一点；两人都背着鼓鼓囊囊的挂包。走到我们前面几步远的地方站住了，仰头看着高大的烈士碑，好半天不动。忽然，那个瘦高个子朝爸爸看了一会，“呀！”了一声，冲上前两步，愣住了。

爸早已摘了口罩，正在抽烟，低着头在想什么，这时也“啊！”了一声，愣住了。

“老同志，你是……我没有认错人吧？”瘦高个儿红着脸说。

“没有认错人。”爸两眼放光地微微笑着说，“我是‘十一号’，半点也不错。你大半想不到吧？嘿嘿，我这把骨头到底整着个儿回来了，除了掉了几斤肉……怎么？你们没有戴帽徽领章，是请假出来玩玩的吧？倒真早啊！”

“复员了，”青年人说，“刚刚复员。在这里遇到你，真没想到，真巧！”

“没什么可奇怪的，这年头本来就是蹊跷事儿多得很。来，坐一会，谈一谈。”

两人真的在爸身边坐下了，就谈起话来。他俩都是河北省人，是同乡，不是一个部队的，却是同时复员的，都住在亲戚家里，想最后在北京玩一天再回老家去。瘦高个儿名叫吴建坤，小矮胖墩名叫何保山。今天两人约好了要先看天安门广场，特别是吴建坤，要看看这烈士纪念碑，因为他是烈士子弟。在爸八年的监狱生活里，有三个月小吴是爸这个牢房小院的看守兵，是跟爸打过交道的。可是爸不知道他的姓名，只知道他叫“武装”。这是对犯人的规定：不准叫解放军，不准叫同志，只能叫“武装”，是“武装镇压”的意思，有什么事就喊：“报告武装！”多新鲜呀！另一方面呢，小吴也不知道爸的姓名，只知道他是“十一号”——是第十一号牢房里的“犯人”。这当然是个很妙的办法：守卫战士不了解“犯人”是谁，不会对“犯人”产生同情心，如果把“犯人”折磨死了，不过是抹掉了一个号码，不会在战士们心里留下什么痕迹。

我心里忽然产生了一个疑问：这两个青年人是不是来当侦探的？把爸放出来了，那些家伙们就放心吗？不见得。就算不是来当侦探的，说话也要小心啊！万一有什么话传到他们耳朵里去，能保准不再出什么事儿吗？爸怎么能满不在乎地跟这两人谈天呢？就光说管过你，整过你，就不恨他们吗？我还发现，吴建坤的神气一直是紧张的，连说话的声调也不自然呢！……我很不高兴，使劲把爸一拉。爸也承认自己累了，使劲拉着我的手想站起来。可是我真没有想到，吴建坤突然跳起身来，用立正的姿势笔直地站在爸面前，脸色红得不能再红，声音怪得不能再怪："首长！我，我想，要是你能再待一会，我有点问题想问问你，行吗？"

爸起先一愣，接着就笑起来了："哈！小伙子，我是刚出狱的'犯人'，怎么你叫我是首长？我可向来就不喜欢这一套！"

小吴又结结巴巴地说："首长，你是革命的老前辈，在监狱里软硬不吃，真叫人佩服……"

"慢着！"这一下爸好像更有了兴趣，"什么'革命的老前辈'？你从哪一点判断出来的？"看了看附近没有人，又低声说："还有，每次都是在地下室里秘密审讯我，你们都不在场，怎么知道我软硬不吃？"

我很不耐烦："爸，你问他这些事情干嘛？咱们走吧！"

"问一问有用处！我想了解一下战士们的心理……来来来，咱们索性再坐一会儿，谈一谈，把你们要问的话，心坎里的话，说出来吧！"

真急人！又都坐下来了。小何从挂包里掏出几个面包来，非要我们吃。大家就这么一边吃着面包，又没完没了地谈起来了。

小吴是怎么知道的呢？当时，守卫战士有一个任务：每天逼着爸背一篇毛主席著作。用的就是爸学习了几年的那四本《毛泽东选集》，是从家里抄去的，上面写满了密密麻麻的学习心得，尽是一些"联系实际"的事情。每天早晨，小吴他们拿着书听爸背，有时就看那上面写的学习心得，这就知道爸是什么样的人了。要是背不过来呢？有个姓郝的连长，坏透了，就逼着战士打爸。时常嫌战士们打得不狠，他就自己动手，心狠，手毒，打嘴巴，用皮带抽身上。多少篇，多少天，挨了多少打啊！四本都背完了，又从头起。特别是《南京政府向何处去？》和《敦促杜聿明投降书》这两篇，少说也背了十来遍！天哪！

亲爱的好妈妈，我真不想把这些悲惨的事情写出来告诉你，我猜想你会哭起来的。我呢，这回可真是忍不住擦起眼泪来了。是我太软弱吗？不！连小吴同志这么个身体壮大的复员战士，说着说着也流起眼泪来了，连小何也在一边长出气呢！

那时，爸每天睡的是不到两尺宽的一块小木板，盖着一条粗毯子。为了争取活下去，为了狠命记住主席的著作，又要忍受身上的伤痛，爸常常在晚间入睡前，在早晨醒来时，一边使劲记，小声背，一边使劲用手抓毯子，抓紧了，又放开，又抓紧。当时战士们都看见，爸把那条毯子抓破了多少洞啊！他们想：这个老头是个身经百战的老干部，以前那么用心学习主席著作，他到底犯了多大的罪，为什么要这样折磨他？这座阴森森的大监狱里关着多少这样的老年人呀，他们都是对革命有功的老干部啊！……有的战士简直苦恼得睡不着觉。可是他们互相都不敢说。有个别胆子大一点的，有时偷偷把一两个压扁了的白面馒头塞在爸的枕头底下。（每顿饭两个小窝窝头，菜很少，没油没盐的，哪吃得饱？）有时趁那个坏连长不在，就扯谎说爸已把主席著作背下来了。在"放风"和洗衣裳时，有时想法让爸在小院子里多待一会儿。这些事情虽小，却使爸感激得不得了。特别是，有一回，爸在一个压扁了的馒头里面发现了一张小纸条，上面写着"林彪死了，他是反革命"九个极小的字。这事给了爸多么大的支持和安慰啊！他想："好了，总该有解放的一天了！"为了记住这位战士的好心，当天夜里，他把这张小纸片塞进自己棉衣的破洞里，一直保存到现在呢！

但是惨痛的事情还不止这一件。小吴还看见：多少次，让几个战士把爸按在木板床上，让一个穿白衣裳的"大夫"给他扎针"治病"。一口气扎上几十根针，然后逼着他站起来，走进地下室去受审问。妈妈你是知道的，我小时候有病是多么怕打针和扎针呀！可是他们一次给爸扎几十根针啊！还要带着这些针去受审呢，这是一个普通人所受得了的吗？除非是一个铁人！审问完了，爸跌跌撞撞回到屋子里，躺下了，把针取下来了，这还不算完。还要让两个战士在他枕头旁边砸煤块子，说是为了准备冬天在这屋子里生火用。其实砸的不是煤，是大块大块的煤矸石！是为了不让爸休息睡觉，是为了震坏他的脑子，惩罚他的态度，折磨他的意志！

亲爱的好妈妈，现在反而是我不断地追问小吴，要他把爸受的罪全部说出来。现在反而是爸不要我问，不要小吴说了。

我很奇怪，为什么这些战士那么听话，那么胆小，就不反抗？原来呀，欺骗宣传起了作用。说这些老干部都是阴谋家，有个大集团，还有很大的黑后台，是专门反对林彪——反对毛主席的接班人，当然也就是反对毛主席的。妈妈你想想，那还了得！还说这就叫"阶级斗争和路线斗争的残酷性"，"是有关国家生死存亡的大问题"！立功吧！谁能最忠于毛主席和"林副统帅"，就能入党，就可以提拔，真是一辈子难得碰到的好机会呀！

谁知道哪个是真“忠于”？谁能保准别人不作小汇报？如果发现你“受了反革命犯人的思想影响”，“同情反革命分子”，那还了得！但是那些当头目的人到底还是不放心，还要把这些守卫战士三个月换一次班。……

吴建坤是在林贼自我爆炸以后才明白过来的。他说着说着，难过得连嗓子都哑了：“首长啊，不是你犯了罪，是我犯了罪！”他觉着自己当了几年兵，也入了党，反倒成了人民的罪人！他连眼泪都流出来了！

是这样的青年人犯了罪吗？当然不是！

爸和我都对小吴安慰了半天，连小何也在一边帮着分析。

爸最后语重心长地说：“小吴啊，我们大家都应该吸取教训呀！这几年全党全国付了多么大的代价啊！要是还不吸取历史教训，那我们还有什么出息？我们的国家还有什么希望？”

大家都沉默了。我心里思绪翻腾起来。问题，问题，有多少问题需要找到答案啊！

“老同志，你一开头就知道林贼是反革命吗？”小吴抹干了眼泪问道。

“开始我还没有那么高的觉悟。”

“那你只要承认是反对他，不就少受许多罪吗？”

“小伙子，那可不行！在重大的问题上，如果你在事实面前后退一步，他们就一定会逼着你后退十步百步千步，再想回头就困难啦！也许一直要把你逼到臭泥坑子里去呢！到那时，你不光是害了自己，还害了党，害了同志，你就成了最可耻的罪人！——这可是一条应该接受的教训哩！”

“你是什么时候知道林贼是坏蛋的呢？”

“就因为像那样逼着我背毛主席著作，才引起了怀疑。你想想，拿这当做折磨人的工具，这是什么样的‘高举’，什么样的‘活学活用’，什么样的‘马列主义’？小伙子，这应该又是一条教训哩！”

“老伯伯，因为你一贯学习就很好，明白这些道理当然是容易的。可是，你那股刚硬劲儿可不容易啊！我真不明白你是怎么扛过来的！”

“嘿，这，说起来话长。你们虽然当过兵，可没有打过仗。不过，你俩都是老革命根据地的人。那时候，我们为了保全自己，消灭敌人，经受过多少艰难困苦！那么多的老百姓、军队、干部，经过了那么长的时间，都熬过来了，彻底打倒了敌人，得到了胜利。怎么来的那股劲？为了生存，为了革命，为了理想嘛！红军二万五千里长征，那有多艰苦！要不是有一股革命的劲，谁受得了！要革命，就得付代价。该牺牲的时候，牺牲就是付代价；该受苦的时候就得受苦，受苦就是付代价。明白这种代价的意义时，我们就能忍受，甚至还感到自豪。在最难忍受的时候，我常常想起那些为革命牺牲了的好同志。简单举个例子吧：有一回，我带着一个加强排，住在一个一百几十户人家的小村子里。拂晓时，突然被十倍于我们的敌人包围了。鬼子事先得到汉奸的报告，知道我在这儿，带的人不多，以为这回可以十拿九稳捉活的了。打了一整天，街道上，房顶上，到处是敌人的尸体，我们也牺牲了十几个同志。到最后剩下了我们八个人，被压缩到一间大通屋子里。两个负了伤的同志，拼着最后的一点力气爬到炕上去，用自己的脊背堵着窗户，就那么坐着。我喊他俩快下来。他俩说：'要是敌人从对面房顶上扔进手榴弹来，就全完啦！'话刚说完，嘟嘟嘟嘟，敌人一梭子机枪子弹把他俩打倒了。我正在布置撤退。早就又有两个伤员爬上了炕，跪在先前那两个同志的尸体上，两只手使劲抓住窗棂子，另外两只手使劲互相抱住肩膀，面朝着窗外看着对面房顶上敌人的枪口。敌人的机枪子弹把他俩的身体穿了多少个洞，他们像两个铁铸的人，一直没有倒下来。这时我的警卫员说：'你们走，我掩护！'他把堵门的桌椅水缸都挪开，打开门就朝对面房顶扔出了两个手榴弹。敌人以为我们要从门口冲出去，拼命朝这里打枪。警卫员临死前还对我们喊了一声：'快！'我们从掏穿了的后墙洞子钻进了隔壁院子，趁着天黑，装着伪军的口气骂骂咧咧，混过了敌人成堆的危险地带，窜小胡同冲出来了。你们想想，有多少像这样为革命英勇牺牲的同志！想想他们，我还有什么受不住的？越是难受，我就越是回忆这些以往的事情。我忍着，决不屈打成招，决不乱说乱咬，这不就是掩护比我更加重要得多的一些领导同志吗？何况我只要能熬下去，还不一定死呢。小吴啊，你的爸爸不也是为革命牺牲了吗？小何，你的乡亲们不也是有很多人为革命牺牲了吗？心里要经常装着一座烈士纪念碑，脑子不能太简单，骨头半点也不能软，眼睛要看着前面，你们前面还会有很多斗争的！……"

"老伯伯，你说得太好了！可是我还想问一个问题……"

"问吧！"

“常言说，苦好受，气难生；宁受千日苦，难忍百日气。像你这样有功劳的革命老干部，……要是我，早就他妈的，不如来它个干脆！”

“哈！小伙子，你想得不对，我可半点也没有这样想！”

“所以我真佩服你，真想问问你……”

“咳！确实是的：侮辱、冤枉、憋气，确实是很难受的。他们不光折磨你的肉体，也折磨你的精神。可是说来说去还是怪你没有打过仗。打仗，有时谁能坚持最后五分钟，谁就能胜利；谁在这最后五分钟里泄了气，谁就要失败，就要受大损失。当然啦，这最后五分钟有时是真难熬哇。这就要看你的意志，看你的坚持性。在打仗的那些年，我把毛主席的《论持久战》读了多少遍。‘持久’是什么意思？就是千方百计地坚持，坚持再坚持。坚持到底，就是胜利！小伙子，总归一句话，骨头半点不能软！哪怕是在你身上扎两百根针，叫你带着这些针受审问，骂你，用尿淋你，能怎么侮辱你，就怎么侮辱你。你头昏得天旋地转，全身抽筋，发抖，心要从口里跳出来，忍着吧！忍着吧！记住一条：把牙咬得死死的，决不开口，为了保住自己这点革命的本钱，为了掩护比你更加重要的那些同志，为了未来，为了胜利……”

半天没有说话的何保山忽然猛地把大腿一拍：“好！太好了！太对了！”他的眼睛睁得那么大，完全听得忘了形。

小吴在裤腿上擦着手心里的汗，又提出了一个新问题：“林秃子一伙都完蛋了，按理说你算是坚持到底了，他们为什么还不放你？”

“嘿，还要‘审查’嘛！多少年经过战斗的审查，工作的审查，历史的审查，又经过了四五年的折磨，这都不算，现在还要审查。把我背熟了的那四本《毛泽东选集》拿走了，那上面不是有我写的学习心得吗？再加上从我家里抄去的几本学习笔记，从那上面抠毛病，找问题：你是不是反对毛泽东思想？我靠毛主席的军事思想打了十年仗，会反对毛泽东思想吗？申辩，解释，不行。既然在林彪还是副主席的时候你就敢反对他，那你还有什么人不敢反对？又从我的申辩材料里找问题。我就又写对于申辩的申辩。幸亏我把主席的著作都记熟了，他们怎么也难不倒我。纸，写了一大堆！……”

“这不又是跟林彪那伙人一样，用主席的著作当做工具来整革命同志吗?”

“结论由你去作吧!”

“好! 这我就明白了! 什么都明白了!”这回小吴也猛力把大腿一拍,跳起身来,“首长,我可还是得叫你首长,你什么话都对俺俩说,解开了心里好多个疙瘩!”他的脸红得像紫茄子一样了。

“哈哈!”爸大笑起来,扶着我站起身来,“你忘了我也是当过兵的! 可有一样,你别问我的姓名,这我可不告诉你,只记住我是十一号就得了。十月一号,是新中国成立的日子,巧得很,有纪念意义。可见,得当心,别让人把咱的十月一号偷着改变了,把咱的整个新中国变成了十一号……”

突然,爸又抓住小吴的手,激动地说:“小吴同志,你能不能帮我干一件要紧的事?”

“什么事?”小吴吃惊地瞪大了眼睛。

“这件事除了托你,没别的办法……”

“到底什么事,首长,你就说吧!”

“帮我找一找,写纸条告诉我‘林彪死了’的那个同志……”

四

这时我才发现,广场上已经洒满了金色的阳光,长安街上早已车如流水,是人们忙着去上班的时候了,时间怎么过得这样快呀!

两个小伙子不知怎么对爸表示尊敬和感激才好,一定要一边一个扶着他走。后来又索性把他的胳膊往肩膀上一搭,架着他走了。

我一面走,一面想着爸刚才说的一些话。有多少值得深思的道理呀! 我怎么才能把自己心里的一些感想整理出一个头绪来呢? 奇怪的时代,奇怪的事情! 惊人的时代,惊人的事情! ——这就是我的结论。爸所经历的事情算是最奇怪的了吧? 可是不,还有更奇怪的事情呢:贺龙同志的死,周总理的受攻击——这都是我不久以前才听说的。还有许多别的千奇百怪的事情呢! 所以还必须得出这样的结论:光是吃惊、痛心、气愤,是没有用的。那么怎么办呢? 还是像“文化大革命”初期那时候那样,发动起红卫兵来造反吗?

汽车站在十字路口东边的马路对面。正亮着红灯，路口上停着好多辆从东边来的小汽车。妈妈，你还记得吧？以前我对你说过，那两年我上初中的时候，每天早晨总要在这里换搭二十路汽车，常常碰见那个人坐小汽车路过这里去上班，就是以前爸坐过的那辆小汽车，连车牌的号码我都记得呢。所以这时我想，今天可别碰见他哟。因为我讨厌那张大白脸；因为我怀疑告密诬陷爸的就是他；还因为，有一个特别的原因使我讨厌他（这个特别的原因，妈妈你是知道的）。可是，好妈妈，你说吧，事情怎么这么巧啊！当我们从停在马路当中的汽车缝儿里穿过时，偏偏巧对巧，那辆银灰色的小汽车夹在两辆黑壳子车当中，正在我们身边，而且车头正对着我们，而且我一眼就看出了里面那张长方形的大白脸。偏偏爸又走不快，偏偏他又摘掉了大口罩，偏偏他又不知道把脸扭到一边去。你可以想象得到，马上，车门开了，大白脸钻出来了，正好拦在我们面前！

好妈妈，你瞧他装出的那股热情劲儿吧！

"嗨呀呀张书记！你这是往哪儿去来着？这这这，你看，前儿我就劝你好好儿养一养，可你怎么一大早就出来了？天气又冷，你这身体又弱，瞧你累的，连腿步都迈不动了！……"

我以为爸至少会给他点颜色看看，至少也要说两句带刺儿的话。哪晓得，咳，爸反倒走上去握着他的手，笑着，显出很诚恳的样子："嗨！你怎么还是开口闭口书记书记的，太客气了！看来你还是那老习惯，准时上班。嘿嘿，是这么回事：早晨空气好，到广场来散散步，累了点，过马路，这两位青年人看我走得很吃力，怕叫车撞着……真多谢他们！"

大白脸听着听着，扬起了眉毛，张大了嘴巴，做出非常紧张的、关心的样子："哟！是想搭公共汽车回家？那怎么行！正是人们上班的时候，公共汽车挤死人！来来来，都上我的车，我送你们一段路！"他不容分说，拉着我和爸就往他的车门跟前走。"小妮妮，扶着你爸爸点，上去！"几年前他每次到我家串门时，总是叫我小妮妮，从那时起我就最讨厌他这种叫法，这种甜得叫人发腻的声调，听着叫人真恶心！

正好绿灯亮了，停在前面的车子已经开动了，不能老在马路当中拉拉扯扯呀！有什么办法？我和爸只好跟两个小伙子握握手，说了几句谢谢的话，就上了车。吴建坤又两步跑到车跟前，隔着车窗问我能不能把我家的地址告诉他。车已经开动了，我大声说了我们的街道门牌，也不知道他听清了没有。真遗憾！

一路上大白脸又对爸叨叨起来没个完，声音是又柔和又甜蜜，说的比唱的还好听："你瞧瞧，我早就告诉了他们给你拨一辆车。这些人办事，总是拖拖拉拉，赶不上趟，批评一百遍也改不了。还有房子问题，也早就吩咐他们要快点解决。你瞧着吧，我要不亲自打上十次电话，还不定又要拖到什么时候去呢！张书记呀，你可不知道哇，这几年变化可大啦，工作有好做的一面，也有难做的一面啦。论形势，确实是大好哇。可是我这草鞋底子你是知道的，总不过是蹚泥踩雪的材料，一到了水磨洋灰地板上就站不稳当啦。下边的干部，积极性是有的，可就是人事关系牵扯多啦。所以我说，你这一回来，太好啦。组织上还能不让你官复原职？让我还是哪来回哪去吧，我这是真心话。我知道，自己顶多也只能是个当副手的材料，跑跑腿，动动嘴，按照上面的意图分派分派，这还凑合，要我主大拿可不行！可不行！再说，身体也——血压，心脏，都有故障。前几天又叫医生检查了一下，高压……低压……心速……张书记，你猜怎么着？我可得当着你的面夸夸小妮妮这孩子，听我家立清说，这些年，这些年，上学……照管姥姥……插队……对人行事……"

哎呀呀我的天！

车刚在大门口停下来，我就赶快开开车门跳下来了。爸还要拖他进屋呢！幸亏他"忙"，又啰嗦了半天，这才"啪"地关了车门，呜地走了。

我扶着爸往院子里走的时候，他说："妮子呀，一路都撅着嘴，现在还撅着嘴，我猜你又'发现'了什么不愉快的事了吧？"

我说："今日的事太不协调！"

"怎么不协调？"

"坐了八年牢，斗争斗争，扛住扛住，刚说完了这些有劲的事，碰见了这个大白脸，就……哼！"

"就妥协，就软了，是不是？"

"要是我，连理都不理他！"

"干吗不理他？"

"狗屎一样的人，你还不知道？"

“怎么就那么臭？我看你太主观了！”

“我主观？光是‘文化大革命’当中他表演的那一套，谁不知道？更甭说别的！”

我开开锁进了屋，帮爸脱掉了大衣，扶着他在沙发上坐下来，又问他：“爸，你是真糊涂还是假糊涂？是谁陷害你的，你就猜不出来吗？你刚才还说，有个串门的……”

爸张着嘴想笑。可是他太累了，连笑的劲也没有了，只是那么“哈”了一声，像是打了个呵欠。他那疲倦的样子使我吃了一惊。我给他倒了杯水，拿来块点心，认真地说：“从现在起，你是病人，我是护士，病人要服从护士的命令。现在我要给你下命令，行吗？”

他说：“嘿嘿，有意思。给人下命令还要征求同意……”

“好，不管你同不同意也得执行。”我忽然忍不住笑起来，“喝点水，把这块点心吃了，到床上躺着，不准动，不准说话，不准看书看报——我得把你的老花眼镜藏起来。我出去买东西，回来要检查的，知道吗？还有，不准再抽烟。八年零两个月没有抽烟，干嘛又抽起来了？真是！把这半包烟给我，好吗？”

爸笑着，我说一句他“嗯”一声，老老实实地表示服从，并且真的把剩下的那半包烟给了我，真的在吃完了点心以后就躺到床上去了。

亲爱的好妈妈，你不在家，我一定要负起照顾爸爸的责任。那天我刚见到他时，那种又老、又瘦、又弱的样子就使我心痛得不得了，就下决心要好好调理调理他。刚才一看见大白脸，喝！全身溜圆，满脸油光，还说他有病呢！我就更加下了决心：一定要把爸调理得身体壮壮的。一方面是为了他以后能好好工作；一方面是为了要让他多活些年；再一方面，是为了叫你回来看着高兴。在我的记忆里，爸从来就没有完完全全地休息过一天。以前，他很少带着我去逛过公园，看过电影。每到星期天，我还没有睡醒，他就到天安门广场散步去了。等我起了床，吃了早点，掀开他屋的门帘子一看，他又是趴在桌子上，拿背对着我，我就只好吐吐舌头走了。所以，在我小时候的印象里，他的背影比他的面影更清晰。每天只有晚饭以后的个把钟头是他休息的时间，也是他跟我讲故事做游戏的时间。那时我是多么宝贵这点时间啊！可是就连这点时间也不是可靠的：不是有客人来，就是我从托儿所里或学校里回来晚了，再不然就是他出门去有别的事情。那时我是多么希望能跟我亲爱的好爸爸在一起多待一会儿啊！现在，爸老了，我成大人了，该没有那种感情了吧？可是不。我发现，爸有时候在我面前像个老小孩，我有时候也在他面前像个大小孩。每逢在这样的时候，我就觉着我更爱他，他也更爱我。好妈妈，可惜呀，你不在家，不能享受这种快乐，也不能使得我和爸更加快乐。我每逢想到：有这样一个爸爸是多好呀！我就更加想你……

五

可是，唉！两个钟头以后，等我给他买了衬衣袜子和一篮子鲜鱼青菜骑着车子回来时，一走进院子就吃了一惊：门锁着的，爸出去了！

这还不算，门前的台阶上坐着一个人。好妈妈，你猜是谁？是一年多没有见面的邵立清！

还是那清瘦模样，只是好像长高了一点。

我起先一愣，接着就有了气。他站起来想跟我说话，我把脸一绷，放好了车子，走进了小厨房，把买的菜放下了。到南屋去问同院的王大妈，她也不知道爸把钥匙搁在哪儿的，也没有给她留下半句话。我正在着急，小邵说话了："门缝上夹着张纸的，你拿下来看看吧。"

我没好气地问他，既然知道纸条儿上写着的，干嘛不早点告诉我，害得我着了半天急。他说："我根本没有看，怎么知道？"我又问他，明明看着门缝上有张纸，就不瞅瞅上面写着什么吗？他说："谁知道你父女俩谁写给谁的，谁知道你们有什么事情，我怎么好去偷看？我从来不做这样的事！"

喝！妈妈你瞧瞧，他还是那股死巴劲！

原来，纸条上写着这样的话："妮子，注意：把院子打扫干净。"

我一看，院子不是挺干净的吗？就算脏一点，干嘛要特别写张纸条嘱咐我打扫，怪呀！问王大妈，她也不懂是什么意思，而且爸出门的时候，她刚扫完院子正洗手呢。

只见小邵眨了眨他那睫毛挺长的眼睛，什么话也没说，走到厨房门口，把靠在垃圾箱旁边的铁土箕拿起来：喝，钥匙就在铁土箕下边呢！

妈妈你瞧瞧，还是那股聪明劲！

我一边开锁一边想：我小的时候爸就爱对我搞这一类的智力测验，真逗！

小邵也跟着我进了屋。我一看，里屋我的房门也锁着的，门缝上也夹着张纸条的，上面写着："妮子，我听你的，决不再吸烟了。"这回我可懂了。可是，看看爸桌子上的烟灰缸，里面没有钥匙；看看丢在桌子上的那半包烟，烟包里面也没有钥匙。小邵拾起我丢在沙发上的那张纸条一看，就捡起沙发桌上的火柴盒一摇，喝，钥匙在这里呢！

我想笑，可是忍住了。还是绷着脸，把那盆月季花搬到外边窗台上，让它晒晒太阳。又回到屋子里扫地，擦家具。他也找了块破布不声不响地帮我擦起桌子来。我可再也忍不住要说话了。

"干嘛？是特地来帮我干活的吗？"

"小妮同志，"他卷着舌头说，"你愿意听我解释解释吗？"

我又气往胸口上涌："一年多以前，你那大白脸爸爸知道了你和我来往，很生气，说我爸是反革命，禁止你再理我，我的记忆力并没坏到连这也记不住，用不着你再解释！"

"我不是想说这……"

"你想说什么？好吧，就算我爸有问题，跟我有什么关系？我也有问题吗？你为什么听你爸的话，为什么骨头那么软，心倒那么硬？"

"我不听他的，行吗？"

"怎么不行？天塌下来了？"

"你知道我爸的心是多狠！他敢把我打死！简直是，又固执，又卑鄙，又狠毒！……"

"就算你说的这是事实。你那大白脸爸爸是个什么样人，我也领教过。可是，光因为你爸不允许吗？不坦白！"

"当然，对你爸的问题，我也有顾虑……"

"哼，到底还算有勇气承认这一点！"

"还因为，你一直对我……"

他的意思我知道。我想解释说，那是因为我年岁还小，不愿意太早地考虑“明确”不“明确”的问题，而且我那时总还是觉着对他了解得还不够。可是我没有把这些话说出来。

“从林彪一完蛋，好些同学的爸妈解放了；原先也是失踪的，也回来了；有的虽说没回来，也有下落了。只有我爸还是下落不明。老师和同学们都奇怪，有的用特别的斜眉歪眼来看我。我妈在干校，姥姥也死了，经济上也困难。我是多难受呀！可偏偏就在这时候，你！……”我难受得再也说不下去了。

想起在内蒙插队的一年里，他几次骑着马跑一百几十里路来看我，我也去看过他。有一次碰见他有病，我日夜守在蒙古包里照顾他。还有，在学校里时，我们一起谈文学、谈志愿、谈理想、谈论“文化大革命”里各种各样的事……

“就算你爸坚决禁止你理我，你就不会偷着来看看我吗？我爸的历史你不是不知道，就相信他是反革命？哼！我早就知道你那见不得人的心思：你爸飞黄腾达了，你以后也会入党，做官，像你爸一样，踩着革命同志的肩膀爬上去，怕我这个反革命家庭出身的人连累你，所以你就不敢斗争，也不愿斗争。刚才你自己也承认了，有顾虑。准是早就在矛盾，只不过是一直没有说出来；特别是在插队那时候，你很寂寞，很苦闷，需要我这个朋友，而且还存着幻想，以为我爸不见得就有什么大事情；后来一看，林彪完蛋了，我爸还没有回来，你就把疑心当做了事实，再被你爸一说，一威胁，你就狠了心。还有个问题：我爸失踪了，谁也不知道他是怎么回事，为什么你爸就断定他是反革命？根据什么？这一点你想过没有？如果没有想过，为什么不想？如果想过，问过你爸没有？如果问过了，为什么不告诉我？如果没有问，为什么不问？”

一连串的问题问得他半句话也说不出。只是红着脸，眨着眼，看样子是在忍住泪。最后，到底忍不住，趴在椅子背上哭起来了。一个大小伙子，哭呢！

我又接着说：“哦，我爸一回来，你就又来了。你怎么知道我爸回来了？是你爸告诉你的吧？是你爸叫你来的吧？嘿嘿，我明白了，今天早晨我跟我爸碰见过他，一看我就明白了：踩人没踩死，害怕了，又想讨好儿，又想拉一把，就赶紧告诉你，叫你来，当工具。卑鄙透了！”

“这么说,咱俩就半点和解的希望也没有吗?”他抬起头来,用泪汪汪的眼睛看着我。

我说:“不喜欢那种受不住一点压力的软骨头!”

他站起身来,从口袋里拿出个东西使劲往桌子上一拍:“给你!”

我一看,是我的照片,装在一个挺精致的小塑料镜框里的。那照片在对着我笑呢。笑我什么呀,是笑我脾气太急躁了吗?难道我在心里闷了一年多的话,不该说一说,闷在心里一年多的气,不该消一消吗?

他噔噔噔走到门口,又回过身来看了我一眼:“完了!反正我是看破红尘了,完了!”一脚就跨出门外去了。

“慢着!”我喊了一声,追了上去,“回来,我还有话问你!”

他回来了。

“你刚才说的什么话?什么‘完了’?什么‘看破红尘’了?说清楚了再走!”

“我干嘛要对你说清楚?没这个义务!”

“那你来找我干嘛?真的是看见交易做不成了,就连该说的话也不愿意说了吗?”

“你已经把该说的话说完了,我还说什么?再说也是多余的!我知道,这一年多我把你的心伤得太深了,没法再挽回了。可是,刚才你把我的心也伤得不浅!……”

他转身又想走,我挡住了他的去路。

“不管怎么着,我总是你的同学,要对你负责,什么‘完了’?什么‘看破红尘’了?你到底犯了什么病?”

“希望之为虚妄,正与失望相同。这就是我的回答!”

“什么虚妄失望的,你怎么胡乱引用鲁迅思想彷徨时候说的话?鲁迅那时处在黑暗时代,正在寻找社会出路。你是在什么时代?你寻找的什么?”

“现在我们并不比鲁迅那时候好多少!”

“那,你到底想走到什么样的路子上去?”

“你干嘛一定要老这么逼着问我?……哦,我明白了!哈!”他真的怪笑起来了,“你以为我是想……嘿,放心吧,还没有到那一步!”

停了一会，他把牙一咬，就滔滔不绝地说起来了，简直像发了神经病一样。

“从你刚才的话，我明白了一条理：自个心里的苦处只有自个知道，要说也说不出，说出来别人也不懂。这一年多，你以为我痛快吗？起先，我恨透了我爸，也不是没有反抗过。像他说的：宁可把我杀了，也不准我的脚后跟歪半步！这些要是对你细细地说，保准你连牙齿都得打冷战！最近他又一定要我进他所指定的大学，而且一定要我进政治系。因为这所大学的党委书记跟他是‘没说的’，不光保险能进去，还很快就能入党，做一个廉价党员。以后当然还要按照他的样板，成为‘运动健将’，‘整人专家’，升官发财。我坚决不同意。他就跳起脚来骂：‘叫你的数理化见鬼去吧！’就把我的那些书都拿去锁起来，一定要我学习评法批儒的文件和报纸社论。我越来越看透了：我爸这种人，就是把自己的得意建筑在别人的痛苦上。在家里，因为我妈服从他，崇拜他，怕他，他得意；把我们三个孩子都制服得像死人一样，他得意。在政治斗争里，他手上脚上都有血腥味，步步高升，他得意。……可是，如今的社会上难道只有他一个人是这样的人吗？阶级斗争，搞得人发昏；好人挨整，坏人高升；争权夺利，不管人民；黑白颠倒，是非不清；什么是真理，什么是进步？嗨！……”

“喝！说起来还一套一套儿的！那，你就是这样看破了红尘吗？”

“就是这样的！”

“那你怎么办？”

“我本来想不去管他，可是我想不管不成，他要来管我，……我苦闷得要死！”

“苦闷又怎么办？”

“对你说，在我爸还没有爬上去以前，他还没有形成这么一套政治哲学，加上那时我还小，他管我还管得少。这两年可就不得了啦！只要他在家，就不断地人来客往：拉这个关系，搞那个关系，他说：‘什么叫政治？政治就是个关系问题。’所以总是不断地请客，喝酒，送礼，谈话。整天支使我去为他跑腿，买东西，送信。还特地为我做了一套呢子衣裳，买了一块最好的手表，一双擦得锃亮的皮鞋，什么时候要我穿戴齐全，我就得穿戴齐全。干什么呢？不是接待客人，就是跟他一起到别人家去做客。干什么呢？学习外交本事，学习政治上的谈吐和人情上的机灵劲儿。还硬要我跟这家的女孩子交朋友，跟那家的女孩子搞对象，因为人家家长的地位高。你是知道的，我是那号材料吗？简直别扭得要死！烦得恨不得要撞头！稍不如他的意，一骂就是两三个钟头——当然还得加上他那套‘政治教育’在内。他还跟一些不正派的、想投机的女的不干不净……”

“小邵啊小邵，我看你呀，很危险！”

“谁说不是很危险？可是我除了苦闷加苦闷，有什么办法？”

“那你为什么不来找我谈谈心？”

“小妮呀，你当然不会知道，我是多么想你！……”他又转过脸去哭起来了。

那么他为什么不来找我呢？据他说，是因为觉着对不起我，又怕我看不起他，又怕我爸真的有大问题……总而言之，心情是复杂的。

从他看我的眼光，我一下子明白了：他今天来，是一个苦闷的人来寻找希望。

可是我……我什么也不能说！

他看见我好半天不说话，就失望地走了。我追他到门口，把那张照片往他手里一塞：“拿着！”转身就跑回了屋里。

可是我很快就后悔了：为什么要把照片还给他？难道我真的喜欢他到了那种程度吗？

我像是呆了，像是傻了，久久地站在窗子跟前，看着外面窗台上的那盆月季花，仔细地、认真地审视我的内心，我的灵魂，想从内心深处感情和理智的秘室里找到答案。可是我所得到的答案是：不！我不是真的喜欢他，虽然我曾经……虽然他仍然有使我动心的地方，虽然我很同情他、可怜他。可是，现在，不！我不是真正地喜欢他！

为什么起了变化呢？是怎样起的变化呢？

哦，时间，事变，考验了人！

是有了创伤，是认出了性格上、感情上、思想素质上的不同之点。这种不同之点是不能忽视、不能调和的。如果不把这一点看清楚，将来，是会后悔的！

过去那种天真纯朴的感情失去了，再也捡不回来了！而“失去”，是令人怅惘的……

可是，我的这种想法对吗？多么矛盾啊！

妈妈哟，你曾经说过，我是小孩的时候，你是我的好妈妈；等我长成大人了，你既是我的妈妈，又是我的朋友，你希望我把什么话都对你说。这时我多么希望你在家，多么希望跟你心贴心地谈一谈呀！可是你离得那么远，而这样的事又不好跟爸爸说，虽然他是一个再好也没有的好爸爸。不知道为什么，今天小邵给我留下的印象这么深，一闭上眼睛我就看见了他那苦恼的面影……两行滚热的眼泪顺着我的脸颊流下来了。可是我的内心深处还是回答说：不！现在你不是非常非常地喜欢他！

六

十一点半，我正在做饭，爸爸机关里办公室的余科长看爸来了。他是特地提早下班来的。看见爸爸不在家，他很失望，说了一些机关里的情况，叫爸爸无论如何要好好休养一段时间，无论如何不要回原机关工作。他说："大白脸已经在开始作准备，不是好兆头！"说完了，就急急忙忙走了。他有些紧张，生怕在我家里碰见别的人。他还说，机关里好多正直的同志都想爸，希望他还回到原来的岗位上去；可是又担心他，劝他还是别回去。余科长就是代表这些同志来看爸的。这些同志本来都想来，一来是怕影响爸休息，二来是怕有"小情报"告诉大白脸那伙人。

一直到十二点一刻，我做熟了饭，爸才回来。又是累得连说话的力气也没有。吃饭时他的手都是发抖的，眉毛拧成了疙瘩，像是在想什么严重的事情。我问他想什么事，他想了想才说："主席的身体很不好，总理病重住了院，这你是知道的。可是你未必知道，形势是多么复杂啊！"我知道爸忧心的是什么，想说点什么来分散他的注意力。说什么呢？刚才余科长说的那些事是很烦人的，而且我估计爸决不会再回原机关去做原来的工作。

"孩子，你好像有什么心事？"爸反倒看出我有心事了。

我笑着说："爸，你真逗，怎么看出我有心事来着？"

他说，是从我的眼神看出来的，好像心事还不小。"是忧心国家大事？

还是忧心个人小事?”我有些吃惊:爸怎么知道我在为个人的事情忧心呢?哦,我明白了。刚才他走进大门时,我正在厨房里尝炖的鱼的咸淡,听见南屋的王大妈在大门洞里跟他小声嘀咕。于是我笑了笑说,我既不是忧心国家大事,也不是忧心个人小事,是想到现在有些青年人,真要命,动不动就看破了红尘,干什么都提不起劲儿来。

爸沉思地点点头:“是呀,我也听见两位老战友说过,现在的确有这样的青年人,政治上幻灭了,灵魂空虚了,对什么都消极了。这可是个大问题!等我想一想,再跟你好好谈一谈。不过我要问问你:就为了这个事跟你的同学争吵吗?”

我说,我并没有跟谁争吵,是王大妈误会了,王大妈心肠太好,可就是太爱瞎操心,我的事她什么都想管。

吃完了饭,我洗完了碗筷,爸坐在沙发上休息,又叫我:“妮子,过来,到我跟前来!”我到他跟前去了,他拉着我的手,声音是那么诚恳,那么关切:“孩子,我问问你:愿意爸关心你的事吗?愿意把什么事情都对我说吗?”

多好的爸爸啊!我有什么不愿意对他说的呢?我就把跟邵立清的关系简单说了说。爸叹了口气:“咳!偏偏是他的孩子,这真是无巧不成书!不过,看起来你对自己的事情很认真,这我就放了心。”

我擦完了桌子。爸躺在床上开始午睡。我到里屋接着写信。起先我还听见外屋里轻微的鼾声,后来我就忘记了一切,光顾得在信上跟妈妈谈话了。等我想起来,一看表,已经是下午三点半钟了,到外屋一看,爸又不见了!

好妈妈,你说我该死不该死!

七

一直到吃晚饭的时候爸才回来,又是累得皱着眉头子不说话。问他到哪里去了,他说:“别问,说给你你也不知道。”叫他注点意,别对什么人都说心里话,当心有打小报告的。他说:“你甭担心,我知道。”

晚饭后轰地来了一群同学,是特地来看望爸爸和向我道贺的。这几年他们都或明或暗地对我表示过同情，有的还特别跟我谈得来，有的还在生活上给了我一些帮助，使我非常感激，所以今天大伙都感到格外的高兴和亲热。

他们怎么都知道爸回来了呢？原来是小邵告诉的！整个下午小邵骑着车子跑了半个北京城，还打了多次电话，这真出乎我的意料。

大家跟爸谈了一会儿话以后，为了让爸休息，我就把他们领进我的屋里，把门一关。屋子小，坐位少，多数人都坐在床上和桌子上。多么热闹！多么高兴！没有一个人不抢着说话。他们都觉着小邵今天很古怪，见到他们每个人都只说两句话："告诉你，张韵妮的爸爸坐了八年牢又回来了，快去看看去吧！"说完就走了，什么别的话都没有，脸色还挺难看。有了解小邵思想情况的人，就引头儿说起他看破红尘的问题来了。陆荃是个爱放大炮的家伙，自己正在努力找对象，就以为别人也像他一样，就先放了一炮："小邵能看破红尘吗？鬼都不信！要是他有了小家庭，保险得把门呀窗子的捂得紧紧的，整天待在小暖和窝儿里，看破个屁！"我猜着他是有意说给我听的，可是我装做不知道，根本不理他。他又接着说："咳！闭门不问窗外事，一心建立小家庭：男的做立柜，打沙发，女的织窗帘，绣枕套，把小屋布置得像仙宫。再叫他爸走后门给小两口都找个好工作，再买台电视机……嗨！"几个人同时打断了他的话，说这不是小邵的理想，是他陆荃自己的理想，是他不打自招。陆荃不服气："就算是我的理想，有什么错？现在这样的人少吗？总比小邵的爸爸那种人强！"

"小市民的理想，一股臭味！"文俐俐尖叫起来。

"真是臭气熏天！"别的人也附和说。

陆荃当然不服气。大家就这样你一言我一语地争论起来，简直吵得要炸破了屋子。

一直沉默不语的"哲学家"肖思纯忽然拍着手喊起来："喂！喂！同学们，这样争论下去争不出个名堂来，我提出个问题来大家讨论讨论好不好？"大家向来都知道小肖脑袋瓜子里穰子多，所以都静下来等着。他又接着说："实话对你们说，有一段时间我也思想消极，想看破红尘。可是，怪呀，说什么也看不破，一碰到气人的事情就要生气。比方说，邓副总理上台以后，刚刚把咱们的国家搞得日子好过一点了，又有人大喊大叫要反击右倾翻案风，看样子是要把邓小平同志搞下去，说不定连周总理都危险。你们说气不气？所以我提出个问题：红尘到底看不看得破？看得破怎么着？看不破又怎么着？”

这又马上引起了热烈的争论。有的说，这时候除非是木头人才能不生气。有的说，生气又有什么用？权在人家手上，搞得不好就把你当反革命办。有的说，反正咱们的国家倒了霉，眼看着非大乱一场不可。有的说，光是国家的事情叫人生气吗？我们自己的事情呢？谁家没有这样那样的困难问题？谁家没有人挨过整？有的说，就连现在那些屁股冒烟的大干部也不见得个个都松心。有的说，这会儿谁也不知道自个的命运怎么着……

我静静地听着，暗暗地想着：是呀，现在一切一切都反常。就拿小邵来说吧。他本人的条件，聪明正直，政治上并不是没有热情。他家庭的条件，经济上没有问题，爸爸正吃得开。可是就偏偏要逼得他往消极的方面去想。拿大家来说，有的已经当了工人，有的正准备去插队或参军，有的想进大学，都是正在走向前途的时候。他们是怎样考虑前途的？记得上小学的时候，每个孩子都是想着努力学习，将来要当工程师，当医生，当解放军，为祖国作贡献。可是现在我们有几个人在为国家的需要着想？又有几个人能够按照自己的心愿为国家的需要着想？又从哪里看得出，国家在主动地希望我们为她着想？说到各人的学问本事，一上初中就碰到了“停课闹革命”，后来又碰到“黄帅病”和“铁生狂”，弄得初中夹生饭，高中饭夹生。上大学吧？没有后门，有的还因为所谓“家庭成分”问题，谁保送你？就算进去了，也还是炒夹生饭，能学到多少本事？拿我自己来说，为什么一想到“国家的需要”就会有“不切实际”这四个讨厌的字涌上心头？社会上，争权夺利，拉帮结派，托人情，走后门，这些歪风邪气越来越严重。工厂里不好好生产，农村里，有些地方穷得连农民的口粮都成问题。这一屋子青年人从表面上看都很快乐，实际上每个人心里都有一股空虚、惶惑、焦急、气愤的味儿。这些年我跟自己的这种心情作过多少斗争呀！如果爸不回来，我的前途是什么样的呀！……

向来不爱说话的黄静娟一直跟我挤坐在一个凳子上，抱着我的肩膀，捏着我的手。这时她也许是怕大家吵得爸在外边屋里不能好好休息，开开门朝外屋里看了看。没有想到，爸却对她说话了："怎么，小鬼，争不过人家吧？想来搬救兵吧？哈哈！"爸这一笑不要紧，引得满屋子都响起了笑声。肖思纯马上提议："让张伯伯帮我们分析分析吧！"同学们就真的都涌到外边屋来搬救兵了。

看着这些青年人，爸的眼睛立刻就亮起来了。在灯光下边，只有他的头发是苍白的，只有他的脸上是没有血色的，只有他的皮肤是有皱纹的。可是，好妈妈，你猜怎么着？在我看来，只有他的话才是最年轻的呢！

在开始说话之前，趁大家在找座儿的时候，他招招手把我叫到跟前去。我知道他的意思，对着他的耳朵小声告诉他，这些同学都跟我好，都可靠，真心话可以对他们说。他笑着点点头，两只眼睛更加亮闪闪的了。

"哈哈！不看见你们不显得我老，一看见你们就显出我老来啦！你们是多好，朝气蓬勃，精力旺盛，全身都是一股新鲜气，真像是春天的花草。人，对什么都有办法，就是对老可没有办法。可是老年人也有他的长处：活了几十年，有很多体会。你们猜人老了最可怕的是什么？你们以为最怕的是没有牙齿不能吃花生豆吗？哈！你们瞅瞅我这嘴里，"爸说着，张开嘴让大伙看了看他那残缺不全的牙齿，"孙悟空要是在里面翻筋斗，甭担心咬着他的尾巴，哈哈！"

屋子里马上又爆发了一阵年轻人的笑声。笑得最响的是文俐俐。她用手捂脸时，差点把沙发桌上的茶杯摔到地上去了。

"我爸的牙可不是老掉的，是鬼家伙们打掉的！"我忍不住插了一句嘴。因为看见爸那满嘴残缺不齐的牙，很难受。

"他们是好心，"爸又像玩笑又像认真地说，"是为了免得我以后牙痛去拔牙，先给我动动手术。不过，咱们还是言归正传。对你们说，老年人最可怕的是什么？是后悔！后悔！后悔一辈子没有做过什么有意义的事情，后悔几十年活得没意思。乡下农民有句俗话：'不怕碰见鬼，就怕落后悔。'后悔，会像毒蛇一样咬人的心，一直到临死断气的时候都不痛快！那么，反过来说，青年人最可怕的是什么呢？是浪费青春！是明明在浪费青春自己还不知道，还不在乎，还要用自命高超的词句装饰起来，叫做'看破红尘'！我可一定要提醒你们：大河流水消复涨，花开花落有定时，唯有青春去不返，人到老来后悔迟！所以我还要提醒你们：社会主义的红尘是看不破的，否则，我们革命几十年就白革了！社会越往前发展，个人与社会的关系就越密切，这是一定的！比如说，国家的经济建设搞得好不好，对你们每个人是不是有血肉相联的关系呢？假如要你每天为了买一盒火柴去排两个钟头的队，你能满不在乎吗？假如工厂不招工，你能满不在乎吗？假如农村很穷困，你能满不在乎吗？国家的每一件大大小小的事情都对每一个人有影响，不是直接的影响，就是间接的影响。再反过来说，社会主义红尘看得破你们吗？应该尽可能关心你们新一代的培养教育，引导你们走正路，重视你们的未来，因为你们的未来，就是我们的国家，我们的事业的未来。想想看，哪一样事情不需要你们去接班？哪一件事情不需要一代比一代更有本事？比如说，没有一定的文化水平，能够当好现代化的工人、农民、战士吗？没有各行各业的专家，能够建设现代化的国家吗？可是，同学们，危险啦！确实是危险啦！有人正在从学校教育、社会风气、道德品质、经济基础……一切一切方面，妨害你们成长，阻碍你们发展，而且破坏你们的政治理想！他们要把你们变成没有头脑的群氓，一无所长的废物，吊儿郎当的懒虫，为非作歹的坏人，总归一句话：他们要把我们的社会主义的红尘搞糟！”

听到这里，我忍不住代表大家喊叫起来：“爸！我们大多数人并没有看破红尘的思想！我们不是那样的青年！”

好几个人立刻也附和起来：“对！我们可不是那样的人！”

年岁最大的黄亦超这时更显得特别激动。妈妈，不知道你是不是还记得，有两次你从干校请假回来，我好像跟你随便谈到过这个黄亦超。对你说，这可是个怪人。他是黄静娟的哥哥。虽说没有跟我同过学，因为静娟的关系，我们也很熟。这两年他常跟静娟一起到我家来帮我干些事情。比如说，春天扫房子，糊顶棚，冬天安炉子，糊窗户。特别是全北京市开始用煤气的时候，好多人家都盖小厨房，我们家的小厨房要是没有他邀来几个师傅帮了几天忙，就根本连想也不敢想，我真太感谢他了！可是他总是板着严肃的面孔，很少跟我说话。干完了活，也不要人说谢谢，也轻易不肯留下来吃饭。所以我总是把他叫做“闷嘴葫芦”。据说，“文化大革命”刚开始那两三年他“跳”得很凶，是个造反派的小头头。后来又突然消极了，变得不爱说话了。后来有人诬陷他是“五一六”分子，把他抓去关了两年半。他在监狱里整整学习了两年半马列主义，差不多把马克思恩格斯的主要著作都认真地学完了。从监狱里出来以后，他就开始做社会调查，通过各种关系，到河北、山西、内蒙的好多地方都去过。最近半年多他当了电机厂的工人，又开始利用各种关系对工厂做调查。据静娟说，他的朋友多极了，机关、部队、农村、工厂里都有。他在家里自己住一间屋子，不断地有朋友到他的小屋里去住，去谈天。可是，他在我面前是个最不爱说话的人！你说怪不！……这时，静娟悄悄儿捅了我一下，叫我注意她的这位古怪哥哥。只见他激动得眼睛睁得大大的，脸孔绷得紧紧的，一只手捏紧了拳头，举起来像是要打人，又放下了，又举起来。像这样一连举了三次，这才把睁大的眼睛眯小了，心情平静下来，愣愣地看着自己眼前的地上，好像根本不觉得旁边有满屋子的人。

爸也更加激动起来了，下面的一些话简直是咬着牙说出来的："……一别八年，回到了人间，没想到人间变成这样了！简直像做梦，也不知道那八年是做梦，还是现在在做梦。……几十年艰苦奋斗打下来的天下，……痛心啦！"他停下来喘了口气，这才又接着说："咳！所以，一看见你们这些可爱的青年人，我就特别想说话。说一说，有好处。我知道，你们当然不是那种自暴自弃的青年人。我们韵妮大概也不会结交那种自暴自弃的朋友。……同学们，话又说回来，希望是有的，而且是很大的。去年，为什么四届人大一再延期？斗争嘛！一直到今年一月，总理带病主持了会议，提出了四个现代化的宏伟目标，大大振奋了人心。这是一个大的斗争回合。后来邓小平同志出来主持中央工作，提出了'安定团结，把国民经济搞上去'的方针。这又是一个大的斗争回合。这一年来，国家经济逐渐有了一些好转，全国人民看到了希望。可是，斗争还在继续啊！为什么要批'当代的大儒'？为什么要吹捧吕后？为什么要鼓吹封建的'法家路线'？为什么要说'架空晁盖'？为什么要大喊大叫'反击右倾翻案妖风'？为什么全国许多地方还在乱？……花样层出不穷，得意洋洋，不可一世。同学们啦，主席病重，总理病重，党和国家到了严重的关头，严重的事变在向我们每一个人，向我们全党全民逼过来了！逼过来了！同学们，逼过来了！可是，我们，从上到下，也在向着严重的事变迎上去！迎上去！同学们，我相信，你们也在有意无意地迎上去！这几天我了解到，近年来，整个北京，工厂，学校，各行各业，家家户户，都在传消息，谈情况。小道消息比流水还多。这就是当前的红尘，谁也看不破的红尘！我相信，全国各个地方必定也是这样的。这就是党和人民在向着严重的事变迎上去！迎上去！山雨欲来风满楼，历史上从来如此！……好，说到这里，我就要问问你们：人们像这样传递消息，谈论时事，有作用吗？有意义吗？你们谁来回答一下这个问题好不好？”

爸停下来了，又咬紧牙根，紧绷着下颏，看着每个青年人的脸面。

“有作用！”爱放炮的陆荃首先说。

“当然有作用嘛！”爱尖叫的文俐俐也点点头，不过这回她的声音并不高。

“有什么作用？”爸又问大家。

沉默，没有人回答。我想了想，也不能回答。爸在耐心地等待着。大家的眼光不知不觉都集中到黄亦超身上了。因为在这一伙里他的年岁最大，不少同学都知道他的思想向来比我们要高一着。刚才在里屋里吵吵了这么半天，他还一直没有说话呢。

“有作用！”黄亦超想了想，果然开始来回答了，“这是群众性的揭发和批判。这就是张伯伯说的，山雨欲来以前的大风！”

“说得好！你很有头脑，再说下去！”爸猛一下高兴得满脸笑得像开了花。“这股风好得很！可是，有什么用处？再说下去！”

“好！”黄亦超脸都红了，“这股风就是好！他们，明着说假话，暗里搞阴谋。报纸刊物上假话满天飞。他们一天不说假话就过不了日子，一天不搞阴谋就过不了日子。他们的权力就是建筑在‘欺骗加残害’这几个字上面的！可是我们要说真话！有些所谓‘小道消息’都是真话！人民群众的议论都是真话！我们跟他们相反，一天不说真话就难受！越是说真话，人们的觉悟就越提高，他们的谎话就破产，他们的阴谋就露底！张伯伯，你提醒了我，好得很！”

“好啊！”爸高兴地站起身来，走到黄亦超跟前，“请把你的名字告诉我好吗？”他问的声音很低，好像怕吓着了小黄。得到了回答以后，他又用同样低低的声音问他：“你一定很注意政治理论学习，是吧？”得到了回答以后，他又自言自语似的说：“对！学习的，不是现在报纸刊物上这些骗人的所谓政治理论，是真正的马克思主义——这话说得好！看起来，新的马克思主义的青年在成长，这才是正真的接班人！……”他思索着，又回到原地坐下来了。

看到爸这样高兴，我也高兴。我由于有小黄这样的朋友而感到自豪。我不由得要微笑，要睁大了眼睛看着小黄那粗眉毛下边深邃的、像是装满了智慧和感情的眼睛。我没有想到，这时他怎么会发现我在注视他呢？为什么忽然对我闪了一眼，又赶紧低下眼皮，并且猛一下脸色绯红了呢？而且，为什么我的脸也猛一下发热了呢？我不知道！我不知道！以前，有多少次，我也像这样悄悄儿注意过他。我总想打开他内心的门户，可是他总是不说话，有时光是眨眼睛，好像眨眼就是他的回答，就是他的言语。……哎哎，我不应该再这样胡乱想下去了。于是我想起来，爸还不知道，在许多学校、工厂、机关里，像小黄这样肯学习、肯注意时事、肯用脑筋的人是很多的。许多惨痛的事实，打开了许多许多人的脑筋啊！

听了我的这些解释以后，爸更加高兴了。

“可是我还要再问一问你们，这股看不见的大风——这种群众性的社会主义民主运动，会产生力量，会取得效果，会影响以后国家的前途吗？”

又是沉默。没有人回答，连黄亦超也不能回答。可是小黄又想起了另外一个问题。

“张伯伯，说起来，有几年我的确是狠狠地钻了一下。我是想弄明白：到底马克思主义是一些什么内容、什么精神；为什么各种各样的阴谋家、野心家都像玩魔术似的歪曲马克思主义。后来我就发现了一条这样的事实：翻遍了马克思和恩格斯的著作都找不到一句假话，也很难找到一句不切实际的话。他们非常重视事实，决不回避事实。他们总是根据充分的事实，经过精密的分析，才得出结论……”

“这又说得太好了！”爸又现出了满脸天真的笑容。可是马上又皱紧了眉毛沉下了脸：“痛心啦，同志们！林彪不是说过‘政治，是无诚实可言的’这句狗屁话吗？他们就是靠说假话来搞鬼，来破坏我们党在人民群众里的威信，来破坏党的实事求是的优良传统。这真叫人痛心啦！真理受蒙蔽，是非被颠倒，人民受压抑，正气不能伸张，经济受害，党受腐蚀，国遭灾难。并且，这是在什么情况下发生的呢？是经过了一场火山爆发一样的热情斗争以后发生的。而且这个斗争持续了好几年。回头一看，被一些野心家阴谋家欺骗了，利用了，这就是有些人政治上感到迷茫的原因！可是我们一定还要看到：这场斗争也从反面逼醒了很多的人。这也就是我们大家义愤填膺，热血沸腾，想要改变这种情况的原因！别忙，新的时代一定会到来！刚才我不是问你们吗？这种群众性的批判运动会不会产生力量？会的！五四运动是在十月革命的影响下产生的，'一二·九'运动是在党的直接领导下产生的，这次人们的思想情绪，难道不是在党的多年教育下，特别是在四届人大那场斗争的影响下发生的吗？所以我奉劝你们：不要被眼前的许多消极现象所吓倒，不要被气势吓人的家伙们所吓倒。要睁开眼睛看，张着耳朵听，掰开脑筋想，看准了对象说。要当时代的侦察兵，历史的决斗士！不要落在后面，不要等将来再后悔。那些坏家伙是害怕党和人民的。不是有一些大大小小卖身投靠的家伙们向他们告密吗？这正好说明他们在害怕。长久以来我们都有个习惯，什么都等着党中央说话，等着毛主席说话，等着上级布置。现在可不能像那样等待了，因为主席病重了。向着重大的事变迎上去吧！向着新的时代迎上去吧！把你们的青春之火烧起来吧！把你们的青春之歌唱起来吧！每逢时代大转变的时候，就是斗争最尖锐最严重的时候，也就是考验我们每一个人的时候。让我们都来经受这场严重的考验吧！"

爸用一个有力的手势，一个坚毅的表情，结束了这场谈话。

寂静。沉思。连彼此的呼吸都听得见。好像连灯光都在沉思。但是每个人心里都翻腾着年轻人的热血。

亲爱的好妈妈，你不是多少次说我容易感情冲动吗？我对你的批评想过一百遍。我觉得这是缺点，又不是缺点，甚至于还是优点呢。一个人没有热情怎么行呢？有时候，怎么能够不感情冲动呢？有热情，总比那些冷心肠的人好。我最讨厌那些冷酷无情的冷血动物。你看，爸爸是多么热情！是的，因为热情，他写了那首歌颂天安门广场的小小的散文，因为这篇小散文他坐了八年牢。但是，不能说是因为他写了这篇小文章，应该说是因为世界上有那种卑鄙无耻、冷酷残忍、卖身投靠的人！革命的热情总是跟反革命的冷酷无情相对立，相斗争的。

这时候，我心里热血翻滚，很想说些什么。可是说些什么呢？于是我想起了爸所写的那篇散文诗。于是我好像更加认识了爸爸，也更加认识了我自己。于是我在一片寂静当中站了起来，把手一拍，告诉大家说：我要背诵一首小小的诗篇给他们听，但是请他们暂时别问这首诗是谁作的。如果他们一定要想知道，那就改一天再来吧——我有很重要的、很动人的一个故事要告诉他们，这个故事会鼓舞他们的斗志的。我看了爸一眼，他并没有阻止我的意思；相反地，他在微笑，在休息。于是我就背诵起来了。我自己都觉得，情感和音节交织在一起，就像爸的诗篇里所说的，自自然然地从我的胸脯子里"迸发"出来了：

从五四运动，到"一二·九"运动，到解放军进城，到毛主席在天安门上宣布新中国成立，天安门广场上一次又一次迸发出时代的火花。在斗争的火花里，飞溅着血滴和泪水，震响着愤怒的吼声，唤醒亿万人民，奋勇前进。在庆祝节日的火花里，飞扬着歌声和笑声，震响着礼炮的轰鸣，激励着亿万群众，奋勇前进。一件一件惊天动地的事变，一代一代英雄的人民。血泪的海洋变成了红旗的海洋。历史在咬紧牙关前进，在搏斗中前进，在微笑着前进，在呼喊中前进，在胜利的凯歌声中前进。

……

亲爱的好妈妈，我这么朗诵的时候，看见满屋子一对对大眼睛在兴奋地看着我。我好像看见了千百万青年人都集中到天安门广场上，好像看见了千百面红旗在迎风飘动。我被感动了，再也朗诵不下去了，我忍不住要说出原来不想马上说的事情了。

"同学们，本来我不想告诉你们，可是，我忍不住不说。你们知道这个小散文是谁写的？不是一位青年人，相反的，是一位老年人。他因为写了这首小小的散文诗，被那些坏蛋们抓走了，关在监牢里，多长时间？八年啊！……"

屋子里又是一阵寂静。人们好像连呼吸都闭塞住了。每一张红扑扑的脸都转向了爸爸，每一对亮闪闪的眼睛都看着爸的脸。银白的头发，灰色的浓眉，深陷的脸颊，坚硬的下颏……

突然，大门外边响起了汽车喇叭的声音。

爸猛一下站起身来，用出人意外的、轻捷的脚步迎出去了。

八

原来是陈老伯派他的秘书坐车来，立刻就把爸接走了。

同学们都跟在爸身后走到大门口。奇怪的是，每个人的脚步都是那么轻，连他们跟我道别的时候，那些激动的话语也都是用低沉的声音说出来的。可是他们跟我握手时，真用力呀，把我的两只手都捏痛了！这使我想到，他们每个人都是带着一些新鲜的思想回去了。他们都跟我约好了：星期天还要一起到我家里来，听我讲一讲"一篇小散文，八年监牢狱"的故事。我还发现，黄亦超以前是从来不跟我握手告别的，最多只是对我扬一下手，说一声"再见"，就走了。可是这一回他也破例地跟我握手了，而且比任何别人都握得更用力，痛得我差点要叫起来，却又连"再见"也没说，一转身就快步去追赶别的同学们去了。真是怪人！……

可是，好妈妈，我又一次万万没有想到呀！当我关好了大门往回走的时候，南屋的王大妈走过来挡住了我的路："小妮，我可要说你了。你怎么这么狠心，怎么能把人家挡在门外站这么半天！这个大冷天，心痛得我连觉都不想睡。你！……"怪呀，我把谁挡在门外来着？她用手一指："那不是？多好个小人儿，你真！……"我一看，映着北屋窗户的灯亮，一个人影向我走来了：是小邵！

我正在奇怪，他好像发了神经病似的冲到我跟前来，想拉我的手，又改成想拉我的袖子，声音有些特别地说："小妮，你真幸运，有这样一个好爸爸，比起我……嗨！"他还顿了一下脚。

"古古怪怪的！"我把他的手打开，往屋里就走。他跟着我进了屋。

我说："坐下吧！干嘛要这么鬼鬼祟祟地站在外边不进来？犯了神经病是怎么的？是为了偷听我们的谈话吗？想给你爸递小汇报吗？哼，你今日得说清楚！"

他一下愣住了，半天才哼出声音来："你，真会冤枉人啦！"

好妈妈，嗨嗨嗨！这回我可真是冤枉了他！不过，这也是他自找的。

谁叫他脑子里有那么多谨小慎微的弯弯绕？本来么，一走进院里，听见我屋里同学们叽叽嘎嘎说得挺热闹，提到他和他爸的名字，提到他看破红尘的问题，就应该大大方方走进屋里来，先对我爸问问好，然后对大伙说："你们对我，对我爸，就敞着口儿说吧。香的臭的我都听得进，我跟你们一样恨我爸。看破红尘的问题，我也觉着挺不对，可是扣儿解不开，你们帮我解解吧。"这有多好！可是他不这样做。首先是怕我爸由于对他的爸爸看不起，就连他也瞧不起；其次是，怕他一进来了，同学们就不好再议论了，他就听不到"客观反映"了。另外，上午我问他的那句话："你爸根据什么一口咬定我爸是反革命？"他回去以后联系他爸从"文化大革命"以来的许多事实一想，也觉得很可疑，就心里非常不安，好像是他自己做了见不得人的事。

"小妮啊，我觉着像是比你矮了一截！我怕，在你面前，在你爸面前，觉着自己身上不干净！……就这样，几种原因凑在一起，我就不敢进来了。"说到这里，他低下了头，好像连看都不敢看我一眼。"我就在你的窗子外边，靠着树站着，半天没有动窝。想走，又舍不得。同学们争论得太有意思啦！另外，到底也想见见你呀！一年多不见，想、想你，今日见了一回面，更想……咳！后来你爸又说了那些话，我简直就听呆了，连时间过了多久也不知道。以前我觉着你不幸，现在我才知道，你是幸福的，我才是真正的不幸呢！你刚才念的那首散文诗，是你爸写的吧？隔着玻璃，我看见了你的表情，听见了你的声音，你热情得真像是一个燃烧着的人！我，一百倍的不如你呀！"他又扪着脸，好像是又要哭起来。

我说："一个大小伙子动不动就哭，光这一点就是软弱的表现！"

他抓抓自己的头："嗨！你说得对，我就是软弱！我也恨自己软弱！可到时候又不由得……不过刚才我并没有哭，我是难受得要死！"

"真难理解，你到底怎么会是这样个人！"

"你怎么还不理解？"他想了想说，"比方说吧，像你爸爸今天说的这些话，我爸，哪怕把他那脑瓜子在消毒药水里泡三天，也说不出这样的半个字！"

"那他尽对你说什么？未必是尽放毒？"

"咳！比毒药还要毒！举个例子吧。是不久以前的事。据他自己很得意地告诉我，他的‘中央首长’派了一个什么代表，请他跟别的几个‘一条线上的人’，一边喝酒吃饭，一边商量‘要紧的事情’。他喝醉了回来。当时我正在读《学习与批判》上一篇吹捧武则天的文章，本来是为了要从反面找出那篇文章的用意来。没想到我爸看见了很高兴，以为我是按着他的话在‘好好学习’呢！嘿，我索性把他那样儿也学给你看看吧：挺着肚子，右手叉腰，左手拿着一根‘新中华’，打着饱嗝儿，喷着酒气：‘听着！你小子学习他妈十年也不如我对你说半个小时。以人划线，以线治人，这两句话就包括了一切，懂吗？归根到底是个权字，懂吗？理，只能是为我的权力服务的。服从你的，就是属于你这条正确路线的人，这就叫‘以人划线’。就是说，认人不认线。不听你那一套的人，就用‘修正主义路线’去治他，这就是‘以线治人’。呀呀，听我的话，以后再也不要学什么物理化学啦。你他妈学了几年 ABC，连个最最重要的大一都没有学会，有什么屁用？那么，怎么得到权力呢？呀呀，归根到底又是四句话：扣得稳，揪得准，打得狠，踩得紧。大帽子不扣则已，一扣就要扣得稳稳的。抓辫子不抓则已，一抓住就要不撒手。实在抓不住也扣不住，就创造条件，一定要扣住他，一定要揪住他！既要打，就一定要打倒；估计打不倒，就等着，创造好了条件再狠狠地打下去！哼！把他打倒了，就踩上一只脚，踩得紧紧的，叫他永世也翻不了身！’可惜你没见，说这些话时，他把牙咬得吱吱响哩！……”

哎呀呀我的天！“你别说了，我不爱听！”我忍不住大声叫起来。

“谁爱听？我，不光不爱听他这些话，一想到他这个人就恶心，就生气！这一年多，我把他的后台看得越清楚，就把他的灵魂也看得越清楚，就对他越是恨，就越是觉着自个不如人，就越是苦恼得要撞头。特别是一想到你，纯洁，热情，高尚……”他的声音又颤抖起来了。

“纯粹是书呆子气！尽是些傻话！他是他，你是你，干吗要觉着自个脏？什么纯洁不纯洁，高尚不高尚的，抽象的道德观念！一个年轻轻的小伙子，既然问心无愧，既然要求进步，就应该挺着胸膛走路，扬起头来做人，该怎么干就怎么干，该怎么斗就怎么斗，闯出一条路子来！”

“反正，我绝不能像他那样做个卑鄙无耻的人，绝对不能！”

“不能怎么着？看破红尘吗？把希望当做虚妄吗？”

“小妮呀，我，问你一句话好不好?”

“问吧！不过，可不许你说傻话！”

“你，到底能原谅我吗?”

“又是傻话！又是书呆子话！原不原谅不在我，在你自己！你能原谅自己吗？什么时候改掉了你这股呆劲儿，傻劲儿，软弱劲儿，我就原谅你！可是我再说一遍：你也用不着非要我原谅不可！……”

他好像根本没有理会我的暗示，只顾说自己想说的话：“我下了决心！”

“什么样的决心?”

“刚才我站在你窗子外边，听着听着，心都抖起来了。我要救救自己！像你爸说的，救救自己！以后，有一段时间你可能见不着我……”

“到哪去?”

“干了再说。我不喜欢‘嘴巴向前，发表宣言’，到时候再写信告诉你吧！”

“又是古怪！好吧，我也不问你……”

九

送走了小邵以后，屋子里只剩下我一个人了。

亲爱的好妈妈，我想接着给你写信，可是我的心情怎么也平静不下来，一连串的事情激动着我，每一个同学的年轻的面孔都在我眼前重复出现，每一句话都在我的耳朵里重复地响……我又像往常一样，想把一些令我感情波动的事情概括出一个总的印象、总的结论来。这一天爸爸对我说了多少话啊！我的总的印象是什么呢？是的，爸自己是这样，也教育我们年轻一代人是这样：把眼光看着时代，看着历史，看着时代的脚步，看着历史的关头。是的，我们正处在一个严重的、历史转变的关头。当然应该让热血像火一样燃烧起来呀！要挽救祖国，挽救革命，挽救我们自己呀！到时候，哪怕是献出自己年轻的生命……用我们的力量把那些害人虫冲倒吧！用我们的吼声把那些害人虫震死吧！用我们的鲜血把那些害人虫淹死吧！

可是我又想起了一个问题：为什么爸才回来几天，就这么快地克服了真空状态？就能够把一切事情看得这么清楚？这是他几十年积累起来的经验吧？这是他八年来熬炼的结果吧？李老君的八卦炉，反倒炼成了孙悟空的火眼金睛啊！什么时候我也能有他那样的头脑和眼光呢？如果我能够像黄亦超那样，真正切切实实地把马恩的著作好好读一读，哪怕是捡那主要的著作读一读，该是多好！是的，我要定一个计划，要生活得更紧张一些，决不能糊里糊涂地浪费青春……

可是我又想起了小邵，想起了他那股别扭劲儿和古怪劲儿。真呆，真傻，可是也真有叫人忘不掉的地方。为什么会有这样的感觉？我说不清，也总结不出来。我是不是会陷入到一种盲目的感情里去呢？不会的！我相信，我希望，小邵心里会憋出一股力量来的，他会变的！不过，问问我的心灵深处，得到的回答又是否定的！

是的，社会主义的红尘有无穷的力量，它总能够使得我们年轻人心里的热血沸腾起来，要想看破它是不可能的。正因为这样，所以社会主义的红尘也是攻不垮的。无论那些阴谋家和野心家坏到什么程度，无论他们的手段多么巧妙……

十

直到深夜十二点了，汽车才把爸爸送回来。

一进了屋，他就用发颤的声音叫我："妮子呀，过来！到我跟前来！"我刚一走到他跟前，他就紧紧捏住我的手："好孩子，感谢周总理吧！感谢陈老伯吧！一辈子感谢他俩吧！……还有，刚才我才知道，原来你也参加了这场斗争呀！这两天为什么一直没有对我提起这件事？为什么一直瞒着我？"我很吃惊：我有什么事情瞒着他的呢？他又接着说："别睁着大眼睛装傻样！你三次给总理写信，请总理救救你的爸爸，是托陈老伯转交的，有这回事吧？"

是呀，有这回事！有这回事！爸刚回来，我又高兴又忙碌，又觉得要说的话太多，要想的事太多，就把这老早以前的事忘记对爸说了。

爸又接着说："应该万分感谢周总理！万分感谢陈老伯！总理事情那

么多，病情那么重，还一直关心我，也一直关心你，最后到底还是总理想办法把我救出来的！费了多少周折呀！……你先别问总理是怎么把我救出来的，别问。你陈老伯说，这件事牵涉到一些要紧的同志，要紧的事情，所以暂时还没有必要把一切详情都告诉我，所以详细情形连我也不知道，怎么能告诉你呢？……可是，妮，你知道总理是怎么关心你的吗？可能你还不知道呢，要是知道，你还能不对我说吗？……”

啊，多少事情猛一下涌上了我的心头！我使劲把爸爸推到沙发上坐下来，扑倒在他的怀里。这回我是真的哭起来了！眼泪，像泉水一样往外淌啊！

总理呀，早就听说您的病很重，早就知道您为党为国承受着多么大的忧虑和惊险。可是我怎么也没有料想到，您还一直为我爸的事操心！为我这个小女孩的事操心！

想起来，我那时才十四岁。妈妈到干校去了，姥姥虽然在世，身体又多病，不少同学用怀疑的眼光看我，苦恼啊！深夜，我给您，敬爱的总理，写信，心里在跟您说话，写了一遍又一遍。那时我就觉着，只有您才是最好最好；只有您以前最关心、最了解我爸爸所做的工作——这是我听妈妈说的。所以我以为，只有您才能找到我的亲爱的好爸爸。我的眼泪滴湿了信纸，又换一张，又滴湿了，把字迹都浸得模糊了，只得又重新抄写。最后总算写好了。从邮局寄给您吗？万一落在坏人手里呢？写信惹祸的事我是听说过的。许多事情教育了我，要提高警惕呀！于是我想起了陈老伯。他是爸爸的老上级。我知道他的地址。送到他家里去吗？我也同样不放心，非送到陈伯伯手上不可。我就瞒着姥姥出了门，天黑时守在陈老伯家的大门外。一直到很晚很晚了，才有一辆汽车在门口停下来，我很高兴地迎上去。陈老伯很亲热地拉着我的手，把我领进屋子里。当时的情景我记得多么清楚啊！……以后，隔一些时就有同志到我家里来，说是爸爸的老朋友，假装探听爸爸的消息，不断地安慰我，说爸会回来的。现在我才知道，他们其实是来了解我的情况，是周总理和陈老伯对我的关怀啊！有一回，由于学校里一件事情的刺激，我难过极了，感情冲动起来，决定不顾一切地干一下：往最热闹的大街上贴它几份大字报，题目是《还我爸爸！》。正在抄写时，刚好那位同志又来了，他劝我不要把这张大字报贴出去，我当着他痛哭了一场。又有一回（是我十六岁那年），一个在山西南部插队的、比我高两班的同学告诉我：他偶然看见了同学赵正杰的爸爸在公社旁边的一个院子里晒太阳，一看见他就赶快进了屋，连话也不敢跟他说。那时赵正杰的爸爸失踪已经一年多了。当时我想：这个同学不会是扯谎，这事一定是真的，也许我爸也在那儿吧？正是寒假的时候，姥姥到二姨家住去了。我就一个人出了门，搭火车到了太原，又倒换了两次长途汽车，到了大山里边的那个小镇子上。问到公社，问到大队，问到生产队，问到我所碰到的每一个人，差不多把整个镇子的家家户户问遍了，谁也不知道赵巍崇这个人，当然也就更打听不出我爸的下落来。一个星期后，我回到家里，大病了一场，只有同院的王大妈照顾我。正好又有一位"爸爸的老朋友"来看我，把我送进了医院……

好妈妈，写大字报和找爸爸这两件事，连你我也没告诉，连二姨也不知道，连姥姥，直到她死我也没有告诉她。我是怕你们说我呀！

现在想起来，要是那时我真的贴出去那张大字报，说不定会闹出什么事来呢。不是有很多"黑干子女"失踪了，被关到什么地方去了，直到现在还有一部分没有放出来吗？

爸今天才知道，原来，林贼是想把爸打成"二月政变"的参加者，"二月逆流"的同谋犯；是想突破他这个缺口，伪造证据，诬陷许多领导同志，特别是要诬陷周总理和贺老总。多毒的心啦！所以，总理自己不好直接说话。可以想象，为了把爸救出来，总理拐了多少弯子，想了多少办法啊！一直到现在，一直到他住在医院里，还在关心这件事，最后他们才不得不把爸爸放出来。

好妈妈，爸可没有责备我爱哭。因为我流的是感动的泪，是欢喜的泪。连爸自己的眼睛也是潮潮的呢！特别是当他从衣裳兜儿里掏出那三封信的时候；特别是当他告诉我，这是陈老伯叫人照我的原信抄下来留着的；特别是他叫我好好保存着，永远永远纪念周总理；这时，他的眼圈儿确实是红红的，潮潮的，连说话的声音都变了："妮子呀，你这三封信有孩子气的诚恳，孩子气的动人。陈老伯说，总理每次看到你的信都很生那些坏家伙的气。……"当我重新读它们的时候，自己也很吃惊。比方说，里边有这样的话："日本鬼子恨我爸，国民党反动派恨我爸，因为我爸把他们打得头破血流。在新社会里是什么人恨我爸呢？为什么毛主席领导的天下里，一个革命了几十年的高级干部会一下子失踪了，失踪这么久没有人管呢？为什么？为什么？”——这些话当然有些幼稚，却是从我心底里冲出来的啊！

好妈妈，以上说的是二十五日那天夜里的事。当时爸知道我在这样的深夜里，一方面在等他回来，一方面在给你写这封发誓要写完的长信，他很高兴。他也有很多话要对你说，可是他眼花手颤写不了字，就叫我告诉你：大概你也快要从干校回来了。不过也不一定，因为总有人要从中作梗。他们是能给我爸制造一点不幸，就制造一点（表面上他们可是说得挺好的）。爸要你好好注意身体，要使劲地活着。为什么说要“使劲”呢？因为总有人唯愿我们死掉，他们才痛快。爸还要我特别着重地告诉你，现在党和国家正处在十分重要的关头，每一个工作环节都很重要，都等着我们去把住。所以我们要“使劲”地活下去。使劲，就是要千方百计地锻炼身体，增进健康，保持心情愉快……爸还随口念了一首送给你的诗：

风物非依旧，疮痍满眼前。
切莫轻捐弃，革命事未完。
裹头迎风立，添衣御晓寒。
努力加餐饭，着意好成眠。
留得身躯在，待机救黎元。
我虽须发白，豪气胜当年。
非不暗思念，隐忍咬牙关。
相见自有日，何必泪偷弹！

我是用另外一张纸先把这些话和诗记下来的。记到最后时我不禁大吃一惊。好妈妈，你猜怎么着？爸叫我告诉你：几天之内他就要接受新的任务！

“爸，我要对你提抗议！”我搁下笔，喊起来。

几天之内就要开始工作？几十天也不行啊！从回来以后他还根本没有去医院检查一下身体呀！难道陈老伯他们不知道他的身体情况吗？当

然是知道的。那为什么这样快就要让他工作呢？难道是爸自己要求的吗？

可是爸半点也不理会我的抗议。他习惯地咬紧了牙，倒了一杯开水，坐在沙发上慢慢喝起来。好半天，才又用亮得出奇的眼光看着我，笑着说："干吗要这样翻着大眼睛瞅我？有什么奇怪的？我好不容易活着回到了人间，还不赶快投入到斗争里去？我那天不是说过'拼将骸骨挽狂澜，跃马要当先'吗？你还记得我的这首诗吗？我们共产党人，活着就是为了打仗的，不是为了享福的。只有在战斗里我才吃得饱睡得好。我不是说过，'应知战斗是仙丹'吗？你年轻，不知道我们好多老一代人就是有这么个特点，不信你在信上问问妈妈看，她是知道我的。"

我问他："那么，是什么新的工作，在哪里工作，能告诉我吗？"

"在原单位。"

"跟大白脸在一起？"

"当他的副手。"

"哎呀！"

"别哎呀，别翻着大眼睛瞅着我。要知道，不这样，有关的方面就不批准。你不是对我说过，大白脸把一个好好的国家机关搞得乌七八糟吗？是听任他乌七八糟下去，还是应该尽量少让他乌七八糟一点，哪一样好？记得鲁迅说过类似这样的话：我还要活下去，就是为了要让某些人活得不痛快。有时候就是要往人家嘴里卡骨头！还有一点：我熟悉业务，应该尽自己的力量把军事工业搞上去！……"

亲爱的好妈妈，我真是吃惊，真是难过，真是替爸爸担心呀！我不知道你是不是真的同意他的意见。看起来事情已经决定了。我，他的女儿，这么幼稚的女儿，能够改变他这样意志坚强的人的决心吗？我又一次非常难过地想到，你要是在家该多好啊！我只好退一步着想了。

"不过，爸，我还是要对你提抗议！"

"哟！又提什么抗议？"

"你是病人，不该不听我这个护士的话，不该不停地出门走动！"

"好，以后我服从。几天之内，除了早晨去散步，决不再出门，行吧？"

"好，一言为定！"

“不过我也要对你提一点意见，你能接受吗？”

“你提吧，合理的就接受。”

“看起来你习惯于用不理人，赌气，撅嘴，来对待你所讨厌的人和事，对吧？这是你们这些小丫头们最容易犯的毛病：凭小性儿办事——任性。今天早晨回来时，你说了个‘不协调’，就把嘴一撅，记得吧？你的意思是：刚刚对那两个复员战士讲了半天骨头半点也不能软，一碰到这个你所痛恨的大白脸，我就半点也不硬。所以你非常看不惯，觉得很别扭，对吧？哈！先不说这个人到底怎么样，要是我也像你那样对待他，那像什么话！那能解决什么问题！那就真像小孩们常说的：‘我不跟你玩了！’那他就说：‘你不跟我玩正好，谁稀罕你！’要是一撅嘴巴就能够把世界上的一切坏东西都消灭掉，那你可就成了神仙了！”

听到这里，我又忍不住笑起来了。

爸又接着说：“别再孩子气。这可不是好笑的事。我也知道，以后在工作上会很困难。打仗嘛，哪有不困难的？无非是让他们再把我打倒一次吧！……好了，去睡觉，明天早晨还是照样去散步。”

十一

夜里，我先做了一个噩梦，梦见爸又被人抓走了。后来又做了一个好梦，梦见爸很高兴地从机关里回来，正好妈妈你也从干校调回来了，正跟我一块儿坐在屋里等着爸爸。早晨我一惊就醒来了。一看表，五点过三分。起了床，拉开了窗帘，推开了窗户，一阵冰凉的新鲜空气迎面扑来。啊，不知道为什么，我猛一下觉得真痛快，真高兴，觉得好像全身的血液都是新鲜的，觉得脑子像洗过了一样。瞧，天上的星星还在眨眼，黎明却已经在默默地向人间走来。我多么喜欢黎明的这种默声不响的精神啊！我又发观，黎明的微光决不是粉灰的颜色，决不是的。它其实是春天那娇嫩的蓓蕾似的粉紫色。它是新鲜的生气，是大地苏醒时的微笑。

新的一天，十二月二十六日，开始了。

远远的地方传来了什么声音？是火车和汽车奔驰的声音吗？哦，这也许就是爸所说的，历史前进的脚步声吧？历史，有时就是这样静悄悄地前进的吧？我真喜欢这样的寂静！我真愿意就这么一个人呆呆地站在窗前，欣赏这样的寂静。啊，我宁愿做一颗天上的星星，在日月都已休息了的时候，借得一点微光，在黑夜里给人们以稀微的光亮，等到黎明降临了人间，我就悄悄儿隐去……

背后突然响起了爸的声音，是用英语说的。

“迎着黎明出门的人，是勤劳的人；迎着黎明唱歌的鸟，是快乐的鸟。你那么出神，连我进来了都不知道，大概是在心里唱什么歌儿吧？”

“爸，你说得真好！我是在心里唱歌儿！”我简直高兴得跳起来了。

“什么好不好的，快点洗刷披挂，咱俩快点出门吧！”

好妈妈，这几天想不到的事情真是层出不穷呀！当我扶着爸走到关着的大门跟前时，忽然发现门里地上有个白色的东西，拾起来看，是一封信。谁这样早就把信从门板上的投信口丢进来了呢？真怪呀！也许是小邵这个古怪人干的事吧？我连忙回身开门进了屋，开开电灯一看，信封上写着“张伯伯收”，掏出信纸来先看最后一页写信人的名字，是吴建坤！

爸也回到了屋里，我就朗读起这封信来了。

令人尊敬的张伯伯：

今天早晨的谈话，太好了！太好了！给我的教育太大了！我一辈子也忘不了！

这两天我住在我姑家里。我姑原先也是在农村老家，是1965年进北京的，一直在街道缝纫厂当工人。今天晚上她下班回来，我把早晨碰见你的事说了。说到你讲的那个战斗故事，就是你们被鬼子包围打了一天的那个故事，我姑欢喜得喊叫起来了。因为以前你对我们一家人说过那个故事。我姑说，你打那一仗的那个村子名叫李义庄，离我们村才十几里。那次你突围后就转移到我们村，住在我家里。我姑还记得，你那时从头到脚满身都是土，还有好多血，她还以为你受了伤呢。那时我家是经常住八路军的堡垒户。那时我奶奶还在世，我爸参军了，我大伯是村干部，我妈是村里妇救会主任，我姑才十几岁，她的名字叫凤芝，你还记得吧？我爸最初就是在你的部队参军的呢。那时的斗争是多么残酷啊！我姑说，我一家人两次掩护你脱离危险，你也两三次救过我一家人的性命呢。

张伯伯，那时，你为我们老百姓冒了一百个死，打了几年仗，家乡的老百姓至今没有一个不念道你，我大伯和我妈更是想念你。前些年你还经常给我们带东西，可是从1967年起就不见音信了。三年前我大伯来北京，他问了几个以前在我家住过的老干部，才知道你下落不明，已经几年了。大伯回去一说，我妈还哭了一场呢。别的乡亲们知道了，也有哭的。可见，张伯伯，我是多么对不起你呀！我把你当做犯人管了三个月，我还打过你呀！听我姑一说起你以前的事迹，我也哭了，我姑也哭了。我真该死！真恨不得打自己的脑袋！……

好妈妈哟，读到这里，我心里是一股什么滋味？我说不出！我说不出！我看见，爸又在咬紧牙巴骨，腮帮子颤动着。他命令我："读下去！"我只得忍住心头的难受继续往下读。信后面说，他本来想到我家来看看爸，可惜火车票已经买好了，是第二天早晨六点半钟的车，晚上去退票来不及了。所以他就连夜写了这封信。他不愿投邮，准备今早去搭车时，绕点路把信丢进我家的门缝里。信上还说，过两天他姑要来我家"看看亲人"呢。

爸看了一下表，猛地把手一挥："快！时间还来得及！带着你昨儿买的那两包饼干，出发！"

幸亏昨天给爸买的那两盒饼干连捆的绳儿都没有解开。我提着它，扶着爸，走到门口，开了大门：喝！一个人影——是小邵，扶着自行车静静地站在门外的！

我说："是你？干嘛来得这么早？"

他的神气很紧张，没有回答我的问话，锁好了车子，跨进门里，两步冲到爸跟前："张伯伯，我有个重要的东西要交给你！"只说了这么一句，往院子里就走。

我们只好又一次回到了屋子里，开了电灯。小邵从衣裳口袋里掏出一张雪白的硬纸片，我跟爸一起凑到灯下边一看，上面有这样几行字：

张满弓反对林副主席的罪证
1967 年 10 月 8 日拍照留存
胆小非君子
无毒不丈夫

爸急忙戴上老花眼镜翻过来一看，原来是一张放大的四寸照片，照的正是爸写的那篇歌颂天安门广场的散文，当然是经过圈改以后照的。圈改的笔迹跟爸的字体非常相似。

怎么不令人惊奇！怎么能想象得到！

爸猛一转身，紧紧地抓住小邵的手，眼睛却看着我："他就是小邵吧？"又对着小邵："谢谢你！非常谢谢你！"

"张伯伯，这有用吗？"小邵问他。

"有用！有大用！你为革命立了一大功！"

小邵脸上也现出欢喜的光彩。他听说我们马上要到火车站去给人送行，就扶着车子跟我们一路向胡同口外边的汽车站走去，同时告诉我们他得到这张照片的经过。

是这样的：昨夜小邵回到家里时，已经快十一点了。他爸还没回来，估计又是到某个"女同志"那里去"有要紧的事情"去了。他想着自己的前途，翻来覆去怎么也睡不着。最后下了决心，走进他爸的书房，翻遍了书桌的抽屉，终于找到了开书柜的钥匙，开开了他爸存放书籍文件的柜子。本来是想把被他爸"没收"了的他的学习用书拿出来，再拿一点钱做盘缠，连他妈都不告诉，第二天一早就搭火车到邯郸他姥姥家去，好好学习几个月，然后再考虑下步。没想到，在抽屉里发现了一个小盒子，打开一看，里面尽是照片，有单独一个女人的像，有跟他爸男女合影的像，还有几张简直见不得人的，每张背面都写有"某年某月某日留念"。翻到最后，竟发现了这一张"罪证"！恶心，厌恶，憎恨，使得小邵心里发抖，一阵眼黑，几乎昏倒。当时他只想到，应该把这张"罪证留念"照片拿给我和我爸看看。可是又想到，如果他爸发现书不见了，钱也少了，这张照片也不见了，那就毫无疑问要想到是他干的，即使不要了他性命，也得把他治个半死。所以他只把这张照片装在口袋里，别的什么也没拿，把柜子锁好了，回到自己房间里，往床上一躺。可是他再也睡不着，他想到：这张照片相反地倒是我爸的“光荣证”，因为我爸在那么早的时候就反对林彪（他当然不知道那篇散文是经他爸圈改过的）。另一方面呢，倒是他爸的“罪孽证”。如果这种事情揭发出去，那他爸就成了林彪反革命集团的人了，他和他的弟妹就成了反革命的子女了！他妈就成了反革命家属了！唉唉，怎么办？把照片再放回柜子里去吗？那他就是包庇反革命的爸爸！那就对不起他自己的良心，对不起革命，对不起我，对不起受过八年痛苦的、一个很好的老干部——我的爸爸，也对不起被他爸整治过的其他一些好干部。那就会使得他活在这个世界上一辈子都要心中有愧——正像这张“罪证”照片上所说的，在毛主席像前，在天安门广场，不，在一切有人和无人的场合里，都心中有愧！能够做一个永远心中有愧的人吗？不能啊，万万不能！而且，如果有朝一日他爸的罪行终于被揭发出来了呢？到那时他和弟妹，和妈妈，不还是一样要成为反革命亲属吗？……

矛盾啊！

前途！前途！父母不能由自己选择，前途可以由自己选择。是自己出来揭发？还是等待别人揭发？

小邵呀小邵，他又软弱了吗？

不！矛盾到最后，小邵变得坚强起来了——他想起了我爸说的那句使他深深受到感动的话：“救救你们自己吧！”对！到时候就跟他脱离关系！全家都跟他脱离关系！

于是他再也不能躺在床上了。五点二十分钟他就悄悄儿出了门，骑着车子一路飞跑到了我家的大门口。一看手表，才五点三十分钟，时间太早了。砸门打户地早早儿就把我父女两人惊起来吗？不合适。于是他就耐心地站在大门口等着……

亲爱的好妈妈，对这样惊心动魄的事情，你有什么想法？如果你在家里，会怎么说呢？

我这才发现，经过了一整夜内心的风雨，小邵那清瘦的脸庞变得更加清瘦了，可是那对秀气的眼睛却明显地变得更加明亮，更加精神了。连走路的姿势也恢复了以前的那股洒脱劲儿，真正是挺着胸，昂着头，连浓黑的眉毛也扬得高高的。我几次感激地看着他，他也不住地用诚恳的眼光看看我。亲爱的好妈妈，人的感情是多么奇怪呀，我说不出！……

爸在听着小邵叙述这一切经过时，注意力那么集中，眼角上带着欢喜的笑意，不住地点点头"嗯嗯"着。我注意到，他在观察这个青年人。他喜不喜欢他？我能不能想出一两句话来试探一下？可是，我们已经走近汽车站了。

一看手表，已经六点了！时间过得真快呀！偏偏呢，这辆上满了人的车开走了！又等了几分钟才又来了一辆车，可偏偏又没有在这儿停，因为车上已经挤不下了。我们只好再等下一趟车了。爸很焦急地一会儿看一下手表，一会儿又看看汽车是不是从远处来了。我心里却还在想着小邵的事。小邵呀小邵，快走吧，快离开北京这个家，到邯郸姥姥家去住些时吧。路费，我给你。往后在经济上我也支持你。书籍，我给你找，给你买，寄给你。作为同学、朋友、同志，你帮助了我和爸爸，我也一定要帮助你。——好妈妈，当时我就是这样对小邵说的。爸也听见了，他点了点头。小邵看了爸一眼，没有说什么。我又鼓励他："鼓起勇气来！路，是人走出来的！"至于以后怎么办，我估计，形势会发生变化的，而且时间不会太久的。

正好我身上带着钱。小邵红着脸接过钱去，就骑上车子回家收拾衣裳包裹去了。

十二

等我跟爸最后终于挤上了第三辆汽车时，已经是六点一刻了，还有一刻钟吴建坤坐的那趟火车就开动了，时间怎么也来不及了。爸非常遗憾地看着手表叹了口气。没有办法，只好到天安门广场去散散步吧！

爸想看看人民大会堂的背面，所以我们下了车就沿着大会堂背后那条马路走去。

这条路很宽阔，很僻静，行人车辆很少。我俩一面走一面谈。爸嘱咐我等会回去以后马上就给吴建坤写回信，寄到乡下小吴的老家去，地址爸当然还记得。

"妮子，我们决不能忘记他们。我的意思是说，决不能忘记人民。如果忘记了人民，我们就什么都完了。你明白我的意思吗？”

我明白，我当然明白。

“妮子，也许到时候我还要回到老地方去打游击，那时你也敢拿起枪来去打仗吗？”

我当然敢，当然愿意。

“那么，你相信形势真的会发展到那样严重的地步吗？”

这我可倒真是有点怀疑呢。

“可能会那么严重的！”爸仰起脸来看着大会堂，说得很认真。“如果搞得不好，这庄严宏伟的人民大会堂，会变成什么样子呢？很难预料啊！你不相信吗？几年以前——这我可是出狱以后才听人说的：有不少地方坏人挑起两派群众搞武斗，把城市里高大结实的建筑物当据点，打得一塌糊涂。所以说，我们可得作好思想准备呀！”

好吧，如果真到那时候，就拼着性命去干一场吧！

正在这时，突然从后面冲上来一个穿着工人短大衣，骑着自行车，个子高高的人，猛一下刹住车，跳下来——原来是黄亦超。对着我和爸笑了笑，算是打了招呼，却不说话，扶着车子跟我们并排走着。

我发现这是小黄的习惯：碰见熟人时，要不就扬一下手，要不就微笑一下，如果你不开口，他是决不会先说话的，好像他永远是在想什么事情。

我说：“你这个鬼人，车子冲得这么快，吓了我一跳！”我知道，他家住在前门外，在电机厂上下班正好从这里过，昨夜他大概是上后半夜的班，现在是回家去。

他这才开了口：“嘿嘿，刚才我是看着远处，到了跟前才看见是你们，所以来了个猛刹车，对不起……张伯伯，昨夜我们大伙回去时，一路走一路议论，都觉得你应该小心点才好。虽然是把你放出来了，不一定就保了险，说话行动还得多注意。另外，张伯伯，我还有一些想了很久的问题想向您请教。除了向您，别人我是不说的。”

他的话引起了我的好奇心。可是这个怪人却又扶着车子只顾陪着我们走，好半天不把问题说出来。我一看，我们顺着马路往南已经走了好远了，就提议打回转。直到我们回过头来穿过了长安街，快要走到金水桥跟前了，他还是不开口。

我可再也沉不住气了："小黄，你这个闷嘴葫芦是怎么回事？是不愿意当着我把你的秘密问题说出来吗！那我就走到一边去！"

他这才笑了笑，又开了口，却有点脸孔红红的："决不是！决不是！我是在想怎么说才好。张伯伯，请您想一想：中国革命几十年，在党和毛主席领导下，锻炼出了这样的党、这样的军队、这样的人民，还积累了这么多经验，这是多好哇！多宝贵呀！可是，林彪这些坏蛋们却利用无产阶级专政，变成专无产阶级的政！张伯伯，昨晚我看见了您手腕子上的伤。您不就是被那些阴谋家专了八年政吗？有多少老干部像您这样被专了政！还有多少一般干部，普通群众，包括像我这样千千万万的青年人，受了折磨！可是，怎么吸取教训呢？革命几十年，什么宝贵的东西都有了，可是，恐怕我们还是有不够健全的地方吧？如果我们什么都完善，如果我们各方面都健全，为什么会出现这样的事情呢？当然，问题是复杂的。可是……嗨！"

爸听得很入神，愣愣地看着远处，好半天，忽然猛一转身，使劲抓住小黄的车子把，嗓子好像被什么东西梗住了，先使劲咳啃了一声，才说出话来，声音很低，很重，很有力："小黄同志！你为这些问题苦恼过吗？"

"苦恼过，很苦恼！有时简直苦恼得睡不着觉！"小黄说。

"好极了！我是说：能够有这样的苦恼，好得很！希望是从苦恼中来的，答案是从疑问中来的。我也有过你这样的疑问和苦恼——不是在现在，不是在出了监狱以后，是在监狱里边。那时我就想到：为什么可以这样怀疑一个干部，对待一个干部？过去我们对待俘虏，对待特务，都比这要人道得多。是不是我们党有了很坏的变化？当时我很着急——老实说，就是怕林彪这一类坏家伙在搞大阴谋。要不然，他们为什么一定要这样故意整我？一定要逼着我胡咬乱咬什么很大的'黑后台'？后来我又想到，万一我们党遭到了什么不幸，那也并非完全是不可理解的事。从历史上看，资产阶级革命，特别是法国革命，顿挫反复，折腾了很长的一段历史时期，付出了多少巨大的代价。社会主义是一场深刻得多的革命，是彻底革除私有制度的命，是要建设一个崭新的现代化的理想社会，是一个全新的事物，我们还非常缺乏经验，如果有反复顿挫，是不奇怪的。如果真的有人钻空子搞阴谋，那主要就是因为我们经验少。现在——出狱以后，我才知道，这场斗争还没有完。形势虽然很危急，不过比我那时想象的要好些。如果我们能够提高觉悟，接受教训，继续斗争，那就能胜利。什么事情都是：既要往后看，更要往前看。社会总是要发展的，人民总是要前进的，历史是不会倒退的，未来总是光明的。受了点折磨不算什么，既然我们还活着，而且你们还这么年轻，既然历史的重担落在我们肩膀上来了，那我们就要坚决勇敢地把它担起来！我是'隔绝人间整八年，不知世事愧青年'，让我们一起努力吧！……"

停了一会，爸又接着说："看起来他们的根扎得相当的深，相当的广，我们怎么斗争法？"

"张伯伯，这您放心，据我看，到了节骨眼儿上，人们会起来表示意见的！"

"人们敢那样干吗？"

"怎么不敢？有头脑有热血的人多得很！工厂、农村、机关、学校、部队，到处都有！"

"你接触过这样一些人吗？"

"我有很多这样的朋友！"

"好极了！这是真正有希望的年轻一代！"

"张伯伯，归根到底一句话：社会主义的江山一定要真正是人民的！"

"对！千言万语就是这一句！你大概也读过一些古文吧？唐朝有个名叫骆宾王的诗人，你读过他的诗文吗？"

"我读过他的《讨武曌[①]檄》。"

"好极了！这篇文章里有这样两句话：'请看今日之域中，竟是谁家之天下？'你记得吧？"

"记得。"

"把这两句话稍稍改动一下，可以跟毛主席《沁园春》词里的两句组成一副很妙的对联。我念给你听听：看今日域中，哪家天下？问苍茫大地，谁主沉浮！"

"哈！张伯伯，确实是妙！"

一老一少都非常天真地笑起来了。我也笑起来了。

---

① 曌，读如照，武曌，即武则天。

爸说："妮子，别光知道笑，对我们刚才谈的事你有什么意见？"他那高兴的样子，简直像是年轻人。

我认真地发誓似的说："等什么时候那场大火烧起来，我愿意把自己的生命当做一把柴，投到火堆里去，让那火烧得更旺一些！"

"是我的好女儿！"——爸的这句话是咬着牙哼出来的。等我从自己热情的冲动里清醒过来时，才发现他的眉毛眼睛全都笑开了花。他是由衷的欢喜，由衷的赞成。

我又发现，小黄没有说话，却从侧边用亮闪闪的眼光笔直地、呆呆地看着我，用一只手扶着车子，另一只手捏成拳头，微微颤动着，举起来，又放下了。

不知道为什么，我猛地觉得自己脸上一热，大概是绯红了吧？可是我发现他还是那么呆呆地看着我。真是个怪人！我连忙把脸扭到一边去。

爸又向小黄问了问工厂里的生产情况，工人的思想情况和工厂领导人的情况。两人越谈越投机。爸最后得出结论说："种种事实都说明：如果没有适当的民主，民主集中制就搞不好；甚至于，对于那些自觉性很差的人，还可能会把权力变成一种腐蚀剂，使得我们的事业受损害。所以那些野心家就利用这个有诱惑力的东西来拉人，来腐蚀我们的党。要说历史教训，这大概就是一条吧！看起来，民主，不光是手段，如果既有民主又有集中，它也是目的呀！……可是，我们这么大的国家，这么众多的人口，又没有民主的习惯，——实践的经验证明：既不能让坏人窃取和滥用权力，也不能让坏人利用民主！绝不能容许某些人打着民主的旗号去干坏事。决不能搞无政府主义！绝不能搞派性！搞无政府主义，搞派性斗争，是国家的大祸害，社会主义的大祸害，一定要防止、克服、避免。出狱以后我才了解到：坏家伙制造派性斗争，搞无政府主义，造成了多大的恶果！民主，怎么搞才好？这可不是个小问题！……"

"张伯伯，您想得很深刻！"小黄点点头。

这时我们已经走到天安门前的金水桥边了。爸很疲倦，在桥头的圆石头鼓子上半坐半靠地坐下来。

大马路上，自行车和汽车像潮水一样来回流动。已经七点多了，又是人们忙着去上班的时候了，马上回去是很难挤上汽车的。好在没有风，天气并不冷。我们只好在这里休息一下再说。

小黄把车子靠在白石栏杆上,双手抄胸,扬着头看着远处,看得那么出神。真是个怪人!

我觉着自己心里像是有很多思想感情在涌动,很愿意一个人静静地待一会儿,就走到那边华表柱子跟前去,绕着华表柱子下面的大石头座子慢慢蹓跶着,假装是欣赏柱子上的雕刻,心里却在想。想什么呢?我不知道,反正是在想什么吧。可是,脚步响了,小黄走过来了,跟我并排走着,却不说话。我看了他一眼,发现他还在出神发愣。也不知道绕着大石座子走了两圈还是三圈,他还是不说话。我又看了他一眼,问了一句:"你干嘛?"他还是不说话。我又说:"真是个怪人!"

"我们到石狮子那边去待会儿好吗?"他到底说话了。

我们走过去,背靠在那座大石狮子上。又静静地待了一会儿,小黄才又开口说话了:"小妮同志,你一直总觉着我是个怪人吧?"

我嗤的一笑:"我觉着你是个闷嘴葫芦!"

"你知道我为什么在你面前老是很少说话吗?"

我发现他的声音有点异样,一看,他的脸色也有点特别。我没有回答什么,觉得自己的脸又发热了。

"小妮同志,我问问你,你想做一个什么样的人?"

我想了想,说:"反正要做一个有用的人,热情的人,为人民所需要的人……"

"我觉着你还没有完全定型。"

"什么叫'定型'?我不懂,你说明白一点好吗?"

"定型,就是说,形成一种固定不移的人生观和世界观,一辈子都按照固定的宗旨去生活。"

我说:"我刚才说的不就是固定的人生观吗?"

"我认为还不完全,还不固定。比方,你刚才说:等那场大火烧起来,你愿意当做一把柴,投进去……为什么要等那场大火烧起来自己才投进去?为什么不是平常就把自己变成一把永不熄灭的火,用自己的生命的火随时随地去发热发光?去点燃别人心里革命的火?"

他的话猛地使我心里一震,一热,好像心里的火一下子就着起来了。

"你当然不知道，我观察了你一两年。你很热情，有时候真像一把火。可是这把火常常被一些苦恼的事情压住了，不能经常地烧得很旺盛，对不对？也许我观察得不对吧？"

我想了想，确实是这样的，我不能不承认。我心里常常有一种热情的冲动，总想干点什么有意义的事情，可是常常觉着被什么东西压抑住了，心里的火冲不出来。于是我就有了苦闷，于是我就写诗，把它写在自己所珍爱的小本子上，只给自己看。

"是什么苦恼的事情把你心里的火压住了呢？当然是你这几年的遭遇。这股压力可真不轻啦！要是别人，也许早就给压扁了，压歪了，走到这样那样的邪路上去了。可是你不光没有被压扁压歪，看起来，心里的火反倒越强烈了。越是强烈，你就觉着苦恼的压力非摆脱不可，你就越是走向内心活动，想找寄托，所以你拼命学英语，还看了很多书，特别是文学书。现在文学书很难找到，你就千方百计去找。你跟我妹妹静娟有类似的地方，不过她比你要软弱一些，所以你俩很要好，什么话都说……"

啊，亲爱的妈妈，你瞧这个小黄是个多么……可是我心里不禁产生了好多问题：他为什么要这样观察我？又为什么能够这样观察我？他比我不过大那么五六岁，为什么对人生的事情知道得这么多？……哦，我明白了：这一切一切，都因为他自己就是一把火，他关心一切的人，一切的事。他总是在想，总是要把什么事情都弄明白。他总是在帮助人，要用自己的生命去发热。……可是，世界上真的有这样的人吗？连在文学书上也很少看到呢，除了像保尔·柯察金……不对，世界上这样的人多得很，不过是他们的表现不相同，他们也很少把自己的内心摆出来叫人看，他们常常被什么遮住了，使人看不见。

我很激动，沉默着，低着头。可是我又不得不猛地抬起头，眼瞪瞪地看着他。

"你对我感到很奇怪吧？"他问我。

我发现，他的脸非常红，说话的声音也变得更特别。我的心，跳起来了。

我突然问他："你从哪里看出我心里——是强烈的？"

"从很多事，特别是昨天晚上。"

“昨天晚上怎么着？”

“你朗诵那段散文诗的时候，全身都像着了火，特别是……你的眼睛，你脸上的表情！”

我想了想，说：“那也许是出于对我爸爸的热爱。”——我是故意这么说的，是想引他更多地说下去，我也就能更多地了解他。

“当然有对你爸的感情起作用。不过绝不光是因为这。当时我们谈的是什么？是党的命运，国家的前途，还有我们这一代青年人的大问题。我们都被你爸说的那些话深深地打动了，都激动起来了。你，激动得最厉害。说到这里，我又想起来了：你爸真是一个可尊敬的人。他的一生就是一股永不熄灭的火。从青年时代一直燃烧到现在，经过了八年那样冷酷，那样残忍，那样无情的折磨——八年，光是寂寞，就能把一个人毁掉——可是他的生命之火反倒越烧越旺盛，比我们青年人要强一百倍。所以，我从他就想到了你——就这样，昨夜我一下子确定了，毫无疑问地确定了，我对你的了解是对的！是对的！所以我就给自己找到了答案……”

他用非常温和非常动人的眼光看着我。

“什么答案？”停了一会，我鼓起勇气来问他，却不敢用眼睛看他。

“知己的朋友，动心的朋友，是不容易找到的！”他柔和地、轻轻地回答。我好像听见了他的心的颤动声。

沉默了很久很久，谁也不再说话。

我忽然想起爸还一个人坐在那里的，就低着头往那边走去。

十三

为什么一想起这段简短的谈话，我的心就要跳？为什么一想起“知己的朋友，动心的朋友”这两句话，我的脸上就要发烧？为什么一想到，他竟然悄悄地观察了我一年多，我就忍不住要暗暗地笑？为什么一想到，“生命之火要永远燃烧”，我的心里就说“好”？为什么他那健壮的身材和眼角眉梢，我再也忘不了？

啊！为什么想不到的事情，突然间来到？

在平常，我对他有什么想法吗？

没有啊！

在平常，我猜过他对我有什么印象吗？

没有啊！

是真的“没有”吗？又好像……咳，人的感情，是如此的微妙！

我知道他是个内心很热的好人，感谢他在困难时对我的帮助。也知道他肯学习，知识多，有头脑。他那深沉的眼神，沉着的风度，有时也引起我的好奇，曾想过窥探他内心的奥秘，可是他总是封闭得紧紧的。除了时事和小道消息，他从来不谈自己。可是，也许正是这样，他好像有一种说不出来的吸引力，好像总是在引我注意，每次他一来到我家，我就欢喜。

我也曾佩服过他，总觉得他比我知识多，年岁大，见解高。

我也曾很奇怪：听他妹妹静娟说，他的朋友多，交游广，总是忙，却从来很少跟女孩子打交道。

是不是我自己的幻想在作怪？

不是的！

是不是我把他的话语的含义扩大了？

不是的！

是不是因为我到了多心过敏的年岁了？

不是的！

我真的会对他燃烧起最大的热情吗？

很难回答。

他真的看定了我是他所理想的人吗？

很难回答。

像我这样的年龄，现在就要确定？

很难回答。

确实是的：昨天夜里，他说的那些话，给我的印象很深。确实是的：今早他对爸提出的那些问题，使我震惊。确实是的：他很忙，交游很广，到处去调查了解，是像火一样燃烧。确实是的：他是这样一个热情而又坚实的人！

确实是的：他的几句话，把我半睡半醒的心灵，把我自己没有意识到的特性，没有自觉到的感情，唤醒了！

确实是的，他使我要更加严肃地想一想，应该做一个什么样的人！

而这一切，正是在爸回来以后，在爸的思想影响下，在愉快而又激动的心情下，发生的啊！

多么奇怪呀，这两天我仿佛一下子长大了好几岁！

亲爱的好妈妈，你是最最了解你的女儿的。你的确是我的好妈妈，同时又是我的好朋友，我又一次想起来，在这样紧要的关头，如果你在家，是多么好啊！

……

整个上午，爸好像也知道我在想什么严重的事情，他一点也不打搅我。炉子，他自己添煤；桌椅家具，他自己擦；地，他自己扫；想喝水，他自己倒。有时我到外屋来有事，他不声不响看我两眼。我出去买菜回来，他不声不响地观察一下我的脸色。我去做饭，他叫我尽量做得简单一些，不要费事。真是个懂事的好爸爸呀！

吃饭的时候，爸忽然引逗着跟我谈起话来了。

"妮子，以后你告诉这个黄亦超，就说你爸虽然年纪老，可愿意跟他交朋友，愿意跟他成为忘年之交。希望他常常到我家里来。"

"爸，这么说，你觉得这个青年人不错吧？"

"你想想，我为什么愿意跟他交朋友？"

"他哪儿好？我看着平常！"

"嘿，未必是真心话！"

"根本！……反正，他本来以前也断不了来。"

"这么说，你很了解他吧？"

"跟你了解得差不多。"

"如果是这样，那就好。"

"爸，什么好？"我笑着问他。

"妮子，别又跟我耍小聪明。我可是认真说的。我大概是不会看错人的。有时候，相处几年也不一定对一个人很了解；有时候只要一两次接触，就可以把一个人了解得差不多。"

爸还想叫我把小黄的家庭情况告诉他。可是这时我心里又感动，因为爸是这样关心我，疼爱我；同时又烦乱，因为我还是没把握，不能完全断定小黄心里到底怎么样；所以我不愿意再就这个题目谈下去，就用别的话岔开了。我又怕爸因此不高兴，就又跟他耍起“小聪明”来，一直到逗得他笑起来，我才放了心。

可是爸又以话引话，谈起小邵的事情来了。

“你干嘛吃饭也那么急躁，那么快？对你说，这可是我的经验：在牢里，饭食又少又坏，营养不够，而消耗精神体力又多，怎么办？我就特别地慢嚼细咽，把每一点粮食渣渣都嚼得烂得不能再烂了才咽下去，这样就可以保证用少量收入对付最大的支出。我把这叫做‘对自己负责’。对自己负责正是为了对革命和对别人负责。一个人，时时刻刻都要想到对自己负责，也要想到对别人负责，也就是说，一个人要时时刻刻有责任感……”

“爸，你在有的事情上就没有责任感！”我忍不住笑着打断了他的话。

“什么事情？”

“我千方百计地想对你负责，你千方百计地不听我的话，不对我负责——在这件事情上你言行不一！”

“哈哈！这一点你可又错了！要知道，我对党、对国家负的是大责，对你负的是小责，大道理管着小道理，你懂吗？……你别想岔开我的话。我刚才的话的意思是想提醒一下，你不能让一个青年人就这么看破红尘，消极下去，还是应该好好帮助他——应该把这件事情尽可能处理得好一些。你明白我的意思吗？”

“我不明白！一点也不明白！”我故意调皮地说。

“要是真的不明白，那你就是个十足的傻丫头！”爸假装生气地说。

我光是笑，不回答。

吃完了饭，爸躺在床上开始午睡了。我给他把毯子盖得严一点，就趁机会对他说：“爸，下午你绝对不准再出门，给我好好地多睡一会儿。别想这想那的。有什么事，到时候该对你说，我就对你敞开心，就跟你商量，你该放心了吧？”

爸非常高兴地点点头：“真是好孩子！你一连几夜熬夜写信，够累的，也去好好睡一觉吧！”

可是我没有睡觉。把晒在外面窗台上的那盆心爱的月季花搬进来摆在我桌子上，把炉子添了煤，就又开始给妈妈写起信来了。我写一段，觉着脑子很疲倦，就抬起头来看着那几朵鲜红的娇艳的花，然后勉强着自己再写一段。有时候我又出起神来了：这月季花生得这么瘦小，它脚下的泥土又这么少得可怜，为什么它不怕夏日的炎热，冬天的寒冷，一年四季月月都能开放出这么鲜艳好看的花朵呢？莫非它也有一颗火热的心？莫非它心里也有一股热情的火？莫非它也是在有意识地燃烧它的生命？……我想着想着，困极了，不知不觉就趴在桌子上睡着了。做了一个梦，是红色的，花朵缤纷的，美丽的梦。好妈妈，我长这么大，还从来没有做过这样的梦呢！而且，在梦里，我是快乐的，幸福的。

醒来时，我觉着背上有些沉，一摸，才知道背上搭着爸的棉大衣。抬头看看窗户，原来天都快黑了！一听，外屋里有人说话，而且不止一个人。是又来了客人吧？我连忙把大衣掀在椅子背上，跳起身来。先看看炉子，烧乏得几乎灭了。我至少睡了两三个钟头！连忙添了煤。开开房门一看：喝，外屋坐了一屋子人！

十四

都是穿军衣的年轻人，都没有戴帽徽领章。椅子和床不够坐，把两个搬家时装书用的小破木头箱子也搬来当了座位。还不够，只好两个人坐一张椅子，还有两个人只好坐在沙发扶手上，把坐在沙发上的爸挤得动也不能动。桌子上堆满了各色各样点心盒，当然是他们送的礼物。茶杯不够，把吃饭的碗也用上了，只好搁在炉台上和地上。首先看见我的是吴建坤，站起身来，憨厚而又热情地笑着，不知道怎么称呼，不知道说什么好。爸介绍说：“我的女儿，名叫韵妮。”大家马上也都站起来了，弄得我简直不知道怎么说才好，赶紧回到了里屋，搬来两张椅子，把他们的茶杯、茶碗和烟灰缸子搁在上面。我自己只好靠着里屋的门框站着。他们又一定要给我让坐，又拉扯了好半天才安静下来。

我很奇怪，为什么这么多人说话都没有把我惊醒，一定是我困极了，睡死了；又也许是他们知道里屋有人睡觉，故意压低了声音说话。更令我奇怪的是，小吴为什么没有走，为什么又领来这么多人。

这是后来才听见爸说的。原来，小吴跟小何因回乡心切，生怕误了火车，早晨五点多钟就到了车站。没想到在候车室里等到七点多了火车还没有来。到“问事处”去询问，回答是：“误点了！”为什么误点？“是上级的命令！”难道上级会命令火车故意误点吗？“宁要社会主义的晚点，不要资本主义的正点嘛！”你们车站就甘心愿意看这些旅客在这里等着吗？“有什么法子？谁愿意戴资本主义的帽子呢？”大概还要等多久才能开车？“没准儿，你们就等着吧！”为什么不把旅客的意见向车站负责人反映反映？“没那么多工夫，要反映你们自个去吧！”小吴在部队里向来是遵守时间惯了的，更从来没有碰到过这么态度恶劣的服务员，争吵了半天，气极了。又想到我爸昨天交给他的一个“任务”没有完成，心里很不安，就索性退了票，让小何一个人先走，他自己又回到了姑姑家。整个上午他都没有歇口气，就找来了这么多一块儿复员的战友们。

他们当中，只有挤坐在爸爸身边一位大个子年岁最大，有三十二三的样子。后来我才知道，是小吴他们的排长，姓赵，是个农民出身的非常正直的同志。在部队里干了十年，从普通战士逐步提升为排长。在馒头里面夹一张小纸条，告诉爸“林彪死了”，这件好事就是他干的。他这回也转业了，家在北京郊区，所以小吴找到了他。这时，他脸孔非常严肃，正在很严厉地批评一个战士。

“……我几次看见你无缘无故地走进十一号牢房，命令张老伯：‘坐起来！’‘躺下去！’‘站起来！’‘跪下！’‘再去躺下来！’‘再坐起来！’就这样把张老伯，这么老的一个老干部，不当人，来来回回地折腾他。把他折腾累了，动作慢了，脸上现出了生气的样子，你就下狠手打他的嘴巴！还有，每次叫他背毛主席著作时，你跟别人也两样：使劲揪着他的耳朵，拽着他的头发使劲地摇，把他摇昏了，躺着哼哼起来，你又说他装死耍赖皮，又揍他……你有半点人心没有？当时我不敢说你，总是想办法用别的事情把你支开，你觉出我的意思没有？为什么要这样狼心狗肺？我知道你，是为了故意表现自己革命、阶级意识好、左。总归一句话，是为了争取连长、指导员对你信任，是为了争取入党，争取提干。在别的一些事情上你也是这样的：动不动就往连长、指导员那里搞小汇报，弄得全班全排的战士个个都怕你，有事没事都离你远三尺，你自个就不觉着吗？可是你根本不管别人怎么着，自个还很得意。连我这个排长你也不放在眼里，动不动就找岔儿跟我为难，弄得我下不了台。你有后台仗势嘛，我能把你怎么着？为了入党向上爬，你就可以这样黑着良心地干！你不是红心党员，是黑心党员！真可耻！结果怎么样？入党了，提拔了，当了班长了。结果怎么样？新连长一来，大伙一反映，把你调到后勤农场去养猪种菜去了。结果怎么样？连养猪种菜你也要遇事左三分，弄得同志们都反感，集体联名反映你。结果怎么样？又调回排里来，看守八号九号牢房。你又像对付张老伯一样，变着法儿折磨那两个老同志。人家九号有心脏病，你是知道的，两三次故意在他牢房外边猛地大声喊叫：‘九号！’吓得他昏了过去。后来这个老同志的死，你说说，跟你有没有关系？你，对革命犯了罪！你是个罪人！林彪垮台了，你还不接受教训，还不改，还要逼着你那个班的战士也跟你一样的左。你以为，连长虽然不宠信你，可指导员是待见你的。结果怎么样？九九归一，还是复员了！爬上去没有？白搭！……本来，咱们都离开了部队，往后各奔前程，还算这些老账干什么？可我跟吴健坤都是党员，应该对你负责，就说瞎话把你骗到这儿来，叫你看看张老伯到底是不是反革命，你做的那些事对不对得起他。不说别的，就光看他这屋里吧，革命这么多年的高级干部，生活多么朴素，真是好样的！……”

我满屋里寻找，发现靠门边的角落里有个战士坐在小板凳上，弯着身子抱着头。我想：抬起头来让我看看你的脸嘛！可是他始终没有抬起头来，动也不动。

“就算你能够爬上去，当了连长营长，又怎么着？你还能比林彪爬得更高吗？”

“越爬得高，祸害越大！”

“国家就坏在这些家伙的手上！”

吴健坤和别的几个战士你一言我一语地都说起来了。

我真高兴，如果我了解他们的事情，也一定会发言的。炉子上的水开了，我给每个同志的茶碗里都兑上热水，表示对他们的感谢。他们每个人都很客气地站起身来捧着碗接着，弄得我真想笑起来。

等大家都重新安定下来以后，爸说话了，他说得很有分量：“同志们！经过了这么几年，又能够在一块儿见了面——大冷天，大伙跑这么远来看我，还把各人的心里话都掏出来说，真使我感动！真该谢谢你们！特别是要谢谢小吴同志，谢谢赵捷同志！今天我也说说心里话吧！那时，小任同志像那样折腾我的时候，我难不难受？很难受！生不生气？很生气！可更难受更生气的是，怎么培养出这样的战士！所以就想到，这不能完全怪这样的战士，更主要的应该怪培养他的人！这些年来，用‘左’的手段来害革命，害同志，成了风气啦！小任同志，如果说那时候我对你是有些责怪的意思，从出了狱以后，一看这世界，我就什么都明白啦，所以现在是半点也不怪你啦！所以你也别老是那么抱着脑袋难受啦！最要紧的是，接受教训吧！接受教训吧！一支枪只有几斤重，可千万别把它看轻了啊！要好好想一想，拿这支枪干什么？对付谁？是干对人民有利的事还是有害的事？不要光是用手去拿枪，还要用脑子去拿枪，还要用一颗真正的为革命的心去拿枪，半点掺不得假呀！……”

停了一会，他又说：“我很赞成赵捷同志和小吴同志的这种精神。我们革命同志应该永远地互相负责，绝对不应该一走散了就谁也不管谁。等将来你们都老了，老战友再见了面，因为一辈子都互相关心，互相负责，那才亲热呢！这是我几十年的经验，是很要紧的一条经验！”

大家，有的在低着头喝水，有的呆呆地看着爸那诚恳的目光，都在不声不响地思索着什么。

十五

院子里响起了脚步声。我隔着窗子玻璃一看，是小邵提着个旅行包来了，就连忙跑了出去。他看见屋子里有客人，不肯进来，我们就在大门洞里谈起话来。他说，他这就要去上火车，问我还有什么话说。我正在想怎么说一些鼓励他的话，他又旧话重提了：“小妮，我，真的就半点希望也没有了吗？”我想了想，觉得这回非得给他一个明确的回答不可了，可是我心里猛一下很难受，很难受。

“小邵啊，我真愿意诚诚恳恳跟你谈一谈。人的一生最要紧的是什么？是事业，是对国家对人民作贡献，这一点我们以前谈过不知有多少回。你，很聪明。要是你能静下心来学习，我相信只要两年时间你就可以把大学的数理课和外语课都学完。如果再用功钻它个三五年，你一定会成为对国家有用的人材的。只要抱着为祖国作贡献的思想去学习，就不是白专道路，让那些坏家伙的骗人鬼话见鬼去吧！记得我们以前常常背诵鲁迅先生的这样一段话：'我自己，是什么也不怕的，生命是我自己的东西，所以我不妨大步走去，向着我自以为可以走去的路；即便前面是深渊、荆棘、狭谷、火坑，都由我自己负责。'学习鲁迅先生的这种勇气吧！我的意思是，不光希望你战胜自己的泄气思想，消极思想；也不光希望你战胜在学习当中碰到的困难；还特别希望你能够战胜家庭和社会给你造成的困难。比如说，你爸也许会很快就发现你住在姥姥家里的。到那时怎么办？斗争！坚决要走自己的路！又比如说，一两年以后，万一坏人当了国家的权，万一国家乱起来了，到那时，也许你学了半天用不上，也许你根本就没法学下去，怎么办？斗争！跟那些坏家伙斗，豁出性命来干！我对你是有信心的，特别是相信你很正直，决不会走到歪路上去。我希望你在政治上要更加积极一些，更加勇敢一些，更加大胆一些。正因为这样，我过去、现在、将来都愿意做你的朋友，做最好最好的朋友。我很珍惜我们过去的一段友谊。我愿意尽一切力量来帮助你。可是，说到别的，我实实在在的不能答应你。你以为我说出这话来心里是好受的吗？我并不好受啊！……"

"为什么？"他哑着声音问。

"你要知道，一个人的内心是很难说得清楚的。我了解自己的致命缺点：急躁，爱冲动，幻想多。如果跟你相处久了，会很不协调的，我的脾气会越来越坏，会叫你简直受不了，到那时你会后悔的。在你那方面，也缺少一些什么，也有我所不喜欢的东西……"

"你嫌我软弱，这我知道。难道我，今天早晨那件事——把我爸要命的东西都拿给你了，还不够坚强吗？"

"这件事你做得完全对，也是比较坚决的，我跟我爸都非常感激你。不过，你这是被家庭环境逼出来的。如果不用外力逼着，你也能这样勇敢，那就好了，那你的思想作风，你的态度神气，就会是另外一个样子。小邵啊，对你，对我，这两天我反复掂量了多少遍。你也关心国家大事，可是你不能自觉地去为它奋斗。你心里没有那股忍无可忍的革命的火，也没有那种大无畏的气概。你讨厌坏人坏事，连你自个的爸爸都恨，可是光这样是不够的。你的长处是在另外的方面。我希望你了解自己的长处，最大程度地发挥你的长处，也希望你克服你的短处。好同志，努力吧！我还相信，将来你会找到比我更能了解你、适合你的人。天下大得很，好的女孩子多得很，你干吗要这么死心眼儿？我，不值得你这样……”

我简直心酸得说不下去了。

他当然也难受。低着头，眨着眼，忍住不让眼泪掉下来。

好半天，他说：“也许你是对的……今天一天我也细细地想过：这些年，你的不幸比我的多得多，而且你遭到不幸时年岁还那么小，可是你并没有被压扁，相反的，倒是越长越坚强。反过来想一想，要是我处在你的地位，一定早就给压扁了，也许早就不想活下去了。而且我正是在你最困难的时候不理你。我还有什么脸，有什么条件，要求？——我确实是不如你，不配你！这只能怪我自己，不能怪你！……”

我连忙说：“那么，你答应我吗？答应我，你决不泄气，决不消极吗？”

“答应你！”他顿了一下脚。

“还答应我，做我的朋友吗？”

“也答应你！”

“是真的吗？”我满怀希望地问。

“是真的！”他又顿了一下脚。

停了一会，他又说：“不过，我要永远把你搁在心里，永远也不会忘记你。如果说一年多以前我还不够了解你，还不完全知道你是多么好，多么可贵，多么令我……那么，经过这两天的重新接触，我……我不会忘记你的！有你这样一个真心真意的朋友，我应该，应该满意。不过，我还是要把你放在心里，很深很深。以后我会嫉妒，嫉妒那个比我好，比我幸运的人……好，我到了邯郸给你来信。”他紧紧地握了一下我的手，使劲看了我一眼。然后猛一转身，大踏步走出门去了。

我跟出门去，看着他的后影，一股酸痛味儿又一次涌上了心头，滚热的眼泪模糊了我的视线……

我为什么要难受呢？是可怜小邵吗？是的，有这种心情。可是，为什么好像是失掉了一种什么宝贵的东西？失掉了什么呢？是一种友情吗？不完全是。因为，只要我愿意，小邵多半是不会主动丢弃这种友情的，不会的。那么，我所失掉的是什么呢？哦，原来，我曾经有过，曾经有过，朦胧的、最初的恋情！虽然是不明确的，不强烈的，但毕竟是最初的恋情啊！由于小邵一年多不跟我见面，我曾经失望，心酸，生气。昨天他忽然又来了，他的种种表现又唤起了我的回忆，又引动了我的这种感情——当然也还是非常朦胧的。可是，他的种种表现同时也唤醒了我的理智，而且也唤醒了我另一方面的感情——对他不满意的感情。所以，想来想去，我又多少有了一种如释重负的味道。

我就这么站在门口呆呆地想了很久。

亲爱的好妈妈，人的感情是多么复杂呀！你说说，我这样做对吗？我相信，我是对的！

十六

客人们都走了以后，时间已经到了晚上六点多了。我忙着在屋里炉子上炒菜，焖大米饭。爸很兴奋地在屋子里来回踱着步子，不住地发着感叹："这些青年人多正义，多好！妮子，你知道吧，这就是我们的人民！"

因为我们小锅小灶，又没有准备，再加上客人们有这样那样的理由坚决要走，所以没有坚持留他们吃饭，爸为此感到非常遗憾。——他跟我约好，明天一早就一块儿去看望小吴的姑姑吴凤芝，因为明天是星期天，她是不上班的。

晚饭后，小黄来了。我本来料到他今天还会来的(其实，不如说我希望他今晚上还会来)，所以我很高兴。又像平常见了人一样，他一进了屋，只对爸和我点点头笑一笑，并不说话。但我看得出来，他换了一件干净一点的衣裳，而且眼神里流露出了激动的感情。我正把炒菜锅搁在炉子上洗碗，他把手插在裤兜里站在跟前，不声不响地看着我洗。完了，我又往炉子里添煤，又把炉膛下边的煤灰掏到铁箕里。他还是站在一边不声不响地看着。而且我感觉得到他那亮闪闪的特别的眼光，虽然我根本没有朝他看。他当着爸爸这样发傻，我真有点不好意思，只觉得脸上禁不住发热，一定红得厉害，可是我并没有说他。

"小妮！"他忽然叫了我一声，闷葫芦嘴算是打开了。

我没有做声。他又接着说:“你猜我在想什么?”

我还是不说话。他又接着说:“我在想:人类自从发明了用火,地球上的火就从来没有熄灭过,而且火的应用越来越伟大。”

我觉得好笑:纯粹是呆话!

“你是想在我面前卖弄哲学思想吗?要是你敢对我爸卖弄,保险你不及格!”说完了,我嘻地一笑,就走进里屋去了。

他也跟进来了。

我把窗帘拉上。到外屋去舀了一碗水淋在桌子上的月季花盆里。他看见我桌子上有这么厚一叠写满了字的信纸,问我是不是在写小说,我又只是笑了笑,没有回答。不知道为什么,我不愿意他尽跟我说这些不关紧要的事,好像这不是我所希望的。最后,他问我,如果这时候到外面去散散步,我会不会嫌冷,是不是愿意。

好妈妈,听了小黄这话,我就觉得决定的时刻来到了,我的心啊,跳得这么厉害!为什么,为什么我的感情一下子变得这么热,这么激动?为什么我一点也没有想到天气冷?为什么我骑着车子跟着他走的时候,也不问一声到哪里去?为什么我的变化如此地突如其来呢?

我们来到了天安门广场,来到了早晨谈话的那个石头狮子旁边。架好了车子,靠着石头狮子在暗影里站着。我以为小黄又要憋闷好久才说话,没有想到,他却很快就说起来了。

“小妮,非常感谢你愿意跟我一起到这儿来谈话。因为,从今天早晨起,我将永远不会忘记这个地方……”

他的声调说明他的心情非常紧张。这种紧张的心情也感染了我,使我更加激动。我真不知道说什么好。

好半天我才想出一句话来:“为什么永远不忘记?……”

“因为,”他低声不清地说,“我是在这儿第一次向你敞开了心……”

“当时你并没有说什么。”当然,我这是试探,是希望得到更明确的答案。

“也许当时你没有理会我的话?”

我没有回答,却不由得笑了笑,因为他这话证实了我的猜想。

“小妮呀,你知道我为什么从来在你面前很少说话吗?为什么老是像

‘闷嘴葫芦’吗?”

我不知道,我确实是不知道。

“是因为,三个原因:第一,对我所最最喜欢的人,我愿意多观察一段时间。第二,是因为我心里太热,我害怕这股狂热的感情一下子冲出来,你没有准备,对我又不了解,一下子把你烫伤了,引起了你的误会,以为我是个轻薄的人,那就坏了,再要挽回就不容易了。所以我要尽量忍耐,尽量慎重。第三,还因为,我越是跟你接近得多,心里就越是喜欢你,就越是说不出……”

他确实是声音颤抖,简直就说不下去。我心里也在发颤,也说不出话来。但是我大胆地看着他,鼓励他。旁边灯柱子上的灯光使我看得清他的脸面和眼睛。啊!是恳切的,动人的!我猛一下明白了:不热爱这样的眼睛,这样的人,是不可能的!

“可是,这一年多,我一点,一点也看不出。”我低下头,声音低极了,差不多只有自己听得见。意思是:你说你心里的激动那么强烈,为什么我一点也看不出?我是要他进一步把什么都说出来,我愿意听,愿意证实他的话,虽然我并不是不相信他的话。

他果然说起来了,虽然看起来说出这些来是困难的,但他还是说出来了。为什么他显得那么困难呢?哦,我明白了,除了激动,也许还有自尊心在起作用吧?我觉得,一个男子汉应该有这样的自尊心,如果他能够为了爱情而用力去克服这种自尊心,那是爱情的胜利啊!我喜欢,喜欢这种胜利,也喜欢他这种勇敢!我一边听着,不时大胆地看他一眼,笑一笑,鼓励他。我喜欢极了!

“小妮啊,你就一点也没有觉出来吗?请你想一想:一年多以前,我妹妹第一次领我到你家,我猛一下看见你,就猛地愣了一下,脚都停住了,连心跳都,都停住了……”

我想起来了,是的,有这回事。当时我还以为,是地上有个什么东西绊了他一下。

“还有一回,我跟你一起抬炉子,我离得很近地看见了你的眼睛,心,猛一跳,手松了,差点把炉子掉下来砸着你的脚……”

是的,我想起来了,想起来了。

“还有一回，你问我：‘你老来我家帮我的忙，不怕受连累吗？’我当时回答的什么话，你记得吗？我，我说：‘只要你不赶我走，我就要来！’是吧？当时我就觉着自个红了脸。……”

是啊，我想起来了！当时我还怀疑过：他为什么要脸红？

“妮，妮呀，你点头，说明你都记得的。那么，能不能证明，我是……”

是呀，为什么这些小事我都能记得？这不是正好说明，我平常，对他，并不是不注意啊！

我多么高兴！可是，我又说：“也许，你，看得不准，也许我，并不像你想的那么好。”

“不！妮，可不要说这样的话！倒相反，怕是我不合你的意……也许你是说反话吧？如果是的，就请你直说出来，我能受得了的！我能用最大的力气忍住痛苦，我不是软弱的人！”

“不是……”我只说得出这两个字，头低得很低，实在说不出别的话来。

啊！亲爱的好妈妈，你的女儿什么都不瞒着你，把这样的事情都一点一滴地写出来，告诉你。回想起当时的情景，我觉得，人生是多么美好，多么诗意，又是多么严肃啊！我觉得，我心里的火也是太热了，我也同样的害怕它一下子冲出来，把我自己和他都烫伤了，所以我尽力地压制着。好妈妈，从当时的情形来看，我是能够冷静地克制自己的，这一点请你放心吧！但是我还要告诉你一点：我并没有看错人，绝对没有错！因为，在那样感情冲动的情况下，他一直都是恳切的，尊重我的，热忱的，可以说是热忱到了极点。他有好半天怎么也说不出话来。我们就这样默默无言地待了很久很久。这时候，我觉得，无声的语言比有声的语言还要好，真是“此时无声胜有声”；我觉得，仿佛我们靠着的那座大石头狮子都在颤抖呢！

后来，我到底想起有件事情要说了，就问他，知不知道我跟小邵有一段时间是朋友。他说，他知道。不过他估计我跟小邵不会好到那样的程度。

“你凭什么这样估计？”我这样问，是想了解一下他对小邵的看法。

“这很简单，”他说，“你是个热情奔放，敢作敢为，坚定爽快，有判断力，而又感情细腻的人。他，不一样。所以一年多他不来找你——我不愿褒贬他……”

“可是他昨天又来了。”

“我知道他来找过你，可是我知道你不会喜欢他。昨天晚上他通知了别人，自己没有来，就是证明。爱情，一定要能够两颗心跳到一起才行。……”

我不能不佩服他的观察力。我也更加确信自己是对的，所以我不由得又看了他一眼，笑了。

“妮，”他又说话了，“有一点最最要紧的话要对你说。”

“说吧！把什么都说出来吧！”这仿佛不是我自己的声音。

“要知道，我是个很危险的人！”

“为什么？”我吃了一惊。

“因为，说不定，什么时候我会被捕的！”

“为什么？说吧！”

“因为我总想控告他们，揭发他们！”

“谁？”

“江青，张春桥，他们那一伙！我写过几次材料。又想到，上哪里告去？总理病了，就是不病，也不行。只好把这些材料给一些最可靠的朋友们传着看，只好……昨天你爸的话提醒了我，使我更明白了这种工作的重要性。我准备今后还要……为了让你了解得具体一些，我给你看点东西吧。”

他从衣裳口袋里掏出一个塑料皮的小本子来。我接过来，走到旁边的灯光下边，一翻开，只见满本都是写得密密麻麻的很工整的小字。前面几页是一些小诗：

真理与邪恶誓不两立，
我们的职责不是哭泣。
既然我们看清了真伪，
就应该坚决地斗争到底！

不信他们能窃权，

除非地球倒着转。
不信他们能胜利，
除非太阳西边起。
不信他们能长久，
除非大地没泥土。
不信他们有下场，
除非人民是羔羊。

后边是几篇批判文章。头一篇是《他们是怎样阴谋反对周总理的》，第二篇是《小丑们胡言呓语摘录》……

“好极了！”我兴奋得轻轻一跳，把小本儿贴在胸口上，心里说：“哎，原来他是这样个人，比我所想象的还要好！”

“你不怕出问题吗？”

“你不是说你观察了我一年多，很了解我吗？”我反问他。

“好哇！我真、真没有看错人啦！”他更加高兴，更加激动，更加声音发颤了。

“到了非死不可的时候，我们一起死！要坐牢，也一起坐！‘个人的生命是可贵的，但一代的真理更可宝贵，生命牺牲了，而真理昭然于天下，这死是值得的。’——这是鲁迅说的话！”

好妈妈，我这些话是从心坎里说出来的，是直接看着他那炽热的眼光说出来的。我所理想的，难道不正是这样一个人吗？我也没有看错他，没有啊！

他一把抓住我的手，颤着声儿问我：“好韵妮，我们的命运就这样连在一起了吗？”

“是的！”我回答。

“永远永远吗？”

“永远！”

他把我的手捏得更紧，摇动着：“韵妮啊！（我，真喜欢这个名字，真好听！）‘永远连在一起’，这句话的分量是很重的。是要互相负责、互相帮助、互相亲爱、同忧喜、共患难，几十年！”

“是的！不多再问，不多……我完全信任你，也希望你完全信任我！让我们成为一张琴上的两根弦吧，让我们弹奏出，人生最美好、最激情、最动心的乐曲吧！”

我们周围寂静无人。他猛一下用颤抖的大手紧紧地抱住我，热烈地吻我的头发、眉毛、眼睛，亲热地低声呼唤我……

十七

如果说，昨天早晨我跟爸一块儿来到这里时，发现天安门广场特别美丽。那么今夜，我连欣赏它的美丽的心情也忘记了。我只觉得自己是在梦里，在灯光辉煌的梦里。当我跟小黄一起骑着车子——当他送我回家时，我回头向广场看了几眼，我真有这样的感觉！

到了家门口，跳下车子，我们又靠在大门上待了好久，我们都舍不得分开，我们都感觉到无限幸福，无限美好，无限诗意。小黄说：“你记得我今天早晨说的话吗？‘知己的朋友，动心的朋友，是不容易找到的’！”我当然记得。我完全体会到了，他说的绝对是真心话。动心，动心，多么动心啊！这是心灵的颤动！……可是我们终于还是不得不分手。

他终于骑上了车子，回头对我笑了笑，走了。

我又一个人在门口站了好久，让自己的心情平静下来，然后才推开大门，搬着车子走进院子里。隔着门上的玻璃我就看见，爸一个人坐在沙发上，侧着头朝门外看。亲爱的好爸爸，他在等着我呢！我一开开门，他就用探询、关切、希望的眼光看着我。我感动得心里猛地一热，眼里猛地有了泪水，一下子扑倒在他的腿上了。

“爸，你，同意吗？”我冲口而出地问。

“孩子，让我看看你的眼睛。”

我抬起头来。爸捧着我的脸看了一会。

“好！我明白了！你是对的。他是个有志气的孩子。我这算了却了一桩心事！”

“爸！”

“好孩子，不需再说别的话。我非常高兴！”

“我带回了一本材料，是小黄写的，是揭批江青那一伙人的，他想请你提提意见。”

我拿出小本子来，念了其中的一首打油诗：

自古英雄称巾帼，
而今好汉是老娘。
不信乾坤难倒转，
敢将黑手挡朝阳。
高举镀金搅屎棒，
砸烂江山想当王。
神州处处血飞雨，
钓鱼台上笑声狂。
笑声狂，不久长。
有朝一日霹雳响，
叫你小命见阎王！

“好！”爸笑着点点头，“有点才气。这半天，我一边等着你，一边想这想那。我想到，刚才小黄说，人类自从发明了火，地球上的火就越烧越旺，永远没有熄灭过。这话说得好。人类没有火，就不能生存，不能发展，世界上就没有文明。我还得对他的话作一些补充。自从人类懂得寻求真理，真理的火也同样越烧越旺，永远也没有熄灭过。人类如果不懂得这样那样的真理，也就是说，不懂得阶级斗争、生产斗争、科学实验的知识，也同样就不能生存，不能发展。真理，理想，是人类的生命之火，是民族的生命之火，也特别是我们每一个革命者的生命之火。可是，在我们今天的中国，那些阴谋家，野心家，大骗子，他们要扼杀一切的真理，不光要扼杀马克思主义的真理，连自然科学的真理也要扼杀，连人民要吃饱肚子——这样一条最起码的真理也要扼杀。这是一伙最穷凶极恶的家伙！所以我们一定要揭发，要批判，要斗争！所以，你看中这个人，你走上这条路，是对的！当然，我们既要勇敢，又要小心；既要坚决，又要巧妙。以后，爸跟你们一起来斗。不怕杀头！不怕坐牢！有我们老一代，又有你们这样的青年人，我们是一定能够胜利的！孩子，我祝贺你在斗争里得到幸福！……”

亲爱的好妈妈，听了爸爸这些话，我是多么高兴，多么感动啊！

……

好妈妈，这书信我写了好几天，明天王叔叔就要走了，不能再写下去了。可是，在这几天里又发生了多少事情呀！简单说吧：爸已经上班了，跟大白脸那伙人的斗争已经开始了。爸当然不肯把斗争的情形告诉我。我是从他每天回家后的表情和各种情况猜出来的。大白脸又来过我家一次。他要我们还搬回以前的公寓里去，爸没有同意；要给爸一辆小卧车，爸也拒绝了（爸说以后他要骑自行车上班）。大白脸又问我：“好妮妮，你知道我家立清到哪里去了吗？”我当然是一问三不知……还有好多好多别的事情，只要你不回来，永远也写不完！

你二十八日的来信收到了。……

1978年12月31日脱稿

1980年3月百花文艺出版社出版

孙猴求雨记

（西游外记）

这是古时候的一个神话故事。

据说，古时候世界上的猴子很多很多，后来为什么少了呢？这是有一段因由的。不过，这事情得从最早出现在世界上的神猴孙悟空说起。

据《西游记》的记载，孙悟空跟随唐僧到西天拜佛求经以后，在西天如来佛的宝座之下“正果成佛”了。其实这是歪曲历史的本来面目。你想想，千年万载，盘腿趺坐，合手当胸，低眉垂目，不言不动也不吃东西，这岂是猴性难改的孙悟空受得了的？何况还要时常值班，拄着金箍棒给如来佛站岗守卫，更是拘板得不得了。所以当时孙悟空“正果成佛”了不到三天，就不管三七二十一，一路筋斗云翻回了他的老窝子花果山猴国，又当起猴王来了。说当猴王，其实也不确切。像他那样猴头猴脑，猴里猴气，一点官派也没有，哪里配称孤道寡？在这点上他是有自知之明的。所以其实不过是挂个“齐天大圣”的空名，当个自得其乐的猴子头目罢了。无非是每天跟那些猴兵猴将，猴民猴众，操练戏耍，倒也逍遥自在，比起“正果成佛”来，不知要快活多少倍呢。

不料好景不长。有一年，大旱成灾，花果山上，花枯了，果落了，连水帘洞口那“倒挂珠帘”似的万丈“水帘”也快要断流了。这花果山，山重岭叠，各种猴类何止千万百万，眼看就要断水断粮，你叫孙悟空如何能不焦急？所以他再也按捺不住，一个筋斗云翻到东海，“扑通”一声钻进了水里，要动金箍棒横扫竖抡了一通，立时闹得那滚滚的波涛汹涌起来。这一来当然就惊动了巡海夜叉，连忙去报与龙王得知：

“报告大王，不好了，捣蛋精孙大圣又来了！”

“你待怎讲？”东海龙王大吃一惊，“是那年先闹龙宫后闹天宫的孙悟空吗?”

“不是他还有谁?”巡海夜叉喘着气说。

“呀呀呀不得了!”

龙王吓得出了一身冷汗,连忙带着文臣白龙宰相,武臣黑龙将军,一起迎出了水晶宫殿。只见孙悟空已经来到龙宫门口,就连忙赔着笑脸,一躬到地:

“不知大圣驾到,有失远迎,望乞恕罪。”

“别跟我来这一套!”孙悟空大吼一声,“老孙我问问你:你当的什么王? 管的什么事?”

“小龙官封龙王,掌管海域,职司下雨。”龙王又一躬到地。

“你知道花果山猴国大旱成灾吗?”

“知道。”

“既然知道,为啥偏心眼儿,单单不给花果山猴国下雨?”

“启禀大圣,此事怪不得小王,天庭未有旨令,小王不敢自专。”

“天庭为啥单单不下旨令给猴国下雨? 是以为老孙在西天正果成佛以后,就变老实了好欺负吗?”

“此非小王所知,不敢妄议,亦不敢向上请示。”

“你要天庭哪府哪司的旨令?”

“云雨司。”

“废话少说!”孙悟空又吼叫起来,“老孙我命令你:即时即刻带领你的虾兵蟹将,给我到花果山猴国去下场透雨,如若不然,要你的狗命!”

“哎呀呀大圣!”龙王全身发抖地说,“你就是把我剁成肉馅,包成龙肉饺子,煮熟了,吃光了,小龙也不敢遵命!”

“干嘛要这样坚决? 违犯天条是死,违反我老孙的命令也是死,何不乐得做件好事再死,也在我们猴国落个好名声嘛!”孙悟空确实觉得奇怪。

“大圣啊!”龙王长长地叹了口气,“违反了天条事大呀! 连我的龙子龙孙,龙妻龙女,都永世不能翻身啦!”

孙悟空一想:也是,怪不得他。

他抓了抓脑袋,下定了决心,一个筋斗云翻出了海面,来到陆地,把金箍棒往地面上顿了两顿,喊了一声:

“当方土地何在？”

顷刻间，只见那沙滩平地颤抖了几下，钻出一个白胡子老头来，站定了脚跟，揉了揉眼睛：

“是哪府哪洞的神仙呼唤小神？”

“你就是此地的土地佬吗？你听说过齐天大圣孙悟空的大名吗？”

“哦哦，”土地佬连忙打躬作揖，“久闻大名，如雷贯耳……”

“废话！”孙悟空连忙打断了老头的话，“我问问你：如今上天进南天门要什么手续？”

“要检查仙符、佛符、王符、官符……”

“要是没有这些‘符’呢？”

“大圣有所不知，说起来，也是自从那年大圣你大闹天宫以后，才规定得这么严格的。要是没有符证，是一律不准进去的。还有一样：如今看守天门的是包龙图包拯。他在阳间为官时就是有了名的铁面无私，断案如神，不管皇亲国戚，不管是人是鬼，只要犯了法，就别想瞒得过他，就别想逃得过去……”

孙悟空不等听完老头儿这套啰唆话，就一跺脚，一路筋斗云翻上了天界。瞪圆了火眼金睛一看，果然，有一位官员：头戴乌纱，身穿朝服，黑脸麻须，手捧朝笏，毕恭毕敬地在南天门口当门而立。他不觉暗笑起来：“嘿嘿，看起来你姓包的也跟老孙我一样，尽管本事大，就是吃了脾气太直的亏，要不然你怎么会落得干这样辛苦的职事？”又想道：“哼，不管你老包怎么铁面无私，怎么善识人鬼，对付真假神仙的本事你恐怕还没有学会，待我要点小手段叫你瞧瞧吧。”于是从胳肢窝里拔下一根毫毛，吹了一口仙气，变成自己的模样，自己却一摇身变成一只蚊虫，嗡嗡着向包拯飞去。

包拯表面上是站立得毕恭毕敬，其实是因为日久天长，困倦难熬，闭着眼睛在做梦，梦见上帝降旨，免去这看守天门的苦差事，正在高兴，忽然觉得脸上针扎一般刺痛，连忙“啪”地打了自己一个嘴巴，惊醒过来，睁眼一看：面前站着一个猴子，不像人，不像鬼，不像神，不像妖，不觉吃了一惊，却没有想到，那孙悟空的真身早已在他打自己一嘴巴的时候飞进天门去了。

那假悟空却走上前去，恭恭敬敬地叫了一声：

“包老请了!”

“你是何神何妖?”包拯瞪大了眼睛问道。

“非神非妖,乃小小毛猴是也。”假悟空说。

“来此何干?”

“乡下佬进城——见见世面。”

“呔!”包拯像以前在阳间审案子一样,一声断喝。“这天宫天阙,乃神圣庄严之地,岂是你毛猴鼠辈戏要之所?滚开!”

“呵呵,”假悟空笑了,“官儿不大,架势不小。我问问你:职掌天门,假装恭敬,白日睡觉,玩忽职守,该当何罪?”

包拯猛一下愣住了,心想:“我老包平生未曾装过一回假,要过一回刁,自从职掌天门以来,心劳神倦,实在难熬,不装假要刁行吗?不想今日倒被这个小小的毛猴识破了……”

假悟空又冷笑了笑,往门里就闯:

“我告你去!”

包拯正要拦挡,没想到那猴子晃了一下,竟不见了!

“坏了!”包拯立刻浑身筛起糠来,“一定是玉帝派了个什么神来,检查我的工作,侦察我的心地,他这一去打个小报告,我还有命吗?……哎,真没想到,在阳间做了一辈子清官,善有善报,死了让我升天,原以为从此当神仙快活,哪晓得叫我干了这么个鬼差事!千年万年都得这么毕恭毕敬站着,何时是了?看来天上的小官比地上的大官还难当呢!早知如此,还不如在阳世少做好事,也免得受这种……”

话分两头。却说孙悟空进了天门以后,现了原形,听着自己的替身跟老包说的那篇话,心里好笑,却也无心耽搁,一招手收了毫毛,往云雨司走去。以前大闹天宫时何处不曾去过?所以路是熟的,不大一会就走到了。

云雨司的主管神官是南极仙翁,是个白须白发白眉毛的老头。只因是从万年冰雪的南极洲提拔上来的,所以心性很冷,简直是个天然的冰人。你想想,要不然,为什么每逢下雨时天气就冷?他头顶光秃得发亮,只有后脑勺儿上有几根雪白的头发。前额又大又突出,正是俗话所说的“寿星脑袋”,这说明他必定还要活几千几万年,跟寿星老儿一样长寿。由此我们可以得出一条结论:心性冷一点吧,你可以永远过平静的生活,永远不会得心脏病，而且永远不死。他的白眉毛很浓，有五寸长，搭下来盖住了眼睛，所以他什么也看不见。其实他也无须乎看，因为，他如果欢喜看这看那，大概就不会冷到可以长命万岁的程度了。胡子呢，五尺来长，银光闪闪，很好看，也很有用，因为遮住了嘴巴，使人只能听见他说话的声音，看不见他的表情，猜不出他的心思，因而也就觉得他非常的威严可怕。脸色是白而光润的，正像一切有福气的老头儿一样。再加上穿一身寿字团花白袍，肩膀上还靠着一根白玉龙头拐杖，纹丝不动地坐在白玉莲花宝座上，所以看起来简直像一座小小的冰山。而这座小冰山又是在一个大的白石雕砌的宫殿里的正中央，就显得更加冷气逼人。他周围站着四名仙童仙女，也是穿一身白，除眼珠以外，全身都不动弹，也都像冰做的人儿一般。面前没有桌案，自然也就没有文房四宝。这说明这云雨司只不过是个听令行事的冷水衙门，是用不着办多少公文的。

孙悟空走进了宫殿，咳了一声，老头儿没有动。又喊了一声："喂!"老头儿还是没有动。又"呔!"的一声，老头儿还是没有动。"怪呀!"他想，"待我再如法炮制地耍他一耍。"于是他从身上拔下一把毫毛，吹了一口仙气，一撒手，变成一群又肥又大的蚊虫，嗡嗡轰轰地飞了过去，在老头儿纹丝不动的光头光脸上使劲叮了起来。可是，怪呀，老头儿不但丝毫没有受到惊动，那些蚊虫反倒纷纷掉下地去，要不是悟空连忙招手收回，险些儿糟蹋了一把毫毛。你猜怎么回事？原来是因为冷，因为连老头儿的血都是冷的，蚊虫一飞到他的头脸上就觉着冷，吸了两口血，就连肠子肚子都冻僵了。悟空一看这情形，不觉毛躁起来："这个老八怪！文的不行，那就来武的吧!"把手里的金箍棒往白玉莲花宝座上捅了一下，弄的连座子带老头儿一起晃了两晃。老头儿这才像睡醒了一样，从白胡子后面吐出声音来了：

"谁——呀——？"

"你到底是块石头还是什么？"

"我是，神，南极仙翁。你，是谁——？"

"听说过齐天大圣的大名吗？"

"听——说——过。"齐天大圣的大名并没有使得老头儿吃惊。

"你为啥不下令给下界花果山猴国下雨？"

“这个，这个嘛——，上面降旨：今年花果山要大旱，大旱嘛，大旱嘛，呃咳，呃咳，大旱嘛，一年！”

“为啥？”

“这个嘛，呃咳，呃咳，只因你，孙大圣，呃咳，擅离西天，违反清规，触犯戒律，犯了、犯了、呃咳，呃咳咳咳咳，犯了佛法，大旱一年。以示、以示惩处，而儆效尤。如若，如若你还不立即返回西天，皈依，皈依，佛法，还要，呃咳，还要严加，处理！”

悟空好不容易耐着性子听完这篇宏论，不觉气得三焦起火，七窍冒烟。要是依着他以前的脾气，又得来它个大闹天宫，把这一套虚无缥缈的琼楼玉宇砸它个稀巴烂，烂稀巴。但自从前次“大闹”失败以后，知道自己本事再大，也还是胳膊拧不过大腿，最后还是要吃大亏。所以只得耐着性子，想再努把力试试看。

“老头，你知道老孙我的厉害吗？”

“大圣，你，呃咳咳咳咳……早听说过了。”

“我一棒子就能叫你老命完蛋，你知道吗？”

“这个嘛，呃咳咳，大圣，你就是，你就是，你就是把我，把我打成肉饼嘛，你也，你也，煮不熟，熬不烂，吃不了。呃咳咳，为啥呢？就因为嘛，我，呃咳，是，不怕热的。不论，呃咳，人火、神火、鬼火，阴火，阳火，见我就、就熄。这是，生成的，生成的，连我，呃咳，连我自个嘛，也没法子。况且，我这云雨司嘛，分、分四个府，东南西北，四个府。呃咳，四个府的府神嘛，都，呃咳，不在家。有的，赴王母娘娘的蟠桃会、去了。有的，参观东王公的、百宝展览、去了。还有的嘛……呃咳咳，少则十天，多则，多则，多则半月，才能回来。就算，他们都、回来了嘛，还得你、先写个、申请。再，我们大家、讨论，作出、决议。再嘛，起草报告，给上面的。报告，起草好了嘛，还得，还得，大伙传阅。再嘛，盖，呃咳咳，盖章签字。再嘛，呃咳咳，送到上面，请求，请求，批准。不定，不定哪天嘛，批准下来，那算是、你孙大圣的、造化。再嘛，再送、风神处。再，由风神，呃咳咳咳，祭起风来，送到东海，东海龙宫。再嘛……”

气得孙悟空直喘大气直瞪眼，大吼起来：

“再嘛——，不旱死也得急死！”

“那，这个嘛，那个嘛，我也，没法。制度嘛，有，有啥、法子？”

悟空气得抓头皮，挠耳朵。动硬的既是不行，来软的吗？孙悟空什么时候向谁低过头，服过软？况且，怎么能对这么个糟老头子服软？况且，就算低下头来求他，又有什么用？他也不能作主呀！

正在这时，老头儿又发话了：

“拿，文房四宝——来！”

只见一个全身雪白的仙童从一个侧门走了出来，左毛托着砚台，右手拿着纸笔，毕恭毕敬地站在仙翁面前，低声说：

“遵命拿来了文房四宝，仙翁有啥吩咐？”

“大圣，”仙翁又从白胡子后面吐出声音，“这个嘛，对，对不起，请在这张纸上嘛，签、签个名字，签个……”

“干吗？”悟空瞪圆了眼睛。

“大圣，你、有所、不知。凡是下界神仙，来嘛，来到这里，都嘛，要，呃咳咳，留下签、签名。等会儿，巡天韦护，就嘛，要、巡到这里。我嘛，也好，呃咳咳，交代……”

悟空再也按捺不住，不等老头儿说完，就一纵身冲破了屋顶，来到了外面。又一个筋斗云翻出了南天门，一阵风把那站在门口打瞌睡的包龙图冲了个四肢爬地。然后又一路筋斗云，想回花果山。可是翻到半路一想，怎么有脸回去见那些猴民猴众？就算有脸回去，老这么干旱下去，怎么办？只急得他不觉在半天空里打起转来——也就是说，在原处像风车似的翻起筋斗来。只见他越翻越快，越翻越快……好大圣！毕竟不同于凡仙凡人，果然是神力无边，竟转动得狂风大作，带动得乌云飞滚，刹时间把东海的滔滔大水也卷了起来，竟下起大雨来了！

大雨也不知下了多久。直到悟空觉得全身都湿了，才惊醒过来，停下来一看，不觉大喜：“原来我老孙自己也能下雨！早知如此，何必如此求人？”就一路筋斗云翻回了花果山。他站在最高的山峰上手搭凉棚四下里一看，果然，大雨刚停，云雾未散，山头潮湿，山河水涨。可是，哎呀！山，光啦，连草都没有！树，死啦，连根都不剩！百万千万的猴民猴众，光剩下一摊一摊的骨头渣子，正在随着水流子往平地流去呢！

怎么回事呢？原来，“天上方七日，世上已千年”，这两句古话是不错的。悟空连下海带上天虽然还不到一天时间，凡间世上却已经过了几十年啦！光是南极仙翁那几篇啰嗦话所耽误的时间，凡间世上也过了五十年啦！几十年不下雨，花果山上还能剩下一棵草苗儿吗？那么，为什么天上地下的时间不一样呢？你想想，天上的神仙不愁吃喝，自然日子易过；凡尘世界上万苦千辛，怎的不使得日月变长？所以凡尘世上的穷人向来就最害怕啰唆事和啰唆话。可惜的是，偏偏天上地上都一样，就是有那么多啰唆事和啰唆话常常误了时间，误了人事。不过话又该说回来，南极仙翁虽然心性很冷，说啰唆话耽误了许多时间，他却到底没有说过半句假话，丝毫没有利用有利条件祸害悟空邀功取赏的意思。如若不然，也许孙悟空还得受大害呢！

当下孙悟空站在山头上叹了几口长气，流了几串热泪，自己说道："我老孙没路可走啦！"是的，猴子头目当不成了，"齐天大圣"的空名连挂也没有地方挂了。怎么办？死吗？他是天生就死不了的。那年大闹天宫时，天兵天将的刀斧砍不死他，李老君的八卦炉烧不死他，如来佛的五行山压不死他，后来到西天取经，多少妖魔鬼怪也没有祸害死他。这时，就算他自己想上吊，想跳河，当然也都是白搭。他这才知道，死不了也是一种痛苦。怎么办呢？只见他一纵身子，不见了，从此以后就不见了！

那么，他到哪里去了呢？

也许他只得看破红尘，又回到西天如来佛那里，先作一番诚恳的检讨，然后盘腿趺坐当活死人去了吧？如果真是那样，倒不如死了的好。不过，像他那样性情，终久恐怕还是要忍耐不住的。所以又有传说，说他去了长江上游的巫峡，住在巫峡云雾之中，平常从不见人，只等什么地方发生了旱灾，他就一纵身子来到那里，一阵急风转圈似的翻起了筋斗，就带起了狂风，卷起了海水，下起了大雨。据说，人们常常看见的龙卷风，就是孙悟空显神通救灾呢！

不过，以上说的都是古时候的故事。如今人间靠天吃饭的情况正在改变中。在不远的将来，南极仙翁的云雨司当然只好撤销，那老头儿甚至想退休回故乡南极洲去过清静日子都不可能。因为，在人们的努力下，南极洲的万年冰雪也在融化，空寂无人的世界也要变成热闹的红尘，他那冰冷的心性也会被人间的火热所融化的，那时他就只好寿终正寝了。至于孙悟空的致雨神通，以后当然也就用不着了。事实上，他来到巫峡后还不到千年，就看见了人们千军万马在修荆江分洪工程，还有这里那里在修水库，他想："嗨呀，人们比我的本事还大呢！"……而将来当人们完全掌握了人工降雨，那他就完全无事可干了，到那时恐怕他也只好到"野生动物保护区"去当一名"猿猴管理员"了。不过这是后话，暂且不提。

1979 年 7 月 20 日，于北京

原载 1979 年第 9 期《安徽文学》

苏　醒

一九六七年夏末初秋，正是武斗逐步升级的紧张时期。

早饭过后，年轻的专政队长口气十分严厉地通知我们：

“听着！今天上午不劳动，等一会有人来参观，你们各人要自觉，老老实实，做好准备！”

参观什么？做什么准备？在这当作“牛棚”用的杂技团排练场里，从前杂技演员们练功的用具都搬走了，现在除了我们三十多人的地铺以外，是空荡荡的什么也没有。而我们这些“人”呢，虽然都被列为“封神榜”上的“神鬼”了，其实并没有半点可供参观取乐的神通。怎么办？年轻的专政队长原本是某剧团的伙食管理员，自从成了“革命红派”的代表来专我们的政，就变得非常庄严神圣了，总是用拧着的粗眉，板着的铁脸，粗大有力的拳头来对待我们。他颇擅长于训话，却很不善于回答问题。如果我们当中有人斗胆问他什么，他的回答总是拧眉瞪眼：“滚！”好像只要会“滚”，世界上的一切问题就都可以解决。所以，我们现在是不能请他明确指示的，只好提高自觉性，摆正自己在这个世界上的位置，并充分发挥想象力：先把地铺和蚊帐（都是男性鬼神的，三位女性住在另外一间小屋子里）按专政队长一贯的要求弄得整整齐齐，然后把作为劳动服的破衣烂衫穿好，然后把全世界最大的身份证——大黑牌子——挂在胸前，然后朝着大门站好整整齐齐的一排横队，并且都伸着脖子低着头，然后焦急地等待着不可预测的命运快点临头。

大约半个钟头以后，专政队长高大强壮的身子又出现在大门口了，拧着粗眉毛朝我恶狠狠地扫了一眼，然后大喝一声：

“跪下！”

对于“跪下”的重大意义，这位专政队长倒是曾经作过指示的：第一是可以把我们这些牛鬼蛇神的威风打下去；第二是为了向革命群众认罪；第三是可以通过狠触我们的皮肉而狠触我们的灵魂。我们对这些深刻意义是早已深有体会的，所以现在大家都跪得完全合乎规格。不过，万事都或多或少总有一点儿灵活性，我们都学会了一种跪的技巧：两个脚尖朝里撇，脚后跟朝外歪，让脚背斜贴地面，这就可以使得膝头略略歪侧一点，避免把半个身子的重量全都压到枯瘦无肉的膝盖骨上，因而能多少减轻一点点痛苦。

在人类发展的历史上，到底有多少这类发明创造？历史学家们大概从来没有研究过吧。

在这场即将到来的严峻考验里，我最耽心的是同伙里面脾气最倔的一个。由于他总是不肯低头认罪，已经高傲而又痛苦地忍受过专政队长几次武力的批判了。说他高傲，是因为他决不讨饶认错，决不一打就倒。说他痛苦，是因为他原本有一套祖传的武艺功夫，即使是三五个专政队长也不是他的对手，但他每次都忍着性子，决不还手，也决不躲闪。我们多数人常常抱着“破罐子破摔”的思想，有时也互相找些无聊的话逗逗乐儿，他是从来不参加这种苦中作乐的。近来他的神气更加阴郁了，眉毛皱得更紧了，话也更少了。我真担心他总有一天会忍无可忍地运用起武艺功夫来，那后果可就不堪设想啊！这时他跪在排列的正中间，个子比别人高大，与众不同地昂着头，脸面绷硬得像褐色的岩石，紧皱着的扫帚眉下边，眼睛闪着火一样的光亮，显然又是在从心里往外冒火了。

不知道是从什么地方传来了一种轰轰声，好像是一大群人马在行进。是伟大的革命历史在向我们这一群罪人进军吗？假如这历史的脚步非从我们这些人的身上踩过去不可，那就让它踩吧。可是，如果它是踩在我们身上乱折腾呢？——我感到，我的灵魂的确是深深地被触痛了。

吱扭两声，门外停下了一辆小卧车和一辆吉普车。专政队长飞快地迎上去给小卧车开了门。涌进门来一群人。为首的是个中等个儿的大胖子，五十多岁，冒油的黑脸，左胸上挂着一个特大号的毛主席像章，神气威严而又愉快。从他的衣着和派头上可以猜得出，一定是在这大动乱中兴风鼓浪的权威人物。他身后跟着几名中年人和青年人，大概都是“革命红派”的头头们。

“所有文艺界有名的怪物都在这儿吗?”胖子站在大门里边,背着手,叉着腿,挺着肚子,跟他的随从们一起,像看一幅名画,从远处眯着眼端详着我们这些展品。

“全省最最有名的,大部分……”专政队长大半是由于紧张和出于恭敬,只回答了半句话。

胖子“嗯嗯”地点点头,然后率领着随从们向我们进军,走到跪在排头的我跟前来了。挺着肚子,眼光从我胸前的黑牌子看到我的脸上:

“哦,你!就是全国有名的……真是久闻大名!我问问你:知道自己为什么臭名远扬吗?”

“知道。”我觉得自己心里冷得发颤。但不回答是不行的,回答“不知道”当然更不行,因为这是触灵魂,是考验。

“既然知道,那就说说嘛,我也见识见识嘛。”

“榜上题名,全国挂号,因为我炮制了臭名远扬的大毒草。”——我是早已乐天知命,甘当被敲的木鱼的,所以说得既流利,又爽快。

“嗯,还算有几分觉悟。”

于是他移动着脚步,走到老画家余之光跟前,也照样先看了看黑牌子,然后欣赏老画家白发多皱的头脸。

“你,余之光!年纪倒不小,怎么一点也不知道轻和重?在我们无产阶级专政的天下里,拿着画笔随便抹,行吗?‘全国有名的黑画家’,这句话对你合适吗,你自己说说看?”

“合适。”余老头嗓子里像塞满了沙子。

“为什么合适?要讲出道理来嘛!”

“因为,因为……”

“因为什么?要痛痛快快的!”

“因为,在一九四七年,在老根据地的土地改革当中,我速写了几张地主的形象,同时也速写了很多张贫下中农的形象……”

“嗯,怎么样?说下去嘛!又不是小学生过考,问一句答一句,像话吗?”

“我,原来以为,”余老头的神气变得更加像受了委屈的小学生,“原来以为,留作以后搞创作的参考,根本没有想到,把地主跟贫下中农一律看待，一起夹在画夹子里，一直保存到现在……”

“哼！留、作、参、考！什么参考？反攻倒算的参考！老实说，是不是这样？”

“是的。”余老头痛苦得脸面皱成了核桃壳子。

“哼！觉悟很差！立场根本没有变过来！”大胖子很庄严地宣布了这样的结论，并且恶狠狠地扫了我们大家一眼，然后继续往前走去。

话剧导演郑望天向来是用演戏的态度对待一切的，所以他毫不扭捏，也没有什么痛苦，承认起“罪过”来像背诵台词：

“我，郑望天，黑导演。为什么黑？我这名字就说明问题。郑望天就是真望天。望什么天？自以为是望‘解放区蓝蓝的天’，所以那时候跑到解放区去参加了革命。其实哪里是那么回事！自己所想象的解放区，换句话说，是自己把解放区，甚至把后来的新中国，想象为资产阶级自由主义的王国。所以自己一直保持着资产阶级的灵魂，总想按照自己的世界观改造世界……”

大胖子“嗯哼”了一声，显然是没有耐心听这一套曲里拐弯的“绕弯子检查法”的长篇宏论，脚步已经移到全省有名的歌剧女演员姚芹子跟前了：

“哦，你就是大名鼎鼎的姚芹子呀！瞧你，到底是跟别人不同：还穿着这么紧身合体的衣裳！虽然料子差一点，又旧得变了色，也总还有你那股俏皮味儿，连头发都还是梳得光光的，光光的！光光的！……”为什么他对“光光的”三个字这么有兴趣？我不知道。只见他的大脑袋歪过来又偏过去，是真的在参观呢。“光光的！哼，改造你们，真难啦！应该把你的头发剃得光光的，叫你美！叫你美！”他像是有点站不稳了，不得不捣动一下两只脚。“对你说，你那擦胭脂抹粉，穿高领子旗袍，出台谢幕，接受观众的掌声的时候，过去了！永远过去了！我倒要问问你：什么时候你才能不爱美呢？才不再妖里妖气的呢？你说说看？说嘛！”

姚芹子尽可能低着头，让头发搭下来盖着脸，没有回答。

“姚芹子，叫你回答，听见了吗？”旁边的随从当中，有两个中年人同时吼叫起来。

但是姚芹子仍然说不出话来。她在极力忍禁着抽噎，全身颤动着，泪水不断线地往下滴，把胸前黑牌子上“大破鞋”三个大白字洗出了几道痕迹。

我们这些患难朋友都知道，小姚是多么痛恨这三个字！多么痛苦这三个字！多么害怕这三个字！她既然可以把歌剧《江姐》里的江姐演得那样逼真，那样感人，又怎么能够忍受这样的羞辱呢？我们都知道，她曾经一再地想到死，然而又有所留恋。留恋什么？却只有作家苏醒和我两人知道。苏醒，就是我所担心的那个脾气很倔的人。在我们这一排跪着的人当中，只有他直到现在还是扬着头。是他把自己的秘密告诉我的。为什么小姚得了个“大破鞋”的光荣称号并且被关进了牛棚？有两个原因：第一，她不光是“站错了队”，而且替“红革派”当过广播员，全市武斗中心据点的高频扩音器曾经响过她的金嗓音。于是“革红派”的高频扩音器就不断地宣传她的“破鞋奇闻”。后来她在气愤之下回了家，却被“革红派”抓来当了俘虏。第二，模样如此俊美的名演员竟然二十七岁还没有结婚，而且多次拒绝了追求者，谣言自然就要找她做对象了。所以，这时大胖子大概自以为是有理由这样参观她的眼泪的。其实她心里早就深深地爱着一个人的，只可惜这个人不跟她在一个单位工作，直到住进了这个排练场牛棚，他俩有了接触的机会，他才知道了她的心。

彼苍者天，有情乎？无情乎？

苍天在沉默，整个这间大屋子在沉默。胖子仍然在参观小姚的眼泪，在等待着她的回答。

突然，跪在正中间的苏醒说话了。只有我明白，他真的是忍无可忍，要转移“参观”的中心，要使得小姚少受点侮辱：

“报告，我想说几句话！”

“哦？”胖子及其随从们都不胜惊讶，走了过去。“你，有什么话说？……哦，原来你就是专门炮制毒草的黑作家苏醒！原来苏醒就是你，你就是苏醒！大报小报上的批判文章我都看见过，还没有把你批够吧？《霸王别姬》这个毒草剧本是你炮制的吧？我问你，”大胖子突然提高了声音，“谁是你心目中的霸王？”

“因为毛主席在七千人大会的讲话里提到霸王别姬的问题，给了我启发才写这个剧本！”苏醒用他那响亮的钢嗓音说。

“七千人讲话?”胖子猛一下愣住了,噎住了。

旁边一个中年人连忙上去对着他的耳朵嘘嘘了几句什么,他“嗯嗯”着点点头,这才又有了精神,扬起了眉毛:

“苏醒,你好大的狗胆!把毛主席在党内的讲话编成剧本,又发表,又演出,这就是明目张胆的反党!”

“第一,我不是把毛主席的讲话写成剧本,我是写的一个历史故事。第二,这个戏预演时请省委负责人看过。第三,现在红卫兵早已把毛主席的那篇讲话印成册子,散发到全国——这是革命行动!”苏醒仍然朗声说。

“红卫兵?看是什么样的红卫兵,也有反革命的红卫兵!”胖子用胖手指头点着苏醒的鼻子,大吼起来:“你狗胆包天,想狡辩!什么剧本不好写,为什么偏偏要写这样的剧本?阴谋诡计深得很!歪曲毛主席讲话,搞公开的反革命宣传,这就是你的黑肠子!谁是霸王?他为什么落个别姬的下场?是不是借楚霸王不用韩信,来为你们这些反动的知识分子鸣冤叫屈,来向无产阶级专政放毒箭?你说!”最后是一声震房动屋的断喝。

苏醒极端鄙视地看了胖子一眼,喉咙使劲吞咽了一下,像是把一块石头硬咽下去了,立刻换了一副平静的表情,脸上微微闪出了一丝不易觉察的笑意,然后不慌不忙地说:

“您别生气,请让我稍微想一想……哦,现在我可是真的彻底觉悟了!允许我坦白交代吗?”

“好,说!快说!”几位随从一片声喊叫起来。

“我,明白了!彻底明白了!”苏醒仰脸望着房顶,出人意外地显得非常诚恳,好像他也学会了演戏。“我明白了一切真理当中最最了不得的真理。为什么在这么长的时间里一直没有找到这条真理?真是罪该万死!可见,像这样跪着狠触灵魂,真有好处啊!我明白了什么真理呢?我们搞文艺写作的人,只有全都变得比一般人矮半截,就像我们现在这个样子,必须仰着头从低处往高处看世界,才会知道自己的渺小,才会知道一切革命派,不管是‘革红派’,还是‘红革派’,都是伟大的,这是第一点。其次,我们这些人只有承认自己是黑的,就像现在这样,永远挂着黑牌子,满胸满肚子一片黑,才会真正对照出世界是光明的,你们这些革命派是光明的,‘文化大革命’是光明的。只有明白了这两条,我们以后才会写香花,演香花，画香花，唱香花……”

“他说反话！”胖子身边的一个年轻人首先喊起来。

“混蛋！放毒！”

“反动透顶！”

愤怒的吼声响成了一片。全体随从们的脸都气红了，拳头都捏紧了，眼看就要进行武力批判了。但是胖子突然扬起胳膊做了个手势，又丢了个眼色，摆了下脑袋，制止了这些人的冲动。专政队长很快就明白了领导意图，猛吸了一口大气，大声喊起口令来：

“都给我滚起来！”

起来就是起来，怎么“滚”法？这个问题当然不能提出来研究。我们只好又一次充分发挥自觉性，站起来了。

“立正！”

疼痛难忍的膝盖，还有胸前沉重的身份证，使我们不可能一下子立得很正。几个老头龇牙咧嘴地侧歪了几下，好不容易才站稳了。

“向这边转！”

专政队长总是用甩右胳膊和“向这边转”来代替“向右转”的。那年头，“右”，是多么可鄙、可厌、可怕、可恨的字眼，连说它都嫌脏嘴呢！何况这些封神榜上的人物本来就“右”到了顶儿，怎么能再叫他们向右转呢？可是又不能老是叫他们向左转——那就会使他们老是原地转圈，怎么走路？怎么改造？所以聪明的队长就发明了这种象征手法。

于是，在专政队长的指挥下，在大胖子及其随从们怒目相视的伴送下，我们都灵魂紧缩地走出了大门，经过一个空场，穿过一个宿舍区，又走过一个空场，来到了一座高大的建筑物后面。

不知是哪一位发明家的发明，也不知是从何年何月开始，把所有省一级的文艺单位都集中到这个大江之滨，小山之上的大院子里来，以至于形成了这个闻名于全省的“文艺山头”，以至于便利了“史无前例”的文斗和武斗。这座高大的建筑物以前是整个院子里开大会的大礼堂，也是公演戏剧电影的场所。现在，楼上是武斗勇士们驻军之地，楼下则是运用批判武力和武力批判的地方。

在专政队长的口令声中，我们进了后门，上了阶梯，经过后台，来到了舞台前面。

原来早已坐满了一礼堂人，连四面的窗台上也坐满了人。我这才明白了，刚才听到的轰轰声就是从这里传出去的，历史的脚步就是从这里向我们身上踩过去的。舞台上，除了坐在一排桌子后面主持会议的人们以外，早已跪着几十名封神榜上的人物，从他们胸前的黑身份证上约略可以看出来历：大体上是新闻界、博物馆、图书馆、展览馆等文化单位的。我们这些黑线人物当然比他们更有优越性，应该跪在他们前面。

批判大会宣布开始。扩音器把令人毛骨悚然的声音胀满了会场，震耳欲聋，说话的是什么人？看不见，因为是在我们背后。说的一些什么话？没听清，只觉得仿佛有“永远打翻在地”一类流行已久的语言。突然，我听见了：

“黑作家苏醒，滚起来！”

我的心猛地一跳，全身冒出了冷汗。但苏醒却脸神严肃，不慌不忙地站了起来，像一根柱子一样竖在台上。

“滚到台口边上去！”

苏醒走到台口边上了。

“把你刚才在杂技团排练场说的话再重复一遍，让广大革命群众听听你是怎么恶毒攻击‘文化大革命’的！”

沉默了一会，苏醒转身向后，脸色铁青，两眼圆睁，咬着牙大声说：

“请你们先把我的两只手捆起来！”

“你这是什么意思？”我们背后有人问。

苏醒的态度很坚决，声明说：如果不把他的手捆起来，他就不敢说话。

看得出，满会场的人都十分惊讶，静得连人们的呼吸声都听得见。

终于，从台后走过来两个小伙子，把苏醒的两只手反扭到背后，结结实实地捆起来了。

苏醒这才挺直了身子面向着台下，使出全身的力气大喊起来：

“我是共产党员，要说共产党员的话！全国都‘踢开党委闹革命’，这是让群众取消党！把所有大大小小的当权派都打倒，这是取消无产阶级专政！对千千万万的老共产党员搞游街、批斗、罚跪、关押、殴打，这是侮辱全党，残害全党！所有这些，都不符合毛主席制定的十六条！同志们啊，醒醒吧！醒醒吧！我们的国家，我们的党，不得了啊！……”

他使劲顿着脚，哇哇大哭起来。

我们这些没有资格哭的人，起先是心猛跳，脊梁骨发凉，后来也都忍不住要哭啊！

短时间的沉寂以后，接着就是一阵极大的混乱：吼叫声，拳打脚踢声，姚芹子哭叫着扑到苏醒身上去……

这幕悲剧怎么结束的？我不知道，因为当时我们都挨了打，我被打得昏过去了。

从此以后，苏醒就从我们的行列里消失了。也许就根本从这个世界上消失了。然而我们都知道：他当时为什么要请求捆起手来，是因为他担心自己忍不住愤怒，还起手来打伤了人。他消失了，从这个史无前例的世界上消失了。然而作为一位只有二十九岁的青年作家，他完成了自己崇高的责任，用那几句简单扼要、最响亮最精炼的语言，完成了最后的杰作，唤醒了当时在场的许多群众，并且通过这些群众把他的声音——一个共产党员的心声，传遍了全省，使得许多人退出了“革命”，退出了武斗，因而减少了许多损失。可惜的是，他当时过于激动，有些平时对我说过的话没有说出来。比如：“侮辱人者，如果不知道是侮辱人，是可悲；如果知道是侮辱人，是可耻。被侮辱者如果不甘受辱，是可悲；如果自甘受辱，是可耻。全国千千万万的人正在进行的正是这样一场可悲可耻的运动。表面上好像是为了提高人们的灵魂，其结果必定会大大降低和毁坏人们的灵魂。最后结果必然是：可悲的历史，可耻的历史！”

姚芹子后来怎么样呢？亲爱的读者们，我实在不忍心把一切事情都告诉你们，我只告诉你们一点：她有江姐的性格，从内心到外表都像江姐一样的美。

活着的人们啊，珍惜今天吧，而且要为了更好的明天！

1979 年 12 月 25 日，于北京

原载《人民文学》1981 年 6 月号

纪　念

一九七五年十二月的某一天，我正躺在理发店的椅子上，听凭一位老师傅在我的嘴巴周围涂上冰冷腻人的肥皂沫。我这个不长胡子的嘴巴已经被理发师照刮不误了几十年了，从来没有提过抗议，这回当然也不例外，并且又照例在心里自我宽慰地说："人生在世，这类照刮不误的事情有时是难免的。"正在这时，忽然听见脑袋前面不远的地方响起了一个苍老的，沉重的声音：

"对对对，我检讨！我检讨！老老实实检讨！"

我感到整个理发室里猛一下静下来了，简直像一间空无一人的屋子，连老理发师的刀子也在我的嘴巴上空僵住了。怎么回事？我忍不住推开僵在鼻子尖上的刀子，坐了起来。只见墙上镜子里映着一个模样古怪的中年人：瘦得出奇的高个子，一身崭新的深灰色衣裳，遮住了耳朵乱糟糟的长头发，铁青灰白的瘦长脸，眼神直勾勾地看着前面，简直像是死了几年刚刚活过来的人。一个穿得干净模样秀气的妇女，像是怕他站立不稳，紧紧抱住他的一只胳膊。待了一会，女人扶着他向前走了两步，用恳求的口气对满屋子的人说：

"师傅们行行好吧，先给这个傻病人理理吧。"

这声调和口气立刻引起了同情。我旁边的椅子上，一位刚刚坐上去的工人模样的顾客立刻主动让出了位置。"傻病人"被那女人搀扶着一瘸一拐地走过来了。

"我检讨！我检讨！狠狠地检讨！什么叫检？什么叫讨？我懂我懂。检，就是检查；讨，就是讨论；对吧？该检查谁？该讨论谁？好哇！嘿嘿嘿嘿，你说是不是？你，懂吗？"

这最后两句话，是他被那妇女搀扶着坐到椅子上以后，明明显显地对着镜子里的我说的。那冷冷的笑容和认真的眼光……哎，我简直有点毛骨悚然了。

当一位年轻的理发师给他搭系白布胸巾时，他又说开了：

“你知道吗？天，多大哟，没有边！地，多大哟，没有边！人，在大天大地里，一间小小的，小小的黑屋哟，检讨！检讨！检讨！对，检讨，对吗？”

对吗？老天，那疑问的眼光又是那样诚恳地看着我，像是真的要我回答。我是真正的毛骨悚然了，只好重新躺倒下来，再也不敢看他了。

可是给我理发的老理发师跟那女人的几句对话又使我坐起身来。

“怎么回事？”老理发师的声音很低。

“关了五年，刚出来。”她的声音也很低很低，有些颤抖。“我想在家里自个好歹给他剪一剪，他不干，说什么也要出来……”她看了看我，突然把没有说完的话噎回去了。

“我干吗不出来？”疯子又大声说，“我检讨，检讨，时时刻刻，不停地检讨嘛，你说是不是？”

最后这句话又是对着镜子里的我问的。

女人像哄孩子似的，用温柔痛热的话哄他，叫他“乖乖地听话”，好好让师傅给他理发，不要再说话了，理了发就舒服了。“小丫还在家里等着爸爸的呢，理得漂漂亮亮的回去了，孩子看着爸爸变了样儿，该是多高兴啦！”

我心想：“是他的妻子，多好的妻子！”

确实是的，她当着这么多人，简直是趴在他的肩背上，脸挨脸地说这些话的，却没有一个人不深深地受到感动。所有的师傅都停止了工作，所有的顾客都屏声静气，连给疯子理发的青年师傅也是一脸严肃的表情。

疯子真的不再说话了，电推子在他的头颈周围响起来了。我又躺倒下来，同时心想，这两夫妻必定有一个名叫小丫的可爱女儿，只有让他想起女儿，只有妻子温柔痛热的声音，才能使他安静下来。他并没有疯到忘了对女儿、对妻子的爱的程度。

耳边又响起了那妻子温柔痛热的声音：

“乖乖的听话。……你瞧，剪下来的头发有多长！这就漂亮了，舒服了……”

等我刮完了脸，吹干了头发，付了钱以后，疯子也正好洗完了头。当他重新回到椅子上时，我发现他在咬着牙皱着眉。我猜想，必定是他那条一瘸一瘸的右腿受过很重的伤。好奇心使我坐到顾客等候理发的椅子上，很想听听他还会说些什么，也很想再看看那位妻子的言语举动。

全部理发手续都完毕了，那女人到柜台上去付钱时，疯子又像是突然爆发了满腔热情，全身摇动着，大声嚷嚷起来：

“我检讨！我是要检讨！狠狠地检讨！上挂下联地检讨！你们想想，全中国，百万、千万、亿万的人，都检讨！这不是吗？全国，好几年……是世界吗？是这样的世界吗？嗨呀！……”

那女人惊叫了一声，连忙跑过来扪住了他的嘴，很惊慌地向四面看了看，最后把眼光在我身上停顿了一下，就扶着他急急忙忙走出门去了。

啊，我多么想跟着他俩走一段路，谈一谈话，甚至帮着搀扶他。可是我不能。女同志那样惊慌地不让他继续说下去，必定是怕他说得太多，引起了别人的怀疑；又用那样惊慌的眼光看我，说明她已经注意到我理完了发还不走，因此在怀疑我。那年头，每个人都是很敏感的，被人怀疑是很不舒服的。瞧，有两三位理发师也在打量我呢！我连忙站起身，走了出去。

那对夫妇正在向马路对面走去。那妇女又回头看了看，正好又跟我的眼光相遇，又是那种怀疑的眼色。我的心猛地往下一沉。

从此一连好几天我心里颇不愉快，好像做错了什么事情，却又明明知道自己问心无愧。又老是忘记不了疯子的那些话，还非常替他担心：因为那些话里似乎有着某种深刻的含意，如果他老是这样不看场合地乱说一气，万一被“最最最革命”的“窃听器”听见了，岂不危险？他是刚刚才从监狱里放出来的呀！

我真没有想到，后来竟然还会碰到这对夫妻。

是相隔二十多天以后，即一九七六年一月九日周恩来总理逝世后的第二天早晨。我心情沉重地在东风市场的布匹柜台前面排长队买黑纱。这是我从来没有看见过的心情沉重的人群。一些女同志在轻声啜泣，一些老人小孩不住地抹泪，每个人的眼圈都是红红的。连柜台后面的服务员也不说话。黑纱都是连夜剪裁好了搁在柜台上的，买黑纱的人都是不管搁下多少钱拿了黑纱就走。

谁也没有想到，忽然队伍后面响起了像是推推挤挤的声音。我回头一看，哦，这不是那夫妻俩吗？疯子弯着腰，使劲顿着脚，嗓子一哽一哽地憋得吐不出声音来。女的满面泪痕地在给他捶背，并且对着他的耳朵小声说着什么。一会，疯子直起腰来，"哇——"的一声，仰着头大声嚎哭起来，嚎几声说几句话，所以话是断断续续的：

"我，看见啦！看见啦！你们都没有，没有看见啊！……总理，总理啊……他，临终以前，三个钟头啊，三个钟头！想想看，三个钟头！……嘴唇动啊，动了三个钟头，出不了声音啊！……没有人听得见，他说的，什么呀！……他老人家，为了国家，为了我们，一辈子，到最后，有多少大事，要说，要嘱咐，要交代呀！……可是，可是，说不出、声音来啦！……他，把多少，重要的话，带走啦！……一直到，咽了气，眼也闭不上，是，不放心啦！……我们永远永远，痛心啊！……"

所有在场的人，包括布匹柜台的售货员，全体排队买黑纱的人，还有远处别的柜台上的售货员们，谁也没有想到要问："你怎么看见的？你怎么知道的？"却全都痛哭起来了。在这一片哭声中，那温柔的妻子起先是紧紧扶住疯子，防止他摇晃得跌倒；后来两人就互相搂抱着，支撑着，哭得全身发抖。疯子一面哭着，还在断断续续说着什么，但嗓子已经嘶哑得吐不清字句了：

"……我们，活着的人……怎么办？……"

是呀，在这举国关心的危急关头，我们怎么办？不过，当时我只顾悲痛，来不及细想。

一位年轻的女售货员走出了柜台，把两块黑纱递给那女人，沙哑着声音说了两句什么。女人哽咽着道了谢，就扶着疯子转身朝大门走去。刚刚走到大门口时，疯子又突然转过身来，看着全体排队的人，挥着胳膊，摇晃着身子，用沙哑的嗓音大喊起来：

"我检讨！我检讨！大家，都检讨！百万、千万、亿万人，都检讨！检查谁？讨论谁？你们，懂吗？"

他直愣着眼光，喘了喘气，才转身把枯瘦的大手往妻子肩膀上一搭，一瘸一瘸地跟着妻子走出大门去了。

所有在场的人都愣住了。

“原来是个疯子！”

我身后一位年轻人小声说了这么一句。但是前前后后的几个人却都向他投过来责备的眼光，弄得他似乎有些尴尬。

我心里又一次涌起了想跟这对夫妻交成朋友的愿望。但是很可惜，等我耐着心按照排队的顺序买好了黑纱走出市场大门时，连他俩的影子也看不见了。

但是后来到底还是又一次遇见了那位女同志。

那是所谓“天安门事件”第二天早晨的事。天还不亮时，同院一位青年朋友就来砸我的门，很气愤地对我述说了昨夜发生的惊人事件和他自己的惊险遭遇。我大吃一惊，心像猛地被人摘掉了一样，只觉得又空又痛。矛盾了一阵，终于下了决心：出了这样的大事，又离得这么近，怎么能不去看一看现场，不给自己留下一个永世不忘的印象！

从北池子往南，出了南池子南口，向西一拐，在路边高墙附近树林子的阴影里试探着往前走去。并没有碰见预先所想象的武装警戒。快到工人文化宫门口时，就看见星星点点的灯光照着空旷寂寞的广场。昨夜以前如山的花圈，如海的人群，却没有了，连搬走花圈时免不了要掉下来的残花碎纸也看不见了。看起来是一切都已经结束了。只能隐约看见，在远远的烈士碑下边，似乎有一大片被雨水淋过了的湿地，在微弱的灯光下边显出铁青的颜色，使得整个广场更加显得空寂冷峻，令人心碎。宽大的长安街上也没有出现行人，连公共汽车也还没有开始运行。我像失掉了魂魄似的，仿佛不是在走，而是在不知不觉地往前飘去。忽然，我看见了一个人，整个天安门前面唯一的一个人。是她！的确是她！动也不动地兀立在天安门下边金水桥上的路灯光下，被背后高大威严的暗红色宫墙和周围的白色石头桥栏衬托着，真像一座庄严的雕像。头上是我所熟悉的杏黄色头巾，身上是深咖啡色短大衣，洁白的脸上有什么东西在闪闪发亮——是泪水！

我惊呆了。为什么只有她一个人站在这里？为什么她——一位还很年轻的女同志，敢于这么早就一个人来到这里？为什么她的神情那么木然，并且那么专注地望着广场？为什么她连脸上的泪水都忘了去擦？一种不祥的预感使我不敢再想下去。

直到我不知不觉地走得离她很近了，她才像是有所惊醒，慢慢向我转过脸来，却并不惊慌，相反的眼光是那样冷，那样亮，挑战似的从上到下打量着我，并且用雪白的牙齿使劲地咬着下嘴唇。然后，一扭头又转脸向着广场，是一种鄙视我轻蔑我的神气。

我连忙上前两步，冲口而出地哑声说：

“好同志，请相信我！我跟你俩的心是一样的！我碰见过你们两次，头一次是在理发店里……你大半也还记得我吧？今日我是特地来看看，来悼念……”

她还是那样眼光闪闪地看着前面，动也不动。

可是我既不忍心走开（怎么能把她一个人丢在这样令人担心的地方呢？），又不能忍耐着不说话。可是，说什么呢？什么话能够一下子就使她相信我呢？……忽然，一个猜想了多少天的问题又猛地涌上了我的心头，不觉低声地、自言自语似的说：

“我明白，他，并不是真疯！”

这话果然起了作用。她猛一下转过脸来，眼光更加亮得出奇地盯视着我。大概是我的满头白发多少取得了她的一点信任吧？脸上那挑战似的表情稍稍缓和了一点，但还是并没有放松警惕，低声地、冷冷地问我：

“你有什么根据？为什么老是这样注意他？”

“因为，”我索性理直气壮地说，“他的那些疯话里含着很深的意思，对我启发很大。还有，在东风市场买黑纱那回，一个疯子能有那样深沉的感情吗？”

“东风市场买黑纱那回……”她的嘴唇颤动着，声音也是发颤的。

“当时我也在那儿买黑纱。”

“嗯，”她低下头去想了一会，又猛地抬起头来：“对！他是又疯又不疯！是半真半假！连我也是半真半假！为的就是要把心里的话对人们说出来，让人们明白！现在你一切都知道了吧？怎么着？”

我心里猛地一热，眼里不觉涌出了泪水。这是什么样的两颗心啊！

大概是我的神情更加取得了她的信任。她微微低下头去，眼睫毛颤动了几下，泪水像珠串一样滴下来了，低声哽咽地说：

“偏偏昨儿夜里我在医院里值夜班，不能陪他来，他一个人来了……一夜没有回去！”

又咬着嘴唇极力控制着感情，猛地一扬头，把头巾扯下来捏在手里扭绞着，胸脯很快地起伏着，向着广场中心望去：

“我，是特地来看看他的！这半天，我像真的看见了他，真的！”

我也向广场那边望去。确实，最近几天那花山人海的情景仿佛又在我的眼前出现了一会儿……

忽然，她大概是有些头晕，轻轻“啊”了一声，一只手扶住身边的白石栏杆，另一只手把头巾捏成一团按在前额上，同时轻声喃喃地说了两句我听不清楚的话。半天，又突然把头巾从前额上拿开，睁开眼向东方望去。

“啊，天快亮了！小丫要是醒了看不见爸爸……”

忘了跟我告别，飞快地把头巾往头上一扎，快步走下石桥，向着东方天际的一线曙光走去，身后飘过来极力忍禁着的、裂人肺腑的、抽咽的声音。

广场周围的路灯光猛一下熄灭了。

我泪眼模糊地看见，东方天际那一片鱼肚白的周围，仿佛有一个淡淡的光环，真像一个悬在天空上的花圈。啊，我像是受到了某种启示：也许，新时代的曙光，将要从人们用生命和心血编成的花圈里迸射出来吧？

原载《延河》1981年第9期，名为《夫妻俩》，后收入四川人民出版社1982年版《秦兆阳小说选》改为《绝念》

贾大奇自述

一

疗养院看门的老头贾大奇真是个挺有意思的人。那天我一进疗养院,他抢着帮我拿提包时,那特大的脑袋,特光的头顶,粗眉鼓眼,特短的两条棒槌腿,还有那走路时一瘸一瘸的怪样儿,逗得我几次差点笑起来。在病房里安顿好了以后,我向他表示感谢。他一扭头看着墙壁说:

"搦不着,为人民服务嘛!"

什么叫"搦不着"? 我没好意思问他,他却转过脸来自动向我解释说:

"你想想,像我这样的小人物,可不是搦不着? 并且,帮着刚进院的病号提拎点东西,有什么好说的?"

我递过烟去,热忱地请他坐下来休息一会。他没有拒绝。于是房间里很快就飘满了烟气和酒气。原来他是刚刚喝过酒的,难怪那大脑袋红亮得如此出奇。

"你想想,"他翘起短粗的二郎腿,接着说,"来这里休养的有几种人? 你以为我心里没有挂上号吗? 第一号,是干工作累垮了才来的。这,我敬重他。第二号,是十年二十年挨整搞垮了的。这,我同情他。第三号,是年老多病的。这,我也同情他。第四号,是工作里有困难,借由头来这里图安逸的。这,我也咬咬牙能原谅他。第五号,是走后门,托关系,来这里享清福的。对这号人,哼! ……不过,不论你在我心里挂的是哪一号,也不管你的干部牌子有多大,只要是应该管的事我就得管。别看我是个小看门的,四两正理能压住千斤邪。比方吧,你不按时作息,不按时熄灯……"

停了一会，喷了几口烟气酒气，他又接着说：

“嘿嘿，你看我这人，生着个比别人大一号的脑袋，你猜里面装的啥？工作了大半辈子啦，归根到底，装得最多的是那个我觉着最要紧最迷人的东西，——了不得的东西！让成千成万的人低着脑袋朝着我，我愿意怎么着就怎么着——比方说，在群众大会上一亮嗓门，一挥胳膊，万人无声——我说的就是这个东西！……嗨！如今，明白啦，实打实地为人民这才是最根本！嘿嘿嘿……”

他自己笑着走出房间去了。

以后我就对这个怪人产生了好奇心。他总是天刚亮就起来，把院子里角角落落的落叶枯枝都打扫得干干净净。对于出院和进院的人，总是热情地送往迎来。侍弄全院的花草树木更是精心。每天晚上，疗养的干部们靠在院子里的藤椅上乘凉谈天，他多半是坐在旁边的石头栏杆上听着，到了时候就催人们去按时睡觉。你不听命令吗？他就要言不烦地大着嗓门说：“同志，疗养疗养，就要会养。要不然，国家花这么多钱白扔了吗？”等人们都回房间去了，他就把这几十张藤椅一张张地搬进楼下的大客厅里，摆放得整整齐齐。他从来不称呼这些人的官衔，不是用“同志”两个字来代替，就是用一个“喂”字来概括。如果在中午或晚上多喝了点酒，他的舌头可就要解放了。特别是在晚上乘凉时，就也搬张藤椅来坐在人们中间，毫无拘束地跟这些大干部东拉西扯起来。谈得最多的，是他自己“火星子乱爆”的经历，说了一遍又一遍。“为了让你们也开开脑筋，明白起来，我连自个丢人现眼的事儿都不瞒着。怕什么？哼！”久而久之，我就把他的故事连细微末节都记熟了。

二

“……你们猜怎么着？自从学习了‘大脚女人走路’，咱全国几亿人的脚倒是真的变大啦，可是脑袋好像就慢慢地变小啦，所以后来就来了个脚不沾地的懵头大跃进啦。大炼钢铁，大放卫星，火星子乱爆，把自个儿的皮肉燎伤啦……”——每一次，贾大奇像这样说开了头以后，紧接着就说到了自己：“你们看我老贾的脑袋，够大的吧？本来里边的瓤子就又小又不好，从那时起就变得更小，更加古里怪气的啦，简单一个字：昏！……”

那时呼啦一下就都成立了大公社，他贾大奇是一个大公社的党委书记。“有权在手，脑袋醉酒，大放卫星，无奇不有。”他干了三件大奇事：

第一件：找到一个锅底形的小山凹子，把四面山头上的南竹树木砍下来，在凹子里架成一个特大的“土法炼钢炉”。然后把从全公社农民那里“动员”来的铁锅铁器扔进“炉子”里去，烧哇烧哇，竹节子炸得震天响，火星子爆得八丈高。老贾率领大队人马站在山头上，看着这惊天动地的奇观，叫着，笑啊，跳啊，高兴得差点滚下山去把自己也炼成了“钢”。

后来这个“土法炼钢”的创造就在全县得到了推广，贾大奇就开始成了有名的人物。全县的大小山头也就都变成了秃脑袋。全县各村的农民就只好大办集体食堂，因为每个村子都只剩下了三口两口大铁锅。

第二件：选择了一块开阔溜平的土地，用一条长竹杠子把十头牛并排绑在一起，套上十副铁犁，十个小伙子拿着十条鞭子站在牛屁股后面。贾大奇吹一声哨子，大手一挥：“开始！”十个小伙子一齐吆喝，十条鞭子一齐抽打，十条牛，嗨，同时受了惊，折腾起来，套绳绊住了腿，犁铧子铲伤了脚。

这叫“集体土拖拉机”，简称“土拖拉”，土洋并举嘛！从此贾大奇就更加有了名。

第三件：不是说反对大跃进就是反对三面红旗，就是犯了大罪吗？好，我贾大奇就来高举大红旗吧！做了一面五丈长、三丈宽的大旗，用三根木头接成一根八丈长的大旗杆，用几条酒杯粗的绳子绑在旗杆头上，把十几名壮小伙子分成两帮，一帮站在公社的屋顶上，另一帮站在一棵大树上，贾大奇吹一声哨子，大手一挥：“开动！”十几个壮小伙子齐用力，拉！拉！轰隆——咔嚓！旗杆断了，红旗破了，房顶塌了，人摔坏了。

贾大奇从此就得了个“假大旗”的光荣称号。

“老贾，你说的这是真事吗？”听故事的人忍不住问他。

“嗨！”老贾苦笑了一下，“你们不信吗？有些事，真的倒像假的，假的倒像真的……我倒要问问你们这些大干部：那时报上登着亩产水稻十三万斤，你们有半个人敢怀疑，敢反对吗？那时你们谁没有搞过各种各样的土法炼钢？炼的钢呢？有几斤？有什么事比昏天黑地敢想敢干更容易的？干坏了，没错；干得像真的，受表扬，名利双收；不干，评你个下游，批你的右倾，你受得了吗？嗨嗨嗨嗨！……”他笑得喘不过气来了。

后来怎么样呢？

“后来，咳，说起来你们又不信：倒真的有个大脚女人看上了我，崇拜我有魄力，鬼点子多，有一天半夜里，冷不防‘跃进’到我屋来……嗨！真是搞得个火星子乱爆啊！‘调整、巩固、充实、提高’，这八字方针一下来，就把我‘调整’啦：留党察看两年，到一个大队去当保管——把我保管了好多年！本来，这些年生产又上去了，我老贾的脑子也清楚一些了，可是，‘文化大革命’，更加火星乱爆的年月又来啦！你不整人，人家就要整你。能够老老实实地挨整吗？他娘的，造反！炮打！夺权！这么一折腾，就又掌上了印把子——又当了公社书记啦！够本儿了吗？不！人比人，气死人。为什么人家一样的造反，能到县里去坐位置？为什么我老贾只能在一个小小的公社里蹴蹴着？不是说还要搞第二次‘文化大革命’吗？好，等着瞧吧！……”

三

一九七一年夏季的一天，半夜了，公社办公室里的电话铃声忽然火星子乱爆似的响起来了。所有的干部都到下边去搞“雷打不动”的“模范点”去了，只有广播员小李和老贾两个人在家守摊子：小李睡在广播室里守着广播机，老贾睡在办公室里守着电话机。这是制度：说不定什么时候上头突然传来“最新的最高指示”，必须“不隔夜”，立即让全公社的村村镇镇，家家户户，男女老幼，都为这“特大喜讯”惊动起来，立刻造成锣鼓喧天的“紧跟”的大好形势。

老贾连睡着了神经也是绷得很紧的，所以电话一响他就从床上蹦了起来

“……特大喜讯！特大喜讯！是一个比特大喜讯还要特大的喜讯！”是县委办公室尤秘书的声音在耳机里喊叫。

“我的天！嚷得我耳朵都要炸破了，你就快说嘛！”

“别急，别急，用笔记下来，听着了吗？好，是这样的：刚才接到地委赵

秘书长的长途，好家伙，把我吓了一大跳！我马不停蹄地就去砸张书记的门，把张书记吵起来了，向他作了汇报。张书记马上就作出了紧急指示……”

“我的老天，你不会说得简单一点吗？”

“别急别急，听我说，是从省委来的特秘特秘的消息：咱们的伟大副统帅，咱们的林副主席，在一个月以后的某一天，要到某个地方去有要紧的事，小汽车要路过你们公社，说定了要参观，要参观，要参观你们公社，人民群众的，‘雷打不动’！……”

我的天！

贾大奇全身发抖，两腿发软，大脑袋冒汗，两眼模糊，一屁股坐在床铺上了。不是害怕，不是发愁，是欢喜得灵魂出了窍。

这是真的吗？

怎么不真？咱们公社的“雷打不动”登过报，天下闻名，还能不传到他老人家的耳朵里去？

好啊！这回可算是——捞着了！我老贾的出头之日，这么快就等到了！

围着大会议桌走了一圈又一圈，纸烟抽了一支又一支，对着墙壁上的领袖像傻笑了一回又一回。你瞧瞧，相片上林副主席那眼神儿，多看得起我老贾！……汗水流遍了全身，大脑袋里嗡嗡响，一个完整、庄严、隆重的接待计划就形成了。他娘的，这一宝十拿九稳押准了！

电话机忙了半夜，广播声响了半宵。全公社的天空里像是响着老天爷的喊叫声：

“紧急通知！紧急通知！……回来！赶快回来！”

天刚亮的时候，全公社的兵将们果然都疲倦不堪地回来了。早饭过后，紧急的党委扩大会就开始了。

“同志们！对你们说，今天，今天这个‘今天’，可不像往日任何那个‘今天’。今天，不能说是昨天的明天，也不能说是明天的昨天，今天是个特别伟大的，特别有纪念意义的，特别光荣的日子！所以，小邢同志，告诉你：准备一个好一点的大本子，要红封皮的，从今天起，按天把我，把我们党委会，忠心耿耿的事迹，一点不漏地记下来！特别要把今天这个日子，用大大的字记下来！用红墨水记下来！写上：贾书记我，召开紧急党委扩大会，为了一个最最光荣，最最伟大，最最秘密的任务，一个暂时还不能宣布的绝密的任务！……”这就是贾大奇绝妙的开场白。

几十个人整整讨论了一个上午，连“他”拉屎撒尿的问题都讨论到了。特别是对于“永久性的”问题讨论得最久。简而言之，是要在公社所在地的镇子口上，公路旁边，建立一个永久性的欢迎牌坊——以后就是永久性的纪念碑，碑座子上面必须刻上“某年某月某日，某公社党委书记某某，副书记某某，委员某某，革委会主任某某……敬立”。另外还要建立一个招待所，也就是将来的永久性的纪念馆。用什么材料修建才能保证“永久性”？把正在动工兴建的水库停下来，把那些筑坝用的大石头条子运过来；再把离此三十里路的一座古庙“破四旧”破掉它，废物利用；另外再同上级要一些钢筋、水泥、钢板……工程是巨大的，紧急的，“全力拼上去，争取在一个月以内完成——这是地委和县委限定的日子！”

忙啊！整个小镇，整条公路，忙得火星子乱爆！

夜里扯起电灯来干！

贾大奇熬红了眼，跑肿了腿，喊哑了嗓子。但是他总有用不完的“魄力”。“人一辈子能有几回这样的好事？不拿出拼命的劲头儿还行？”“兄弟哥儿同志们！忠不忠，看行动，加油！”当然，他是多忙也不会忘记“雷打不动”的。一早一晚自不必说。中午，太阳光越是毒热，越是要在太阳下边坚持一个钟头。谁敢说累，谁敢松劲，谁敢有病，就要你到林副主席的大相片面前请罪。你想想，这么大的突击工程，不拿出点厉害劲儿来，能按时完成吗？

有一个七十来岁的老头，大概实在是累过了劲，把一辆独轮小车的砖瓦翻倒在公路上了，恰巧被贾大奇撞见了，立刻就火星子乱爆地吼叫起来：

“你这老骨头，找死吗，嗯？”

老头好不容易才从地上站起来，低着头不敢说话。

“你叫什么名字？”

老头还是不说话。

“装聋卖傻吗？我问你——是我贾大奇贾书记问你：叫什么名字？”

“张一刀!”老人突然大声说。

“什么？张一刀？听这名字就不地道，准是闯过江湖当过土匪的！你坦白交代吧，是什么出身？”

老人抬起头来瞪了他一眼，没有说话。

“喝，你他妈敢拿眼瞪我？哈！满肚子阶级仇恨!”话音刚落，啪！一拳头打了过去。

老人歪趔了一下，使大劲没让自己跌倒，猛一下大嚷起来：

“好你个贾大头！装什么大头蒜？真的不认得我张一刀吗？当年在宋庄集市上，我多少次把案子上的肉末子刮到一起给你留着……”

贾大奇想起来了。那时他是个猪狗不如的流浪儿，经常到宋庄集市上去扫粮食粒儿，捡烂菜叶子，捡纸烟头儿，有时候也搞点小偷小摸，还到肉案子上抢碎肉末子，挨过人家多少打骂啊！只有这个有名的张一刀，他卖肉可以不用称，一刀下去准够斤两，的确是经常怜惜他……可是，今天是什么时候？想用旧社会的感情软化我心里阶级斗争这根弦吗？办不到！

“好你个张一刀，我记得你！那时你总是像吆喝野狗一样吆喝我：‘大头鬼，过来，给你！’可我贾大奇也不是忘恩负义的人，国法人情两讲着。跟着我走!”

老人把地上的砖瓦重新装到车上，推着小车，跟着贾大奇来到了纪念碑工地，在场地旁边的宣传牌跟前，被当众宣判了罪行，因为旧恩，减半处罚，向林副主席请罪——只跪半个钟头。

“你的红宝书呢?”贾大奇问他。

老人忘了带红宝书。

“你会背语录吗?”

“我的脑瓜子倒是真的雷也打不动，记不住!”老人梗着脖子说。

嗵！贾大奇一脚把老人踢倒了！……

然而在另外一次事故里，贾大奇在处罚别人的时候，自己反而受到了意想不到的大处罚。

是天刚亮的时候，干夜班的人正在跟干白班的人交接班。恰好一帮年轻爱闹的姑娘跟一帮小伙子碰到一起，就闹起玩儿来了。一个模样标致、性情活泼的姑娘，笑得前仰后合，站立不住，只好靠在场边的宣传牌上，银铃儿般的笑声响遍了原野。不想又正好被贾大奇碰见了，他猛地跳到姑娘跟前：

“疯什么！是来干活的还是来打情骂俏的？看你穿得花里花哨的，像个干活的样儿吗？这是有意要风流扰乱人心！……你叫什么名字？”

“有名有姓，王秀娟！”姑娘竟然挺胸扬头，毫不胆怯。

“喝！你倒挺硬！哪个村的？”

“有根有底，郭庄生产队的！”

“什么成分？”

“根正苗红，贫农成分，共产党员！”

“喝喝！”贾大奇冷笑一声，“今日我倒碰见了扎手的。你今日梳洗打扮很花了点工夫吧？辫子抹了油，脸上擦了粉……”

“请问大书记，你是怎么知道的？”

“我不用调查，你头发光，脸蛋子白……”

“天生的晒不黑，犯法吗？”

贾大奇一看周围的人，胆小的早溜走了，一群小伙子和别的姑娘们却不肯走，脸上都挂着解气的笑意。他心想：要是整治不了你个小丫头片子，我贾大奇还像个领导人吗？他猛地一跳三尺高：

“你靠在领袖像上面装疯卖傻，这是最大的不敬，是现行反革命行为！民兵，把她捆起来，带走！”

工地周围日夜都有民兵巡逻站岗，以防备阶级斗争的新动向。但奇怪的是他们并没有马上热烈响应号召，反倒有气无力地犹疑着。没想到那姑娘竟然抡起了手里的铁锨，大喝一声：

“谁敢来？试试吧！”

没有人敢“来”，所有的人都愣住了。

姑娘又突然一甩辫子，撒腿就跑。贾大奇吆喝着民兵，领头就追。终于在公路上追上了。贾大奇亲自动手给她来了个五花大绑。姑娘在挣扎的时候，小花褂儿被撕破了，露出了上半身。押着她穿过街上时，她又哭又闹，贾大奇一路凶她。押回公社以后，把她关在一间空屋子里。于是整个镇子轰动了，人们都说：堂堂的公社书记如此这般地游斗了一个黄花闺女。

谁也没有想到，当天夜里，这姑娘就打破窗户逃走了。

两天以后的黄昏时候，贾大奇的独生子，在县银行当会计的贾小柱，满头大汗地骑着车子赶到了公社，拧着眉毛，青着脸，把贾大奇拉到工地旁边的厕所跟前，恨声恨气地，简直不像是儿子对老子说话：

“你不是我爸爸！你干的不是人事！”

“你小子今日是怎么回事？疯了？欠我揍你是怎么的？”老贾真的捏紧了拳头。

“你知道王秀娟是我的什么人吗？”

“你小子问这话是什么意思？……哦，我明白了，你小子爱上了她的俏，迷上了她的疯，偷着跟她有一手，是不是？”

“你这说的像人话吗？不害臊！”

贾大奇起先一愣，接着就火冒三丈，一甩拳头把儿子打了个踉跄：

“你小子搞对象也不告诉爹妈一声，你不是我的种！”

可是儿子并不示弱，也捏紧了拳头，横眉瞪眼地逼近一步，从牙齿缝儿里迸出几句话来：

“怪我瞒着你？你不是一心想攀高枝，逼着我一定要跟县里齐副书记的女儿好吗？对你说，要是再敢对我动半个指头，我就叫你趴到茅坑里去吃屎！”

贾大奇被儿子的神气镇住了。他知道，这小子平常又斯文又秀气，可一横起来就六亲不认。

父子俩像一对斗红了眼的公鸡，就这么颤动着拳头对视了足有五分钟之久。然后，贾小柱又骂了一句脏话，转身骑上车子，飞也似的朝郭庄方向跑去了。

厕所虽然跟工地有一段距离，父子俩虽然尽量压低了声音，但后来工地上还是暗暗地流传着一首歌谣——贾大奇当然是很久以后才知道的：

真稀奇，真古怪，
绑着儿媳去游街。
一件花衣撕半边，

细皮嫩肉太阳晒。

惹得儿子动了火，
骑着车子赶回来，
指着鼻子把他骂：
你比禽兽还要坏！

三天以后，县银行的人打电话到公社来打听贾小柱的下落。原来，这小伙子并未请假，却已经三天不见影儿了！正是工程大忙的时候，贾大奇却不得不派人四处去寻找那“没有出息的畜牲”。后来，总算在离郭庄二十里地的一条山沟里找到了他，已经是人不像人，鬼不像鬼，又哭又笑，成了疯子！

把儿子送进了县医院以后，贾大奇真是精疲力竭，半点“魄力”也没有了。

这天中午，他吃完了午饭，正躺在床上想抽支烟休息一会。忽然看见大门口人影一晃，进来一个披头散发身子高大的女人。哎呀呀我的天！本来嘱咐过全公社的干部们瞒着不让家里知道，怎么她这么快就得到信儿？你瞧她，半天赶了五十里，倒像一点也不觉累，两步窜到床跟前，把腰一叉：

“你倒还能躺得住，起来！”

贾大奇的心缩紧了，老老实实地“起来”了。但是脸上已经挨了两巴掌，接着又被她一头撞倒了。

“今日我不活着啦！不活着啦！跟你拼啦！……”

贾大奇一辈子没有怕过人，可就是怕惯了这个泼辣、能干、身高力大、比他还要敢想敢干的女人。正因为这点，他也有几分怕自己的儿子，因为护犊子是女人的本性。怎么办？大丈夫能狠也能忍。他从地上爬起来，忍气吞声地说：

“柱子娘，我问问你：还想要我当这个公社书记不？”

“放你娘的屁！”女人大声地、连珠炮似的说：“你当不当官我管得着吗？想用官势来吓唬我是怎么的？有本事把我也绑着去游街吧！索性把我的衣裳也扒掉，让我光着身子到大街上去丢人现眼，叫人们看看：这是贾大奇的老婆。我不怕！我浑身上下干干净净，不像你，做了多少见不得人的事。我要到大街上喊叫去！……”

“哎呀呀我的好人！”贾大奇连忙压低了声音喊起来，又一阵风似的去关好前面的大门，后面的过道门，然后才急步回来，苦着脸哀求说：“我的好人，你怎么就不明白，这三年咱们家盖了五大间新瓦房，围了一个大院子，吃的穿的用的，神不说话，自有人烧香。可你这么一嚷嚷，这屋里屋外的人耳朵眼儿都没有塞着，我这个芝麻大的官儿还怎么当下去？孩子得了病，急病急治容易好，反正有公费医疗，何必急成这样！急坏了你的身子，不是更得塌了天吗？说到儿媳妇么，城里乡下，标致姑娘多得很，有金元宝还怕买不着牡丹花？你还没看见姓王的闺女那疯魔样儿。擦油抹粉，穿得花里胡哨，在工地上跟一些年轻人打闹得翻了天，八里远就能听见她的笑声。我想去管管她，开口刚说了三句话，她就当着大伙的面跟我顶了十句嘴，还横眉瞪眼抡铁锨来要劈我。你知道我们搞的这是什么样的工程？要是跟你说了，保准你吓一跳。光荣了！上级信任啊！可是责任也就比天还大啦！你看我这眼睛熬成了啥样儿！在这样火星子乱爆的突击工作里，能允许这样的疯丫头跟小伙子们打情骂俏，破坏进度吗？不整治她一下，行吗？再从操家过日子来说，把这样的媳妇娶到家里来，你管得了她？往后是你当婆婆还是她当婆婆？不吵打得家翻屋倒才怪呢？……”

这一篇话果然发生了效果。女人坐了下来，暂时不说话。可是当贾大奇给她斟茶倒水时，她想着想着气又上来了，突然咔嚓一声，把茶碗往地上一摔，又嚷叫起来：

“不管怎么着，是我陪着你丢人！如今四乡里传遍了，都说你姓贾的牵着赤条条的没过门的儿媳妇游大街！像这样整治一个小丫头子，你倒是有能耐！村子里的人们谁不在背后拿手指头戳我？儿子，要不是找到得快，还有命吗？还有你那个‘雷打不动’！你在这里争你娘的模范，我在村子里吃糊饭，天天记，天天背，受洋罪！……还有，你多长时间没回家了？你还认不认那个家？干吗要把床铺搁在这办公室里？是不是为了跟那个姓李的广播员……你说！你说！你今日要是不坦白交代，老娘我就跟你拼到底！……”

她说到做到，抄起靠在墙角上的一根棍子，现出了一脸杀气。我的天！门都关着的，路被拦住了，往哪跑？冤枉啊！怎么掰扯得清？贾大奇摸摸怀里的红宝书，给她念哪一条？“凡是敌人反对的，我们就要拥护”吗？谁是我们的敌人？谁是我们的朋友？嗨嗨嗨！……

他只好两腿一软，扑通跪下了：

“我的好人，听我说……”

四

“我贾大奇啊，这一辈子算倒了邪霉啦！……”

不过总算不错，在公社全体干部们的督促催逼下，纪念碑已经提前完了工：六丈长，四丈高；底座厚八尺，碑身厚五尺；两头是方柱形，柱顶上是石刻的飘动状的三面大红旗；碑身的正反两个平面都是用两分厚的钢板焊接着镶贴的；油彩鲜艳，富丽堂皇，庄严宏伟，千年万年休想毁坏！

从省里请来了三位最有名的油画家，搭上脚手架，吊上大电灯，日夜开工。

真是奇迹呀！伟大的接班人的形象逐渐凸现出来了！只用七天七夜的时间，就活生生地拿着红宝书在向人们微笑了！而且远在三里五里的地方都看得见！

“活了，活了！”——老百姓们都这样传说着。

又用了两天时间，两边方柱上的对联和背面“敬祝……永远健康”的字也写好了。

于是由贾大奇亲自又打电话又拍电报，向地委县委报喜。于是地委县委来了一大队汽车，领导们参观来了！——多么关怀！多么重视！多么令人感动！

在千人万众、锣鼓喧天、夹路欢呼之后，由贾大奇率领着公社全体党委委员们，陪同着这些领导，远看近看，左看右看。贾大奇脸上，完全随着这些领导人脸上的表情而表情。特别是地委书记，在集中心思注意一件事情时，鼻子两边的肉疙瘩有个颤动的习惯。他左脸的肉颤动时，老贾左脸的肉也颤动着；他右脸的肉颤动时，老贾右脸的肉也颤动着；他的嘴巴张开了，现出了赞赏的表情，老贾的嘴巴也就不知不觉地张开了，一滴口水滴溜下来了。用老贾自己的话来说，“人啦，要是鬼迷了心窍，自个的心就像跟首长们的心通了电。”

忙坏了记者，照相机不停地咔咔响。

真紧张，也真幸福啊！

然而不那么幸福的事情紧接着就来了。

县文化馆长，一个瘦瘦的、很土气的、在老贾看来是这群参观者中最不起眼的人物，突然轻轻地“哎呀”了一声，并且轻轻顿了一下脚，又赶紧用手捂着嘴巴，十分慌张地看了一下周围的人，然后装做若无其事的样子，走向一边去了。但是他的这些举动已经引起了县委宣传部长的注意，大半是由于好奇，走过去跟他咬了咬耳朵，然后又走到纪念碑侧边，朝着伟大的画像审视了一下，立刻也脸色铁青，也同样轻轻顿了一下脚，不声不响地走到一边去了。于是引起了连锁反应：县委办公室主任、县委书记、地委秘书长、地委宣传部长、记者、司机……都重复了一遍同样的表情动作。最后轮到了地委书记。

“嗨！”他大叫一声，威严地向着贾大奇扭过脖子，脸色难看，瞪大了眼睛。

老贾的心嘣咚一跳，赶紧跑了过去。

“这是严重的政治错误！你们是怎么搞的！”

原来，从正面看去，那伟大的画像丝毫也挑不出毛病，真像老百姓们说的：“活了！活了！”但从侧面看去，可了不得！从秃脑袋的正中间，到鼻子、人中、嘴唇、下巴、脖子、纽扣，有一条明显的笔直的痕迹，把脸和鼻子分成了两半，而且很明显的，一半的色彩深一些，另一半的色彩浅一些——是阴阳脸！

“把画家们找来！”老贾怎么能不怒气冲天，火冒三丈？

三位画家本来就跟在一起听反映听指示，只不过是老贾的眼睛这半天并没有看到他们，所以这时不请就到。

“我必须郑重声明：这不是画的问题！”一位年岁较长、见过世面，因此胆子也大一点的画家说。

“是什么问题?”地委书记为了礼貌,勉强把脸上的肌肉松了一下。

“是钢板的问题,焊接的时候留下了印子;再加上钢板太大,贴上去总有点不平……”

“能够加厚油彩补救一下吗?”

“不行。我们试过。加厚了这半边,那半边又……正面看,看不出;斜着看,光线的作用……并且,油彩涂得太厚,太阳晒久了会裂开,会起皮。”

“哎呀!那怎么办?”

“除非罩上一层玻璃。不过,哪有这样大块的玻璃?就是有,怎么运来?就算能安上玻璃,在太阳下边也会晃眼睛,影响画面的效果……”

地委书记只好抓脑袋。贾大奇也就跟着抓脑袋。据他说,他的脑袋大概是从那次开始变秃的。

幸好这时公社秘书小邢从镇子里气喘吁吁地跑来了:公社会议室里的酒席已经摆好了。

酒宴是丰盛的。好酒好菜会使人忘记一切的忧虑。在酒酣耳热以后得出了结论:拆掉钢板,重新来!

于是,石灰水泥代替了钢板,画家们又苦干了几天。“永久性”呢?最好是铸一个伟大的铜像——这是画家们在完成任务以后,临走时提出的建议。

五

小小的宫殿式招待所也完工了。连桌椅、沙发、洗澡盆、抽水马桶、花盆等等,一切家具摆设也都安排好了。还有山珍海味,茶具餐具……哎哎,“我老贾也到过省里,也参观过大寨,也算见过些世面,哪一样事儿都想到啦!你就瞧吧:公社机关粉刷一新,在一些地方摆上了花盆,种上了花草。镇子上,家家户户的门面都粉刷得雪白耀眼,写了红字标语,商店的招牌都重新换了新的,大街小巷打扫得干干净净。对每家院里屋里的卫生都作了高要求。更要紧的,是不分男女老幼,都起码要学会背十条语录,起码要会唱五个语录歌,都要会说‘敬祝……永远健康’。每家堂屋敬供祖宗家神的神龛上,都要摆上两套毛主席著作……总而言之,统而言之，概而括之：一切一切都算‘忠’到顶儿了，只等那个‘今天’，一辈子只有一次的‘今天’，最最光荣、最最了不起的‘今天’，快点他妈的来吧！真他妈等得急死人了！”

至于那个永久性的伟大铜像，要办的！一定要办的！而且是不难办到的！全县范围内有三座古庙，每座庙里少不了总有三五个大大小小的铜佛爷吧？把这种四旧玩意废物利用，为革命服务，县委还能不同意？如果还不够，动员老百姓捐献些铜器嘛！等到这件事办成了，林副主席他老人家听说全国只有咱们公社带头为他立了一座铜像，你琢磨琢磨……嗨！

贾大奇的精神状态完完全全地火星乱爆了。至于儿子发疯，老婆生气，群众的怨恨，管他娘的！

可是，那个叫人想得要命的“今天”老不来，却又来了县委尤秘书的紧急电话通知：

“……赶快到县里来，有最最要紧的事情当面谈！”

“一定是他老人家来了！”贾大奇的心要从口里跳出来了，“一定是要我去当面汇报一下准备工作的情况。好哇！”

“幸亏秘书小邢每天都详详细细地记了‘工作日记’。幸亏我老贾还有这么一点远见，早就准备着这一手的，汇报时拣要紧的一念就行了。咳，将来这本工作日记就是我老贾最最光荣的档案。还少得了记者来访问吗？这不又是最现成的材料？印它几百份，发给你们，照着它摇你们的笔杆子吧！爱怎么摇就怎么摇，又丰富，又生动，又典型！”

半山区，六十里公路，有起有伏，自行车上坡紧推，下坡紧飞，吃了午饭出发，赶到县里时尤秘书还没有下班。奇怪的是，这位平常“一条线上的”热情人，这回竟然忘了让茶，忘了递烟，不道辛苦，只是苦声苦调地说了声：“来了？”又指了指椅子，“坐下。”然后把自己的座位挪得近一点，说话压低了声音，像在喘气，是不是正在害气管炎？

“这个事，要紧得很！大白天，不好在电话里跟你说，怕的是，万一有人偷听呢？可又不能拖时候，非得赶紧告诉你不可。所以，就得辛苦你一趟。不过，我看你是累了，先歇歇落落汗，要不会感冒的……”

越紧急就越啰嗦，这才得了“油条主任”这个外号。可是老贾却忍不住，大手把对方的胳膊一抓：

“我的天，你就快说吧！”

“别，别着急。我，我说出来，你可别，吓一跳！”

“我不是属耗子的，快说吧！”

“林……林……完蛋了！”

“谁完蛋了？”贾大奇腾地从椅子上跳起来。

“林彪，林秃子！”

“你怎么敢这样称呼他老人家？”

“还‘他老人家’呢！想谋刺伟大领袖毛主席，不成功，慌了，想叛国投敌，坐飞机偷越国境，不巧，飞机失事，跟老婆儿子一起，摔了个粉碎！”

“谁说的？准是谣言！”

“谣言？”尤秘书苦笑了一下，“有中央文件，上午刚到的。本来按规定，现在还不能向你们这一级传达。是我看着，咱们一起造反出来的交情；并且，咱们的张书记也、暗示过我：说到你们公社那个纪念碑……快！到档案室里去！”

尤秘书紧张得两只手打颤，开了档案室的门，反手把门一关，一锁，扭开了电灯，然后颤抖着手开了保险柜，颤抖着手拿出一份文件来。

贾大奇的大脑袋里像有个蜜蜂飞得嗡嗡响。他的文化水平有限，但是文件上的字句自动地往他眼里跳，往他心里撞。不等看完，他的心就完全沉了，空了，痛了，拳头猛力往桌子上捶，全身瘫软在椅子上了。

“抽支烟定定神。”好心的尤秘书，那只又瘦又干的手还在抖，“定定神，我还有话，很重要的话——糟透了的话！……”

“七个碟子八个碗，苦的辣的酸的，人全都端出来吧，我都吃下去！”贾大奇喘着气说——他也害了气管炎。

“是这样的——是个大误会：哪里是什么林秃子要到你们那儿去参观，扯淡！是咱们省革委会的林副主任。‘文革’以前他不是咱们省的副主席吗？省委周秘书长是他多少年的老下级，叫林副主席叫惯了，有时候就叫失了口。那天，周秘书长打电话通知地委赵秘书长时，又失了口，说了个‘咱们的林副主席’。再加上赵秘书长也真够糊涂，也没问清，马上就给我挂了个长途；我，也该死，就连夜给你……咳！老贾啊，你要知道，像我们这些干秘书工作的，整天就是跟各种各样的官衔打交道，光是省革委会的副主任就有十来个，怎么能怪周秘书长搞昏了头？……”

“都该死！连我也该死！”老贾又一拳头打在桌子上。

“还有该死的事在后头呢！也不知道是哪个该死的长舌头鬼，把你们大搞‘接待工程’的事告诉了林副主任。他一听，喝！一下子就跳起来了，把周秘书长狠批了一顿！干吗要发这么大火？他自己没明说，别人倒猜得出：你想想，目前中央正在风儿紧——清查林秃子死党，要是你们那套鬼名堂传到中央的耳朵里去，搞得阴错阳差，说是林副主任叫你们搞的，你想想，林副主任不就成了贼船上的人吗？那可就了不得啦！连咱们这些跟林副主任一条线上的，也保不准要受挂连啦！……所以，林副主任决定一两天之内就要派人来，检查这件事……”

“那怎么办？”老贾又猛地跳起身来。

“有什么办法？拆！连日连夜，赶紧拆！”

“刚刚完工，人们全都折腾得半死！还有，费了多少物资！”

“说什么也得拆！累死了人也得拆！是金子铸成的也得拆！连你那什么小宫殿式的招待所，什么土造抽水马桶，坚决、彻底、干净，全部拆他娘的！实话告诉你：这是咱们县委张书记的指示！”

贾大奇啊，这回可真是连灵魂都爆炸成火星子啦！

天已经黑了，晚饭也顾不得吃，连住在县医院里的儿子也顾不得去看。骑上车子，一只手扶着车把，另一只手拿着尤秘书给他的两个馒头啃着。两条短腿使劲蹬吧！快，越快越好！

他想起了这一个多月自己的辛苦，同事们的辛苦，儿子的疯病，老婆的折腾，群众的怨气，还有别的一切一切，都是为了什么？他的心，酸了，眼泪混着汗水一齐流。“还是我老婆有点眼光，她早就说了：小个子，秃脑袋，倒吊八字眉，枣核脸，不像个有福气的……害得我们好苦啊！”黑暗里，那灰色的路面越来越模糊……突然，车子前面一个人影子猛地向他冲来，“哇——！”一声怪叫。他冷不防吓了一跳，一扭车把，只觉得猛地腾空一歪，咔嚓一声，就什么也不知道了……

六

也不知过了多久，他才苏醒过来。只觉得全身疼痛，动弹不得。睁眼一看，眼前是一片朦胧的灰色，旁边隐约现出了石块子砌成的护路石壁。原来自己竟跌到路岸下边的山沟里了！怎么倒没有跌死？真怪！必定是天亮的时候了，要不就怎么看得见雾气？还看得见天上的残星，还有一弯月牙。哎哟！这腿怕是断了，痛死我了！

“咳！我这个小可怜的！”他不觉哽咽出声音来了。

“谁？谁在下边？”汽车路上，传来了一个苍老的声音。

“你是、谁？救救、我吧！”他有气无力地呻吟着。

一会，高高的岸壁上出现了一个人影子。

“哦，像是我们的大书记贾大人吧？”是张一刀老人的声音，接着又哼哼嘿嘿地笑了几声：“看起来老天爷也许真有眼睛。好，你先躺会儿吧，我还得趁早晨拾粪呢。一满筐粪交给队里得五个工分，可不是好玩的！”

完了，完了，谁叫我往日像那样对待人家？……

“张大爷，你行行好吧！……”

“哦喝！你也有叫大爷的时候？”

接着就是脚步声，向远处响去，夹杂着那苍老的嘟囔声：

“你说说吧：你是小可怜的，谁是大可怜的？”

脚步声继续向远处响着：

“索性告诉你吧：昨日后晌，你那疯小子，趁你老婆没看住他，从县医院里跑出来啦。你老婆号哭着，回到公社找你，没找见；又找到郭庄，没找见；又连夜回你们老家找去了……咳！造孽啊！一个挺清秀的孩子，糟蹋了……”

是呀，一个多好的小子，怪我！怪我！……

脚步声更远了，但还听得见从老远的地方传来的苍老的声音：

“你等着吧，我张一刀不是见死不救的人，我去叫人去。不过，让你多受一会儿苦也好。……谁？这是谁躺在这儿？哦，是你这疯小子呀！……贾书记，贾大人，你那疯小子在这儿呐，放心吧！……哟！瞧，浑身是土，头侧边还有血！……干吗老是拿死鱼眼睛傻瞪着我？你，你倒是说话呀！……哎哎哎，可吓死我了，赶快走吧！……”

脚步声远得听不见了。

“秀娟呀！秀娟呀！你在哪里，你在哪里呀——！”是号叫，是哭喊，震山动谷，是儿子贾小柱的声音。

两颗滚热的眼泪又涌出了贾大奇的眼眶。他咬着牙，用手拾起身边的一块石头砸自己的脑袋。奇怪，砸的是头，痛得厉害的倒是腿。他又昏迷了，仿佛看见，天在旋，地在转，一切都在颠倒……

原载《人民文学》1981 年第 1 期

回 答

像山洪暴发，条条街道像山谷，座座楼房像山洞。混浊的洪水在这些山谷里汹涌着，把每个山洞里的东西都搅乱，裹卷着带出来，互相搏击，激起狂涛，大颠大簸。奔涌到哪里去？撞击到什么时候才完？

必须躲开这场灾难，必须跳出去！

于是，我作为一个没有户口、不敢亮出身份的“黑人”，从南方的一个城市来到了北京一位朋友家里，想“埋”在这里躲些时候再说。

那是一九六七年秋天的事情。

这位朋友解放前是老根据地的贫农，游击队的堡垒户，解放后进城当了工人，应该说是这场运动里的安全户。可是我还是十分小心，在屋里不敢高声说话，在院子里出进都要戴个大口罩，怕同院的积极分子怀疑我并打听我的来历，更怕南方的“他们”会知道我的下落到这里来揪我。然而我又不能老是囚在屋子里，那会囚出病来的，所以每天晚饭后总要出去散散步。

故宫外面的护城河边有个清静的角落：离大街较远，三面是高墙，有两个经常关闭着的大门，中间是个小空场，不通车辆，没有行人，只有一些“逍遥派”的工人在路灯下面围成堆儿下象棋，还有一些年轻人在这里幽会——躲在高墙下边的树丛子里。空场的一角是个堆垃圾的地方，每天黄昏时总有几个老年人在这里捡破烂。这真是个世外净土：听不见口号声，看不见大字报，没有批斗会，当然也没有武斗的吼叫声和枪炮声。

然而我却没有想到，连这里也不是永远平静的。事情是突然发生的：下棋的丢了棋局，幽会的走出了树丛，大家都围在垃圾堆跟前。经常来拾破烂的几个老年人也挤在人群里面，气得脸红筋涨。垃圾堆上，一个花白头发的老头，正在弯腰躬背地翻捡着烂纸破布。垃圾堆前面站着一个五大三粗的青年人，倒竖粗眉，圆瞪大眼，不时对着围看的人群威胁地舞弄着一把铁锹，哇哇地怪叫着，原来是个哑巴。

“这年头，连垃圾也有人要独占！”

“叫个哑巴来耍横，想的法儿真绝！”

人群里嗡嗡着各种忿忿不平的话语。可是垃圾堆上的那个老头毫不理会，像捡金子似的，两只手有些颤抖，仔细地把刨出来的烂纸片、空瓶子、碎玻璃、乱铁丝等等分门别类地放成一堆堆的，不时气喘吁吁地咳嗽着，飞起来的灰尘使他成了一个灰色的土人。直到实在没有什么东西可捡了，他才把这些东西分别装进三个大麻袋里，又跟哑巴一起把麻袋搁在墙边的一辆平板三轮车上，用绳子绑紧了，然后推着车子不慌不忙地穿过人群，爬到麻包上坐着，由哑巴蹬着车子，走了。

众人的议论和谩骂更热闹了。

从此一连好几天，天天如此，众人也就渐渐地见怪不怪了。

有一天，老头儿又照例在埋头翻垃圾，哑巴也照例在守卫着他。忽然从高墙尽头的大街那边开来了一辆大卡车，一直冲到垃圾堆跟前停下来。从车上跳下来十几名戴红袖章的红卫兵，把哑巴缴了械，一顿拳打脚踢制止了他的怪叫；把老头儿当胸的衣裳一揪，刷了两个耳光。麻袋里的东西被抖了一地，仔细翻捡了一番，弄得灰尘飞扬。

“跟我们走！”

不容分说，把两人抬着丢上了卡车，车子冲开了看热闹的人群，飞快地开走了。车上传来老头儿绝望的喊叫声：

“我的三轮车！我的麻袋！……”

从此每天黄昏时分，以前一向在这里捡破烂的几个老年人又来捡破烂了，这个小小的平静的世界又恢复了平静。

秋末天气，一阵秋风一阵凉。这天晚饭吃得晚，饭后天就黑了，下起了小雨。还出去散步吗？朋友家里人劝我别去了。可是，心里憋闷得难受啊！那年头，除了兴风作浪的人们和狂热的“革命小将”们，谁不苦恼？谁不憋闷？何况我是个逃避在外，既得不到家人的消息，也不知自己未来命运如何的“黑人”？

还是去！我下了决心，打着伞就出了门。

昏暗的路灯像是在雨丝里没精打采地打瞌睡。街两边的老槐树像在滴嗒着眼泪。行人很少，也大都没精打采地低着头。只有偶尔飞驰过去的小汽车很有精神，非常得意，把路面上的雨水冲得向四面飞溅开去。

小空场里更是又空又暗又静，简直使我有些胆小，想起了朋友家里人告诉我的一些拦路抢劫、侮辱女性、打架斗殴的故事，不觉有些毛骨悚然了。

然而我真的看见了一个人。他缩头躬背地蹲在一个紧闭着的大门门檐下边，身边放着一个破破烂烂的麻袋。是他？我揉了揉眼睛，透过密密的雨丝仔细看去：果然是他，是那个被红卫兵抓走了的独占垃圾堆的老头。他怎么又一个人到这儿来了，而且是在这样秋雨纷纷的夜里？

我忍禁不住好奇心，脚步缓慢地朝他走去。他抬起头来吃惊地朝我打量了一下，又低下头去，把手往袖筒里一塞，背脊躬得更厉害了。

我在他身边的台阶上坐下来，用雨伞遮住他，拿出烟卷来递给他一支：

"老大爷，抽一支吧。"

他转过脸来看了我一会儿，这才接过烟去：

"咳，看起来你是个好人。"

"您怎么知道我是个好人？"我有意逗他说话。

他就着我递过去的火吸着了烟，吸得很用力，呛得咳嗽起来，深深叹了口气，喷出一团烟来：

"不瞒老弟你说，半年多没抽烟啦。连肚子都填不饱，哪来钱买烟抽？……这年头，除了那些挨关、挨押、挨斗的，就是关人、押人、斗人的。可你，在这样天气，又是夜里，一个人，到这个清静地方来，还不是为了图清静，散散心？对吧？要不是好人，你干吗要散心？对吧？我没说错吧？"

我点点头：

"老大爷，您真有眼力。是呀，心里憋闷，出来走走，这儿清静……看样儿您心里也不痛快吧？"

"你这是多余的一问。"他不客气地说。

"他们怎么把您放出来的？"停了一会，我又问。

"你说他们，谁们？"

我告诉他，我天天到这儿来散步，他的事儿我全都看见了。

“你觉着怪稀奇的，是吧？”他看了我一眼，“咳！这年头，稀奇古怪的事儿确实是不少，连捡点破烂，卖点小钱顾肚子，也有人看着眼儿红。到街道办事处去告我，说我有个亲戚，在这个大门后边的博物馆里工作，趁着这‘文化大革命’的乱劲儿，把馆里的小件宝物偷了混在垃圾里倒在这儿，让我独占这垃圾堆，捡了卖给外国人。你瞧瞧，编得是多像真的呀！咳，幸好，到博物馆一调查，我那个亲戚早在这次‘文化大革命’以前就退休啦，到天津靠他小子养老去啦。……咳，可话又说回来，我索性向你坦白了吧：我这也是做的亏心事啊！一辈子就做了这么一件亏心事啊！说冤枉，是真冤枉；说活该，也真活该。丢了借的人家的三轮车，丢了破麻袋，挨了打，还连累了好人——那个哑巴，可真是个好人呢！……”

他停下来咳喘了一会，猛吸了几口烟，又咳嗽了一阵，才接着说下去：

“你想想，凡是来这儿捡破烂的，谁不是因为日子不宽裕？要不然，谁愿来费劲拔力扒弄这个脏土堆？可我，想一个人独占，怎么能不说是称王称霸？我一辈子，就干过这么一件霸道勾当。所以，我检讨，我认错。那天关在红卫兵司令部里，我流了半宿泪。真的流了半宿泪啊！你一定要问：干吗要干这号霸道事？我是个坏人吗？在旧社会里我也是苦大仇深的人，十五岁就进工厂当学徒，整整苦了三十年。是共产党把我解放了，给我加工资，评模范，保证不失业。我这才能够供大小子从中学到大学，二小子也上过中学，当了车间主任。我能忘得了毛主席他老人家的恩德吗？忘不了啊！可是，工人阶级，我大小子大半就以为自个是工人阶级，成分好，在五七年，也不知他在大学里说了什么对不起共产党的话，脾气又倔得要命，死活不认错，就给‘划’啦！后来，送到东北农场里去劳改，一晃就是十来年。二小子也是个死倔巴头，对他哥的事一直不服气，有时就对同事们冒气泡儿。这回运动一来，他又是当权派，又有人检举他平常的气泡儿话，再加上有一次写标语写错了一个字，就成了反革命啦！在斗争会上被人打坏了腰，关了两个月，这才放他回了家，只发给他每个月十五块钱的生活费。咳！一家人，大男小女一共八口子，还加上我老伴有个半身不遂的老毛病。儿媳妇本来是临时工，也说她包庇她男人，叫人家除名啦！你想想，除了吃饭穿衣，还要买药治病，就靠我这点退休金，加上二小子的十五块生活费，日子怎么过？”

“靠着捡破烂，能卖几个钱？”我忍不住地问。

“这你可就说的外行话啦。别看是废物，多了就值钱，卖到收购站里，一天也能落个三块四块的。还是同院的哑巴看着我一家子挺可怜，给我出的主意，还自愿给我又当保镖又蹬车。人，逼得没了法儿；再加上，总以为别人家再困难总不如我困难吧，所以，就干出了这桩霸道事。真是活该呀！拿什么还朋友家的三轮车？多少年相好的朋友，怎么对得住人家？偷鸡不着，蚀米一把。你说说看，莫非真的是命该如此？”在门檐灯光的照耀下，他的眼窝潮湿了，亮晶晶的泪水像雨滴一样往下滴，把胡子也沾湿了。

我能说什么呢？只好同情地叹气，猛劲地吸烟，让喷出来的闷气和烟雾一起在雨丝里飘浮着，飘浮着，飘成一个大问号。

停了一会，他又哽着嗓音说：

“人穷志短，马瘦毛长，这话真是半点也不假呀。你瞧瞧，我还是舍不下这个垃圾堆，可又怕来早了叫人笑话，就特意晚点来，想捡捡别人剩下的下脚货。哪想得到，老天爷也欺负倒霉的人，下起雨来啦。我就一个人蹲在这儿七想八想，脑子里雾气腾腾的。也许，你是个有学问的人吧？看样儿你有点像，对吧？那我就问问你：什么叫个‘扫进你死的垃圾堆’？你死的垃圾堆，是不是他一扫，你就是该死？……”

“老大爷，不是‘你死的垃圾堆’，是‘历史的垃圾堆’。”我连忙纠正他。

“你瞧瞧，我就知道你是个有学问的人。我是想：这如今到处都听说把什么什么人扫进了历史的垃圾堆。前儿，新上任的派出所所长来我家查户口，问我家本来有几口人。我说，要说‘本来’嘛，就是九口人。他问，户口册子上才八口人，怎么你说有九口人？我说，你不是问‘本来’吗？本来我还有个大小子。他说，你这个老糊涂，你大小子早就扫进了历史的垃圾堆，还提他干嘛？我就问他，这么说，我二小子还算不算一口人？工厂里的造反派不是也说把他扫进了历史的垃圾堆吗？哪知道，我这一问不要紧，倒惹得所长动了火，说我是存心跟他捣乱，是反革命家属想翻天，把我狠狠地训了一大顿！所以我要问问你，这‘历史’呀，‘你死’呀，到底是怎么个讲法？我也问过我家那上中学的孙女，她说了半天也没说明白。”

我思摸着怎么回答他，可是一时竟想不出最简明扼要的话来作解释。我却没有想到，他竟然又接着提出了一个更加难以回答的大问题：

“老弟，我再问问你：把这世界上的人，不分好坏，比方说，工厂里的厂长呀，书记呀，还有咱北京市的市长呀，书记呀，还有咱中央的好些个领导人啦，还有全国各个地方的领导人啦；还有，比方说，前儿我在那个红卫兵司令部里，看见堆的满院子书，说是抄家抄来的，大半也是要扫进历史的垃圾堆；我还听人说，好多有大学问的人，也给扫掉啦！工厂停工不生产，学校停课不开学，连解放军也搞什么支左，大家都横着扫，竖着扫，这个历史的垃圾堆到底有多大？扫到什么时候才算完？我这个糟老头子捡点破烂，虽说有点霸道，九九归一也是生活逼的，也总是为了变废为宝，犯多大法？可他们呢，明火执仗，横扫一切，这不是要把咱这社会主义都扫到垃圾堆里去吗？干嘛要自个毁自个？……想当年刚解放的时候，旧社会留给咱们几个可怜的破工厂，共产党接收工厂的同志号召我们说：‘蒋该死狗日的给俺们留下一堆破烂垃圾堆，俺们工人弟兄们要把它变成社会主义的宝！’这话我记得多清楚啊！这么多年，我们辛辛苦苦，建设了多少宝啊！现在干嘛又要自个把它变成垃圾堆？你信吗？我就听说过，有的地方搞武斗，把好好的工厂用大炮轰平啦！所以我要问问你：这，到底是怎么回事？”

我听着听着，大大地吃惊。怎么回答呢？只好瞪大了眼睛看着他。他也瞪着灰眼珠子愣怔怔地看着我。我只好又递给他一支烟，他连着吸了好几口，摇了摇头，转脸看着眼前乱麻一样的细雨丝，又说起来了：

“咳！老弟，我再问问你：扫成了这么大的垃圾堆，往后要不要变废为宝？谁来变它？怎么变法？时候久了，垃圾不是要沤坏吗？扫帚不是要磨坏吗？用扫帚的人不是也要呛坏吗？有的人，要是真的磨坏了，呛坏了，是不是也会变成挺难整治的垃圾堆？我，担心啦！”

我只好更加吃惊地看着他那颤动着的胡子，颤动着的手指——那手指连把烟卷送到嘴唇上都费劲呢。

“老弟啊！”他连声音都发抖了，“我这是憋了好久好久的心里话呀！憋得我夜里连觉也睡不着呀！今日不知怎么憋不住，全都对你抖落出来啦。你，要是能开导我，好，我听着；要是你也说不清……咳，看起来你大半也是说不清，那咱俩就算什么也没说。好在咱俩谁也不知道谁的名和姓，我也不怕你检举，你也不怕我揭发，对吧？……”

他沉默了，我也无话可说，两人都一个劲吸烟。思绪像眼前的雨丝一样，严肃冷峻，纷乱飘忽。……一会，他拿起身边的破麻袋。我以为他要走了。没想到他却伸手从麻袋里掏出两个小小的玻璃瓶子来。一个是深酱色的，像是装药丸的；一个是乳白色，样子很好看，像是装化妆品的；上面都有商标，我这老花眼看不清楚。他把瓶子托在粗糙的巴掌里颠动着，观察着，终于又开口了：

“你瞧，这是我刚才从垃圾堆里扒拉出来的，值不了两分钱。可是，我刚才不是说，就怕时候久了，有些人会在垃圾堆里给沤坏了吗？其实呀，也许是我这个傻老头儿多余的担心。你瞧瞧，这玻璃瓶子，它沤得坏吗？哪怕是把它砸碎了，剩下的玻璃碴子也还是沤不坏，还可以回炉做成新瓶子。就拿俺们家的事来打比吧：我大小子，劳改了十来年，年年也给家里来个三封五封的信，封封信都是那几句话：‘听党的话，听政府的话，紧跟毛主席，热爱共产党。’你瞧瞧，他沤得坏吗？真正的金子、玉石、玛瑙、不锈钢，这些东西哪怕埋它一千年，怎么也沤不坏！还有我那老伴，几年啦，躺在床上不能动，可是她那颗心……上回她就说什么也不让我跟哑巴一起来独占这个垃圾堆，说是饿死了也不能做亏心事，为这还跟我怄了一场气。……可是我呢？唉，不是差不点儿叫个‘穷’字沤坏了吗？我不敢拿我跟别人比，不敢跟那些给扫掉了的老革命，那些受过大锻炼，那些有大本事大学问的人比，可是我还是要担心……唉！不谈了，这么絮絮叨叨地哪有个完？人老了就有这个毛病：爱想些不该想的事，不是跟别人絮叨，就是在自个心里絮叨，要不，人怎么会老得快？你说是不是？……好了，雨也停了，我也该走了。不过还得说两句：咱俩今日的话算是没说，你别往耳朵里听进去，往后咱俩要是万一再碰见，你也别跟我打招呼，咱俩本来就不认识，你说是不是？”

他扶着身边的墙壁站起来，把小玻璃瓶装进灰扑扑的衣裳口袋里，把麻袋披在背上，然后拖踏着沉重的脚步，像是踩着什么痛苦的东西，哼哼着，走远了。

好久好久，我才从沉重的思绪里惊醒过来。原来，雨，其实并没有停。……

如今,好多年过去了,那位老工人的形象竟使我如此难忘。我才知道,他那发自心底的问题只有历史才能回答。历史正在理解一切并且清理一切,从而催发生机,创造未来,同时人们也应该回答历史的询问——像那位老工人一样扪着心坎自问自答。如果老工人还在世,如果我能够再一次遇见他,我将向他祝贺:他的两个儿子得到了新生,他一家人经受住了考验;他们既能够理解历史的回答,也能够无所愧怼地回答历史。

我仿佛听见,回答之声响遍了祖国大地,而时代就是在这样的回答声里移动着脚步。

1981年2月20日

原载《当代》1981年第3期

最后五分钟

一九六八年夏天的某一天，下午临近五点钟的时候，A市最大的旅社新华旅社门口，沙包堆垒的武斗工事侧边，有一块很厚的废水泥硬块子被工事里边的人搬开了，露出了一个三尺高两尺宽的黑洞子。同时，工事里边有个人压低了嗓音狠狠地吼喝着：

“尚世雄！这两样东西是干什么用的，不说你也知道！拿着它！我们把你放出去，限你在五分钟以内，跑到马路对面百货大楼的墙根下边，点着了它，然后你就赶快跑，我们就放你一条命。听见没有？”

停了一会，又用更低更狠的口气说：

“你这个王八蛋，还装什么呆？接着它！按我的命令干！你要是说半个‘不’字，要是再磨时间，我马上就按枪机！”

又过了一会，一个囚犯一样的人被别人从那个黑洞子里推出来，跌倒在地上。一头蓬乱的长头发，一身破布片子衣裳，头脸手脚到处是青一块紫一块的伤痕，一对失神的死鱼眼睛，嘴唇肿得挺厚。他很费劲地站了起来，右手颤颤抖抖地抱着刚才别人交给他的一个油布小包，左手拿着一包火柴，慢慢抬起头来，向对面的百货大楼看了一眼，然后低下头来，像木头似的竖在无人行走的马路旁边。

“往前走！不走，马上就开枪打死你！”吼声是从他背后沙包工事的枪眼里冲出来的。

“你走不走？”又是一声吼，同时响着拉动枪栓的声音。

他朝着百货大楼往前走了两步。

“再往前走，听见没有？”

他又往前走了几步，来到了马路中间。

“好！”背后沙包工事里的吼声，“从现在起，限你在五分钟以内作出决定。告诉你:这是你一辈子最关键的五分钟。愿死愿活,由你决定吧!”又补充了一句:“我看着表的,不会多等你半分钟!”

他,那个不像人不像鬼的人,没有动。

对面百货大楼的大门口,也是沙包垒成的工事,工事上面也是一些黑洞洞的枪眼,每个枪眼上也闪亮着机枪和步枪的枪口。五层楼的几十个窗户上,也是用砖块和木板修成的障碍,也是无数的枪眼,无数的枪口。这些枪口会瞄准他吗?会向他射击吗?如果向他射击,那么,他就是被“自己一派的人”打死的,于是“敌人”——“倒海派”,就会利用许多据点高房上的扩音器,还有千万张铅印小报和传单,还有无数的大字报和大标语,大造谣言:“我们‘倒海派’优待俘虏,把‘翻江派’工总的小头目尚世雄放了,可是‘翻江派’反倒把他打死了!”如果他们不对他放枪,万一他真的是个经受不住威胁的怕死鬼,真的跑过去点着了那包用油布包着的黄色炸药的引线,百货大楼就会炸掉半边,“敌人”就会趁势攻了过来。

他知道,前面和后面都有许多眼睛盯着他,许多枪口对着他。

夕阳的斜辉把他的黑影子印在马路上。

脸上的汗水在往下滴。

“过了一分钟了!”背后的沙包工事里喊了一声。

马路上,他的影子在延长。

“还剩下三分钟了!”背后又一声喊。

他全身冒汗,汗水湿透了他的破衣裳,地上的影子又延长了一点。

时间过得是慢还是快?如果他想快点死,时间就太慢;如果他不想死,时间就太快。

“尚世雄!告诉你:只剩下两分钟了!”背后,连楼上的窗户里也有人在喊叫。

“他妈的!看来这家伙是不想活!”是又一个窗户里的声音。

忽然,百货大楼那边有人“咳啃”了两声。

他偷眼一看,大楼大门外的沙包露出了一个黑洞。啊!是他的“战友”们想救他,是叫他飞快地跑过去钻进黑洞里去。是的,这是个冒险逃脱的机会啊!反正是一死,为什么不冒冒险?战友们会用火力掩护他的。

可是他没有冒险往前跑。因为,这个险是冒不过的呀!

“还剩下一分钟!”背后的沙包工事里又喊了一声。

忽然,他慢慢向后面转过身来,一仰头,深凹的无神的眼睛里突然射出了光亮,用嘶哑的声音,很快的速度,大声喊叫起来:

“王玉霞啊,我,知道你在这里边!以前我俩那么好,自从分成了势不两立的两派,互相打斗得红了眼,你就恨我,我们就像是仇人,为什么?我关在这里三个月,挨了多少打,你都躲着不见我的面。你好狠心啦!这三个月里我什么都想过了:要谁当省委书记,不要谁当省委书记,为什么既不由党中央决定,又不由群众选举,像这样让两派群众互相拼命打,符合革命路线吗?符合革命利益吗?玉霞啊,反正我要死了,多么想最后见见你呀!你一定是不肯见我的,他们也不会让你见我的,那好吧,我只想听一听你的声音:我喊你一声,你答应我一声,好吗?这你总能做得到吧?玉霞——!”

没有回答。但是空寂无人的街道上响起了回声:

“玉霞——!”

“玉霞——!”

没有回答。

“好狠的心啦!”他哭了,泪水流湿了脏脸,把火柴一丢,把炸药包往胸前一抱,又大喊起来:“你们照着我胸前开枪吧!开枪吧!打着炸药,把我炸飞了吧!”

他等着。

已经超过了最后一分钟。可是,没有响枪,只有出奇的寂静。

他又喊起来了:

“‘倒海派’的同志们!请你们再给我半分钟,让我说完最后几句话:要是我假装往百货大楼那边走,偷着点着了炸药包引线,再猛一转身往你们这边丢,是不是会够你们一受的?我为什么不这样做?就因为,死我一个比死你们很多人要好。我就是这几句话,完了。开枪吧!”

又是一阵死一样的寂静。

但是,新华旅社楼上的一个窗户上突然响了一枪,同时大喊了一句:

“他临死还要作反革命宣传!”

他的身子歪了一下,倒下了。

突然，就在那同一个窗户里，响起了一个女孩子的尖厉的哭喊声音：

“哎呀！你把他打死了！谁让你开枪的？谁叫你开枪的？……世雄啊！世雄啊！……”

这凄厉的哭喊声从楼上响到楼下，震动着整个旅社。

一会，一个穿红卫兵服装的姑娘，在一片拦阻她的嚷嚷声里，钻出了沙袋工事的洞门，疯了似的冲到马路当中，扑倒在他的身上，放声大哭起来。

他的小肚子被打穿了，还有最后一口气，在她耳边小声地，有气无力地说：

“玉霞，玉霞，你总算……”

“世雄啊，”姑娘哭着说，“你真是个好同志呀！你刚才的话……我……”

可是他已经听不见了，只是用失去了光彩的眼睛死死地“望”着暗蓝色的天空。

注：写于1981年前后，此文为未刊手稿。

在十字广场上

一九六八年夏天，为了躲武斗，我借住在××市顺宁街一个朋友家里。这一带是靠近市边的缓冲地带，两派都不管，我躲在这里当逍遥派，倒真是逍遥得很，却没想到，就在这里碰见了一件永远也忘不了的事情。

这天早晨，我刚刚起床，听见外面街道上人声轰嚷。推开临街的窗户一看：喝！拥拥挤挤的一大群人。人群前面是两块标语牌，一块上面写着“你们头头的妈妈来了”，另一块上面写着“千万不要开枪”。字挺大，离老远就能看见。我连忙下了楼，出了门，挤进人群里一看：原来，举着这两块牌子的是两位头发花白的老妈妈。一个高一点，另一个矮一点。都穿着干干净净的蓝布大褂，看样儿是乡下的农民。脸孔绷得紧紧的，几条显眼的皱纹向下垂着，那神气，真像虔诚的宗教徒去朝拜圣地。两个青年人：男的大约有二十六七岁，大个子，浓眉俊眼，用大手帮着高个老妈妈举着标语牌；女的，更年轻，更俊气，用雪白的小手帮着矮个老妈妈举着标语牌。两人都穿着不带领章的绿色军服，挺着胸脯，瞪着大眼，神情严肃。

往东一拐，是宽大的解放大街，是武斗据点的禁区。商店都关着门，没有人走路，冷清得怕人。墙壁上的大标语和大字报都被风风雨雨吹洗烂了，墙上地下到处都是破纸片子。一部分胆小的人不敢再往前走。剩下的人脚步也都慢了，谁也不说话，脸绷得更紧了。

前面远处挺宽大的十字路口，是全市有名的十字广场。几座高楼的灰色影子矗立在朦胧的晨雾之中，那就是两派的据点，是全市五大武斗中心地点之一。每座楼上，一排排颜色不同的长方块子，是用砖头木板封闭起来的窗户。方块上面的一些小黑点子，是令人毛骨悚然的枪眼。每座楼顶上都有一两个非常高大的木头架子，像地质勘探队的钻机架子一样，上面缀满了喇叭花一样的玩意儿——是万人憎恨的高音喇叭。就是这些可恨的玩意，每天从早晨到半夜不停地“文斗”：“谁是我们的敌人？谁是我们的朋友？……”“最最最……强烈的抗议！”声音震动好几道街。全市五个武斗中心的每座高楼上都有这样的装备，全市大街小巷的高房低屋，都是天然的共鸣器，所以全市的人民都是在这种震耳欲聋的“疲劳轰炸”当中过日子。既然是“敌人拥护的我们就要反对”，又都说是拥护毛主席的革命路线，那么谁反对、反对谁？两派的广播声互相干扰，加上街道房屋的回声交错，人们常常只能听见一片“汪汪汪汪”的声音，这就是对一切疑问的回答，也是对一切回答的疑问。

离那几座大楼越来越近，跟着走的人更少了，脚步也更慢了。

冷，大六月天的早晨竟感觉到心里冷得打颤，但身上却在冒汗。

“汪汪汪汪！”停止了好半天的广播突然又轰炸起来，“停止！站住！你们是干什么的？停止前进！停止前进！再不停止就开枪了！再不停止就开枪了！……”

跟随的人都闪到街道房屋下边去了。两个年轻人对着老妈妈们说了几句什么。矮个老妈妈好像决心更大一些，用沙哑的声音大声说：

“让他们开枪吧！打死他们老娘吧！杀千刀的！”

他们走得多慢啊！就好像脚有千斤重。

“站住！站住站住！汪汪汪汪！……”

突然，矮个妈妈猛力把身边的姑娘一推，大声说：

“你两个莫走了！要送死，叫我两个老骨头送！”

高个妈妈也把男青年往街边推。四个人就在街道当中拉拉扯扯地喊叫起来。最后，两个青年人只好走到街道旁边去了。

以前我常常想：有时候，排队买东西，不过几十米的距离吧，也许要走一两个钟头，这可以算是世界上最难走的路。可是，在那“史无前例”的年月里，母亲找儿子，妻子找丈夫，共产党员找党，人民找真理，要走多么难走的路啊！

远远看见，白头发，颤颤抖抖；标语牌，颤颤抖抖。我们这些人的心，也在颤颤抖抖。

突然，高个妈妈往地下一坐，放声大哭起来：

“志东儿呀，你这个杀千刀的呀，开枪吧！打死你老娘吧！……小时候，一口饭一口汤喂你，一把屎一把尿管你，把你养这样大……你们，拿枪拿炮，打自己人……儿是娘的心头肉啊！我就只这一个儿呀！……”

矮个妈妈只好也坐下来，也放声大哭。两块大标语牌仰躺在一边。

站在街边的两个年轻人急得直跺脚，冲过去拉扯劝解。广播又响了：

“撞派的狗家伙们注意！……狗家伙们注意！我是陈志东，我是陈志东！你们要是开枪打死我的妈，老子就要开枪打死你们头头张广洁的妈！……”

一会，对方的女广播员也答话了：

“冲派的狗崽子们注意：你们要是开枪打死我们司令张广洁的妈，我们也不客气！我们也不客气！”

于是，两个年轻人同时对着两位老人大喊起来：

“陈大娘，张大娘，快走吧，他们不会开炮的！”

两位妈妈果然不哭了，互相搀扶着站起身来，拿起标语牌来扛着，互相紧靠着，快步往前走去，不大一会，就跟那几座大楼的颜色混到一起，不见了。

大街上死一样静。人们都在街边的台阶上坐下来。

一个钟头过去了，两个钟头过去了。……

终于，前面高楼上的高音喇叭又响了：

“特大喜讯！特大喜讯！在我无产阶级革命派为时数月的英勇围攻下，固守百货大楼的撞派狗崽子们到底支持不住，决定向我无产阶级革命派投降了！现在，正在谈判！正在谈判！狗崽子们还顽固得很，不肯承认是投降，妄想落个和平撤退的名义。请广大革命群众想一想：我们能够让反动家伙们要手段保存实力吗？不能！一千个不能！一万个不能！投降就是投降！要放下武器，老老实实投降！……”

这真是惊人的消息！我们这些等着看事态发展的人们立刻就有了三种不同的反应：一种人，高兴得红着脸，咧着嘴，笑起来，有的甚至喊起来，跳起来。这当然是冲派观点的人。另一种，摇头，叹气，脸色阴沉，低着头往一边走去，偷偷向那些得意忘形的人们投过去仇恨的眼光。这当然是撞派观点的人。还有第三类人，扬眉瞪眼，张大了嘴巴，是惊奇，也是高兴，是因为一场不可了结的武斗告一个段落而高兴。这当然是逍遥派。

我看出来了，仇恨在前两种人的心里增长着，互相间的眼光越来越尖利，表情越来越紧张，一部分人在交头接耳地嘀咕什么，看来也许要发生什么事情。

正在这时，马路北边的一条小街里忽然响起了一种奇怪的当当当当的声音，把人们的注意力都吸引过去了。只见从这条小街里走出来一支奇怪的队伍。男男女女，老老少少，胸前都挂着大大小小的黑牌，牌子上都有吓人的白字，当然都是写的“叛徒”、“特务”、“黑手”之类。多数人的头发都是“加工”过了的：有的像被野火烧了半边山，有的像当中修了一条汽车路，有的像梯田，有的像马桶盖。每个人都是一只手拿着半片装电影片子的破旧圆铁盒，另一只手拿着一根小木柴棒，一路走一路敲打，还哑着喉咙喊叫：“我是叛徒某某某，我有罪！”“我是大特务……！”“我是大右派……！”有几个年轻一点的女同志，一面喊叫一面哭。那一张张脸啊，简直不成人样子！可是也有的在偷偷忍住笑，大概觉得这简直像是耍猴戏。队伍两边隔不远一个年轻人，当然是冲派的“革命群众”（有的我认识），都拿着小竹棍，要是发现哪个“牛鬼蛇神”不敲铁盒，不喊叫，就一棍子打过去，骂两句。走在最前面的两个花白头发的老头最可怜：用一根粗木杠子抬着半截铁轨，被压得龇牙咧嘴，弯腰驼背，脚步都走不稳当了。原来这就是以前的省委组织部长沈伯如和宣传部副部长邱明，一个是“内奸”，一个是“历史反革命”。夹在他俩中间的，是全省有名的女演员吴丽萍。本来是个挺漂亮的姑娘，不过二十四五岁，却把头发弄成那个样子，看着真叫人难受。她的任务是用一根长木头棒子敲打那半截铁轨，而且一定要她喊叫“我是破鞋”。哭啊，仰起头来哭，低下头去哭。小竹棍一下一下打到她身上。汗水把她全身的衣裳都湿透了。……为什么要折磨这些人呢？原来，他们都是所谓“站错了队”而又有点名气的人物，也就是支持过或同情过撞派群众组织的所谓“黑后台”，“黑干将”，被冲派的人们一个个抓起来，关在省电影发行公司里面“劳动改造”。今天大概是冲派为了庆祝胜利，为了要在广大群众当中显显威风，就把他们拉出来游街示众——一共有一百名左右。

他们被押解着向前面那几座武斗据点大楼走去，后面跟着一大群看热闹的人们。我们这些起先不敢往前走的人们也就放开胆子跟在后面往前走。

广播声又响起来了。声音更尖，更高，更加震得人头昏耳痛：

“……丧心病狂的撞派狗崽子们，随意动用国家财物，把百货大楼里边能吃的东西都吃光了，能穿的衣裳都穿坏了，能盖的被子都盖破了。还把所有的玻璃柜子砸坏了，把所有的木器家具当柴烧了，连玻璃窗户都一扇也不剩。同志们，事实证明，他们真正的是一伙子土匪！一伙子反革命！往后，我们一定要组织全市的广大群众参观他们的罪行！……”

其实，这同样内容的广播以前人们已经听了至少有几十遍。人们是相信的。因为，据守在百货大楼里的撞派“战士”至少也有一百多人。据传说，开始时他们吃的是带进去的粮食，还有大楼职工伙房里储存的粮食，以后就靠大楼背后街道上秘密的“胡志明小道”往里运送。后来，冲派的人在大楼背后设了几道关卡，把“胡志明小道”破坏了。所以人们以为，撞派战士们利用大楼里面现成的物资以维持生活，是理所当然的事。

人们就这样在震耳欲聋的广播声的伴送下来到了十字广场。四面楼房的墙壁上弹痕累累，楼脚下到处都是碎砖头子。百货大楼的大门口，封门的麻包被搬在一边堆起来，冲派的武士们排成两道人墙挡住看热闹的群众。站在街边的高台阶上可以看得见一些撞派俘虏被押解着，驱赶着，从人墙当中穿过去，朝着斜对面冲派据点红光楼走去。都是长头发，破衣裳，骨瘦如柴的身架，灰溜溜的神情，歪歪趔趔的步态。年岁最大的不过二十出头，小的只有十四五岁，还有十几岁的女孩子。街对面，红光大楼大门口的工事只拆开了一个小小的缺口，十几名持枪的冲派战士守在缺口外边，来一个俘虏就绑一个，还用手巾把眼睛蒙起来，然后推进缺口里去。

不能不说这是真正的战争。

“牛鬼蛇神”的队伍也被驱赶到百货大楼门口，排成横队，让他们参观。

从四面八方涌来看热闹的人越来越多，真是人山人海。

我发现，有些人从侧边一条小巷子钻进了百货大楼的一个小侧门里。我就也紧跟在一个大个子壮汉后边，让他给我开路，竟然没有费多大力气就挤进去了。嗨！奇迹！真是奇迹！这百货大楼一共有五层，下面三层售货，上面两层住人，最下面的一层是专卖糖果糕点和烟酒茶叶的货物。窗户当然是封闭着的。但是灯光雪亮，一切都看得清清楚楚。所有的玻璃柜都是好好的，柜里的糖果糕点也都照原样摆着的。仔细一看，糕点长了白毛；各种颜色纸包着的糖果，由于天热，融化了，都黏到一起了。至于烟酒茶叶之类的东西，当然就更不用说。墙壁上的几条大字标语说明了原因："同志们，宁可饿死，决不破坏纪律！""革命战士要经得住饥饿的考验！""用事实揭穿冲派的谣言！"

所有看的人都叹息着，小声议论着。为什么挤着这么多人却又这么安静？是一种共同的肃然起敬的心情在起作用吗？我说不清，反正我是想起了刚才那些年轻的俘虏的模样，不觉心里一阵阵发酸，眼圈里忍不住汪满了泪水。特别是他们当中竟有一个小得可怜的女孩子，饿得一张小脸上光剩下一对大黑眼睛。革命，她懂得什么叫革命？

我正想顺着楼梯到二楼去看看，忽然从楼上涌下一堆人来，每个人的脸色都是泥黄铁青的。

"硬是快要活活地饿死了，只剩下一丝气！"一个中年人小声对周围的人说。

"谁？"别人问他。

"这里的头头，张广洁。把饭食省给别人吃，自己躲到一个储藏室里把门一锁，就这样饿得快死了。我刚才上去的时候，他们刚刚把储藏室的门撬开……他老妈一下子就哭得昏过去了！"

几个背着枪的冲派战士，用一张椅子抬着一个年轻人下楼来了。一张蜡黄色的脸，深眼窝，高颧骨，鼻子又瘦又尖。后面，刚才那个脸色白净的姑娘，架着刚才那位高个老妈妈，趺趺歪歪地往下走。老妈妈已经哭不出声音，只是不时地抽咽。再后面，是几个饿得站不住也走不动的撞派青年人，被几个热心肠的群众扶着背着，好不容易才下到了平地。

人们都非常严肃地让开路。等他们都出去了，大家才跟着走出了大门。

我刚刚走出大门，就被远处一个惊人的场面惊呆了。

原来，这广场的中心是一个挺大的水泥埂子围成的花坛。以前这花坛像一座繁花似锦的小花山，每天一早一晚常有人在这里歇息赏玩，现在却变成了荒草蔓生的小土坪了。刚才那一群“牛鬼蛇神”，胸前吊着黑牌子，脸朝外跪在水泥埂子上，正好跪成一圈。他们后面，是刚刚当了俘虏的一百几十名饿得不成人样子的青年人，都反绑着手，蒙着眼睛，跪成第二圈。离花坛不远的平地上，是一些头戴藤制工人安全帽，腰系子弹带，手拿步枪的冲派武士们，也站着围成一圈，挡住围着观看的群众。花坛中心是个有五尺高的多层圆水泥墩子，上面站着一个斜挂着冲锋枪的武士，正在指手划脚地对群众演讲。离得太远，我只模模糊糊听见了几句，意思是：这些俘虏不肯承认是战败投降，硬说是“自动放下武器”，这些“牛鬼蛇神”也咬牙切齿想捣乱，所以要统统对他们实行“群众专政”，让他们知道无产阶级铁拳的厉害。等我从人缝里挤到跟前时，演讲的人已经讲完了话跳下花坛走了。他的最后两句话是：“人民大众开心之日，正是阶级敌人难受之时。”

那么，我们开心吗？从人们脸色上看得出来，不管是赞同哪一派观点的，都神情痛苦地沉默着。有些人不忍心看，摇头叹气地走了。

正是中午，太阳毒热似火。跪着的人们痛苦得扭歪了的脸上汗珠子雨点般往下滴。三个老年人接二连三地栽倒在花坛下面，武士们只好把他们架走。

是出于一种什么样的仇恨心？为什么会有这么大的仇恨？周围的观众为什么不愤怒得哄闹起来？在那“史无前例”的年代里，谁敢按照平常的逻辑来思索问题呢？

可是，倒真的有人要提抗议哩。事情是这样开头的……

有个拿冲锋枪的冲派武士忽然走到一个“牛鬼蛇神”跟前，蹲下去，仰着脸，两人竟然谈起话来。由于周围非常安静，所以句句话我都听得清清楚楚。

“喝！你就是黑作家陈坚如？嘿，我倒是读过你的长篇小说《黎明之歌》。怎么样？跪得难受吧？忍一下就过去了。把牙咬紧一点，忍住！忍住！对你们这号拿笔杆子的文化人，这才叫触及灵魂，这才叫改造，懂吗？想想看，你们是搞意识的，要是意识不成形态，那怎么行？你们是搞灵魂的，要是灵魂不合工程师的要求，那怎么行？所以呀，就要改造你们的意识，就要触及你们的灵魂。我可以肯定，你的灵魂经过这么七触八触，一定会更意识，更工程，你说是不是？你自己一定是有深刻体会的吧？你说说，有吧？”

“我是有深刻体会！‘文化大革命’‘深刻’万岁！”是个沙哑的喉咙，大声地喊叫。蓬乱的长头发遮住了他的脸，我只看见了他那梗着的脖子和宽宽的肩膀。

“好啊！”那位武士高兴了，“有什么体会，你说说看？”

“有！有很多体会！头一条，把我们变成鬼，你们就成了人。第二条，我们变黑了，你们就越红越光明。第三条，要是把所有共产党员的灵魂都触脏了，脸皮触厚了，骨头触软了，气节触没了，中国的革命就完蛋了！”

“说得好！”人群里响起了嗡嗡的回声。

“陈坚如！”武士猛一下跳起身来，“你他妈说的什么反动话？什么‘中国革命完蛋了’？简直是，简直是……”他找不出适当的形容词。

忽然，歌剧演员吴丽萍猛一下站起来，一挺胸脯，一甩头发，用她那万人倾倒的、哭不坏也渴不哑的金嗓子唱起来了：

敬爱的毛主席呀，
我们相念您，
我们想念您，
我们想——念——您——！

“好——！”周围的群众里面又响起了更大的回声。

“他妈的，反了！”好几个冲派武士大吼着，冲上了花坛。两个人抓住了吴丽萍的胳膊，使劲摇她，搡她；两个人揪住作家陈坚如的衣领把他提起来，第三个人啪啪地扇了他几下耳光。但是陈坚如和吴丽萍竟然挣扎着反抗起来。一个武士被推下了花坛，另一个武士被花坛上的花枝乱草绊倒了。

俘虏和“牛鬼蛇神”们都站起来了。有几个年轻一点的“牛鬼蛇神”竟然把挂在脖子上的黑牌摘下来扔得老远，挥动着拳头大打出手。他们很可能都是剧团里练过武功的演员，身子特别灵活，手脚特别有劲，几下子就把花坛上那几个武士的枪夺过来，打得他们东倒西歪。

周围的武士们立刻都一窝蜂地吼叫着涌了上去，枪托打在肉上的声音，人跌倒在地上的声音，乱成了一片。眼看着就要发生大的惨案了！附近看热闹的群众怕火烧到身上，开始乱哄哄地往外挤。

谁也没有想到，突然，刚才护送老妈妈的那个大个子男青年从周围的人群里冲了出来，一纵身子跳上了花坛，顺手从地上拾起一支冲锋枪，又跳上了花坛中间的水泥圆台，砰！砰！砰！朝天放了三枪，然后对着吃惊的停止了厮打的人们大吼起来：

"住手！住手！谁再打我就对谁开枪！"

他真的端着枪对着那伙人。

互相扭打的人们果然被镇住了。所有在场的人，包括周围惊慌得正在逃跑的群众，都愣愣地站住了。

"哼哼！"青年人恶狠狠地冷笑了两声，"阶级弟兄残杀阶级弟兄，共产党员折磨共产党员，革命群众仇恨革命群众，这叫什么革命？这革的是哪一家子的命？……什么？你这位同志想对我开枪？"他听见背后枪栓响，猛一转身，对着拉枪栓的人瞅了瞅，然后用一只手举起冲锋枪，眯起一只眼睛瞄了一下，砰！远处电线杆子上一只鸽子扑着翅膀掉下来了。

全场的群众一阵轰动。

"讲打枪，不外行！当了几年侦察兵，不是白当的，在射击比赛时得过奖！"青年人又转过身来大声说："说打你的眼睛，不会伤你的鼻子！……我问问你们：干吗要在大太阳的底下罚这些人的跪？我走过好几个省，到处都这样，侮辱共产党员，侮辱老干部。要是有这么多叛徒、特务、走资派，中国革命能有今天吗？刚才那位作家说得好，像这样触灵魂，要是真的把共产党员、老干部、革命群众的自尊心都触没了，骨头都触软了，往后还有共产主义道德没有？还要革命气节不要？干坏事还有羞耻心吗？中国革命不就真的要完蛋吗？不能这样搞法，不能啊！共产党员同志们，你们不能下跪呀！马列主义真理不是要我们下跪！不是要我们互相残杀！不是要搞得全国大分裂！更不是要我们把自己的政权建立在自己人的血泊上，建立在共产党员的尸体上！……"

他说得非常快，声音震大街。嗓子哑了，脸红了，筋涨了，亮得出奇的眼睛潮湿了。我听一句，脑门子就震得嗡一下——这，才是触灵魂的话呢！已经有多长时间了，谁听见过这样震动灵魂的话？

刚才跟他在一起的那位姑娘也从人群里走了出来，跳上了花坛，爬上了水泥圆台，握着他的手，紧靠着他，仰着头用无限爱慕的眼光看着他，嘴唇动了动，没有说出声音，大眼里却流出了两串亮晶晶的眼泪，滴到胸前，滴到抹泪的手背上；使劲咽唾沫，是想使劲地把心头的激动咽下去……

“你们是哪里来的？”花坛下面响起了一个声音。是一个带权威的声音，是一个宽胸厚背墩墩个儿的中年人。腰里扎着子弹带，一只手提着驳壳枪，另一只手叉着腰。

我旁边一个认识他的人告诉我说，他就是冲派头头陈志东。

“从中国来的！”水泥台上的青年人回答说。

“我知道你不是外国人！”陈志东更加提高了声音，“中国人有革命的跟反革命的两种，你是哪一种？”

“对！中国人里边是有反革命，就看你分不分得清！”

“对呀！刚才你在这里说了那样多反动话，还抢夺武器，开枪威胁，破坏我们的革命行动，煽动群众反对毛主席革命路线，我们早就把你分清楚了！”

“不错，我反对武斗，反对群众斗群众，反对侮辱共产党员，反对折磨革命干部，我认为这不是毛主席的革命路线！”

“我也反对！”年轻姑娘也尖声说，“坚决反对你们这样干！坚决反对我爸爸支持你们这样干！”

她顶多十七八岁，说这些话时现出了一脸天真稚气的样子。

“你爸爸是谁？”陈志东问她。

“他是谁你管不着！”姑娘把头一摆，大概是想到刚才自己失了口，脸红了。

“现在我宣布：逮捕你们！给我滚下来！”陈志东用不容分辩的命令口气大吼着。

男青年咬着嘴唇，看了看手里的枪，没有说话。姑娘却冷笑了一声：

“哦？逮捕我们？笑话！瞎了眼！”

“你们上去几个人，捆起他们来！”陈志东跳起脚来对着身边的武士们挥了一下手。

还没等武士们跳上花坛，砰！——是红光大楼的顶楼上响的枪声。

水泥圆台上，青年人的身子晃了一下。姑娘尖叫了一声扶住了他。她激动得嘴唇苍白，全身发抖。血，从男青年的左肩窝往下流，染红了绿军衣。但是他咬着牙站稳了，又看了看手里的冲锋枪，下了决心似的把它一丢，对着姑娘说了两句什么，然后抬起头来对着众人露了露雪白的牙齿，挺起胸膛来吸了口长气，用尽力说出了最后几句话：

“同志们，这样搞下去，全党全国要受多大损失啊！一切一切，往后都会落到你们肩膀上来的，比千斤重担还要重！到那时，你们可不能下跪啊！”

话还没完，猛地倒下去了！那姑娘也一起倒下去了，倒在花坛上了！

陈坚如，吴丽萍，还有刚才动武的那几个“牛鬼蛇神”，一起跳上花坛，涌了过去。

我忍着眼里的泪，心里的火，喉头的酸，想走开，不忍心；想挤过去看，挤不动。忽然，有个人把我猛一撞，接着又把我前面一个挂黑牌的老头撞倒了。原来是刚才那两位老妈妈，手拉着手，“哎呀，哎呀”地哭喊着，不顾命地分开众人，闯上了花坛。正好碰见陈志东站在水泥台子跟前在对几个武士吩咐什么事。高个陈妈妈看清了他，上去就是两嘴巴，喊叫着：

“杀千刀的呀，都是你干的好事呀！都是你干的好事呀！……”

等我跳上花坛，挤过去想看个究竟时，两个老人已经挤进了围得最密的那堆人里面。立刻就响起了震天的哭声和诉说声：

“多好的后生仔呀！多好的姑娘呀！就是得亏他两个，人生脸不熟，跑到我们家。左说右劝，说了一天，又说了半夜，动员我们两个老废物，乡亲变成了冤家对头的两个老废物，先讲和，再一起进街来，招呼我们住一夜，还给做了两个大牌牌，写了字，还舍着性命陪我们到这里来，要我们对儿子讲情理，讲和平……你呀，你呀，你醒一醒，醒一醒。……把我们的心，摘给你吧！摘给你吧！只要你能好……”

我回过头来，只见陈志东脸色铁青地站在原处，紧闭着大嘴，像掉了魂一样。是的，刚才老妈妈那两巴掌使得他当众丢了人，当着部下的武士丢了人——他的灵魂也被触痛了！

围得最紧的人堆松了个缝。我看见，那姑娘伏在青年人身上，抽咽着，身子一动一动地擅抖着。两个老妈妈跪在地上，身子一低一仰，满脸是泪……

我再也忍不住，眼泪成串地往下滴，再也不忍心看下去，挤出了人堆，歪歪趔趔地走下了花坛。又听见背后——是在水泥圆台上，响起了吴丽萍沉痛的歌声：

敬爱的毛主席呀！
我们想念您，
我们想念您，
我们想——念——您——！

等我挤出了一段路，回过头来，泪眼模糊地看见，那可怜的穿军衣的姑娘跟吴丽萍一起站在水泥台子的高顶子上，互相紧紧地抱着，哭成了泪人儿一般。我觉着，全场的人都在哭，连那些冲派武士们也在哭，因为，全场这么多人，却这么静，只听得见抽咽声和号哭声。谁心里没有一股说不出来的痛苦？谁能忍得住不哭泣？连那些武士，那些胜利者，他们真正得到什么胜利了吗？

我猛地一阵头昏，心也跳得厉害——心脏病要发作了。只得赶紧挤出了人群，离开了广场，一面走一面哽咽，泪眼模糊地看不清路……

1981年夏，于北京

注：此文为未刊手稿。

洁白的风帆

（摘自一位医生五十年代的一本日记）

八月十七日　在小白石村

给病人打完了针，收拾好药箱。“这个小李，叫我替你打针，你索性连针头连药箱都不收拾。这秋老虎，真热得……”心里正埋怨呢，没想到小李一阵风从后门进来了，两手端着一盆水，眼睛朝我身上忽溜了一下：“看你一身汗！索性把衬衣汗衫都脱了擦擦吧。”把盆往我身边的桌子上一搁。我立刻感觉到了一股凉气，心里一高兴，说了句“谢谢你”。她嘴一撇，没说话，一板正经的，去照管病人服药。这水呀，擦在身上真浸凉，连心里都凉透了。等她回身用大眼睛瞟我时，我又说了声“谢谢你”。她又撇嘴，斜了我一眼：“这么多礼，必要吗？”我只好一笑，大概是笑得很呆气，逗得她“噗嗤”了一声，一转身又走出后门去了。

床上的病人——房东老太婆，也咧开没牙的嘴笑，又对老头使了个眼色。老头儿也摸着胡子，用本地汉话说：“真是个好妹仔。我们穷山沟里的瑶家人没见过世面，她一来，把我们的眼睛照亮了。本来我想用水缸里的水叫你洗把脸。她抢过盆去，不嫌费力，到屋后半山上的清水潭里给你打来了水。要说这清水潭的水，真是我们村寨的一个宝，冬暖夏凉，凉得浸心，喝一口满身的骨头都松了，能治病……”

我坐在桌子边歇口气，心里想这想那，发起呆来。到这少数民族的大石山区“巡回医疗”三个星期了。她……单是衣裳就帮我洗了多少回！

忽然，我又觉得肩膀一凉。一回头，原来她又端来了一壶凉水。干嘛要轻手轻脚怕惊醒了我似的？又干嘛要不声不响地故意把大瓦壶紧挨着我的肩膀搁着？又干嘛要转过身去装做没事人一样，拿起扫帚来帮房东扫地？

我呆呆地看着她扫地的神态——头发搭下来遮着那晒不黑的脸，可遮不住眼睛，长睫毛一闪一闪的。我知道，你也在想什么，你的心没有注意到床脚那儿有两片桂圆壳……哦，我又发傻了！瞧，房东老两口都故意扭过脸去不看我。

赶紧捧起了水壶，咕嘟咕嘟一连气喝了好几口。呀，真是凉到骨头缝儿里去了！一回头，呀，她在看着我喝水呢，可又赶紧弯下身去，脸，被搭下来的头发遮住了多半边……

八月二十日　在路上

山路很陡。路两边的大山石被太阳烤得热气熏人。她累得喘不过气来，额前的头发汗湿了沾在脸上，脸红得像苹果。我要她把药箱给我背，她把我的手一推："去你的吧！"脸更红，低着头几步就冲到我前面去。我看见她的衣裳也湿得贴了背。不知道为什么，从她的神态我又感觉到了——她心里又在说话呢。

其实我的心里也是在说话，是跟自己说，也是跟她说。

她在护士学校学习时总是叫我黄老师，很客气。每次问我"内科常识"方面的问题时，态度正常大方。有一次，是去年冬天期终考试时，我把她的试卷上一道题的分数写错了，少写了十分。几天后，跟她同坐一个课桌的韦环环来对我说了，我连忙到教务处去查看试卷，果然错了。连忙告诉教务处的同志，把她的成绩结算改过来了。不过心里总觉得不是滋味，就到她的宿舍去，当着韦环环的面向她道歉。没想到她反而埋怨小韦不该把"这样的小事"对我反映，说"我学习又不是为分数"，叫我"千万不要放在心上"；又笑了："黄老师，看你，为这芝麻大点小事急得一头汗！"不知道为什么，从此她那嫣然一笑的样儿就永远印在我的脑子里了。这一次出来巡回医疗实习，开头一段时间她还是一口一个"老师"的对我很客气。生活上对我照顾，也是学生照顾老师嘛。那天我跟她闲谈起护士学校的某些事情，我不觉又提起了那次写错了分数的事，她又一笑："看你，还记得，还红脸，真是！"对，是的，从此她的态度就好像有了变化。可是，是不是我神经过敏？唉，学过病理学、解剖学、这个那个学，就是没有学过女孩子的心理学……

上到山顶，碰见两个挂书包的“红领巾”从对面走来，都对小李的红十字药箱看。我俩都不在意，刚擦身过去，听见背后一声喊：“敬礼！”一回头，两个孩子都在对我俩敬少先队员礼呢，还用半生不熟的本地汉话说：“医师同及（志）们噢（好）！”

小李高兴了，过去摸着孩子的头，问为什么要对我们敬礼。

“老西（师）说的，上级派医老（疗）队进鲜（山），救我们瑶家壮家的病银（人），很辛古（苦）……”

“哈呀！你们真好！”小李高兴得轻轻一跳，又转脸问我：“黄老师，你说，他们不是怪可爱的吗？”

我笑着说：“我看你也变成孩子了。”

她脸一红，一甩头发，忍住笑：“我本来就……愿意变成孩子！”

我说：“变成了孩子你还能当护士？”

“我又要当护士——在病人面前，不管他们多老，我是管他们的大人；又要一辈子像孩子——特别是在有的人面前；不好吗？嘻嘻……”低着头笑着，大胆地拉了一下我的手：“发什么呆，走吧，前面寨子里还有病人等着我们呢！”

走了一会，又回过头来调皮地问我：“黄老师，怎么，你不欢喜孩子气吗？”

我没有回答。心想：你说“在有的人面前”，在什么样的人面前？

一会，她又细声细气地说：“黄老师，我看你倒像个大孩子，简直有点傻气味！所以我，在你面前，也……咯咯咯……”自己笑了。

我又没有回答。不过我从后面看见，她低着头，连颈子都红了。

傻姑娘啊，未必你心里……“真不方便！”我叹了口气，不觉把心里想的话说出声音来了。

“什么不方便？”她忽然站住了脚，辫子一甩，红着脸问我。见我没有回答，又眼珠一转，竟用命令的口气：“就在这块石头上坐一会！这大岩石下边有阴凉，又有风，我要歇一会儿。”像是有点生小气。

我只得坐下来。

她放下药箱，大胆地紧挨着我坐着，眼睛看着山下的景色，又用认真的口气说：“黄老师，你刚才是说，我跟你在一起，不方便。对吧？”

我又没有回答。

“你,要是真的觉得不方便,我就要求、要求、调到别的小组去!”她的声音有点变。

见我又是不回答,她转过脸来直直地望着我。啊,眼圈是潮湿的!

我的心怦怦跳。心里有一股说不出来的味。

啊,是真的!多少天来我就这么猜,是真的!

我俩都不说话。她的肩膀挨着我的肩膀,我感觉到了一股温馨味儿,不是香味,也不是别的气味,是一种纯净的温柔的气氛,也许是我的心在柔和的青春气息里融化吧?……突然,我又清醒过来了,停了好半天,终于诚恳地把心里话说出来了:“小李呀,你没有觉得吗?不论在哪个村、哪个寨、哪一家看病,老百姓总是用特别的眼光看我们……”

“你怕、这种、特别的眼光?”更加眼光闪闪地看了我一会,然后低下了头。

“我是怕,群众影响不好。也怕,学院里的同志们说闲话。”

“什么影响?什么闲话?为什么要怕?”她的声音细极了,嘤嘤的。又补充了一句:“为什么,要有那么多怕?”

“我真不知道,为什么要把我们两人,分到一起……”

“你想知道、为什么吗?”她的声音更细了。

我又没有回答。其实我真想知道,但没有勇气问她。我承认:不像个男子汉,太怯弱!太犹疑!太傻!

一会,她忽然生气地一抬头,望着远处大声说:“我明日就到队部去要求,调到别的小组去!”

我的心猛地往下一沉:“小李!”

“怎么?”又是直盯着我的脸。

“那样做,不好。”

“这样也不好,那样也不好,怎么才算好?是不是,我这人,讨人嫌?”

“绝对不是!绝对不是!”

我在喘气,她在抹泪。我心里有话说不出。其实我也不知道说什么好,只是喃喃不清地:“绝对不是,别误会!”然后背起了药箱。

她默默地跟着我,默默地往山下走去。

九月五日　在盘寨村　在路上

主人家姓韦，壮族，一对中年夫妇。八岁的孩子患了肠炎和痢疾，肚子里还有蛔虫，瘦得皮包骨。这儿是大石山区里最穷的一片，又苦又落后。住架子木楼，楼上住人，楼下住猪住牛，屋子里气味熏人，苍蝇蚊子多极了。每天早午两顿玉米粥，晚上一顿玉米干饭，菜也是炒玉米加点盐。烧柴也困难，附近山上石头缝里像样一点的小树早就砍光了。

人民啊，世世代代像这样过了多少年！

多少天来我俩就是在这样的地方工作，还要不断地翻山爬岭走那种“牛马拐断脚”的路。我在咬着牙坚持，自信我能坚持得住。可她呢，老干部家庭的独生女，才十九岁，能坚持吗？我几次变法儿问她受不受得了（我怕她自尊心强，不好直接问），她总是那两句老话：“你黄老师受得了，我就受得了。”“跟你在一起，我就受得了。”为什么我能给她这样大的力量？我敢问她吗？又是说不出来为什么不敢问。是怯弱？不完全是。是怕捅破了那层纸？为什么怕？我有顾虑啊！怕弄得她不好意思，伤了自尊心？怕操之过急反而坏事，甚至会……失掉！是的！是的！是的！跟她在一起的时间越长，就越是……可是，还没有等我问出来，她就自己回答了：“我们给人家治病，人家那样热情。吃饭，不是杀鸡就是炒蛋。睡觉，总是给找全村寨最干净的人家，睡最干净的床帐。你不是也常常过意不去吗?”又说：“白天累得过了劲，吃得又饱，晚上一睡就死，连梦都不做一个!”说完了还满不在乎地咯咯笑。又问我：“你不觉得我跟你在一起能够学到很多医疗知识吗？上哪儿去找这样的好老师!”又是咯咯笑。

我还能说什么呢?

在这个十来户人家的小村寨住了三天三夜，治好了一个孩子和一个大人的病。第四天早饭后，韦大哥衷心感激我们，一定要送我们一段路。我们不让送，他说要到远处山上去砍柴，顺路，就把我们的药箱往他的扁担上挂，跟着我们出了门。

真没有想到，韦大哥一路走着，给我们讲了一个很有意思的故事：很古很古的时候，这里是一片大得不得了的大石板，后来不知从哪里来了个后生仔，牵一头牛，扛一张犁，硬是在这片又硬又光的石头板子上犁起来，把犁碎了的石头一堆一堆往两边翻，就成了这样多的石头山。又从远处挑来了好多土，撒在低地方，撒在石缝里，就有了一小块一小块的地，种上了水稻，种上了苞谷。呀！不好了，玉皇大帝生气了："是哪个把我晒衣裳的晒场弄坏了？"就又是大雷，又是大雨，把田里的泥土冲得光又光。那后生仔一咬牙，一发狠："天上的水总有一天要倒光的！"等天一晴，他就又挑土。玉皇大帝又用大雨冲。后生仔又挑土。就这样，天上地上做对头，整整干了几千年！

韦大哥的故事刚讲完，小李就高兴得一跳脚，一拍手："哈！太好了！简直是一首神话诗！"

我吃了一惊："神话诗，说得多好！"想起来了：韦环环说到过，她喜欢文学，天天记日记练笔，还写诗。

到岔路口了。韦大哥千恩万谢地把药箱交给小李，跟我们分手了。

我跟小李继续往前走。她忽然问我："黄老师，你说这个故事好不好？你有什么感想？"我说我没有什么感想，光是觉得好。她沉默了一会，像是自言自语："人哪，只要是正正当当的事，就要有勇气去做，像那个后生仔一样，把大石头板子都犁翻了它！连玉皇大帝都不怕！"

这话是不是说给我听的？

"小李，听说你天天记日记，还写诗，是吧？"我认为，问出这样的话来，就是勇敢的表现。

她回过头来看了我一眼："你怎么知道！"

"怎么知道，不告诉你，反正我知道。"

"你倒是……做了调查研究。不过，你是什么时候，是有意调查的还是无意听说的？嘻，不过，我也不要你回答，我知道你不愿意回答。不过，我可以老老实实告诉你：我有一个最宝贵的小本本，上面写了好多诗。"

"可以给我看看吗？"

"等你配看的时候再给你看！"一扭头斜了我一眼。脸，又红了。

什么叫"配看"？什么时候才"配看"？

"真呆气！"她又嗤地笑了一声。

为什么又说我呆？

我困惑，我迷乱，又揪心，又甜美……

九月十六日　在小坳村

前天，她竟然反倒向我要日记看。给不给她看？给吧，能够这样快就把内心的秘密向她坦露吗？不给，她会不会生气？很明显，她是想了解我藏在心里没有说出来的话。她的态度多明朗！可是……

我正在犹疑哩，果然，她嘴一噘，头扭到一边："哼，不给我看拉倒！——这本身就说明……"

说明什么？

好，看就看吧，反正，也许迟早总要让你知道。看日记比当面说要好，免得结结巴巴闹个大红脸，话还说不清。没想到，我正要伸手到挂包里拿日记时，她却两眼含笑地抢着说："哎，别忙。我先问问你：要是我无意中翻了一下你的日记本，哪怕是只看过一页，哪怕是只看过几行，你生气吗？"我说："不生气，绝对不生气。"问她是什么时候翻看的，她说：是昨天傍黑时，她趁我到村外山沟里的溪水边去洗澡，东翻西翻想找到我的脏衣服拿去洗，无意中从我装杂物的挂包里摸到了小本子，就好奇地拿出来翻了一下。"黄老师，不生我的气吧？"她亲切地问。

"你既然看过，为什么还要找我要？"

"因为，第一，我真的只看了几行。第二，是要试试你。"她忍住笑，大眼睛罗，亮得出奇！美得出奇！

"干吗要试我？"

"就是要试！"

"试出来了吧？"

"试是试出来了，哼！"

"哼什么？"我也学会了，忍不住要逗逗她。要她说出心里话："看了人家的日记还不高兴？"

"也高兴，也不高兴。"

"为什么？"

"因为……"红着脸弯下身子低着头。

"因为什么？说吧。"我也脸发热，心在跳，说得又柔和又诚恳。

"因为……"她的头更往下低，声音很嫩、很细、很柔："虽然只看过几行，也明白了……”

“明白了什么？”

她突然抬起身来大胆地、坦诚地望着我：“明白了，你也是又想走路，又不敢动脚。对吧？”

好半天，我们互相呆呆地望着。我忽然想起来了，她说“你也是”，那么“她也是”吗？就结结巴巴地拿这个意思来问她。她还在发呆，没有回答，像是在观察我的脸，又像是落进某种幻想里去了。“那么真的‘她也是’？”我在心里说。我多么想了解她啊！忽然，不知不觉又想起了她所写的诗，她的日记本。

“小李啊，现在，我该配看你那个宝贵的小本子了吧？”

“还、不、行！”

她不等我再问什么，起身就往门口走去。走到门口又转身看着我，忍住笑：“呆！”这才转身走了。

我真的又呆住了，深深地叹了口气。为什么总是笑我呆？为什么一到关键的时候就这么说，还要忍住笑？是笑我可笑吗？我这样，难道不正是你引起来的吗？你那样……哎，一种沁人心脾的温馨，一种无法说的感觉……

夜里，我好久睡不着。

她，聪明，机灵，活泼，美，还有一股大胆泼辣的味儿。……是不是有意逗着我玩？……不像。她不像那种轻浮的女孩子。逗着我玩还会一再地嫌我太呆气？并且，老是帮我洗衣裳，做事情，想得到，情意真。可是，为什么还“不配”？……

女孩子的心，真难了解啊！

我心里，很苦！

我能不顾一切地勇敢起来吗？不行啊！真的是，又欢喜，又担心，又顾虑。顾虑，顾虑，顾虑！同事们会怎么说？领导会怎么看？……出来搞巡回医疗，不全心全意为群众服务，谈恋爱！搞不正当的男女关系！

十月五日　在水淹坨

往后我索性把日记记得详细些。一是为了练文笔，二是为了给自己留脚印，三是也许总有一天要让她每个字都看到。

人生呀，人生！

为什么我总是掌握不住自己的听诊器？

我已经是三十一岁的人啦！

……

中午路过一个地方。两边是又陡又高的奇峰峭壁，当中是一条又窄又长晚稻初黄的田畈。除了路边的沟里有细细的流水声，简直静得有点森森的，好像是到了另外一个世界里。偶然有两三间茅草小屋藏在峭壁之间的凹凹里，被密密的树丛竹丛遮蔽着。我俩正低着头小心地走过一条很滑的烂泥路，忽然有一个清脆的声音像是从天上飞来的："同志呀，你们去哪里？上来歇歇嘛！"

哦，田畈到这儿变宽了，中间有个小山包，山上有几间小木屋。一个穿红小褂的俊气姑娘站在屋边的柴堆前，正是她手搭眉毛在喊叫。我和小李笑着谢绝了她。但她还是喊叫着，最后索性跑下山来，挡住了去路，一把抓住小李的手，眼里闪着兴奋的光，用熟练的汉话说："你们呐，真是！哪个工作同志路过这里不上去歇一歇？噫哟，还带着药箱哩，还是医生哩，要是我家有病人，就不上去看看病？"

有什么办法？我们只好跟着她走。

小木屋到跟前看并不小。屋侧边还有一溜矮猪圈。进门是小堂屋，很干净。姑娘把我们领进侧屋里，让我俩在小木头墩子上坐下来，意味深长地看看小李子，拉着手问她"几多岁"，小李笑着叫她猜，她笑着说："反正你们结婚没几天，你的年纪比我大不多。"小李的脸猛一下绯红了。姑娘又嘻嘻地笑，从火塘边端过来一砂锅红薯，一瓦罐热水，让我俩吃喝。又忙着刷锅、洗米、往火塘里添柴。小李看见她洗的米太多，就去拦挡她。她笑着说："你这同志真是的，就晓得我家没得别人要吃饭？"问她还有什么人，她又根本不回答。顺手从瓦钵里抓了一把米，一跳就出去了，在屋外咯咯咯地唤鸡哩。接着就是大惊小怪的鸡叫声。小李连忙把插在板墙上的菜刀拿下来，看见我正在开挂包，就笑着跳过来："噫，这回你倒是不呆！"把菜刀装进了挂包里。果然，姑娘提着一只大母鸡进来了，找不到刀，好看的眼睛对着小李闪了闪，没说话，又出了屋。一会，鸡又吱呀了两声。一会，提着一只杀好了的鸡进来了。小李看了我一眼，起身过去正要对她说什么，她做了个手势叫小李别说话，侧着耳朵听了一会，丢下鸡，又一旋身子跑出去。我俩好奇地跟出去一看：山下边田埂子上来了个老年人，白胡子，红脸面，扛一把锄头，真像画里的人物。姑娘大声用瑶话说了几句什么，老人却用汉话回答说："晓得罗。好哇，上级的医生门前过啊，不剁鸡鸭我难过啊，不喝甜酒我伤心啦，不喝醉了是外人啦。"

……这一顿饭啰，吃得真热闹！老人讲水淹坨的故事：过去是满沟芦苇茅竹，蚊虫满天飞，毒蛇满沟溜，"人过没命，鬼过没魂"。是成立农业社以后才一爿一爿开辟出来的。如今是属三个小农业社管，种时来人种，收时来人收，平时只留少数人看守和喂猪。姑娘细妹是老人的孙女，负责看守这一爿。细妹会唱瑶族的民歌，唱完一个又一个。小李唱现在流行的革命歌，真是好嗓音。我什么也不会，只会喝甜米酒，不觉得就喝昏了头。细妹也喝醉了，一定要逼着我和小李喝"双杯喜酒"，说这是瑶家的规矩——刚结婚的夫妻到人家做客都要喝几次双杯。逼得小李红着脸跑出去了。等她回来时，我早已吃完了饭，正在喝凉开水。她屋里屋外看了看，踮着脚尖进来，对着我的耳朵说："快悄悄儿走，要不，细妹早说了，要留我们住。"原来，老人和细妹都正在屋子那边喂猪呢。我俩连忙进侧屋拿起药箱和挂包，踮着脚尖出了门，借柴堆隐着身子，连走带跑下了山，又快步走了一会儿，回头一看，老人和细妹正站在山上看我们。我们就齐声喊："盘阿公，细妹，谢谢你们！谢谢你们！"……

一路沉默，各人想着各人的心事。我觉得，群众对我们这样热情，我真应该全心全意为他们服务，不应该分心想别的事。怎么更进一步服务呢？宣传卫生常识？语言不通，说不清，听不明。出主意改善生活条件？从古以来的积习加上贫穷，怎么一下子改得了？……哎，还有个她，老是叫我心魂不定。丢不开，丢不开，揪心啊！瞧，这会儿她的头低得那么低，在想什么？我真想知道，真想问她啊！……哎，这些时她跟我一样，瘦多了，眼睛显得更大了，真叫我心痛。何苦这样折磨我也折磨她？为什么不能像她所说的，学那个犁山的后生仔，正正当当的事情该做就敢去做？为什么不能跟她敞开心来谈一谈？像个比她年岁大得多的男子汉吗？……对，一定要找个机会，干脆把什么话都说清楚，结果怎么样，由她决定吧！

十月十四日　在路上

今天，机会终于等到了。

她，上山时走得太急，不小心被一块石头重重地绊了一下脚，摔倒了，磕破了右腿的膝盖。我担心了，问她伤了骨头没有，又问："愿意让我扶你起来吗？"她瞟了我一眼："亏你还问，呆！"我就大胆地扶起她来，让她柔软的身子靠在我的胸膛上，慢慢挪了几步，到路边一棵大树的树荫下。她坐下来，我从药箱里拿出药水药棉，她小心地把膝盖上的血擦净了，上了碘酒和药膏，包扎着。红着脸，睫毛一动一动的，是在想什么，不看我，细声细气地问我："你很累吧？"我说不累。"不累？刚才扶着我……干吗那样喘粗气，还心跳得怦怦响？"你呀，叫我怎么说呢？刚才你的心不也是跳得很响吗？你以为我这医生敏感的耳朵敏感的手觉不出来？你是有意地明知故问，想引得我向你倾吐吗？

是时候了！

我从挂包里拿出几张旧报纸铺在地上，让她舒舒服服地躺下来休息。

只有南国残秋知了的叫声，只有山风轻微地吹拂。没有行人，静得要命。四围的高山静静地护着我们，大树静静地遮着我们，天上的白云静静地飘向远方。诗意，人生在世有几回这样的诗意？而且，我们不是凭白无故地享受这种诗意，我们辛辛苦苦为人民做了工作，应该心安理得。什么叫内心充实？什么叫内心的期待？我看这就是……

"转过身去，别看我。"她轻声柔气地说着，同时闭上了眼睛。"我，也不看你。"

我好像明白了她的意思，真的转过身去坐着，心里又想：是时候了，不能再等了。

"我真的不再看你。不过，我们可以说说话儿吗？"

"安安静静地说说话儿，好极了，我愿意。"音调还是那么柔，像温暖的小溪流，嘤嘤的，清脆的，是鼓励，是期待。

我的心醉了。

"除了从我日记本上看到的，你还了解我别的什么吗？"

"你说的'别的'，是指哪些方面？"她停了一会才说出这两句话，大半是想了想。

“比方说，你知道我的年岁吗？”

她又停了一会，才说：“不知道。”

“未必就没有听见别人说过？未必从外表上也估计不出来？”

“不知道。”她还是那句话，不过声音更细更柔和，像是想笑没有笑出来。

“我再问问你：知道我为什么一直到现在，没有结婚，也没有恋爱过吗？”

“不、知、道。”停了一会又补充了一句，“真的，不、知、道。”

“你知道我为什么，总是呆里呆气的吗？”

“不——知道。”她把“不”字拖得很长。

“你什么也不知道！就知道回答这三个字！”我有些生气。想了想，又问她：“那你为什么，对我……”

“不——知道。”声音更是细极了。

“好，那就……拉倒！”我的心，一阵紧缩，一阵酸痛。

“嘻嘻，生气了吗？”

我一转身，看见她睁开了美丽的眼睛，在笑。脸，绯红，放光。胸脯起伏着。我的心，哎，……看到了希望！

“转过身去，别看我，不许你看我！”

我只得又转过身去。

“嘻嘻，实话对你说，我，什么都知道！”

“真的？”我高兴得心里猛地一热。

“再转过身去！不许看我！……这就对了。只要你安安静静，我就说，什么都说。”多好听的声音！多亲切的韵味！

“好，我保证不再看你，说吧！”

“你三十一岁了，对吧！”

“对。再过七个月就满三十一岁。那么，你多大？”

“十九刚出头儿。”

“你不嫌我岁数大？”

“你外表年轻，内心也年轻。要是嫌，我就不会要求跟你单独在一块儿工作。”

“呀！原来是你要求的吗？”

“是的。组织上也愿意照顾你。不过，其实也是愿意照顾我。”

我的心啊，又跳得快从口里蹦出来了！我真想，转过身去，抱住她，热烈地吻她。不过，我赶紧告诉自己：忍耐！忍耐！她在害羞呢。从声音听得出来，她在害羞，也许还会，恼我吧？而且，话还没有谈完呢！

“那么，你还、知道我别的什么吗？”

“还知道，你为什么一直没有女朋友。是因为，事业心，太强，太用功，想有所创造，有所发明。所以，精通了英语，还想精通德语，现在又正在学中医。对吧？”

“呀！你是怎么知道这些的？”

“嘻嘻，你以为我每次到你的住处去，完全是为了向你提问题，为了学习吗？你满屋子都是书。连桌子下面，床铺下面，都堆满了书。你的工资都买了书。在食堂吃饭，你总是买最坏的菜，一点也不管身体的需要。我还知道，你跟漂亮女孩子接近爱红脸，连跟我……接近也……所以，根本就不会交朋友……”

“哎呀！你……！可是，别的女孩子都嫌我太呆气，你就不嫌？”我说着说着，忘了神，猛地转过身子去，无限感激地望着她。

“不……”她咬着红嘴唇忍住羞，微笑着摇摇头。脸儿更红，更亮，更美；眼也更大，更亮，更美。

“那，你干吗老是说我呆？”

“你猜猜看，奇怪吧？”更加忍不住笑。我看得出来，她是自我满意的笑，幸福的笑。

“哦？也许你，喜欢的就是、我这种呆气？”

“也对也不对。只喜欢你、老实、憨厚、朴实，还、有趣儿，嘻……”

“你呀！嗨！”我真想扑上去。

“快转过身去！”她连忙说。“不！”这回我没有听她的话，笑着，看着她，“坚决不！”

她赶紧闭上了眼睛。想板脸，没板住，嘴角上还是现出了幸福的笑味儿。但很快一动，侧过身去，用背对着我了。

“看我可以，可不许动，要不我会生气的。”是认真，又像是噘嘴撒娇的味儿。又用严厉的口气说：“真的，绝对绝对不许！”

我只好呆呆看着她侧面的脸，她的圆圆的后颈，圆圆的肩膀。还说什么呢？……可见，为什么她——已经说到这样程度了，还不允许我……还口气那么严厉……哪怕是捏捏你的手也好啊！……也许，你心里还有什么……要是能够知道你的内心秘密，是多好！哦！忽然想起来了，日记，你的日记！

“好小李啊，我再一次要求：把你的日记，你写的诗，给我看看吧，现在总该是时候了吧？”我简直是哀求。

“不，现在还不行。”她扭过头来睁开眼睛看了我一下，又赶紧转过脸去。

“难道现在，我还不配看吗？”

“因为，我正想写一首很长很长的诗，现在还没开头，怎么能给你看？”

好姑娘啊，你，是在我心坎上写诗呢！

我就这么呆呆地看着她，一点也没有注意四边的高山在静静地肃立，一点也没有觉着树下的阴影在静静地移动。

忽然，她又扭过脸儿来，微笑的嘴唇噗嗤了一声，用一种很特别的眼神注视着我。

“啊，你，真是个好人！太好了！我更加，喜欢……不过，千万别扶我，我自己会起来，自己也能走。”

她真的一勾身就坐起来了，又扶着身边粗大的树干站起来，又回身打量了一下大榕树那虬虬结结的大根杈。

“这老树真好，我一辈子也忘不了它。”又一甩辫子，天真地轻轻地说：“我的长诗的第一句就是写在这树荫下边的。”又转身看了我一眼：“你说说，人，不是就应该这样活着吗？多好！多好！多好啊！嘿嘿……不过千万别扶我，我能走。”拐着腿径自走了几步，又一回头：“你以为我真的需要歇这么久吗？嘻！”头一低，脸一红，白牙咬着下嘴唇，又继续往前走。才几步，又笑着回头看看我：“干吗还坐在那儿不动？真是，呆！”又转脸低头忍住笑。

我咬着牙在心里狠狠地说：“我太——爱你！太——爱你！”这才一愣

神儿醒过来，连忙拿起我和她的挂包，还有药箱和报纸，激动地喘着气，三步就赶上了她。

“好小李啊，我太……”

“太什么？说吧！”

“不，我不说，也说不出。我，不明白……”

“等我把长诗写好了给你看，你就明白了。不过，我，很明白，很满意，我谢谢你。不过，现在你别说话，别想这想那的，走路吧！”

我只好沉默，只好不声不响地跟着她走。可是，不想是不行的。她刚才的一言一笑，神情姿态，都在我心里重复。等着吧！耐着心地等着吧！——她，还没有完全……没有完全！

直到我写这篇日记时，她的可爱的一言一笑还是如在眼前，哎，太美好了！

她说得对：人，就是要这么活着。也许，这就是诗？可是，我不相信这样的诗能够写得出来。

不论怎么说，今天我总算学会了向她表达感情了，我很满意自己。我不再是呆气十足的人了！

十二月二十五日　在茶岩村

算起来，从那次大榕树下的一场谈话——一个美好的梦，一晃又过去一个多月了。我真怕那真的不过是一场梦。因为，从那次以后，她不光没有比以前跟我更亲近，更随便，反而变得比以前严肃了一些，不再跟我谈心，也很少像过去那样对着我笑。好像不那么活泼了。有时还皱着眉毛尖儿，好像心事重重。我几次试探着问她有什么不高兴的事，她总是说：“别问，别管我！”话音刚落，或者转身就走，或者只顾忙她自己的事，连看也不看我一眼。可是，不管我把脏衣裳藏得多么巧，她总能搜出来。有一次我想把衣裳从她手里抢过来，她竟然要起态度来：“别抢！住手！你这是干吗？你自个会洗衣裳吗？你洗过的衣裳像是洗过的吗？”紧绷着脸，走了。为了洗衣裳，有时还要自个去挑水呢（说我不会挑，坚决不让我替她挑）！每次，我在村里看完病人回到房东家里，总是看见桌子上有一碗凉开水（她知道我爱喝凉开水——一口气灌下去），怕苍蝇弄脏，用碗盖着。有一次，发现我脚上的帆布胶底鞋破了个洞。晚上睡觉时，她来了，不声不响地拿走了。第二天一早我起床时，鞋在床下搁得好好的，补得好好的。连我的臭袜子、裤衩，她都拿去洗。好像越是心事重重就越是对我照顾得周到，越是照顾得周到又越是心事重重——我看得出来，我并不是她所说的那么呆。二十多天以前她趁着离队部驻村近，独自回去取了一趟药，捎回去我写的一份工作汇报。是不是因为那次在队部听到了什么闲话，所以才不愉快？她不是说，对于正正当当应该做的事情，就应该勇敢地去做吗？有组织上的关心和支持，别人的闲话，怕什么？有两次我想跟她谈谈，她说："对不起，我现在没工夫，你也该休息。这些日子你又瘦多了。"就走了。

我是瘦多了，你不是也更加瘦了吗？

你洗得净我的衣裳，洗得掉我心里的苦味吗？你补得好我的鞋子，补得好我心里的空漠味儿吗？

你呀，我真不理解！

十二月三十日　在路上，在上坪村

南国高山地区的初冬时节竟然也下雪霰子。雪珠子夹雨丝子，真是"凄风冷雨雪销魂"——这是她随口说出来的诗句。真是诗句，真好。可是我没有夸奖她。我猜想，也许是我诚恳老实的热情会激起她的骄傲。据说，天赋很高的漂亮女孩子多半是容易骄傲的。

我俩是在一个五户人家的无名小村，在给一个孩子治重感冒，已经三天了，今天病儿已经退了烧。下午三四点钟时，我正在翻着一本随身带着的德语简用词典，突然从门外闯进一个人来：中年，大个子，头戴笠帽，身穿簑衣，一进门就用夹生的汉语喊起来，嗓门大得震耳朵。原来是他们村有个得了怪病的病人，区里的卫生员治不好，幸亏打听到我们"上级派来的医生"在这里。他所说的病人的情况确实很严重。我和小李连忙收拾了一下，给病孩子留下了几包药，嘱咐了孩子的爸妈一些话，大个子抢着替我俩背起了挂包和药箱，就一起冲出大门出发了。

风真猛。雨里的雪粒子打着脸，打着雨衣。大个子在前面走得飞一样快，断断续续地向我俩自我介绍说："我姓伍，是上坪村的支部书记，土改根子，壮族……”山坡石路有不少地方结了冰，很滑，特别是下坡，稍不注意就滑倒。我下了狠心，上坡时拉着小李的手，下坡时扶住她的胳膊。这回她倒是没拒绝。她的小手是多柔软！她的神情是多温顺！不，她不是骄傲，不是瞧不起我。天气很冷，我的心却很热。我感觉得出来，她很满意我像这样爱护她，她心里一定也很热。我又感觉到了那种温馨的、沁人心脾的、柔和纯洁的、似香又不似香的韵味。有时她不能不靠在我的肩膀上一步一步慢慢滑，她呼出来的气息被风吹到我的脸上。啊，你真的把心交给我了吗？——我真想在她的耳边小声问，可是几次都忍住了，后来终于想到了另外的说法：“告诉你：我真希望我俩就在这样的路上永远走下去！”“真的？”她非常高兴地小声问我。“真的！”我用力捏了一下她的手。“我要记住你的这句话。”她也对着我的耳朵说。我说：“你记住吧，我希望你记住！”她闪露了一下白牙，笑着点了点头。我又紧紧捏着她的手。啊，这就是幸福！

天快黑时爬上了最后一个山坡，绕过了一片杉树林，一个尖笋一样孤立的小石山突就挡住了风。

“托共产党的福啊！”前面迷蒙的雨雾里突然响起了一个颤抖的苍老的声音，我感觉像是山在哼，地在喘。接着，雨雾里出现了一个人影子，一歪一趔抢过来，先碰见伍支书，说了两句话，又抢过来抓住小李的手：“到底找到你们啦，托福啊！”原来是两个多月以前在水淹坨招待我俩吃饭喝酒的盘阿公。我和小李一边一个扶住他，向伍支书的后影追上去。走进了一个雾气腾腾的大山凹。浓密的树丛，一个个屋角，几点灯光，声声狗叫。最后，走进了一间挤满了人的屋子。

病人原来是在水淹坨熟识了的盘细妹！

她躺在床上，脸面苍白浮肿，双眼翻白，手脚抽搐，发高烧，说胡话，断断续续地问：“水淹坨，哪个替我？”小油灯的光太暗，我拿着手电筒照着，小李给她打了强心针，停了一会又给她注射了一针吗啡，她才渐渐地合着眼睛安静下来，但心跳还是很不规则。满屋子的人这才透了口气。一部分人说着放心的话，走了。一部分人争着告诉我们病人是怎么积极劳动，怎么连着熬夜护理刚生的小猪仔，怎么受冷受累得了病，怎么瞒着不告诉盘阿公，直到昏倒在猪棚里……“得亏上级派来的救命神啦！”盘阿公不断地重复这句话。只有我和小李知道，细妹只不过是有得救的可能，并没有脱离危险。当我发现了一个严重的问题时，正在给细妹喂药的小李急得立刻眼里汪出了泪水，痛苦地望着我："黄老师，怎么办？如果是要血，我们有；如果是要肉，我们有；要这种特效药，到哪里去找？"我也急得在屋里团团转，全身都冒汗。到县医院去拿药吗？伍支书说，山区人稀县大，县城离这里六七十里，山险路滑，人走费力费时。打电话得到公社去，也要爬二十里山路。即使电话打通了，县医院的急救车也走不了这样的路，而且这村也不通汽车路。只有走二十里到桐树矿山医院去拿药。伍支书一个人去人家肯给吗？我看见，小李瞪着大眼睛看着我，是期待，是鼓励，是深情。

好，我决定了！

火塘上的鼎锅里有现成的玉米饭。我跟伍支书都急急忙忙扒了两碗，我穿上雨衣，带着工作证，拿着电筒，老伍披上了簑衣，我们一起出了门。

这二十多里的大山路啊，比预先想象的要艰难得多。两台坡，又陡又滑的黄泥路，摔得我满身泥。九台岭，有个俗话："十里路的老虎牙，不断腰骨也断脚颈。"路在峭壁悬崖上，尽是尖崚低坎，比玻璃还滑，风猛雨密，电筒也照不清楚，不小心就得掉下悬崖去，所以走得很慢很慢。到最险的地方，伍支书只好背着我走。奇怪，不论多么难走的路他都走得稳稳当当，到底是走惯了山路的种田人。身背也硬邦邦，像铁柱子一样。他还不断地鼓励我："莫歇，一歇心里就散了力，就不想走了。走了一半就不走，好比耕田一半就杀牛，么样能够干革命？"

忽然，老伍大声喊起来："莫急，快到了！"群山立刻响起了回声："快到了！快到了！"声音传得很远很远。

真的，风雨小了，夜色变样了，看得见山峦深深浅浅的影子。天上的云跑得非常快，山头山凹的雾气也跑得非常快。

我无限惊奇地看着这黎明时的景色。肺部扩大了，胸部挺起来了。

哎，前面那片深洼地上有些白点子。一会，连红色的屋顶也看见了，原来那就是桐树矿场的宿舍哩。我无限高兴，真想伸出双手对着那里喊起来……

十二月三十一日　仍在上坪村

回到上坪村，已经是新的一天将近中午了。盘阿公又是早在村边的路口上等着的，老远就几步扑过来抓住了我的手，又是连声哼着“托福啊，托福啊”。在耀眼的阳光下，老远就看见大门口站着个人，红毛衣，黑裤子，黑头发，白脸面，大眼睛对我全身上下闪了闪，一转身，一低头，抹了一下眼，又进了屋。屋里，早已是洗脸水搁在板凳上，手巾搭在脸盆边，两大碗开水搁在桌子上，饭菜熟在鼎锅里。人呢，还是低着头，一看就知道是一夜没合眼，不声不响从我手里接过药包去，转身就往细妹床前走。其实我已经看见了，她眼里有泪水。我心里一热，只觉得头有点昏。摸了摸细妹的脉，放了心，赶紧一口气喝了一碗水，脱掉了湿雨衣，然后往盘阿公的床上一倒，很快就昏昏沉沉睡着了。起先还模模糊糊觉着有一只柔软的手好像在摸我的脉，很快就什么也不知道了。不知道过了多久，又模模糊糊觉着一只脚在发热，像是做梦踩在棉花上。又觉着，小腿上，脚背上，脚掌上，有个温热柔软的东西在移动，好像又梦见有一双手在摸我。我一惊，醒了，使劲睁开了眼。啊，是她，在给我洗脚呢！

“躺下！别动！接着睡你的觉！”低低的、命令的、柔和痛热的声音。

我一翻身坐起来，两只脚同时往床下的盆里一浸，心里说：“好姑娘啊，我怎么能叫你给我洗脚！”她倏地站起身，辫子往背后一甩，不提防我正低身去拿手巾，辫子正好甩着了我的脸。她一惊，又噗嗤一笑，两步跳到火塘边，拿起饭碗就盛饭。穿鞋时，我又发现，鞋洗了，烤干了。又发现雨衣上的泥也刷干洗净了，晾在屋角的竹竿上。

鸡肉、米酒、玉米饭，我吃了一个饱。这才明白过来了，原来我太疲劳了，睡了大半天，现在天黑已经很久了。老人倒在为我准备的地铺上睡着了，细妹也在床上睡着了，墙壁上挂着一盏小油灯。她，坐在矮凳上，背靠着细妹的床，合着眼迷盹一会，睁开眼来看看我，又迷盹一会，又睁开眼。她的心没有离开我，我的心也没有离开她，也许这就是俗话说的“心连心”吧？我搁下饭碗，从火塘边拿了个小凳，踮着脚尖走过去，想挨着她坐一会。她醒了，小声说：“别惊醒了细妹！”我也小声说：“那，你去睡，我守着，我睡够了。”

她听话地走过去往床上一倒，扯过被子往身上一搭，很快就响起了匀细的鼾声。我摸了摸细妹的前额，不烧，微汗，好，然后拿起小凳，踮着脚走到床边，立刻就呆住了。她睡得多香，多美！可惜，灯光太暗，看不清她的脸。但是过了一会就看清了，也许是用我的心看清的吧。漆黑的头发搭在雪白微突的额角上，长睫毛弯成了好看的两条线，嘴唇裂开，露一点白牙。天真、纯洁、憩静。我的心，也安适极了，甜美极了，痛热极了。我对自己很满意，因为昨夜没有辜负她的希望和鼓励，为人民做了一件大好事。她知道我很诚实，所以在这样的静夜里坦诚地信任我。她知道我呆呆地守在身边的吗？知道我在细细地看她吗？我成了她睡梦里的保护人！但愿以后永远永远……啊，真没有想到，我这个呆气十足的人能够得到这样姑娘的心！……可是，要是以后万一不成呢？不！不可能！绝对绝对不至于！因为我的心是这样诚挚！因为她的心也是这样诚挚！因为诚挚的心必定能够得到诚挚的心！她对人民的心是那样好，对病人的心是那样好，怎么会忍心害我呢？……

忽然，我从痴呆里醒过来。原来是两条腿站累了。只得紧挨着她的头边坐下来。没想到这样反而看得更清楚：是半侧面，显得更可爱，忽然又一惊，回头往屋里四面一看，老人和细妹都睡得熟极了，根本只有我一个人是醒着的。夜，静得连狗叫的声音也没有。……但是，小油灯的灯光闪跳着，闪跳着，暗下来了，大概是灯油烧干了。我的眼皮也沉重了，睁不开了……

新年元旦　仍在上坪村

醒来时才发现自己是枕着手臂趴在床沿上睡了一大觉。天已大亮了。想活动下枕麻木了的手臂，发现背上搭着两件雨衣。原来她早已起了床。起身一看，细妹睁着大眼睛躺在床上，老人不在屋。她，独自坐在火塘边，在小本儿上写什么。我搁下雨衣，走过去问细妹感觉怎么样。她告诉我：夜里出了透身汗，天亮时小李给她喝了一碗玉米粥，现在觉得很舒服，只是想念水淹坨的小猪仔，希望能够快点回水淹坨。“像你们这样尽做救命的事，几好的哟！我要是有做你们这样的事就好了。”可惜她自己只上过两年半小学，可惜她们这里没有“大学校”，可惜她的爸妈死得早。她很衰弱，说话费力，但她很愿意说话，一定要我坐在床沿上听她说。

“细妹，好好睡，莫说话。”小李走过来说。

“我要你们在这里住一年，给你们屋，给你们吃，我用力生产，养你们……”

“好好好，我们不走。不过你现在要听我的话，好好睡，莫作声。”

细妹真的不再说话了，合上了眼睛。

小李又回到火塘边去记日记。我舀了一盆水，洗漱完了，走到她跟前去。她真聪明，就知道我是要邀她出去走的，起身把本子钢笔装进挂包里，看看细妹睡着了，又拿过雨衣来示意叫我穿上，她自己也在红毛衣外边罩上了褂子——因为早晨外边天气冷，就跟我一起出了门。

空气真新鲜，天空像洗过的。一些冬天也不落叶的树，被露水浸得像翡翠一样绿。这南国山区的气候真是怪，冬天里有春天，春天里有夏天，夏天一下大雨和冰雹，又立刻变成了秋天。鸟儿们习惯了这种气候，一年四季都同样地叫得怪好听。这里好像根本就没有候鸟。连母鸡也特别，差不多隔一个月就要上一回“抱窝”孵蛋的瘾。瞧，那一群鸡里就有一个想抱蛋的鸡，张着毛，不停地咯咯咯。农民们大概都下田去了吧，除了挑水的姑娘媳妇，见不到男人。一个挑水的小姑娘主动告诉我们，她看见，盘阿公天刚亮就翻过后山去了。我俩想到，是应该去叫阿公回来吃早饭了。玉米粥昨天夜里就在火塘里煨好了。村后是一片竹林，林中有僻静的小路通后山，后山并不高，是土山，坡也不陡。进了竹林以后，我心里一热，冲上去就想抱住她。她一躲，却被砍断了的竹签子挂住了裤脚，到底被我抱住了。

“别！可别！”她想挣开身子，“不许你这样！绝对不许！”

我松开了手，但还是紧紧地捏住她的手，苦涩地说：“小李啊，好了啊，你，知道昨天夜里我在你的床跟前站了很久很久吗？”

“知道，”她低着头，红着脸，嘤嘤地说。“知道，我早晨看见你趴在那儿睡着了，就猜到了。”

“那么，我是非常尊重你，痛热你吧？”

“是的，你是最好最好的人。”

“那么，你爱我吗？”

她没有回答。

"那么,我,不爱我吗?"我的声音发颤了,我的泪水涌出眼眶了。

"爱……"声音低极了。

"好哇!那么,你觉得我是真心的,深深的,爱你吗?"

"是……"

"那么,既然我们两个都相爱,我亲你一下就是正正当当的事。你不是说过,只要是正当的应该做的事,就应该勇敢地去做吗?"

停了好一会,她才笑了:"嘻!你把我的话记得这么清楚!"

"你的每一句话我都刻在心里了!"

"只是亲一下吗?"她终于仰起了脸,用亮得出奇的眼光看着我。

我没有回答,用不着回答。刚刚扬起了手臂,她就扑在我的怀里。我全身颤抖。她眯着眼,红着脸,羞怯、热情、温柔。

啊,从未有过的人生的体验!是情的交融,心的熨帖,魂的飞翔,难以言说的温馨,无法形容的诗意。

一只小鸟突然噗的一声落到竹枝上,吓得我俩猛一下分开了。

她害羞地看了我一眼,我也感激地看了她一眼,相对一笑。她掏出手绢来擦脸颊。

千言万语都在这一笑中,所以不必再说话,只需要默默地往前走,只需要细细地去回味。

但是,出了竹林上山坡的时候,又说话了,是她先开的头。

"嘻,你刚才说了多少个'那么',真像是在课堂上讲课呢,只不过是没有板着脸。真呆!"又笑着,跑开了,想躲开我。

"你又调皮,又逗我!"我又爱又恨,追她。

她远远地站住了脚,绯红着脸,笑着问我:"那么,你知我为什么要对你调皮吗?告诉你:我是要逗掉你老师的尊严,老夫子似的板脸孔,还要让你这个书呆子开窍儿!嘿嘿嘿!"

她又跑,我又追。到跟前了,她站住了脚,摇头,喘气。

"别再这亲,千万别!只能一回,只能!好老黄,真的!"

"啊,你叫我老黄!早就该这样叫!太好了!"我无限高兴。

"那么,你叫我什么?还是叫小李吗?不过,别回答我,别。不过,是不是叫我小娟娟？我喜欢……不过你还是千万别回答！千万别，我不要回答！”

“你的‘不过’真是多，比我的‘那么’还要多。”

“多几个‘不过’有必要。因为，因为，”她又使劲喘着气，“因为我要，克制自己。我不能，不能……”

“为什么要克制自己？为什么不能？”我心想：真奇怪！

“因为，还要等以后……”

“这么说，咱俩的事还不能，定？……”

“嗯。”她突然眼泪汪汪，默默地点点头。

“好小李啊！你为什么，总是一说到要紧的地方，就，以后？要看你的日记，以后。要看你的诗，以后。今天咱俩的感情到这样程度了，还是，以后。你，眼看就要办毕业手续，就要分配工作了。你未必没有想到，咱俩的关系跟你分配工作，有关系吗？并且，我是个轻易不动感情的人。多少年来，我是极力避免对我所喜欢的姑娘们动感情，就是因为，我不会交往，更重要的是，我怕，怕我自己太多情，太真挚，一陷进去了就揪心揪肺，万分苦恼……你，害得我好苦啊！”我说着说着，没有注意什么时候坐下来了，抬不起头来——不愿意让她看见我眼里的泪水——我这男子汉的软弱，而且是一个比她的年岁大得多的男子汉。

可是她也在我身边坐下来，用手把我的头扶得仰起来，也泪水汪汪地看着我，然后又转过身，低着头，沉默了好半天才说话，声音很细很低，有点哽涩味儿。

“好黄老师，好人，亲爱的，别这样。要知道，我心里也很苦。我也知道，我俩都到了紧要关头，时间实在太紧迫了。可是我，害怕把要紧的话说出来。因为，事情的最后决定不在我，而在你，如果当面说出来你不能答应，我更加忍不了。真的，当着你的面，我会更忍受不了啊！……”她真的颤动着肩膀啜泣了几声，但很快就忍住了。最后，又站起身来，低着头默默往山上走去。

我也默默地跟她往山上走。心，紧缩，滚热，疼痛。头，有点昏……莫非我这个人真的是，天生的不能跟心爱的姑娘谈恋爱？是的，从初中三年级起，就不能看悲剧性的爱情小说，每回看了这样的小说都是好多天若有所失，有一次甚至于一个多月不跟同学们说一句话。从那时起我就知道了我的弱点，就知道了今后在婚姻问题上的命运。……可见现在，我能退出这情网来吗？不能啊！为了我，不能。为了她，更不能。她，明明白白地也在为我受苦呢！……那么，她为什么……？是不是因为她早已有个相好的朋友，所以虽然爱我，却丢不开他？……不对，她刚才还说，事情的最后决定权在我这方面呢。……那么，是不是，她，由于年幼无知，曾经做过错事？如果真是那样，我可绝对不是心胸狭小的人，绝对能原谅她，而且会更加痛热她——因为她把这件事看得如此严重，并且终于在一定的时候对我坦诚地说出来……不过，不像。因为她还是这样天真、活泼、愉快、多情，即使做过错事，仍然能够保持这样天真纯洁的天性，正足以说明她的气质是多么美好。……所以，我决不能退却，相反，我的内心深处告诉我，应该更深更深地爱她，痛惜她。……是的，我明白了，明白了：一个人即使一辈子只像这样深深地爱一回，哪怕最后终于要失掉这种爱，也是万分值得的。因为，甜美总是伴随着痛苦，不经痛苦不知甜，不经甜美不知苦。一辈子哪怕只经历一回这样的甜美，就必定会永远不忘，永远回味。……受过痛苦我才会更加理解别人的痛苦；得过甜美我才会更加希望别人幸福。是的，要像这样铸造我的人生！所以，我应该绝对地体谅她！绝对不要责怪她！绝对耐心地等待她！而且，正像她所说的，而且我也这样认为，事实上时间不会太久的。很可能就在这几天，我有这样的预感，她有这样的暗示。有些互相钟情的男女一等好几年，甚至十几年，我连几天也等不得？那就太自私了！我算体会到了，光为自己着想就是自私。既然她要我等，一定是有必要，为什么不为她着想呢？她不是也很苦吗？我越急，她不是就会越苦吗？我怎么能忍心增加她的痛苦呢？……说到自私，嗨，人们都说爱情是自私的，爱情就是有支付必定要收入，爱情就是互相占有。这话对吗？我看不完全对。为了爱她，我可以多多地付与！……

“黄，黄老师，你！……”

她的声音突然把我惊醒了，这才发现，自己不知怎么竟一个人坐在这里发呆呢。

“我慢慢走，等你，回头看了你好几回。别发呆了，别生气了，上来吧！”

她苗条的身影笔直地立在高处，外衣搭在手臂上，背后一块蓝色的大石头衬着鲜红的毛衣，真像一株挺立在山上的鲜花。微凹的大眼睛在漆黑的头发帘儿下边闪亮，那期待的眼神，那纯真的意味，多么动人！能够爱这样的姑娘，并且她也知道我爱她，并且事实上她也深深地爱我，这岂非已经就是极大的幸福吗？

我无限兴奋地站起身来，向她跑去。

“是我害了你……”等我到了跟前，她低着头小声说，

“不对！”我连忙说，“你，给了我很多很多。”

她抬起泪汪汪的眼睛惊奇地观察我。

“这么说，你是想通了吧？”

“想通了。”

“真的吗？”还不放心。

“一百个真！”我真心地笑了。

她立刻也笑得脸儿开花，双脚一跳：“好哇！”深情地看我一眼，又低下头来抹眼泪。可是眼泪怎么也抹不干，就索性往旁边走了两步，背过身去，掏出手绢来擦。好久，才平静下来，转过身来，又亲切地感激地看我，观察我。

“怎么想通的？现在愿意说说吗？”

“不，现在不愿意说。”

“现在不说也好。反正我知道你是个再好不过的人！”

我心里热得烫，情不自禁地拉着她的手。她没有拒绝。是回去还是上山去？我们在外边耽误得太久了，也许老人早已回去了吧？可是两人都兴致未尽，就默默无言地向山上走去，不知不觉就上到山头上了，呀！我突然吃惊得呆住了。她，也微张着嘴唇，呆住了！

山下眼前，好一派动人心魄的场景！

三面是插入云霄的陡壁奇峰，白云在峰顶上缓缓飘动。奇峰环抱着一个大山坳子。一道道石头砌成的灰黄色“城墙”，一道一道高上去，顺着山形地势，弯环曲折，雄伟矫健，把宽大的山凹填成了无数座梯级，在山脚山腰绕成了无数道铁箍。真是气魄宏伟的图画啊！层层梯田上都种满了

各种各样的果树，黄绿间杂，映衬着灰蓝色的石山，真是好看。几个月来所见到的都是山坡上席片似的“挂地”，山脚下玻璃块似的梯田，哪见过这样的大面积多层梯田？这是人的创造？是传说中那个不怕艰难的后生仔的创造！

她在我身边长长地嘘了口气，向前面伸着双手，像是要呼喊，像是要指挥一个大的合唱团。但我倒觉得，这奇特的景色把她衬托成了一个女神，一座雕像。但这个雕像又是童话里的活人。我猜得不错，她会向我转过脸来的，她真的向我转过脸来了，因为她不可能没有感觉到我对她的注视，因为不可能不对我发泄感情：“哈呀！你不觉得好吗？太好啦！”

我没有回答，因欣赏她的神态而忘神，因赞赏她的热情而微笑。

忽然，她尖声喊叫起来：“哎呀！你瞧，那不是盘阿公吗？”

我朝着她所指的方向看去，果然，最低的没有种树的一块地里，石墙下，黄土中，有个白头黑身的人影子，正是盘阿公。我冷不防拉着她的手，顺着一条小路飞快地往山下跑去。

……

“……那年，土改工作队的一个同志说，这里从前是大海，水浪流，水浪涌，把黄泥跟石头涌到这山凹里来。涌得石头磨石头，就磨成了无数的圆蛋蛋，光蛋蛋，大的像黄牛，小的像鸡蛋。那些年，还有皇帝呢，还有瑶王呢。瑶王就住在我们上坪村，有个瑶王府。那一年，瑶王的阿爸归了阴，要葬在那边那个大山腰，说是那里风水好。天热，十天半月雨不停，满山烂泥，棺材大，抬的人多。山脚没有路，山腰路太窄，坡又陡，不能走。哪咋办？瑶王叫人开了仓，把陈玉米，稻谷糠，稻禾草，玉米秆，硬是在这黄泥滩里，蛋土堆上，铺了一条路。……嗨呀，自从解放梯改，打倒了瑶王，我们就来这里造啦地……嗨呀，地里的圆蛋蛋石头太多啦，树木长不好。我，一有工夫就来捡石头，捡石头，捡了几多年。今天细妹的病好了，我高兴，捡石头捡得忘了时间了。……”

——这是盘阿公在地里对我和小李说的话。

（这篇日记太长了，写了一夜，天快亮了，又累又困，只好简略）。

……

“老黄，黄老师，你不觉得我们的人民很伟大吗？”

“我觉得，人民的生活很落后，知识很落后，力量很巨大，毅力很巨大。”

“黄老师，你想过没有？只要人民真正地明白了他们的需要，他们就会迸发出很大的力量来。对吗？”

“很对！”

“如果我们能够成为人民最需要的人，我们就是生活得最有意义的人。对吗？”

“很对！”

“你是说，很——对！是吗？”

“是的。我说，很——对！”

“好！我可以死死地记住你这个‘很对’！”

“干吗要死死地记住？”

“有两个必要。一个，我要把刚才的思想体会写到巡回实习的总结里去。第二个，更重要，不过现在不告诉你，以后……”

“我知道你又要‘以后’，我下了决心，等着！”

“嘿嘿，不会太久的，也许很快。你想通了，愿意等着，太好了！我真……喜欢……！”

——这是在回来的路上，小李跟我的一段谈话。

（盘阿公在前面领路，我俩在后面小声说，阿公听不清也听不懂我们的话。）

……

“……我好了，又能劳动了，刚才我就是在想，我要做很多很多事。李姐姐，以后我要叫你姐姐，是亲姐姐，我要拜你做姐姐，还要叫黄老师大哥哥。我到老到死也不会忘记你们的！……”

——这是我们回到屋里后，细妹坐在床上喝完了粥，拉着小李的手，泪流满面地说一段话。

（细妹说得很长，很动情，我记得很简单。）

……

“小李，上午你听细妹说话时，为什么听几句就回过头来看我一眼，什么意思？”

“老实告诉你吧，我是看你是不是受感动。”

“难道你还不了解我吗？”

“了解，非常。我不过是想又一次证明我俩的心都是滚烫的，是应该永远贴在一起的。”

“就是应该永远永远贴在一起！……”

“喂，好人，现在别说这方面的事。现在我想说的是，这些时，你还没有完全了解到我们少数民族千年万代受过的苦。你还不知道吧，我也是少数民族，是壮族的后代。我爸是1928年参加地下党的老党员——就是为了要解除我们人民的苦。白色恐怖，工作紧张，他结婚很晚，1934年才跟我母亲一见钟情。1938年反动派迫害得他在故乡站不住脚，去了延安。那时我刚满一周岁。我妈也是地下党员，1942年她被反动民团杀害了。那时我才五周岁，是一个农民伯伯收养了我。所以我很了解我们少数民族农民的苦。解放后我爸找到了我，把我领到北京，亲自教我，两年半我就自学完了小学课程，以后上中学……不过，我们不谈这些吧，谈点高兴的事吧。今年我们过了一个多么有意义的新年啊，你说是吧？”

“我早就想到了，特别是跟你……我特别特别地感谢你！”

“好人啊，除了爱情，还有更重要的东西，我们刚才不是正谈到重要的东西上了吗？对你说，我爸就是因为想给南方的少数民族做点事，所以几年前才要求调到南方来工作。可惜，他现在老了，身体不好，要退下来了。人，就是应该这样，哪里最需要就到哪里去。人活着，成为人民最需要的人，祖国最需要的人，就是重要的意义，就是更高的幸福。你说是吧？”

“对！很对！不过，你呀，好像是在给老师上课呢！”

“我也许真的是给你上课。嘻嘻，不高兴吗？伤了自尊心吗？哈哈！不过，你这个‘很对’我又要记住。为什么要记住，也要以后再说。哈哈！……”

“你笑吧，笑吧，希望你笑，笑得真——好看！”

“哎，讨厌！我不喜欢你这样说！我以后再也不对你笑了！……不过，嘻嘻，你要是愿意看我笑，就记住你刚才说的那个‘很对’吧！”

——这是晚饭后她跟我在村边散步时我们的一场谈话。

（她对童年时候受的苦说得很多，我只好记在心里，不能都记在日记里。)

元月二日　告别上坪　在路上

早晨起来,洗漱完毕。我正伏在桌子上补记昨天未写完的日记。小李从东邻家她的住处来了,也带来了她的日记本和小钢笔,竟坐在我的桌子的另一边,也写起来。她跟我同在一张桌子上写日记,这是头一回。今天她是怎么回事?她低着头只顾写,笔尖动得飞一样快,一点也不注意我在好奇地观察她。头发很浓,梳得很光亮。左额上的一绺儿黑发有个天然的小波浪,像是烫过的。低垂着上眼皮,长睫毛像两弯黑绒绒,微微地一颤一颤的。拿笔的小手又白又柔嫩,小手指弯着凸出来,又天真,又好看。"别发呆,写你的!"她小声说,没有看我,没有停笔。我只好又把脸朝着日记本。可是我半个字也写不出。又有一股温馨的味儿在感染我。我不由得要悄悄地把日记移近她一点,身子也微微倾过去一点。是鸡肉的香味吗?老阿公正守在火塘边吸旱烟,炖鸡肉。不是。这温馨味儿我熟悉,而且只能用敏感的心才能感觉得到,而且只有挨近了她才能感觉得到。与其说这是一种气息,不如说这是一种意味,一种意境,一种沁人心脾的意境。我忽然想到了"心有灵犀一点通"这句唐诗。"灵犀",大概就类似这种温馨柔和神魂敏感的意境吧?

双方都感觉到了,所以叫"一点通"吧?那么,她,是不是也……"嘘!"她又抬起头来,示意我不要这样呆气,不要说话,又往门口一指。

原来,细妹不知什么时候蹭下床来,不知怎么走到了门口,呆呆地靠着门框,朝阳映着她小巧的身形。

"太阳几好的哟!我好像,从哪个别的世界,又回来了哟!人,活倒,是几好的哟!"是自言自语,是由衷的欢喜,声音微弱,有颤动的韵味,有青春的稚嫩的韵味。

小李对我嫣然一笑,我也对她会心地一笑。

这是辛苦工作最好的安慰。

老阿公在火塘边站起来了,声音嗡嗡的,对着细妹说了几句瑶族话。一定是叫她赶快回到床上躺下来,不要站在门口吹凉风。

细妹回过身来,慢慢往床那边走去,眼光却一直不离开我俩,脸上挂着无限的欢喜，走到床边又站住，细声细气地笑着说："嘻，姐姐，你还没有答应我问你的话哟！"答应，就是回答。"快躺下，莫说话！"这就是小李的回答。我问小李细妹要她回答什么话。"别问！"这又是她的回答。但是细妹却真正地给了我回答："阿哥，是前天夜里，我问她什么时候跟你结婚……"小李红着脸，头低得让额前的头发完全遮住了眼睛，我真奇怪这样她怎么能写字。我反正是写不下去了，忍了一会，终于忍不住小声问出来："今天你怎么……？""什么怎么？"她也小声反问我。"为什么来跟我一块儿写？""我喜欢！我愿意！"这又是她的回答，不但没有抬头，没有看我，头反而更低。我看见，她连耳朵都红了。我忽然明白了：她，必定是离不开我；必定是正在写我，所以更加想我，所以愿意守着我。可惜，她的字写得细极了，我不能凑近了看。……哎，多情的姑娘！

早饭后，我跟她一起到村里去串门。我们要向许多人告别，有伍支书、看过病的病人，来过细妹家里的男女乡亲。但不明说是告别，免得他们准备粽粑送我们，临走还要送好远的路。这些时我俩不止一次像这样对各个村寨的乡亲们不告而别呢。男人和能劳动的妇女都出去劳动了，多数是到山坡地去种冬红薯，少数人去砍木柴和放牛马。这山区人没有砌灶烧草烧树叶的习惯，都是在屋角上挖一个小坑做火塘，架鼎锅，烧木柴。常常把整棵碗口粗的树从头烧到尾。所以石山上的树越砍越少，水土流失越多。妇女们从古以来没有缠足的习惯，比男人从事农田劳动还要多而且重。等老得不能劳动了就守火塘，看小孩。所以很多老年妇女的眼睛被烟火熏坏了。可惜我和小李不会治眼病。……我俩趁机会看了往日的瑶王府：是全村唯一的砖墙瓦顶，整齐的石阶，宽大的庭院，一进三重，三十来间房屋。据说，以前瑶王还有个十来支枪的卫队呢。现在庭院里住着几家土改翻身的农民。有两个七十多岁的老人向我们说起了瑶王的罪恶：因天旱无收，纳不出租谷，被没收了破屋，赶出了村子，只好住山上的岩洞，到处流浪讨饭。冬天没棉衣，在岩洞里烧木柴烤，大人孩子烤得满身泡。老婆孩子都死了，剩下他两个光身汉。他俩背上腿上至今还有火烤燎泡的伤疤呢。像这样的老人在这个几十户人家的山寨子里不知道有多少。可惜语言难通，小李也不懂瑶族话，不能详细了解。总之，穷苦，穷苦，穷苦！解放以后虽然好得多，还是没有脱出穷和苦！

回来时进屋一看，老人不在家，连细妹也不在家。老人大概又是去捡石头去了，细妹呢？邻家一个孩子告诉说：她拄着一条扁担到村头她姨姨家去了。她刚好了就在家里闷不住。不过，我们正好趁这机会不声不响地走。要是细妹在家她决不会让我们走，硬走就会逗得她哭一场。没有吃午饭，就挨一顿饿吧！

小李连忙到隔壁人家去悄悄儿拿来了她的东西，“好像做小偷一样”。我也背起了我的东西。两人绕到屋后，借竹林掩蔽，走出了村子，钻进杉树林，走上了下坡路，两人都笑着吐了口气。她走着，回头笑着问我：“你是不是觉得咱俩这几个月的工作又苦又甜，并且越苦才越甜？”我也笑着反问她：“学生又想给老师上课吗？”她回头瞟了我一眼，用手背扪住嘴，走了一会，终于吃吃笑出声音来；走了一会，又吃吃笑出声音来。但后来又低下了头，渐渐的好像又有点心事重重的样子。

姑娘啊，我就爱看你笑，就爱听你笑，就怕看你那心事重重的神情。你的一言一笑，一举一动……为什么我从背后也能看出你心事重重的样子呢？……不过，现在我不打搅你。人，常常是需要沉思的。何况，你是个思想丰富的人。也许你现在是在心里作诗吧？

不过，这倒提醒了我，我应该多想一想这几个月的工作体会。因为巡回医疗即将结束，很快就要做工作总结，就要写个人的心得体会。不知道为什么，我忽然想起了那个瞎眼的老太婆。由于治好了她的独根苗孙子的病，她脸对着我们，眨着眼，想流泪，流不出来，眼病把她流泪的权利也剥夺了，只得合着手掌朝我俩作揖：“真是天上下来的童男童女，活神仙啊！”她年轻的时候是个二老婆——解放前，这里的壮族男人，即使并不非常富有，也可以娶两个老婆，其实是娶两个不要工钱的长工，生儿育女的机器——那时，男人不光不劳动，还把她们种的粮食卖钱去赌博，还常常打她们。贫穷、愚昧、劳苦、神仙、菩萨、夫权、封建，女人背上有多么沉重的负担！直到现在，解放，谈何容易！

幸亏早就把路打听得很详细，不用问人，可以放心地去想这想那。出了一身汗。累倒不累——几个月把腿劲练出来了——就是开始觉得有点饿。我把她的挂包药箱抢过来背着，她倒是没有拒绝。忽然，从远处山头上传来了歌声。细听，是一对男女在两个山头上对歌呢。壮族、苗族、侗族倒是比汉族自由得多，青年男女大都是通过对唱山歌情歌结良缘的。

正好，路边田垌当中有个独立的奇石峭拔的小石山，山上有一条岩石断裂成的天然的螺旋路。我提议："到这个小山上去坐会儿，听听山歌，休息休息，好吗？"她点点头："这个小山真好看，要是生在北京……嘿嘿。"走过一条田埂就到了山脚，我拉着她，顺着螺旋路，不大一会就上到了山顶上。正好有一块很平的石头，上面有人刻成的棋盘印子。就在这棋盘石上坐下来，放下了东西，掏出手巾来擦了擦汗，往眼前一看，嗨呀，真美！原来，我们来的这条路本来地势就较高，上到这小山顶，正好上了一个观景台。千山万谷，奇峰怪石，黄绿苍紫，水田薯地，尽收眼底。一个深不见底的峡谷就在路边，几乎就在我们的脚下，枯苇杂草从峡谷两边的石岩垂了下去。听得见谷底山涧淙淙的声音，小鸟清脆幽闲的声音，还有不远处那对男女悠长的情歌声。男声粗壮，女声尖脆，却是理直气壮毫无顾忌的味儿。真是神仙境界啊！可惜，我听不懂他俩的歌词，也看不见他俩的身影。

"小李啊，他们唱的是壮歌吧，你听得懂吗？"我是想让她翻译一下。

她摇了摇头："听不太清。"还在出神地看，出神地听。

停了一会，我忽然灵机一动："小李啊，我求求你……"说了半句又停住了。

她像是突然惊醒过来了，大眼闪闪地看着我，是询问，是等着我说下去。

我有勇气了："求求你，用汉语唱支壮歌给我听听，可以吗？你一定会唱。"

她眨了眨眼，没有回答，又出神地看着前面的景色。但是，我有点感觉得到：她好像在犹疑，在思索。

我又自言自语："对着这样的景色，怎么能不唱歌？可惜我自己什么歌也不会唱。"

一会，她竟真的轻声地，悠悠地，唱起来了：

大河两岸两个人哟，
河东河西都有情啰。

两情若是能相合哟，
美满姻缘亲又亲啰。

两情相合难上难哟，
妹想过河无渡船啰。
哥有渡船哥不上哟，
小妹哭倒在河边啰！

声音不高，清脆，微微颤抖，情长意深。音一落，脸就往两个膝盖中一埋，不说不动。

一股灼热酸痛的味儿猛地涌上了心头，我喘着气，手往她的肩膀上一搭。

“亲爱的人啊，别说是渡船，为了你，死也行！活也行！”

停了好半天，她才抬起了满是泪光的脸，不看我，从肩膀上拿下我的手，紧紧捏了一下。然后用我的手背擦她满眼满脸的泪，擦到嘴边时轻轻地吻了一下。然后轻轻放下，慢慢推开。然后站起身来，可是泪水还在滴下来，终于还是只得用手帕捂着脸，使劲擦。

“走吧，别发呆了。”

她温柔痛热的声音抚慰了我的心。我觉得我把什么话都说尽了，无须再说什么了，而且她也完全相信我赤诚的心了。就站起身来，连她带我的东西一起背在身上，领着她默默地往山下走去。

从此，在余下的路上她只说过两句话：“别再发呆，别再想这想那的，看着脚下的石坎坎走。”我没有回答，因为我完全沉浸在一种肃穆、甜美、神往心情里去了。

元月三日　在青石寨

昨夜吃完了晚饭，看完了病人，回到房东家里时已经是八点五十分钟了。赶紧记元月二日的日记，迫不及待地要把昨天在路上的情境记下来。像往日一样，没有桌子，用挂包垫坐，用床板当桌，为了节省房东的灯油，用电筒照着，记完了一看手表，十一点半了。疲倦地往床上一倒，希望睡个甜觉。没想到竟翻来覆去睡不着。所有的详情细节在心头，在眼前，重复了一遍又一遍。感情，滋味，意境……啊，在那样瑰丽雄伟的山景中，在那个奇特峻美的小山上，蓝天的覆盖，白云的衬托，远处一对情人歌声的伴奏。她的歌，她的情，我的情，泪水，神志……想着想着，不知不觉又堕入到那种从未体验过的肃穆、甜美、神往的心绪中。我只有用“肃穆、甜美、神往”六个字，此外没有任何词语能形容。……又忽然惊异地问自己：既然是我和她——男女之间的爱情——面对一个非常可爱并且爱我的姑娘；她，是真正如花的青春；我，是迟到呆拙的青春；经过了一番由泪水浸涤的感情交流以后，本来应该是只有甜蜜的慰藉，慰藉的甜蜜，痛苦的补偿，补偿的欢欣，为什么反倒使我堕入了一种从未体验过的肃穆的心绪之中呢？……哦哦，是的是的：深沉的苦恋，极度的担心，忽然坦露了灵魂，得到了理解，受到了心魂震颤的感动，表白了无条件奉献的决心……记得在什么书上看到过这个名词：升华。是灵魂的升华，是爱情而又甚于爱情——是这样的升华，于是人就进入了一种肃穆、甜美、崇高的境界……

谁说爱情完全是自私的？爱的升华，可以作无私的奉献，绝对可以！

爱情不仅仅是欲，也不仅仅是情，其中还有灵，还有神韵……

人生，是多么奇妙，多么意味深长啊！

这奇妙的精神状态在医学里是得不到解答的，恐怕连心理学也未必能够穷其奥秘吧？

也许，只有我这个呆气十足的人才会有这种奇怪的思绪，奇怪的体会？……可见，人的爱情是跟人的个性有关系的，各种不同的人会有各种不同的爱情情趣……如果大家一样都只是追求欲念的满足，人就都变成原始时代的人，人跟动物就极少区别了。……可见，随着人类文明的发展，人类性爱的情趣、观念、感情等等也在不断地变化发展，而且也应该不断地变化发展。可见，每个人自己也应该尽可能有意识地提高对于爱情的情愫；只有这样，人才能充分地享受爱情的意境，爱情的幸福……

啊啊，每个人能够成为现在这样的人，包括在性爱方面与原始人不同的人，从纵的方面说是由于多少历史因素的积累；从横的方面说是由于多少社会因素的凝聚……每个人都是现实关系和历史关系相结合的产物……那么，怎么能不凝视每个人是怎样的人，怎么能不爱社会，爱人民；

怎么能不严肃认真地实践自己人生的旅程！……

……人如果能够经常保持肃穆、甜美、神往的心绪，严肃、认真，而又愉快地过生活，该是多好啊！然而，那是不可能的，因为生活里总有许多平庸、鄙俗、卑劣的令人烦恼的事情扰乱你的心情，总是要求你要善于处理，善于斗争……所以，有一个心心相印互相鼓励的伴侣是多么重要！……

“呆！”忽然，我的耳朵里好像响起了她的声音。“不过，”她又笑了。“别生气。像这样的呆气，好得很！”——哦，原来是我在心里对自己说话呢！

我情愿一辈子就这么呆下去。

“那么，对于这几个月的工作，你能够心安理得吗？”好像又是她的声音。

“你问得好！如果没有刚才的那些想法，我会觉得……有了刚才那些想法，就……因为，好多慢性病、疑难病，我不能治。”

而且，我能治穷治苦吗？我能治精神贫困吗？能改善历史的社会的文化因素吗？……

不过，这不能写进“工作总结”和“思想体会”里去。如果写进去了，就成了天大的笑话。

元月五日　仍在青石寨

这两天她很少说话，但不是不高兴，不像心事重重的样子。也许是在开始构思她的长诗？也许是工作得太疲倦了？我没有问她。我打定主意要以肃穆甜美的心情默默地爱她。我相信，她从我的眼神、语气、举动里能够看见我的心。因为我常常看出了她那表示理解、表示感激、表示信任的神态，即使她并不是每次都要看我两眼。我觉得，沉默的爱更加意味深远。

早晨，我把脏衣裳泡在盆里以后就跟她一起到村里去诊视病人，完了以后她一个人先回去，我到深山凹子里的潭水边去洗澡。我坚持冬天用冷水洗澡已经有好几年，这对身体很有好处。回来时我发现泡在盆里的衣裳，连丢在床上的脏手绢和脏袜子都被她洗干净，晾在房东家的竹楼廊檐下了。已经好久,在这类事情上我不再对她说感激的话,因为她不喜欢我说。但是今天忽然想到:为什么我从来没有想到去帮她洗衣裳呢?可是又想到,我怎么好意思到一个姑娘的住屋里去搜找她的衣裳呢?可是又想,我为什么从来没有想到可以约她一起到村外溪水潭水边去洗呢?两人一块儿在水边洗衣裳,是多么快乐的事!我呆!单身汉惯了。但不能用这来原谅自己。应该说,我还是没有完全学会怎样去爱。等着跟她结了婚以后,再从各个方面,包括家庭劳动方面,去补报她吧。但愿有那一天!但愿有那一天!但愿那一天快点到来!

没想到啊,关键的时刻竟比我所预想的还要快!

下午,巡回医疗队队部通讯员送来了通知,所有这次在山区实习的护校学生都要立刻回医学院附属护校去,写实习总结,办毕业手续,听候分配。通知是送到我手上的。她要走了!要走了!而我,还要对这村的两个病人继续治疗两天,然后回队部去跟大家一起总结这五个月的工作,起码又得耽搁三天。等我回去了,谁知道她还在不在护校?所以,在这次分手以前,必须跟她作一次决定性的谈话。我的心情是多么不平静啊!

当我到一家病人的床边把通知交给她看了以后,她立即长长地吸了口气,没有看我,身子转向床上的病人。我从她背后看见,她这才把那口长气轻轻地、慢慢地嘘了出来。却还是好久好久地呆立不动,好像忘了我还站在她的背后。显然,她比我还要激动,还要不安。床上的病人——患瘫痪和哮喘病的中年妇女,看看我又看看她,弄得我很不好意思,心想,晚饭以后再找她谈吧,就走出门来。正在下竹楼楼梯时,啪啪啪脚踩楼板响,她急步追了上来,超到前面拦住了我的去路。

"请你替换我一下:现在先去把病人腿上和胸前的针取下来,晚饭后再来给她扎一下。我实在不能等,要马上回去做准备,要让心静下来。晚饭我不到你那里去吃,就在住的房东家吃,不要去叫我吃饭,不要去找我,连晚饭以后也别去找我——你答应我吗?"喘着气,说得很急。

我连忙问她:"好人啊,那么,我们什么时候谈谈呢?没有多少时间了呀!"

"我知道时间紧,"她飞快地说,"明天早饭后,我出发以前……"

"那,时间太短,太紧张了!"

“什么时候把话谈完了我什么时候走，还不行吗？”

“行。”

“就有一样：明天早饭以前千万别找我，能答应吗？”

“好吧，早饭以前决不找你。我忍耐，忍耐……”

“真是个好人！”

我问她刚才为什么呆呆地站了那么久，她没有回答，紧紧握住我的手，深情的眼光在我脸上停了几秒钟。最后一甩辫子，一转身子，啪啪啪，跑下了楼梯，急步走了。

不知道为什么，我心里猛然间若有所失，好像有一种要失掉她的预感，在楼梯上呆立了很久，才想起来：“哦，要去给病人拔针……”

晚饭后我又去给病人作了艾灸和药水洗擦。出门时天黑已久，村里人们都睡了觉。寂静的夜使得我的内心更加烦乱不安，不愿意回到住处一个人在屋里忍受内心的煎熬，就在村边的小路上转游起来。但是一匹恶狗却不饶我，对着我像嘲笑、像奚落、像咒骂，恶狠狠地狂叫。要不是我的电筒光亮吓住了它，真是无法对付呢。这大石山区的人家极少养狗，一是没有粮食喂狗；二是爱吃狗肉，不等狗长大就剁了或卖钱；三是青年男女夜里有爱情活动——是这里的风俗，养狗会碍他们的事。可偏偏这个十几家人家的小村倒有恶狗。我心烦意乱，边自卫边往回走。在漆黑的夜色映衬下，一座小竹楼上有个小窗子透着微弱的蓝光。是的，那是她睡觉的屋子，是她在电筒光下写什么东西。

如果把狗引到那楼下去，逗得狗狂跳狂叫，她会从窗户往外看吗？会下楼来吗？……立刻又责备自己：“嗨！那就太不守信用，那就等于是欺骗她！……”一看表，已经十点零五分了。“应该赶快回去把今天的事记下来。”用电筒照路，发现路边有一小片枯萎了的芭蕉林。就走过去，拿起一片被露水浸湿了的蕉叶冰在发烫的额头和脸颊上，好久好久。狗，见我对它不大在意，也就不再纠缠我了。心，平静下来了……

元月六日　仍在青石寨

昨夜写完日记后已经是下半夜的两点五十分钟了。这些时工作累，走路累，心神累，所以困得睁不开眼。只把罩衣脱下来扔在一边，顾不得脱毛衣、衬衣和裤子，扯过被子来就往床上一倒。但又勉强着自己，想象着明天跟她话别的情景和谈什么，想着想着，竟然不知道自己睡着了。做了一个梦：仿佛在山岚的雾气当中轻轻飘动，她还是穿着那件鲜红的毛衣，轻声笑着对我说："亲人哟，其实没有什么'以后'，也没有什么需要'再说'的，不过是怕我们俩都控制不住自己，在这次实习当中过早地狂热起来，影响不好。现在你该放心了吧？"说完了又笑。我，真的放心了，放心了，就不知不觉睡得死死的了。不料，早晨醒来已经是差不多日上三竿了！

房东大嫂告诉我："李同志天刚亮就来了，轻轻巧巧进你屋里去停了一阵子才出来，没惊动你，就急急地走了。"我的心猛地嘣咚一跳，顾不得洗脸吃饭，穿好外衣冲下了楼梯，急步走着，冲上了她住的竹楼。但是，晚了！晚了！已经是人去楼空了！

她的房东老太婆告诉我："李妹仔不肯等吃早饭，只把药箱留给了你！"

我的心猛地一沉一空，头昏得几乎要倒下去。

这是怎么回事？为什么去找我在屋里待了一阵，却不叫醒我？为什么要不辞而别？为什么说好了要谈一谈又失信？不管我是多累，睡得多死，只要轻轻的一声，我就会醒的呀！

我好像丢了魂，坐不是，站不是，拿起东来忘了西。只好走出来，想呼吸新鲜空气清醒一下头脑。转游到村后，不觉得就上了一个人迹不到的僻静小山包。

脚下三面是半枯的芭蕉树，另一面是冬天退了色的毛竹林。我坐在一棵小树边的石头上。寂静啊，咬啮着我的心！

要是在这个僻静的小山上跟她作一次决定性的谈话，把自己的心再一次掏出来给她看，该是多好！

为什么一句话也不给我留下来？为什么我从来没有想到找她要一张相片？谁知道等我回到医学院时她还在不在？如果她走了，什么时候能再见面？

这才知道，她是如此这般地摘掉了我的心！

手心出汗，在裤子上擦，不行。想掏手绢，习惯地把手伸进了衣裳口袋，无意识地摸着了日记本儿。呀！怎么？本子里夹着一叠纸！突然升起来的希望使得心跳手发抖。呀！一张相片滑出来了，是她的！是她的相片！这不是相片，是你本人啊。善良，聪明，活泼，多情，眉眼盈盈……可惜你不能对我说话。啊！原来你的话在相片背面，几行字，是一首小诗！我念出声音来了：

人生，
只有一次宝贵的初恋：
　　情的眷念！
　　心的奉献！
亲爱的人啊，
　　是永隔天边？
　　还是近在眼前？

（小娟留赠黄阿哥）

为什么这样问我："是永隔天边，还是近在眼前？"难道……？信，你的信，是使我绝望，还是给我希望？我的心，我的手，更加发抖了。……

亲爱的黄老师！

当我提起笔来的时候，多少往事近事浮上了心头，多少要说的话难以倾吐啊！我写一遍，不满意，揉了，又写一遍，现在这是第五遍了。

亲爱的人啊，夜，如此寂静，听得见隔壁房东的鼾声，听得见我自己的心跳怦怦，我要对你，敞开感情的闸门，诉说衷情。

我的心，乱得很。仿佛分成了两半，一半是"获得"，是欢欣；另一半是"失去"，是悲哽。我多么希望"获得"，又多么害怕"失去"啊！所以，我的眼泪在信纸上浸染了多少迹印！

你一定会问，一个调皮的活泼的丫头，怎么会这样伤心？

我调皮吗？在护校三年中，对一切严肃得很。只是在这五个月里，是你，使我焕发了青春的诗情。你的呆气很动人，在呆气后面，蕴藏着纯朴的热诚。所以我无限欢喜，自自然然地变得更活泼，更天真。欢喜逗，是爱的表征呀！要知道，在三年的学习中我就暗暗地爱上了你。上课，观察你的表情；课外，打听你的为人；到宿舍向你请教，是找理由跟你接近。这心事我对少数知心的同学并不隐瞒，所以学校的领导也听到了传闻，所以这次我一提出要跟你在一起实习，队部的领导人很通人情，使我感激万分！

那么，你一定要问：在你一再的表示下，我为什么不能作出最后的决定？为什么一定要"以后再说"，使你苦闷？

因为呀，我深深地害怕，深深地担心，你未必能，跟我一起，走我必定要走的人生路程啊！

亲爱的人啊，请听我说：一般的情欲即使有情，也是低一层的。只有在人生的神圣使命上心心相印，才是更高的情爱，才是人生的幸运啊！于是我寻觅意中的人，于是我找到了你！……但是，归根到底，你能不能接受我的建议？这就是我说的"在于你"——由你决定！

好人啊，这些时的巡回医疗，你一定有很深的体验，很深的感想。那么，你得出了什么样的"人生之路"的结论？

多少人捏着我俩的手，手发抖！多少眼睛望着我们的脸，泪涟涟！多少感激的话，说了一遍又一遍！是怎样的照顾，像待贵客，像待上宾！多少次依依不舍，送了一程又一程！多少父母心！多少兄弟姐妹情！

应该得出什么样的结论？

最宝贵最深挚的感情——燃烧心灵，净化灵魂，催发激情，熨热人生！

应该得出什么样的结论？

这些穷苦的纯朴的人民，是多么需要我们啊！

应该得出什么样的结论？

而且，我相信，我的感受一定比你更深。为什么？这，说来话长，也很难说清。

如果你知道，我的父亲，壮族农民的子弟，生长在故乡农民起义的摇篮里，长期做故乡农村地下党的工作，跟故乡人民建立了多么深厚的血肉关系。如果你知道，他如何的感情深，心肠热，性情鲠，思想新，对人民对革命赤胆忠心。如果你知道，我父亲母亲悲欢离合的故事多么感人！……

父亲离别故乡奔赴延安以后，多少年，不但一直保存着母亲的相片，而且一直保存着母亲为他缝制的一件衬衫。（直到现在，甚至于，有时拿起纸笔，能够简单地勾画出母亲的脸面）解放以后他才知道母亲已经牺牲。于是，他回到故乡找到了我。“好女儿，你的模样，真是你妈的缩影！”从此，父亲就下决心不再结婚。从此，父女俩就互相痛热，互相知心，相依为命，难舍难分！

现在他年老多病，决心要求下放，回到故乡，为故乡父老发挥最后的余热余光，死了以后，还要把骨灰撒在母亲和别的先烈们的血迹上。

我啊，万分同意他的主张，而且我也跟他一样，热爱我的故乡啊！

为什么一定要在喧嚣的大城里挤挤蹭蹭？为什么一定要挤进大医院里，为了满足虚荣？为什么不想一想，小县城小医院的生活，何等朴实，何等单纯，何等安静！革命胜利了，难道就已经走完了艰苦奋斗的路程？怎么能，天天盘算，舒服、面子、机遇、幸运以及我应该是几两几斤并且属于几等？为什么不从“热爱人民”这四个字里去找自我价值的标准？

亲爱的人啊，我知道——我对你了解得真不算少：大医院，有图书资料，设备好，有许多专家教授可以请教，只要努力，不难做到，有所发明，有所创造。我知道，你为了实现这种追求，简直到了入迷的程度，甚至于宁可不找女朋友！所以呀，我一直不敢对你表明我的内心，怕我太激动，谈不清；怕时机不到，你爱我还不够深，终于不能答应，使我立即陷入失望的痛苦的深坑，甚至于会动摇我的决心，以至于不但会影响我所向往的人生前程，而且会造成我最亲爱的爸爸的不幸，以至于造成终生的遗恨！

亲爱的人啊，我怀着深切的希望问你：能不能，以对人民的热爱为本？能不能与我同行？能不能爱我爱得如此深？能不能把你的心紧贴着我的心？

（而且，我故乡的县医院里，设备也并不是那么不好。至于图书资料，难道就不能想尽办法弄到？只要有聪明，有毅力，有干劲，难道就不能通过医疗实践做出较高的成就？）

如果你能够，如此这般，丢弃大城市的生活条件，丢弃专啃书本的习惯，不怕这大石山区的艰苦困难，在基层的海洋里开动航船，那么，我，就赤心地做你航船上的洁白的风帆！我将使你，经常感觉到温暖的阳光与柔和的风，使你的船儿幸福地飘动。我也希望你，在我的航船上白帆高耸，用体贴的柔风把我吹送。（如果遇见大的风浪，我俩就用全身的力量顶住，决不沉没！）

（写到这里，我的心热得发痛，热泪更加泉涌！）

我多么希望，我俩互相都成为“我的人”呀！可是你，能不能？

我将要
开始人生的航道
我要到
大海里去亲吻波涛

我希望
写一首动人的长诗
我祈求
有一个写诗的伴侣

但愿他
一样的火心热肠
能跟我
共同写每句每行

我愿做
航船上洁白的风帆
我懂得
什么是爱的迷恋

为什么
流不完滚热的泪珠？
为什么
如此的意惘情痴？

天呀！你的信是一团火焰，把我全身的热血点燃！由于了解了你的心愿，我也像你一样泪流满面。我冲地跳起身来，把你的信贴在胸前，对着群山大声呼喊："小娟！小娟！"可是你在哪里？你怎么能够听见？

读了信，使我得到；见不到人，又痛感失落！我有满肚子话马上就要对你说呀！

跑了几步，跳了几下，又使劲顿脚。最后，疯了似的，把头使劲顶住身边的一棵树干，对着她的相片死死地呆看，又把信纸乱翻，忽然发现，最后一页信纸的下角上有四个小字："请看反面"。

天呀！反面竟然还有好几行字迹！信纸厚，没有透过去，刚才竟然一点也没有注意！

亲人啊，本来打算回校后再等你当面给我回答（我当然会等你），为的是给你几天思考的时间。现在看见你这酣睡沉沉的样儿，就不由得心软，改变了主意：何苦，让你等，我也等；让你苦，我也苦。就下了决心：现在就在村外远处那棵大龙眼树下等你。我相信，读了上面的信，你会马上来找我。

天呀！手表的时针正好八点了！她会不会等得失望赌气走了呢？
跑吧跑吧！用最快的步子跑吧！

看见那棵大龙眼树了！啊，绿荫之下，黑树根边，一点红——红毛衣——是她！脸，正在向这边看！

“哎呀！……”我只大叫了一声，喉头就哽咽得只是哼哼地喘气。

她扬着头，脸色苍白，睁大了漆黑的亮得出奇的眼睛，胸部挺起，像也在喘气。但是，突然猛一转身，消失进小树丛子的浓荫里边，不见了！

亲人啊！……

我不顾一切，冲进了树丛。她，背对着我，并不转身，我刚走近，她就一倒，靠在我怀里了！

我紧紧地抱住了她——是获得，是狂喜，是无限的怜惜！

柔顺，信任，颤栗，大声抽泣，轻轻地，一下又一下地咬我的手，热泪滴上我的手背，嘤嘤咽咽地：

“恨死人！这半天！……要不是我下狠心等，等，……你是不是，不愿、意？……”

我使劲亲她的头发，亲她的后颈，亲她的耳根，又让她侧过身来，仰起脸来，亲她的泪眼……

啊！如此情深，青山作证！

1986 年 4 月

注：原载《当代》1989 年第 4 期，此文为发表后的修改稿。

猪八戒外传

直到现在我还记得非常清楚：这位老爹嘴里的上下门牙都掉了，长满了胡子的嘴巴一张就像一个黑洞。只要闲着没事，人们就爱听他“说古”，他一说起来就“没有挡着的门儿”，总是笑得人们肚子要抽筋。光是《西游记》上“漏掉了没有记上”的故事他就说了两个：《猪八戒下凡》和《孙悟空求雨》。他小时候读过一些书，竟然靠着自个的“啃劲”达到了“粗通文墨”的地步，能够做一些半文半白的诗歌——用他自己的话说：“学问这东西没对人关门儿。”就因为这些外形上和性格上的特点，人们就给了他一个有趣的绰号，叫做没门儿“大爹”。也许是他把人们的生活当做土地耕耘，就生长了这些奇妙的故事。我还记得，夏夜里许多人在我家大门口乘凉，听完了《猪八戒下凡》的故事后，差不多所有的人都抬起头来向天上看去，仿佛都在向老天爷发问：“罗刹女用芭蕉扇把猪八戒扇到哪里去了？”天空寂静无声，只有满天的繁星在向人间闪烁着诡谲的眼睛。那时候，在我幼小的心灵里，觉得天上和人间是多么的神秘啊！

一

《西游记》上说，唐三藏师徒四人去西天取完了真经以后，就到西天极乐世界修成正果成佛了。成佛以后怎么样呢？如今单说猪八戒的事吧。

你们想想，猪八戒是个正果成佛的材料吗？按着鸡婆抢蛋，行吗？西天那个极乐世界是个什么样子？几百张玉雕金镂的禅床，八百罗汉，七十二珈蓝，还有仙童仙女，都盘着腿坐在上面，合掌闭眼，千年万载，不吃不动。当中一张最高最大的禅床上坐的是如来佛。他那法力呀，吓死人，哪个要是敢乱动一下，试试看！可是猪八戒这家伙哪里坐得住？嗨！他歪倒了，睡着了。长鼻子，大嘴巴，厚舌头，粗脖子，所以，那鼾声啦，就像三伏天那轰隆轰隆的雷声一样。他还有个天生的大肚子，多少天不吃不喝，空肚子里吸满了西北风，就“不不不”地放起大响屁来了。就这样，把个清静无为的世界，香烟飘绕的佛国，弄得呀，臭气熏天，声音震耳。八百罗汉都皱起了眉毛，七十二珈蓝都捂住了鼻子。连如来佛也忍不住了，叫着猪八戒的法名：

“猪悟能！”

猪八戒惊醒过来，揉揉眼睛四面一看，“哪个叫我？”这才发现旁边孙悟空的禅床空空如也。“这猴头，准是受不了活罪，翻筋斗跑掉了。我……”①

“猪悟能！”如来佛又叫了一声。

猪八戒不觉吓了一跳：“猴头开了个小差，怪我吗？”连忙跳下禅床，来到佛祖面前，合掌行礼：

“阿弥陀佛！”

“悟能！”如来毫不客气地说：“只因你驽钝成性，腌脏成习，所以一来这里我就教你以净土为宗，勤修苦练。你还记得何谓‘净土宗’吗？”

“净土，就是……”猪八戒卷着舌头说。

“我就知道你早已把它丢到爪哇国去了。”如来佛的口气又柔和又严厉。“净土者，以洁净为本。心净、身净、外界净。身如明镜，勿染尘埃，若有尘埃，时时拂拭。看起来你终究是驽钝之材，不堪造就。非我无情，乃是你无意修炼。我这清静无为之境，怎能容你鼾天屁地，扰乱清规？”

“阿弥陀佛！俗话说，管天管地，管不着拉屎放屁……”

“胡说！”如来佛虽然修练得功夫到家，却也免不了生气，“在我这西天圣地，说什么俗话？可见你真是个不堪造就的俗物！”

“佛祖想把我怎的？”

“限你及时及刻回到凡尘，再遭劫数！”

“哎呀！”猪八戒心里暗喜，却又抓抓脑袋，假装发愁，嘟嘟不清地说：“那就好比是丢乌龟下海，苦也！”

---

① 作者1979年在《安徽文学》上发表过《孙猴求雨记》。

如来佛也不得不摇头苦笑起来：

“你真是个劣种，在我面前也敢要你那点笨聪明，若不念你取经有功，定当重罚！既然你乐意下凡，那就去吧。可是我还要警告你：到了下界，仍须以净土为宗，不许兴妖作怪，不许为非作歹，如若违反此意，任凭你跑到天涯海角，也要把你打进十八层地狱，叫你万世不得翻身！”

“弟子不敢，不敢……”

猪八戒合掌行礼已毕，转身咧着大嘴傻笑，也忘了到师傅唐三藏和师弟沙和尚面前告辞，对那些罗汉伽蓝连看都不看一眼，纵身跳上云头，飘飘荡荡地离开了西天，往下界去也。

二

下界下界，花花世界，谁个不喜，哪个不爱？猪八戒踏着云头一路飘飘荡荡，好不得意。眼看着离人间越来越近，只见那千座青山、万条绿水，条条道路，座座村庄……哎呀呀，男男女女，生儿育女，耕田耙地，欢言笑语，这才是人过的日子呀！可是，娘呃，在这一眼看不到边的世界上，我猪八戒到哪儿去落脚？还回福陵山云栈洞里当妖怪吗？孤孤单单，没有个伴儿，云里来，雾里去，人见了吓得筛糠，鬼见了怕得发抖，有什么劲？到高老庄找我以前的浑家去？如今多少个春秋过去了，高太公和他的女儿怕早连骨头都烂了。

唉唉，不想倒也罢了，仔细一想，老猪我好苦啊！

想当年我也是一条健健壮壮的庄稼汉，只怪我又蠢又笨，又馋又懒，不愿干活，光想吃饭，因此才听信了神仙的鬼话，苦苦修炼，成了神仙，升到天上，做了掌管天河的天蓬元帅。谁晓得偏偏在蟠桃会上碰见了嫦娥仙女！谁叫她生得千娇百媚，勾魂勾魄？怎能怪我猪八戒擅动邪心？不过是抱着她亲了个嘴，一没有咬她的肉，二没有嘬她的腮，也值得你玉皇大帝大发雷霆，把我打下凡间重新投胎？倒霉啊，偏偏我又昏头昏脑一下子扎进了猪胎胞！从那以后，我就成了猪头猪脑的丑八怪啦！

你玉皇大帝不是千正经万正经吗？你尽把漂亮姑娘提拔到天上去伺候你？哦，原来是假正经！

你如来佛不是佛法无边，真经济世吗？干吗不让那些屁事不干的罗汉珈蓝，把你那屁的佛经抄它个千本万本，撒向人间，让普天下的男人都成和尚，女人都做尼姑？干吗要强令我师徒几个，历尽千辛万苦，去拜你跪你，才取得那几本破书？又干吗有功不赏，反倒让我老猪上什么西天，成什么正果，受那份活罪？你至少也应该赏给我老猪一个老婆嘛！

娘呃，如今你叫我上哪里去？

猪八戒就这样恍恍惚惚地在半天空里转了三百六十个圈子，绕了三千六百个弯子，搞得头昏脑涨，只得停了下来，拨开云头往下一看：哟，这地方怎么这么眼熟！这不是翠云山吗？对，正是翠云山！老猪我忘性挺好，记性也不坏……哎呀呀，小寡妇罗刹女！

一想起铁扇公主罗刹女那风流俊俏的模样，猪八戒不觉得心头狂喜，竟然一阵发昏，猛不防从云头上倒栽葱摔了下来，噗咚一声——娘呃，好痛！亏得是天生的粗皮厚肉，才没有撞死。睁眼一看：原来是撞到两扇石头洞门上了。哎呀，这不正是芭蕉洞吗？怎的这么巧？莫非是如来佛大发慈悲，施展法力，有意让我到这儿来跟这个寡妇娘儿配为夫妻，成家立业？你瞧，刚才我还在埋怨他老人家呢！

且慢，这可得想一想：她能忘记夫离子散的前仇旧恨吗？……守寡多年，不信她就不想男人！……好，老猪我就给她来个软的：下跪、认罪、流泪，不信她那心儿是铁打的！……

"吱扭"一声，石头门开了条缝，露出一个年轻仙女的一张粉脸和半个身子，红鲜鲜的薄衣衫一闪，亮晶晶的黑眼珠一转，娇滴滴的尖嗓门一喊：

"哟！你是哪里来的妖怪？为啥撞门？为啥跪在这儿？"

"我……"猪八戒直瞅着美人的脸儿，失魂落魄，说不出话来。

"你，你怎么着？"

"我……"

"嘻！"那美人一笑，一闪身，一关门，不见了。

只听见里面她那娇滴滴的声音：

"奶奶，外面跪着个猪头大耳朵的妖怪！"

"待我去看来！"

一眨眼的工夫，洞门大开，喝！这罗刹女还是当年的模样：半老佳人，薄衫透体，举动飘洒，光彩照人，弄得人眼花缭乱，看不分明。

“原来是你这个猪头瘟！”

“是，是我老猪，特来拜见……”

“听说你取经有功，上西天正果成佛，很为得意，今日怎的来到这里，跪在地下，装出这副丧气样子？”

“公、公主啊！”猪八戒叹了口气，“莫再提正果成佛之事啦！有什么好得意的？不准吃饭，不准喝水，不准睡觉，连放屁都不准，简直是活受罪啊！就因为嫌我放屁，如来佛才打发我离了西天……”

“这么说，你师徒几个千辛万苦一场，未得善果？”

罗刹女顿时倒竖蛾眉，圆瞪俊眼，举起手里的宝剑一指：

“我问问你：想当年我不肯借给芭蕉扇，不帮助你师徒几个过火焰山，是对的吧？”

“是，是对的！”

“你那猴头师兄孙悟空，把我的好意当成恶意，招来李老君，捉走了我的丈夫牛魔王，应该不应该？”

“不、不应该！”

“还有我那可怜的孩子红孩儿……”

“这这这……只怪他不该要吃我师傅的肉啊！……”

“什么？”罗刹女更加生气，“那不过是孩子闹着玩，哪里是真要吃人肉！你那师傅唐三藏，什么本事也没有，什么好事也不干，五谷不分，四体不勤，白糟践人间的粮食，我孩儿吓唬吓唬他，又有何不可？”

“公、公主啊，我该死！我有罪！我自己打嘴巴！”猪八戒说着，真的左右开弓，噼噼啪啪打起自己的猪嘴巴来。

罗刹女狠狠地啐了一口唾沫，返身进洞，关上了石门。

“跪、跪着吧！跪着吧！”猪八戒在心里说，“反正打也打不过她，说也说不过她，心里又无论怎么也舍不了她，还有那个小美人……哎，那就只好求、求、求……”

一天过去了，两天过去了，猪八戒这回可真有耐心啊！到第三天，洞门到底开了个缝儿，小美人又半个粉脸一闪，一对黑眼珠一转，又转身进去，响起了娇滴滴的声音：

“奶奶，猪八戒还跪在那儿呢！”

“叫他跪着去吧！”是罗刹女的声音。

“怪可怜的！”

“别理他！”

猪八戒正有些丧气，只见从石头门扇上的小窟窿眼里飞出一个小甲壳虫来，绕着猪头飞了一圈，赶也赶不走，竟然钻进了他的耳朵眼儿，痒啊，痒得他连嘴巴都咧歪了！

“老爹，听我的话，保你成功！”耳朵里竟然响起了悄悄话儿。

“你是谁？”猪八戒小声问道。

“我吗？嘿嘿，是黄鼠狼成精，得了人形，名字叫精灵鬼儿，拜在铁扇奶奶门下当徒弟，一心向善，助人为乐，专爱管一些人世间的闲事。老爹，我奶奶是一副软心肠，你就耐着性儿求到底吧，保你成功。”

“你这是不是搞黄鼠狼给公鸡拜年的把戏？”

“老爹，你是鸡吗？”

“好好好，我听你的，快走吧，痒死我了！”

甲壳虫钻出了耳朵，嗡的一声，飞进门扇上的小洞眼里去了。

猪八戒果然更有耐心，暗地里发誓：要是不成功，我就一头撞死在这里！

又是三天过去了。两扇门又开了道缝儿，小仙女的粉脸蛋又一闪，接着门一关，里面又响起了她那娇滴滴的声音：

“奶奶，他在流眼泪呢！”

“叫他流去吧，活该！”

好狠心的婆娘！……可是，又过了两天，那两扇门竟然被小美人拉得四敞大开，铁扇公主又手持着青锋宝剑飘到门口，板着脸厉声喝道：

“你这瘟猪，死缠在这里不走，有碍我的徒弟们出进，到底想干什么？”

“我，我别的都不想，只想在人间过一过人的日子，只想做一个凡、凡人……”

“什么？”罗刹女好不奇怪，以为是自己听错了。

“做、做一个凡间世上的人。”猪八戒又重说了一遍。

“为什么想做个凡人？”

“公主啊，想我老猪在天上当过天官，在西天做过罗汉，受罪受罚，够啦！够啦！再也不上当啦！如今我幸喜又回到人间，想来想去，还是做一个世界上的凡人才快活啊……”

“做凡人有什么快活？”

“吃饭、睡觉，抱老婆。”

“呸！”罗刹女猛地扬起了宝剑。“怪不得你到我这儿来装乖卖傻，原来是存心不良！”

“公主啊！”猪八戒一躬身子磕起头来。“这不光是为我好，也是为你好呀！你孤孤单单守活寡……”

“放你娘的猪屁！我住在这翠云洞，紧靠火焰山，用芭蕉宝扇调风降雨，驱热生凉，让这方圆几百里地面的众人能够春种秋收，生存养息，千百万人敬我为神，视我为母，有什么孤单之感？”

“我，真不懂……”猪八戒像是自言自语。

“哼哼，”罗刹女冷笑一声，“连这点道理都不懂，难怪人世间有句俗话：‘猪八戒照镜子，里外不是人。’你知道这句俗话的意思吗？”

“太，太把老猪看扁啦！”

“你像不了人！”

“像得了！”猪八戒竟然还有犟脾气，“我猪八戒有三十六变的本事，腾云驾雾的神通，武艺出众，连个凡人也做不像？哈哈！”

“什么？”罗刹女又怒从心起，“你想用这套本事到人间去兴妖作怪？看剑！”

要不是猪八戒飞快就地一滚，猪脑袋早就离开了脖子。

小仙女连忙跳过来抱住了罗刹女的手：

“奶奶，可别！……”

“怎的？你，看上了他这个丑八怪？”罗刹女怒眼圆睁地看着她。

“奶奶，不是，我是心软，可怜他。”

“小鬼头你说什么谎？快说！你是真看上了他吗？”

“不！我嫌他丑！”小美人红着脸摇了摇头。

却没有想到，她回头一看时，身边竟然站着个漂漂亮亮的斯文相公，趁她心跳害羞的时候，相公一伸手就抱起她来，一纵身离开了地面，踩上了云头。

说时迟,那时快,没想到罗刹女也早已飞了上来,拦住了去路,大喊一声:

"玉仙儿!"

玉仙儿连忙拉着猪八戒在云头上跪下来。

罗刹女看了看吓得发抖的玉仙儿,又看了看变成了斯文相公的猪八戒,扬起来的宝剑又落下了。

玉仙儿原是个白鸲鹦鹉,得了罗刹女的传授,修成了人形。这时罗刹女暗自思量:这徒弟有人形不一定有人心,不如趁此放她到人间世上历练历练,看看她到底如何;还有精灵鬼儿,也应该趁此机会试验试验他的本性。于是她一回身向地面招了一下手,喊叫了一声。只见一道寒光从翠云洞口飞了出来,冲上了云头,原来是个尖嘴猴腮身子瘦小的小家伙。罗刹女对他说:

"精灵鬼儿,听着:派你去护着玉仙儿,帮助猪老爹,不许有半点差池!"

又回头对玉仙儿说:

"你也听着!要是有什么不如意的事,要是这个猪头瘟欺负你,就快来找我!"

猪八戒一时间简直感激得喉哽舌呆,说不出话来,只知道跟玉仙儿一起不住地磕头。那罗刹女却正眼也不看他,驱动云头,一阵风似的回翠云洞去了。

三

猪八戒还是猪八戒吗?不,他已经是猪相公啦。既然要做凡人,总不能老是在云里雾里飘来荡去吧?所以就要在地面上走路啦。却没有想到,在一条大路上走了不远,从路两边的田地里就飞来了一些庄稼人叫骂的声音:

"大白天里男的搂着女的走路,太不像话!"

"一定不是好人,揍他!"

猪相公不觉大怒，忘乎所以地一跳八丈高，要不是玉仙儿和精灵鬼儿一阵风似的拦住了他，真不知道要发生什么事情。那些庄稼人哪里见过凡人这样腾空平地起风的怪事？全都吓得拼命奔跑起来；连大路远处一个推小车的老汉也丢下车子跑了。

“哈哈！”猪相公得意地大笑起来。又对玉仙儿说：“你怎的这样胆小？”

“我……”玉仙儿红着脸低着头，“天生的胆小，天生的心软。”

“那你干吗不怕我？”猪相公故意逗她玩儿。

“你……”玉仙儿更加脸红，“猪是最老实的，最受欺负的，那天刚刚见到你，要不是嫌你丑，我早就喜欢你啦。”

猪相公更加得意了。

他们又重新走上了大路，一面走一面闲谈。

“老爹，”精灵鬼儿开始“帮助”了，“你要做个凡人，想不受人的气可不行啦！”

“怎么不行？”猪相公问。

“天上神欺神，地上人欺人，若要不受欺，就得欺负人。何况我们三个没家没业，没个落脚的地方，要是不去求人家，不去卖苦力，怎么办？那就除非是欺负人。”

“我们找个山洞住下来，开荒种田也可以，去抢去偷也可以。”

“老爹，你一天要吃多少粮食？”

“要是尽我饱，两担米也不够！”

“还得有大鱼大肉是不是？”

“那就不用说啰。”

“嘿嘿，”精灵鬼儿笑了笑，“所以哟，那你要开多少荒才够吃？还要养活玉仙儿呢！就算有那么多荒地给你开，要费大多辛苦！你愿意总是受辛苦吗？年年月月都那样，太不是味儿啦！太窝囊啦！并且你连九齿钉钯都丢了，牲口犁杖啥也没有，用什么去开荒种地？要是去偷去抢，那不又成了妖怪？”

“娘呃，你算说到我心里去了！那怎么办？只好头不沾天，脚不沾地，一条绳子挂起，吊死个狗娘养的？”

“老爹，不瞒你说，这世间的事，没有我不内行的；自从拜在我师傅铁扇公主门下，又学到了一肚子文墨；要不，师傅干吗让我来帮助你？往后你就听我的吧，保你有办法！”

原来，全世界的黄鼠狼都是他的同族，都是靠着偷住人家的空屋，偷吃人家的鸡鸭，偷听人家的私事过日子的。上至皇宫官所，中至富家大户，下至穷家小户，到处都有他们的踪迹。精灵鬼儿自从修成了精怪，所有的黄鼠狼就都是他的侦探和仆人。所以，这人世间还有什么他不知道的事情呢？

他们已经走到老汉丢下的那辆独车跟前了。

“你两个都坐上去吧，我来推。”精灵鬼儿用讨好的口气说：“你瞧，路上的人为啥老是斜着眼瞅你们？就因为，一个是穿得挺阔气的斯文相公，一个是满身绸缎的娇嫩小姐，怎的不坐车也不坐轿？怎能怪人们奇怪？你不晓得，世界上的事情就是这样的：什么样的人就得是什么样的派头，要不就不像样。不光是人，什么东西没有派头？你瞧，那边地里耕地的牛，是受苦用力的派头；那边山坡上拱地找东西吃的猪，是又傻又笨的派头——老爹，我可不是……你别见怪。……你没有见过皇帝老官的派头吧？那才真叫人上人的派头呢！……”他还想叨叨下去，看见猪相公突然皱起了眉毛，就赶紧刹住了话头。

其实猪相公不过是被他这番话说得心乱了。想当初本来也是个庄稼人，为啥要修仙炼道，还不是因为对世界上的一些鬼事情懒得干吗？哪晓得……唉！如今总算是有了神仙的本事，怎么能还跟凡人一样？怎么能再做人下人？对，派头……

那独轮车俗名叫鸡公车，推动起来就吱扭扭像公鸡一样叫唤，当中有一道梁架隔着，两边正好可以坐他两个。精灵鬼儿装出老把式的样子，先往手心里吐了口唾沫，然后抄起车把，推着车吱扭扭往前走去。

正是晚春时节。一路上山清水秀，柳暗花明。可是猪相公对这明媚如画的春光丝毫不感兴趣，他心目中只有玉仙儿。精灵鬼儿对人间的景色也是见多不怪。只有玉仙儿，自幼生长在深山老林，从未到过锦绣繁华之地，拜在铁扇公主门下后，一向谨慎小心，也从未离开山林；所以她今天看什么都觉新鲜，不住地东张西望，一会儿惊叹，一会儿嘻笑，好不快活。

走了不久，赶上了前面的一路行人。为头的一个骑着一匹白马，穿着一身绸衣，打着一把阳伞，像是有钱人家的少爷。马后面跟着一个仆人，挑着一担食盒，酒肉的香味一路飘散，引得猪相公口边流涎水，肚里咕噜响。后面相隔不远是个骑驴的老头，也像个斯斯文文的读书人，穿一身粗布衣，戴一顶旧草帽，后面跟着一个瘦骨伶仃的穷孩子，拿着一枝小柳条赶驴。精灵鬼儿推着车刚刚赶到驴屁股后面，骑驴的老头回头一看，忽然哈哈大笑几声，然后捋着胡须，摇头晃脑，朗声吟起诗来：

别人骑马我骑驴啊，
仔细思余自不如啊，
回头转看推车汉啰，
不如不如更不如啊。

“妈的！”精灵鬼儿生气地骂了一句脏话。

“他念的什么经？”猪相公除了知道念经是这么装腔作势，根本不知道世界上还有唱歌吟诗之类的怪事。

“哪里是念经？”精灵鬼儿气狠狠地说，“是笑话我们穷呢！”

只见前面骑马的阔少爷回头对老头笑了笑，忽然睁大了眼睛，对着玉仙儿呆看了一会，也朗声吟起诗来：

莫因骑驴叹不如啊，
万贯家财又何如啊，
没有佳人美如玉啊，
空言骑马与骑驴啊。

“他又哼的什么？”猪相公又问精灵鬼儿。

“他说咱们的玉仙儿是美人，想调戏她！”

“什么叫调戏？”

“就是没安着好心！”

猪相公不觉大怒：

“他敢再瞅她一眼，我就揭他的皮！”

吓得玉仙儿连忙低下头去，用小手捂着脸，小声说：

“人，人真坏！”

“人就是坏！”猪相公也噘着嘴说。

“人就是坏！”精灵鬼儿也连忙说。

“可是，你们可别发横……”玉仙儿又胆小了。

精灵鬼儿又接着说了一些人如何如何坏的故事。他是真正的对人怀着深仇大恨，因为人们总是千方百计防备他的同族兄弟们偷吃鸡鸭，千方百计安“卡子”捉拿他们。

嘡嘡嘡——！后面突然出现一阵敲打铜锣的声音，接着就是一阵粗鲁的吆喝声：“喂——！闪开！闪开！老爷来了！”

大家都吃了一惊，回头一看，只见后面大路拐弯处尘土飞扬，大队人马簇拥着一顶蓝呢蒙面的八抬大轿。轿子前面是两名壮汉举着两柄红闪闪的圆顶旗伞。再前面是四个人举着四块森牌，一块上面是“肃静”两个大字，另一块上面是“回避”两个大字，第三块是“钦点知县”四个大字，第四块是“两榜进士”四个大字。再前面就是十几名鸣锣开道的和手拿齐眉木棍的人们。蓝大轿后面是两乘两人抬的小轿，当然坐的是知县老爷的太太和她的丫环。再后面是一长溜挑着箱笼细软的人们。闹闹轰轰，好不威风！

骑驴的老头对着骑马的阔公子点点头笑了笑。又不胜感慨地摇头晃脑吟起诗来：

莫因不如叹不如啊，
莫将骑马比骑驴啊，
请看后面坐轿的啊，
多么威风多自如啊。

精灵鬼儿又发起议论来：

“老爹，要做人就得做官。做百姓受人管，做官就能管人。”

“对！”猪相公深以为然。在去西天取经的路上他见过不少的官员，不少的国王，他是看见过人上人的味儿的。

“我不要你做官！”玉仙儿撒娇儿说。

“乖乖，为啥不要我做官？”猪相公被她的娇样儿弄昏了头，“我要是做了官，你就是官太太，多带劲！”

“不好！”玉仙儿摇摇头，“你瞧，官老爷吓唬人！”

“吓唬人有什么不好？”猪相公很得意，说话连舌头都大了，好像真的做了官。“我要是当、当了皇帝，那才好、好呢！”

“不，不要你当皇帝！”玉仙儿又扭身子又噘嘴。

“你真傻。我当了皇帝，你就是皇后、皇后，多美气！”

“不不不！我不当皇后！我不当皇后！”

“干吗不当皇后？”

“我怕……”

“怕啥？”

“怕……怕‘派头’”。

猪相公不禁大笑起来，简直笑得喘不过气来：

“乖乖，你、你真傻。当了皇后，有了大、大的派头，人人都要、都要怕你，你自己倒怕、怕派头，哈哈哈！”

“我不要你笑！”玉仙儿红了脸，生气了。

“好好好，不笑就不笑。可是你你你，真好玩！”猪相公简直高兴得像喝醉了酒一样。

正在这时，几个拿棍子的官差跑上来了，一面挥动着棍子一面喊：

“你们是怎么回事？吃了豹子胆吗？快滚开！”

骑马的和骑驴的，还有两个仆人，都赶紧让到路边的田地里去了。滚开？好大的口气！猪相公的脸猛一下黑了，眼看就要现出原形，发作起来。精灵鬼儿连忙对着他的耳朵说了些什么，然后把车子推到路边歇下来。

那群人簇拥着蓝呢大轿呼呼喊喊地过来了。突然，蓝呢大轿的帘洞里传出两声吆喝：

“停下！都停下！”

全体人马都停下了。轿门一开，从里面走出一个滚圆溜胖的官员来。

头戴乌纱，身穿红袍，翘着胡子，腆着肚子，身边跟着三个亲信家人，径直走到猪相公面前，眼睛死死地盯着玉仙儿，话却是问猪相公的：

“你是人还是禽兽？怎么敢在大路之上，在本官面前，跟如此妖艳的美人风流作态？”

“吓死我了！”玉仙儿尖叫起来。

猪相公这回可真忍不住了。只见他脸一黑，身子一晃，霎时间天昏地暗，红日无光，平地刮起了狂风。嗨呀！这风啊，震天撼地，飞沙走石，刮得满路上的人都站立不住，有的倒下来打滚，有的掉进了田里，有的撞上了山冈。

好半天风才停下来。仆役们这才泥头灰脸地到轿子跟前来集合，又在路边的山上找到了铜锣、木牌、旗伞和行李。老爷呢？隔着轿帘一看，奇怪，在轿子里呢！太太呢？更奇怪，轿帘里红衣白脸，也在轿子里！丫环呢？不见了！三个亲信家人呢？也不见了！那两个骑马骑驴的秀才更不用说，只剩下了仆人和坐骑！这些人伕都是临时雇来的，一时间都没了主意——原来，这位老爷是刚刚去上任的。

“不管那些，抬起轿子来，走！”“老爷”在轿子里下了命令。

一个花斑小甲壳虫飞进了“老爷”的轿子，钻进了“老爷”的耳朵眼儿，在里面小声说起话来：

“老爹，我是小精灵儿。从今以后你更要听我的啦，要不，你怎么会做官？”

“嗯嗯，”猪老爷点点头，“可有一样：你不能老是住在我的耳朵眼里，痒痒得我怪、怪难受的。什么时候我叫你出去，你就得出、出去，要不，我就伸进手指头去把你弄、弄死！……”

四

一路上，玉仙儿不住地哭泣和喊叫：

“我不当太太，我不当太太，我是玉仙儿，嗡嗡嗡……”

所有的人伕都以为太太是被一阵风刮得中了邪，变了样，发了疯。

“让她到我的轿子里来吧？”老爷跟耳朵眼里的精灵鬼儿商量起来。

“不行，”精灵鬼儿说，“老爷跟太太坐在一个轿子里，太不成体统。”

“当老爷还要有什么格外的体统吗？”

“要装出个正儿八经的派头。”

“娘呃，这么说，当老爷也真麻烦！”

“也有麻烦，也有快活。老爹，你就听我的吧，没错儿！”

走到离县城还有两里路远，就看见前面远处路边有一个凉亭，亭子下边聚着一大群人，接着又响起了噼噼啪啪的鞭炮声。是怎么回事？甲壳虫连忙爬出了老爷的耳朵眼，飞过去绕了一圈，很快又飞回来，钻进了耳朵眼儿：

“老爹，赶快下轿！”

“怎，怎么回事？”猪老爷不免做贼心虚，有些慌张。

“是全县城的头面人物，来迎接新上任的老爷！”

猪老爷只好下了轿。“拿着架式，迈着方步，走慢点！”——甲壳虫在耳朵眼里指挥着。快要走到那群人跟前时，耳朵里又响了：“双手抱拳，打躬作揖，把那些跪在地上的老头一个个拉起来，还要说：‘诸位辛苦，本官初来乍到，无尺寸之功，实在不敢当，往后还要仰仗各位……’”猪老爷都勉勉强强地照着做了，照着说了。于是士绅们陪着猪老爷，缓步往城里走去。全县城里面最有头面的举人老爷自我表功地对猪老爷说，他本人也是功名出身，现任城关镇镇长之职，一听说新任知县大人是两榜进士出身，就钦敬仰慕之至，因而特意下令：凡临街之店铺与居民，一律要如此这般地恭迎大驾。……果然不错，多么热闹呀！从凉亭开始，香案桌子不远一个，鞭炮声不住地响，一直到城里，经过了大街，走到了县衙门门口，才算告一段落。

士绅们发现，老爷是个结巴嘴，每说半句话就要停一下，而且舌头肥大，咬字不清。但是这没有关系。他那相貌是有福气、有威严、有气派的，好像天生就是个老爷。这福气从他太太的模样举动更可以得到证明。你瞧，她竟然掀起轿门的布帘子让人看呢。多年轻！多美貌！简直像一朵刚刚出水的芙蓉花！引得满县城万人空巷都来看她。她还害羞呢，一会儿用小手捂住脸，一会儿又放开手看看人。

猪老爷从出生以来哪里经历过这样的事？他简直高兴得不知道自己

姓什么了。

五

“铁打的衙门流水的官”，这话也对也不对。官如流水，不断更换，衙门却千百年不动，这是不错的。不过，正由于官如流水，谁还愿意去修缮衙门？所以这里的县衙门正像别处的衙门一样，猛一看是高大庄严，房屋很多；实际上是昏昏暗暗，破败不堪。不过新上任的猪老爷并不去注意这些，他已经兴奋得浑身流汗了。“请请请！”“请请请！”——大家在衙门口互相“请请”了足有半顿饭的工夫，最后还是由猪老爷带头，走了进去。至于太太的轿子和细软行李等等，都早已从侧门进到后院去了。大堂旁边的客厅里早已摆好了几大桌酒席。在洗漱、饮茶、互相恭维一阵以后，大家在一片“请请”声中依次落座。真香！真丰盛！“不够我一个人！”——猪老爷不觉冲口而出。他已经多久没有吃过东西了！在许多惊疑的目光注视之下，他又连忙解释：

“我是说，不过意！不过意！……”

大家都举起了酒杯，猪老爷开始发表长篇演说：

“猪尾胡闹，……本官我，……嗯嗯，……乃皮薄纸人，丑脸鬼现……筋厚……浅长猪尾胡闹胡子，……什么屁话！”

如果讲故事的人当时在场，一定会替他翻译，原来是这样的：“诸位父老，本官我，嗯嗯，乃鄙薄之人，初临贵县，今后，全仗诸位父老扶持……”只有最后“什么屁话”四个字我无法替他圆场，因为他是对他耳朵里的秘书精灵鬼儿说的。他不怪自己听不懂秘书的提示，却反过来以为是秘书耍弄他，所以着急起来。所有在场的士绅们都很吃惊，有的翘着胡子，有的傻张着嘴巴，有的丢了筷子，有的摔了酒杯。急得甲壳虫在耳朵眼里乱爬乱动，这可就痒痒得猪老爷咬牙皱脸的“哎哎哎”起来。从此酒席上就不光没有人说话，大家连筷子也不敢动一动。多么奇怪啊！老爷竟然端起大盘菜，大碗汤，仰着脖子，呼噜呼噜往嘴里倒。不怕烫，不怕咸，不用嚼。脸变黑了，嘴变大了，身子变胖了，顷刻之间就把几大桌子酒菜吃得精光！谁还敢奉陪？等他吃饱了喝足了睁眼一看：满客厅里一个人也没有了！

甲壳虫又在耳朵眼里说：

“老爹，你怎么能不听我的话，这样自己乱说乱吃！”

“怎么？”猪老爷生气地把桌子一拍。“做了老爷就不能说话？就不能吃饭？”

“做老爷说话要说官话，吃饭要有官派！”

“我不管那一套！”

“不管可不行，你瞧瞧窗子外边……”

猪老爷向窗外一瞧：喝！多少个脑袋！多少双眼睛！原来都是衙门里的师爷、文案、巡捕、衙役、厨子之类的人，都惊得呆在窗棂子外边，动弹不得。

猪老爷可不管这些，他装出老爷派头，一甩袖子，迈着方步，走出了客厅，向后院走去，在耳朵里精灵鬼儿的指引下，经过一片很荒凉的小小花园，进了衙役和老妈子们为他准备好了的卧室。

这真是一位知县老爷的卧室。锦绣被，雕花床，红漆桌案绿纱窗，文房四宝桌上摆，书橱衣柜靠南墙。可是，人呢？太太呢？没有影儿！猪老爷不觉有些焦躁，对着耳朵眼里的精灵鬼儿叫起来：

“去！去！把太太找来！”等精灵鬼儿爬出耳朵眼儿飞走了，他往床上一躺。哎，这可比西天那硬板子禅床舒服多啦！不觉有些晕晕乎乎起来，只见玉仙儿轻飘飘地从门外进来了，不觉大喜，一勾身坐了起来：

“你、你上哪儿去了？”

“到外面看世界去了。”玉仙儿不高兴地噘着嘴。

“为啥要去看世界？”

“不要你这样问我！就是要去看世界！就是要去看世界！”一眨眼她就开开了床头边的红漆箱子，拿了一锭银子就要往外走。

“这是哪来的银子？”

“你不知道？不是你一阵妖风把那个老爷、太太、丫环刮到什么地方去了吗？这些箱子、被子、蚊帐不是他们的吗？”

“不是他们的，是我的，我是老爷！”猪老爷也有些生气。

“不是你的！不是你的！就不是你的！你不是老爷！”

有什么法子？猪老爷只好转过来哄她：

“好太太，不是就不是。你拿银子干啥？”

“到外面街上送给一个穷老太婆。她没有饭吃，眼睛都哭瞎了。”

“瞎胡闹！”猪老爷又生起气来，“你、你你你，不怕人看你？”

“是呀，”玉仙儿翻着大眼睛叹了口气，“你说说，他们为啥要看我？为啥要说我好看？好看是派头吗？我不要好看！不要派头！我一变，就变成个乡下姑娘啦，哈！……”

“我，不准你再出去了！”

“什么？你？我就要！”她话还没说完，一晃就没影儿了。

猪老爷一惊醒来，原来是个梦！

真的是做梦吗？屋子里明明留下她的香味，箱子盖儿还开着的，她的声音还在耳边响……是我喝醉了吗？对，是喝醉了！哈哈！喝醉了！

他又倒在床上——这回是真的睡得像死猪一样了。

六

当天，“怪老爷”的传说就传遍了全城。第二天第三天，传说就更多了。

“老爷是个饭桶，一顿吃二斗米！”

“老爷常常跟自己说话，还对自己挤眉弄眼！”

“老爷是侧着头用耳朵看公文的！一篇公文看了不到一半，骂一句粗话，丢开了！”

“老爷根本不洗脸！”

“太太更怪：根本就不吃饭，还老是叨叨：‘我不愿意当太太，我不愿意当太太，……’”

“老爷在太太面前下跪，求她不要啼哭，可是一眨眼太太就不见了，常常整天整夜的不回来！”

啊啊，这可真是全县民众的福气，要不，哪一年有这么多骇人听闻的新闻！

几天以后，甲壳虫又飞进老爷的耳朵眼里：

“老爹，该坐堂审案子啦！”

“你说什么？”

他根本不懂什么叫“审案子”。甲壳虫对他解释了好半天，他才明白过来——原来做官还有这么多鬼事！

于是他站在大堂之上，按照耳朵里的指教，一声大喊：

“击鼓……升堂！”

“哦——！”早已伺候在两廊之下的衙役们回应了一声。

一阵雷鸣般的鼓声过后，老爷坐在大堂正中桌案后面的太师椅上，拿过早已搁在桌子上的一叠卷宗，闭着眼睛，侧着头，用耳朵阅读起来。

（耳朵里的声音：“告状人民女李秀英，本县城里人氏。哥哥某某，两年前去世，民女与嫂嫂李王氏一起过活。去年某月某日夜，民女被嫂嫂叫到她屋里去帮她裁剪冬衣，忙到三更时分，忽然听见有许多人闯进了大门闯进了民女闺房。民女躲在嫂嫂房里不敢声张。不久，听见人声走了，回房一看，一个大卧柜失窃，显然被盗贼抢走。第二天天明过后，有邻居本家伯伯李三爹来我家告诉，昨夜他闻声起床，掩在大门里窥视，看见本村财主吴秉三之子吴春生带领家人数名，抬着红漆卧柜从我家大门走出。当时月色明亮，李三爹看得十分清楚，可以作证。”耳朵里的声音：“老爷，莫慌，这个案子我昨夜就出去打探清楚了，是这么回事：满县城人人都痛恨的财主吴秉三，霸占了李秀英的嫂嫂李王氏，又对十九岁的李秀英起了歹心。这天夜里，他从后门进了李家。听见李秀英正在嫂嫂房里说话，就躲进李秀英房里，想等她回屋之后奸污她。没想到，吴秉三的儿子吴春生也早就对李秀英存心不良，几次托人说亲，李秀英没有答应，这天夜里就带了几名家人前来抢亲。躲在屋里的老财主吴秉三听见砸门打户的人声，以为是乡亲们来捉奸，一时慌乱，躲进了李秀英房里的大卧柜中。吴春生带人进了李秀英的闺房，找不到李秀英，揭开卧柜的柜盖，摸到里面有人，无灯无亮，没有细看，就命令家人连柜子一起抬到自己家里去了。……前任知县得了吴家的财礼，不肯秉公结案，现在一干人犯已经监押了几个月……”）

“哎呀呀，这么麻烦的事！”猪老爷听着听着，不觉心烦意乱起来，“那怎么办？”

(耳朵里:"莫慌,先叫衙役带李秀英上来。听我的,我怎么告诉,你就怎么说。")

"带……李秀英!"猪老爷这才睁开了眼睛。

衙役们把李秀英押上了公堂。

猪老爷一看,猛地张大了嘴巴:啊,多么漂亮的姑娘!

"李……李秀英,……你……说!"

"青天老爷给我作主!"李秀英跪在地上磕头,哭泣,说不出话来。

"李秀英,你说、那个卧柜、是你的,有、什么凭证?"

"启禀老爷,李三爹可以作证。"

"带、李三爹、上来!"

李三爹被押上公堂,跪下了。

"老头,你能证明、那个卧柜是、是李秀英的、的吗?"

"青天老爷在上,我能证明:那个卧柜是李秀英的哥哥在世时,叫木匠来给李秀英做的嫁妆。这不光我一个人知道,左邻右舍的乡亲都亲眼看见的。""好!带犯人吴春生上来!"

吴春生被押上了公堂——原来是个歪嘴斜眼的丑八怪!

老爷心里不觉动了怒火,不等耳朵里说话,自己就拍桌子吼叫起来:

"吴春生,你这个丑八怪,癞蛤蟆还想吃天鹅肉?"

"敢问老爷,小民不懂,这话是什么意思?"吴春生直挺挺地跪着,并不磕头。

"我是说,你长得这么丑,还想讨漂亮的老婆吗?"

吴春生冷笑起来:

"敢问老爷,你的相貌如何?那天我亲眼看见,你的太太坐在轿子里从街上走过,胜似嫦娥仙女……"

"胡说!好大的狗胆!给我重重地打!"

几名衙役一拥而上,把吴春生按倒在地,扒开裤子,一五一十,打了五十大板。

"吴春生,你从实实实招来!"

"老爷叫我招什么?"吴春生的口气还是硬邦邦的。

"你为、为什么抢李秀英、闺房的卧柜?"

“那个卧柜本来就是我自己家的，何用去抢？”

“有李三爹作证！”

“敢问老爷，普天下就不兴有一样的柜子吗？说那个卧柜是李秀英的，上面有她的名字没有？她能叫得柜子答应吗？”

“你狡、狡辩！带吴春生的家人上来！”

四名家人被押上了公堂，跪下了。

“你们都、都从实招来，免、免得皮肉受苦！”

“小民无话可招！”四个人同时磕头如捣蒜一般。

“给我打！”

几名衙役又一拥而上，把那四个人按倒了，扒开裤子，噼噼啪啪打起板子来。

直打得四个人“哎哟哎哟”的哀叫声慢慢低下来，眼看就没有气了。

（耳朵的声音：“老爹，不能再打了。都打死了，灭了口，谁来招供？”）

猪老爷听不懂“招供”二字是什么意思，但是他想了想，不觉火冒三丈：连这么几个人都制服不了，还怎么做官当老爷？

“再打！连吴春生这个丑八怪也一起打！”

可是衙役们不愿用力，板子举得高，落得轻，打在屁股上没有响声。

“我自己来！”猪老爷说着，忽地从公案后边跳了出来，夺过衙役手里的板子，抡动起来，一人一板——只是一个人加了一板，就把五个屁股打得连骨头都碎了，血肉飞了满地，溅上了墙壁！

“把尸首丢到衙门外面去！”

可是，衙役们都惊呆了，谁还能动弹？

李三爹趴在地上直发抖。

李秀英吓得昏过去了。怪事啊！老爷竟然丢掉了板子，抢过去抱起她来，向着后堂走去。

忽然，一道红光一闪。衙役们看见：原来是穿着红衫的年轻美丽的太太，从公堂后面的屏风背后飞也似的来到老爷面前，并不说话，一把夺过李秀英去，毫不费力地托在手里，飞一样闪下了公堂，飞一样闪出了大门，一晃就不见了！

连老爷都像木头似的呆住了！

七

“这老爷太太一准都是神仙临凡，特地来整治无法无天的霸王的！”

“嗨呀！瞧那太太的模样举动，真是嫦娥下凡啊！一飞出衙门就上了天，这可是我亲眼看见的！”

“是呀！如若不是神仙，老爷怎么能一顿吃二斗米？太太怎么会不吃饭？”

“是呀！如若不是神仙，怎么能一板子就把人的屁股打成了烂泥！”

“是呀！如若不是神仙，怎么会用耳朵看公文！”

“李秀英姑娘这可好了，到天上当仙女去啦！”

“还有个怪事：一个乡下姑娘送给要饭的瞎婆子一锭银子！还有好多家，夜里门户不开，早晨起来得了银子！……”

县城内外，街头巷尾，家家户户，议论纷纷。

可是，衙门外边的告示牌子上突然贴出了一张内容特别的布告：

全县民众知悉　老爷因劳致疾
一切公事停办　以便贵体休息
不准申冤告状　不准街谈巷议
平时闲着无事　一律呆在家里
如若违纪禁令　严惩决不姑息

据衙门里的文案说，是老爷亲自闭着眼睛念着叫他写的，真是出口成章，好高的才学！

“可是，他给你念的时候，像有病的样子吗？”

“不像！”文案摇摇头，“一点也不像！”

“昨天还那么大神力呢，今天就有病？怪呀！”

不过，谁也不敢再在布告牌子前议论下去了——这样的怪老爷，到底是福是祸？很难说，还是回家呆着去吧！

八

说起来，猪老爷也真的是有病。想想看：娘呃，当老爷就得管公事，就得审案子，就得跟着甲壳虫学舌，就得装官派做架式，烦死人！难死人！脑袋涨死人！而且，玉仙儿从那天抱走李秀英，一去就不回来！……怎么办？就这么混下去吗？不混下去又怎么办？

那就吃饱了，喝足了，睡他娘的倒头觉吧！

接连睡了三天。鼾声动地，屁声如雷，震得满衙门屋顶上多年的尘土纷纷下落，真吓死人！谁还敢呆在街门里办公？还有什么公可办？所有的文案、师爷、衙役、巡捕们都回家抱孩子去了。

忽然觉得耳朵里痒痒得怪，仿佛听见甲壳虫的声音："玉仙儿回来了！"睁眼一看：喝！窗户上的月光照着，一身红衣，一头黑发，一张白脸，一对乌溜溜的眼睛，果然是她！"你可回来了！"他跳起身来往前一扑。可是玉仙儿一闪身，舞动了手里的宝剑，寒光闪闪，冷风嗖嗖，差点把他的耳朵削掉了！

"我上了你的当！上了你的当！假装人样，没有人心，又蠢又懒，又坏又狠，我上了你的当！本来我是来报仇，可是我心软，我心软，下不了手。"玉仙儿抽抽咽咽，又怨又怒。忽然把牙一咬，用宝剑一指："从你来到人间，做的坏事我师傅全都知道，她把李秀英留下了，还叫我告诉你，要是还不改邪归正，就小心你的猪头！"说罢，又把宝剑一晃，接着又红光一闪，不见了！

等他化阵清风追上天空时，哪里还有她的影子！

苦恼呀，苦恼！平生头一次失眠，像失魂落魄似的，在大街小巷里飘飘荡荡地转悠起来。

天上繁星闪烁，人间寂静无声……"净土为宗"——不知道为什么，脑子里忽然冒出这句话来，也就忽然想起了如来佛的警告："打入十八层地狱！"哎呀……

可是耳朵里又响起了甲壳虫的声音：

"老爹，你干嘛这么发愁？"

“我怎么能不愁?”猪老爷生气地反问一句。

“你转悠了半天,闻到了烟火蜡烛的香味没有?”

老爷吸了吸鼻子,果然有那么一股很浓的香火味儿。

“哈哈!”甲壳虫在耳朵眼里笑起来了。“老爹,这可就好啦!”

“有啥好?”

“满县城的人都起五更烧香磕头呢!是给你磕头!哈哈!就因为你下狠手打死了几个人,他们就说你是天神下凡。”

“我本来就是天神下凡嘛!”猪老爷有些高兴了。

“你这叫天神落难,不是天神下凡。不过不管怎么样,有本事就能制住凡人。真是好笑:你不是连着睡了三天觉吗?你猜他们怎么说?他们说你上天去禀告人间的祸福去啦!”

“这倒是真有点意思!”猪老爷不觉也笑了,“可是,”他摸着脖子想了想,“这又有什么用?”

“怎么没有用?装神弄鬼不是咱们的拿手戏吗?人们都是天生的贼胚,只要你装得像,保险最好的吃食,最好的穿戴,最好的媳妇儿,就都给你送来啦!”

“哈!”老爷这回是真的笑了,心想:“这个精灵鬼儿,真是个鬼精灵!……”

一高兴,他就更加晕晕乎乎地脚步晃荡起来。

天刚放亮,一片模糊。忽然,叶嗵!咔嚓!怎么回事?原来是撞倒了一个人,撞翻了一担粪,粪尿洒了一地,连猪老爷的脚上也沾了光。

而且,后面还有几个挑粪的乡下人,黑影模糊里猛一下看到了老爷,都吓得丢掉了担子,所有的粪桶都倒翻了!

“快趁这机会装神,给他们点厉害的!”——耳朵里的声音。

“混蛋!”老爷果然大怒,一跳八丈高。真是福至心灵,居然也吼出了两句官腔官调:“岂有此理!太岂有此理!都给我跪下!”

乡下人都赶紧跪下了。

“把这满地的粪都吃掉!”

谁都知道,世界上只有猪和狗是见粪就馋的,人怎么能吃粪?

内中有个胆子大一点的老年人,朝老爷“嘣嘣”磕了两个响头,颤颤抖抖地说：

“启禀老爷，小民们罪该万死，情愿打扫……”

“胡说！打扫，是什么意思？”老爷是真的不知道什么叫做“打扫”。

老人连忙说：

“小民们先把粪铲进桶里，再挑水来冲洗路面。”

“我这两只脚也能用铲子铲，用水冲吗？”老爷把脚伸到老头的鼻子跟前：“舔！舔干净！”

老人用力抱住那只脚，用手抹，用袖子擦。……可是猪老爷哪能耐烦等他慢慢弄？一脚踢去，老人飞了三丈远，嗵的一声，完了！

“再狠一点！”——耳朵里的声音，“不过要留他几个回去报信，不准乡下人以后再进城打粪！”

对，净土为宗，心净、身净、外界净。往天神脚上泼粪，太岂有此理！太岂有此理！拣起地上的扁担，又打死了两个，然后恶狠狠地说：

“你们剩下的这几个都听着！以后不准你们这些乡下佬再进城打粪！粪桶满街晃，臭气满天飞——不准！”

“好好好！”——又是耳朵里的声音，“好好好！听见没有？多少人家在偷偷地关门，他们原先还敢偷看偷听，这一下可都吓了个半死！……”

老爷非常得意地大踏步回衙门去了。

九

这城里的住户大约也有几千家，大部分是小手工业者，小商小贩，在本县和外地“吃公事饭的”小职员，另外就是一些财主士绅，总而言之，男人出门在外的多，妇女们在家的多，都没有干过农活，根本没有农器工具。他们既然都是活人，当然要每天吃饭喝水，也就当然要拉屎撒尿，所以家家院子里都有茅坑。茅坑里的粪便满了怎么清除？城外有条大江，江边有无边的肥田，有几百家种菜为业的人家，种出来的瓜菜除了供应本城的居民以外，还用木船运到沿江的其他城市去贩卖。种菜当然少不了粪肥，所以这城里每家每户的茅坑都由城外的“包粪户”包了，按每个粪主人家的人口多少，生活好坏（生活好的人家粪肥，这是自古相传的经验），逢年过节送一些乡下的土产为酬。每天，打粪的乡下人总是天不亮就进城，从各家的后门进去(后门的开法只有包粪户知道)，不用惊动还在熟睡的主人，悄悄儿装满了粪桶，天刚亮时挑出城去，为的是免得天大亮以后街上人多了有碍观瞻——这也是多少年传下的规矩。

老百姓是多老实呀！那三个被打死了的乡下人呢！城关镇的镇长举人老爷说，只怪他们前世造了孽，今生受报应，所以天神降罪。于是由他们的亲人收拾了尸体，清洗了街道。有关知县老爷的神话果然反倒越传越神了。衙门口廊檐下边的台阶上竟然摆满了香案，每天来烧香磕头的成群结伙。上供的大鱼大肉之多自不必说，而且常常摆在供桌上会不翼而飞，显然是被天神老爷开恩领受了。还有一些来祈求早生贵子的妇女。举人老爷的姨太太也来求子，这可就更是奇迹：正在磕头禀告时，忽然一团浓云从衙门里滚了出来，罩住了衙门内外。等到云消雾散，那女人竟无影无踪了！人们都说：她有福，神仙渡她成仙去了，阿弥陀佛！

举人老爷家甚至还特地请来了戏班子唱戏，大大庆贺了一番。

然而，打粪的乡下人再也不敢进城了。过了十天半月，人们开始发愁了！

家家的茅坑都满得溢出来了。怎么办？女人们只好把粪便排泄在桶子里，每天夜深人静的时候偷偷儿提出去，揭开街边的石板，倒进石板下边的阴沟里去，然后把石板照样盖好。男人们呢？只好找僻静的地方随地方便。

一个月过去了，两个月过去了。

正是夏天，炎热得古怪，又适逢久旱无雨，老天爷不肯替人间冲洗污秽。阴沟满了，所有的僻静地方也满了！

整个县城变得像个大粪坑。

臭啊！关门闭户没有用，扪嘴塞鼻也不顶事。吃饭饭臭，喝水水臭，穿衣衣臭，睡觉床臭，新娘擦粉，连粉也臭！人活着就要呼吸，然而呼吸变成了对人的惩罚。每个人只好在嘴巴上兜一块湿手巾。亲朋见了面，不是问：“吃饭了没有？”而是先问：“你是谁？”因为彼此只看得见半个脸；然后再问：“拉了没有？”因为这才是最大的关切。自古以来谁过过这样的日子！怎么能在吃饭喝水时老是想到拉屎撒尿的困难！从来只有为一日三餐发愁的，哪里见过为拉尿撒屎发愁的！

还有苍蝇，简直多得要吃人！小孩不敢张开嘴啼哭，是害怕吸进去苍蝇。大人们不敢打呵欠，是怕吸进去苍蝇。没有一件东西没有臭味，所以没有一件东西不爬满了苍蝇。嗡嗡嗡嗡，可真是热闹！还有蛆虫，大街上，屋子里，到处爬，人走路得当心，不注意就踩一脚！还有老鼠，吃蛆吃粪，长得真肥，繁殖得真快，连乡下老鼠也进了城，在大街上成群结队地跑！鸡鸭倒是不用喂，而且长得特别肥。可是黄鼠狼也就多起来了，白天也敢偷鸡吃，人们明明看见也不敢追，因为怕喘气。……

哎呀呀，这怎么过日子！

什么天仙下凡！什么本县之福！是相反的吧？是老天爷要惩治全城民众的吧？可是，我们犯了什么罪？自古哪有这样的惩治法？……

“不对！他不是神仙，是妖怪！”有个最聪明、最大胆、最勇敢的人首先提出了这个问题。

他是谁？十字街口、大树底下、茶馆隔壁、铁匠铺里的铁匠师傅王二楞，外号叫王大胆。他有一身武艺功夫，又会念咒驱邪，所以首先想到了妖怪问题。

“对！是妖怪！是妖怪！……”这一惊人的发现很快就传遍了家家户户。连举人老爷也同意了这个判断，是姨太太失踪的事给了他教训。

是妖怪又怎么办呢？十字街口的茶馆成了议事中心。全城最聪明大胆的热心人都集合到这儿来了。假装闲坐喝茶，其实是悄悄儿商议，终于做出了决定：在县城南门里边的万宝寺里念经打醮，请菩萨显灵降妖。

这万宝寺里有一座十分庄严、十分雄伟、据说也十分灵验的如来佛全身巨像，有十几名据说是道行高明的和尚，有现成的香纸蜡烛。人们白天不敢动作，一到深夜，城里城外的善男信女们都来了，连不少种菜的乡下人也来了。钟磬齐鸣，香烟缭绕，烛火辉煌。和尚们念经念得口干舌燥，百姓们磕头磕得脑袋流血。

可是，三天过去了，没有效果；七天过去了，还是没有效果。而且连和尚们拉屎撒尿都成问题，连冲天的香烟都赶不走臭气，连如来佛的金身上都爬满了苍蝇！

人们急了，决定假装求雨，大白天里抬神游行，而且一定要走过县衙门门口。就不信正不能压邪，神不能敌妖。把如来佛抬到妖怪面前他也不肯显灵吗？那就除非翻了天！而且有这么多人，人多势众，许多乡下人还带着锄头扁担做武器，妖怪又能怎么样？

十

这些事当然都瞒不过精灵鬼儿。万宝寺本来就有几大窝黄鼠狼，早就几次给他报了信儿，而且偷来一张用黄裱纸写的呈报上天的《禀告》——竟是一篇发牢骚的妙文：

> 恳切禀告，佛祖莲台：本县不幸，妖孽为害，变作人形，冒充县宰，擅伤人命，为非作歹。噫吁兮！自古未闻尿为祸，而今竟见粪成灾。苍蝇蔽空，蛆虫满街。臭气充塞于天地，口鼻亦难以张开。饮食每思后顾，拉屎必须徘徊。哭亦不敢抽泣，笑亦不敢开怀。梦里如闻尸臭，夜难成寐；醒后翻祈早死，时日难挨。老鼠亦敢欺人，成群过街无人打；黄鼬竟敢欺主，白日偷鸡无人追。呜呼！长此以往，众生何以生为！素仰佛祖如来，法力无边，慈悲为怀，岂可装聋作哑？怎能静坐发呆？万民如此水火，如来为何不来？敲钟击磬，毕恭毕敬。焚香燃烛，撞地磕头。合掌倒伏，阿弥陀佛！

这些天猪老爷本身就十分烦恼，是因为衙门口的香案空了，烧香上供磕头求子的都不来了，现在又听了精灵鬼儿添油加醋的报告，又得知有这么一张岂有此理的《禀告》，他怎么能不火冒三丈？于是他一跳八丈高，撞破了屋顶；一窜十丈远，来到了衙门口；一听见远处宣念佛号的声音，就更加气得忘记了一切，现出了本像：蒲扇大的耳朵竖着，尺多长的大嘴翘着，吊稍大眼睛瞪着，粗皮墨黑，鬃毛刚硬。索性把乌纱帽甩得老远，折断了玉带，脱掉了官服，挺着牛大的肚子，把腰一叉，等着。

"一定要来厉害的！一定要把他们整服下去！"——耳朵里的声音。精灵鬼儿以为他的奸计成功了，是对人们大报仇的时候到了。

猪老爷也真的咬牙切齿地在心里发狠。

衙门屋顶上红光一闪,他没有注意。

天上布落了乌云,他没有留心。

顷刻之间下起了大雨,他像没有看见。

假装求雨的人们一看下起了倾盆大雨,以为弄假成真,以为真的是神佛显灵,好不高兴!就更加壮了胆子,千人万众,高念佛号,任凭大雨浇头,向衙门口涌了过来。可是,一来到衙门口就吓呆了:老天!一个又肥又大的猪头妖怪站在门口台阶上呢!

抬神的丢了抬杠,如来佛倒在地上碎成了几块。捧香炉的颤抖得松了双手,铜香炉叮叮当当满街乱滚。钟磬、铃铛、笛子、唢呐,一切的吹打乐器都丢掉了。胆大的想跑,两条腿不听话,倒在雨水里。胆小的更是灵魂出窍,昏倒在地。卟嗵卟嗵,全都趴的趴,倒的倒,衙门口的整个空场上,千人万众,趴成了一片,只见屁股,不见脑袋,没有声音。

雨,瓢泼般地下着,哗哗哗哗,像在痛哭。

猪老爷却哈哈大笑起来。千人万众一见了我就趴地上发抖,这可真威风,真过瘾,真好玩!看起来凡间世上的人真的是怕狠的!……啊?那是什么人?怎么独有他一个人敢不趴着?敢只用一条腿跪着?还挺直了身子瞪大了眼睛瞅着我?

"喂!你是什么人?好大的狗胆!"

这人就是全城有名的铁匠,会武艺会驱邪的王大胆。他没有回答猪老爷恶声怒气的吆喝,只顾飞快地小声念诵着驱邪咒语:

"吗咪吗么,水能克火,正在下雨,菩萨助我,吗咪吗门,火能克金,大雨浇人,菩萨显灵。吗咪吗妙,龙王撒尿,菩萨显圣,重修金庙。吗咪吗咪,菩萨附体,大着胆子,怕他狗屁。……"

"喂!我问你:胁窝里夹着的这双鞋是谁给你的?"

王大胆一愣:他怎么问这个?哪像妖怪问人的话?既然他这么问了,我就跟他答对答对吧:

"我,我媳妇做的,怎么着?吗咪吗么……"

"再问你:你这双光脚丫子是谁生谁养的?"

这就更怪了。是想在这儿过堂审案子吗?看起来这个妖怪也并没有多大分量，尽问些废话！

“这双脚是娘生的，爹养的，自个长的，怎么着？吗咪吗没……”

“为什么把鞋脱下来不穿，反倒用光脚丫子走路？”

“下雨，新鞋，怕踩坏了！”王大胆捏紧了手里的铁锤，大声回答。

“好你个不孝的东西！怕踩坏了你媳妇做的鞋，就不怕踩坏了你爹娘生养的脚，该当何罪？”

这套官腔真打得妙啊，这些时竟也学会了一套本事！连甲壳虫也在耳朵里赞叹起来：“好！好！好！”

王大胆回过头来扫了一眼，看见有不少乡下小伙子正暗暗地捏紧了锄头扁担，并且抬起头来对他使了使眼色，不觉大喜。他正要跳起身来向台阶上冲去，猪老爷却阴森恐怖地冷笑了两声，对着满地的众人吼叫起来：

“你们这些畜牲都听着！为什么都把鞋子脱下来用赤脚走路？不孝！不孝！不孝！还把如来佛的金像摔得粉碎，好大的狗胆！要是不整治你们，那还了得？先从这个狗胆包天的家伙整治起，叫你们知道我的厉害！”

话音刚落，一腾身向着王大胆飞了过去。可是，怪呀！这妖怪竟然飞到半空里停住了！怎么回事？王大胆和一些乡下小伙子看见了：是从高空里急如闪电地飞来了两位女神仙，正好一边一个抓住了妖怪的两个蒲扇耳朵！

这两位女神仙是谁？一个是罗刹女，一个是玉仙儿。怎么来得这么巧？原来，刚才下雨以前的红光一闪，就是玉仙儿飞回翠云山去请罗刹女去了。

猪八戒悬在半空，痛得要命，越挣扎越痛。三十六变变不了，浑身的武艺要不开。他想来个缓兵之计，求得脱身的机会，就死命大喊大叫：

“娘呃，捏松点呀，精灵鬼儿在耳朵眼里呀，让他出来呀！”

“让他出来？”罗刹女冷笑着说，“他在里面更好，免得我再费事。玉仙儿，别手软，别撒手，用两只手捏住耳朵根子，捏得更紧些！”

玉仙儿果然不再心软，咬紧银牙，两只手拼命用力，任凭猪八戒拳打脚踢，她只腾挪躲闪，决不松手。猪八戒又用拳脚朝罗刹女发狠，罗刹女腾出一只手来用宝剑刺了他两下，这个怕死鬼老实了。精灵鬼儿在耳朵里出不来，只好调过头去使劲往耳朵里头拱，想拱出一条通路，从猪八戒嘴里出来。这一来可就痛得猪八戒真正像杀猪般叫起来了。

罗刹女又对着地上的人们大喊：

“地上的人们啊，醒来吧！醒来吧！看看他是个什么东西吧！”

王大胆和乡下小伙子们抬头看去：嗬！妖怪背朝着地下的众人，屁股上的薄绸裤子里像有一条蛇在搅动，很快就搅了个破洞，竟然露出一条猪尾巴来，使劲地甩呀甩呀，甩得好快哟！

“你们说说，这样的东西想装成人上人，装得成吗？”

罗刹女又这么喊叫了几声，然后跟玉仙儿一起提着猪八戒飞上了高空，同时用力一扔，趁着他打旋子头昏的时候，罗刹女挥动芭蕉宝扇使劲扇起风来。

狂风啊，刮得天摇地动，乌云乱飞，连雨点子都纷纷往天上倒着洒去！

转眼之间，猪八戒连同耳朵眼里的精灵鬼儿，就无影无踪了！

高空上又响起了清脆的声音：

“可怜的人们啊，醒来吧！醒来吧！”

风停了，雨住了，云散了，天空上的声音消失了，两个神仙不见了，世界一片寂静。

原载《北岳风》1989 年第 5 期